BIRGIT BORCHERT

Spuren einer fernen Zeit

Birgit Borchert

Spuren einer fernen Zeit

Die Senckenberg-Saga

Roman

lübbe

Dieser Titel ist auch als Hörbuch und E-Book erschienen.

Die Bastei Lübbe AG verfolgt eine nachhaltige Buchproduktion. Wir verwenden Papiere aus nachhaltiger Forstwirtschaft und verzichten darauf, Bücher einzeln in Folie zu verpacken. Wir stellen unsere Bücher in Deutschland und Europa (EU) her und arbeiten mit den Druckereien kontinuierlich an einer positiven Ökobilanz.

MIX
Papier | Fördert gute Waldnutzung
FSC® C014496

Diese Arbeit wurde gefördert im Rahmen des Stipendienprogramms
der VG Wort in NEUSTART KULTUR
der Beauftragten der Bundesregierung für Kultur und Medien.

Originalausgabe

Textredaktion: Dr. Arno Hoven, Düsseldorf
Umschlaggestaltung: Christin Wilhelm, www.grafic4u.de
Einband-/Umschlagmotiv: © Florilegius / Bridgeman Images;
© Richard Jenkins Photography
Satz: GGP Media GmbH, Pößneck
Gesetzt aus der Adobe Caslon
Druck und Verarbeitung: GGP Media GmbH, Pößneck

Printed in Germany
ISBN 978-3-7857-2847-5

2 4 5 3 1

Sie finden uns im Internet unter luebbe.de
Bitte beachten Sie auch: lesejury.de

Frankfurt, Dezember 1907

»Ruhe, Kinder! Benehmt euch anständig! Dies ist ein Tempel der Wissenschaft und kein Tollhaus!«, erhob sich die entrüstete Stimme des Museumsaufsehers über das aufgeregte Geschnatter der mehr als hundert jungen Mädchen, die ihn umgaben. In seinem Bemühen, in dem sonst so ehrfürchtig stillen Gebäude an der Viktoria-Allee für Ordnung zu sorgen, hatte er seine Hände mahnend emporgereckt und seine buschigen Augenbrauen zu einem Ausdruck grimmiger Empörung zusammengezogen. Sein uniformierter Anzug aus dunkelblauem Tuch – mit polierten Messingknöpfen und einem goldenen Monogramm am eingefassten Kragen – wies ihn zwar als Respektsperson aus. Doch angesichts der fünf Schulklassen, die heute zur Sonderführung durch das neue Senckenberg-Museum angemeldet waren, konnte er sich trotz seiner lauten Stimme kaum Gehör verschaffen.

Die Mädchen der Elisabethenschule entledigten sich an der Garderobe ihrer warmen Wintermäntel, Mützen und Schals und drängten sich aus der Eingangshalle durch die drei erhabenen, mit roséfarbenem Sandstein ausgekleideten Bogengänge zu der breiten Freitreppe, die hinunter in den Lichthof führte. Sie hatten keinen Blick übrig für das über dem mittleren Bogen angebrachte Kupfer-Medaillon, das Johann Christian Senckenberg zeigte, den Stifter und Namensgeber des Museums.

Vielmehr wurden sie von etwas anderem geradezu magnetisch angezogen – einer riesigen Schreckensechse, die sich nun direkt vor ihnen erhob. Bei diesem Anblick lösten sich die Reste der ordentlichen Zweierreihen, in denen die Schülerinnen der Höheren Mädchenschule das Naturkundemuseum betreten hatten, vollends auf.

Ihre Lehrerinnen bemühten sich zwar, wieder Ordnung in die Klassenverbände zu bringen, doch angesichts dieses aufregenden Exponats waren solche Versuche zwecklos. Es wurde lebhaft durcheinandergeschwatzt und von hinten geschoben, während die aufgekratzten Schülerinnen die Treppe zum Ausstellungssaal hinunterstrebten.

Durch die Decke aus pastellfarbenen Milchglasscheiben, die hoch oben über dem gewaltigen Raum zu schweben schien, drang die Wintersonne und beschien das gigantische, vom Schädel bis zur Schwanzspitze fast zwanzig Meter messende Skelett eines Dinosauriers. Sein im Vergleich zur Körpergröße winziger Kopf am Ende eines extrem langen, schlangenartigen Halses reckte sich den Besuchern entgegen.

Während sich ihre sonst so gesitteten Klassenkameradinnen des Lehrerinnenseminars gemeinsam mit den Jüngeren ungestüm ins Abenteuer stürzten, verharrte die neunzehnjährige Sophie von Mayden wie gebannt oben auf dem Treppenabsatz. Staunend blickte sie auf dieses imposante exotische Relikt, das einer fantastischen Zauberwelt zu entstammen schien. Sie nahm ihre Mitschülerinnen, die sich an ihr vorbeischoben, nicht mehr wahr. Gedankenverloren zupfte sie die gesmokten Bündchen an den Ärmeln ihrer hellblauen Seidenbluse zurecht. Mechanisch fuhren ihre Finger über die kleine goldene Gürtelschnalle und strichen imaginäre Falten aus dem festen Stoff ihres wadenlangen grauen Glockenrocks. Mit einer Geste, die typisch für sie war, prüfte sie vorsichtig den Sitz ihres aufgesteckten dunkelbraunen Haars, das in einem langen, dicken Zopf mündete. Ihre Finger wickelten sich um ihn, und schließlich warf sie ihn mit Schwung über die linke Schulter nach hinten. All das geschah unbewusst, denn ihre ganze Aufmerksamkeit war auf das gerichtet, was nur wenige Meter vor ihr zu sehen war. Von dem Anblick völlig gefesselt, stand sie mit leicht geöffneten Lippen da und starrte dem riesenhaften Dinosaurier direkt in seine leeren Augenhöhlen. Diesem Tier, das mit seinen Artgenossen vor Urzeiten die Erde bevölkert hatte, von Angesicht zu Angesicht gegenüberzustehen war gleichzeitig unwirklich und überwältigend.

»*Diplodocus longus*«, murmelte Sophie ergriffen. So lautete der lateinische Name dieses Giganten, wie sie von ihrem Vater gelernt hatte. Als Geologe und langjähriges Mitglied der *Senckenbergischen Naturforschenden Gesellschaft*, die das Museum erbaut und eingerichtet hatte, kannte Professor Robert von Mayden sich bestens mit den Ausstellungsstücken aus – und ganz besonders mit diesem spektakulären Neuzugang. Seine aufgeweckte, zweitälteste Tochter Sophie hatte an seinen Lippen gehangen, als er davon erzählt hatte, dass es sich bei diesem Skelett einer Donnerechse um das erste Exemplar eines amerikanischen Riesensauriers handelte, das auf dem europäischen Kontinent in voller Pracht zu bestaunen war. Der Saurier war ein Geschenk des Naturhistorischen Museums in New York zur feierlichen Eröffnung des Senckenberg-Museums am 13. Oktober gewesen, und die Frankfurter Bürger waren mächtig stolz auf das Exponat aus der Neuen Welt. Sicher verpackt in vierundzwanzig Kisten, waren die versteinerten Knochen per Schiff angereist. Seit ihrer Ankunft im Sommer hatten Paläontologen das gigantische Puzzle zusammengesetzt und hier im Lichthof aufrechtstehend an ein Rahmenmodell montiert.

Sophie hatte dem Moment entgegengefiebert, das Skelett eines der größten Lebewesen, die je die Erde bewohnt hatten, endlich mit eigenen Augen zu bewundern. Immer wieder hatte sie ihren Vater bekniet, vorab einen Blick darauf werfen zu dürfen, doch leider war der Zutritt nur den Museumsmitarbeitern gestattet gewesen. Und nach der Eröffnung vor knapp zwei Monaten hatte er keine Zeit gefunden, seinen Töchtern, mit denen er seit ihrer Kindheit oftmals in das Vorgängermuseum am Eschenheimer Turm gegangen war, die neuen Ausstellungsräume zu zeigen. Denn gemeinsam mit anderen engagierten Mitgliedern der *Senckenbergischen Naturforschenden Gesellschaft* hatte er dabei geholfen, die zahllosen Schauschränke und Objekte, die aus den zu klein gewordenen Räumlichkeiten herübergeschafft worden waren, aufzustellen und neu zu arrangieren. Sophie hatte sich daher gedulden müssen, bis sie den imposanten Neubau und sein faszinierendes Innenleben selbst inspizieren durfte.

Jetzt, kurz vor den Weihnachtsferien, war es endlich so weit. Professor von Mayden hatte sich dafür eingesetzt, dass die Klassen der Höheren Mädchenschule, in der seine beiden jüngeren Töchter Charlotte und Sophie unterrichtet wurden, eine besondere Führung durchs neue Senckenberg-Museum bekommen sollten. Für das pädagogische Projekt hatte er Dr. Fritz Drevermann gewinnen können: Obwohl der Assistent von Museumsdirektor Römer erst zweiunddreißig Jahre alt war, galt er bereits als anerkannter Geologe und Paläontologe. Überdies war der engagierte junge Wissenschaftler von der Idee beseelt, das bahnbrechende neue Wissen über die Urzeit, an der er selbst mit großem Enthusiasmus forschte, an die nächste Generation weiterzugeben.

Als Sophie den Blick über ihre dicht zusammengedrängten Mitschülerinnen schweifen ließ, entdeckte sie Drevermann neben einem der mächtigen Beine der Urzeitechse. Sie war ihm erst kürzlich begegnet – anlässlich seines Besuchs zum Nachmittagstee im Hause ihrer Eltern – und hatte interessiert dem angeregten Fachgespräch zwischen ihm und ihrem Vater gelauscht. Die lateinischen Namen der Dinosaurier, mit denen die beiden Wissenschaftler förmlich um sich geworfen hatten, klangen exotisch, und vor allem Drevermanns Erzählungen über die Ausgrabungen uralter Skelette, die kürzlich in Amerika entdeckt worden waren, hatten sie fasziniert. Unwillkürlich hatte sie sich ausgemalt, wie sie eines Tages an der Seite dieses beeindruckenden Mannes ebenfalls derart spektakuläre Entdeckungen machen würde. In ihren Augen war Fritz Drevermann ein echter Abenteurer, was sich auch an seinem Äußeren zeigte – mit seiner kräftigen Nase und dem markanten Schnurrbart, diesen sanften, dunklen Augen, seiner dynamischen Art und der aufrechten Haltung.

Doch angesichts der aufgeregten Mädchenschar, die sich in den Lichthof ergoss, war von dieser Ausstrahlung momentan nicht mehr viel zu erkennen. Sophie merkte Drevermann an, dass er zweifelte, ob es wirklich eine gute Idee gewesen war, zu der ihn Robert von Mayden überredet hatte. Von dem oberen Treppenabsatz aus konnte

Sophie beobachten, wie der junge Doktor nervös an seinem steifen, blendend weißen Kragen herumnestelte und den Knoten des blassblauen Langbinders zurechtzog, der nicht wirklich zu seinem wollenen dunkelbraunen Anzug mit Weste passte. Etwas verloren verharrte der gestandene Wissenschaftler zu Füßen des *Diplodocus*-Skeletts. Als Nächstes reckte er den Hals und hielt mit leicht verzweifeltem Gesichtsausdruck augenscheinlich Ausschau nach einer Lehrkraft, die Ordnung in das Chaos bringen könnte. Angesichts des Durcheinanders strich er sich ratlos über das blonde, pomadisierte Haar und rieb anschließend über seine glänzende, offenbar verschwitzte Stirn.

Vielleicht aber war diese Feuchtigkeit auch eine Folge des Schneefalls draußen – Überreste der weißen Flocken, die auf seinem Kopf liegen geblieben waren und nun schmolzen. Eine Vorstellung, die Sophie amüsant fand, sodass sie spontan kicherte. Ausgerechnet in diesem Moment blickte Drevermann suchend nach oben. Als sein Blick sie streifte, hielt sie ertappt den Atem an. Erriet er, woran sie gerade gedacht hatte?

»Was machst du noch hier?«, schreckte die Stimme ihrer Schwester Charlotte sie auf, die sie unsanft am Arm stupste. »Da sprichst du wochenlang von nichts anderem als diesem Museum und dem Dinosaurier, und jetzt stehst du hier dumm herum. Nun komm, ich will das Ungeheuer von Nahem sehen!«

Die vier Jahre jüngere Charlotte grinste keck, sodass sich ihre sommersprossige Stupsnase kräuselte. Ihre kastanienroten Haare waren zu zwei ordentlichen Zöpfen geflochten, die ihr um die Schultern baumelten. Wie so oft musste Sophie angesichts des vorwitzigen Naturells ihrer Schwester lächeln. Während sie selbst eher als ruhig und besonnen galt, stürmte Charlotte bei jeder sich bietenden Gelegenheit vorneweg, ohne je zu zaudern oder lange nachzudenken.

»Ich weiß nicht, von wem sie das nur hat«, seufzte ihre Mutter beinahe täglich und meinte damit sowohl das stürmische Temperament ihrer jüngsten Tochter als auch deren widerspenstiges rötliches Haar, das kein anderer in der Familie hatte.

»Ich komme ja schon«, antwortete Sophie lächelnd und ließ sich an der Hand von Charlotte die Treppenstufen hinabziehen. Sie blieb dicht hinter ihrer kleinen Schwester, die sich energisch durch die Mädchenschar schob, bis sie nur wenige Meter vom Saurier entfernt waren. Zum Glück hatten es in der Zwischenzeit zwei Lehrerinnen geschafft, für Ruhe zu sorgen, sodass Doktor Drevermann endlich mit seinen Ausführungen beginnen konnte.

Fasziniert besah sich Sophie das Skelett aus der Nähe und musste dabei den Kopf in den Nacken legen. Vor allem beeindruckte sie die außergewöhnliche Körperform des Dinosauriers: Er hatte im Verhältnis zur enormen Distanz zwischen Schädel und Schwanzspitze einen relativ kurzen Rumpf, der aus einzelnen Rippen und zahllosen anderen Knochen bestand, und massive, geradezu säulenartige Beine. Was für ein gewaltiges Dröhnen hatte dieses Tier wohl verursacht, als es durch seine urzeitliche Welt gestampft war, überlegte Sophie beeindruckt.

Doktor Drevermann hatte die Stimme erhoben, damit auch die jungen Damen weiter hinten ihn gut verstehen konnten, und erklärte nun: »Dieser *Diplodocus longus* war ein Pflanzenfresser, der in der erdgeschichtlichen Epoche des Oberen Jura auf dem amerikanischen Kontinent – in Central Wyoming, wo das Skelett ausgegraben wurde – gelebt hat. Und das vor unvorstellbar langer Zeit!« Ein ungläubiges Raunen ging durch den Saal. »Der Sauropode hat vermutlich im Wasser, in flachen Seen oder Sümpfen gelebt …«, fuhr Drevermann fort und legte etwas Dramatik in seine Stimme hinein, als er ergänzte: »… um sich vor den Raubsauriern zu schützen, die ihm nach dem Leben trachteten.«

Mit Grausen musste Sophie sofort an die Zeichnung eines *Tyrannosaurus Rex* denken, die ihr Vater ihr in einem Buch von Henry Fairfield Osborn gezeigt hatte – insbesondere an die detaillierten Darstellungen der mächtigen Kiefer dieses Giganten mit seinen vielen spitzen Zähnen. Die Vorstellung, einem dieser gefräßigen Monster leibhaftig zu begegnen, hatte sie gegruselt. Doch angesichts dieses harmlosen, riesigen Pflanzenfressers, dessen Art zudem schon vor Ewigkeiten ausgestorben war, verfestigte sich in ihr der drängende Wunsch, mehr über das Leben vor undenklichen Zeiten zu erfahren. Und der Enthusiasmus von Doktor Drevermann für die Dinosaurierforschung, die wissenschaftlich *Paläontologie* hieß, weckte die Sehnsucht in Sophie, selbst nach den Überresten urzeitlicher Tiere zu suchen. Seine mitreißenden Worte, mit denen er diesen versteinerten Knochen gewissermaßen Leben einhauchte, riefen bei ihr ein aufgeregtes Kribbeln im Bauch hervor. Sie stellte sich wieder vor, wie es wohl wäre, solche Skelette zu entdecken, sie auszugraben, zu berühren – und die Knochen zum Sprechen zu bringen.

So ein Dinosaurierfund war schon etwas anderes als die Suche nach Steinen und Mineralien, die ihr Vater mit großer Freude betrieb. Solange sie denken konnte, hatte er von seinen Funden bei geologischen Grabungen in Steinbrüchen nahe Marburg und in der Eifel geschwärmt. Und in den Ferien hatten ihn seine Töchter, ausgerüstet mit Hämmerchen und kleinen Meißeln, bei der Suche nach versteinerten Pflanzen- und Muschelresten, die seit Urzeiten im Gestein eingeschlossen waren, hin und wieder begleitet. Dabei hatte Sophie gelernt, dass die Gesteinsbrocken die Geheimnisse, die sie in ihrem Inneren verbargen, nur dem geschulten Forscherauge preisgaben. Diese oftmals mühselige Tätigkeit war Sophie zwar interessant, aber wenig aufregend erschienen. Wie viel abenteuerlicher musste da doch die Ausgrabung eines riesigen Dinosauriers sein, noch dazu in Amerika, Asien oder Afrika, dachte sie fasziniert.

»Interessiert mein Vortrag Sie nicht, junges Fräulein?«, erklang die Stimme von Drevermann plötzlich streng.

Ein leichter Knuff ihrer Schwester machte Sophie bewusst, dass sie gemeint war. Tief in ihre eigenen Gedanken versunken, hatte sie, scheinbar desinteressiert, auf den Boden vor sich gestarrt, anstatt Drevermann anzuschauen und ihm so zu signalisieren, dass sie seinen Ausführungen aufmerksam folgte. Sie schämte sich, hob hastig den Blick und spürte, dass sie rot anlief. Wie peinlich.

»Doch … natürlich … Verzeihung, Doktor Drevermann«, stammelte sie beschämt.

Zum Glück entspannten sich seine Gesichtszüge ein wenig, als er sie wiedererkannte. »Ach, das junge Fräulein von Mayden, richtig? Vermutlich hat Ihr Herr Papa Ihnen schon alles über den *Diplodocus* erzählt?« Er strich sich mit Daumen und Zeigefinger über seinen gepflegten blonden Schnurrbart und blickte sie fragend an.

Sophie wäre am liebsten im Boden versunken, als sie bemerkte, dass sich sämtliche Blicke auf sie gerichtet hatten. »Nein«, antwortete sie leise. »Bitte fahren Sie fort! Es ist wirklich außerordentlich interessant.«

Drevermann räusperte sich. »Nun denn … Da wir nun auch die Aufmerksamkeit von Fräulein von Mayden haben …« Er machte eine kleine Pause und nickte Sophie zu, was ihr erneut die Röte ins Gesicht trieb. Dann setzte er an, seinen Zuhörerinnen den Dinosaurier in allen Einzelheiten zu beschreiben: »Dieses achtzehn Meter lange, restaurierte Originalskelett gehört zur Gruppe der *Saurischia*, also der Pflanzenfresser. Mit einem kleinen Kopf und enorm langem Hals und Schwanz. Dabei hat er einen kurzen Rumpf, vier gleich lange Extremitäten, schlanke, rechenartig gestellte Stiftzähne, die sich nur vorne im Kiefer befinden, und Wirbel mit Hohlräumen. Er besitzt fünfzehige Füße, deren innere Zehen mit Krallen ausgestattet sind.« Mit einem Zeigestock wies er auf die jeweiligen Objekte, die er beschrieb. »Ein Teil dieses Skeletts wurde im Erdreich so sehr gequetscht, dass es nicht hätte aufgestellt werden können. Deshalb besteht dieser *Diplodocus* aus den Fossilien mehrerer anderer Exemplare derselben Gattung, die man an derselben Ausgrabungsstelle gefunden hat.« Er machte zwei, drei Schritte nach hinten und klopfte mit dem Bambusstock mehrmals auf einen der hohlen Wirbel des langen Dinosaurierschwanzes. Das unheimliche, dumpfe Trommelgeräusch ließ Sophie erschaudern. »Im Gegensatz zu diesem Knochen«, fuhr Drevermann fort, »wurden andere fehlende Stücke von unseren Präparatoren in mühevoller und bewundernswerter Kleinarbeit nachgebildet und eingefügt. Es sind nur wenige der fast fünfzig *Caudalwirbel*, die den Schwanz dieses Skeletts bilden.« Er ließ seinen Blick über die Schülerinnen schweifen und fügte hinzu: »In vielen anderen Museen werden nur Kopien von Dinosauriern ausgestellt. Dies hier ist jedoch ein echtes *Diplodocus*-Skelett – das einzige außerhalb von Amerika!« Sophie bemerkte einen gewissen Besitzerstolz in seiner Stimme. Drevermann reckte den Kopf und wippte auf seinen Ledersohlen leicht vor und zurück, was ein quietschendes Geräusch verursachte. Dann fragte er unvermittelt: »Nun, meine Damen, woran erkennt man wohl, ob es sich bei einem Ausstellungsobjekt um einen kompletten Nachbau oder ein Original handelt?«

In der gespannten Stille des riesigen Saals hörte man nur das nervöse Scharren von Füßen und leises Wispern, da keins der Mädchen die Antwort kannte.

Während Sophie noch angestrengt nachdachte, ob ihr Vater ihr etwas dazu erklärt hatte, platzte Charlotte neben ihr heraus: »An der Schrifttafel darunter?«

Ihre freche Bemerkung sorgte für Gekicher.

Doch Doktor Drevermann verzog keine Miene, als er erwiderte: »Sehr richtig, junges Fräulein, das ist eine Möglichkeit. Deshalb hat jedes Schaustück in diesem Museum ein Etikett, eine kleine Karte oder Tafel mit den notwendigen Erklärungen für die interessierten Besucher. Wenn Sie jedoch selbst feststellen wollen, ob es sich bei einem Objekt, wie diesem Saurier, um ein Original oder eine Nachbildung handelt, dann können Sie dies daran erkennen, wie die einzelnen, losen Knochen oder deren Fragmente zusammengesetzt wurden. Bei Nachbildungen bohren die Präparatoren Löcher in die Gipsmodelle und benutzen eingesetzte Stifte, um zum Beispiel solche Schwanzwirbel unsichtbar miteinander zu verbinden.« Er deutete mit seinem Stock auf den langen Schwanz des Sauriers. »Wie sie jedoch hier erkennen, haben die Wirbel keine verbindenden Stifte, sondern wurden einzeln, in ihrem natürlichen Abstand, in diesem Gerüst befestigt, um den Schwanz zu stabilisieren. Und sehen Sie bitte genau hin! Ein weiteres Merkmal für echte Knochen ist die Beschaffenheit ihrer Oberfläche. Die der Originale ist rauer, da sie ja eine unvorstellbar lange Zeit den Sedimenten ausgesetzt waren, in denen sie ruhten. Sie sind nicht so glatt und makellos wie handgefertigte Kopien.«

Sophie schwirrte der Kopf von den unzähligen Informationen, die auf sie einprasselten. Gleichzeitig war sie begeistert von Drevermanns mitreißendem Vortrag. Ihre Bewunderung für das fertige Dinosaurierskelett, das so imposant vor ihr aufragte, wuchs immer mehr; außerdem vermochte sie nun zu erahnen, wie viel Leidenschaft und wissenschaftliche Forschungsarbeit nötig waren, bis so ein kolossales Relikt aus lange vergangenen Zeiten seine Geheimnisse preisgab. Die schier monumentale Aufgabe, die studierte Paläontologen und Präparatoren zu bewältigen hatten, bis das Urtier eine halbe Ewigkeit nach seinem Tod hier im Senckenberg-Museum bestaunt werden konnte, imponierte ihr sehr.

Schließlich beendete der junge Wissenschaftler seine Ausführungen, und den jungen Mädchen wurde Zeit eingeräumt, das Gesagte auf sich wirken zu lassen und dabei das Exponat genauer zu betrachten. Unwillkürlich gab sich Sophie abermals ihrer Wunschvorstellung hin, eines Tages selbst in exotischen Ländern nach Dinosaurierskeletten zu graben und als große Entdeckerin gefeiert zu werden.

Um sich diesen Traum zu erfüllen, würde sie studieren müssen. Zwar gab es bisher keine Gymnasien, auf denen auch Mädchen ihre Hochschulreife erwerben konnten, aber zum Glück hatte ihr Vater dafür gesorgt, dass seine Töchter die Elisabethenschule besuchten. Dort erhielten sie eine für Schülerinnen sehr umfangreiche Bildung – mit Unterricht in Mathematik, Naturkunde und Fremdsprachen. Seine Zweitälteste hatte darüber hinaus die Möglichkeit genutzt, nach den üblichen zehn Schuljahren in derselben Lehranstalt das Städtische Lehrerinnenseminar zu besuchen, und würde im Frühjahr ihr Abschlussexamen als Lehrkraft ablegen können.

Sophie wollte danach jedoch nicht als Lehrerin an einer Höheren Mädchenschule unterrichten, sondern hoffte, dass dieser Abschluss als Hochschulreife anerkannt werden würde und sie anschließend ein

Studium beginnen könnte. Seit ihr zu Ohren gekommen war, dass es in der Reichshauptstadt Pläne gab, in Preußen und Hessen ab 1908 auch Frauen zum Studium zuzulassen, hatte sie ihren Blick fest auf dieses Ziel gerichtet.

Ihre Mutter hielt das allerdings für Unsinn. Anna von Mayden wünschte sich für ihre beiden jüngeren Mädchen eine ebenso standesgemäße Ehe, wie sie ihre älteste Tochter Marianne im letzten Jahr mit dem Kommerzienrat Merzenich eingegangen war. Dann wären sie abgesichert und würden gemäß ihrer natürlichen Bestimmung als Frau an der Seite eines wohlhabenden Mannes Erfüllung finden. Sie zeigte bisher keinerlei Verständnis dafür, dass ihre Zweitälteste die Nase lieber in Bücher steckte, anstatt sich in hübschen Ballkleidern auf gesellschaftlichen Festlichkeiten den potenziellen Heiratskandidaten von ihrer besten Seite zu zeigen – anständig, gesittet und fügsam.

Aber Sophie hatte andere Pläne für ihr Leben. Sie setzte alle ihre Hoffnungen in ihren Vater. Der hatte sie schließlich von klein auf darin bestärkt, sich so viel Wissen wie nur möglich anzueignen. Doch sobald sie das heikle Thema Studium ansprach, wurde sie auch von ihm nur mit einem nachsichtigen Lächeln bedacht. Sie sollte abwarten, was die Zukunft für sie bereithielte, meinten Mutter und Vater einmütig, konnten ihre Tochter damit jedoch nicht von ihrem brennenden Wunsch abbringen.

Tief in Sophies Innerem kämpften Zielstrebigkeit und Hartnäckigkeit mit dem Respekt vor den Entscheidungen ihrer Eltern. Sie war kein Mädchen, das offen gegen Regeln und Respektspersonen aufbegehrte – ganz im Gegensatz zu ihrer jüngeren Schwester, die zugleich ihre engste Freundin war. Mit Charlotte konnte sie vertrauensvoll über ihre heimlichen, rebellischen Gedanken sprechen.

Die Fünfzehnjährige hatte selbst recht eigenwillige Vorstellungen von ihrer Zukunft und träumte davon, nach ihrem Schulabschluss Künstlerin zu werden. Bei jeder Gelegenheit pfiff sie auf die gesellschaftliche Etikette. Als Nesthäkchen nahm man ihr das ungebührliche Verhalten nicht übel, sondern belächelte es als die Albernheiten eines Kindes. Charlotte war das egal, solange sie ihre kleinen Freiheiten genießen konnte.

Beide Mädchen waren froh, dass inzwischen die Vormundschaft über unverheiratete Frauen in Deutschland abgeschafft worden war. Wenn sie sich nachts im gemeinsamen Schlafzimmer flüsternd darüber unterhielten, was sie sich alles für ihre Zukunft erträumten, konnten sie es gar nicht erwarten, endlich einundzwanzig und damit volljährig zu werden. Bis dahin standen sie ärgerlicherweise weiterhin unter elterlicher Aufsicht, und wenn es nach ihrer Mutter ging, würde möglichst bald ein passender Ehemann diese Aufgabe übernehmen.

Doch Sophie fühlte sich nicht dazu geschaffen, sich ihr Leben von einem Gatten und der Gesellschaft aufzwingen zu lassen. Ihr grauste vor der Langeweile zwischen Haushalt, Dienstboten, eleganten Empfängen, Stickrahmen und Kindererziehung.

Welche anderen, abenteuerlichen Möglichkeiten das Leben für sie bereithielt, wurde ihr hier und heute im Museum abermals deutlich vor Augen geführt. Die Dinosaurier, die Erforschung ihrer Existenz auf der Erde vor ewig langen Zeiten – das war es, was Sophie sich von ihrer Zukunft erträumte. Sie musste sich nur anstrengen, dann würde es schon irgendwann gelingen, ihren sehnlichsten Wunsch zu verwirklichen.

Die Welt war so groß, und es gab so viel Neues und Aufregendes darin zu entdecken, dachte sie voller Vorfreude und legte ein weiteres Mal den Kopf in den Nacken. Im Angesicht dieses riesigen *Diplodocus longus* schwor sie sich, dass sie alles daransetzen würde, die Welt außerhalb der Konventionen für ein anständiges Bürgertöchterchen zu erobern – egal, wie mühsam der Weg auch sein mochte. Sie würde es schaffen!

Frankfurt, Mai 1908

»Pass doch auf, Mädchen!« Mit einer unwirschen Geste scheuchte Anna von Mayden das Dienstmädchen Fritzi beiseite und stach die lange Hutnadel selbst in ihr Haar. Dann prüfte sie den Sitz des ausladenden Kopfputzes mit der breiten Krempe, dessen dramatisch wirkender, smaragdgrüner Stoffwirbel mit einem Band aus heller Spitze und zarten Federn verziert war. Sie besah sich kritisch von allen Seiten in dem dreiteiligen Spiegel ihrer Frisierkommode aus glänzendem Mahagoni.

Anschließend musterte sie ihre beiden so unterschiedlichen älteren Töchter, die sich ebenfalls in ihrem Ankleidezimmer aufhielten. Sophie hockte mit krummem Rücken auf einem Pouf-Hocker in der Ecke und schien, vertieft in eines ihrer wissenschaftlichen Bücher, die Welt um sich herum mal wieder völlig vergessen zu haben. Anna von Mayden war ein solches Verhalten höchst suspekt, und es besorgte sie, dass ihre Mittlere sich ständig mit solchem Unsinn beschäftigte. Deshalb brachte sie bei jeder passenden Gelegenheit zum Ausdruck, wie sehr sie hoffte, dass Sophie sich endlich an ihrer älteren Schwester Marianne ein Beispiel nehmen würde. Diese saß auf der mit mauvefarbenem Samt bezogenen Chaiselongue und blätterte in der neuesten Ausgabe der Zeitschrift *Die Mode*.

»Hast du schon ein hübsches Reisekostüm für eure Fahrt nach Bad Gastein entdeckt, mein Schatz? Dann können wir das nachher gleich bei der Schneiderin in Auftrag geben«, schlug Anna von Mayden betont fröhlich vor.

Marianne blickte überrascht auf und schob mit den Fingern eine vorwitzige Locke zurück in ihr dunkles, glänzendes Haar, das in weichen Wellen kunstvoll aufgesteckt war. Offensichtlich war sie mit ihren Gedanken ganz woanders gewesen.

»Nein, ich habe mich noch nicht entschieden«, erwiderte sie seufzend, »aber es sind ja zum Glück auch noch fast drei Wochen bis dahin.«

»Du klingst, als hättest du überhaupt keine Lust, ins Salzburger Land zu reisen. Dabei muss es dort im Frühjahr bezaubernd sein. Und dann noch ins *Grand Hotel de l'Europe*!«, hob Anna von Mayden hervor, deren Stimme vor lauter Begeisterung bebte. »Statt dankbar zu sein, dass du deinen Mann zur Eröffnung des größten und modernsten Hotels der österreich-ungarischen Monarchie begleiten darfst, machst du ein Gesicht, als wenn er dich in die afrikanischen Kolonien verschleppen wollte. Dabei darfst du in einem nagelneuen Luxushotel mit zehn Stockwerken mitten in einem mondänen Kurort wohnen! Das ist doch fantastisch!« Als Marianne nur mit einem müden Lächeln reagierte, fuhr sie fort: »Was würde ich darum geben, wenn dein Vater mir so etwas böte! Aber mein lieber Herr Gemahl behauptet, dass er auch in diesem Sommer viel zu beschäftigt in Frankfurt sei, um zu verreisen. Wahrscheinlich will er nur wieder in irgendwelchen Steinbrüchen herumwühlen.« Sie seufzte theatralisch auf. »Was für ein Glück du dagegen mit deinem Kommerzienrat hast, der dir solchen Luxus bietet. Sechs Wochen Bad Gastein!« Sie trat auf Marianne zu, die nun mit einem mürrischen Gesichtsausdruck zu ihr aufschaute und das Modemagazin achtlos zu Boden gleiten ließ. »Was ist nur mit dir, Kind?«, fragte Anna von Mayden verständnislos und blickte ihre Tochter streng an.

»Ach, wenn du wüsstest …«, murmelte Marianne und gab einen lauten Seufzer von sich.

»Was soll das heißen?«

»Sechs Wochen mit einem Mann, der eine Radon-Kur im heißen Thermalwasser braucht, um wenigstens ein paar seiner Zipperlein zu lindern. Ansonsten werden wir sicher die meiste Zeit einfach nur im Hotel herumsitzen – so wie wir es sonst zu Hause tun«, beschwerte sich Marianne.

Sophie sah überrascht von ihrem Buch auf, als sie das Lamentieren ihrer Schwester hörte. Denn bislang war sie die Einzige in der Familie gewesen, die Marianne ins Vertrauen gezogen hatte: Sobald sie mit der älteren Schwester allein war, begann diese zu klagen, wie unglücklich sie in ihrer jungen Ehe war. Heute schien Marianne erstmals auch ihrer Mutter gegenüber andeuten zu wollen, wie sehr sie sich in der Wahl ihres Ehemannes getäuscht hatte. Dabei hatte alles genauso märchenhaft begonnen, wie die drei Schwestern es sich als kleine Mädchen ausgemalt hatten.

Das charmante Werben ihres eleganten, zwar deutlich älteren, dafür aber umso weltgewandteren Bräutigams hatte Marianne beeindruckt, als sie ihm scheinbar zufällig auf mehreren Bällen begegnet war. Sie hatte an Schicksal – gar an ein Zeichen des Himmels – geglaubt und erst später herausgefunden, dass ihre Mutter hinter den Kulissen dem Zufall auf die Sprünge geholfen hatte. Der früh verwitwete Kommerzienrat galt in ihren Kreisen als blendende Partie, und Anna von Mayden sorgte dafür, dass ihre hübsche Tochter ihm ins Auge fiel. Einige Einladungen in die opulente Stadtvilla der Familie von Mayden taten ein Übriges, und schließlich hielt Franz-Josef Merzenich um Mariannes Hand an. Nach der prächtigen Hochzeit, von der noch heute das halbe Westend schwärmte, war die junge Braut zu ihm in seine hochherrschaftliche Villa mit großzügigem Park in der Nähe des Palmengartens gezogen.

Doch nach der anfänglichen Begeisterung für die schönen Kleider und den kostbaren Schmuck, mit denen ihr Ehemann sie überhäuft hatte, langweilte Marianne sich mit ihm inzwischen zu Tode. Schon nach wenigen Monaten der liebevollen Zweisamkeit hatte Franz-Josef seinen gewohnten, fest durchstrukturierten Tagesablauf wieder aufgenommen: Nach dem gemeinsamen Frühstück verschwand er stundenlang in seinem Arbeitszimmer, brauchte danach eine ausgiebige Mittagsruhe und ging nachmittags in den Herrenclub. Und gleich nach dem Abendessen rauchte er, bei belangloser Konversation mit seiner Gattin, eine stinkende Zigarre am Kamin, bevor er sich früh in seine Gemächer zurückzog. Seine junge Frau blätterte dann noch eine Weile in ihrer *Sonntags-Zeitung für Deutschlands Frauen* oder träumte sich mithilfe fesselnder Liebesromane in dramatische Romanzen. Sie trank dabei Rotwein und hoffte, dass ihr Gemahl in der Zwischenzeit zu müde geworden war, um sie anlässlich der ehelichen Pflichten, denen er nur gelegentlich nachkam und deren leidenschaftslose Verrichtung ihr eher lästig war, in ihrem Schlafzimmer zu besuchen.

Sophie war angesichts dieser sich immer öfter wiederholenden, detaillierten Schilderung von Mariannes Eheleben anfangs fassungslos gewesen. Doch sobald sie ihrer Schwester zugestimmt hatte, dass dieser Zustand unhaltbar war, hatte diese nur frustriert abgewunken und behauptet, das Leben in ihren gesellschaftlichen Kreisen wäre nun einmal so. Statt ernsthaft etwas zu verändern, nutzte Marianne inzwischen jede Gelegenheit, der Einsamkeit in ihrem großen Haus zu entkommen. Natürlich tat sie das nur tagsüber. Da sie als anständige Dame nicht einfach allein durch die Stadt flanieren oder in irgendwelchen Cafés herumsitzen konnte, traf sie abwechselnd ein paar Bekannte. Ihren Kummer konnte sie dort jedoch nicht loswerden, denn ihre Freundinnen beneideten sie darum, eine so hervorragende Partie gemacht zu haben. Da wollte sie sich keine Blöße geben oder für Gerede sorgen. Und ihre Eltern waren so froh, die erste ihrer drei Töchter vorteilhaft unter die Haube gebracht zu haben, dass Marianne Hemmungen hatte, die Illusionen der beiden zu zerstören. Also teilte sie ihren Verdruss nur heimlich mit Sophie und versuchte, sich nach außen so aufgeräumt wie möglich zu geben, was ihr jedoch zunehmend schwerer fiel. Langsam litt sie unter einer ernsthaften Melancholie, wie Sophie feststellte, und das schien nun selbst ihre Mutter zu bemerken.

»Reiß dich ein bisschen mehr zusammen, Marianne! Statt zu jammern, solltest du dankbar für die schöne Reise sein und deine Zeit in Bad Gastein sinnvoll nutzen – mit belebenden Spaziergängen oder beim Kurkonzert«, forderte Anna von Mayden sie energisch auf.

Marianne hob ihren Kopf und zeigte eine widerspenstige Miene. »Franz-Josef möchte, dass ich ihn zu seinen Anwendungen begleite.

Als wenn *ich* eine Kur bräuchte!«, stieß sie entrüstet aus. Dann sackte sie wieder in sich zusammen und murrte: »Er mag es nicht, wenn ich eigene Wege gehe …«

»Wie bitte?«

»Er ist furchtbar eifersüchtig«, brauste sie auf.

»Kein Wunder bei so einer jungen, attraktiven Frau wie dir«, erwiderte ihre Mutter, die mit solchen Worten Mariannes Stimmung aufzuhellen versuchte; aber sie erreichte damit eher das Gegenteil.

»Hätte ich ihn bloß nicht geheiratet«, klagte ihre Tochter plötzlich aus tiefster Brust und schien im selben Moment über ihre eigene Ehrlichkeit zu erschrecken. Doch nun, wo sich ihre unterdrückten Gefühle einen Weg nach draußen gebahnt hatten, schob sie trotzig hinterher: »Er stammt aus einer anderen Generation. Schließlich ist er schon fast fünfzig, und ich bin erst zweiundzwanzig. Er hat keine Lust, auf Bälle zu gehen, mag keine Einladungen zu Diners bei uns zu Hause, aber will auch nicht mit mir ausgehen. Ständig sitze ich nur zu Hause herum. Wenn ich geahnt hätte, dass die Ehe so eintönig sein würde …« Sie verstummte und warf ihrer Mutter einen vorwurfsvollen Blick zu.

Sophie hatte in ihrer Ecke still in dem Buch geblättert, dabei aber aufmerksam zugehört. Jetzt wartete sie gespannt auf die Reaktion ihrer Mutter. Würde sie Verständnis für die Sorgen ihrer Ältesten zeigen?

»Worüber beschwerst du dich, Marianne?«, stieß Anna von Mayden ungehalten aus. »Du solltest mir danken, dass du einen sehr wohlhabenden Mann mit tadelloser Reputation abbekommen hast, der nicht mehr arbeiten muss, sondern seine ganze Zeit mit dir verbringen kann. Neben dem Status als Frau Kommerzienrat, um den dich viele deiner Freundinnen beneiden, bietet Franz-Josef dir ein sorgenfreies Leben und erwartet dafür lediglich, dass du ihm einen Stammhalter schenkst.« Sie zog fragend eine Augenbraue hoch. »Wie sieht es diesbezüglich denn inzwischen aus?«

Bevor Marianne auf diese leidige, ständig wiederkehrende Frage reagieren konnte, erlöste sie das Erscheinen von Charlotte.

Die mittlerweile Sechzehnjährige stürmte ins Zimmer und fragte atemlos: »Wie lange braucht ihr denn noch? Ferdinand hat schon die Limousine vorgefahren.«

Ihre Mutter drehte sich zu ihr um. »Wir kommen gleich. Ich unterhalte mich nur noch kurz mit deiner Schwester«, erwiderte sie und wandte sich wieder Marianne zu, die jedoch bereits aufgestanden war.

»Wir sind fertig. Ich komme mit dir, Charlotte«, erklärte sie und schritt eilig an ihrer Mutter vorbei.

Auch Sophie klappte ihr Buch mit einem Knall zu und sprang auf. »Ich hole meinen Mantel.«

Verblüfft blickte Anna von Mayden ihren Töchtern hinterher, rückte noch einmal den Hut zurecht, griff nach ihrer Handtasche und folgte ihnen die Treppe hinunter.

Vor dem schmiedeeisernen Gartentor der imposanten vierstöckigen Stadtvilla, die sich über das große Eckgrundstück zwischen Brentanostraße und Kettenhofweg erstreckte, wartete der Chauffeur der Familie neben dem blankpolierten, moosgrünen Auto. Das Fahrzeug war der ganze Stolz von Professor von Mayden. Ihn faszinierte die moderne Technik, und so war er einer der ersten Käufer des neuen *Typ 35 PS* gewesen, des ersten Automobils der Daimler-Motoren-Gesellschaft mit Kardan-Antrieb.

Als die Herrin des Hauses mit ihren Töchtern auftauchte, zog Ferdinand zackig seine dunkelgrüne Schirmmütze vom Kopf und deutete eine leichte Verbeugung an. Dann öffnete er die hintere Tür zum Fahrgastraum, der mit weichen Polstern und kleinen Gardinen ausgestattet war, welche die Scheiben dekorativ einrahmten. Während Charlotte, Sophie und Marianne leichtfüßig einstiegen, stützte sich Anna von Mayden auf die höflich dargereichte Hand des Chauffeurs, hielt ihren großen Hut fest und ließ sich in die Limousine helfen. Dann nahm Ferdinand seinen Platz auf der rechten Seite der offenen Fahrerkabine ein und kutschierte die Damen in die Innenstadt.

Dort angekommen, begaben sich die vier in das beliebte *Café Hauptwache*, das am frühen Freitagnachmittag schon gut besucht war. Sie ließen sich von einem Kellner zu einem freien Tisch auf der Terrasse führen. Im Schatten war es Anfang Mai zwar noch ein wenig frisch, aber die lang vermisste Frühlingssonne lockte die Menschen trotzdem hinaus ins Freie, und so tranken sie leicht fröstelnd ihren Nachmittagstee. Danach spazierten sie zur nahe gelegenen *Zeil*, wo sie im Schneideratelier von Johanna Wertheimer zur Anprobe verabredet waren. Es war höchste Zeit, sich um die Sommergarderobe zu kümmern.

Kaum hatten sie das Geschäft mit den einladend großen Schaufenstern betreten, wurden sie von der Inhaberin höchstpersönlich empfangen: einer kleinen, eleganten Frau in einem schmal geschnittenen, schwarzen Tageskleid, die das renommierte Atelier vor ein paar Jahren von ihrem Vater übernommen hatte. Seitdem schneiderte sie die exquisite Garderobe der meisten Damen der gehobenen Frankfurter Gesellschaft und bot zudem die neueste Mode aus Paris und London an.

»Gnädige Frau, die jungen Damen«, begrüßte sie ihre Stammkundinnen. »Wie schön, Sie wiederzusehen. Alles ist bereits vorbereitet. Möchten Sie sich vor der Anprobe noch ein wenig umschauen? Ich habe da gerade einige ganz wunderbare neue Modelle aus Frankreich hereinbekommen.« Johanna Wertheimer deutete mit einer einladenden Geste auf einige vorne im Verkaufsraum ausgestellte Kleider im modernen, gerade geschnittenen Empirestil mit schmaler Silhouette und hoher Taille.

Während die drei jungen Damen sich sofort interessiert danach umsahen, antwortete ihre Mutter: »Nein danke, Frau Wertheimer. Ich würde lieber gleich die Stücke sehen, die wir beim letzten Mal in Auftrag gegeben haben.«

Doch Charlotte hatte anderes im Sinn. »Ach, Mama, schau doch mal!«, rief sie begeistert. »Was für Farben!« Sie deutete zuerst auf ein langes Kleid in Zitronengelb und dann auf ein kürzeres in einem grellen Froschgrün.

»Aber, Kind! So was kann man doch in Frankfurt nicht tragen!« Ihre Mutter schüttelte konsterniert den Kopf. »Das sind doch *Capricen* aus Paris.«

Gleichwohl machte die geschäftstüchtige Schneiderin einen Schritt auf die jüngste der Damen zu und pries die neuen Modelle an. »Das sind die aktuellen Entwürfe des berühmten Pariser Modeschöpfers Paul Poiret. Sie sind für gewöhnlich aus leichter Baumwolle, aber ich habe auch eines aus Seide.« Sie strich mit der Hand über eines der Kleider. »Fühlen sie, wie leicht sie sind – perfekt für einen warmen Sommertag.«

Vorsichtig ließ Charlotte den fließenden Stoff durch ihre Finger gleiten. »Mich begeistern vor allem diese Farben! Das ist doch etwas anderes als das ewige Weiß und die blassen Pastelltöne. Diese Kleider sehen aus wie die Gemälde moderner Künstler.«

»Sie haben ein sehr gutes Auge«, lobte Johanna Wertheimer. »Poiret ließ sich für diese Kollektion von der avantgardistischen Malerei der Gruppe *Les Fauves* beeinflussen.«

»*Les Fauves*? Bedeutet das nicht ›Die Wilden‹?«, übersetzte Sophie und zwinkerte ihrer Schwester zu.

»So möchte ich auch malen können«, seufzte Charlotte verzückt. »So bunt und wild!«

»Und ich würde gern so ein herrliches Kleid haben«, schwärmte Sophie und hielt sich das hellgrüne vor den Körper.

»Diese Kleider werden von den Pariserinnen übrigens nur mit Hüftgürtel und Brustleibchen getragen«, erklärte die Schneiderin.

»Was? Ohne Korsett?«, fragte Marianne entgeistert.

»So ein Unsinn!«, unterband Anna von Mayden kurzerhand den Exkurs in neumodische, exotische Modewelten. »Nun kommt endlich! Die Anprobedamen warten sicher schon. Und wir müssen noch ein Reisekostüm für Mariannes Kururlaub in Bad Gastein auswählen.« Ohne ihren Töchtern weitere Aufmerksamkeit zu schenken, steuerte sie zielstrebig das Atelier hinter dem Verkaufsraum an.

Die Schneiderin eilte umgehend an ihre Seite, da sie wusste, wer am Ende über die Einkäufe bestimmte.

Anna von Mayden hatte bereits recht genaue Vorstellungen, was den Stoff und den Schnitt des Kostüms anbelangte, und verkündete: »Mir schwebt da etwas im Stile des englischen Modehauses *Redfern* vor.« Nach diesen Worten verschwand sie hinter dem Samtvorhang, der die Räumlichkeiten trennte.

Schweren Herzens folgten ihr die drei jungen Damen. Marianne murrte leise vor sich hin, wenig begeistert angesichts der bevorstehenden Reise mit ihrem langweiligen Ehemann und des unbequemen Kostüms, zu dem man sie offensichtlich überreden wollte. Auch Sophie schaute unglücklich drein, denn sie wusste, dass ihre ausgefallenen Sehnsüchte bei ihrer Mutter auf taube Ohren stießen. Mit einem ermutigenden Händedruck gab Charlotte ihr zu verstehen, dass sich das eines Tages sicherlich ändern würde.

* * *

In den letzten Wochen hatte Sophie eifrig für ihre Prüfungen am Lehrerinnenseminar gebüffelt und anschließend den Ergebnissen entgegengezittert. Heute war endlich der große Tag, an dem offiziell verkündet wurde, ob sie tatsächlich bestanden und damit die Befähigung als Lehrkraft für Höhere Mädchenschulen erworben hatte.

Ihre Eltern begleiteten sie und Charlotte, die ihr Abschlusszeugnis der zehnten Klasse erhalten würde, zur feierlichen Zeremonie in der Elisabethenschule. Es herrschte reges Treiben in der Aula, in der sich die Schülerinnen und ihre Verwandten versammelt hatten. Nachdem alle Platz genommen hatten, hielt die Direktorin eine Rede, in der sie die Absolventinnen beglückwünschte und dazu ermahnte, ihren weiteren Lebensweg als Ehefrau und Mutter mit derselben Disziplin anzugehen wie ihre Schulzeit.

Charlotte knuffte Sophie, die neben ihr saß, in die Seite und grinste sie verschwörerisch an. Beide Mädchen hatten andere Pläne für ihre Zukunft als die meisten ihrer Mitschülerinnen. Charlotte träumte weiterhin davon, Malerin zu werden, und Sophie wollte keinesfalls an einer Mädchenschule unterrichten, sondern studieren.

Eine baldige Heirat war für beide Schwestern definitiv keine Option.

Als sie schließlich nach vorne gerufen wurde, um ihr Zeugnis entgegenzunehmen, klopfte Sophies Herz bis zum Hals. Mit einem Knicks nahm sie die Urkunde aus der Hand der Schulleiterin entgegen, die dabei kurz den Kopf senkte und ihr heimlich zuzwinkerte.

»Fräulein Sophie von Mayden, Sie haben Ihr Examen mit Auszeichnung bestanden«, verkündete dann die Direktorin mit lauter Stimme. »Die Schulleitung gratuliert Ihnen zum besten Abschluss Ihres Jahrgangs!«

Sophie lief rot an, als spontaner Applaus aufbrandete. Als sie sich umdrehte, sah sie, wie Charlotte und ihr Vater sogar aufsprangen, um ihr zuzujubeln. Was für ein Moment! Sie hatte es tatsächlich geschafft. Eine riesige Last fiel von ihr ab. All die Jahre des Lernens, insbesondere die letzten Wochen, in denen sie in ihrem Zimmer wieder und wieder den Stoff gepaukt hatte – es hatte sich gelohnt. Jetzt hielt sie den Beweis in den Händen, dass sie zu mehr befähigt war, als einen Haushalt zu führen.

Dass ihr Abschluss kein reguläres Abitur war, nagte allerdings an ihr. Sie konnte nur hoffen, dass er trotzdem als Zeugnis der Hochschulreife anerkannt würde. Die anstehende Neuordnung des Höheren Mädchenschulwesens war allerdings erst für August angekündigt worden. Und falls dann Frauen die Möglichkeit erhielten, zukünftig eine hessische Universität zu besuchen, würde dieser Entscheid erst zwei Monate später, also zu Beginn des Wintersemesters, in Kraft treten. Das wurde alles furchtbar knapp, dachte Sophie besorgt, die sich wünschte, noch in diesem Jahr ihr Studium aufzunehmen.

Doch jetzt wollte sie ihren Erfolg erst einmal feiern.

Ihre Eltern hatten je eine von Sophies und Charlottes liebsten Schulkameradinnen und deren Eltern, das Ehepaar Weis sowie Sanitätsrat Gulde und dessen Gattin, zu einem Sektempfang in die Villa am Kettenhofweg eingeladen. Die gefüllten Gläser standen schon bereit, als die kleine Gesellschaft den Salon betrat. Dort befanden sich bereits die Großeltern mütterlicherseits, die in Mainz wohnten und von Ferdinand mit dem Automobil abgeholt worden waren. Sie kamen den beiden strahlenden Mädchen entgegen und umarmten sie herzlich.

»Kinder, wir sind so stolz auf euch«, rief ihre Großmutter. »War es denn eine schöne Feier in der Schule? Schade, dass wir nicht dabei sein konnten! Aber ihr wisst ja, dass euer Großvater nicht mehr gut so lange irgendwo herumsitzen kann.«

Daraufhin begann Charlotte aufgeregt, von der Abschlussfeier zu erzählen.

»Möchten Sie sich vielleicht frisch machen, bevor wir anstoßen?«, fragte Anna von Mayden unterdessen die Mütter der Schulkameradinnen ihrer Töchter.

Angesichts der bereits gefüllten Sektgläser erklärten die Angesprochenen jedoch, dies wäre nicht nötig.

Als höflicher Gastgeber bot Robert von Mayden den Herren Weis und Gulde an: »Vielleicht würden Sie gerne zuerst eine Zigarre im Kaminzimmer rauchen?«

Da schaltete sich sein Schwiegervater ein. »Nun lasst uns endlich anstoßen! Wir warten hier schon ewig darauf, dass ihr kommt. Stell dir vor, Anna: Euer Dienstmädchen hat mir verboten, etwas zu trinken, bevor ihr da seid. Dabei habe ich so einen Durst nach der langen Reise.«

»Gustav!«, tadelte ihn seine Frau. »Das Mädchen hat dir doch vorhin extra eine Limonade gebracht.«

»Limonade!«, stieß er empört aus. »Ich möchte Sekt trinken, Helene!« Doch seine Entrüstung war nicht ernst gemeint, wie alle sehen konnten, denn im nächsten Moment schmunzelte er.

»Du bist unmöglich, Vater«, echauffierte sich seine Tochter Anna und lächelte den Gästen, die das Geplänkel der alten Herrschaften ein wenig irritiert verfolgt hatten, entschuldigend zu. »Aber nun gut. Bitte nehmen Sie sich alle ein Glas, damit wir auf unsere Töchter und ihren weiteren Weg ins Leben anstoßen können.«

Als alle ihren Sekt in der Hand hielten, klopfte Robert von Mayden mit seinem Siegelring an sein Kristallglas und räusperte sich.

»Meine lieben, klugen Töchter«, begann er mit erhobener Stimme zu sprechen. »Eure Mutter und ich – und natürlich auch eure Großeltern – sind überaus stolz, dass ihr eure Schulzeit mit hervorragenden Abschlüssen beendet habt. Bevor nun für euch der Ernst des Lebens beginnt, möchte ich euch noch einige Ratschläge mit auf den Weg geben …«

Sein Schwiegervater hüstelte plötzlich ungehalten und machte damit seinem Unmut Luft, jetzt auch noch eine längere Ansprache anhören zu müssen.

Robert von Mayden musste lachen. »Nun gut … Die Rede der Frau Direktorin war ja auch ausführlich genug. Und eigentlich hat sie sämtliche Ratschläge, die ich euch geben könnte, bereits erwähnt. Damit wir alle nicht länger einen trockenen Hals haben … Nur so viel: Liebe Charlotte, liebe Sophie, bitte bleibt so fröhlich und neugierig aufs Leben wie bisher und lasst euch weiterhin von den Regeln des Anstands leiten, die eure Eltern euch beigebracht haben. Dann werdet ihr sicher die für euch passende Richtung in eine glorreiche Zukunft finden.« Er lächelte seinen Töchtern liebevoll zu und prostete in die Runde. »Erheben wir unsere Gläser auf die jungen Damen!«

»Und vor allem auf ihre ausgezeichneten Aussichten auf eine wundervolle Zukunft als glückliche Ehefrauen und Mütter. In Anbetracht ihrer inneren und äußeren Vorzüge werden die passenden Heiratskandidaten sicher schon bald Schlange stehen«, ergänzte Anna von Mayden enthusiastisch und erntete damit den Beifall ihrer Gäste.

Dass nach diesen wohlgemeinten Worten ausgerechnet ihre beiden Töchter sich einen enervierten Blick zuwarfen und heimlich die Augen verdrehten, bemerkte sie zum Glück nicht. Anna von Mayden, ganz stolze Mutter, strahlte und gab der etwas abseits stehenden Fritzi ein Zeichen. Das Dienstmädchen, das offenbar auf seinen Einsatz gewartet hatte, trat mit einem silbernen Tablett vor, auf dem zwei Umschläge lagen.

»Euer Vater und ich haben hier noch eine kleine Überraschung für euch.«

Auf ihren Wink hin traten ihre Töchtern zu ihr, und sie überreichte ihnen feierlich je ein Kuvert aus festem Büttenpapier, auf dem ihr jeweiliger Name stand.

Ehe die beiden Gelegenheit hatten, die Briefumschläge zu öffnen, platzte ihre Mutter mit stolzgeschwellter Brust heraus: »Das sind Karten für die Frankfurter Oper …« Sie machte eine Kunstpause und ließ ihren Blick über die gespannten Gesichter ihrer Gäste schweifen, bevor sie fortfuhr: »Natürlich für eine ganz besondere Aufführung! Anfang Oktober wird dort eine meiner Lieblingsopern gegeben – *Der Bajazzo* von Ruggero Leoncavallo!« Ihre Wangen glühten förmlich, als sie mit dramatischer Stimme verkündete: »Die Titelrolle des *Canio* singt kein Geringerer als Enrico Caruso! Natürlich auf Italienisch!«

»Bravo!«, rief Frau Weis begeistert.

»Wunderbar!«, schwärmte Frau Sanitätsrat Gulde.

Doch Anna von Mayden war noch nicht fertig. »Es ist wirklich ein wahrer Segen, dass dieser wunderbare Künstler, der mit seiner Interpretation des *Canio* wie kein zweiter Realismus und Belcanto vereint, auch im kommenden Herbst zu seinem jährlichen Gastspiel in unserer wunderschönen Oper auftreten wird«, schwärmte sie und kreuzte ergriffen die Hände vor ihrer bebenden Brust, als wollte sie gleich selbst eine Arie schmettern.

Die Großeltern klatschten begeistert, und auch die anderen Gäste schienen von dieser Ankündigung gebührend beeindruckt zu sein. Zumindest stießen sie mehrere Ohs und Ahs aus, um dieses kostbare, einmalige Geschenk zu würdigen. Sophie und Charlotte bemühten sich ebenfalls um feierliche Gesichter, auch wenn beide keine großen Opernliebhaberinnen waren. Doch den weltberühmten Caruso leibhaftig singen zu hören war auch für sie eine erhebende Aussicht.

»Natürlich werden euer Vater und ich euch zu diesem exorbitanten Musikgenuss begleiten.« Anna von Mayden warf ihrem Gatten, der neben ihr gerade noch nervös an seiner engen Fliege herumgenestelt hatte, einen Blick zu, der keinerlei Widerspruch duldete, und strahlte dann ihre Töchter an. »Nun, was sagt ihr zu eurem Schulabschlussgeschenk?«

Beide Mädchen fielen ihrer Mutter um den Hals, bedankten sich artig und gaben ihrem Vater je ein Küsschen auf die Wange, was auch ihn mit der Aussicht auf stundenlangen, dramatischen Gesang auf unbequemen Theaterstühlen zu versöhnen schien.

Danach begaben sich alle ins Speisezimmer und nahmen dort Platz. Als Erstes tischte die Köchin Berta zur Feier des Tages mit einer Farce gefüllte Krebsnasen und frische Austern auf. Nach der anschließenden Krebssuppe gab es gesottenen Kabeljau mit Petersilienblättern und Sardellensauce oder zerlassener Butter und Senf mit neuen Kartoffeln. Zum krönenden Abschluss trug Fritzi ein schaumiges weißes Dessert in hohen Kristallgläsern auf – englisches *Sillabub* mit Weißwein und Zitronen.

Frau Sanitätsrat Gulde bat ihre Gastgeberin um das Rezept und fragte dann: »Und was haben Ihre Töchter nun vor? Wird Sophie als Lehrkraft an der Elisabethenschule anfangen?«

»Aber nein«, widersprach Anna von Mayden sofort. »Sie hat es doch nicht nötig, sich ihren Lebensunterhalt als Lehrerin zu verdienen.« Lächelnd nickte sie ihrer Tochter zu. »Aber eine gute, fundierte Bildung kann natürlich nicht schaden, um einem zukünftigen Gatten eine ansprechende Gefährtin zu sein.«

»Selbstverständlich«, pflichtete Herr Weis ihr bei. »In unseren modernen Zeiten ist es durchaus löblich, auch jungen Frauen den Zugang zu einer weiterführenden Bildungseinrichtung zu ermöglichen.«

»Da stimme ich Ihnen zu«, wagte Sophie anzumerken. »Deshalb möchte ich auch gerne weiterlernen. Am liebsten an einer Universität.« Wie befürchtet, erntete sie damit ein ungehaltenes Stirnrunzeln ihrer Mutter.

»Nun wollen wir aber nicht gleich übertreiben«, erwiderte Sanitätsrat Gulde mit einem gutmütigen Lächeln. »Ein Studium? Als Frau? Wozu sollte das gut sein?«

»Wie sollte ich sonst Paläontologin werden?«, hielt Sophie tapfer dagegen.

»Sophie!«, ermahnte ihre Mutter sie sofort. »Diesen Unsinn solltest du dir nun wirklich aus dem Kopf schlagen.«

»Palä… Palontologie?«, stammelte Frau Weis verständnislos. Sie klang so, als würde sich dahinter etwas Unanständiges verbergen. »Was ist denn *das*?«

Sophie ignorierte den mahnenden Blick ihrer Mutter und erklärte: »Die Paläontologie ist eine Naturwissenschaft, die anhand der körperlichen Überreste und Zeugnisse von Lebewesen, die älter als zehntausend Jahre sind, die Urzeit erforscht.« Da die Mutter ihrer Mitschülerin sie immer noch fragend ansah, ergänzte sie: »Es geht um Dinosaurier.«

»Oh …« Frau Weis blickte sie ungläubig an. »Und *so etwas* interessiert Sie?«

»Ja, sehr.«

Robert von Mayden wollte nun seiner Tochter beispringen und berichtete lächelnd: »Unsere Sophie schmökert sich seit Langem zu dem Thema durch meine Bibliothek. Ganz erstaunlich …« Ein gewisser Stolz schwang in seiner Stimme mit, doch ein zorniger Seitenblick seiner Frau brachte ihn zum Schweigen. Nervös tupfte er sich die Mundwinkel mit seiner Serviette ab.

»Und Ihre Jüngste?«, fragte nun Frau Gulde lauernd. Man sah ihr an, dass sie auf weitere bizarre Zukunftspläne der Töchter ihrer Gastgeber hoffte.

Anna von Mayden räusperte sich unbehaglich, warf Charlotte einen strengen Blick zu und antwortete steif: »Sie malt recht hübsch.« Mit einem nachsichtigen Lächeln in die Runde ergänzte sie: »Sicher ein angemessener Zeitvertreib für die zukünftige Gattin eines gutsituierten Mannes.« Dann legte sie ihre Serviette demonstrativ neben dem Teller ab. »Darf ich die Damen nun zu einem kleinen Gang durch unseren Garten einladen, während die Herren sich zum Rauchen zurückziehen?« Ohne eine Antwort abzuwarten, erhob sie sich vom Tisch.

* * *

Die ablehnende, verständnislose Reaktion auf ihren Studienwunsch führte jedoch nicht dazu, dass sich Sophie von diesem verabschiedete. Ganz im Gegenteil – unbeirrt hielt sie daran fest. In den Tagen nach dem Schulabschluss musste sie immer wieder an Fritz Drevermann und seinen leidenschaftlichen Vortrag über die Dinosaurier denken, der sie darin bestärkt hatte, ihr Leben der Paläontologie zu widmen. Zumal der junge Doktor nicht nur ein großartiger Wissenschaftler, sondern auch ein recht attraktiver Mann war, wie sie fand, wenn sie sich kurz vor dem Einschlafen das Bild heraufbeschwor, wie er zu Füßen des imposanten Sauropoden gestanden hatte.

In der stillen Hoffnung, ihm zufällig erneut zu begegnen, besuchte sie einige Male das Museum, und da sie nicht allein dorthin gehen wollte, überredete sie Charlotte, sie zu begleiten. Gemeinsam sahen sie sich die verschiedenen Schausammlungen an, die es neben dem *Diplodocus*-Skelett dort zu bestaunen gab. Wohlweislich schwärmte Sophie ihrem Vater danach auch jedes Mal in den höchsten Tönen von der *Senckenbergischen Mineraliensammlung* vor, was ihn als Geologen erfreute.

Und genau das bezweckte Sophie mit ihren begeistert vorgetragenen Ausführungen. Wenn sie wenigstens ihn für ihre Pläne würde gewinnen können, wäre der halbe Weg zum Studium geschafft – dessen war sie sich sicher. Aber jedes Mal, wenn sie dieses Thema ansprach, wurde ihr Wunsch zurückgewiesen. Ihr Vater ließ sich nicht davon überzeugen, dass es eine gute Idee war, später in fernen Ländern nach versteinerten Knochen zu graben. Derartige Pläne erschienen Professor von Mayden dann doch mehr als unpassend für eine junge Frau aus gutem Hause. Er versuchte, sie davon abzuhalten, indem er betonte, dass zum Studium der Paläontologie auch die

Geologie gehörte. Eine Wissenschaft, die sich zu großen Teilen – bei Wind und Wetter – im Freien abspielte, wo es galt, inmitten von unscheinbarem Geröll nach winzigen Überresten urzeitlicher Tiere und Pflanzen zu suchen. Er erinnerte sie daran, dass sie bei früheren gemeinsamen Exkursionen in den Taunus wenig Begeisterung beim Arbeiten mit Spitzhacke, Meißel und Lupe gezeigt hatte. Zwar versicherte sie ihrem Vater ein ums andere Mal, dass ihr genau das inzwischen sehr gefallen würde. Aber solche Beteuerungen lösten bei ihm nur ein ungläubiges Kopfschütteln aus.

So verstrich die Zeit, ohne dass es Sophie gelang, ihre Eltern dafür zu gewinnen, sie studieren zu lassen. Zumal das stärkste Gegenargument ihrer Mutter nur schwer zu entkräften war: In Frankfurt gab es keine reguläre Universität. Zwar wurde in den zahlreichen Hörsälen, welche die *Senckenbergische Naturforschende Gesellschaft* in den wissenschaftlichen Instituten neben dem Museum an der Viktoria-Allee eingerichtet hatte, auf Studienniveau unterrichtet. Und dort hielt auch Professor Robert von Mayden als Gastdozent ab und zu Vorträge. Ein reguläres Studium konnte man hier jedoch leider nicht absolvieren.

Aber so schnell gab Sophie nicht auf. So wies sie darauf hin, dass man an der Universität Marburg studieren konnte, ohne aus Frankfurt wegziehen zu müssen. Denn die altehrwürdige Hochschule, an der auch ihr Vater und Dr. Drevermann einst studiert hatten, war mit der Eisenbahn schließlich nur eine gute Stunde von ihrem Elternhaus entfernt. Doch mit diesem gewagten Vorschlag hatte sie ebenfalls keinen Erfolg.

Ihren Vater würde sie irgendwann um den Finger wickeln können, wie es allen drei Töchtern schon immer leicht gelungen war. Dessen war Sophie sich recht sicher. Aber bei ihrer konservativen Mutter sah sie weiterhin schwarz. Dabei hatte Anna von Mayden nicht generell etwas gegen eine gute Ausbildung einzuwenden.

»Zur Erweiterung der künftigen Lebensaufgaben einer deutschen Frau ist eine angemessene Bildung durchaus wünschenswert, mein Kind. Das bestreite ich doch gar nicht«, erklärte sie eines Tages, als Sophie abermals ihren Studienwunsch ansprach. »Deshalb haben dein Vater und ich dich schließlich auf eine Höhere Mädchenschule mit bestem Ruf geschickt. Dort konntest du das nötige Rüstzeug für ein deiner Herkunft angemessenes Leben erwerben.«

»Aber ich möchte unbedingt mein Wissen erweitern, Mama«, bettelte Sophie.

»Reicht es dir denn nicht, dass du dort mehr lernen konntest als andere Mädchen in deinem Alter? Schließlich wurdest du an der Elisabethenschule sogar in Fächern wie Mathematik unterrichtet, was meiner Meinung nach durchaus dabei helfen kann, die weibliche Wesensart zur Exaktheit des Denkens zu erziehen. Und ein bisschen Englisch und Französisch schaden bei einer gehobenen Konversation ebenfalls nicht. All das hast du doch dank deiner erweiterten Ausbildung bereits erlernt. Was willst du denn noch?«

»Ich möchte studieren …«, murmelte Sophie. »Naturwissenschaften.«

»So ein Unsinn! Dass heiratsfähige Frauen neuerdings auch noch an Universitäten herumsitzen, ist doch widernatürlich und für eine junge Dame der höheren Gesellschaft schlicht sinnlos. Das ist etwas für Männer, die nun einmal einen völlig anders gearteten Verstand und andere Aufgaben im Leben zu erfüllen haben, nämlich ihren Ehefrauen und Familien einen angemessenen Lebensstil zu ermöglichen. Wenn überhaupt, dann ziemt sich höchstens ein Studium der Philosophie oder Sprachwissenschaften für eine Frau. Alles andere, zumal so etwas Abstruses wie Dinosaurierforschung, kommt für dich keinesfalls infrage!«

Nach dieser rüden, kategorischen Ablehnung ihres Herzenswunsches konnte Sophie nicht verhindern, dass ihr ein paar Tränen die Wangen herabliefen.

Als Anna von Mayden erkannte, was ihre barsche Zurechtweisung bei ihrer Tochter auslöste, verschwand ihr strenger Blick. Sie streckte die Hand aus und wischte mit dem Daumen sanft die Tränen von Sophies Wange. »Du musst verstehen, mein Kind, dass ich doch nur dein Bestes will. Vertrau meiner Lebenserfahrung. Du bist schließlich nicht das erste junge Mädchen, das von einer standesgemäßen Ehe wenig hält und stattdessen von einer aufregenderen Zukunft, von einem Beruf träumt. Doch leider führen solche Wege nur selten zum Glück. In meinem Bekanntenkreis hörte ich schon von einigen bedauernswerten Fällen …« Sie seufzte. »Junge, ambitionierte Frauen, die Jahre später unter finanziellen Problemen, der Einsamkeit, ihrer Kinderlosigkeit oder anderem mehr litten; und die meisten haben ihre Lebensentscheidungen irgendwann bitter bereut. Ein solches Schicksal möchte ich meinen Töchtern ersparen.«

Sophie hob den Blick und sah ihrer Mutter in die Augen. Hinter deren meist gestrenger äußerer Fassade erkannte sie die mütterliche Sorge und tiefe Liebe, die sie für ihre Töchter empfand. Sophie spürte, dass sie es nur gut mit ihr meinte, und ihr war bewusst, dass das Leben, für das sie sich entschieden hatte, nicht einfach und ganz sicher nicht bequem werden würde.

Sie versuchte ein zaghaftes Lächeln und nickte ihrer Mutter leicht zu, was Anna von Mayden als Zustimmung interpretieren konnte. Doch insgeheim war Sophie weiterhin fest entschlossen, diesen steinigen Weg zu beschreiten. Trotz der mahnenden Worte ihrer Mutter war sie davon überzeugt, dass sie nicht, wie die anderen, scheitern, sondern mit ein wenig Glück und starkem Willen alle Herausforderungen, die sich ihr zukünftig stellen würden, würde meistern können.

* * *

Während Charlotte froh war, nach der zehnten Klasse endlich nicht mehr in die langweilige Schule gehen zu müssen, und ihre Zeit am liebsten an der Staffelei beim Malen und Zeichnen verbrachte, fehlte Sophie der tägliche Unterricht. Mit Erlaubnis ihres Vaters durfte sie sich immerhin vormittags in seiner umfangreichen Bibliothek nach Herzenslust in die Bücher vertiefen, die er dort angesammelt hatte.

In einem der hohen Regale hatte sie die *Anleitung zum Selbststudium der Versteinerungskunde* entdeckt. Der Titel der Übersetzung des *Book of Science* von Karl Hartmann klang vielversprechend und zeigte auf der ersten Seite eine lustige Illustration: Unter Bäumen tummelte sich eine Schar von Kindern, die mit allerlei Werkzeug und wissenschaftlichen Instrumenten ausgestattet waren und wie kleine Forscher die Natur erkundeten.

Ob man in England schon in der Schule etwas über Paläontologie lernen konnte?, fragte Sophie sich verblüfft, blätterte weiter und entdeckte die Darstellung eines *Ichthyosaurus*, der vor Urzeiten die Meere bevölkert hatte. Fasziniert las sie dort über sein Aussehen:

»*… die Schnauze eines Meerschweins mit den Zähnen eines Krokodils, der Kopf einer Eidechse mit den Wirbeln eines Fisches und das Brustbein eines Schnabeltiers mit den Flossen eines Walfisches …*«

Sie suchte in der Zeichnung des versteinerten Schädels dieses ausgestorbenen Lebewesens mit seinen riesigen Augenhöhlen nach all den beschriebenen Ähnlichkeiten, und las weiter:

»*Der allgemeine Umriss eines* Ichthyosaurus *muss dem des jetzigen Meerschweins und Schwertfisches am ähnlichsten gewesen sein. Er hatte vier breite Füße oder Ruder und endigte in einem langen und kraftvollen Schwanz. Einige der größten dieser Reptilien müssen über 30 Fuß lang gewesen sein.*«

Dreißig Fuß … Das waren fast zehn Meter, überlegte Sophie und stellte sich amüsiert ein riesiges Mischwesen vor – halb Meerschweinchen, halb Schwertfisch –, das durch die große Bibliothek kroch oder schwamm. Würde ein solcher Dinosaurier hier überhaupt hineinpassen? Die Dimensionen dieser Urtiere waren immer wieder beeindruckend. Sie legte den Kopf in den Nacken, blickte versonnen an die fast fünf Meter hohe Decke und vermutete, dass so ein *Ichthyosaurus* sich hier wohl an dem Stuck und den Kristalllüstern gestoßen hätte.

»Was starrst du denn für Löcher in die Luft?«, fragte ihre Schwester.

Sophie hatte gar nicht gehört, dass Charlotte hereingekommen war. »Ach, ich stelle mir nur gerade vor, dass hier ein Dinosaurier durch die Bibliothek schwimmt«, antwortete sie ernst.

Ihre jüngere Schwester lachte laut auf. »Du hast wirklich noch mehr absurde Flausen im Kopf als ich. Dabei behauptet Mama immer, ich sei ein bisschen verrückt. Aber wenn man dir so zuhört, bin wahrscheinlich ich die Vernünftigere von uns beiden.«

Auch Sophie musste jetzt lachen. »Das sind keine Flausen, sondern hier geht es um ernste Wissenschaft.« Sie hielt Charlotte das Buch entgegen. »Darin geht es um versteinerte Überreste von Lebewesen, die lange, lange vor uns die Erde bevölkert haben. Das ist doch wahnsinnig spannend.«

»Also ich finde die Lebewesen, die in unserer Zeit leben, wesentlich interessanter. Deshalb will ich heute Nachmittag in den Zoo, um ein paar der exotischen Kreaturen zu malen, die es dort gibt. Kommst du mit?«

»Nein, ich möchte lieber noch ein bisschen lesen. Heute Abend bekommt Papa doch Besuch aus dem Museum – Doktor Drevermann.« Ihre Augen leuchteten. »Vielleicht kann ich ihn mit meinem Wissen über Dinosaurier beeindrucken, und er hilft mir dann, Mama zu überzeugen, dass ich doch Paläontologie studieren sollte – weil ich dafür so talentiert bin.« Sie zwinkerte ihrer Schwester zu und blätterte wieder in ihrem Buch.

Charlotte schüttelte seufzend den Kopf. »Werden dir diese hässlichen Viecher denn nicht irgendwann mal langweilig?«

»Nein.«

»Wenn du schon nicht mit in den Zoo willst, könnten wir doch vielleicht Karten spielen?«, schlug Charlotte vor, und als sie keine Antwort erhielt, fügte sie eindringlich hinzu: »Bitte!«

»Warum legst du stattdessen nicht eine Patience?«, murmelte Sophie abwesend.

»Das ist mir zu langweilig«, erwiderte Charlotte. »Nun komm schon …!«, flehte sie. »Lass uns irgendetwas gemeinsam spielen.«

Sophie hob den Kopf und musste lächeln, als sie den traurigen, herzzerreißenden Gesichtsausdruck ihrer Schwester sah.

»Also gut«, gab sie nach, und augenblicklich strahlte die andere wieder.

Sophie klappte das Buch zu, stand auf und sortierte es an seinen angestammten Platz an der hohen Bücherwand hinter dem Schreibtisch ihres Vaters ein.

»Was willst du denn überhaupt mit mir spielen?«

»Rommé!«, antwortete Charlotte fröhlich.

»In Ordnung, aber nur eine Stunde lang. Dann muss ich mich umziehen – rechtzeitig, bevor Doktor Drevermann kommt …«

* * *

Seit Tagen sprach Professor von Mayden von kaum etwas anderem als der Planung der großen Feier zum neunzigjährigen Bestehen der *Senckenbergischen Naturforschenden Gesellschaft*, zu der am 24. Mai zahlreiche Gäste, Mitglieder und Freunde anderer Vereine in den prächtigen Festsaal im Obergeschoss des Naturkundemuseums eingeladen waren. Mit Fritz Drevermann, dem Assistenten von Museumsdirektor Römer, wollte er heute die letzten Details besprechen.

Die Feier war Sophie herzlich egal, aber das lang ersehnte Wiedersehen mit dem bewunderten Wissenschaftler elektrisierte sie. Wenn sie ihn als Verbündeten gewinnen könnte und er ihren Wunsch, in Marburg zu studieren, gutheißen würde, konnten doch auch ihre Eltern nicht anders, als einzuwilligen, hatte sie sich überlegt. Jetzt musste sie ihn nur noch persönlich von der Ernsthaftigkeit ihrer Absichten überzeugen und dann für die Idee erwärmen, sie bei ihren Plänen zu unterstützen, was leichter gedacht als getan war.

Die Herren würden das Abendessen nicht gemeinsam mit der Familie einnehmen, sondern sich bei einem kleinen Imbiss direkt in die Bibliothek zurückziehen, hatte ihr Vater am Morgen angekündigt – sehr zu Sophies Verdruss. Dann wäre Doktor Drevermann zwar im selben Haus, aber trotzdem für sie unerreichbar. Sie musste einen Weg finden, ein Zusammentreffen zu arrangieren, denn sie war fest entschlossen, die einmalige Gelegenheit zu nutzen, ihn heute mit ihrem Wissen zu beeindrucken.

Während des Kartenspiels hatte sie mit Charlotte beratschlagt, wie sich das bewerkstelligen ließ, und schließlich einen verwegenen Plan geschmiedet: Sie würde anstelle des Stubenmädchens Fritzi den beiden Herren das von der Köchin angerichtete Abendbrot im Arbeitszimmer servieren. Wenn sie erst mal drinnen war, würde der Rest sich schon ergeben, hoffte sie inständig.

Während Sophie mit Mutter und Schwester am frühen Abend angespannt am gedeckten Tisch im Esszimmer saß, spitzte sie die Ohren, um das Läuten der Türglocke nicht zu verpassen. Es klingelte pünktlich um sieben Uhr. Sekunden später hörte sie, wie ihr Vater die Tür öffnete und seinen Gast in Empfang nahm. Sie stopfte das letzte Schnittchen, das sie seit einer Weile nervös auf ihrem Teller hin und her geschoben hatte, eilig in den Mund und bat gleich darauf mit leiser Stimme, sich erheben zu dürfen.

»Fühlst du dich nicht wohl?«, fragte ihre Mutter überrascht. »Du bist schon den ganzen Tag so flatterhaft, Sophie. Was ist mir dir?« Besorgt musterte sie ihre Tochter.

Die bemühte sich um einen möglichst leidenden Gesichtsausdruck, was ihr bei dem verstohlenen Grinsen von Charlotte nicht leichtfiel.

»Es scheint ein vorübergehendes Unwohlsein zu sein, nichts Schlimmes«, murmelte sie ausweichend. »Besser, ich lege mich heute früher hin, dann geht es mir morgen wieder gut.«

»Sicher, mein Kind. Das wird wohl das Vernünftigste sein. Ich werde Fritzi bitten, dir einen beruhigenden Kamillentee ans Bett zu bringen.«

»Nicht nötig«, widersprach Sophie schnell. »Ich werde sicher umgehend einschlafen.«

»Wenn du meinst. Dennoch wird Charlotte heute Nacht besser in Mariannes altem Zimmer schlafen, denn möglicherweise ist es etwas Ansteckendes«, entschied ihre Mutter und entließ sie.

Sobald sie das Speisezimmer verlassen hatte, lief Sophie eilig hinunter ins Souterrain und schnappte sich in der Küche das bereitstehende große Tablett, auf dem das Abendessen für den Hausherrn und seinen Gast angerichtet war. Kurz gab sie dem verblüfften Dienstmädchen Bescheid, dass sie die Mahlzeit und die Getränke nach oben tragen würde, ignorierte den verwunderten Blick der Köchin und balancierte dann alles vorsichtig die Treppe zum ersten Stock hinauf. Vor der dicken Holztür der Bibliothek blieb sie einen Moment lang stehen und lauschte angestrengt, um sich zu vergewissern, dass ihr Vater und Dr. Drevermann tatsächlich in dem Raum waren. Ja, sie konnte hören, wie sich die beiden miteinander unterhielten. Da sie keine Hand frei hatte, um zu klopfen, drückte sie mit dem Ellenbogen entschlossen die Klinke hinunter. Überrascht blickten die Männer auf, als sie Sophie mit dem gefährlich schwankenden, vollbepackten Tablett hereinkommen sahen.

Bevor ihr Vater fragen konnte, weshalb nicht das Dienstmädchen, sondern seine Tochter servierte, verkündete sie fröhlich: »Hier ist ein kleiner Imbiss für schwer arbeitende Herren.«

Fritz Drevermann lächelte ihr erfreut entgegen. Kurzerhand schritt sie auf den niedrigen Tisch aus hellem Walnussholz zu, auf dem sich, neben zwei gefüllten Cognacgläsern und einem großen Aschenbecher, einige Papiere stapelten.

»Stell es einfach drüben auf dem Schreibtisch ab!«, wies ihr Vater sie an. »Wir bedienen uns dann selbst.«

Doch Sophie ließ sich nicht beirren. Jetzt hatte sie es bis ins Allerheiligste geschafft und würde nicht so schnell wieder verschwinden. Mit klopfendem Herzen kniete sie sich auf einen der niedrigen Lederpoufs zwischen den hohen Lehnsesseln, in denen die Herren saßen, platzierte das Tablett vorsichtig auf dem Boden und fing an, mit gemächlichen Bewegungen das Essen und die Getränke auf dem Tisch abzustellen.

Während ihr Vater sie irritiert dabei beobachtete, schien sich Fritz Drevermann an ihrer Anwesenheit nicht zu stören. Er sprach weiter über die Planung der bevorstehenden Festivität.

»Wie gesagt, nachdem der Direktor den Museumsmitarbeitern und den vielen freiwilligen Hilfskräften für ihre unendliche Ausdauer und Arbeitsfreudigkeit beim Umzug gedankt hat, wird er verkünden, dass unser Museum von Oktober bis heute …« Er fuhr suchend mit dem Zeigefinger über die eng beschriebenen Zeilen in dem kleinen schwarzen Notizbuch, das er in der Hand hielt. »Ah, hier! 53 053 Besucher haben die Schausammlungen seit der Eröffnung bereits gesehen. Das ist doch ein grandioser Erfolg, oder?«

»Fantastisch!«, stieß Sophie begeistert aus und strahlte ihn an. »Ich war nach unserem Schulausflug noch vier Mal dort.«

»Sophie!«, wies ihr Vater sie streng zurecht. Offensichtlich fand er ihr Verhalten ungebührlich und sehr störend.

Drevermann hingegen bedachte sie mit einem weiteren Lächeln. »Wie schön, dass sich nicht nur die distinguierten Herren unseres Vereins, sondern auch junge Leute wie Sie für unser Museum begeistern können.« Mit einem freundlichen Blick zum Professor fügte er hinzu: »Das ist sicher Ihrer hervorragenden Erziehung zu verdanken – und Ihrer bewundernswerten Fähigkeit, Bildung und Wissen zu vermitteln, lieber Herr Kollege.«

Robert von Mayden fühlte sich geschmeichelt. »Nun ja, meine Töchter haben von klein auf den Wert eines naturhistorischen Museums zu schätzen gelernt. Besonders Sophie.« Er tätschelte beiläufig ihren Arm. »Wenn es nach ihr ginge, würde sie am liebsten selbst nach Dinosauriern graben.« Er lachte amüsiert auf.

»Das ist mein voller Ernst, Papa«, protestierte sie ungehalten. Sie war es leid, dass ihre Wünsche von ihren Eltern als die albernen Schrullen eines Kindes abgetan wurden. Sie ergriff ihre Chance und platzte heraus: »Ich möchte Paläontologie studieren. In Marburg!«

Doktor Drevermann blickte sie überrascht an. »Tatsächlich?«

»Ja. Seit Ihrem Vortrag zum *Diplodocus* im Dezember kann ich an nichts anderes mehr denken«, stieß sie wild entschlossen hervor. »Ich habe in der Bibliothek meines Vaters Ihre Artikel in der *Naturwissenschaftlichen Wochenschrift* gefunden, außerdem Ihre Vorlesung zur Urgeschichte des Menschen, die Sie 1903 in Marburg gehalten haben. Und Ihre Veröffentlichung zur Fauna der Siegener Schichten habe ich auch gelesen. Es hat mich begeistert. Inzwischen weiß ich genau, dass ich nichts lieber täte, als nach Fossilien zu suchen und sie zu erforschen. Das ist mein größter Traum!« Ihr Herz klopfte heftig, nachdem sie all das atemlos hervorgestoßen hatte.

Ihr Vater sah sie fassungslos an, und sein Gast wirkte zunächst ebenfalls verblüfft. Dann betrachtete er Sophie aufmerksam. Mit ihrem leidenschaftlichen Plädoyer schien sie sein Interesse geweckt zu haben. Doch der nachdenkliche, analytische Blick, der auf ihr ruhte, machte sie noch nervöser. Während sie auf seine Reaktion wartete, drehten sich ihre Finger, ohne dass es ihr bewusst war, mechanisch um den langen Haarzopf.

»Wie außergewöhnlich«, sagte Fritz Drevermann schließlich. »Ich hätte nicht gedacht, dass sich so eine hübsche junge Frau für alte Knochen und Steine interessiert …«

War das ein Kompliment?, dachte Sophie verlegen. Sollte dieser Moment tatsächlich über ihren zukünftigen Lebensweg entscheiden? Die Gelegenheit wollte sie um keinen Preis ungenutzt verstreichen lassen. Als er nicht weitersprach, räusperte sie sich und hob entschlossen das Kinn.

»Es ist mein voller Ernst, Doktor Drevermann. Sobald mein Abschluss als Hochschulreife anerkannt wird, will ich studieren. Und zwar Paläontologie.«

»So, so … Wo haben Sie denn Ihren Abschluss gemacht, Fräulein von Mayden?«, fragte er nach.

Sophie spürte augenblicklich, dass ihr die Röte ins Gesicht stieg. Das Selbstvertrauen, mit dem sie ihn eben noch hatte beeindrucken können, schrumpfte auf die Größe einer Glasmurmel. Wahrscheinlich würde er auf ihre Antwort mit einem bedauernden Kopfschütteln reagieren. Bisher war es schließlich keineswegs sicher, dass ihr Schulabschluss für die Immatrikulation an einer Universität genügen würde.

Sie schlug die Augen nieder und antwortete unsicher: »Ich habe drei Jahre lang das Städtische Lehrerinnenseminar für Höhere Mädchenschulen an der Elisabethenschule besucht und dort mein Oberlehrerinnen-Examen abgelegt.« Da er nicht sofort darauf reagierte, ergänzte sie eilig: »Mit Auszeichnung!«

Drevermann sah sie irritiert an. »Kein Abitur?«

»Solange es keine Gymnasien für Mädchen gibt, ist uns ein reguläres Abitur verwehrt!« Der leichte Trotz in ihrer Stimme war ihr schon im nächsten Augenblick peinlich, aber ihre Wut über diese Ungerechtigkeit hatte sie nicht zurückhalten können.

»Das war mir nicht bewusst«, erwiderte Drevermann ehrlich erstaunt. Offensichtlich hatte ihn die Ausbildung junger Damen bislang nicht interessiert.

»Ja, und nun dürfen Frauen ab dem Wintersemester endlich auch in Hessen studieren. Aber erst im August entscheidet die Allerhöchste Kabinettsorder zur neuen Schulreform darüber, ob auch mein Abschluss dafür ausreichend sein wird.«

»Sie kennen sich ja bestens aus, Fräulein von Mayden«, sagte Drevermann offensichtlich beeindruckt.

»Wenn mich etwas beschäftigt, dann suche ich so lange, bis ich sämtliche Antworten gefunden habe«, verkündete Sophie, die sich wieder ein wenig selbstbewusster fühlte.

»Das klingt nach echtem Forschergeist. Damit erfüllen Sie die wichtigste Voraussetzung, um eine großartige Wissenschaftlerin zu werden«, lobte er.

Meinte er das ernst? Sophie nahm ihren Mut zusammen und blickte auf – direkt in seine dunklen Augen. Darin war keine Spur von Spott zu erkennen. Nein, er machte sich nicht über sie lustig. Dankbar lächelte sie ihn an.

»Aber was wollen Sie tun, wenn die Entscheidung negativ ausfällt?«, hakte er nach.

Sophies Lächeln fiel augenblicklich in sich zusammen, und sie ließ den Kopf wieder hängen. »Ich weiß es nicht …«

»Nicht traurig sein, mein Kind«, versuchte ihr Vater sie zu trösten. »Du hast doch dein ganzes Leben noch vor dir. Ganz bestimmt wirst du etwas anderes finden, das dir Freude macht. Und wenn du erst Mutter bist, kannst du mit deinen Kindern doch jederzeit ins

Senckenberg-Museum gehen und dir dort die Dinosaurier anschauen.«

Sophie zog zornig die Augenbrauen zusammen und wollte gerade zu einer wütenden Erwiderung ansetzen, als Doktor Drevermann sich ihr zuwandte.

»Vielleicht sollten Sie in der Zwischenzeit eine Art Hilfstätigkeit im Museum in Betracht ziehen?«, schlug er vor. »Bei uns könnten Sie sicher viel lernen, was Ihnen später im Studium nützen wird. Denn selbst wenn es nicht gleich zum nächsten Semester funktioniert – vielleicht haben Sie ja im nächsten oder übernächsten Jahr die Möglichkeit, eine Hochschule zu besuchen. Und eine zusätzliche Qualifikation kann bestimmt nicht schaden.«

»Im Museum … So etwas ist tatsächlich möglich?«, fragte Sophie verblüfft nach.

»Aber ja. Wenn Sie ansonsten nicht zu beschäftigt sind und es Ihre Zeit erlaubt, könnten Sie doch zum Beispiel den Präparatoren über die Schulter schauen oder die neuen Ausstellungsstücke sortieren und katalogisieren.« Er nickte ihr aufmunternd zu. Als er das überraschte Gesicht von Robert von Mayden bemerkte, ergänzte er höflich: »Vorausgesetzt, Ihre Eltern sind damit einverstanden, spreche ich mal mit meinem Kollegen Friedrich Kinkelin. Er ist der Leiter unserer geologisch-paläontologischen Sammlungen. Von ihm stammt übrigens die außerordentlich interessante Arbeit *Über Fossilien aus Braunkohlen der Umgebung von Frankfurt*. Den Text haben Sie sicher schon gelesen, Herr von Mayden, nicht wahr? Bestimmt wird sich Professor Kinkelin freuen, wenn er tatkräftige Hilfe bekommt.«

»Das wäre ja großartig«, jubelte Sophie und warf ihrem Vater einen bittenden Blick zu. »Was meinst du, Papa? Wäre das möglich?«

»Ich weiß nicht recht …«, erwiderte er zögernd. »Ob deine Mutter dem zustimmen wird …«

»Ach, bitte Papa!«, bettelte sie. »Das ist doch eine wunderbare Idee. Ich würde nicht mehr deine Bibliothek belagern und wäre über diese Beschäftigung sehr glücklich.«

Ihr Vater konnte ihrem flehenden Blick nicht widerstehen und antwortete vorsichtig: »Wir werden sehen. Ich versuche mein Möglichstes, deine Mutter von diesem verwegenen Plan zu überzeugen.«

»Versprochen?«, hakte Sophie lächelnd nach, erhob sich von dem unbequemen Hocker und schmiegte sich wie ein schnurrendes Kätzchen an seine Schulter. Sie wusste, wie man ihren Vater überzeugte.

»Ja, ich werde es gleich morgen versuchen.«

»Warum erst morgen? Frag sie doch noch heute Abend«, drängte Sophie, gab aber sofort lachend auf, als sie den ungehaltenen Ausdruck in seinem Gesicht sah. »Keine Sorge, ich werde mich bis morgen gedulden.«

»Gut, dann störe uns nicht länger, und lass uns jetzt endlich in Ruhe weiterarbeiten, mein Kind«, forderte er sie mit gespielter Strenge auf.

»Natürlich!« Sophie trat einen Schritt von ihm zurück und wandte sich Drevermann zu. »Bitte verzeihen Sie die Störung! Ich danke Ihnen von Herzen für Ihr offenes Ohr und hoffe, sehr bald in Ihrem Museum arbeiten zu dürfen«, sagte sie höflich.

»Mein Museum?«, antwortete er lächelnd und erhob sich zur Verabschiedung. »Das Senckenberg-Museum gehört den Frankfurter Bürgern. Und die werden sich sicher über eine so tüchtige, helfende Hand beim weiteren Aufbau unserer Sammlungen freuen«, erklärte er mit einer gewissen Feierlichkeit in der Stimme. Wie zur Bestätigung ihrer Abmachung umfasste er mit beiden Händen ihre schmalen Finger.

Bei der unverhofften Berührung spürte Sophie eine eigenartige Hitze in sich aufsteigen, die sie völlig durcheinanderbrachte. Sie stellte sich vor, wie aufregend es sein würde, schon bald jeden Tag Seite an Seite mit diesem faszinierenden Mann zusammenzuarbeiten. Sie konnte ihr Glück kaum fassen und strahlte ihn entzückt an.

»Nach meiner Rückkehr von der Expedition in die Sierra Morena, zu der ich demnächst aufbreche, werde ich Sie in die Grundlagen der Paläontologie einführen, Fräulein von Mayden. Und während Ria und ich in Spanien nach Mineralien und Gesteinen, speziell verschiedenen Zinnobersorten, suchen werden, können Sie derweil im Museum ihre Aufgaben bei der Beschriftung der neuen Exponate übernehmen. Meine Frau wird Ihnen vor unserer Abreise sicher gerne alles erklären.«

Sophies Lächeln gefror. Seine Worte sorgten dafür, dass die aufregende Hitze, die eben noch in ihrem Körper gelodert hatte, augenblicklich von einer eiskalten Dusche gelöscht wurde.

Seine Frau?, dachte sie entsetzt.

Frankfurt, Juli 1908

Sophies Hand schmerzte, als sie am späten Nachmittag ihren geliebten *Rouge et Noir* beiseitelegte. Dank des modernen *Simplo*-Füllers aus schwarzem Ebonit mit markantem roten Kappenkopf – ein Geschenk ihrer Eltern zu ihrem zwanzigsten Geburtstag im Juni – ging ihr die Beschriftung der Täfelchen, welche die einzelnen Museumsobjekte erklären sollten, flüssig von der Hand. Dennoch brauchte es eine Menge Konzentration, um viele Stunden lang den gewünschten akkuraten Schreibstil beizubehalten und keine Fehler zu machen.

Die Luft in dem engen Raum, den sie sich mit Fräulein Pixis teilte, war stickig. Die kleine schmale Frau um die fünfzig erinnerte Sophie mit ihrer spitzen Nase und ihren farblosen Kleidern an ein graues Mäuschen. Dass die resolute Bürovorsteherin keineswegs so scheu wie eine Maus war, hatte sie allerdings schnell begriffen. Sie war die einzige Frau zwischen all den Herren, die hier im Museum etwas zu sagen hatten. Und Sophie war nicht entgangen, dass selbst der Direktor und die wissenschaftlichen Mitarbeiter gehörig Respekt vor dieser Dame hatten, die sich mit ihrem scharfen Mundwerk zumeist durchzusetzen wusste. Ein wenig imponierte Sophie dieser Umstand, doch da sie selbst seit ihrem ersten Tag hier unter der energischen Art von Fräulein Pixis zu leiden hatte, hielt sich ihre Bewunderung für ihre Vorgesetzte in Grenzen.

»Ob ich wohl das Fenster öffnen könnte?«, fragte sie höflich und stand auf, um nach dem schmiedeeisernen Knauf zu greifen.

»Auf keinen Fall!« Fräulein Pixis funkelte sie entrüstet an. »Die Zugluft würde meine Papiere und Ihre Etiketten doch vom Schreibtisch wehen.« Sie schüttelte fassungslos den Kopf. »Wie kann man nur auf eine so dumme Idee kommen? Ein offenes Fenster im Büro … Also wirklich, Fräulein von Mayden!«

»Entschuldigung, daran habe ich nicht gedacht«, antwortete Sophie und setzte sich wieder.

Ihre Augen brannten, als sie blinzelnd aus dem Fenster zum sonnenbeschienenen Turm der Sternwarte blickte, die sich schräg gegenüber befand. Die dunklen Wolken, die am Mittag mit Regen gedroht hatten, waren mittlerweile verschwunden, und es versprach ein herrlicher Sommerabend zu werden. Doch bis sie den im lauschigen Garten ihres Elternhauses würde genießen können, war es noch eine Weile hin. Sie reckte den schmerzenden Rücken und ließ ihren Kopf kreisen, um die Verspannungen im Nacken zu lösen.

Dass eine so simple Arbeit derart anstrengend sein würde, hatte sie nicht erwartet. Wie beschwerlich mochte es da erst sein, in einem heißen exotischen Land nach Dinosaurierskeletten zu graben, überlegte sie, was ihre Begeisterung für diesen heimlichen Wunschtraum allerdings nicht im Geringsten mindern konnte. Ganz im Gegenteil. Ihre Ungeduld wuchs von Tag zu Tag, weil sie den eigentlichen Objekten ihrer Begierde noch keinen Schritt näher gekommen war. Die Werkstätten der Präparatoren waren ihr bisher verschlossen geblieben. Aber sie war dankbar, dass sie es überhaupt bis an diesen Schreibtisch im Senckenberg-Museum geschafft hatte.

* * *

Seit Juni war Sophie fast täglich im Naturkundemuseum. Irgendwann hatte sich ihre Mutter überzeugen lassen, dass ihre dortige Tätigkeit dem bürgerlichen Engagement für die Gesellschaft entsprach, dem sich auch ihr Gatte mit seinem Einsatz für das Museum verschrieben hatte. Zumal Robert von Mayden nicht müde geworden war, den nicht unerheblichen Anteil von Johann Wolfgang von Goethe an der Gründung der *Senckenbergischen Naturforschenden Gesellschaft* hervorzuheben. Das tat seine Wirkung bei seiner kunst- und kulturbegeisterten Frau, die den berühmten, an Naturforschung äußerst interessierten Frankfurter Dichter sehr verehrte. Somit hatten sich Sophies Eltern darauf verständigt, dass eine Betätigung im Museum geeignet war, eine behütete junge Dame aus gutem Hause angemessen zu beschäftigen – so lange, bis sie heiratete. Sophie war zufrieden mit diesem Etappensieg und äußerte sich ab sofort wohlweislich nicht mehr zu ihren sehr viel weiter gehenden Plänen. Diese Diskussionen würde sie später führen.

An manchen Tagen nahm ihr Vater sie morgens in seinem Automobil mit, wenn er sich vom Chauffeur zu einer Vorlesung in den wissenschaftlichen Instituten kutschieren ließ, die direkt an das Museum angegliedert waren. An den anderen Tagen genoss sie den Spaziergang durch den Kettenhofweg, der sie in einer knappen Viertelstunde zur Viktoria-Allee führte. Sophie fühlte sich sehr erwachsen, wenn sie morgens mit Strohhut und Sonnenschirm an den duftenden Büschen und schattigen Bäumen, die in den Vorgärten der Stadtvillen wuchsen, allein entlangschlenderte. Jeden Morgen machte sie sich ein ums andere Mal bewusst: Sie ging zur Arbeit! Wie wunderbar das klang! So wichtig und seriös. Sie fühlte sich ganz anders als auf ihren früheren Wegen zur Elisabethenschule.

Den großen Schritt in diesen neuen Lebensabschnitt hatte Sophie durch ihr Äußeres unterstreichen wollen. Blusen mit Puffärmeln und wadenlange Glockenröcke waren passé. Sie wollte nicht mehr wie ein Schulmädchen aussehen. Trotz der anfänglichen Einwände ihrer Mutter hatte sie sich schließlich von der Schneiderin Johanna Wertheimer mit modernen, sportlichen Kostümen aus feinen Wollstoffen ausstatten lassen. Sophies neue Garderobe war betont sachlich. Zum Entsetzen Anna von Maydens hatte das *Costume Trotteur* eine nur hüftlange Jacke und ihr *Costume Tailleur* – trotz seines breiten, eckigen Kragens – beinahe Herrenfasson. Wohlweislich verschwieg Sophie ihrer Mutter, dass sie unter ihren schlichten weißen Blusen mit *Jabots* aus feiner Spitze und den an den Hüften eng anliegenden, knöchellangen Bahnenröcken kein durchgehendes, steifes Fischgrätkorsett, sondern nur Leibchen und Hüftgürtel trug. Glücklicherweise bewahrte die Schneiderin ebenfalls dieses Geheimnis.

Auch Sophies Frisur wirkte nun viel erwachsener. Statt zu einem Zopf geflochten, hatte sie ihr langes dunkelbraunes Haar onduliert und zu einem weichen Knoten hochgesteckt. So angezogen und frisiert, brach sie morgens um halb neun zu *ihrem* Museum auf.

Und jedes Mal war sie erneut ergriffen von der Imposanz des riesigen neuen Gebäudekomplexes, der nach nur drei Jahren Bauzeit fertiggestellt worden war. Sobald sie aus dem schmalen Kettenhofweg hinaus auf die breite Viktoria-Allee trat – wo sie von Kutschen und Fuhrwerken mit gemächlich dahintrabenden Pferden, einigen Radfahrern, Fußgängern und wenigen, dafür umso lauter hupenden Automobilen umgeben war –, tauchte zuerst der Sitz des *Physikalischen Vereins* auf, der sich einst ebenfalls auf Initiative des großen Gelehrten und Dichterfürsten Goethe gegründet hatte. Der eindrucksvolle Bau mit seinen Hörsälen, Laboren und Werkstätten erstreckte sich über eine Länge von fast hundert Metern und war vier Etagen hoch. Er faszinierte Sophie vor allem wegen seines markanten runden Turms, in dem eine Sternwarte untergebracht war. Elegante Arkadenbögen verbanden das Gebäude mit dem Naturhistorischen Museum, auf dessen sehr viel kleinerem Turm hoch oben auf dem Mansardendach eine Flagge lustig im Wind flatterte. Mit seinem mächtigen Eingangsportal und der reich geschmückten Fassade erinnerte das Museumsgebäude an ein barockes Schloss, wie Sophie fand. Weiter rechts erhob sich das Jügelhaus, das ebenfalls durch einen Arkadengang mit den anderen Bauten verbunden war. Dort residierte die Akademie für Sozial- und Handelswissenschaften mit sagenhaften zehn Hörsälen und einer großen Aula. Herzstück dieses Hauses war die lichtdurchflutete Senckenberg-Bibliothek mit ihren vierzigtausend Bänden.

Sophie musste feststellen, dass sie jeden Tag aufs Neue von der prächtigen Architektur förmlich ergriffen war. Je näher sie dem riesigen Komplex an der Viktoria-Allee kam, umso mehr beeindruckten sie die Erhabenheit und elegante Einheitlichkeit der drei Gebäude, die der königliche Baurat Ludwig Neher hier geschaffen hatte.

Und genau so stellte sie sich auch eine Universität vor: ein imposanter Gebäudekomplex, wo Gelehrte in den unterschiedlichsten Wissenschaften forschten und die neuen Erkenntnisse in großen Hörsälen weitergaben. Darüber hinaus wurden hier zahlreiche Vorträge von Forschern und Expeditionsreisenden gehalten, zu denen die einfachen Frankfurter Bürger eingeladen waren, um ihnen ein allumfassendes Wissen von der Natur nahezubringen. Ganz nach dem Credo der *Senckenbergischen Naturforschenden Gesellschaft*, Bildung und den Sinn für die Welt und ihre Wunder allen Gesellschaftsschichten zugänglich zu machen.

Dreh- und Angelpunkt war natürlich das neue Naturkundemuseum, das mit seinen faszinierenden Schausammlungen die Besucher anlockte und den unübersehbaren Mittelpunkt des Gebäudeensembles bildete. Sophie war wahnsinnig stolz, ein Teil dieser großartigen Institution zu sein – auch wenn ihre Tätigkeit von untergeordneter Bedeutung war.

Sie hätte ihren bescheidenen Arbeitsplatz, der in einem Seitenflügel untergebracht war, auch über das rückwärtige Treppenhaus erreichen können, doch sie ließ es sich nicht nehmen, jeden Morgen durch das imposante Eingangsportal zu schreiten und die Kassiererin, Frau Haffner, herzlich zu begrüßen. Die ältere Dame mit den wachen Augen, dem elegant aufgesteckten, vollen grauen Haar und dem akkuraten weißen Spitzenkragen, der einen augenfälligen Kontrast zu ihrem dunklen Kleid bildete, kannte Sophie noch aus dem Museum am Eschenheimer Turm, wo sie schon die Besucher begrüßt hatte. Sie schenkte Sophie jedes Mal ein freundliches Lächeln, das sich über ihr ganzes, von vielen Lachfalten durchzogenes Gesicht ausbreitete.

»Na, mein Kind? Treten Sie wieder an, der Wissenschaft neue Erkenntnisse zu bringen?«, pflegte sie leicht ironisch zu sagen, sobald Sophie durch die schwere, hohe Tür eingetreten war.

»Natürlich, genau wie Sie, Frau Haffner! Ohne Sie könnte das Museum doch gar nicht existieren.« Und anschließend zwinkerte Sophie ihr bei diesem allmorgendlichen Ritual verschmitzt zu.

Danach führte sie ihr Weg stets direkt zu *ihrem* Dinosaurierskelett. Sie hatte eine Art persönliche Beziehung zu dem riesigen *Diplodocus longus* entwickelt und ihm den heimlichen Spitznamen Dodo gegeben. Jeden Morgen stattete sie ihrem Verbündeten Dodo einen kurzen Besuch ab. Schließlich hatte sie ihm vor einigen Monaten geschworen, nicht lockerzulassen, bis sie einen Weg zu ihrem großen Ziel gefunden hatte. Und der Saurier schien auf ihrer Seite zu sein. Jedenfalls empfand sie es so.

Oberhalb der breiten Freitreppe blieb sie dann zumeist stehen, nickte dem Urtier lächelnd zu und ließ den Blick durch den weiten Lichthof schweifen. Der fast sechshundert Quadratmeter große, quadratische Innenhof erinnerte sie an das Zentrum einer römischen Villa. Durch die buntverzierte Glasdecke hoch über dem Atrium, gestützt von vier schlanken Pfeilern, drang das Tageslicht ins Museum. Entlang eines rundherum verlaufenden Portikus erhellten die eindringenden Sonnenstrahlen das Untergeschoss, wo hinter großen Fenstern die Schausammlungen zur Entstehung der Erde – mit Sauriern, Mineralien und Fossilien – den staunenden Besuchern präsentiert wurden. Durch die fünf Arkaden an allen vier Seiten drang das sommerliche Tageslicht auch auf ausgestopfte Säugetiere, Amphibien, Reptilien und Vögel, die in großen Schaukästen und hohen Schränken mit Glastüren im Hauptgeschoss, auf Höhe des Eingangsbereichs, untergebracht waren.

Auf ihrem allmorgendlichen Rundgang stieg Sophie eine der breiten Treppen mit den elegant gedrechselten Treppenläufen aus rosafarbenem Sandstein hinauf, die links und rechts von der Eingangshalle nach oben führten. Sie bewunderte die Baukunst, während sie ins Obergeschoss hinaufging, wo sich neben den sogenannten niederen Tieren auch eine große Insekten-Sammlung befand, die Sophie ein bisschen unheimlich fand. Die mit Nadeln aufgespießten Fliegen, Schmetterlinge und Käfer waren, gemäß ihrer Entwicklung von der Larve bis zum ausgewachsenen Insekt, spiralförmig in flachen Glasrahmen angeordnet. Beim gruseligen Anblick der scheußlichen Krabbeltiere war Sophie bewusst geworden, dass die Entomologie, also die Insektenkunde, keine Wissenschaft war, die sie begeistern konnte.

Bei ihren morgendlichen Streifzügen durch das noch leere Museum traf sie manchmal auf den Hausmeister, einen mürrischen, verschlossenen Mann, dem Ordnung über alles ging. Eigentlich war Berthold Diegel längst im Pensionsalter, doch ans Aufhören schien er nicht zu denken. Wenn er nicht im Dienst war, verbrachte er sein bescheidenes Leben in der Hausmeisterwohnung, die gleich neben der Tischlerei im Untergeschoss lag.

Seit dem Tod seiner Gattin – kurz nach dem Umzug ins neue Museum – war er noch unleidlicher geworden, hatte die Kassiererin Frau Haffner ihr erzählt. »Und er wird immer dünner«, hatte sie mitleidig hinzugefügt.

Sophie tat der alte Mann ein bisschen leid, weil er sein ganzes Leben dem Senckenberg-Museum gewidmet hatte und stets den Eindruck hinterließ, dass ihm niemand seinen unermüdlichen Einsatz angemessen dankte. Sie hatte sich von seiner herrischen, abweisenden Art nicht einschüchtern lassen, was ihm zu imponieren schien. Nachdem sie ihn ein paar Mal um Rat gefragt und um Hilfe gebeten hatte, war er ihr gegenüber langsam aufgetaut und ließ sich an manchen Tagen sogar auf ein kleines Schwätzchen ein. Von ihm und Frau Haffner erfuhr Sophie, was hinter den Kulissen des Museums geschah.

Bei ihrem heutigen Zusammentreffen auf dem Treppenabsatz am Lichthof berichtete Herr Diegel ihr von den aufwendigen Arbeiten, die in der Tischlerei und im dahinter gelegenen Anbau, wo sich das Atelier der Präparatoren befand, im Gange waren.

»Das ist das Lieblingsprojekt vom jungen Römer«, verriet ihr der Hausmeister augenzwinkernd und meinte damit den erst zweiundvierzigjährigen, sehr engagierten Museumsdirektor Fritz Römer. »Das wollte er schon im alten Museum umsetzen; aber da war ja kein Platz.«

Sophie lauschte aufmerksam, als Herr Diegel anschließend von einer Art überdimensionalem Schaukasten berichtete, der momentan im hinteren Teil des Erdgeschosses gestaltet wurde.

Er deutete mit ausgestrecktem Arm quer über den Lichthof auf die gegenüberliegende Seite. »Stellen Sie sich vor, Fräulein von Mayden, dort drüben können die Besucher dann Afrika sehen.«

»Afrika?«, fragte sie ungläubig.

»Ja! Eine lebensecht wirkende Szene mit zahlreichen verschiedenen ausgestopften Tieren und echten Pflanzen in ihrem natürlichen Lebensraum. Giraffen und Affen, Bäume und Felsen … und sogar eine Wasserstelle soll es geben. Ist das nicht erstaunlich?« Seine sonst so müden Augen leuchteten bei der Beschreibung.

»Das klingt wirklich aufregend«, stimmte sie ihm zu. »Und das wird in einem der Ausstellungsräume gebaut? Davon habe ich bisher noch gar nichts gesehen.«

»Nein, dahinter. Dort entsteht ein völlig neuer Koben. Sie müssen sich das wie ein riesiges Schaufenster vorstellen. Dafür wurde extra ein spezieller Raum mit einer halbrunden Decke eingebaut. Darin stehen dann die Tiere und Pflanzen. Und auf der Rückwand sieht man eine naturgetreue Landschaft, die den Blick in die weite afrikanische Steppe zeigt – alles nur gezeichnet. Das Ganze nennt sich dann Diorama«, erklärte er stolz.

»Das würde ich zu gerne sehen«, wünschte sich Sophie sofort. »Zeigen Sie mir das?«

»Keine Chance!«, entgegnete der Hausmeister umgehend. »Eigentlich dürfte ich Ihnen das nicht mal erzählen. Ist noch streng geheim.« Sophie musste schmunzeln, als er sich nervös nach rechts und links umschaute, wie um sich zu vergewissern, dass es hier im stillen, geschlossenen Museum keine unbefugten Mithörer gab. Er senkte die Stimme. »Die Planungen dafür laufen schon seit Langem, aber nur einige wenige Mitarbeiter sind in die Details eingeweiht. Also behalten Sie das bitte für sich, Fräulein von Mayden.« Er sah sie streng an.

»Natürlich!« Sophie nickte ernst. »Von mir erfährt niemand ein Sterbenswörtchen.«

»Na, dann muss ich jetzt auch mal weiter. Die Arbeit macht sich schließlich nicht von allein.«

»Da haben Sie recht. Ich wünsche Ihnen noch einen schönen Tag, Herr Diegel.«

»Es gibt genug zu tun.« Der Hausmeister kontrollierte mit den Händen den korrekten Sitz seines grauen Kittels, schloss den obersten Knopf und schlurfte nach einem kurzen Nicken davon.

Sophie blickte sehnsüchtig hinüber zur anderen Seite, wo hinter verschlossenen Türen eine Wunderwelt entstand, und stellte sich vor, wie dieses geheimnisvolle Diorama wohl aussah, wenn es fertig war. Ein Blick in das Innere Afrikas! Das klang sehr aufregend, und kurz träumte sie davon, diesen faszinierenden Kontinent irgendwann selbst bereisen zu können. Doch die harte Realität holte sie schon wenige Minuten später wieder ein.

»Wo kommen Sie denn jetzt erst her, Fräulein von Mayden?«, fragte Fräulein Pixis mit zusammengezogenen Augenbrauen, als Sophie, ein wenig außer Atem, ihren Arbeitsplatz erreichte. Ihre Vorgesetzte sah ungehalten von ihrem Schreibtisch auf und deutete auf die Wanduhr. »Ihre Arbeitszeit beginnt um neun. Jetzt ist es fast Viertel nach neun.«

Sophie senkte den Blick und murmelte: »Verzeihen Sie, Fräulein Pixis. Ich habe nur noch kurz etwas mit Herrn Diegel besprochen ...«

Die Bürovorsteherin legte ihre Stirn in Falten. »Was haben Sie denn mit dem Hausmeister zu schaffen?« Sie verzog die Mundwinkel abfällig. »Von Ihnen, als meiner Mitarbeiterin, erwarte ich, dass Sie hier pünktlich erscheinen und sich nicht vom männlichen Handwerkspersonal in irgendwelche Plaudereien verwickeln lassen. Solche Sperenzchen passen nicht zum tadellosen Ruf des Hauses. Merken Sie sich das!«

»Selbstverständlich, Fräulein Pixis. Es soll nicht wieder vorkommen«, antwortete Sophie devot, obwohl sie innerlich fast platzte. Was erlaubte sich dieses herrische Weib, so mit ihr zu reden? Sie war schließlich nicht irgendeine dahergelaufene Bürokraft, sondern Sophie von Mayden. Wenn ihre Mutter erführe, dass man ihre Tochter hier wie eine Dienstmagd behandelte, würde sie fuchsteufelswild werden.

Sie beschloss dennoch, ihren Ärger lieber herunterzuschlucken und die Allüren dieser missgünstigen grauen Maus, die ihr gegenübersaß, still zu ertragen. Es war hoffentlich nur eine Frage der Zeit, bis sie endlich aus diesem Büro herauskam und sich anderen, wichtigeren Tätigkeiten im Museum widmen durfte. Vielleicht gab es ja für sie die Möglichkeit, bei der Fertigstellung des Dioramas zu helfen. Zu dumm, dass sie nicht danach fragen konnte, weil sie Hausmeister Diegel versprochen hatte, nicht darüber zu sprechen.

* * *

Sophie reckte erneut ihren vom konzentrierten Schreiben verspannten Rücken, während sie ihren Gedanken an die ersten Tage im Museum und das immer noch nicht fertige Diorama nachhing. Vom Schreibtisch gegenüber war das unermüdliche Kratzen der Schreibfeder von Fräulein Pixis zu hören. Ansonsten war es vollkommen still in dem stickigen Büro, und Sophie blickte versonnen aus dem Fenster, hinauf in die Wattewolken, die über dem Sitz des *Physikalischen Vereins* mit dem Turm der Sternwarte schwebten. Sie seufzte unhörbar auf.

Für ihren Geschmack ging alles viel zu langsam voran. Sie brannte darauf, endlich selbst zu forschen und dabei bahnbrechende Entdeckungen zu machen. Doch daran war bei dem gemächlichen Tempo, das im Museum den Gang der Dinge bestimmte, nicht zu denken. Es hatte ja schon ewig gedauert, ehe sie überhaupt ihre erste richtige Arbeit hatte beginnen können – die Beschriftung der Ausstellungstäfelchen. Zuvor hatte ihr Mentor Fritz Drevermann dafür gesorgt, dass sie einige fundierte Einblicke in die Schätze des Museums erhielt, und ihr Zugang zu den wissenschaftlichen Lehrsammlungen verschafft, zu denen die Museumsbesucher keinen Zutritt hatten. Täglich war eine andere Abteilung an der Reihe gewesen.

Museumsdirektor Römer hatte die jeweiligen Leiter angewiesen, der Tochter des langjährigen Vereinsmitglieds Robert von Mayden ihre speziellen Fachgebiete näherzubringen. Mal mehr, mal weniger enthusiastisch war Sophie von den Sektionsleitern durch die Exponate der jeweiligen Forschungssammlungen geführt worden.

Von Professor Heinrich Reichenbach war sie allerdings recht abweisend behandelt worden; denn offenkundig schien er keinerlei Sinn darin zu sehen, sie für sein Fachgebiet zu begeistern. Statt ihr seine Lehrsammlung zu zeigen, hatte er ihr nur einen Text von ihm in die Hand gedrückt: Es handelte sich um eine Abschrift seines Vortrags *Grundzüge der Entwicklungsgeschichte und Vergleichenden Anatomie der Wirbeltiere und des Menschen mit Berücksichtigung der Physiologie*, den er im Winter als Vorlesung für die *Senckenbergische Naturforschende Gesellschaft* gehalten hatte.

Ganz anders waren die Stunden mit Professor Martin Möbius gewesen. Es hatte Sophie sehr gefallen, wie er die Botanik in den schillerndsten Farben schilderte und sich freute, ihre zahlreichen Fragen zu beantworten. Er machte ihr Mut, sich weiterhin mit den verschiedenen Naturwissenschaften zu beschäftigen. Sein Kollege Wilhelm Schauf dagegen schien kein Verständnis dafür zu haben, einer jungen Frau ernsthaft die Grundzüge der Mineralogie zu erklären. Er zeigte ihr zwar jede Menge bunte und graue Steine, reihte dabei aber lediglich einen Haufen lateinischer Begriffe aneinander, die Sophie ratlos zurückließen.

Dennoch war sie ihm und den anderen Sektionsleitern neugierig durch die farbenfrohen Sammlungen gefolgt, welche das Leben auf der Erde und seine Entstehung erklärten, vorbei an ausgestopften Säugetieren, Vögeln, Reptilien und Fischen. Dabei bemühte sie sich stets, ein angemessenes Interesse zu zeigen, selbst wenn ihr recht eigenartige Kreaturen vorgestellt wurden, wie etwa Crustaceen, also Krebstiere. Oder Mollusken, wie Muscheln und Schnecken, oder wirbellose Tiere, wie Quallen und Skorpione. Nichts davon erschien ihr so interessant und aufregend wie die Erforschung der Urzeit und ihrer gigantischen Bewohner.

Ärgerlicherweise war Doktor Drevermann vollauf mit Expeditionsvorbereitungen beschäftigt, und Professor Friedrich Kinkelin, der Leiter der paläontologisch-geologischen Sammlung, die Sophie natürlich am meisten interessierte, befand sich derzeit auf einer Studienreise. Wann er zurückerwartet wurde, konnte oder wollte Fräulein Pixis Sophie nicht mitteilen. Frustriert befürchtete sie, dass sie vermutlich noch ewig unter Aufsicht der schweigsamen Büroleiterin auf kleinen Zetteln unverständliche, lateinische Bezeichnungen und deren Übersetzung notieren würde.

Ein wenig ängstlich schaute sie nun zu Fräulein Pixis, der zu Sophies Erleichterung offensichtlich nicht aufgefallen war, dass sie eine kleine Weile den eigenen Gedanken nachgehangen hatte, anstatt konzentriert zu arbeiten. Rasch nahm sie wieder ihren *Rouge et Noir*-Füller in die Hand und ließ den Zeigefinger über die lange, eng beschriebene Liste der Insektensammlung gleiten, die das Senckenberg-Museum von einem Professor Dr. Vosseler aus Amani in Deutsch-Ostafrika erhalten hatte. Als sie die richtige Zeile gefunden hatte, legte sie das Lineal zur Markierung darunter und beschriftete das nächste Ausstellungskärtchen fein säuberlich mit »*Dacus cucumarius*, Gurkenfliege, Ostafrika, Pflanzenschädling«. Sophie war froh, das aufgespießte Exemplar dieses exotischen Krabbeltiers nicht leibhaftig vor sich auf dem Schreibtisch liegen zu haben.

Angewidert wandte sie sich irgendwann wieder von der schier endlosen Liste ab und blickte sehnsüchtig aus dem Fenster, wo die Abendsonne langsam hinter dem Turm der Sternwarte verschwand. Wenn sie doch bloß einen Weg fände, irgendwie aus diesem Büro herauszukommen. Sophie hoffte, dass das Schicksal bald ein Einsehen mit ihr hatte.

Sobald sich ihr eine Möglichkeit eröffnen würde, wäre sie hier weg, schwor sie sich. Egal, um was es sich handelte – jede andere Tätigkeit in diesem Museum war sicher spannender als das Beschriften von Etiketten!

Als hätte das Universum ihren inbrünstigen Wunsch erhört, eröffnete Fräulein Pixis ihr am nächsten Morgen, als Sophie sich nach der Begrüßung an ihren Schreibtisch gesetzt hatte: »Professor Reichenbach benötigt übrigens Ihre Hilfe für ein paar Tage.«

»Oh, tatsächlich?«, fragte Sophie erstaunt nach und versuchte, sich zu erinnern, welche Sektion dieser Professor hier im Museum leitete.

»Bitte packen Sie Ihre Sachen zusammen, und melden Sie sich in seinem Sekretariat bei Fräulein Schneider!«

»Jetzt sofort?«

»Selbstverständlich. Man wartet schon auf Sie.« Fräulein Pixis warf einen vorwurfsvollen Blick auf die Wanduhr, die ein paar Minuten nach neun anzeigte.

»Natürlich …« Sophie setzte den Hut wieder auf, den sie beim Eintreten abgelegt hatte. »Verzeihen Sie, Fräulein Pixis, wo genau erwartet man mich denn?«

Kopfschüttelnd sah die Bürovorsteherin von den Papieren vor ihr auf. »Was für eine dumme Frage. Selbstverständlich in der Anatomie- und Skelettsektion. Dachten Sie, Professor Reichenbach will mit Ihnen einen Spaziergang machen?« Sie lachte gekünstelt.

»Danke schön«, presste Sophie zwischen den Zähnen hervor. Sie würde dieser missgünstigen Frau nicht die Genugtuung geben, auch noch zu fragen, wo sich in diesem riesigen Gebäude das Büro befand. Da würde sie sich lieber unten am Museumseingang erkundigen. Sie verschwand grußlos und lief die Treppen hinunter zum Eingangsportal.

Frau Haffner lächelte ihr entgegen. »Na, mein Kind, wollen Sie uns schon wieder verlassen?«

»Nein, ich soll ab heute in der Skelettabteilung arbeiten …«, erwiderte sie lachend.

»Tatsächlich …?« Sie sah Sophie mit einem mitleidigen Gesichtsausdruck an. »Bei Professor Reichenbach?«

»Ja! Ich darf endlich etwas anderes tun, als nur langweilige Etiketten zu beschriften«, antwortete Sophie glücklich.

»Das freut mich für Sie.« Frau Haffner schenkte ihr ein aufmunterndes Lächeln. »Aber lassen Sie sich von dem Professor bloß nicht Ihre gute Laune verderben. Er kann manchmal etwas …« Sie verstummte kurz. Dann senkte sie verschwörerisch die Stimme und ergänzte: »Seit Direktor Römer ihm Frau Sondheim an die Seite gestellt hat, ist seine Laune noch schlechter …«

»Weshalb?«

»Er ist halt ein komischer Kauz. Von Frauen in der Wissenschaft hält der Herr Professor leider gar nichts. Vielleicht können Sie ihn ja eines Besseren belehren.« Die Kassiererin zwinkerte ihr zu.

»Ich werde mich bemühen. Doch vorher muss ich ihn erst mal finden. Können Sie mir verraten, wo sein Gelehrtenzimmer ist?«

»Ach, das ist ganz leicht: Die Vergleichende Anatomie ist auf derselben Etage wie das Büro von Fräulein Pixis. Aber auf der gegenüberliegenden Seite des Gebäudes, Richtung Jügelhaus.« Sie zeigte hinüber. »Von hier aus nehmen Sie einfach die Treppen hinauf in den ersten Stock und halten sich dann rechts. Am Ende des Skelett-Schausaals, hinter einer großen Tür, finden Sie sein Arbeitszimmer und das Sekretariat.«

»Herzlichen Dank, Frau Haffner. Ich wusste, dass Sie mir helfen würden.«

»Immer gerne, Fräulein von Mayden! Und lassen sie sich nicht unterkriegen«, rief sie Sophie nach, die schon im Laufschritt die Treppe emporhetzte.

»Da sind Sie ja endlich!«, empfing Fräulein Schneider sie schnippisch, ehe Sophie sich vorstellen konnte. »Wo haben Sie denn so lange gesteckt?«

»Verzeihung …«, keuchte Sophie, die noch außer Atem war. »Ich wusste nicht, wo Ihr Büro ist, und da bin ich runter zu Frau Haffner, und dann …«

»Sie hätten Fräulein Pixis fragen können«, unterbrach die Sekretärin sie streng und stand auf. »Nun kommen Sie, Professor Reichenbach wartet nicht gerne.«

Die ältere Dame rauschte erstaunlich flott an ihr vorbei, verließ ihr Arbeitszimmer und klopfte an die gegenüberliegende Tür. Dort prangte ein großes, glänzendes Messingschild, auf dem zu lesen war:

Reichenbach, Johann Heinrich
Prof. Dr. phil. Lehrer. Zoologe
Dozent für Zoologie und Vergleichende Anatomie

Und auf einem einfachen weißen Zettel darunter stand in eleganter Handschrift:

Maria Sondheim
Leiterin Vergleichende Anatomie

»Ihre Hilfskraft wäre jetzt da, Herr Professor. Fräulein von Mayden«, stellte die Sekretärin sie vor und schob Sophie in das große Zimmer. Dann verschwand sie wieder und schloss die Tür hinter sich.

Sophie wartete darauf, dass ihr neuer Vorgesetzter sie begrüßte und sie aufforderte, sich auf einen der Besucherstühle zu setzen. Doch er schien in ein vor ihm liegendes Schriftstück vertieft zu sein, in dem er mit einem roten Stift konzentriert herumstrich und Notizen machte. Da es sich gewiss nicht ziemte, unaufgefordert etwas zu sagen, presste sie ihre Lippen fest zusammen und beobachtete ihn verunsichert. Nervös drückte sie ihre Handtasche fest an sich.

Die Sonne, die von hinten durchs Fenster schien, spiegelte sich auf seiner Glatze. Der Sechzigjährige saß sehr aufrecht, die Schultern kaum gebeugt, in dem sehr breiten Ledersessel, der für seine eher schmächtige, hagere Figur etwas überdimensioniert wirkte. Sein ausladender Schreibtisch war aufgeräumt und größtenteils leer. Nur einige wenige, penibel auf Kante gestapelte Bücher lagen auf dem blankpolierten, dunklen Holz. Nicht ein einziges Skelett oder etwas anderes, das auf Reichenbachs Forschungsgebiet hingedeutet hätte, befand sich in seinem Arbeitszimmer. Sophie sah sich um und studierte die Buchrücken in dem hohen Regal an der rechten Wand, vor dem ein zweiter, wesentlich schmalerer Schreibtisch stand. Inmitten eines bunten Sammelsuriums aus Papieren und aufgeschlagenen Büchern entdeckte Sophie darauf ein paar winzige skelettierte Tiere. Vielleicht Mäuse oder Eichhörnchen, überlegte sie. Vermutlich war das der Arbeitsplatz von Maria Sondheim, deren Name draußen an der Tür stand.

Der Professor beachtete sie noch immer nicht, und so trat sie schließlich nervös von einem Bein aufs andere, und ihr Blick wanderte zum Fenster hin, durch das sie die Fassade des Jügelhauses betrachten konnte. Warum hatte sie sich so abgehetzt, wenn der Professor es scheinbar überhaupt nicht eilig hatte, ihr zu erklären, was er von ihr wollte?, fragte sie sich missmutig.

Endlich schaute Reichenbach auf, musterte sie von oben bis unten, räusperte sich und sagte: »Fräulein Pixis versicherte mir, dass Sie eine recht leserliche Handschrift haben …« Er blickte sie mit skeptisch gerunzelter Stirn fragend an.

»Das ist sehr freundlich von Fräulein Pixis.«

»Es handelt sich um eine sehr verantwortungsvolle Aufgabe, die ich Ihnen zu übertragen gedenke …« Erst jetzt schien ihm aufzufallen, dass Sophie immer noch vor seinem Schreibtisch stand. »Setzen Sie sich!« Er deutete auf den Stuhl.

Sie nahm ihm gegenüber Platz und fragte sich gespannt, welche verantwortungsvolle Aufgabe er wohl meinte? Ob sie an Skeletten forschen durfte? Das war doch fast so interessant, wie Dinosaurierknochen zu untersuchen, und sicher eine gute Vorbereitung auf die Paläontologie. Ob er sie dazu hinunter ins Atelier zu den Präparatoren schicken würde? Sie verspürte einen Hauch von Vorfreude.

Er räusperte sich wieder, sah sie ernst an und erklärte: »Im Vestibül des Museums wird am 22. Oktober die Marmorbüste Goethes aufgestellt, ein Geschenk Ihrer Majestät, der Deutschen Kaiserin, an die *Senckenbergische Naturforschende Gesellschaft*.« Der Stolz in seiner Stimme war nicht zu überhören.

Sophie sah ihn verständnislos an. Was wollte er ihr damit mitteilen? Sie beschloss, abzuwarten und aufmerksam zuzuhören.

»An diesem bevorstehenden, wunderbaren Ereignis bin ich nicht ganz unbeteiligt. Schließlich bin ich als Zoologe ein großer Verehrer Goethes. Und wie ich bereits im August 1899 zur Feier seines 150. Geburtstags in meinem Vortrag *Goethe und die Biologie* betonte, wurde es Zeit für die Würdigung seiner Verdienste um die Entwicklungslehre und ihrer hohen Bedeutung für die biologischen Wissenschaften.« Obgleich Sophie innerlich seufzte, bemühte sie sich um einen interessierten Gesichtsausdruck und nickte leicht, was Reichenbach zu gefallen schien. Ein seliges Lächeln breitete sich auf seinem verkniffenen Gesicht aus, als er fortfuhr: »Goethes Büste, ausgeführt in edelstem griechischen Marmor, wird von dem Berliner Bildhauer Ernst Freese erschaffen. Ich habe schon die Entwürfe gesehen. Sie stellen den Dichter etwa zu der Zeit dar, zu der er zum korrespondierenden Mitglied unserer *Senckenbergischen Naturforschenden Gesellschaft* erwählt wurde. Das war am 16. Mai 1821.« Reichenbach versicherte sich mit einem durchdringenden Blick ihrer vollen Aufmerksamkeit, bevor er mit großem Pathos in der Stimme hinzufügte: »Unser Museum, hier in Goethes Vaterstadt, wird das erste unter den naturhistorischen Museen Deutschlands sein, in dem eine Büste des unsterblichen Dichterfürsten aufgestellt wird – dem, wie jedes menschliche Können, so auch die Naturwissenschaft ewigen Dank schuldet.« Scheinbar selbst ergriffen von seinen Worten, lehnte Professor Reichenbach sich zurück, fuhr sich mit einer dramatischen Geste mit dem Handrücken über die Stirn und schloss die Augen.

Sophie starrte ihn ungläubig an. Am liebsten hätte sie laut losgelacht, denn seine voller Inbrunst vorgetragenen Ausführungen wirkten absurd angesichts der Tatsache, dass sie doch sicher wegen einer vollkommen anderen Angelegenheit herbeibefohlen worden war. Wieso erzählte er ihr all das? Konnte er ihr nicht einfach Anweisungen geben, damit sie endlich mit ihrer praktischen Arbeit in seiner Fachabteilung beginnen konnte? Was interessierte sie da irgendeine Büste, die erst im Oktober aufgestellt werden sollte? Ungeduldig rückte sie auf ihrem Stuhl nach vorn, was das Holz knarren ließ.

Daraufhin öffnete Reichenbach wieder die Augen. Er blickte sie fragend an, als würde er von ihr irgendeine Reaktion erwarten.

Sophie nutzte die Gelegenheit, endlich auch etwas zu sagen. »Das ist wirklich sehr interessant, Herr Professor. Und wie kann ich Sie nun bei Ihrer Arbeit unterstützen?«

»*Sie*?«, entgegnete er beinahe erschrocken. »*Mich* unterstützen? Wo denken Sie hin, junges Fräulein?« Er schüttelte konsterniert den Kopf. »Ein Vortrag über ein Genie wie Goethe überfordert nun wirklich die geistigen Kapazitäten einer Frau.« Er lachte amüsiert auf.

Sophie lag eine bissige Bemerkung auf der Zunge, denn zumindest mit dem literarischen Schaffen von Johann Wolfgang von Goethe kannte sie sich bestens aus. Die Deutschlehrerin an der Elisabethenschule hatte ihre Klasse im Laufe der Jahre fast sämtliche dramatischen Werke des Dichterfürsten lesen lassen. Leider musste sich Sophie im Stillen eingestehen, dass dessen Abhandlungen zu naturwissenschaftlichen Themen in ihrem Unterricht an der Höheren Mädchenschule keine Rolle gespielt hatten. Also schwieg sie lieber, bevor sie die Vorurteile des Professors womöglich noch bestätigte.

»Nein, was ich von Ihnen verlange«, fuhr er fort, »ist die Reinschrift meiner nächsten Vorlesung zur Vergleichenden Anatomie der Wirbeltiere und des Menschen, unter Berücksichtigung der Physiologie, also des Nervensystems, der Sinnesorgane, Verdauungs- und Atmungsorgane et cetera.« Er klopfte mit der flachen Hand auf den Papierstapel, in dem er bis eben herumgekritzelt hatte. Es war ein ziemlich dicker Stapel, stellte Sophie innerlich seufzend fest. »Meine Sekretärin ist leider ab morgen verhindert, aber die Vorlesung findet schon nächste Woche Freitag statt – nur einen Tag nach meinem Geburtstag. Also trödeln Sie nicht!« Er sah sie streng an. »Aber arbeiten Sie sorgfältig. Kein Geschmiere und keine albernen Schnörkeleien!«

»Selbstverständlich«, erwiderte sie gehorsam. Dann nahm sie all ihren Mut zusammen und wagte zu fragen: »Äh … wo ich schon einmal hier in Ihrer Abteilung – könnten Sie vielleicht ein wenig Zeit für mich finden und mir ein paar Einblicke in Ihre Lehrsammlung geben? Ich interessiere mich sehr für … Skelette … und wäre Ihnen unendlich dankbar, wenn Sie mir …«

Er schüttelte unwirsch den Kopf und deutete auf den Bücherstapel auf seinem Schreibtisch. »Unmöglich! Für derlei Eskapaden bleibt mir nun wirklich keine Zeit. Ich muss mich schließlich ab sofort intensiv mit Goethe und meiner Festrede befassen. Da kann ich nicht auch noch Sie herumführen.« Er bedachte sie mit einem abschätzigen Blick. »Das wäre auch reine Zeitverschwendung. Sehen Sie sich nach Feierabend einfach unsere Schausammlung an. Da können Sie viel lernen.«

»Die Objekte, die den Museumsbesuchern zugänglich sind, kenne ich schon«, erwiderte Sophie und bemühte sich, ruhig zu bleiben, obwohl sie sich über die Arroganz dieses Professors ärgerte. »Ich hatte gehofft, ein kleines bisschen an aktuellen Forschungen teilhaben zu können …«

Er lachte amüsiert; augenscheinlich hielt er diese Idee für vollkommen abstrus. »Das schaffen unsere Präparatoren sicher besser, ohne dass Ihnen ein neugieriges Frauenzimmer im Wege steht. Konzentrieren Sie sich auf Ihre Kernkompetenz, und machen Sie sich an die Schreibarbeit.« Er schob ihr den Papierstapel mit einer gereizten Geste zu.

Sophie schluckte ihren Ärger über seine gemeinen Bemerkungen herunter und fragte mit Blick auf den anderen Schreibtisch: »Vielleicht hätte ja Ihre Kollegin Zeit, mich etwas herumzuführen?«

Seine Miene verdüsterte sich. »Meine *Kollegin* …« Er spuckte das Wort angewidert aus. »Die *Leiterin* der Anatomie werden Sie nicht treffen während der paar Tage, die Sie hier arbeiten. Frau Sondheim hat derzeit wohl irgendetwas in Berlin zu tun.«

Sophie hörte deutlich die Abneigung in seiner Stimme und musste an die Bemerkung von Frau Haffner denken. Dieser Herr schien tatsächlich einen großen Widerwillen gegen gebildete Frauen zu haben. Sie stand auf, nahm die losen, gestapelten Blätter vorsichtig vom Tisch und steuerte damit auf Frau Sondheims verwaisten Schreibtisch zu.

»Wo wollen sie denn hin?«, rief der Professor in einem empörten Tonfall. »Fräulein Schneider wird Ihnen Papier und Schreibfeder geben.« Er deutete mit einer wedelnden Geste Richtung Tür. »Sie können sich zu ihr ins Sekretariat setzen. Am kommenden Donnerstag erwarte ich das fertige Manuskript auf meinem Tisch. Guten Tag, Fräulein von Mayden.«

* * *

Nachdem sie den umfangreichen Vortrag für Professor Reichenbach pünktlich und in akkurater Reinschrift abgeschrieben hatte, musste Sophie wieder in das Büro von Fräulein Pixis zurückkehren, um weiterhin Etiketten zu beschriften. Immerhin hatte sie in den vier Tagen tatsächlich eine Menge über die Vergleichende Anatomie gelernt und sich damit getröstet, dass sie, obwohl sie keine Studentin war, diese Vorlesung vor allen anderen hatte lesen können. Das war zwar noch weit entfernt von dem, was sie sich von ihrer Tätigkeit im Museum erhofft hatte, aber sie hatte beschlossen, sich auch über kleine Erfolge zu freuen und nicht so schnell aufzugeben. Erst recht nicht nach den Reaktionen von Professor Reichenbach, wenn sie ihm zwischendurch Fragen zu Passagen in seinem Text, die ihr unverständlich erschienen, gestellt hatte. Jedes Mal war er sehr herablassend zu ihr gewesen und hatte ihr zu verstehen gegeben, dass sie als Frau nicht in der Lage war, seine brillanten Gedankengänge vollständig und in ihrer ganzen Genialität zu durchdringen. Dass er anschließend meist dennoch etwas umformuliert hatte, war für Sophie eine gewisse Genugtuung gewesen.

Dann, Ende Juli, schöpfte sie wieder Hoffnung, dass ihre Arbeit im Museum doch noch eine interessantere Richtung einschlagen würde, als ihre Bürovorsteherin sie eines Tages unvermittelt ansprach.

»Professor Kinkelin ist zurück von seiner Studienreise und hat Sie für morgen Vormittag um neun Uhr dreißig in sein Büro einbestellt«, teilte sie Sophie reichlich schmallippig mit und schob ihr mit spitzen Fingern einen Zettel mit seiner Zimmernummer zu. »Er erwartet Sie zu der noch ausstehenden Führung durch die Paläontologie-Sektion.«

Endlich! Sophie konnte ihre Begeisterung über diese Nachricht nur mühsam zurückhalten. Hoffentlich war dieser Sektionsleiter, anders als Professor Reichenbach, daran interessiert, ihr tatsächlich etwas beizubringen.

»Sehr gerne. Soll ich dann morgen direkt zu ihm ins Untergeschoss gehen?« Inzwischen wusste Sophie genau, wo welcher Fachbereich im Museumsgebäude untergebracht war.

»Selbstverständlich werden Sie zuerst pünktlich um neun Uhr hierher in mein Büro kommen!« Fräulein Pixis sah sie kopfschüttelnd an. »In der halben Stunde können Sie schließlich mindestens fünf Etiketten schreiben. Jedes Schild zählt. Und nach dem Rundgang kommen Sie dann bitte umgehend wieder zurück an Ihren Schreibtisch.«

Sophie seufzte innerlich. Wenn es nach ihr ginge, wären ihre Tage in dieser stickigen Atmosphäre gezählt. Sie hoffte, Fräulein Pixis und dieser stupiden Arbeit möglichst bald ganz entfliehen zu können. Doch sie ließ sich von ihrer Abneigung gegen diese verknöcherte Bürovorsteherin nichts anmerken. Lächelnd erwiderte sie: »Natürlich …«

Gleichzeitig nahm sie sich fest vor, morgen alles daranzusetzen, den Professor davon zu überzeugen, dass es eine famose Idee war, wenn eine charmante und wissbegierige junge Frau ihn zukünftig tatkräftig bei seiner Arbeit in der Paläontologie unterstützen würde.

Am nächsten Tag betrat sie voller Ehrfurcht sein Büro im Untergeschoss, gleich hinter der paläontologischen Schausammlung, und sah sich staunend um. Sein geräumiges Arbeitszimmer unterschied sich grundlegend von dem von Professor Reichenbach. Es wurde von einem mächtigen Schreibtisch dominiert, hinter dem der Professor auf einem großen Ledersessel thronte. Mit seinen schlohweißen Haaren, der hohen Stirn und dem ebenso weißen wie wild um Mund, Kinn und Wangen wuchernden Vollbart war der zweiundsiebzigjährige Wissenschaftler eine respekteinflößende Person. In seinem Gelehrtenzimmer türmten sich Berge von Büchern, die sich den wenigen Freiraum rund um seinen ausladenden Arbeitsplatz, auf dem sich diverse Papierhaufen stapelten, mit Kästen voller bunter Steine, Mineralien, Knochenfragmenten und einigen undefinierbaren Gegenständen teilten.

Vorsichtig bahnte Sophie sich einen Weg durch dieses außergewöhnliche Labyrinth. Sie rümpfte unwillkürlich die Nase angesichts der abgestandenen Luft, die nach den uralten Ledereinbänden der unzähligen Bücher in den hohen Regalen und dem Gewirr staubiger Exponate roch. Neugierig betrachtete sie im Vorübergehen einige der hier aufbewahrten Schätze, die einer abenteuerlichen Zauberwelt zu entstammen schienen.

Der Professor bat sie mit einem beiläufigen Wink, sich auf den Ledersessel ihm gegenüber zu setzen. Bevor sie Platz nehmen konnte, musste sie erst mal den dort gelagerten Bücherstapel auf einen anderen Haufen räumen. Dann setzte sie sich erwartungsvoll auf den abgewetzten Chesterfield-Sessel und wartete höflich, bis er das Wort an sie richtete.

»Schön, Sie kennenzulernen, Fräulein von Mayden«, begrüßte Friedrich Kinkelin sie mit einem freundlichen Lächeln. »Der Kollege Drevermann erwähnte vor seiner Abreise, dass Sie ganz begierig darauf sind, im Senckenberg-Museum zu arbeiten. Was hat Ihr Interesse an diesem Born der Wissenschaft geweckt?«

»Ich freue mich ebenfalls sehr, Sie endlich kennenzulernen, Herr Professor«, antwortete sie. Im nächsten Augenblick überkam sie das Gefühl, keine Zeit verlieren zu dürfen, sodass ihr sehnlichster Wunsch förmlich aus hier herausplatzte. »Ich möchte unbedingt Paläontologie studieren.«

Er verzog keine Miene, sondern begutachtete Sophie nur eingehend durch seine kleine, ovale Goldrandbrille.

»Interessant«, befand er schließlich knapp.

»Und deshalb möchte ich von Ihnen so viel wie möglich lernen«, erklärte sie mit einem zaghaften Lächeln und ergänzte gewichtig: »In der Bibliothek meines Vaters studiere ich schon seit geraumer Zeit die dort verfügbare Literatur über die Urzeit.«

»Nun, das nenne ich vorbildlich.«

Als er nichts weiter hinzufügte, nahm Sophie ihr Herz in die Hand und sagte ein wenig forsch: »Doktor Drevermann meinte, ich könne vielleicht mal den Präparatoren dabei zusehen, wie sie versteinerte Dinosaurierknochen zu einem Skelett zusammenfügen.«

»So, so … Meinte er das …«, nuschelte Kinkelin in seinen Bart, sah aus dem Fenster und schien nachzudenken. Unvermittelt fragte er dann: »Hatten Sie vor deren Abreise Gelegenheit, sich die verantwortungsvollen Tätigkeiten rund um die Katalogisierung des Museumsbestands von Ria Drevermann erklären zu lassen?«

Sophie musste schlucken, als er die Gattin ihres bewunderten Doktors erwähnte. Es versetzte ihr immer noch einen Stich, wenn sie an ihre erste Begegnung mit Ria Drevermann dachte …

* * *

Das Zusammentreffen hatte Anfang Juni stattgefunden, kurz bevor das Forscherpaar zu seiner Studienreise nach Spanien aufgebrochen war. Robert von Mayden hatte einen zwanglosen Umtrunk arrangiert, zu dem er die Drevermanns und drei seiner Bekannten von der *Senckenbergischen Naturforschenden Gesellschaft* mit deren Ehefrauen in die Villa am Kettenhofweg eingeladen hatte. Professor Ziegler, Doktor Pfefferkorn und Kommerzienrat Oehler hatten die Arbeit von Fritz Drevermann im Museum bisher eher kritisch verfolgt und in den Vereinssitzungen oftmals Zweifel an seinen Entscheidungen geäußert. Die modernen Ideen des Assistenten des Museumsdirektors waren ihnen suspekt; und offensichtlich glaubten sie nicht, dass ein derart junger Mann einer so verantwortungsvollen Aufgabe tatsächlich gewachsen war. Direktor Römer, der selbst nur unwesentlich älter war als Drevermann, erschien ihnen ebenfalls als zu unerfahren für die Führung *ihres* neuen, deutlich größeren Senckenberg-Museums an der Viktoria-Allee. Zwar waren die drei Herren mit ihren konservativen Ansichten innerhalb der Gesellschaft in der Minderheit, dennoch hatte Robert von Mayden ein großes Interesse daran, auch die letzten Zweifler zu überzeugen, dass das Naturkundemuseum bei diesen Leitern in den besten Händen war. Deshalb hatte er dieses Zusammentreffen in seinem Hause arrangiert.

Auf diesen Gedanken war er durch Sophie gekommen, der er eines Abends sein Leid geklagt hatte, als sie, wie so oft, in seiner Bibliothek nach Büchern über Dinosaurier stöberte. Sie hatte nur kurz nachgedacht und gemeint, dass ein persönliches Treffen der misstrauischen Herren mit Fritz Drevermann sicher sämtliche Bedenken ausräumen würde. Sie war überzeugt, dass niemand, der ihn einmal leibhaftig über seine Arbeit im Museum hatte reden hören, seinem Charme widerstehen konnte.

Also hatte ihr Vater Professor Ziegler, Doktor Pfefferkorn und Kommerzienrat Oehler an diesem Sonntag zu sich eingeladen, damit die drei sich ein eigenes Bild von der Tatkraft und Expertise des jungen Wissenschaftlers machen konnten. Um für eine angenehm familiäre Atmosphäre zu sorgen, sollten auch die Ehefrauen und Robert von Maydens Töchter bei der kleinen Gartenfeier anwesend sein.

Sophie war aufgeregt, denn sie hatte Doktor Drevermann im Museum bisher noch nicht wiedergesehen, sondern war in ihrer ersten Woche nur mit den von ihm angeregten Führungen durch seine Kollegen beschäftigt gewesen. Wo ihr zukünftiger Arbeitsplatz sein würde, hatte ihr noch niemand gesagt. Deshalb hatte sie sich für diesen Nachmittag vorgenommen, Fritz Drevermann mit ihrem Wissen über die Dinosaurier zu beeindrucken, um von ihm eine adäquate Tätigkeit in der geologisch-paläontologischen Abteilung zugewiesen zu bekommen.

»Hoffentlich hält das Wetter«, meinte Anna von Mayden mit einem besorgten Blick gen Himmel, wo ein paar Wolken das sommerliche Blau durchkreuzten.

Sophie hielt diese Befürchtung für ein wenig übertrieben. Sie schaute zu, wie die Köchin Berta die silbernen Platten mit den vorbereiteten Häppchen, die zur Waldmeisterbowle gereicht werden sollten, in den Garten trug. Dort deckte das Dienstmädchen Fritzi die hübschen runden Tische, die Ferdinand und der Gärtner unter den schattenspendenden Platanen, mitten auf dem frisch gestutzten Rasen, dicht beieinander aufgestellt hatten.

»Da fehlt noch eine Serviette«, monierte die Hausherrin beim kritischen Blick über die kleinen weißen Teller und feinziselierten Bowlegläser aus Kristall. Sie nahm eins davon in die Hand und hielt es am Henkel gegen die Sonne. »Die Gläser müssen alle nachpoliert werden, Fritzi!«, stellte sie streng fest. »Beeil dich! Die Gäste können jeden Moment eintreffen.«

»Jawohl, gnädige Frau«, antwortete das Dienstmädchen fügsam, doch Sophie sah Fritzi an, dass sie unter der übermäßigen Hektik litt, die heute im Haus der Familie von Mayden herrschte.

»Es ist doch noch Zeit, Mama«, versuchte sie, ihre angespannte Mutter zu beruhigen, obwohl sie selbst nervös war angesichts des Wiedersehens mit Fritz Drevermann. Ob sie ihn heute davon überzeugen konnte, dass mehr in ihr steckte als eine simple Hilfskraft?

Anna von Mayden musterte sie von oben bis unten. »Meinst du nicht, dass dieser Hut ein wenig übertrieben ist? Diese rote Blume an deinem Kopfputz ist doch eher etwas für einen Cafébesuch als für den Empfang einer Reihe ehrenwerter Senckenberg-Mitglieder.«

Sophie wusste nicht sogleich, wie sie auf den Vorwurf reagieren sollte. Daher drehte sie sich um und zupfte an dem Blumengesteck auf einem der Tische herum, während sie über eine passende Entgegnung nachdachte. Sie wusste, dass ihr neuer Hut recht extravagant war, doch sie wollte heute auf keinen Fall übersehen werden, und für diesen Zweck war die rote Seidenblume auf ihrem Kopf genau richtig. Dass sie damit nicht Anna von Maydens Geschmack getroffen hatte, war ihr egal.

Schließlich wandte sie sich mit einem Lächeln wieder ihrer Mutter zu. »Der Hut passt doch wunderbar zu einer Gartengesellschaft, Mama. Sieh nur, er hat dieselbe Farbe wie deine englischen Rosen dort drüben. Außerdem ist es viel zu spät, jetzt noch nach einem anderen zu suchen, der so perfekt zu meiner Garderobe passt.« Sie strich über ihr weißes Musselinkleid mit den aufgestickten Blütengirlanden.

Anna von Mayden verkniff sich einen weiteren Kommentar und scheuchte stattdessen das Dienstmädchen, das in aller Seelenruhe die Gläser polierte. »Fritzi, beeil dich! Du musst noch die Bowle aus der Kühlkammer im Souterrain holen. Hoffentlich hat Berta sie rechtzeitig dort kalt gestellt.« Sie überlegte kurz. »Nein, warte … Bring die Bowle lieber erst nach oben, wenn alle Gäste im Garten versammelt sind. Vorher kümmerst du dich um die Garderobe.«

»Sehr wohl, gnädige Frau«, antwortete Fritzi und stellte das letzte glänzende Glas ab.

In dem Moment war das Schellen der Türglocke von drinnen zu hören.

»Ach herrje, wer ist denn das jetzt?«, rief Anna von Mayden aufgeregt.

Eilig verschwand das Dienstmädchen ins Haus, während Sophie einen Blick auf ihre kleine goldene Taschenuhr warf. »Nun, es ist zwar noch nicht ganz vier, aber das werden wohl die ersten Gäste sein. Sollen wir hineingehen, um sie zu begrüßen?«

»O Gott, schon so spät!« Am Hals ihrer Mutter zeigten sich hektische Flecken. »Hoffentlich ist dein Vater fertig. Und was ist mit deiner Schwester? Warum hast du sie nicht gleich mitgebracht?«, fragte sie vorwurfsvoll. »Sie sollte doch längst hier unten sein. Wo steckt sie bloß?« Wenig damenhaft raffte Anna von Mayden ihren Rock und stürmte schnellen Schritts die Stufen zur Terrasse hinauf. Sophie folgte ihr durch die großzügigen Wohnräume bis zur Eingangshalle, während ihre Mutter weiter lamentierte. »Warum muss Charlotte mir ewig Sorgen bereiten? Kann dieses Kind nicht ein einziges Mal pünktlich erscheinen?«

Robert von Mayden stand schon an der Tür, um seine ersten Gäste persönlich zu empfangen, und gerade noch rechtzeitig kam Charlotte die Stufen hinuntergehüpft.

Anna von Mayden warf ihr einen strafenden Blick zu, bevor sie übertrieben freundlich grüßte: »Herr Kommerzienrat! Frau Kommerzienrat! Welche Freude!«

Ihr Mann reichte Kommerzienrat Oehler förmlich die Hand. »Treten Sie doch bitte ein, werter Freund.« Mit einer kleinen Verbeugung und einem formvollendeten Handkuss begrüßte er dessen Gemahlin. »Frau Kommerzienrat.«

»Was für ein herrlicher Nachmittag, von Mayden«, brummte Oehler und lächelte wohlwollend, wobei sich die Enden seines imposanten Schnauzbarts ein wenig nach oben bewegten. »Herzlichen Dank für die Einladung. Darf ich Ihnen meinen Sohn Wilhelm vorstellen?« Er schob einen sich ungelenk bewegenden Mann nach vorn, der ein ungesund fahles Gesicht hatte und sicher schon Ende dreißig war. »Ich hoffe, es ist Ihnen recht, dass wir ihn mitgebracht haben. Wilhelm ist gerade zu Besuch in Frankfurt. Eigentlich lebt er in Berlin, wo er als Beamter im Ministerium für Unterricht tätig ist. Ein ganz famoser Junge mit glänzenden Karriereaussichten – das meinen auch seine Vorgesetzten in der Kaiserlichen Kommission!«, erklärte er stolz und klopfte seinem Sprössling, der mit seiner schlaksigen Figur seinen Vater um einen halben Kopf überragte, anerkennend auf die Schulter.

»Aber selbstverständlich! Es ist ja ein ganz zwangloser Umtrunk im Garten«, zwitscherte Anna von Mayden, während sie den Sohn des Kommerzienrats mit Kennermiene unter die Lupe nahm. Ihr wohlwollendes Lächeln zeigte, dass der Herr Beamte in ihre Kategorie für heiratsfähige Männer passte. Entsprechend überschwänglich wies sie mit einer Handbewegung auf ihren eigenen Nachwuchs. »Darf ich Ihnen unsere Töchter vorstellen? Dies sind Sophie und Charlotte.« Die Mädchen knicksten brav. »Sicher haben sich die jungen Leute viel zu erzählen.« Aufmunternd lächelte sie Wilhelm Oehler zu, der die Schwestern interessiert musterte.

Sophie beobachtete mit wachsendem Unbehagen das Verhalten ihrer Mutter, die offenbar den Entschluss gefasst hatte, dafür zu sorgen, dass auch ihre beiden jüngeren Töchter in absehbarer Zukunft unter die Haube kamen.

Nachdem sich alle begrüßt und die Gäste abgelegt hatten, führte Anna von Mayden die kleine Gesellschaft durch das Haus nach draußen in den Garten, wo der Chauffeur Ferdinand gerade die letzten Stühle an den Tischen zurechtrückte.

»Ich hoffe, wir sind nicht zu früh«, sagte Frau Oehler schüchtern. »Karl-Friedrich hatte es wie immer schrecklich eilig. Er hat unseren Chauffeur angetrieben, viel zu schnell zu fahren.« Sie warf ihrem Mann, der zu ihr aufschloss, einen ungehaltenen Blick zu.

Sophie grinste heimlich in sich hinein. Sie vermutete, dass es kurz zuvor eine kleine Auseinandersetzung zwischen den Eheleuten gegeben hatte. Das kannte sie von ihren eigenen Eltern, wenn es um das angemessene Tempo von deren Automobil ging.

»Ach, Henriette, das war doch noch gar nichts«, meinte der Kommerzienrat großspurig. »Wenn ich mit Heinrich allein unterwegs bin, fahren wir manchmal über zwanzig Stundenkilometer schnell! Schafft Ihr Automobil das auch, von Mayden?«

»Aber sicher! Mein Daimler hat fünfunddreißig PS – und den neuen Kardan-Antrieb«, antwortete Robert von Mayden nicht ohne Stolz.

»Hört, hört!«, erwiderte Oehler beeindruckt.

Die beiden Ehefrauen schüttelten nur stumm die Köpfe.

Kaum waren sie bei den Tischen angekommen, klingelte es erneut.

»Ich gehe schon«, verkündete Sophie und überließ Charlotte die undankbare Aufgabe, sich mit Wilhelm Oehler zu unterhalten.

Sie kam gerade rechtzeitig in die Eingangshalle, als die neuangekommenen Gäste Fritzi ihre Sommermäntel übergaben.

»Doktor Drevermann!«, rief Sophie freudestrahlend. Endlich war er da! Sie merkte, dass ihre Begrüßung ein wenig zu euphorisch ausgefallen war, und spürte eine leichte Röte auf ihren Wangen.

»Guten Tag, Fräulein von Mayden.« Lächelnd reichte er ihr die Hand. »Darf ich Ihnen meine Gattin Ria vorstellen?«

Bislang hatte Sophie sich mit der Vorstellung getröstet, dass Ria Drevermann eine verknöcherte Furie mit langer Nase und ausladenden Hüften war. Zu ihrer großen Enttäuschung musste sie nun feststellen, dass ihr Phantasiebild in keiner Weise der Wirklichkeit entsprach. Die junge Frau, die ihr nun zum ersten Mal gegenüberstand und freundlich lächelnd die Hand reichte, war nur wenige Jahre älter als sie selbst. Ria Drevermann war keine klassische Schönheit, aber eine durchaus attraktive Dame mit dunkelblonden Haaren und einer zarten Figur.

»Sie sind also Sophie«, sagte sie, und ihre hellen Augen strahlten. »Was für ein schöner Hut!«, lobte sie mit Blick auf die rote Seidenblume. »Fritz hat mir erzählt, dass auch Sie wissenschaftlich interessiert sind.«

»Ja … Das stimmt … Die Paläontologie … Ich …« Sophie ärgerte sich maßlos über ihr dummes Gestammel und riss sich zusammen. »Ich interessiere mich sehr für die Paläontologie und hoffe, dass ich im Museum viel lernen kann, bevor ich mein Studium in Marburg beginne«, antwortete sie und versuchte, möglichst selbstbewusst zu klingen.

»Eine wunderbare Idee. Dort hat auch mein Mann promoviert. Wir brauchen unbedingt mehr Frauen in den Naturwissenschaften. Leider blieb mir selbst ein Studium verwehrt, dennoch gilt meine Leidenschaft weiterhin der Geologie. Ich freue mich schon sehr auf unsere Studienreise nach Spanien.« Sie lächelte ihrem Gatten zu, dem Sophie den Stolz auf seine Ehefrau deutlich anmerkte.

Sophie musste schlucken. Einerseits war sie fasziniert von Ria Drevermann, die bewies, dass Frauen genauso wissbegierig wie Männer sein konnten und dazu imstande waren, in der Welt der Naturwissenschaften einen Weg zu finden, um ihre Leidenschaft auszuleben – selbst wenn sie geheiratet hatten. Andererseits verspürte sie einen heftigen Stich von Eifersucht, dass der attraktive Doktor, an den sie so manchen Abend vor dem Schlafen mit einer gewissen romantischen Sehnsucht gedacht hatte, augenscheinlich glücklich vermählt war. Noch dazu mit einer scheinbar sehr sympathischen Frau, die das Interesse für sein Fachgebiet teilte, an seiner Seite durch die Welt reiste und schon bald in Spanien selbst forschen durfte. Sophie hoffte, dass man ihr die Enttäuschung nicht anmerkte, als sie das Paar hinaus in den Garten geleitete.

Nachdem kurz darauf auch die restlichen Gäste eingetroffen waren, servierte Fritzi die Waldmeisterbowle. Während das Dienstmädchen die blankpolierten Gläser anreichte, füllte Robert von Mayden mit dem Schöpflöffel die erfrischende Mischung aus Sekt und trockenem Riesling nach und nach ein. Der Alkohol tat rasch seine Wirkung, und so gerieten die Herren bald in lebhafte, lautstarke wissenschaftliche Diskussionen, während sich die Damen von Anna von Mayden durch ihre prachtvoll angelegten Beete und Rabatten führen ließen. Mit lobenden Worten bewunderten sie gebührend die Farbenpracht der Rosen, Hortensien, Lilien, Margeriten, Pfingstrosen sowie Prachtspieren und plauderten dabei über die bevorstehende Sommerfrische, das unzuverlässige Personal und ihre Kinder.

Die belanglosen Themen interessierten Sophie kein bisschen, und so hielt sie sich schließlich ein wenig abseits von den anderen Frauen. Sie beneidete Charlotte, die sich inzwischen mit einem Roman in den Teepavillon zurückgezogen hatte, und schaute immer wieder sehnsüchtig hinüber zu dem Tisch, um den sich die Männer, eingehüllt in die Rauchschwaden ihrer qualmenden Zigarren, versammelt hatten. Der Einzige dort, der nach einer Weile ihren Blick erwiderte, war ausgerechnet Wilhelm Oehler. Augenblicklich nutzte er die Gelegenheit und erhob sich, um zu ihr hinüberzueilen.

»Darf ich Ihnen Gesellschaft leisten, Fräulein von Mayden?«, fragte er mit strahlendem Lächeln. Ehe sie reagieren konnte, sprach er schon weiter. »Ich möchte Ihnen persönlich zum Abschluss Ihrer erweiterten Ausbildung gratulieren.« Er deutete eine höfliche Verbeugung an. »Ihr Vater erzählte gerade, dass Sie ein Examen am Lehrerinnenseminar gemacht haben. Eine ganz erstaunliche Ausbildung für ein junges Mädchen, wie ich als Beamter im Unterrichtsministerium sehr wohl einschätzen kann.«

»Herzlichen Dank, Herr Oehler. Sie haben recht, die Prüfungen nach den zusätzlichen drei Schuljahren waren recht anspruchsvoll«, erwiderte sie kühl.

»Dann sind Sie jetzt ja bestens auf das Leben vorbereitet und Ihrer göttlichen Bestimmung als Ehefrau und Mutter einen entscheidenden Schritt näher gekommen.« Er sah sie mit einem wissenden Lächeln erwartungsvoll an und reichte ihr seinen Arm.

Sophie ärgerte sich maßlos über seine Bemerkung, die wie das Echo der ständigen Predigten ihrer Mutter klang, und spürte, dass sich ihre Miene verfinsterte. Damit Wilhelm Oehler dies nicht bemerkte, hakte sie sich schweigend bei ihm ein und schlenderte neben ihm durch die duftenden Blumenbeete. Angesichts seiner unangenehmen, leicht durchschaubaren Andeutung auf ihre baldige Heiratsfähigkeit konnte sie es sich allerdings nicht verkneifen, nach ein paar Schritten selbstbewusst zu erklären: »Für mich ist das Examen nur ein Zwischenschritt. Ich strebe ein Studium an, sobald Preußen mir die Möglichkeit dazu gibt. Vielleicht können Sie als Beamter im Unterrichtsministerium ein wenig nachhelfen, damit es auch deutschen Frauen zukünftig möglich ist, ein reguläres Abitur abzulegen, um problemlos Zugang zu den Universitäten zu erhalten. Wie ich neulich in der Zeitung las, können sich junge Damen aus der Schweiz, Russland und einigen anderen Staaten – dank eines moderneren Bildungswesens in ihrer Heimat – seit Jahren an den Universitäten im Kaiserreich immatrikulieren. Sicher ist Ihnen diese Ungerechtigkeit auch bereits aufgefallen.« Sie sah ihn durchdringend von der Seite an, was ihn etwas nervös zu machen schien.

»Äh … eine so hohe Position habe ich leider nicht inne, dass ich auf solche Entscheidungen Einfluss nehmen kann, Fräulein von Mayden«, antwortete er kleinlaut. »Selbstverständlich ist uns allen in der Kaiserlichen Kommission dieses Problem bekannt. Und zum kommenden Wintersemester wird es ja nun auch in Hessen für Frauen möglich sein, ein Studium zu beginnen – vorausgesetzt, sie haben die nötige Hochschulreife. Ansonsten ist es deutschen Frauen doch jetzt schon erlaubt – die Zustimmung der jeweiligen Professoren vorausgesetzt –, als Gasthörer das eine oder andere passende Seminar oder mal eine Vorlesung zu besuchen … Für Philosophie zum Beispiel.« Mit einem Lächeln, das Sophie als herablassend empfand, fügte er hinzu: »Zu schade für Sie, dass Frankfurt keine eigene Universität hat.«

»Ich möchte in Marburg studieren – Paläontologie und Geologie«, entgegnete sie kühl und schaute nach vorne.

»Oh …«

Damit hatte sie ihn eindeutig aus dem Konzept gebracht, freute sie sich heimlich.

Er runzelte die Stirn. »Eine recht eigenwillige Wahl für eine Frau …«

»Nun, mein Vater ist da mein Vorbild.«

»Natürlich. Allerdings …« Er hielt kurz inne. »Ihre Familie unterstützt solche Pläne?«, fragte er hörbar konsterniert.

»Zumindest haben meine Eltern mir die bestmögliche Schulbildung zukommen lassen. Und nun hoffe ich, dass mein Examen als gleichwertig mit einem Abitur anerkannt wird.« Sie blieb stehen und sah ihm fest in die Augen. »Haben Sie bereits gehört, ob die anstehende Entscheidung zur Neuregelung der Ausbildung für Mädchen in diese Richtung gehen wird? Sie sitzen in Berlin ja an der Quelle.«

Wilhelm Oehler schien sich geschmeichelt zu fühlen, dass Sophie ihm zutraute, bereits weit im Vorhinein zu wissen, wie derart weitreichende Beschlüsse höchstwahrscheinlich ausfallen würden. Er reckte das Kinn und erklärte: »Nun, natürlich weiß ich, worüber da derzeit bei uns diskutiert wird. Am wahrscheinlichsten scheint es zu sein, dass Sie mit einem Abschluss wie dem Ihren noch zwei Jahre als Lehrkraft an einem Lyzeum tätig sein müssen, um die Voraussetzung zu erfüllen, sich an einer der Universitäten im Deutschen Reich einschreiben zu lassen. Die Kaiserliche Kommission wird den entsprechenden Erlass voraussichtlich im August offiziell verkünden.«

»Erst nach zwei Jahren …?«, stieß Sophie entrüstet aus und entzog ihm abrupt ihren Arm. »Ich soll nach dreizehn Schuljahren und einem Examen gezwungen werden, zwei weitere Jahre als Lehrerin zu arbeiten, bevor ich studieren darf? Während Männer sich nach dreizehn Jahren Schule sofort immatrikulieren können? Nur weil ihr Abschluss *Abitur* heißt?« Sie funkelte ihn erbost an. »Das ist eine himmelschreiende Ungerechtigkeit!«

Wilhelm Oehler wich angesichts ihrer unerwartet heftigen Reaktion einen Schritt zurück und hob beschwichtigend die Hände. »Möglicherweise wird es bestimmte Ausnahmeregelungen geben …«

»Ausnahmen? Für wen?«, hakte Sophie sofort nach.

»Nun, soweit ich gehört habe, können die Universitätsdirektorien Einzelentscheidungen treffen – unter bestimmten Voraussetzungen … Härtefälle oder exorbitante Qualifikationen …«

»Aha …« Sophies Gehirn ratterte sofort auf Hochtouren.

Sollte die Kommission ihr Examen tatsächlich nicht als gleichwertig mit einem Abitur anerkennen, wäre dieses winzige Schlupfloch also ihre letzte Chance, um doch noch studieren zu dürfen, dachte sie frustriert.

Sie wusste, dass ihre Eltern ihr ganz sicher nicht gestatten würden, zwei weitere Jahre als Lehrerin zu arbeiten, bevor sie danach möglicherweise endlich eine Universität besuchen könnte.

Sie musste eine Möglichkeit finden, so eine Ausnahmeregelung für sich geltend zu machen! Nur wie?, überlegte sie fieberhaft. Ob das mit dem Praktikum im Museum gelingen würde?

Sie brauchte unbedingt einen Fürsprecher. Vielleicht war Doktor Drevermann ja bereit, ein gutes Wort für sie einzulegen, damit sie sich in der Paläontologie-Sektion würde beweisen können. Bevor er demnächst monatelang nach Spanien entschwand, musste sie ihn überreden, ihr die Chance zu geben, im Senckenberg-Museum eine außergewöhnliche, zusätzliche Qualifikation zu erlangen. Sie benötigte ein Dokument oder Empfehlungsschreiben, von dem das Direktorium der Universität in Marburg so beeindruckt war, dass es sie zum Studium im Herbst zulassen würde. Sie warf einen sehnsüchtigen Blick hinüber zu dem Tisch, an dem Drevermann mit den anderen Herren diskutierte.

»Sind das Rosen?«, riss Wilhelm Oehler sie aus ihren Gedanken und deutete auf das große Rosenbeet direkt vor ihnen.

Sophie fragte sich, wie man eine so dumme Frage stellen konnte.

»Ja, englische. Meine Mutter züchtet sie«, antwortete sie unkonzentriert und wollte weitergehen, als ihr Begleiter plötzlich die Hand ausstreckte, eine der Blüten zu sich heranzog und seine spitze Nase hineinsteckte.

»Welch famoser Duft!«, schwärmte er. »Hier, riechen Sie mal, Fräulein von Mayden.« Er zog an dem Blütenkopf. »Oh …« Erschrocken starrte er auf die abgerissene, dicke Blüte in seiner Hand, deren rosafarbene Blätter nun auf den makellos grünen Rasen herabfielen. »Bitte verzeihen Sie!«

»Lassen Sie das bloß nicht meine Mutter sehen«, sagte Sophie seufzend und schaute sich rasch um. Zum Glück hatte kein anderer den Vorfall bemerkt. Sie sammelte schnell die verstreuten Blütenblätter auf, ergriff die restlichen, die er noch in der Hand hatte, und versteckte alle unter einem Busch.

»Danke …« Wilhelm Oehlers blasses Gesicht lief rot an. »Es tut mir unendlich leid.«

»Mir ist das egal, ich mag Rosen nicht besonders«, meinte sie schulterzuckend. »Vielleicht sollten wir uns besser zügig vom Tatort entfernen.« Ihr Vorschlag war nicht ganz uneigennützig, und mit einem komplizenhaften Lächeln fügte sie hinzu: »Kommen Sie, ich begleite Sie zurück zu den anderen Herren.«

Endlich hatte sie einen triftigen Grund gefunden, ihn loszuwerden und sich zu der Herrenrunde zu gesellen. Sie hakte sich wieder entschlossen bei Wilhelm Oehler ein und führte ihn von den Rosen fort. Zielstrebig steuerte Sophie den leeren Platz neben Fritz Drevermann an. Höflich erhoben sich die überraschten Herren, als sie sich einfach auf dem freien Stuhl niederließ. Wilhelm Oehler stand kurz unschlüssig hinter ihr und setzte sich schließlich zu seinem Vater. Robert von Mayden bedachte seine Tochter mit einem tadelnden Blick, den sie jedoch ignorierte.

»Bitte verzeihen Sie die Störung, meine Herren«, sagte sie mit einem unschuldigen Lächeln. »Es war mir einfach zu warm in der Sonne.« Sie seufzte erschöpft und wedelte demonstrativ mit der

Hand vor ihrem Gesicht herum. »Herr Oehler war so freundlich, mich in den Schatten zu geleiten.« Sie lächelte ihm dankbar zu. »Hier unter den Platanen ist es doch sehr viel angenehmer.« Während sie sich weiterhin Luft zufächelte, musterte die Herrenrunde sie schweigend, und so ergänzte sie entschuldigend: »Bitte lassen Sie sich von meiner Anwesenheit nicht bei ihren interessanten Diskussionen stören.« Sie nahm ein leeres Glas, schenkte sich Bowle ein und lehnte sich scheinbar desinteressiert zurück.

Nach der unerwarteten Unterbrechung dauerte es einen Moment, bis die Herren ihre Konversation wieder aufnahmen. Sophie hörte gespannt zu, war jedoch ein wenig enttäuscht, dass es dabei nicht um Dinosaurier ging, sondern vornehmlich um die Probleme der Finanzierung und Verwaltung des Museums. Sie tröstete sich damit, dass sie immerhin direkt neben Doktor Drevermann saß und hoffentlich bald Gelegenheit haben würde, ihm von ihren Plänen zu erzählen. Sie betrachtete verstohlen sein Profil, als Professor Ziegler unvermittelt das Wort an ihn richtete.

»Wie geht es denn nun mit der Einrichtung der großen Schauräume weiter voran?«, fragte er in einem kritischen Tonfall.

Und Doktor Pfefferkorn ergänzte mit vorwurfsvoller Stimme: »Mir scheint, dass längst noch nicht alle Ausstellungsstücke aus dem alten Museum an ihrem neuen Platz stehen.«

»Da haben Sie natürlich recht, meine Herren«, erwiderte Drevermann geduldig. »Nach der Einweihung unseres neuen Hauses haben ja zunächst die Einrichtung der Hörsäle und die Vervollständigung der Lehrsammlungen alle Kräfte in Anspruch genommen, sodass eigentlich jetzt erst wieder an die endgültige Ausgestaltung der Schausammlung herangegangen werden kann.«

Robert von Mayden, Professor Ziegler, Doktor Pfefferkorn und Kommerzienrat Oehler wiegten skeptisch die Köpfe und schienen mit dieser Antwort noch nicht ganz zufrieden zu sein.

Sophie nutzte die Chance und fragte in die Stille hinein: »Wird es denn auch neue Objekte geben, Doktor Drevermann? Vielleicht weitere Saurierskelette, wie den *Diplodocus longus*? Ich wäre sehr interessiert, bei den Präparationen tatkräftig mitzuwirken.« Sie blickte ihn erwartungsvoll an, als er sich ihr mit einem Lächeln zuwandte.

»Nun, Fräulein von Mayden, solche spektakulären Funde werden ja nicht alle Tage gemacht.«

Die Herrenrunde lachte amüsiert auf, und Sophie ärgerte sich über ihre unbedachte Bemerkung.

Drevermann blieb jedoch ernst und erklärte: »Zunächst einmal müssen die bereits vorhandenen Objekte den Besuchern zugänglich gemacht werden. Und das ist ohne die korrekte Erläuterung jedes einzelnen Ausstellungsstücks unmöglich. Dafür benötigen wir noch jede Menge neue Etiketten – nicht Tausende, sondern Zehntausende!« Er sah Sophie bedeutungsvoll an, die daraufhin die Stirn in Falten legte. »Die Beschreibung der vielen einzelnen Schaustücke wird noch längere Zeit in Anspruch nehmen, zumal auch die Kosten für gedruckte Etiketten auf mehrere Jahre verteilt werden müssen.« Er blickte in die Runde, und die Herren nickten zustimmend. »Um die Objekte in der Zwischenzeit nicht ohne Namen im Museum stehen zu lassen, wurde zunächst damit begonnen, die Beschriftungen per Hand vorzunehmen, womit wir gleichzeitig die Unterlagen für den späteren, fehlerfreien Druck bekommen.« Als er dies sagte, ahnte Sophie, was auf sie zukommen würde. »Bei der Anfertigung der Etiketten konnten wir uns bisher schon besonders der Hilfe unserer mitarbeitenden Damen erfreuen – unter der Leitung von Fräulein Pixis und auch meiner Gattin.« Er lächelte Sophie aufmunternd an. »Und schon bald werden wir hoffentlich eine weitere, tatkräftige Hilfe bekommen, die mit ihrer feinen Handschrift so manches Etikett beschriften wird. Ich zähle da ab kommender Woche auf Ihre Unterstützung, Fräulein von Mayden.«

Sophie musste sich zusammenreißen, um nicht augenblicklich damit herauszuplatzen, dass sie doch viel lieber an Dinosauriern forschen wollte.

»Ja, natürlich … Sehr gerne, Doktor Drevermann. Ich freue mich darauf …«

Ihre Stimme klang enttäuscht, obwohl sie sich ein Lächeln abrang.

* * *

Es war Sophie immer noch ein wenig peinlich, wenn sie an diesen Nachmittag dachte, da sie ahnte, dass Fritz Drevermann sie durchschaut und sich womöglich über ihre hochtrabenden Pläne amüsiert hatte.

Nach dem jähen Ende ihrer Illusion, dass sie schon bald selbst an Dinosaurierknochen forschen könnte und Fritz Drevermann mehr in ihr sah als eine wissenschaftlich interessierte Schülerin, war Sophie beinahe froh gewesen, dass ihr heimlich angebeteter Doktor sich kurz darauf samt Ehefrau zum Steinesammeln in die Sierra Morena verabschiedet hatte. Zuvor hatte Ria Drevermann es sich nicht nehmen lassen, ihr noch außerordentlich kompetent und geduldig zu zeigen, worauf es beim Beschriften der Kärtchen für die Museumsexponate ankam.

Mit gebremster Begeisterung hatte Sophie sich an diese Aufgabe gemacht, doch nun setzte sie ihre ganze Hoffnung in Professor Kinkelin, den Leiter der paläontologischen Sammlung. Vielleicht würde sie durch ihn ihrem großen Ziel näher kommen, endlich Zugang zu praktischeren Herausforderungen zu erhalten. Sie rutschte in seinem Büro nervös ein Stückchen näher an die Sesselkante und überlegte, wie sie ihn überzeugen könnte, ihr eine neue Tätigkeit zuzuweisen, durch die sie der gefühlskalten Bürovorsteherin bald entfliehen würde.

»Die Paläontologie interessiert mich wirklich sehr. Vielleicht sehen Sie eine Möglichkeit, wie ich mir ein wenig praktisches Wissen darüber aneignen könnte?« Erwartungsvoll schaute sie ihn an.

Der Professor fixierte sie aus seinen klugen Augen, die etwas Verschmitztes hatten, und erwiderte: »Nun … Wir sollten nichts übereilen, Fräulein von Mayden.« Dann machte er wieder eine Pause und schien zu überlegen. »Zunächst wäre es sehr hilfreich, wenn Sie uns bei der Katalogisierung einiger äußerst interessanter Stücke, die dank der großzügigen Schenkungen unserer Senckenberg-Mitglieder in unseren Besitz gelangt sind, helfen könnten. Ohne diese ›Erklärtäfelchen‹ aus Papier ist es nicht sehr sinnvoll, sie auszustellen. Wissen Sie, was ich meine?«

»Selbstverständlich, Herr Professor. Sie sprechen sicher von Etiketten«, antwortete sie und versuchte, sich ihre Enttäuschung nicht anmerken zu lassen. »Ich bin schon seit einer Weile mit der Beschriftung und Katalogisierung der alten Museumsbestände beschäftigt.« Sie schluckte und nahm dann einen neuen Anlauf. »Jetzt würde ich wirklich sehr gerne auch noch etwas über die Dinosaurier lernen, wenn es Ihre Zeit erlaubt.«

»Ah … natürlich … sicher …« Er überlegte. »Ich denke, übermorgen kann ich mir Zeit für Sie und die Sauropoden nehmen, Fräulein von Mayden. Ich werde Fräulein Pixis bitten, einige Stunden auf Sie zu verzichten, und Sie dann in die Erkenntnisse der Paläontologie einführen. Wäre Ihnen damit geholfen?«

»Natürlich!« Sophie strahlte ihn glücklich an.

Wenn der Professor erst merkte, wie groß ihr Interesse daran war, würde er bestimmt eine passendere Betätigung für sie finden als das langweilige Beschriften von Ausstellungskärtchen. Dessen war sie sich sicher.

Wie besprochen, traf sie Professor Kinkelin zwei Tage später im Lichthof, wo er ihr die wohlgeordneten Schausammlungen mit den Saurierfragmenten und anschließend die versteinerten Fossilien ausführlich erläuterte. Sie konnte mit dem Wissen brillieren, das sie sich in der Bibliothek ihres Vaters angelesen hatte, und der Professor fand augenscheinlich Gefallen an Sophies großem Interesse an seinem Forschungsgebiet.

»Nun …«, sagte er schließlich – und die Augen hinter den Gläsern seiner kleinen Brille leuchteten verschmitzt auf –, »wie Sie sich sicher denken können, steckt viel Arbeit dahinter, bevor eine solche Vielfalt an Ausstellungsstücken der interessierten Öffentlichkeit präsentiert werden kann.«

Sophie nickte eifrig und war sich sicher, dass er ihr jetzt endlich die Werkstätten der Präparatoren zeigen würde.

Aber anstatt davon zu sprechen, fuhr er fort: »Zum einen tauschen wir bedeutsame Objekte mit befreundeten Museen in aller Welt aus. Zum anderen erwerben wir Stücke von professionellen Ausgräbern, vor allem aus Amerika. Und manchmal bekommen wir auch etwas geschenkt, wie unseren wunderbaren *Diplodocus longus*.« Er deutete auf das imposante Skelett hinter ihnen. »Morris Ketchum Jesup, der im vergangenen Januar verstorbene Präsident des *American Museum of Natural History* in New York, war der großherzige Geber. Ein wunderbares Stück«, flüsterte er und verlor sich in der eingehenden Betrachtung des Sauriers.

»Ja, Dodo hat mich auch auf Anhieb verzaubert«, stieß Sophie spontan aus und bereute es sofort.

»Dodo?« Professor Kinkelin schaute sie irritiert an.

Sie spürte, wie ihr die Röte den Hals hinaufstieg. Wie hatte sie nur so etwas Despektierliches und Albernes äußern können?

»Verzeihung … Das ist mein Spitzname für den *Diplodocus longus*«, murmelte Sophie beschämt und senkte den Kopf. Sie hielt den Atem an und erwartete seine empörte Antwort. Zu ihrer Überraschung hörte sie stattdessen ein leises Kichern. Als sie wieder aufsah, blickte sie in das schmunzelnde Gesicht des Professors.

»Ich nenne ihn Longi«, bekannte Friedrich Kinkelin kichernd, und Sophie lächelte erleichtert. »Kommen Sie, junge Dame, jetzt entführe ich Sie in die Abgründe der Wissenschaft«, verkündete er aufgekratzt und bedeutete ihr, ihm zu einer unscheinbaren Tür am Ende des Lichthofs zu folgen.

Er eilte voller Tatendrang voraus, und Sophie lief ihm rasch nach. Ihr Herz klopfte wild. Jetzt würde er sie endlich in die geheime Welt der Präparatoren führen.

Er öffnete die Tür, und vor ihnen lag ein breiter Flur, von dem mehrere Türen abgingen. Alles hier wirkte nüchtern und unspektakulär, stellte Sophie fest, während sie beide den Korridor entlangschritten. Hinter den öffentlich zugänglichen Räumen hatte der

Baumeister des Museums eher auf Zweckmäßigkeit denn auf Ästhetik gesetzt. In der Mitte des langen Gangs blieb Professor Kinkelin vor einer hohen doppelflügeligen Tür stehen, kramte sein Schlüsselbund heraus und schloss auf. Mit einem wissenden Lächeln ließ er Sophie den Vortritt. Sie trat mit klopfendem Herzen ein und blieb abrupt stehen. Der Anblick, der sich ihr in dem nur dürftig erhellten, großen Gewölbe bot, machte sie sprachlos.

Professor Kinkelin schien die Verwirrung seiner jungen Begleiterin gar nicht wahrzunehmen. Voller Enthusiasmus erklärte er stolz: »Dies ist unsere Schatzkammer! Hier lagern seit dem Umzug die Sammlungen, die wir von Mitgliedern der *Senckenbergischen Naturforschenden Gesellschaft* im Laufe der Zeit geschenkt bekommen haben. Auch die Nachlässe verstorbener Unterstützer des Museums liegen hier noch ein wenig unsortiert herum.«

Bloß ein wenig?, dachte Sophie, die beim Anblick des Durcheinanders wie vom Donner gerührt war.

Sie ließ ihren Blick über die diversen Kisten, Kartons, Kästen, Schachteln und Säckchen schweifen, die man offensichtlich ohne jede Ordnung in, vor und zwischen den hohen Wandregalen abgelegt hatte. Dazwischen standen Glaskästen mit vom Staub milchigen Scheiben und offene Schränke mit flachen, teils herausgezogenen Schubladen.

Sie trat neugierig einen Schritt näher und betrachtete die darin aufbewahrten, unzähligen Steine, Mineralien und Knochen. Mehrere ausgestopfte Tiere bevölkerten die Regale und alten Schaukästen daneben. Alle diese Objekte warteten darauf, gesichtet, geordnet, katalogisiert und gegebenenfalls in die bestehenden Schausammlungen für die Museumsbesucher integriert zu werden.

Angesichts des chaotischen Sammelsuriums stieß Sophie nur ein schockiertes »Oh …« aus.

Eine derartige Unordnung hatte sie in einem so hervorragend organisierten Institut nicht erwartet. Wenn sie allerdings an das Chaos in Professor Kinkelins Gelehrtenzimmer dachte, dann passte der Zustand dieses Lagers bestens dazu.

Sie versuchte, ihre Überraschung in taktvolle Worte zu fassen, klang aber hörbar skeptisch und höchst verwirrt, als sie sagte: »Mit all diesen Objekten könnte man ja beinahe noch ein zweites Museum füllen … Es ist sehr … viel … Also ich meine, vielseitig …«

Professor Kinkelin lachte angesichts ihrer verblüfften Reaktion auf. »Ja, Fräulein von Mayden, das ist im Prinzip eine Sisyphos-Arbeit, wenn man Ordnung in das Ganze hier bringen will, denn ständig kommt neues Material hinzu. Sollte sich jedoch eine mutige Person dieser Herausforderung stellen, wird es vielleicht eher zu einer Herkules-Aufgabe – die zwar anspruchsvoll und mühselig ist, aber schlussendlich bewältigt werden kann. Und wer weiß … Vielleicht erwartet diesen Helfer ja, ebenso wie unseren griechischen Helden Herkules, am Ende der Aufstieg in den Olymp!« Ein wenig aufmunternd lächelte er sie an.

»Ja … Gut möglich …«, hauchte Sophie, die schnell begriff, wen der Professor da so verklausuliert mit dem Helfer, der zum Helden werden konnte, meinte – nämlich sie. Sie verstummte und starrte ungläubig auf den Wirrwarr unterschiedlichster Gegenstände.

Friedrich Kinkelin ließ sich von ihrer zurückhaltenden Reaktion nicht beirren und fuhr fort: »Unseren angestellten Mitarbeitern und Wissenschaftlern fehlt leider die Zeit, die wachsende Anzahl ständig neuer Exponate zu bearbeiten. Aber dank Ihrer jugendlichen Tatkraft besteht nun die realistische Möglichkeit, hier ein bisschen Struktur hineinzubringen, die Objekte zu sortieren und zu katalogisieren, um sie in die jeweiligen Lehrsammlungen zu überführen und einige davon unseren Besuchern präsentieren zu können. Damit würden Sie einen unschätzbaren Beitrag zu unserer gemeinsamen, großartigen Aufgabe leisten, mein Kind. Ihr Vater wäre sicher sehr stolz auf Sie. Und Direktor Römer, Doktor Drevermann und ich natürlich auch.«

Ihr wurde klar, dass sie diese Männer, die für ihren weiteren Lebensweg von allergrößter Bedeutung waren, unmöglich enttäuschen durfte. Und daher antwortete sie nach einem Moment des Nachdenkens: »Ja, natürlich.« Ihre Stimme klang allerdings recht verzagt.

»Sehen Sie es als eine Art Forschungsarbeit an, bei der Sie viel lernen können. Allein diese wunderbaren Mineralien, die Geheimrat Ahlen uns gestiftet hat …« Er deutete auf einen hohen Schrank und zog eine beschriftete Schublade heraus, um ihr die Gesteinssammlung zu zeigen. Dann ließ er seinen Blick schweifen und entschied sich für ein größeres Schubfach, das er ebenfalls öffnete. »Oh, schauen Sie hier! Der skelettierte Schädel eines Alligators. Sehr alt und wunderbar erhalten«, erklärte er, offensichtlich selbst entzückt von seiner Entdeckung. »Daran können Sie die Anatomie eines Raubtierkopfes studieren, die sich auch auf die Überreste einiger Dinosaurierschädel übertragen lässt«, fügte er begeistert hinzu.

Sophie trat näher und streckte vorsichtig ihre Hand aus, um zärtlich über den ausgeblichenen Reptilienschädel zu streicheln.

»Na, sehen Sie. Hier können Sie nach Herzenslust die unterschiedlichsten Gegenstände in aller Ruhe untersuchen. Genauso wie die Studenten in einem Seminar. Und dabei brauchen Sie sich die Anschauungsobjekte nicht einmal zu teilen.« Er lächelte ihr aufmunternd zu. »Sie wollen doch zukünftig einmal das Leben der Urzeitechsen erforschen, wie mir Kollege Drevermann berichtete, nicht wahr?« Er sah sie fragend an.

»Unbedingt!« Sie nickte eifrig.

»Nun, vielleicht eignen Sie sich hier das nötige Wissen für eine diesbezüglich passende Tätigkeit an. Wie ich hörte, gibt es für weitergehende Studienpläne ja wohl ein Problem mit Ihrem Schulabschluss …« Seine Stimme wurde etwas gedämpfter und klang nicht mehr ganz so enthusiastisch. »Ihnen fehlt ein reguläres Abitur, das Sie zur Immatrikulation an einer Universität in Deutschland qualifiziert …«

»So ist es.« Sophie seufzte. »Zum einen braucht es noch den offiziellen kaiserlichen Erlass, dass Frauen zukünftig auch an preußischen Universitäten studieren dürfen, und dann ist es leider auch noch fraglich, ob mein Examen vom Lehrerinnenseminar anerkannt wird. Ich hoffe aber, dass die Allerhöchste Kabinettsorder dazu in den nächsten Tagen eine positive Entscheidung fällen wird, damit ich doch noch mit meinem Studium beginnen kann«, erklärte sie in einem optimistischen Ton.

Er nickte und schwieg einen Moment, während er nach den passenden Worten zu suchen schien und ihr schließlich eröffnete: »Diesbezüglich habe ich mit Drevermann korrespondiert.«

Sie sah ihn überrascht an. Hatte Doktor Drevermann sich mit dem Professor sogar aus Spanien über sie ausgetauscht?, fragte sie sich verblüfft und sah ihn hoffnungsvoll an.

»Nun …«, sagte Kinkelin zögerlich. »Mein werter Kollege hat sich vor seiner Studienreise noch persönlich in Berlin an höchster Stelle dazu eingelassen und dafür ausgesprochen …« Er räusperte sich und schob erklärend nach: »Angesichts dessen, dass es bisher gar keine Möglichkeit für junge Damen wie Sie gab, ein ordentliches Abitur abzulegen.«

Sophie wartete ungeduldig darauf, dass er endlich deutlicher wurde.

Der Professor räusperte sich erneut unbehaglich und murmelte ein weiteres zögerliches: »Nun …« Sein Blick drückte Bedauern aus, und sie ahnte Schlimmes, als er fortfuhr: »Heute erreichte mich ein Brief Drevermanns aus Spanien, in dem er mich über die Entscheidung der Kaiserlichen Kommission, die erst in den nächsten Wochen offiziell verkündet wird, ins Bild setzte.« Er holte noch einmal tief Luft, bevor er betrübt verkündete: »Leider wird Ihr Examen Sie nicht für die baldige Aufnahme an einer staatlichen Universität qualifizieren, Fräulein von Mayden …«

Sophie starrte ihn fassungslos an. Sie war stumm vor Entsetzen.

»Soweit ich Drevermann verstanden habe, hat er ihren Fall explizit geschildert, allerdings von dem zuständigen Beamten eine abschlägige Antwort erhalten. Das Ministerium für Unterricht scheint keine Ausnahme für Sie machen zu wollen …«, sagte er bedauernd. »Um die Hochschulreife zu erlangen, werden Sie zuerst zwei Jahre lang als Lehrerin arbeiten müssen, und erst dann …« Er verstummte, als er sah, dass sämtliche Farbe aus ihrem Gesicht zu weichen schien, während Sophie die Tragweite seiner Worte realisierte.

Dann brach ihre Welt zusammen.

Ein paar Beamte in Berlin hatten einfach beschlossen, ihr Leben zu ruinieren! Sie würde nicht studieren können!

Was für eine Ungerechtigkeit!, dachte sie wütend.

All ihre Träume und Hoffnungen lösten sich in diesem Moment in Luft auf, und eine maßlose Enttäuschung erfasste sie. Sie spürte, wie ein dicker Kloß ihren Hals verschloss. Ihre Augen wurden feucht, und ihr ganzer Körper begann zu zittern. Ihr wurde schwindelig, und sie fühlte, dass sie kurz vor einer Ohnmacht stand.

Als Professor Kinkelin bemerkte, dass die junge Frau neben ihm leicht schwankte, griff er geistesgegenwärtig nach ihrem Arm. Es lag echtes Mitgefühl in seiner Stimme, als er sie nun zu trösten versuchte.

»Ach, Mädchen, davon geht die Welt nicht unter. Es tut mir sehr leid, aber für eine junge Dame wie Sie gibt es doch zahllose andere Wege, ein erfülltes Leben zu führen. Kommen Sie, gehen wir ein bisschen an die frische Luft.«

Sophie bekam keinen Ton heraus. Sie wehrte sich nicht, als er sie aus dem düsteren Lager hinaus und dann durch den langen Flur führte. Die Türen rechts und links des Gangs verschwammen vor ihren Augen. Ihre Beine schienen ihr nicht mehr zu gehorchen, und sie klammerte sich an seinen Arm, um nicht zu fallen. Sie hatte das Gefühl, durch einen endlosen Tunnel zu taumeln, an dessen Ende sie nur Dunkelheit erwartete. Mit schleppenden Schritten folgte sie dem Professor, bis er schließlich ein schweres Tor aufschloss, das nach draußen führte.

Das gleißende Sonnenlicht blendete Sophie, und sie kniff die Augen zusammen. Sie spürte, wie ihr die Tränen die Wangen hinunterliefen. Schweigend reichte Friedrich Kinkelin ihr ein Stofftaschentuch, in das sie ziemlich laut schnäuzte.

»Danke schön«, schluchzte sie.

Er strich ihr mit seiner großen Hand tröstend über den schmalen, bebenden Rücken und murmelte hilflos: »Bitte weinen Sie nicht, Fräulein von Mayden.« Sie konnte jedoch nichts dagegen tun, dass die Tränen weiterliefen. »Seien Sie doch nicht so traurig. Das Leben geht weiter, und wir werden schon einen Weg finden, damit Sie all das lernen können, was Sie möchten. Schließlich sind Sie hier in einem Tempel des Wissens. Sie können nach Herzenslust forschen, und ich werde Ihnen dabei helfen. Außerdem stehen Ihnen alle Vorlesungen der *Senckenbergischen Naturforschenden Gesellschaft* offen. Dafür werde ich sorgen. Bitte beruhigen Sie sich!«

Seine Worte drangen wie durch dichten Nebel an ihre Ohren, allein ihren Sinn begriff sie nicht. Alles um sie herum war schwarz und grau, ihr Leben von einem Moment auf den anderen völlig sinnlos geworden.

Sie wollte nur noch sterben.

Frankfurt, August 1908

Energisch wischte Sophie sich den Schweiß von der Stirn. Auf dem feinen bestickten Stoff ihres Taschentuchs, das längst nicht mehr blütenweiß war, zeichneten sich weitere dunkle Spuren des Staubs ab, der sich in den vergangenen Stunden auf ihrer Haut abgesetzt hatte. Sie stopfte das Tuch beiläufig in die Tasche ihres schmuddeligen, zerschlissenen Kittels, der ihr schlichtes braunes Kleid wenigstens zum Teil schützte. Auf weiße Blusen, *Jabots* und elegante Kragen, die sie am Anfang ihrer neuen Arbeit getragen hatte, verzichtete sie schon länger. Das Hausmädchen hatte mit Erfolg bei ihrer Mutter geklagt, dass die tägliche Reinigung der vom Museumsstaub besudelten Kleidung recht mühselig war und zu viel Arbeitszeit kostete. Deshalb trug Sophie bei ihrer neuen Aufgabe inzwischen ein Kopftuch und diesen viel zu weiten, grauen Kittel. Das überaus praktische Kleidungsstück hatte sie sich von Hausmeister Diegel geborgt, von dem sie zunächst verständnislos angesehen worden war, der dann aber, nachdem er erfahren hatte, wo sie neuerdings arbeitete und was ihre Aufgabe war, einen seiner alten Dienstkittel für sie herausgesucht hatte.

Zum Glück war es in dem Gewölbe, in dem sie arbeitete, einigermaßen kühl, trotzdem schwitzte Sophie mit dem Arbeitskittel über dem Kleid. Was allerdings besser war als die anfänglichen Ermahnungen ihrer Mutter beim Anblick der angestaubten Garderobe, die jedes Mal mit dem Ratschlag endeten, dass sie doch vernünftig sein und sich möglichst umgehend wieder in das saubere Büro zu Fräulein Pixis versetzen lassen sollte. Das kam für Sophie jedoch keinesfalls in Frage – jetzt, wo sie sich endlich dazu durchgerungen hatte, die neue Herausforderung anzunehmen. Es hatte lange genug gedauert, bis sie so weit gewesen war.

* * *

Die tröstenden, jedoch wenig verständnisvollen Worte ihrer Eltern nach der schrecklichen Nachricht, dass sie nicht würde studieren dürfen, hatten das niederschmetternde Gefühl, nun eine sinnlose, langweilige Zukunft als Ehefrau und Mutter vor sich zu haben, nicht gelindert, sondern nur noch verstärkt. Sophie war in ein tiefes schwarzes Loch gefallen, aus dem es kein Entrinnen zu geben schien. Im Museum hatte sie sich mit einem vorgeschobenen Unwohlsein auf unbestimmte Zeit abgemeldet. Die Vorstellung, jemals wieder dorthin zurückzukehren, erschien ihr einfach zu schmerzhaft.

Ihre Mutter ignorierte schlichtweg Sophies Niedergeschlagenheit; ihr Vater versuchte, sie aufzumuntern; und Charlotte verdrehte die Augen über ihre große Schwester, die nur noch mürrisch und schweigsam durchs Haus schlich. Die Jüngere bemühte sich, Sophies Kampfgeist wiederzuerwecken, appellierte, jetzt nicht aufzugeben und sämtliche Möglichkeiten auszuschöpfen, die das Museum ihr böte. Mit Mut und Willenskraft könne sie auch als Frau am Ende alles schaffen, was sie wolle – ob mit oder ohne Studium, behauptete die Sechzehnjährige selbstsicher.

Deren Zuspruch tröstete Sophie ein wenig, doch der Glaube, dass ihre düstere Stimmung sich jemals wieder aufhellen würde, fehlte ihr völlig. Das Schicksal, zukünftig nach den ungeschriebenen, aber dennoch fest abgesteckten Normen der gutbürgerlichen Gesellschaft leben zu müssen, schien felsenfest vorgezeichnet zu sein und ihr keinen Ausweg zu lassen.

Wohin ein solches scheinbar behütetes Dasein führen konnte, hatte sie direkt vor Augen. Wann immer Marianne die Familie besuchte – und das kam in letzter Zeit häufiger vor –, lauschte sie deren verbitterten Berichten über den tristen Alltag ihrer langweiligen Ehe. Schockiert hatte Sophie den unverkennbaren Geruch von

Alkohol an ihrer älteren Schwester wahrgenommen. Als sie sie vorsichtig darauf ansprach, hatte diese entrüstet alles abgestritten und beim nächsten Besuch ein stärker duftendes Parfüm aufgelegt. Doch Sophie blieb misstrauisch angesichts der Falten um Mariannes Mund, die sich stetig tiefer in ihre blasse Haut gruben und ihr einen dauerhaft mürrischen Gesichtsausdruck verliehen. So wie die große Schwester wollte Sophie keinesfalls enden, schwor sie sich, hatte jedoch bislang keine Idee, wie sie diesem Schicksal entrinnen könnte.

Sie verkroch sich in ihrem Zimmer, erschien mit Leidensmiene zu den Mahlzeiten und schwieg bei Tisch. Der Appetit war ihr gänzlich vergangen.

»Nun iss schon, Kind! Berta hat heute extra für dich *Blancmanger* mit Mandeln zubereitet. Das magst du doch so gerne.« Anna von Mayden wies Fritzi mit einer energischen Geste an, ihrer Tochter das Glasschälchen mit dem Dessert, das diese abgelehnt hatte, trotzdem zu servieren. »Du musst ein bisschen mehr essen, Sophie, sonst fällst du uns noch ganz vom Fleische.«

Der besorgte Blick und die mütterliche Fürsorge strapazierten Sophies Nerven nur noch mehr. Warum ließ man sie nicht einfach in Ruhe? Nichts und niemand konnte sie trösten – jetzt, wo ihre gesamte Lebensplanung sich in Luft aufgelöst hatte.

Da sie jedoch wusste, dass ihre Mutter nicht eher aufgeben würde, ehe sie nicht wenigstens probiert hatte, quälte sie sich seufzend ein paar Löffel des sahnigen Desserts in den Mund. Dann legte sie ihre Serviette ab und machte Anstalten, wieder aufzustehen.

»Ihr entschuldigt mich …«

»Wo willst du denn hin?«, fragte Anna von Mayden ungehalten.

»In mein Zimmer.«

»Begleite mich doch in den Palmengarten«, schlug ihre jüngere Schwester vor. »Ich wollte gleich zum Malen dorthin gehen.«

»Nein, lieber nicht. Ich fühle mich nicht wohl.«

Ihre Mutter griff den Gedanken von Charlotte auf. »Warum gehst du nicht wenigstens ein paar Schritte in unseren Garten. Die frische Luft wird dir sicher guttun. Es ist so ein herrliches Wetter heute. Vielleicht hast du ja Lust, ein paar Rosen zu schneiden und sie dann in die große Vase im Salon zu stellen? Was meinst du?«

»In der Sonne ist es mir zu warm. Ich würde mich lieber etwas hinlegen.« Sophie erhob sich und verließ das Speisezimmer.

»Aber zum Nachmittagskaffee bist du dann hoffentlich etwas besserer Stimmung«, rief Anna von Mayden ihr hinterher.

Als Sophie die Treppe erreichte, schellte es an der Eingangstür. Sie ignorierte das Klingeln. Darum sollte sich das Personal kümmern.

Sie war bereits im ersten Stock angekommen, als Fritzi die Haustür wieder schloss und nach oben rief: »Fräulein Sophie, ein Bote hat eine Nachricht für Sie überbracht.«

Als sie sich überrascht umdrehte, sah sie das Dienstmädchen unten in der Halle mit einem Umschlag in der Hand wedeln. Wer sollte ihr eine Botschaft schicken?, fragte sie sich verwundert. Jemand aus dem Museum?

»Von wem kommt denn die Nachricht?«

»Das hab ich nicht gefragt«, erwiderte Fritzi schulterzuckend.

Neugierig geworden, machte Sophie ihr ein Zeichen, und das Mädchen lief die Treppe hoch und gab ihr den Brief. Auf dem Umschlag stand ihr Name, aber kein Absender. Kopfschüttelnd betrachtete sie das Kuvert und nahm es mit hinauf in den zweiten Stock. Sie schloss die Tür ihres Zimmers, das sie seit Kurzem allein bewohnte, und riss den Umschlag auf. Eine Karte mit einem hübschen Blütenmotiv fiel heraus. Sie hob sie vom Boden auf, setzte sich damit in ihren Sessel am Fenster und las den Text.

Verehrtes Fräulein von Mayden,
derzeit verweile ich erneut für einige Tage bei meinen lieben Eltern in Frankfurt. Eine wunderbare Gelegenheit, Sie einmal wiederzusehen.

Unsere Begegnung bei dem herrlichen Gartenfest im Juli ist mir nachhaltig in Erinnerung geblieben. Ich hoffe, dass Sie mit ebenso viel Freude an die ergötzlichen Stunden denken, die wir zwischen duftenden Rosen bei erfrischender Waldmeisterbowle verbracht haben.

Daher erlaube ich mir, Ihrer Familie heute Nachmittag einen kurzen Besuch abzustatten. Wie ich hörte, werden Sie dann ebenfalls anwesend sein.

Ich freue mich sehr auf eine weitere erquickliche Begegnung mit Ihnen.

Hochachtungsvoll
Wilhelm Oehler

Sophie schnappte nach Luft. Wieso wollte dieser unangenehme Zeitgenosse schon wieder zu Besuch kommen und sie unbedingt sehen? Und woher wusste er überhaupt, dass sie heute Nachmittag zu Hause war? Dahinter steckte doch garantiert ihre Mutter, dachte sie grimmig, riss die Tür auf und stürmte nach unten, wo ihre Eltern noch am Esstisch saßen. Charlotte hatte sich inzwischen wohl in den Palmengarten aufgemacht.

Sie fuchtelte mit der Karte in der Hand und fragte anklagend: »Was soll das hier?«

Ihr Vater schaute sie verblüfft an, doch ihre Mutter lächelte wissend und erwiderte unschuldig: »Hat dir jemand geschrieben?«

»Du weißt genau, wer diese Karte geschickt hat! Dieser Wilhelm aus Berlin!«, stieß sie entrüstet aus.

Anna von Mayden schwieg und lächelte in sich hinein.

»Der Sohn von Kommerzienrat Oehler?«, fragte Robert von Mayden nach, der ehrlich überrascht zu sein schien. »Wie nett. Was will er denn?«

»Das musst du deine Gattin fragen«, schleuderte Sophie ihm entgegen. »Das hast du doch eingefädelt, Mama!«

»Meine Güte, Sophie«, entgegnete ihre Mutter. »Jetzt ist es aber gut. Beruhige dich!«

»Aber …«

»Schluss jetzt!« Sie funkelte ihre Tochter an und erklärte: »Ja, ich habe mir erlaubt, mit Frau Kommerzienrat Oehler über dich und ihren Sohn zu sprechen, als wir uns neulich im Theater getroffen haben. Als sie mir erzählte, wie überaus angetan der junge Mann von dir gewesen sei und dass er schon bald wieder hier in Frankfurt sein würde, habe ich ein erneutes Treffen angeregt und ihn eingeladen. Berta backt uns eine schöne Baiser-Torte.« Sie lächelte aufmunternd. »Ein bisschen Gesellschaft wird dich hoffentlich endlich auf andere Gedanken bringen. Dieses ewige Trübsalblasen ist ja nicht länger auszuhalten.«

»Aber ich will diesen Mann überhaupt nicht wiedersehen!«, echauffierte sich Sophie und schob bissig hinterher: »Er verhält sich ungeschickt und ist langweilig …«

»Sophie!« Jetzt fühlte sich ihr Vater genötigt, sie zu ermahnen. »So etwas sagt man doch nicht über einen ehrbaren jungen Mann, der sich womöglich mit ernsthaften Absichten trägt …«

»Wie bitte? Ernsthafte Absichten?«, empörte sich Sophie. »Was hat das zu bedeuten? Habt ihr etwa längst über mehr nachgedacht als einen harmlosen Nachmittag bei Kaffee und Kuchen?«

»Aber nein!«, versuchte ihr Vater die Wogen zu glätten. »Das war nur so dahingesagt. Ihr müsst euch ja erst mal besser kennenlernen …« Er räusperte sich. »Aber Wilhelm Oehler ist durchaus eine sehr gute Partie …«

Ehe Sophie widersprechen konnte, ergriff ihre Mutter wieder das Wort: »Du bist jetzt zwanzig, mein Kind.« Ihre Stimme klang kühl. »Ein Faktum, das nicht von der Hand zu weisen ist. Da wird es höchste Zeit, sich mit dem einen oder anderen Heiratskandidaten zu treffen. Diesem Umstand kannst du dich nicht ewig verschließen.«

»Aber ich will studieren, nicht heiraten«, murmelte Sophie frustriert. Jählings kehrte ihre Niedergeschlagenheit zurück, und sie hatte keine Kraft mehr, sich ihren Eltern zu widersetzen.

»Der Unsinn mit der Universität hat sich ja nun zum Glück zerschlagen«, brachte Anna von Mayden es gnadenlos auf den Punkt. »Und deshalb wird es höchste Zeit, passendere Ziele für deine Zukunft ins Auge zu fassen.«

Sophie war den Tränen nah. Auch wenn sich alles in ihr dagegen sträubte, musste sie sich eingestehen, dass ihre Mutter recht hatte. Es gab für sie keinen Ausweg, kein anderes Lebensziel mehr als das, welches schon immer für sie vorgesehen gewesen war: eine gute Partie machen, Kinder bekommen und ein bequemes, jedoch überaus langweiliges Leben führen. Es war so bitter.

»Aber diesen Wilhelm will ich nicht«, wagte sie einen letzten leisen Widerspruch.

»Du kennst den jungen Mann doch noch gar nicht richtig«, gab ihre Mutter zu bedenken. »Gib ihm wenigstens eine Chance. Wir werden ihn heute zum Kaffee empfangen, und danach sehen wir weiter. Wenn er nicht der Richtige für dich ist, wird es gewiss noch andere geben. Mach dir keine Sorgen …«

Wilhelm Oehler erschien um vier Uhr mit einem siegessicheren Lächeln auf seinen schmalen Lippen und zwei großen Rosensträußen in den Armen. Den mit den gelben Blüten überreichte er der strahlenden Anna von Mayden, die wortreich betonte, wie sehr sie diese Blumen liebte. Das andere Gebinde – ein Traum von einem Bukett in dunklem Rosa – nahm Sophie mit einem säuerlichen Lächeln entgegen.

Ausgerechnet Rosen, dachte sie. Damit hatte er verloren, bevor er auch nur einen Fuß auf die Terrasse gesetzt hatte. Dort war eine hübsche Kaffeetafel gedeckt worden, in deren Mitte eine hohe Baiser-Torte mit drei Biskuit- und Sahneschichten thronte, die Sophie fatal an eine Hochzeitstorte erinnerte. Vermutlich war genau das die Intention ihrer Mutter gewesen, als sie Berta angewiesen hatte, gerade diese Torte zu backen.

Den größten Teil der dahinplätschernden Konversation über das Wetter, gemeinsame Bekannte im Westend und die angeschlagene Gesundheit des Kommerzienrats, die der Grund für Wilhelms Besuch in Frankfurt war, bestritten ihre Eltern. Sophie gab sich keine große Mühe, sich daran zu beteiligen oder besonders liebreizend zu wirken. Sie war angemessen höflich, aber nicht mehr. An ihr würde es jedenfalls nicht liegen, falls Wilhelm Oehler auch nach diesem Treffen weitergehende Absichten hegen sollte.

Ihre Mutter warf ihr mahnende Blicke zu. Als das nicht half und sie weiter verstockt schwieg, forderte Anna von Mayden unvermittelt ihren Gatten auf: »Robert, es gibt da doch noch diese wichtige … Einladung, die ich unbedingt mit dir besprechen wollte. Ich denke, die Angelegenheit verträgt keinen weiteren Aufschub. Würdest du mich bitte begleiten, um das kurz zu klären?« Sie lächelte Wilhelm Oehler an und warf ihrem Mann, der sie verständnislos ansah, einen durchdringenden Blick zu. Den schien er zu verstehen, denn er erhob sich sofort.

»Sicher, meine Liebe. Die jungen Leute sind wahrscheinlich froh, wenn sie ein bisschen Zeit ohne die ältere Generation verbringen können. Biete doch Herrn Oehler noch etwas Torte an, Sophie.« Er nickte seiner Tochter aufmunternd zu und verschwand mit seiner Gattin im Haus.

Nachdem Wilhelm ein weiteres Stück Kuchen dankend abgelehnt hatte, saßen er und Sophie sich schweigend gegenüber.

Als die lastende Stille fast unerträglich wurde, räusperte er sich und sagte: »Sie haben wirklich eine überaus reizende Familie.«

»Ja, sicher …«

»Und diese Villa mit dem großen Garten mitten in der Stadt ist wirklich traumhaft.«

»Es gibt natürlich größere Anwesen, so wie das meiner Schwester Marianne am Palmengarten, aber ich fühle mich hier sehr wohl.« Höflich erkundigte sie sich: »Ihr Elternhaus liegt an der Bornheimer Landstraße, oder?«

»Ja, so ist es … Aber inzwischen fühle ich mich fast als Berliner. Dort habe ich seit sechs Jahren eine großzügige Wohnung in Mitte, ganz in der Nähe meiner Arbeitsstätte. Das ist sehr praktisch …«

»Sicher …«

Als das Gespräch wieder stockte, schenkte Sophie Kaffee nach, um etwas zu tun zu haben. Dann nippte sie trotzig an ihrer Tasse, bis er abermals zu reden begann.

»Waren Sie schon mal in Berlin, Fräulein Sophie?«

»Nein, bisher hat sich dazu leider noch keine Gelegenheit ergeben. Wie man hört und liest, ist dort ja sehr viel mehr los als bei uns in Frankfurt.«

»Natürlich! Zumal dort ja das Kaiserpaar residiert.« Belustigt bemerkte Sophie, dass er bei der Erwähnung des Herrscherpaars auf seinem Stuhl Haltung annahm. Mit stolzgeschwellter Brust erklärte er: »Es wird Sie sicher interessieren, dass ich erst im Juni die Gelegenheit hatte, in offizieller Funktion unsere verehrte Kaiserin Auguste Viktoria bei der Besichtigung des *Vereins zur Förderung höherer Bildung und Erwerbsfähigkeit des weiblichen Geschlechts* im Lettehaus zu begleiten. Die Kaiserin war überaus angetan von dieser Bildungseinrichtung.«

»Sie engagieren sich also für die Erweiterung der Bildungschancen von Frauen? Auch für deren Aufnahme an Universitäten?« Sie sah ihn erwartungsvoll an, doch er wich ihrem Blick aus.

»Nun, solange die Erwerbstätigkeit einer Frau ihre Rolle in der Familie nicht beeinträchtigt, ist das eine durchaus löbliche Einrichtung. Beim Lette-Verein geht es allerdings vornehmlich darum, das Leben unverheirateter Frauen aus den unteren Schichten finanziell abzusichern. Sie lernen dort ganz praktische Berufe und werden zu Buchbinderinnen, Kunststickerinnen, Gutssekretärinnen, Diätassistentinnen, Handarbeits- und Gewerbelehrerinnen ausgebildet. Diese armen Frauen, die ganz auf sich allein gestellt sind, müssen ja ihren Lebensunterhalt selbst bestreiten. Ganz anders als Sie, Fräulein von Mayden. Stellen Sie sich das nur vor: ein Beruf zum schnöden Broterwerb.« Er lachte bei der Vorstellung amüsiert auf. »Sie haben aufgrund ihrer gesellschaftlichen Stellung natürlich ganz andere Möglichkeiten, ihr Leben zu gestalten – ohne einen ordinären Beruf.«

Sophie schluckte mühsam eine heftige Erwiderung hinunter und nickte nur nachdenklich. Da sie auf seine Worte nicht einging, schien Wilhelm Oehler zu spüren, dass er sich mit seiner Äußerung auf sehr dünnes Eis begeben hatte. Schnell wechselte er das Thema.

»Interessieren Sie sich für Kunst und Kultur? Die Reichshauptstadt hat da wirklich viel zu bieten. Besonders für junge, kulturinteressierte Menschen. Ich selbst habe ein großes Faible für das Theater.«

»Ich habe meine Mutter schon oft in die Oper und ins *Schauspielhaus* am Theaterplatz begleitet. Sie schwärmt vor allem für Goethe«, erwiderte Sophie ohne Enthusiasmus.

»Ja, der alte Goethe … An unserem *Königlichen Schauspielhaus* am Gendarmenmarkt, einer der bedeutendsten kulturellen Institutionen im gesamten deutschsprachigen Raum, hatte sein Drama *Iphigenie auf Tauris* ja seine Uraufführung – allerdings lange vor meiner Zeit.« Wilhelm Oehler versuchte ein Lächeln. »Inzwischen ist das Theaterleben in Berlin allerdings sehr viel moderner geworden. Wie im *Deutschen Theater.* Seit der berühmte und verehrte Max Reinhardt vor drei Jahren das Haus übernommen hat, weht dort ein ganz neuer Wind. Für mich unvergessen bleibt seine *Sommernachtstraum*-Inszenierung mit der neuartigen Drehbühne, die ich damals zur Eröffnung dort erleben durfte.«

Sophie fiel auf, dass seine Stimme bei dem Thema sehr viel lebhafter klang. Das Theater schien für ihn ein Herzensthema zu sein, was sie überraschte. Eine derartige Begeisterung für Kultur hatte sie diesem spröden Beamten gar nicht zugetraut. Sie hörte aufmerksam zu, als er begeistert weiterredete.

»Und erst Reinhardts aktuelle Shakespeare-Inszenierungen! Famos! Das muss man gesehen haben, auch wenn die Platzkarte mit zwanzig Mark im *DT* deutlich teurer ist als in anderen Theatern. Aber dafür sind die Inszenierungen dort auch geradezu spektakulär.« Seine Wangen glühten jetzt förmlich. Was auch daran liegen mochte, dass er endlich die Aufmerksamkeit seiner Angebeteten zu haben schien. »Lieben Sie das Theater auch so sehr, Fräulein Sophie?«

»Nun ja, es gefällt mir recht gut«, antwortete sie vage. Sein plötzlicher Enthusiasmus irritierte sie.

»Sollten Sie eher ein Faible für hübsche Operetten haben, dann empfehle ich Ihnen wärmstens das *Walhalla-Operetten-Theater* in der

Charlottenstraße in Kreuzberg oder das *Metropol-Theater* in der Behrenstraße in Mitte. Im *Metropol* hat im September übrigens die sicher ausgesprochen amüsante Revue *Donnerwetter, tadellos* unter musikalischer Leitung von Paul Lincke Premiere. Sie sehen, Sie haben in Berlin die freie Auswahl.« Er lächelte stolz.

»Sie scheinen wirklich ein leidenschaftlicher Theatergänger zu sein …«

»Unbedingt! Zum Glück habe ich dank meiner herausgehobenen Position in der Reichsschulkommission im Laufe der Jahre einige gute Kontakte zu den wichtigsten kulturellen Einrichtungen der Stadt, den Mäzenen und Kulturförderern knüpfen können. Daher kann ich Ihnen Karten für praktisch jede gewünschte Aufführung organisieren. Wäre das nicht ein Grund, einmal Berlin zu besuchen?« Er sah sie erwartungsvoll an.

»Das klingt wirklich sehr verlockend, Herr Oehler …«, antwortete sie unbestimmt und betrachtete den jungen Mann angesichts seiner emotionalen Schilderung und verblüffenden Leidenschaft jetzt mit anderen Augen.

Vielleicht steckte in Wilhelm Oehler doch mehr als der fade, steife Beamte, den sie bis eben in ihm gesehen hatte. Das Leben in Berlin, so wie er es in leuchtenden Farben schilderte, erschien ihr mit einem Mal sogar recht verlockend zu sein. Wenn sie schon keinen Zugang zu einer Universität bekam, würden ihr an der Seite dieses Mannes zumindest eine Menge anderer interessanter Türen offen stehen …

Als er schließlich am frühen Abend aufbrach, fiel Sophies Verabschiedung wesentlich freundlicher aus als die frostige Begrüßung. Sie hatte Wilhelm sogar das freundschaftliche Du angeboten und zugesagt, ihn bald wiederzusehen. Anna von Mayden bemerkte ihren Stimmungswandel und wirkte daher sehr zufrieden, als sich die Tür hinter dem potenziellen Heiratskandidaten schloss.

Doch bereits am selben Abend, kurz vor dem Einschlafen, überlegte Sophie, dass die verlockende Aussicht auf ein Leben in Berlin auch bedeuten würde, es an der Seite dieses zwar kulturinteressierten, aber ansonsten völlig reizlosen Ehemanns verbringen zu müssen. Sie musste sich eingestehen, dass sie in seiner Nähe nicht das leiseste Kribbeln – nicht den leisesten Hauch von Verliebtheit – verspürt hatte. War Wilhelm Oehler tatsächlich ihre einzige Chance, ein aufregendes, interessantes Leben zu führen? Sie grübelte noch lange darüber nach, ehe sie endlich in den Schlaf fand.

Am folgenden Nachmittag stürmte Charlotte aufgeregt in Sophies Zimmer. Sie wedelte mit einer herausgerissenen Zeitungsseite und ließ sich schwungvoll auf dem Bett nieder.

»Schau, was ich entdeckt habe!« Sie strich das Blatt glatt und deutete auf ein Foto ganz unten auf der Seite, das eine Frau in einem hellen, langen Spitzenkleid vor einem offenen Safarizelt zeigte. Links war ein aufgeklappter Sonnenstuhl zu sehen, und daneben stand ein junger Mann mit weiten Hosen, dunkler Haut und weißem Turban auf dem Kopf. Direkt neben der Frau im Zentrum stand eine Person in exotisch gemusterter Kleidung. Sie hatte sehr dunkle Haut, sodass man auf dem unscharfen Foto kaum ihr Gesicht erkennen konnte.

Sophie las murmelnd die Bildunterschrift: »*Frau Hauptmann Anna Schloifer und die afrikanische Sultanin Atsafira von Kivere auf einem Jagdausflug.*« Verwirrt blickte sie Charlotte an. »Ja, und?«

»Nun lies doch mal den Artikel. Hier steht es schwarz auf weiß«, verkündete ihre Schwester triumphierend und las laut vor: »*Frau Hauptmann Anna Schloifer, geborene Freiin von Schrenck v. Notzing, ist mit ihrem Gatten Otto von Udjidje an der Küste Deutsch-Ostafrikas zu einer langen Reise aufgebrochen, die sie bis in das 3000 Kilometer entfernte Matadi an der Westküste des Kontinents führen wird.*« Charlotte blickte ihre große Schwester herausfordernd an. »Diese Frau will Afrika durchqueren! Und dafür braucht sie kein Studium«, hob sie hervor. »Nur Abenteuerlust, Selbstvertrauen und Mut!«

Sophie zuckte kraftlos mit den Schultern und murmelte verzagt: »Aber vielleicht schafft sie das ja gar nicht.«

»Dann hat sie es wenigstens versucht! Und nicht jammernd in ihrem Zimmer herumgesessen.« Charlotte sah sie mit einem tadelnden Blick an, den sie sich von ihrer Mutter abgeschaut zu haben schien.

Sophie musste angesichts des strengen, unerbittlichen Tons und des wild entschlossenen Naturells ihrer Schwester schmunzeln. Sie wünschte sich einmal mehr, sie besäße deren unerschütterlichen Optimismus.

Ermutigt von dem zaghaften Lächeln, knuffte Charlotte sie aufmunternd am Arm, und Sophie holte tief Luft. Wahrscheinlich hatte die Jüngere recht, überlegte sie. Sie durfte nicht so einfach aufgeben, sondern sollte daran glauben, dass ihr Leben doch noch eine positive Wendung nehmen könnte. Vielleicht würde sich die Gesetzeslage ja schon im nächsten Jahr wieder ändern und ihr Examen anerkannt. Dann wäre sie einundzwanzig, und ihre Eltern könnten ihr nicht mehr verbieten, zu studieren. Oder sie fand durch die Arbeit im Museum einen anderen Weg zur Dinosaurierforschung, so wie Professor Kinkelin es angedeutet hatte. Vielleicht könnte sie eines Tages auch nach Afrika reisen, so wie die Frau in der Zeitung, und dort als Hilfskraft an der Seite studierter Paläontologen urzeitliche Knochen ausgraben. Zumindest hatte sie in Drevermann und Kinkelin zwei namhafte Unterstützer, denen sie es im Prinzip nicht antun konnte, jetzt einfach die Flinte ins Korn zu werfen. Als sie sich dies vor Augen hielt, verspürte sie ein wenig neuen Mut, an ihrem großen Vorhaben festzuhalten.

Dank Charlottes unermüdlichem Zuspruch und einem ersten Hauch neugewonnenen Selbstvertrauens war Sophie schließlich zu Friedrich Kinkelin gegangen. Sie hatte den überraschten, aber hocherfreuten Professor um den Schlüssel zu dem Lagerraum gebeten, die Ärmel hochgekrempelt und anfangs völlig planlos in dem Chaos herumgeräumt.

Die körperlich anstrengende Tätigkeit hatte ihr gutgetan, denn sie lenkte sie tagsüber von ihrer immer noch tiefsitzenden Enttäuschung ab. Und jedes Mal, wenn die Traurigkeit bei ihren abendlichen Grübeleien im Bett wieder übermächtig zu werden drohte und sie kurz davor stand aufzugeben, dachte sie an die unglaublich mutige Frau, die derzeit Afrika durchquerte – eine ungeheuer lange Strecke durch ein wildes, unzivilisiertes Land, in dem man nur äußerst mühsam vorankam und wo überall unbekannte Gefahren lauerten. Angesichts dessen war ihr das anstrengende Sortieren ausgestopfter Vögel und Kästen voller undefinierbarer Steine geradezu lächerlich einfach und bequem erschienen. Und so hatte sie es stets aufs Neue geschafft, sich zusammenzureißen und am nächsten Tag weiterzumachen.

* * *

Inzwischen hatte sie tatsächlich Gefallen an dieser neuen, praktischen Arbeit gefunden, die sie vor gut zwei Wochen in den Lagerräumen des Museums angetreten hatte. Der Schmutz, die Spinnweben und der viele Staub störten Sophie schon bald nicht mehr. Auch tröstete sie sich damit, nicht mehr den ganzen Tag über still neben dem schweigsamen Fräulein Pixis im Büro sitzen zu müssen. Stattdessen konnte sie nun mit dem rotwangigen, freundlichen Lehrling Christian Kopp plaudern, den Museumsdirektor Römer aus der Tischlerwerkstatt abgezogen und ihr als Hilfe zur Seite gestellt hatte.

Mit Feuereifer hievte der kräftige Fünfzehnjährige die schweren Kisten aus den hohen Regalen, um sie Sophie zur Begutachtung des Inhalts bereitzustellen. Er hatte augenscheinlich Spaß an dieser Arbeit, denn sie glich einer Schatzsuche: Nie wusste man so recht, was sich in den unterschiedlichen Behältnissen und Verpackungen befand. Zwar waren manchmal die Kisten außen mit ausführlichen Listen zu ihrem Inhalt versehen, aber zumeist erwartete die beiden eine Überraschung. So wie bei einem der heutigen Fundstücke, das kaum Staub angesetzt hatte, also scheinbar noch nicht so lange hier unten gelagert wurde.

Es rumpelte unheimlich, als Christian das Paket schwungvoll vor Sophie auf dem breiten Tisch abstellte, an dem sie die Exponate sichtete und ihre Funde feinsäuberlich in einem großen Buch notierte. Routiniert besah sie sich das Behältnis von allen Seiten und fand einen Hinweis auf dessen Herkunft.

»Spende von Karl Hopf, Frankfurt«, entzifferte Sophie die krakelige Schrift. Auf dem schludrig aufgeklebten Zettel entdeckte sie den Abdruck des offiziellen Museumsstempels – »Annahme: 13. Juli 1908« – und darunter den in ordentlicher Handschrift verfassten Vermerk: »Persönliche Abgabe durch K. Hopf für Sektion *Vergleichende Anatomie und Skelette.*« Die Unterschrift konnte sie nicht entziffern.

Weshalb war dieses Paket hier im Lager von Professor Kinkelin gelandet, wo seit dem Umzug nur die für ihn wissenschaftlich relevanten Sammlungen verstorbener Mitglieder der *Senckenbergischen Naturforschenden Gesellschaft* aufbewahrt wurden? Hätte dies Paket nicht direkt bei Professor Reichenbach, der die adressierte Sektion leitete, abgegeben werden müssen?, fragte Sophie sich verwundert und überlegte, was sich darin befinden mochte.

Sie hob den im Verhältnis zu seiner Größe recht leichten Karton an und schüttelte ihn vorsichtig. Das hohle Rumpeln deutete darauf hin, dass es sich bei seinem Inhalt um einen Haufen Knochen handelte. Aber was für welche? Wenn sie hier im Lager aufbewahrt wurden, mochten es womöglich Dinosaurierknochen sein, hoffte sie mit klopfendem Herzen. Zu gerne wollte sie nachschauen. Doch durfte sie das verschnürte Paket, das allem Anschein nach für Professor Reichenbach bestimmt war, so einfach öffnen?

»Wollen Sie nicht gucken, was da drin ist, Fräulein von Mayden?«, fragte Christian Kopp, der erwartungsvoll neben ihr stand. Das unheimliche Geräusch beim Rütteln hatte ihn offensichtlich auch neugierig gemacht.

Sie überlegte nicht länger, zwinkerte dem Jungen verschwörerisch zu und antwortete: »Warum eigentlich nicht? Schließlich liegt es in unserem Lager, und meine Aufgabe ist es, alles hier zu sichten.« Entschlossen griff sie zur Schere, um die doppelt gewickelten Schnüre zu durchtrennen, die das Paket fest verschlossen.

Der Lehrling beugte sich gespannt vor, als sich der Deckel nach einem letzten beherzten Schnitt, befreit von den stramm gebundenen Stricken, von selbst öffnete. Er fuhr erschrocken zurück, nachdem er einen kurzen Blick auf den Inhalt geworfen hatte.

»Da drin sind Kinderköpfe!«, stieß er entsetzt aus.

»Wie bitte?« Sophie war bei seinen Worten automatisch auch zurückgewichen, riss sich jedoch gleich wieder zusammen. Schließlich war sie hier die Erwachsene. Noch dazu examinierte Lehrerin und angehende Paläontologin. Da würde sie sich doch nicht vor ein paar alten Knochen gruseln, ermahnte sie sich.

Sie klappte den Deckel nach hinten und warf einen kritischen Blick auf die durcheinanderliegenden, ausgeblichenen Knochen. Da gab es tatsächlich Köpfe und einzelne Unterkiefer. Das mussten mindestens zehn Schädel von unterschiedlicher Größe sein, überschlug sie schnell und nahm vorsichtig einen davon in die Hand. Christian Kopp stand immer noch einen guten Meter weit entfernt und starrte Sophie mit einer Mischung aus Ekel und Bewunderung an.

Konzentriert betrachtete sie den Schädel, besah sich vor allem die seitlich gelegenen tiefen Augenhöhlen und ließ zwei Finger über einen der langen Reißzähne gleiten, die aus dem Oberkiefer ragten. Dann nahm sie den nächsten skelettierten Kopf und unterzog ihn der gleichen eingehenden Begutachtung.

»Das sind Hundeköpfe«, stellte sie schließlich sachlich fest. »Lauter unterschiedliche Rassen. Dieser große Schädel mit der langen Schnauze gehörte vielleicht einem Schäferhund. Der dagegen …« – sie streckte dem Lehrling einen kleineren Kopf mit flacher Schnauze entgegen, was ihn noch ein Stückchen weiter zurückweichen ließ – »… könnte mal ein Deutscher Boxer gewesen sein.« Sie legte den Schädel zurück und überlegte einen Moment. »Am besten bringen wir die Exponate direkt zu Professor Reichenbach. Er wird wissen, was damit passieren soll.« Sie nickte dem immer noch skeptisch blickenden Lehrling aufmunternd zu. »Ist es Ihnen recht, wenn ich das übernehme?«

»Unbedingt!«, antwortete Christian eifrig nickend.

Sophie schmunzelte, denn ihr war klar, dass der Junge keinen besonderen Wert darauf legte, mit einem Haufen alter Knochen durch die Gegend laufen zu müssen.

»In Ordnung. Dann lassen Sie uns für heute Schluss machen. Ich bringe das Paket auf dem Weg nach Hause dort vorbei.«

Über das hintere Treppenhaus gelangte sie vom Untergeschoss in den ersten Stock, zu Professor Reichenbachs Arbeitszimmer, an das sie sich noch gut erinnerte. Sie freute sich schon auf sein Gesicht, wenn sie ihm ihren spannenden Fund präsentierte.

Als sie das Sekretariat verschlossen fand, klopfte sie direkt an der Tür zu seinem Gelehrtenzimmer. Da eine weibliche Stimme sie hereinbat, erwartete Sophie, Fräulein Schneider in dem Raum anzutreffen. Doch stattdessen lächelte ihr eine fremde Frau hinter dem großen Schreibtisch des Professors entgegen.

»Guten Abend. Ist Professor Reichenbach noch anwesend? Oder Fräulein Schneider?«, fragte sie irritiert.

»Nein, aber kommen Sie ruhig herein. Der Professor ist schon gegangen, und ich habe mir erlaubt, mir kurz seinen Tisch auszuborgen, weil meiner …« Lachend wies sie hinüber zu ihrem Arbeitsplatz, der so chaotisch aussah, wie Sophie ihn bei ihrem ersten Besuch in diesem Büro schon gesehen hatte. »Ich schaffe es einfach nicht, irgendetwas wegzuwerfen«, ergänzte sie schulterzuckend. »Mein Name ist übrigens Maria Sondheim. Ich bin die Kollegin von Professor Reichenbach. Und mit wem habe ich das Vergnügen?«

»Guten Abend, Frau Sondheim. Ich bin Sophie von Mayden und katalogisiere zurzeit eines der Sammlungslager unten. Im Auftrag von Professor Kinkelin.«

»Aha … Was bringen Sie uns denn da?«

»Ich habe im Lager heute dieses Paket gefunden, das eigentlich für Ihre Abteilung bestimmt ist«, erklärte Sophie und hob den großen Karton vor ihrer Brust kurz an.

»Na so was! Was ist denn darin?«

»Hundeschädel. Mindestens zehn Stück!«, erwiderte Sophie selbstsicher und sah sich nach einer passenden Abstellmöglichkeit um.

»Hundeschädel?«, fragte Maria Sondheim skeptisch und schien zu überlegen. Dann bemerkte sie Sophies suchenden Blick und wies sie an: »Stellen Sie es doch einfach gleich hier ab.« Sie deutete auf den blank polierten, beinahe leeren Schreibtisch von Professor Reichenbach. Nachdem Sophie das provisorisch wieder verschnürte Paket vorsichtig abgesetzt hatte, kam die Leiterin der Vergleichenden Anatomie zu ihr herum und besah es sich genauer. Als sie den Adressaufkleber entzifferte, rief sie fassungslos: »Ach herrje! Das ist von diesem schrecklichen Kerl!«

Sophie sah sie verwirrt an. »Welcher Kerl?«

»Dieser Karl Hopf.« Mit spitzem Finger tippte Maria Sondheim angewidert auf den Zettel, auf dem der Name des Mannes vermerkt war. »Ein unangenehmer Zeitgenosse.« Sie dachte kurz nach. »Ich erinnere mich, dass er eines Mittags einfach hier hereinstürmte und ohne Begrüßung Fräulein Schneider anfuhr, er müsse sofort den Leiter der Abteilung in einer wichtigen Angelegenheit sprechen. Als ich dazukam und ihm erklärte, dass Professor Reichenbach nicht anwesend sei, ich aber die Leitung über die Anatomie-Sektion hätte, war er sehr irritiert.« Sie schmunzelte und zwinkerte Sophie zu. »Vermutlich hatte er nicht damit gerechnet, auf eine Frau in dieser Position zu treffen.«

Sophie betrachtete ihr Gegenüber nachdenklich, denn sie musste zugeben, dass sie selbst recht überrascht war, dass diese elegante Dame hier im Museum so einen wichtigen Posten innehatte. Bisher hatte sie ja nur mit den Herren Professoren und deren Sekretärinnen zu tun gehabt. Doch diese Frau war die Leiterin einer Sektion!, dachte sie beeindruckt.

Maria Sondheim wirkte sehr selbstbewusst und dabei ausgesprochen freundlich. Sie war in vielerlei Hinsicht das komplette Gegenteil von ihrem Kollegen, Professor Heinrich Reichenbach. Kein Wunder, dass der nicht gut auf sie zu sprechen war, dachte Sophie und freute sich heimlich darüber. Sie schätzte Maria Sondheim auf Anfang vierzig. Deren schlichtes dunkelblaues Kleid mit dem weißen Kragen spannte etwas an der kräftigen Figur. Die Sektionsleiterin war recht groß, mindestens einen Meter siebzig, und hatte ihre blonden Haare nachlässig aufgesteckt. Sie hatte wache, hellblaue Augen, mit denen sie ihre unerwartete Besucherin aufmerksam musterte. So sah also eine Frau aus, die die höheren Weihen der Wissenschaft erhalten hatte, überlegte Sophie bewundernd.

»Nachdem der Herr verstanden hatte, dass er mit mir vorliebnehmen musste, änderte sich sein Ton«, fuhr Maria Sondheim fort und lächelte amüsiert. »Er stellte sich als Hundezüchter vor; auf mich wirkte er jedoch eher wie ein Lebemann oder wie ein Verbrecher. Dieser grobschlächtige Mann war mir auf Anhieb unheimlich. Wirklich eine scheußliche Erscheinung!« Sie spuckte die Worte fast aus, so unangenehm war ihr die Erinnerung. Dann fasste sie sich wieder. »Schließlich erklärte er mir wichtigtuerisch, er habe eine private Sammlung skelettierter Tierschädel, die er dem Museum zur Verfügung stellen wolle, damit sie hier ausgestellt werden. Und am Eingang habe die Kassiererin ihm erklärt, dass er dazu in der Abteilung *Vergleichende Anatomie und Skelette* vorstellig werden müsse. Und da sei er nun.« Sie schüttelte den Kopf. »Ich muss zugeben, dass ich einigermaßen schockiert über dieses Angebot war. Was für eine krude Idee! Nein, das passt nun wirklich nicht in ein Haus unseres Niveaus!«

Sophie nickte zustimmend. »Absolut nicht.«

»Ich versuchte daher, ihm taktvoll klarzumachen, dass wir keinen Bedarf an seinen Objekten hätten, aber er insistierte so lange, bis ich ihm, um ihn loszuwerden, vorschlug, seine Sammlung am nächsten Tag beim Hausmeister abzugeben. Herrn Diegel hatte ich angewiesen, das betreffende Paket unauffällig verschwinden zu lassen. Und jetzt tauchen Sie damit hier auf.« Maria Sondheim seufzte leise.

»Tut mir leid«, murmelte Sophie.

»Aber nein, das ist doch nicht Ihre Schuld. Sie haben korrekt gehandelt, schließlich konnten Sie ja die Vorgeschichte nicht kennen. Aber mit Herrn Diegel werde ich wohl ein ernstes Wörtchen reden müssen.«

Sophie hoffte, dass der Hausmeister mit einem leichten Tadel davonkommen würde. »Und was soll ich jetzt damit machen?«, fragte sie unsicher.

»Nun, Skelette einfach auf den Müll zu werfen bringe ich als Forscherin dann doch nicht übers Herz.« Mit einem Blick hinüber zu ihrem vollen Schreibtisch überlegte sie kurz und entschied: »Verstecken Sie das Paket doch bitte irgendwo in diesem Lager, wo Sie es gefunden haben – irgendwo in der hintersten Ecke. Da stört es nicht, und vielleicht freut sich eines Tages ein Kollege darüber und stellt die Hundeschädel doch noch irgendwo aus.«

Sophie nickte, nahm das Paket wieder vom Tisch und murmelte: »Zu schade, dass es sich nicht um Dinosaurierknochen handelt …«

»Und was hätten Sie dann damit gemacht?«, erkundigte sich Maria Sondheim interessiert.

»Vielleicht hätte ich herausfinden können, zu welcher Gattung sie gehören …«

»Sie sind wohl angehende Paläontologin?«

Sophie registrierte überrascht, dass die Sektionsleiterin diese Frage ernst zu meinen schien – und nicht abfällig oder amüsiert reagierte, wie sie es sonst meist erlebte, wenn es um ihr Interesse für diese Naturwissenschaft ging.

»Nein, nein. Ich interessiere mich nur sehr für dieses Fachgebiet.« Sie lächelte entschuldigend. »Mein Ziel war es eigentlich, nach dem Museumspraktikum Paläontologie zu studieren, um irgendwann urzeitliche Knochen auszugraben und zu erforschen.«

»Eine wunderbare Idee, Fräulein von Mayden. Was hält Sie davon ab?«, fragte Maria Sondheim, die darüber offenkundig nicht überrascht war.

»Nun, wie ich kürzlich erfuhr, wird leider nichts aus diesem Plan – ohne reguläres Abitur …« Sophie zuckte mit den Schultern. »Nun weiß ich nicht recht, wie es nach meiner Arbeit hier weitergehen soll …«

»Ach ja, das vermaledeite Bildungssystem in Preußen legt uns Frauen da ja immer noch Steine in den Weg. Es wird wirklich höchste Zeit, dass sich daran grundlegend etwas ändert«, erklärte Maria Sondheim mit trauriger Miene. Dann lächelte sie Sophie aufmunternd zu. »Geben Sie Ihr Ziel nicht auf, Fräulein von Mayden. Lernen Sie hier im Museum so viel wie möglich, und Sie werden sehen, eines Tages wird sich Ihnen eine Möglichkeit auftun, sich Ihren Traum doch noch zu erfüllen.« Sie legte Sophie an der Tür ermutigend ihre Hand auf die Schulter, sah ihr in die Augen und ergänzte feierlich: »Auf meine Unterstützung können Sie dabei zählen!«

* * *

»Sie hat mir tatsächlich ihre Hilfe angeboten, wenn ich sie brauchen sollte«, berichtete Sophie mit leuchtenden Augen ihrer jüngeren Schwester, die vor einer transportablen Staffelei stand und sich nachdenklich umsah. Sophie hatte sich neben ihr auf einer karierten Decke im Gras niedergelassen und holte allerlei Leckereien aus dem Picknickkorb, den die Köchin für die beiden gepackt hatte.

Sophie war nun doch froh, dass Charlotte sie überredet hatte, wenigstens am Wochenende mal Wissenschaft Wissenschaft sein zu lassen und ihre Nase nicht in ihre geliebten Fachbücher zu stecken, sondern sie an diesem Sonntagnachmittag zum Malen in den Palmengarten zu begleiten. Es war ein angenehm warmer Spätsommertag, und sie hatten sich in dem großzügigen Park auf einer Wiese niedergelassen, ganz in der Nähe einer riesigen Eibe. Der imposante, dreihundertjährige Baum war erst im letzten Jahr aus dem Senckenberg-Stift am Eschenheimer Turm in einer spektakulären Aktion zum Palmengarten gebracht worden.

Doch Charlottes Blick richtete sich nicht auf die ausladende Konifere, sondern auf das gerade in voller Blüte stehende Beet mit Strelitzien gegenüber, das sie heute zeichnen wollte. Die exotischen Blumen waren immer noch etwas Besonderes und wurden, aufgrund ihrer außergewöhnlichen Blütenform, zu Recht Paradiesvogelblumen genannt. Das perfekte Motiv für ein neues, farbenfrohes Gemälde.

»Es klingt wirklich toll, was du über diese Frau im Museum erzählt hast«, presste die Jüngere zwischen den Zähnen hervor, die auf einen Pinsel bissen, den sie quer im Mund hatte. Einen dickeren Pinsel hielt sie mit ausgestrecktem Arm nach vorn, kniff ein Auge zu und nahm Maß, bevor sie ihn in eine der Farben auf ihrer Palette tauchte.

»Ja, Maria Sondheim hat mich wirklich beeindruckt«, bekräftigte Sophie. »Auch wenn sie keinen Professorentitel trägt, ist sie doch *Leiterin* der Anatomie! Was ihrem komischen Kollegen Reichenbach gar nicht gefällt.« Sie lachte auf.

»Wir brauchen mehr Frauen, die in leitende Positionen aufsteigen und es diesen arroganten Männern zeigen. Nur dann wird sich in diesem Land etwas ändern«, nuschelte Charlotte und zog mit einer raschen Bewegung einen breiten dunkelgrünen Strich, der am Ende spitz zulief, quer über die weiße Leinwand. Sie trat einen Schritt zurück, um ihn kritisch zu betrachten. Gedankenverloren murmelte sie: »Wir Frauen sollten uns zusammentun, um gegen all die Ungerechtigkeiten zu kämpfen.«

»Das sagt sich so leicht. Aber wie soll das gehen? Am Ende entscheiden ja doch nur die Herren über die große Politik und damit auch über unser kleines Schicksal. Da können wir noch so viel protestieren. Die Macht liegt bei ihnen, sodass wir letzten Endes keine Chance gegen sie haben«, erwiderte Sophie frustriert.

»Unsinn!«, widersprach Charlotte vehement und mischte mit einem anderen Pinsel eine orangerot leuchtende Farbe auf ihrer Palette an.

Sophie zuckte mit den Schultern und schaute gebannt zu, wie ihre Schwester mehrere langgestreckte Tupfen auf das Grün setzte, die wie ein exotischer Federschmuck aussahen. Strahlendblaue Spitzen kamen anschließend hinzu und krönten die entstehende Blüte. In schneller Folge landeten weitere grüne Striche und Kleckse in leuchtendem Orange – dazwischen andere Farben, scheinbar planlos angeordnet – auf der Leinwand. Fasziniert beobachtete Sophie, wie direkt vor ihren Augen, nur mithilfe von vielen bunten Pinselstrichen, ein Blütenmeer aus wunderschönen Strelitzien schier explodierte.

Schließlich hielt Charlotte inne, wischte ihre mit Farbklecksen bedeckten Hände an der Schürze ab, die sie über ihrem Kleid trug, und betrachtete ihr Werk mit schräg gelegtem Kopf.

»Es ist bezaubernd«, lobte Sophie begeistert. »Ich beneide dich um dein Talent.«

»Ach, das ist doch nur ein bisschen Gekritzel, um mich abzulenken«, bekannte Charlotte schulterzuckend.

»Wovon willst du dich ablenken?«

»Von der Misere, in der wir stecken.«

Sophie sah sie verständnislos an. »Welche Misere?«

»Na die, von der wir vorhin gesprochen haben. Dass wir Frauen nicht machen können, was wir wollen. Dass immer irgendwelche Männer über unser Leben bestimmen. Das ärgert mich wahnsinnig. Und das führt obendrein dazu, dass alles, was ich tue, von einer bleiernen Schwere geprägt wird.« Sie schaute grimmig auf das Gemälde vor ihr, das im Gegensatz zu ihren Worten nur so von Leichtigkeit strotzte.

»Mich bedrückt es doch auch, dass wir den Männern untergeordnet sind«, stimmte Sophie ihr zu. »Aber was sollen wir dagegen tun?« Sie klang resigniert.

»In Großbritannien gibt es schon seit fünf Jahren eine bürgerliche Frauenbewegung, die sich organisiert hat, und letztes Jahr haben sich dreitausend Suffragetten in England versammelt, um friedlich für das Frauenwahlrecht zu demonstrieren. Das sollten wir in Deutschland auch machen.« Die Jüngere hatte ihre Hände zu Fäusten geballt. »Wir können doch nicht weiter darauf warten und hoffen, dass die Männer freiwillig etwas von ihrer Macht abgeben. Denn das wird niemals geschehen«, fauchte sie wütend und stemmte die Hände in die Hüften.

Sophie blickte sprachlos zu ihrer jüngeren Schwester auf, die ihr plötzlich sehr erwachsen erschien. Da sie nichts erwiderte und sich offenbar dem gesellschaftlichen Druck beugen wollte, fühlte sich Charlotte aufgefordert, noch einmal nachzuhaken.

»Willst du es wirklich einfach hinnehmen, dass man per Gesetz verhindert, dass du dir deinen Traum erfüllen kannst?«

»Es ist ja nicht nur das Gesetz. Es ist die Gesellschaft, in der wir leben.« Sophie seufzte laut. »Ältere Männer und Frauen, wie unsere Eltern, können sich nicht vorstellen, dass ihre Töchter von einem anderen Leben träumen als das, was sie als angenehm und erstrebenswert empfinden. Ich bin sicher, dass Mutter uns nichts Schlechtes will, wenn sie dagegen ist, dass wir eigene Wege gehen – du mit der Kunst und ich mit der Wissenschaft. Sie kann es sich nur nicht vorstellen und hat Angst, dass wir unser Leben als Außenseiterinnen verbringen. Sie versteht einfach nicht, dass wir nicht so leben wollen wie sie, ihre Eltern und die Generationen davor.« Sie holte tief Luft und stieß vehement hervor: »Dabei hat sich in den letzten Jahren so viel verändert. Es gibt elektrisches Licht, Telefone und Automobile! Wir leben jetzt im 20. Jahrhundert!« Als sie auch noch ein deutlich vernehmliches »Verdammt!« hinterherschickte und sich sogleich erschrocken umsah, musste Charlotte lachen.

»Bravo, Schwesterchen! Da steckt scheinbar doch eine echte Kämpferin in dir!« Sie kniete sich zu Sophie auf die Decke, umarmte sie herzlich und blickte ihr ernst in die Augen. »Wir werden nicht aufgeben!« Dann setzte sie sich hin, fischte ein Stückchen kalten Braten aus einer der kleinen Schüsseln und schob es sich in den Mund. Kauend nuschelte sie: »Na, komm, wir müssen uns für den Kampf stärken.« Sie schluckte und nahm sich grinsend noch ein Stück. »Lass uns dies köstliche Picknick genießen, bevor wir eines Tages für unsere Rechte in den Hungerstreik treten werden!«

Frankfurt, September 1908

Staunend betrachtete Sophie die schneebedeckten Gipfel des Kilimandscharo-Massivs, die am scheinbar weit entfernten Horizont leuchteten. Die imposante Bergkette mit der Kaiser-Wilhelm-Spitze, dem höchsten Berg des Deutschen Reichs, erstreckte sich über die gesamte Rückwand des gut sieben Meter breiten und fast fünf Meter hohen Raumes mit der abgerundeten Decke. Die Malerei wirkte so real, dass Sophie für einen Moment das Gefühl hatte, selbst mitten in der Steppe zu stehen und die heiße Sonne Afrikas auf ihrer Haut zu spüren.

Christian Kopp stand neben ihr und beschrieb mit leuchtenden Augen das, was schon bald in dem neuen Diorama zu sehen sein würde: »Links und rechts werden hohe Bäume hineinragen, auf denen Affen herumklettern. In der Mitte der Koje stehen dann massive Felsen, ungefähr so hoch.« Er deutete mit der Hand über seinen Kopf. Als Sophie ihn ungläubig ansah, fügte er lächelnd hinzu: »Das werden natürlich keine echten Felsblöcke sein. Die wären ja viel zu schwer. Wir fertigen die Attrappen gerade in der Tischlerei an«, verkündete er stolz. »Und wenn sie dann bemalt und mit Sand und Gräsern dekoriert sind, sehen sie täuschend echt aus.«

Der junge Lehrling war wieder an seinen alten Arbeitsplatz zurückgekehrt, nachdem die grobe Arbeit im Lager erledigt war. Doch zuvor hatte Sophie ihm das Versprechen abgerungen, ihr an einem Abend, wenn keine Besucher mehr im Museum und die meisten Mitarbeiter gegangen waren, den sonst verschlossenen Raum zu zeigen, wo der geheimnisvolle, riesengroße Schaukasten entstand, in dem ausgestopfte, exotische Tiere ausgestellt werden sollten.

»Und welche Tiere werden außer den Affen noch zu sehen sein?«, fragte sie neugierig.

»Jede Menge! Alles, was ins Ostafrika so lebt. Giraffen, Antilopen, Gazellen und so ein komisches Kriechtier – ein Wan, nee, Wawa, äh, Waman ...« Er suchte nach dem richtigen Wort.

»Meinen Sie einen Waran? Das Reptil?«, kam Sophie ihm zu Hilfe.

»Genau! Den haben die Konservatoren auch schon fertig. Sieht aus wie ein kleiner Dinosaurier. Der wird Ihnen gefallen, Fräulein von Mayden.« Christian grinste sie an, wusste er doch von ihrer großen Leidenschaft für die Paläontologie.

»Ganz sicher!«, meinte sie lächelnd. »Denken Sie, ich könnte mir den mal anschauen? Um diese Zeit ist doch bestimmt niemand mehr unten im Atelier der Präparatoren.«

Der Lehrling legte die Stirn in Falten. Sie merkte ihm an, wie er mit sich rang, ob er ihr diesen Wunsch auch noch erfüllen sollte. Doch ehe er sich zu einer Antwort durchringen konnte, durchbrach ein gellend lauter Ruf die Stille im Museum. Sophie fuhr erschrocken herum. Hatte jemand entdeckt, dass sie hier beim Diorama heimlich spionierten? Sie stürzte hinter Christian her aus den abgelegenen Räumlichkeiten, die an der Rückseite des Zimmers des Museumsdirektors lagen, und eilte in den Schausaal mit den Säugetieren zurück.

Schon ertönte erneut ein lauter Ruf, und Sophie vernahm nun deutlich, dass da jemand ihren Namen rief. Es klang alarmierend, und so raffte sie ihren langen Rock und rannte zu den hohen Fenstern, die zum Lichthof hinausgingen. Es war spät und dämmerte bereits, sodass sie die Person ein Stockwerk unter sich, die da schon wieder laut ihren Namen rief, nur unscharf erkennen konnte. Doch die Stimme klang jetzt äußerst vertraut. Das war ihre jüngere Schwester! Sophie klopfte aufgeregt gegen die Scheibe, winkte und bedeutete Charlotte gestenreich, zu ihr heraufzukommen.

Wenige Minuten später stürzte die Sechzehnjährige auf sie zu und rang um Atem. »Endlich hab ich dich gefunden!«, stieß sie erleichtert aus.

Sophie drückte sie kurz an sich. »Was machst du denn hier?«

»Mutter schickt mich. Und die Kassiererin unten war zum Glück noch da. Sie hat mich reingelassen, und dann bin ich einfach losgerannt und hab nach dir gerufen.«

»Das habe ich gehört. Aber was um Himmels willen ist denn passiert, dass du hier herumschreist, als ginge die Welt gleich unter?« Sophie bemerkte, dass ihre Stimme recht angespannt klang, obgleich sie versuchte, ruhig zu bleiben.

Charlotte holte tief Luft und verkündete aufgeregt: »Marianne will ihren Kommerzienrat verlassen und wieder zu Hause einziehen.« Sophie starrte sie fassungslos an, woraufhin sie fortfuhr: »Du sollst sofort kommen und sie zur Vernunft bringen.« Charlotte atmete hörbar ein, warf dabei Christian, den sie erst jetzt wahrzunehmen schien, einen überraschten Blick zu und zupfte Sophie gleich darauf unsanft am Ärmel. »Los, komm mit!« Als ihre Schwester nicht sofort reagierte, packte Charlotte deren Hand, um sie mit sich zu ziehen, und fragte aufgebracht: »Was machst du überhaupt noch hier? Du solltest doch längst Dienstschluss haben. Nun komm endlich!«

Sophie befreite sich energisch aus dem Griff ihrer Schwester und legte ihr beruhigend die Hände auf die Schultern. »Langsam, Charlotte! Was ist denn geschehen? Was ist mit Marianne?«

»Die sitzt seit einer Stunde im Wohnzimmer und heult.« Die Jüngere verdrehte die Augen und seufzte theatralisch auf.

»Und weshalb?«

»Ich weiß es nicht! Aber sie hat eine knallrote Wange. Das muss eine wirklich heftige Backpfeife gewesen sein. Außer Schluchzern gibt sie kaum etwas von sich und ist nicht imstande, zu erzählen, was passiert ist. Sie lässt sich einfach nicht beruhigen. Vater ist nicht da, und Mutter ist völlig konsterniert und weiß nicht weiter.«

»Das klingt ja schrecklich!« Sophie war ehrlich schockiert über diese dramatischen Neuigkeiten. Sie überlegte kurz, was jetzt zu tun sei. »Wären Sie so lieb, meine Schwester aus dem Museum zu begleiten?«, fragte sie den Lehrling. Sie wusste, dass sie sich auf ihn verlassen konnte. »Ich hole nur noch Mantel und Handtasche und komme dann zum Eingangsportal.«

»Natürlich, Fräulein von Mayden«, antwortete der Fünfzehnjährige umgehend und bot ihrer Schwester mit einer angedeuteten Verbeugung höflich seinen Arm an.

Charlotte legte sofort ihre Hand auf seinen kräftigen Unterarm. Sie betrachtete den breitschultrigen jungen Mann, der einen Kopf größer war als sie und ihr freundlich zulächelte, zum ersten Mal genauer.

Dass ihre Schwester sich in der Gegenwart des Lehrlings sichtlich wohl fühlte, spürte Sophie auf Anhieb. Seine ruhige Art schien Charlotte nach den schrecklichen Ereignissen zu Hause gutzutun. Die Kraft, die er ausstrahlte, schien die angespannten Nerven des jungen Mädchens zu beruhigen. Sophie beobachtete, wie sich ihre Schwester für den Bruchteil einer Sekunde an Christians starke Schulter lehnte, sich jedoch gleich wieder zusammenriss.

»Herzlichen Dank, Herr …?«, fragte sie etwas steif.

»Oh, verzeihen Sie, Fräulein von Mayden. Mein Name ist Christian Kopp.« Amüsiert entdeckte Sophie einen Anflug von Röte auf seinem offenen Gesicht. »Ich bin Lehrling in der Tischlerei des Museums und durfte Ihrem Fräulein Schwester ein paar Wochen lang zur Hand gehen«, stieß er eilig hervor und fuhr sich nervös mit den Fingern durchs kurze rotblonde Haar.

»Ach, *Sie* sind Christian!«, erwiderte Charlotte lächelnd. »Sophie hat erzählt, dass Sie ihr beim Aufräumen des Lagers eine große Hilfe waren.«

»Das ist sehr freundlich von Fräulein von Mayden, Fräulein von Mayden …« Er hielt angesichts der doppelten Nennung dieses Namens verwirrt inne.

»Ach, nennen Sie mich doch einfach Charlotte«, bot die Sechzehnjährige spontan an.

»Aber das geht doch nicht …«, widersprach er zaghaft.

»Doch, natürlich! Wenn ich Sie Christian nennen darf?« Sie lächelte keck.

»Selbstverständlich, Fräulein von May…, äh, Charlotte …« Er strahlte sie an.

Sophie war schon ein paar Meter gegangen, um endlich ihren Mantel und die Handtasche zu holen, und hatte das Geplänkel aus der Entfernung mitverfolgt. Die beiden jungen Leute waren sich augenscheinlich auf Anhieb sympathisch. Aber nun wurde es Zeit, nach Hause zu eilen, um zu retten, was zu retten war. Daher drehte sie sich noch einmal zu den zweien um und rief laut: »Beeilung, ihr beiden!«

Charlotte und der Lehrling rissen ihre Blicke voneinander los und sahen zu ihr hinüber.

Sophie lächelte nachsichtig, bevor sie sie aufforderte: »Wir müssen los. Ich treffe euch draußen.« Damit verschwand sie über das hintere Treppenhaus, während ihre Schwester und Christian angeregt plaudernd die große Freitreppe betraten und hinunter in Richtung Haupteingang gingen.

Sophie wiegte ihre große Schwester tröstend in den Armen und strich ihr beruhigend über den von letzten Schluchzern bebenden Rücken. Dabei nahm sie wieder den unangenehmen Geruch wahr, den sie schon seit einer Weile an ihr kannte – eine Mischung aus süßlichem Parfüm und Alkohol. Charlotte kauerte auf der anderen Seite neben Marianne auf dem Sofa und hielt hilflos deren Hand.

Anna von Mayden saß ihren drei Töchtern mit geradem Rücken gegenüber. Ihre Finger zupften nervös an ein paar losen Fäden, die aus dem Stickrahmen auf ihrem Schoß heraushingen. »Nun beruhige dich doch bitte, Kind. Das wird sich alles wieder finden«, versuchte sie, ihre Älteste zum wiederholten Male mit denselben Worten zu trösten.

Und tatsächlich hob Marianne endlich ihren Kopf und wischte sich die Tränen aus dem Gesicht. Ihre linke Wange schimmerte immer noch ein wenig rötlich. Dann starrte sie aus glasigen Augen trübsinnig vor sich hin.

»Dieser Schuft«, murmelte Charlotte, was ihr einen strengen Blick ihrer Mutter eintrug.

»Bevor hier jemand derart unflätig beschimpft wird, sollten wir erst einmal erfahren, was überhaupt zu diesem unschönen Zwischenfall geführt hat«, wollte Anna von Mayden von ihrer ältesten Tochter wissen.

Als Marianne nicht reagierte, strich Sophie ihr ein weiteres Mal über den Rücken und fragte sanft: »Was ist geschehen? Bitte erzähl es uns!«

»Das siehst du doch«, fuhr ihre ältere Schwester sie an und deutete auf ihre Wange. »Er hat mir eine Ohrfeige verpasst. So fest, dass ich hingefallen bin!«

»O Gott!«, rief ihre Mutter entsetzt.

»Und deshalb will ich diesen Kerl nie mehr wiedersehen! Ich verlasse ihn!«

»Richtig so!«, pflichtete Charlotte ihr bei.

Ohne darauf einzugehen, fragte Sophie ruhig weiter: »Gab es denn irgendeinen Anlass, dass Franz-Josef so etwas Grässliches getan hat?«

»Nein! Aber zumindest weiß ich jetzt, dass ihm seine Weinsammlung wichtiger ist als seine Frau!«, stieß Marianne hervor.

»Wie kommst du denn darauf?« Sophie sah sie verständnislos an.

Ihre Schwester holte tief Luft und antwortete empört: »Er war heute Nachmittag im Weinkeller, um seine jährliche Bestandsaufnahme durchzuführen. Und dabei ist ihm wohl aufgefallen, dass ein, zwei Flaschen fehlen …«

»Ja, und?«, hakte Sophie nach.

»Irgendwann kam er plötzlich ins Wohnzimmer gestürmt, wo ich mit meinem Modemagazin am Kamin saß, und brüllte herum. Irgendwas von Château, Pérignon, Mouton, Petrus oder wie seine Lieblinge alle heißen.« Sie schnaubte empört. »Dann zeigte er auf meine geöffnete Flasche auf dem Tisch und schrie mich mit hochrotem Kopf an, wo die anderen seien. Sein Kammerdiener hätte gemeint …« Sie verdrehte die Augen und fuhr in entrüstetem Ton fort: »Dabei habe ich immer extra nur die alten Weine ganz hinten im Keller genommen, die ja scheinbar sowieso keiner mehr wollte, so verstaubt, wie die waren …«

Anna von Mayden schnappte nach Luft, sah ihre Tochter zunächst mit offenem Mund an und fragte schließlich mit bebender Stimme: »Du hast doch nicht etwa alle diese Flaschen ausgetrunken?«

»Doch!«, fauchte Marianne trotzig. »Nachdem ich den Dreck abgeputzt hatte! Einige waren kaum noch genießbar – die musste ich wegschütten! Die anderen habe ich immer mal getrunken, wenn ich wieder allein herumsaß, weil der feine Herr Gatte aushäusig war oder früh ins Bett gegangen ist. Mir war schrecklich langweilig, Mama! Und was ist denn so schlimm daran, ab und an mal ein Glas Rotwein zu trinken? Im Keller lagert doch genug!«

»Ab und an?«, fragte Sophie zweifelnd und rümpfte an Mariannes Kragen schnuppernd die Nase.

Ihre ältere Schwester stieß sie ärgerlich weg. »Was soll das heißen?«

»Nun …«

Bevor Sophie ihre Vermutung äußern konnte, ging Anna von Mayden schnell dazwischen und erklärte streng: »Marianne, so wie ich das verstehe, waren das ausgesprochen wertvolle Weine, die du da aus dem Keller geholt hast. Einige von denen, die du aufgezählt hast, kosten bestimmt mehrere tausend Mark …«

»Was?«, fragte Charlotte erstaunt nach.

»Pah …«, stieß Marianne in einem beleidigten Tonfall hervor.

Sophie bemühte sich, weiterhin die Ruhe zu bewahren. »Und was ist dann passiert?«

»Ich war so empört über seine Vorwürfe, dass ich mein volles Glas in den Kamin geworfen habe«, erregte sich Marianne. »Da wurde er noch gemeiner, hat herumlamentiert, dass ich krank sei, deshalb keine Kinder bekomme und ihn ruinieren würde.« Sie schnaubte wütend.

»Das war wirklich ausgesprochen taktlos von ihm«, stimmte Sophie mitfühlend zu, fragte dann jedoch kritisch: »Du hast schon am Nachmittag getrunken …?«

»Ja, und?«, entgegnete ihre ältere Schwester ärgerlich.

»Nichts, nichts …«, beschwichtigte Sophie sie schnell. »Und was geschah weiter?«

Marianne schien einen Moment zu brauchen und lehnte sich mit geschlossenen Augen seufzend zurück. Gebannt warteten ihre Mutter und die Schwestern auf die Fortsetzung des Dramas, das sich vor wenigen Stunden in der Villa von Kommerzienrat Merzenich abgespielt hatte.

Endlich öffnete Marianne die Augen und fuhr mit schleppender Stimme fort: »Nun, ich hab ihm entgegengeschleudert, dass er so eine junge Frau wie mich sowieso nicht glücklich machen könne, dass ich seinetwegen noch immer nicht schwanger sei und er mir nicht mal ein Glas seines alten Weins gönnen würde. Dann bin ich aufgestanden und wollte mich zurückziehen …« Sie hielt kurz inne und erklärte lapidar: »Dabei geriet ich wohl ein wenig aus dem Gleichgewicht und habe die halbvolle Flasche versehentlich vom Tisch gestoßen.« Sie zuckte mit den Schultern, bevor sie entrüstet fortfuhr: »Statt mich zu stützen, hat Franz-Josef plötzlich ausgeholt und mir eine so heftige Ohrfeige verpasst, dass ich auf den Teppich gestürzt bin – mitten in die Rotweinlache. Dieser Gewaltmensch! Ich verlasse ihn!« Und schon brach sie wieder in Tränen aus.

»Oh je, oh je«, jammerte ihre Mutter schockiert, was Marianne nur noch lauter schluchzen ließ. »Jetzt bleibst du erst mal hier, mein Kind«, versuchte sie sie zu trösten. »Heute Nacht schläfst du in deinem alten Zimmer. Sobald dein Vater nach Hause kommt, werden wir alles in Ruhe besprechen.« Da ihre Tochter nicht auf ihre Worte reagierte, schüttelte Anna von Mayden resigniert den Kopf, während ihre Hände abermals nervös am Stickrahmen herumzupften. Angesichts von Mariannes desolatem Zustand blickte sie ratlos ihre beiden anderen Töchter an.

Sophie überlegte, was als Nächstes getan werden konnte, um die prekäre Situation zumindest etwas zu entschärfen. Vorsichtig erkundigte sie sich: »Weiß Franz-Josef, wo du bist?«

»Unser Chauffeur hat mich vorhin hergebracht«, schniefte ihre Schwester undeutlich. »Aber es ist ihm bestimmt sowieso völlig egal. Ich interessiere ihn überhaupt nicht!«

Sophie ignorierte das Gejammer und entschied: »Wir schicken ihm eine Depesche. Ferdinand wird ihm die Nachricht, dass du dich unwohl fühlst und erst morgen nach Hause kommst, später überbringen.«

»Ich gehe nie wieder dahin zurück!«, widersprach die Ältere mit schwerer Zunge. »Er ist so ein …«

»Lass uns darüber reden, wenn du dich ein wenig beruhigt hast«, unterbrach ihre Mutter sie eilig und erhob sich. »Komm, mein Kind, ich bringe dich nach oben. Fritzi wird dir eine heiße Milch und Kekse ans Bett bringen.« Sie half Marianne vom Sofa auf, hakte sie energisch unter und führte sie aus dem Wohnzimmer.

Angesichts ihrer leicht schwankenden Schwester flüsterte Sophie ihrer jüngeren Schwester zu: »Ein Aspirin wäre sicher hilfreicher als Kekse.«

»Du meinst …?« Charlotte sah sie mit großen Augen an.

Sophie nickte und seufzte betroffen.

Früh am nächsten Morgen erschien ein sichtlich zerknirschter Kommerzienrat mit einem Strauß langstieliger roter Rosen im Haus der Familie von Mayden. Er besprach sich kurz mit seinem Schwiegervater in der Bibliothek und verschwand dann in Mariannes Mädchenzimmer im zweiten Stockwerk. Sophie und Charlotte, beide noch im Nachthemd, versuchten, im Treppenhaus zu lauschen, wurden von dem Stubenmädchen jedoch zurück in ihre Zimmer gescheucht.

Nach einer knappen Stunde erschien das Ehepaar Merzenich in aufgeräumter Stimmung gemeinsam im Frühstückszimmer, wo der Rest der Familie schweigend beim Morgenkaffee saß. Mariannes

Frisur und Garderobe wirkten etwas derangiert, und Sophie fiel sofort die neue, glitzernde Brillantbrosche an der Bluse ihrer Schwester auf. Sie machte sich ihre eigenen Gedanken zu den vorangegangenen Geschehnissen.

Man tauschte ein paar freundliche Belanglosigkeiten aus, wobei niemand das gestrige Drama mit einem Wort erwähnte. Stattdessen lächelte Marianne ihren Mann zufrieden an und verabschiedete sich von ihren Eltern, die sich ebenfalls so verhielten, als wäre nichts geschehen. Während Charlotte und Sophie heimliche Blicke austauschten und betreten schwiegen, wünschte ihre Mutter dem Paar einen schönen Tag, und Robert von Mayden begleitete sie zur Tür.

In der Folgezeit war Sophie froh, sich bei ihren Aufgaben im Museum von dem Drama um Marianne und ihre Ehe ablenken zu können. Doch sobald sie abends im Bett lag, begann sie, darüber nachzugrübeln. Sie hatte das Gefühl, dass der Zwischenfall sie mehr beschäftigte als ihre ältere Schwester. Deren Laune hatte sich nach der Aussprache mit ihrem Mann innerhalb weniger Stunden gebessert. Als Marianne nicht lange danach zu Besuch in ihr Elternhaus kam, erzählte sie überschwänglich von einem rauschenden Ball und einer grandiosen Opernpremiere, zu denen ihr Gatte sie ausgeführt hatte. Und sie fügte hinzu, er habe ihr felsenfest versprochen, dass sie in Zukunft mehr oder weniger regelmäßig zu solchen Veranstaltungen gehen würden.

Sophie freute sich für ihre Schwester, deren Leben nach allem, was vorher schiefgegangen war, jetzt scheinbar in den geordneten Bahnen verlief, die sie sich immer erträumt hatte. Doch wenn sie an das großbürgerliche, luxuriöse Eheleben dachte, das Marianne offenbar genoss, wurde Sophie klar, dass sie selbst völlig anders war als ihre ältere Schwester. Als Marianne mit ihrem Mann ein paar Tage später gutgelaunt zu einem Familienessen in der Stadtvilla am Kettenhofweg erschien, starrte Sophie bei Tisch wie gebannt auf die großen Hände des Kommerzienrats und dachte an die Ohrfeige, die er ihrer Schwester damit verabreicht hatte. Auch wenn Mariannes unmögliches Verhalten daran eine gewisse Mitschuld trug, wie Sophie zugeben musste, konnte sie sich nicht vorstellen, dass sie so einem Mann verziehen hätte – da mochte er ihr noch so viel Schmuck und schöne Kleider schenken und sie glamourös ausführen.

Zwar liebte auch sie es, sich in hübsche Kleider zu hüllen, in die Oper oder ins Theater zu gehen und zu tanzen. Aber der Suche nach einem passenden Heiratskandidaten, die ihre Mutter jedes Mal damit verband, vermochte sie in keiner Weise etwas abzugewinnen. Die steife Atmosphäre und angestrengten Konversationen mit den jungen Herren, die sie in den Theaterpausen und auf den Bällen traf, zu denen sie ihre Eltern seit einigen Jahren begleitete, langweilten sie. Es erschien Sophie so schrecklich belanglos, was diese Männer von ihrem ereignislosen Leben erzählten, nur um sie zu beeindrucken – etwa davon, welche bedeutsamen Karrierestufen sie bereits erklommen hatten oder dass sie schon bald die Fabrik ihres Vaters leiten würden.

Jedes Mal, wenn sie sich im langsamen Walzerschritt mit einem weiteren potenziellen Bräutigam, den ihre Mutter ihr mit einem aufmunternden Lächeln vorstellte, übers Parkett bewegte, wartete sie auf das aufregende Kribbeln, von dem sie in Romanen gelesen hatte. Doch das hatte sie bisher bei keinem der Herren gespürt. Auch nicht bei Wilhelm Oehler, der sie mittlerweile schon zweimal ins Theater ausgeführt hatte.

Sie führte sich vor Augen, durch welche Eigenschaften sich ein Mann auszeichnen musste, damit sie ihn als Heiratskandidaten in Betracht ziehen konnte. Ihr Zukünftiger würde gewiss kein steifer Beamter sein, sondern ein Abenteurer, ein Forscher, der mutig genug war, mit ihr nach Afrika zu reisen, um dort gemeinsam bahnbrechende Entdeckungen zu machen. Doch einem solchen Mann begegnete man in ihren Kreisen scheinbar nicht – auch wenn ihre Mutter die Hoffnung auf eine passende Partie noch längst nicht aufgegeben hatte. Letzteres wurde Sophie besonders klar, als sie eines Abends zufälligerweise ihre Eltern bei einem vertraulichen Gespräch belauschte.

Im Verlaufe dieser Unterhaltung machte Anna von Mayden ihrem Mann Vorhaltungen, dass er viel zu nachsichtig mit seiner Zweitältesten sei. Sie mahnte an, dass es an der Zeit sei, deren Albernheiten nun möglichst bald zu beenden. Damit meinte sie offensichtlich die Arbeit ihrer Tochter im Museum. Jetzt, da ihre Älteste endlich glücklich im sicheren Hafen der Ehe angekommen war, sah sie ihre wichtigste Aufgabe darin, sich intensiv um die gesicherte Zukunft der jüngeren Mädchen zu kümmern – und dabei sollte ihr Gatte sie unterstützen, anstatt den unreifen Wünschen der beiden nachzugeben.

Während Charlotte, die ihre Gnadenfrist als Nesthäkchen genoss, vor den gutgemeinten mütterlichen Ratschlägen fast täglich mit ihrer Staffelei in den Palmengarten floh, um dort wilde Gemälde von bunten Blüten, Blättern und Landschaften anzufertigen, wartete Sophie im Museum sehnsüchtig auf die Rückkehr von Fritz Drevermann. Sie brauchte die Unterstützung ihres Mentors jetzt dringender denn je, um weiterhin hier arbeiten und lernen zu können. Doch der Forscher schien bei seiner Expedition in die Sierra Morena vergessen zu haben, dass er versprochen hatte, Sophie die langersehnten Einblicke in die Paläontologie zu ermöglichen.

* * *

Mitte September waren die Objekte im Lager sortiert, die verschiedenen Sammlungen katalogisiert; und einige besondere Fundstücke aus dem Durcheinander in den Kisten und Kästen hatten dank Sophie sogar den Weg in die Schausammlungen des Museums gefunden. Um nicht wieder an dem Schreibtisch bei dem schweigsamen Fräulein Pixis zu landen, hatte sie Professor Kinkelin vorgeschlagen, ihm dabei zu helfen, auch in seinem Büro ein wenig Ordnung zu schaffen. Er hatte nur kurz gezögert, kannte er doch inzwischen ihre Sorgfalt und Hingabe beim Umgang mit kostbaren Petrefakten. Dennoch brachte ihn ihre selbstbewusste Art, völlig eigenständig sein Büro auf den Kopf zu stellen, manchmal aus dem Konzept.

An diesen »Putztagen«, wie heute, verzog er sich daher lieber in seine Lehrsammlung und überließ Sophie sein Gelehrtenzimmer.

Nachdem sie am Vormittag seinen Schreibtisch aufgeräumt hatte, war sie zum Mittagessen zu Hause gewesen. Da sie anschließend etwas später als sonst das Museum erreichte, schritt sie in großer Eile in das vermeintlich leere Büro hinein, um sich dort wieder an die Arbeit zu machen.

Sie blieb wie angewurzelt stehen, als sie auf dem Besuchersessel einen fremden Mann sitzen sah, der völlig überrascht zu ihr aufblickte.

»Was machen Sie hier in Professor Kinkelins Gelehrtenzimmer?«, fragte Sophie misstrauisch, blickte den Unbekannten finster an und stemmte die Fäuste kämpferisch in die Taille. Sie überlegte, wer dieser Herr sein mochte, als sie bemerkte, dass er eins der kostbaren Knochenfragmente, die sie vorhin erst abgestaubt und vorsichtig zurück auf den großen Schreibtisch gelegt hatte, in seiner Hand hielt. Entrüstet zeigte sie darauf und wies ihn scharf an: »Unbefugte dürfen hier nichts anfassen!«

Wie ein ertappter Schuljunge sprang er auf, legte den Knochen zurück, zog seinen steifen Homburger vom Kopf und drehte die Hutkrempe nervös zwischen den Fingern.

»Klüver mein Name«, kam es krächzend aus seinem Mund. Er räusperte sich. »Paul Klüver.« Er deutete eine höfliche Verbeugung an und erklärte: »Professor Kinkelin hat mich um zwei Uhr hierher bestellt, aber leider ist er noch nicht da.«

Sophie runzelte wieder die Stirn und blickte demonstrativ auf die kleine goldene Taschenuhr, die sie aus ihrer Weste zog. »Das heißt, Sie sitzen seit fast einer Stunde hier?«, fragte sie ungläubig.

»Ja …«

»Nun, vermutlich hat der Professor gerade etwas außerordentlich Wichtiges in seiner Lehrsammlung zu tun …« Sophie kannte Kinkelins Schrullen und ahnte, dass er den Termin mit diesem Herrn schlicht verschwitzt hatte. Aber das wollte sie ihm natürlich nicht verraten. Stattdessen ging sie wieder in die Offensive. »Was wollen

Sie denn von Professor Kinkelin?«, erkundigte sie sich mit hochgezogenen Augenbrauen.

»Ich soll mich bei ihm vorstellen …«

»Aha …«, unterbrach sie ihn energisch. »Als was?«

Paul Klüver, der inzwischen scheinbar sein Selbstbewusstsein wiedergefunden hatte, musterte sie mit kritischem Blick von oben bis unten, was Sophie sehr unverschämt fand, und fragte dann ungehalten zurück: »Mit wem habe ich denn eigentlich das Vergnügen?«

Sein gereizter Unterton machte deutlich, dass sie wohl etwas zu angriffslustig mit diesem Herrn umgesprungen war. Sie riss sich zusammen, versuchte ein verbindliches Lächeln und antwortete selbstsicher: »Ich bin Sophie von Mayden.«

»Guten Tag, Fräulein *von* Mayden.«

Er warf ihr einen seltsamen Blick zu, und ihr fiel auf, dass er das »von« in ihrem Namen merkwürdig betonte. Wollte er sie damit ärgern? Oder gar lächerlich machen?

Ehe sie darauf reagieren konnte, fragte er weiter: »Und welche Position bekleiden *Sie* hier im Museum, Fräulein *von* Mayden?«

Auf diese Frage war sie nicht vorbereitet. Sie schluckte und ärgerte sich, dass er die Präposition in ihrem Adelsnamen schon wieder so albern betonte. Der Mann machte sich eindeutig lustig über sie. Noch dazu hatte er mit seiner eigentlich harmlosen Frage einen wunden Punkt bei Sophie getroffen.

Was war sie schon? Eine unbezahlte Hilfskraft, die mal dies, mal das machte. Lauter ungelernte Tätigkeiten. Selbst ein einfacher Lehrling wie Christian Kopp war offiziell angestellt und erlernte den ordentlichen Beruf eines Tischlers. Sie dagegen war nichts anderes als eine Art bessere Putzkraft für den Leiter der paläontologischen Abteilung. Sie spürte, wie die Scham darüber ihr die Röte den Hals hinauftrieb und ihre Unsicherheit sich mit Wut über diese unverschämte Frage mischte. Sie räusperte sich nervös und erklärte eilig: »Ich werde mal nachschauen gehen, ob ich Professor Kinkelin finde, und ihn darauf aufmerksam machen, dass Sie hier schon seit Längerem auf ihn warten. Bitte nehmen Sie doch wieder Platz.«

Damit machte sie schleunigst auf dem Absatz kehrt. Doch bevor sie die Tür hinter sich schloss, konnte sie sich eine letzte kleine Spitze nicht verkneifen: »Und fassen Sie hier inzwischen bitte nichts an.«

Danach hatte sie sich an diesem Nachmittag von Kinkelins Büro lieber ferngehalten und stattdessen die Kartons mit den vielen Büchern, die der Professor im Laufe der Zeit ausgeliehen hatte, endlich zurück in die Senckenbergische Bibliothek nebenan im Jügelhaus gebracht. Anschließend war sie nach Hause gegangen und hatte beschlossen, das unerfreuliche Zusammentreffen mit dem unbekannten Besucher schnellstens zu vergessen. Was interessierte sie schon irgendein dahergelaufener, unverschämter Kerl, dem sie hoffentlich nie wieder begegnen würde? Statt sich weiter über die Impertinenz zu ärgern, mit der er ihren guten Namen verspottet hatte, konzentrierte sie sich darauf, etwas zu lernen.

Am nächsten Tag, beim Sortieren der vielen Mineralien und geologischen Kleinodien, die sie Stück für Stück in die passenden Schubladen einordnete, nutzte sie die Gelegenheit, Friedrich Kinkelin nach deren Besonderheiten auszufragen. Bereitwillig gab ihr der Professor Auskunft. Er hatte große Freude daran, seine gelehrige Schülerin in die Grundlagen der Geologie einzuführen. Dank seiner leidenschaftlichen Vorträge begriff sie nun, was ihren Vater immer wieder in die Steinbrüche trieb und nach unscheinbaren Gesteinsbrocken suchen ließ. Bisher hatte sie die Geologie nur als notwendiges Übel angesehen, das untrennbar mit dem Studium der Paläontologie verknüpft war. Doch jetzt konnte sie verstehen, was Doktor Drevermann monatelang in dem Gebirge in Andalusien aufhielt.

Professor Kinkelin zeigte ihr in dem Laboratorium, das an sein Gelehrtenzimmer angrenzte, die Überreste urzeitlicher Bäume, von denen sich die Sauropoden, wie ihr geliebter Dodo im Lichthof, einst ernährt hatten. Mit einer Lupe machte sie sich an die Entdeckung winziger Abdrücke frühzeitlicher Pflanzen, die Aufschluss über das Leben auf der Erde vor unvorstellbar langer Zeit gaben. Unter dem Mikroskop suchte sie in den Gesteinssammlungen nach Fossilien, fertigte detaillierte Zeichnungen der Relikte an und lernte die lateinischen Bezeichnungen ihrer Fundstücke. Des Weiteren ging Sophie zu den privaten Vorlesungen des Professors, der sie darin bestärkte, auch einige der Vorträge zu besuchen, zu denen die *Senckenbergische Naturforschende Gesellschaft* Wissenschaftler der unterschiedlichsten Disziplinen einlud. Das Gefühl, wie in einer Universität den Dozenten in den großen Hörsälen im Jügelhaus zu lauschen, tröstete sie ein wenig darüber hinweg, dass sie nicht studieren durfte.

Doch je näher der Oktober rückte, in dem das Wintersemester in Marburg beginnen würde, desto schweigsamer wurde sie. Um Sophie aufzumuntern, suchte Friedrich Kinkelin nach einer Lösung.

In der letzten Septemberwoche eröffnete der Professor ihr freudestrahlend: »Nächsten Montag erwarten wir den Doktoranden des Kollegen Drevermann bei uns im Haus. Ich soll ihn bis zu dessen Rückkehr ein wenig unter meine Fittiche nehmen.«

Sophie spitzte die Ohren, als sie den Namen Drevermann hörte.

Doch bevor sie nachfragen konnte, wann ihr bewunderter Doktor endlich zurückkommen würde, fuhr Kinkelin fort: »Der junge Mann stammt aus Bremen und hat in Marburg bei Professor Kayser studiert. Bei uns im Museum wird er sich in den nächsten Monaten nützlich machen und sein Geld verdienen. Herr Klüver ist Paläontologe und wird hier für seine Dissertation an unserem *Diplodocus longus* forschen …«

Sophie erstarrte, als er den Namen des neuen Doktoranden nannte – Klüver … Das war doch dieser schreckliche Kerl, der hier neulich im Büro gesessen hatte … Und den sie so angefahren hatte, nicht ahnend, wer er war.

Warum erzählte der Professor ihr jetzt von ihm? Hatte dieser Klüver sich über ihr Benehmen beschwert? Musste sie deshalb aus dem Museum verschwinden, bevor er anfing? Sophie verspürte leichte Panik in sich aufsteigen und wartete ängstlich darauf, dass Kinkelin endlich fortfuhr. Doch wie so oft sprach er recht zögerlich, wenn es darum ging, eine Sache auf den Punkt zu bringen.

»Nun …«, setzte er wieder an. »Der junge Mann braucht bei seiner Forschungsarbeit natürlich einen aufmerksamen Assistenten.« Er machte erneut eine Pause. »Nun … Da habe ich an Sie gedacht, Fräulein von Mayden.« Er nickte ihr aufmunternd zu. »Sie könnten ihm doch vielleicht drüben im Atelier bei der Präparation von Knochenfragmenten zur Hand gehen.«

Sophie sah ihn ungläubig an. Endlich tat sich ihr die Möglichkeit auf, praktische Erfahrungen zu sammeln. Sie sollte endlich Zutritt zu den Räumlichkeiten in dem großen Anbau auf der Rückseite des Museums bekommen, der allgemein »Das Atelier« genannt wurde und in dem die Werkstätten der Präparatoren untergebracht waren. Dort, wo Fachleute nicht nur die perfekten Modelle unterschiedlichster Tiere herstellten, sondern sicher auch die Dinosaurierknochen sorgsam Schicht für Schicht von den versteinerten Sedimenten befreiten, in denen sie vor undenkbar langer Zeit eingeschlossen und konserviert worden waren.

Eine einmalige Gelegenheit, ihrem Traum einen großen Schritt näher zu kommen.

Doch ausgerechnet den Menschen, der ihr all dies ermöglichen könnte, hatte sie auf eine sehr unhöfliche Weise behandelt. Ihm sollte sie nun bei seiner Arbeit helfen? Jenem unverschämten Kerl, mit dem sie neulich in eben diesem Büro zusammengerasselt war? Dieser Herr Klüver würde doch ganz sicher sofort abwinken, sobald er erfuhr, dass es Sophie war, mit der er zusammenarbeiten sollte. Was für ein Desaster! Es war zum Verzweifeln!

»Nun, was sagen Sie dazu, Fräulein von Mayden?«, hakte Kinkelin nach.

»Sind Sie sicher, dass ich das könnte?«, fragte sie zögernd.

»Aber natürlich. Warum so schüchtern? Freuen Sie sich denn gar nicht darüber?« Er betrachtete sie verwundert durch seine ovale Goldrandbrille.

»Doch, natürlich, Herr Professor. Ich weiß nur nicht …« Sie zögerte. »Weiß Herr Klüver denn schon, dass ich es bin, also eine Frau, die ihm assistieren soll?«

»Der junge Mann kann sich glücklich schätzen, dass er überhaupt einen Assistenten bekommt, und noch dazu so eine hilfsbereite, fähige und wissensdurstige Person wie Sie, Fräulein von Mayden.«

Sophie holte tief Luft und versuchte ein Lächeln. »Herzlichen Dank, Herr Professor. Ich freue mich wirklich sehr, wenn ich ein bisschen bei der praktischen Dinosaurierforschung mithelfen kann.«

»Fein, fein.« Daraufhin vertiefte Friedrich Kinkelin sich sogleich wieder in die Papiere auf seinem Schreibtisch.

»Wann soll ich denn anfangen?«, fragte sie zaghaft. Er blickte irritiert auf, schien schon wieder vergessen zu haben, worum es ging. »Als Assistentin von Herrn Klüver«, erinnerte sie ihn.

»Ach so … Nächsten Montag um neun. Im Atelier.«

»In Ordnung …«

Als er ihren unsicheren Blick sah, lächelte er verschmitzt.

»Das wird schon, mein Kind. Aber denken Sie daran, dass Sie dort drüben nicht einfach alles umräumen dürfen wie bei mir. Sie sollen nur dem Doktoranden bei seiner wissenschaftlichen Arbeit assistieren. Haben Sie das verstanden?«

»Aber natürlich, Herr Professor«, antwortete sie ein wenig beschämt.

Ob dieser Herr Klüver sich doch über ihre allzu forsche Art beschwert hatte?

Frankfurt, Oktober 1908

Sie richtete nervös ihren Hut und klopfte energisch an die hohe, ehrfurchtgebietende Tür. Sophie hatte die Nacht kaum schlafen können und in aller Herrgottsfrühe zwei Kleider sowie drei verschiedene Blusen anprobiert, sich kritisch im Spiegel betrachtet und alles wieder ausgezogen. Sie hatte sich einfach nicht entscheiden können, welche Garderobe für ihre neue Tätigkeit angemessen war. Schließlich war ihre Wahl auf eine hochgeschlossene, zartgelbe Bluse mit gerafften Schultern und ein passendes Spitzen-*Jabot* gefallen. Die leichte Baumwollbluse harmonierte perfekt mit dem dezenten Muster ihres Kostüms.

Trotz der Ermahnungen ihrer Mutter hatte sie vor lauter Aufregung zum Frühstück nur einen Apfel herunterbekommen. Zwei Tassen starken Kaffees hatten dafür gesorgt, dass sie schon um kurz nach acht Uhr hellwach aus dem Haus gestürzt war, um an ihrem ersten Tag bloß nicht zu spät zu kommen.

Auf ihren üblichen Rundgang durchs Museum hatte sie verzichten müssen, weil das Eingangsportal um diese Zeit noch verschlossen war. Stattdessen war Sophie durch einen der Arkadenbögen gegangen und dann, entlang der linken Seite des ausladenden Baus, nach hinten geeilt. Sie hatte kurz hoch zum Eckbüro von Professor Kinkelin gesehen, wo so früh jedoch kein Licht brannte, war dann um die Ecke gebogen und an der Tischlerei im rückwärtigen Teil des Museums vorbeigehastet, wo schon eifrig gewerkelt wurde, wie sie hörte. Schließlich war sie außer Atem vor dem Anbau an der Rückseite angekommen, dessen flaches Dach mit dem Boden des Hauptgeschosses abschloss. Hier waren das geräumige Atelier der

Konservatoren und verschiedene Werkstätten der Präparatoren untergebracht.

Sophie blickte an der Sandsteinfassade mit dem beeindruckenden Eingangsportal empor, das fast so hoch war wie das ganze Gebäude. Irgendwo dort drinnen würde sie ab heute also endlich mit eigenen Händen echte Dinosaurierknochen aus dem Sediment freipräparieren dürfen, freute sie sich unbändig.

Ob der Doktorand bereits anwesend war – und wenn ja, in welchem Raum – oder ob er erst im Laufe des Tages eintreffen würde, hatte Professor Kinkelin ihr nicht mitgeteilt. Sophie ärgerte sich, dass sie vergessen hatte, diese wichtigen Details zu erfragen. Aber das würde sich hoffentlich schnell finden, sobald sie im Innern des Gebäudes war, hoffte sie, als sie nun voller Anspannung vor dem Eingang zu ihrem neuen Arbeitsplatz stand.

Da niemand auf ihr Klopfen reagierte, probierte sie es erneut, diesmal etwas kräftiger – mit der Faust. Doch nichts geschah. Sie horchte an der massiven doppelflügeligen Holztür, konnte jedoch keinen Laut von innen vernehmen. Irritiert zog sie ihre Taschenuhr aus der Jacke. Es war kurz nach halb neun. Sie war mehr als pünktlich.

Wahrscheinlich waren die Mitarbeiter nur zu beschäftigt, um ihr zu öffnen, überlegte sie und beschloss, einfach hineinzugehen, statt sinnlos weiter hier draußen herumzustehen. Sie drückte energisch die Klinke nach unten, doch die schwere Eingangspforte gab nicht nach. Also stemmte Sophie sich mit ihrem ganzen Gewicht dagegen, aber nichts rührte sich. Dann versuchte sie es mit Ziehen – ebenfalls erfolglos.

Es konnte doch nicht wahr sein, dass sie so kurz vor dem Ziel ihrer langgehegten Wünsche scheiterte, nur weil sie nicht in der Lage war, diese verflixte Tür zu öffnen, dachte sie zunehmend gereizt. Vermutlich musste sie einfach nur sehr viel fester ziehen; schließlich war das Eingangsportal riesig. Entschlossen umfasste sie den Messinggriff mit beiden Händen und rüttelte so wild, dass das dumpfe Rumpeln der Türflügel in ihren Angeln auf dem ganzen Innenhof zu hören war.

»Was machen Sie denn da?«, ertönte eine aufgebrachte Stimme hinter ihr.

Erschrocken ließ Sophie die Klinke los und drehte sich um. Dort stand ein hochgewachsener junger Mann, der einen leicht zerknautschten Anzug trug und einen schmalen dunklen Schnauzbart hatte. Sein schräg auf dem Kopf sitzender, flacher Strohhut beschattete sein Gesicht und verlieh ihm etwas Verwegenes. In der einen Hand hielt er einen voluminösen Aktenkoffer, die andere hatte er zur Faust geballt und in die Hüfte gestemmt. Als hätte er einen Dieb auf frischer Tat ertappt, fixierte er sie mit grimmiger Miene. Jetzt erkannte sie ihn – Paul Klüver!

Oh nein!, dachte sie verzweifelt. Das durfte doch nicht wahr sein! Warum musste ausgerechnet er sie in einer derart unmöglichen Situation erwischen?

»*Sie*?«, rief er erstaunt. Da sie ihn nur verwirrt anstarrte, setzte er herablassend hinzu: »Wollen Sie hier einbrechen, oder haben Sie sich nur verirrt? Das Büro des Professors befindet sich meines Wissens dort drüben – Fräulein *von* Mayden.« Er zeigte in Richtung des Arbeitszimmers von Friedrich Kinkelin.

Was für eine Frechheit! Sophie schnaubte entrüstet und stieß ungehalten hervor: »Ich arbeite ab heute hier!«

»Gehört das Herausbrechen von Türen zu Ihrer neuen Tätigkeit?«, fragte er und grinste unverschämt.

Was sollte das? Warum machte er sich schon wieder über sie lustig? Er wusste doch genau, weshalb sie hier war, dachte sie erbost, rückte energisch ihren vom heftigen Rütteln an der Tür leicht verrutschten Hut zurecht und holte Luft zu einer passenden Erwiderung.

Ehe sie ihn zurechtweisen konnte, ertönte aus einiger Entfernung die vertraute, nunmehr missmutige Stimme von Hausmeister Diegel, der eilig aus seiner Wohnung neben der Tischlerei herausgekommen war. »Was herrscht denn hier für ein Tumult?!«

Sophie lächelte erleichtert. »Es ist nichts«, rief sie ihm entgegen. »Aber gut, dass Sie kommen!«

»Na so was! Fräulein von Mayden!«, begrüßte er sie überrascht, als er zu ihnen trat. »Was machen Sie denn hier?«

»Guten Morgen, Herr Diegel!« Sie strahlte ihn an. »Ich forsche ab heute an Dinosauriern«, erklärte sie und schaute dabei kurz zum Doktoranden.

»Ich gratuliere!«, erwiderte der Hausmeister beeindruckt. Dann wandte er sich mit seinem üblichen mürrischen Gesichtsausdruck dem Herrn zu, der schweigend zugehört hatte. »Und Sie sind …?«

»Klüver, Paul Klüver. Auch ich trete hier heute meinen Dienst an.«

Diegel begrüßte ihn ohne große Begeisterung: »Ach, der neue Doktorand. Professor Kinkelin hat Sie avisiert. Ich bin Berthold Diegel und passe hier auf alles auf.« Er warf ihm einen finsteren Blick zu und ergänzte: »Ich sorge in diesem Museum für Ordnung. Bitte merken Sie sich für die Zukunft: Hier wird nicht an den Türen gerüttelt!«

Peinlich berührt blickte Sophie auf ihre Schuhspitzen und erwartete, dass Paul Klüver nun enthüllte, dass sie die eigentliche Übeltäterin gewesen war.

Doch er sagte nur: »Ich werde es mir merken.«

Verblüfft sah Sophie wieder auf und fing seinen undefinierbaren Blick ein. Dann folgte sie dem Hausmeister, der zur Tür schritt und den Schlüsselbund aus der Tasche seines grauen Kittels kramte.

Sophie zupfte nervös an den Spitzen ihres *Jabots* herum und spürte, wie sie rot anlief, als Paul Klüver neben sie trat. Wie hatte sie sich nur schon wieder so unmöglich aufführen können? Sie starrte stumm auf die Füße des jungen Mannes, dem sie eigentlich zukünftig bei seiner Arbeit assistieren sollte. Doch diese Chance hatte sie sich wohl spätestens jetzt mit ihrem haarsträubenden Auftritt selbst zunichtegemacht. Im Grunde konnte sie gleich wieder nach Hause zurückkehren. Nach diesem Zusammenstoß würde der Paläontologe sie für eine Furie halten und es garantiert ablehnen, mit ihr zusammenzuarbeiten, dachte sie deprimiert, als der Hausmeister aufschloss.

»Kommen Sie, kommen Sie, ich hab nicht so viel Zeit!«, forderte der die beiden mit einer ungeduldigen Handbewegung auf, ihm nach drinnen in den Vorraum zu folgen. »Da links ist das Atelier und daneben die Gerberei«, erklärte er dem Doktoranden mit einer nachlässigen Geste. Sophie erhaschte nur einen kurzen Blick auf mehrere ausgestopfte Tiere, die sich in dem großzügigen, hellen Raum befanden, der das eigentliche Atelier war. Doch schon drängelte der Hausmeister wieder und deutete auf zwei geschlossene Türen vor ihnen. »Hier sind der Abbalg- und der Skelett-Raum.« Ohne sich weiter aufzuhalten, bog er rechts ab in einen Flur. Als er auf die breite Tür zusteuerte, die ins Hauptgebäude führte, fragte Sophie sich verwirrt, weshalb sie nicht im Atelier blieben, sondern das eigentliche Museumsgebäude von hinten betraten.

Ohne sich darum zu scheren, ob seine Begleiter ihm folgten, murmelte der Hausmeister vor sich hin: »Drüben befindet sich die Werkstatt der Präparatoren und hier das Gelehrtenzimmer für die Doktoranden.« Er blieb vor der Tür stehen, griff in seine Kitteltasche und zog einen einzelnen Schlüssel mit Messinganhänger heraus, auf dem die Zimmernummer eingraviert war.

»Wenn Sie den verlieren, bekommen Sie Ärger mit mir«, sagte er in strengem Tonfall zu Paul Klüver. Mit durchdringendem Blick überreichte er ihm den Schlüssel.

»Ich werde ihn hüten wie meinen Augapfel«, versprach der Doktorand mit ernster Miene, doch Sophie meinte, diesen leicht amüsierten Unterton herauszuhören, den sie bereits an ihm kannte. Sie wusste, dass Berthold Diegel keinen Sinn für Humor hatte und nicht scherzte, wenn es um die Belange des Museums ging. Besser, man vermied ihm gegenüber jeglichen Anflug von Ironie.

Prompt erwiderte der Hausmeister schroff: »Ich meine es ernst!«

»Natürlich.« Paul Klüver steckte betont behutsam den Schlüssel ins Schloss, öffnete die mit Schnitzereien verzierte Tür und trat ein.

Sophie verharrte unschlüssig vor dem Eingang, doch Berthold Diegel schob sie einfach mit sich in den Raum, als er hineinging. Etwas verloren blieb sie stehen, während er auf die Tür schräg gegenüber deutete.

»Da geht's ins Laboratorium. Das liegt zwischen diesem Zimmer und dem Büro von Doktor Drevermann. Aber der ist ja noch auf Expedition. Und ich muss jetzt auch weiter.« Er nickte Paul Klüver und Sophie kurz zu, machte auf dem Absatz kehrt und marschierte zurück in den Flur.

»Noch eine Frage, guter Mann«, rief der Doktorand. »Wann schließen Sie denn morgens den Hauseingang hier hinten normalerweise auf?«

Der Hausmeister drehte sich kurz um. »Gar nicht!«, knurrte er entrüstet. »Sie können entweder durch die Tischlerei oder durchs hintere Treppenhaus drüben oder um kurz vor neun durch den Haupteingang vorne rein. Das wird ja wohl reichen …« Ohne eine Antwort abzuwarten, schlurfte er davon.

»Danke, Herr Diegel«, murmelte Sophie, die weiterhin an der offenen Tür stand und weder vor noch zurück wusste, während Paul Klüver das große Büro mit langen Schritten durchmaß und sich umsah. Unter den Fenstern gegenüber standen zwei Schreibtische nebeneinander. Einige wenige Bücher lagen verstreut in den hohen Regalen. In einer Ecke gab es vier abgewetzte Chippendale-Sessel, die um einen dunklen Holztisch gruppiert waren. Eingebaute Schränke flankierten die Wände. Ansonsten wirkte der Raum sehr leer und unpersönlich. Hier schien schon länger niemand mehr gearbeitet zu haben.

Paul Klüver warf seine schwere Aktentasche und den Strohhut nachlässig auf einen der Schreibtische und ging zu der Tür, die ins Laboratorium führte. Bevor er sie öffnete, hielt er inne und sah sich irritiert zu Sophie um, die noch immer schweigend an derselben Stelle verharrte und aus dem Fenster auf das Jügelhaus gegenüber schaute.

»Also … Falls Sie jetzt ebenfalls mit Ihrer neuen Tätigkeit anfangen wollen … Ich halte Sie nicht auf«, sagte er förmlich.

Verwirrt sah sie ihn an und überlegte, was genau der Doktorand von ihr erwartete. Sollte sie verschwinden oder doch jetzt sofort für ihn arbeiten? Und falls ja, was? Sie war so darauf fokussiert gewesen, endlich alles über die Dinosaurierforschung zu lernen, dass sie sich keine Gedanken darüber gemacht hatte, was eine Assistentin eigentlich genau tat.

Als sie sich nur unschlüssig umsah, sagte er in einem freundlichen Ton: »Verzeihen Sie, wenn meine Worte ein wenig ruppig klangen. Treten Sie doch bitte ein, falls Sie noch etwas Zeit haben.« Er kam ihr mit einer einladenden Geste entgegen.

Sophie dachte kurz nach. Wenn sie überhaupt noch eine Chance haben sollte, diesen Herrn zu überreden, sie als seine Assistentin zu akzeptieren, gab es nur eine Möglichkeit: Sie musste sich umgehend für ihr merkwürdiges Auftreten entschuldigen.

Als sie sich gegenüberstanden, räusperte sie sich.

»Es tut mir sehr leid, falls ich Sie mit meinem ungebührlichen Verhalten irritiert habe, Herr Klüver«, brachte sie mit leiser Stimme hervor. Eigentlich war sie immer noch pikiert darüber, wie er sich ihr gegenüber betragen hatte, doch sie schämte sich auch für ihr kindisches Gebaren – neulich und heute am Eingangstor.

»Nun, wir waren wohl beide etwas nervös an unserem ersten Arbeitstag. Am besten fangen wir einfach noch mal von vorne an, Fräulein von Mayden.« Diesmal sprach er ihren Namen ohne spöttischen Unterton aus. »Es freut mich, Ihre Bekanntschaft zu machen, denn Sie sind mir sehr viel lieber als dieser mürrische Hausmeister.« Er lachte amüsiert auf.

Sophie war überrascht, wie dieses spontane Lachen sein ansonsten so ernstes Gesicht veränderte. Er hatte sehr ebenmäßige weiße Zähne, und die Lachfältchen, die sich um seine Augen bildeten, gaben ihm etwas Lausbubenhaftes. Wenn er lachte, wirkte er sehr sympathisch, wie sie sich eingestand.

Sie lächelte verhalten und erwiderte: »Herr Diegel ist zwar ein wenig grummelig, aber wenn man ihn erst besser kennt, ist er eigentlich ganz umgänglich.«

»Sie kennen ihn schon länger?«

»Ich bin ja schon seit ein paar Monaten im Senckenberg-Museum tätig … Zuletzt bei Professor Kinkelin.« Sie musste schlucken.

»Ja, ich erinnere mich …« Er zog die Augenbrauen hoch. »Vielleicht verraten Sie mir jetzt, womit Sie sich dort beschäftigt haben?« Er sah sie erwartungsvoll an.

Sie überlegte, wie sie es am besten formulieren konnte, damit er sie nicht für eine simple Hilfskraft hielt, obwohl sie genau das ja eigentlich war. Doch nun sollte ein neuer Abschnitt beginnen – als Assistentin für einen angehenden Doktor der Paläontologie.

»Ich habe den Professor vor allem bei der Katalogisierung einiger eingelagerter Exponate der paläontologischen Sammlung unterstützt«, erklärte sie etwas steif und nicht ganz wahrheitsgemäß, als sie dabei an den Fund der Hundeköpfe im staubigen Lager dachte.

»Ah, verstehe! Dann sind wir Kollegen?«, fragte Paul Klüver interessiert und sah sie mit neu erwachtem Interesse an. »In welchem Bereich forschen Sie denn ab heute?«

Ach herrje, wusste er denn nicht, dass sie als seine Assistentin arbeiten sollte?, fragte sich Sophie fassungslos.

Als sie nicht gleich antwortete, deutete er höflich auf die Sitzgruppe. »Entschuldigen Sie, dass ich Sie mit meinen vielen Fragen so überfalle, aber das ist hier ja alles neu für mich. Setzen wir uns doch erst mal. Ich würde mich freuen, mich ein bisschen mit jemandem austauschen zu können, der die Leute und die Abläufe im Museum schon kennt.« Er schien in Plauderlaune zu sein und rückte einladend einen der Ledersessel für sie zurecht.

Sophie nahm zögernd Platz und überlegte angestrengt, wie sie ihm nun endlich eröffnen sollte, dass sie weder Paläontologin noch Studentin war und auch keine andere Qualifikation besaß, um ihm beim Forschen für seine Doktorarbeit zu helfen – und dennoch seine neue Assistentin sein wollte. Wie würde er darauf reagieren? Nervös knetete sie ihre Finger.

Er schien sich nicht daran zu stören, dass sie schwieg, sondern setzte sich zu ihr und fuhr gut gelaunt fort: »Ich will hier an meiner

Dissertation über die Sauropoden am Beispiel des *Diplodocus longus* arbeiten. Und außerdem werde ich Doktor Drevermann nach seiner Rückkehr bei der Aufarbeitung der Exponate, die er von seiner Expedition mitbringt, zur Hand gehen. Er war Dozent in Marburg und ist mein Doktorvater. Kennen Sie Drevermann?«

Noch so eine Frage, die Sophie die Röte ins Gesicht trieb, aber nun musste sie endlich antworten, wenn dieser Herr Klüver sie nicht für völlig schwachsinnig halten sollte. Sie räusperte sich unbehaglich.

»Ja, ich kenne Doktor Drevermann schon länger.« Sie versuchte, möglichst selbstbewusst zu klingen, stockte dann aber. »Er ist … Also er war öfters Gast im Hause meiner Eltern im Westend. Mein Vater ist Robert von Mayden, Professor der Geologie und seit vielen Jahren Mitglied der *Senckenbergischen Naturforschenden Gesellschaft*. Er hat übrigens auch in Marburg studiert. Und da ich mich ebenfalls sehr für Geologie und Paläontologie interessiere, hat mein Vater … Also, ich konnte Doktor Drevermann davon überzeugen, mich im Museum zu beschäftigen. Und vor seiner Abreise war er so nett, mich Professor Kinkelin zu empfehlen. Und der Professor meinte, dass es eine gute Idee sein könnte, wenn ich mich ab sofort hier mit der Paläontologie befassen würde.«

»Ach so …«, sagte Paul Klüver gedehnt, lehnte sich nachdenklich zurück und betrachtete sie kritisch.

Sophie wusste bei diesem Blick genau, dass sie mit ihrem unbedachten Geplapper gerade seine sämtlichen Vorurteile bestätigt hatte. An seinen Augen konnte sie ablesen, wie sich sein ohnehin verzerrtes Bild von ihr weiter verfestigte: Er sah vor sich ein gelangweiltes Bürgertöchterchen sitzen, das dank der Beziehungen des reichen Herrn Papa hier im Museum untergekommen war – und das lieber mit seinen kindischen Grillen ernsthafte Forscher von ihrer hochwichtigen Arbeit abhielt, anstatt sich zu Hause beim Sticken die Zeit zu vertreiben. Nach ihrem kapriziösen Verhalten, das sie ihm gegenüber bisher an den Tag gelegt hatte, konnte er gar nichts anderes von ihr denken.

Fieberhaft suchte sie nach einer Möglichkeit, diesen Eindruck wieder zu zerstreuen und ihn von ihrer Zielstrebigkeit und ihrem ehrlichen, leidenschaftlichen Interesse an seinem Forschungsgebiet zu überzeugen. Doch das Einzige, was ihr jetzt auf die Schnelle einfiel, war die Bemerkung: »Ich habe meinen Schulabschluss mit Auszeichnung bestanden und hoffe, schon bald zum Studium in Marburg zugelassen zu werden.« Der Trotz in ihrer Stimme war nicht zu überhören.

»Interessant …«, meinte er unbestimmt. Sein Blick und das amüsierte Zucken um seine Mundwinkel ärgerten Sophie noch mehr. Abschätzig fragte er: »Und was planen Sie bis dahin hier im Museum zu tun? Sie erwähnten da etwas von Dinosauriern, mit denen Sie sich gerne beschäftigen wollen …« Er zog eine Augenbraue hoch. »Wie sehen die paläontologischen Forschungen denn aus, mit denen Sie heute beginnen wollen, Fräulein *von* Mayden?«

Da war sie wieder: die spöttische Betonung ihres Nachnamens. Ja, dieser Name passte vermutlich perfekt zu dem Eindruck, den er vom ersten Moment an von ihr gehabt hatte, stellte sie wütend fest. Und das Schlimmste war, dass sie daran zum Teil selbst schuld war. Nicht an ihrem Namen – aber so, wie er sie bisher kennengelernt hatte, musste er ja glauben, sie wäre ein verzogenes Kind aus vornehmem Hause, das sich nur aufgrund der Beziehungen seiner einflussreichen Familie Einlass in diese Welt der seriösen Wissenschaftler verschafft hatte. Dass sie zu allem Überfluss nun seine Assistentin sein sollte, machte die Sache nicht besser, ganz im Gegenteil. Und davon wusste er ja noch nicht einmal …

Am liebsten wäre Sophie ohne jedes weitere Wort aus diesem Büro gestürmt. Doch was dann? Dann säße sie im Handumdrehen wieder bei Fräulein Pixis und würde Etiketten beschriften. Alles, nur das nicht!, schwor sie sich. Nein, sie musste Herrn Klüver jetzt endlich reinen Wein einschenken.

Entweder würde er danach dafür sorgen, dass sie nie mehr auch nur in seine Nähe kam, oder ihr die Chance geben, ihm zu zeigen, was tatsächlich in ihr steckte.

»Nun …«, imitierte sie Professor Kinkelins Marotte, Zeit zu gewinnen. Dann holte sie tief Luft, schaute Paul Klüver in die Augen und antwortete mit fester Stimme: »Eigentlich sollte ich heute meine neue Aufgabe als Doktoranden-Assistentin beginnen …« Verhalten schob sie nach: »*Ihre* Assistentin …«

Einen Moment lang sah er sie völlig perplex an, dann brach er in schallendes Gelächter aus. Sophie erstarrte. Mit so einer Reaktion hatte sie nicht gerechnet. Entrüstung, Zorn oder Schweigen – das hatte sie erwartet. Aber doch kein albernes Gelächter! Jetzt reichte es ihr! Sie war nicht bereit, solch offen gezeigten Hohn zu ertragen. Sollte er doch sehen, wie er allein zurechtkam! Ihr Sessel scharrte laut übers Parkett, als sie ihn zurückstieß und abrupt aufsprang. Dieser freche Kerl hatte sich lange genug auf ihre Kosten amüsiert. Sie wollte nur noch raus hier – weg von diesem unmöglichen Mann!

»Nun warten Sie doch! Wo wollen Sie denn hin?« Lachend griff er nach ihrem Arm und hielt sie fest. Mit aller Kraft versuchte sie, sich seiner Hand zu entziehen.

»Lassen Sie mich sofort los!«, fauchte sie.

»Bitte verzeihen Sie mir.« Er lockerte seinen Griff und bemühte sich um Fassung. »Das kommt nur so überraschend. Ich hatte nicht mit einer *Assistentin* gerechnet. Und dass ausgerechnet Sie diejenige sind … Die seltsame Komik unserer Situation hat mein spontanes Gelächter ausgelöst.« Er lächelte verlegen. »Setzen Sie sich doch bitte, Fräulein von Mayden.«

Sophie funkelte ihn an und blieb steif stehen.

Er erhob sich und rückte ihr den Stuhl wieder zurecht. »Bitte!« Er lächelte entschuldigend.

Sie zögerte noch einen Moment, ließ sich dann aber schulterzuckend nieder, ohne ihn anzusehen. Stattdessen starrte sie grimmig auf die Tischplatte.

Er beugte sich zu ihr vor. »Es tut mir wirklich sehr leid«, entschuldigte er sich zerknirscht. »Ich wollte Sie nicht verletzen. Bitte geben Sie mir noch eine Chance. Ich würde mich sehr über Ihre Unterstützung bei der Arbeit an meiner Dissertation freuen. Wenn

Sie Zeit und Lust haben, mir dabei zu assistieren, würde mir das sicher helfen. Meinen Sie, verehrtes Fräulein von Mayden, dass Sie es trotz allem mit mir aushalten können?«

Sophie traute ihren Ohren nicht. Meinte er das jetzt ernst? Wollte er sie tatsächlich als seine Assistentin akzeptieren? Nach allem, was vorgefallen war, und trotz seiner spürbaren Vorbehalte ihr gegenüber? Sie atmete tief durch, überlegte kurz, ob sie ihren Stolz hinunterschlucken konnte, und entschied sich schließlich, sein Friedensangebot anzunehmen.

Sie hob den Kopf, sah ihm direkt in die Augen und erwiderte: »Wenn Sie es trotz allem mit mir versuchen wollen, Herr Klüver – gerne!«

Er klatschte begeistert in die Hände und strahlte sie an. »Wunderbar!«

Sein plötzlicher Stimmungsumschwung brachte sie erneut durcheinander. Doch ihr blieb keine Zeit, darüber nachzudenken, worauf und auf wen sie sich da einließ, denn Paul Klüver sprang voller Tatendrang auf und steuerte das Laboratorium an. Sophie sah ihm unschlüssig hinterher, als er durch die Tür verschwand. Dieser merkwürdige Mann sollte ihr nun also die Gelegenheit bieten, erstmals Einblicke in die praktische Arbeit eines Paläontologen zu bekommen. Ob das gut gehen würde?

»Kommen Sie zu mir, Fräulein von Mayden!«, forderte er sie mit lauter Stimme auf. »Lassen Sie uns keine Zeit verschwenden und uns anschauen, wie unser neuer Arbeitsplatz aussieht.«

Kopfschüttelnd stand sie auf, während sie hörte, wie er im Nachbarraum ein paar Sachen verschob.

»Und gleich möchte ich mir das Schmuckstück des Hauses ansehen – den *Diplodocus longus*!«, rief er, hielt kurz inne und ergänzte dann: »Das ist einer dieser *Dinosaurier*, wissen Sie …?«

Sophie verdrehte die Augen, verkniff sich eine Antwort und atmete tief durch.

* * *

Während des kurzen Rundgangs durchs Museum, bei dem Paul Klüver einen ersten Blick auf das Skelett des imposanten Dinosauriers im Lichthof werfen konnte, war Sophie in Gedanken schon bei all den spannenden Aufgaben, die ab sofort auf sie warteten. Sie überlegte, wo denn nun die uralten Knochen waren, die es zu untersuchen galt. In dem seit Längerem unbenutzten Laboratorium hatte sie nur ein Mikroskop und eine Menge Gerätschaften entdeckt, die sie aus dem Labor von Professor Kinkelin kannte. Doch die eigentlichen Untersuchungsobjekte, auf die sie so neugierig war, fehlten dort.

Zurück im Doktorandenzimmer kramte Paul Klüver erst mal in seiner schwarzen, abgegriffenen Aktentasche herum. Als Erstes kamen ein rotbackiger Apfel und ein in Pergamentpapier eingeschlagenes Pausenbrot zum Vorschein, die er in einer der leeren Schubladen verstaute. Ganz in seine Gedanken versunken, verteilte er dann einige Bücher und zahlreiche Unterlagen auf dem großen Schreibtisch aus honiggelbem Holz. Er schien völlig vergessen zu haben, dass seine Assistentin ebenfalls im Zimmer war und ungeduldig auf Anweisungen wartete.

Auch wenn es ihr schwerfiel, blieb Sophie still an ihrem Schreibtisch sitzen und unterdrückte den Impuls, ihren neuen Vorgesetzten anzusprechen. Stattdessen beobachtete sie ihn unauffällig. Der Strohhut hatte einen kreisförmigen Abdruck in seinem pomadisierten, glänzend schwarzen Haar hinterlassen. Es war ungewöhnlich lang, und am steifen Hemdkragen kringelten sich ein paar vorwitzige Locken. Das Jackett seines dunkelgrauen Anzugs hatte er achtlos über die Lehne des Schreibtischsessels geworfen. Ebenso wie die Jacke war ihm auch die Weste um den Bauch herum zu weit, registrierte Sophie, versunken in die Begutachtung seiner äußeren Erscheinung. Automatisch verglich sie seinen altmodischen, recht abgetragen wirkenden Dreiteiler mit der stets perfekt sitzenden Garderobe ihres Vaters. Mit deren Qualität konnte die Kleidung von Paul Klüver nicht mithalten, erkannte sie auf den ersten Blick. Sein Anzug war eindeutig nicht für ihn geschneidert worden, sondern für einen deutlich korpulenteren Mann.

Paul Klüver schien sein Äußeres nicht so wichtig zu nehmen, denn trotz der ein wenig ärmlich wirkenden Bekleidung bewegte sich der Doktorand recht selbstbewusst. Sie betrachtete sein Profil, während er mit ernstem Blick eine seiner Unterlagen studierte. Der schmale Schnauzbart war akkurat rasiert; und seine Gesichtszüge waren scharf geschnitten, die Wangenknochen ausgeprägt. Obwohl er eine kräftige Nase hatte, wirkte sie nicht zu dominant. Man sah seinem leicht gebräunten Gesicht an, dass er viel Zeit an der frischen Luft und in der Sonne verbracht hatte. »Naturbursche« war das Wort, das Sophie zu ihm in den Sinn kam.

Dazu passten auch die ausgesprochen muskulösen Oberarme und breiten Schultern, die sich unter dem dünnen Stoff seines akkurat gebügelten, weißen Hemdes abzeichneten. Seine athletische Statur ähnelte der des kräftigen Tischlerlehrlings Christian Kopp, stellte Sophie fest. Paul Klüver wirkte eher wie ein Mann, der schwere körperliche Arbeit gewohnt war, und unterschied sich damit deutlich von den blassen, entweder schmächtigen oder dickbäuchigen Gelehrten, denen sie bisher im Museum begegnet war.

Inzwischen stützte er seinen Kopf mit der Hand an der Wange ab und hatte die Stirn in Falten gelegt. So konzentriert, wie er vor sich hinstarrte, wirkte er viel älter, als er wahrscheinlich war. Sophie erinnerte sich an sein Lausbubenlächeln, das ihr besser gefallen hatte als dieser fast mürrische Blick, mit dem er seine Unterlagen sichtete. Wie alt mochte er wohl sein?, überlegte sie. Ende zwanzig oder Anfang dreißig, schätzte sie.

Nach ihrer eingehenden Musterung befand sie, dass Paul Klüver ein recht gutaussehender Mann war. Doch augenscheinlich auch ein sehr schweigsamer, sobald er zu arbeiten begonnen hatte. Schließlich hielt sie die Stille nicht länger aus und räusperte sich hörbar. Er sah überrascht auf und blickte sie fragend an. Die Sonnenstrahlen, die durch die großen Fenster hinter ihnen ins Zimmer fielen, ließen seine dunkelblauen Augen für einen winzigen Moment hell aufleuchten.

Irritiert von dem ungewöhnlichen Farbspiel zögerte Sophie kurz, bevor sie zaghaft fragte: »Hätten Sie vielleicht eine erste Aufgabe für mich?«

Er schien einen Moment lang zu brauchen, um sich zu erinnern, wer da ganz in seiner Nähe saß, und keine Idee zu haben, womit er seine neue Assistentin beschäftigen sollte.

»Entschuldigen Sie, liebes Fräulein, aber ich muss mich erst daran gewöhnen, zukünftig Unterstützung zu haben. Bisher habe ich zumeist allein geforscht.« Er lächelte sie schulterzuckend an, überlegte kurz und meinte dann: »Machen Sie doch einfach erst mal das, was Ihnen selbst sinnvoll erscheint. Ich brauche noch ein bisschen, um meine Unterlagen zu sichten.«

»In Ordnung«, erwiderte sie zögernd und sah sich unschlüssig um. Als sie sich ihm erneut zuwandte, hatte er sich schon wieder in das Studium der Bücher und Hefte vor ihm vertieft.

Sophie verstand, dass es jetzt auf sie selbst ankam, sich eine passende Aufgabe zu suchen, um ihm zu zeigen, dass sie eine nützliche Unterstützung sein würde. Sie überlegte, was in dem leeren Raum alles fehlte, um es in ein funktionierendes Gelehrtenzimmer zu verwandeln. Dann entschuldigte sie sich, was er nur mit einem undefinierbaren Brummen zur Kenntnis nahm, ging zur Tür und schloss sie leise hinter sich.

Zunächst marschierte sie zu Fräulein Pixis, um von der Bürovorsteherin Papier, Stifte und andere Utensilien zu erbitten, die sie voraussichtlich in ihrem neuen Büro benötigen würden. Danach überredete sie Herrn Diegel, sich sogleich um den leicht verstopften Abfluss im Labor zu kümmern. Paul Klüver sah kaum auf, als der Hausmeister grußlos an ihm vorbeischlurfte. Nach der erfolgten Reparatur blieb Sophie direkt vor dem Schreibtisch ihres neuen Vorgesetzten stehen. Sie hatte keine Lust, ein weiteres Mal nur tatenlos herumzusitzen. Als er irritiert aufsah, schlug sie vor, gemeinsam hinüber ins Jügelhaus zu gehen, um dort in der *Senckenbergischen Bibliothek* nach Fachliteratur zu suchen, die er sicherlich benötigen würde.

Paul Klüver schaute sie überrascht an. Er schien mit sich zu ringen, seine Mimik schwankte kurz zwischen Ärger über die Störung und Interesse. Dann jedoch blickte er sie freundlich an.

»Das ist gar keine schlechte Idee«, meinte er. »Professor Kayser, mein Geologie-Dozent in Marburg, hat mir erzählt, dass er dieser Bibliothek erst kürzlich die dritte Auflage seiner Formationskunde gestiftet hat. Die würde ich zu gerne lesen.«

»Dann lassen Sie uns nachschauen, ob dieses Werk auszuleihen ist.«

Sie führte Paul Klüver hinüber ins Nachbargebäude und stellte ihn dem Bibliothekar vor, der Sophie von ihren früheren Besuchen hier kannte und ihnen daher gestattete, sich auf eigene Faust umzusehen. Der Doktorand hatte eine lange Liste von Büchern im Kopf, die sie nach und nach in den schier endlosen Regalen zusammensuchten. Sophie freute sich über seine leuchtenden Augen, als er den begehrten Band seines Professors in der Bibliothek entdeckte. Und als er wenig später das Buch in ihrem Gelehrtenzimmer andächtig, wie eine Reliquie, ins ansonsten fast leere Regal stellte, musste sie unwillkürlich schmunzeln.

Für den nächsten Tag hatte sich Paul Klüver mit Professor Kinkelin beim *Diplodocus longus* verabredet, um anschließend in der paläontologischen Lehrsammlung passende Objekte für seine Forschungen herauszusuchen.

»Falls Sie Interesse haben, begleiten Sie mich doch zu dem Termin«, schlug er beiläufig vor, als er am Nachmittag aufbrechen wollte.

Das ließ Sophie sich nicht zweimal sagen. Da Paul Klüver sie bei seiner Arbeit mehr oder weniger zu ignorieren schien und ihr keine weiteren Aufgaben zugeteilt hatte, als zwischendurch eine Kanne Tee für ihn zu kochen, hatte sie den ganzen Vormittag mit dem Studium des *Lehrbuchs der Geologischen Formationskunde* von Emanuel Kayser verbracht. Das war zwar tatsächlich sehr interessant gewesen, doch nun dürstete es sie nach echten Dinosaurierskeletten – und danach, Professor Kinkelin wieder zu treffen.

Als sie kurze Zeit später an der Seite des Doktoranden im Lichthof auftauchte, stellte sie fest, dass ihr Mentor sich ebenfalls über das Wiedersehen freute.

Paul Klüver reichte dem Leiter der Paläontologie mit einer höflichen Verbeugung die Hand. »Herr Professor, wie schön Sie wiederzusehen«, grüßte er artig. »Ich bin Ihnen sehr dankbar, dass Sie sich die Zeit nehmen, mir Herkunft und Historie dieses außergewöhnlichen Fundstücks zu erläutern.« Er deutete mit einem beiläufigen Kopfnicken über die Schulter auf Sophie, die hinter ihm stehen geblieben war. »Fräulein von Mayden war ja so freundlich, mich gestern schon einmal einen kurzen Blick auf dieses Ausstellungsstück werfen zu lassen. Nun bin ich sehr gespannt, von einem ausgewiesenen Experten die wissenschaftlich fundierten Erklärungen zu dem Skelett dieses imposanten *Diplodocus longus* zu hören. Was ist zum Beispiel Ihre Ansicht zu den Chevron-Knochen auf der Unterseite der Schwanzwirbelsäule? Anfangs hielt man die V-förmigen Fortsätze ja für ein alleiniges Merkmal von *Diplodocus*, doch …«

»Nicht so eilig, junger Mann«, unterbrach Professor Kinkelin ihn und betrachtete Paul Klüver stirnrunzelnd. »Dieser Sauropode ist seit einer halben Ewigkeit tot. Da können wir uns mit der eingehenden Betrachtung ruhig noch etwas Zeit lassen.« Dann wandte er sich Sophie zu. »Nun, Fräulein von Mayden, wie geht es Ihnen? Haben Sie sich drüben schon häuslich eingerichtet?«

»Ja, Herr Professor. Das Gelehrtenzimmer von Herrn Klüver ist inzwischen recht wohnlich – wenn auch nicht ganz so voll wie Ihres …« Sie zwinkerte ihm lächelnd zu, und er lachte auf.

»Dazu braucht es ja auch ein ganzes Gelehrtenleben. Dabei fällt mir ein – ich traf neulich Ihren verehrten Herrn Vater bei einem seiner wunderbaren Vorträge im Jügelhaus. Dabei erzählte er mir von einem bevorstehenden Opernbesuch der ganzen Familie. Eine ganz wunderbare Idee, muss ich sagen, die jungen Menschen an die Musik heranzuführen. Ich selbst liebe ja eher die Klassik ohne Gesang, aber dies war wohl eine besondere Aufführung, meinte Ihr Vater.« Er sah sie fragend an.

»Oh, ja!« Sophies Augen leuchteten. »Stellen Sie sich vor, ich durfte Enrico Caruso leibhaftig singen hören – anlässlich seines jährlichen Gastspiels in der Frankfurter Oper. Es wurde *Der Bajazzo* gegeben – eine der Lieblingsopern meiner Mutter …«

Paul Klüver scharrte mit den Füßen. Die fachfremde Unterhaltung schien seine Nerven zu strapazieren, doch Professor Kinkelin und Sophie ließen sich davon nicht beirren.

»Caruso … Ist das nicht dieser italienische Tenor, dem sämtliche Frauenherzen zufliegen?«, fragte Kinkelin schmunzelnd. »Ich las so etwas neulich in der Zeitung.«

Sophie erwiderte sein Lächeln. »Nicht nur die Herzen der Frauen. Auch mein Vater und meine kleine Schwester waren ganz begeistert von der Aufführung. Es war ein einmaliges Erlebnis, ein wirklich unvergesslicher Abend.« Sie geriet ins Schwärmen. »Ich sehe Caruso jetzt noch vor mir als *Canio* im weißen Bajazzokittel mit den weiten, über die Hände herabfallenden Ärmeln. Im zweiten Akt stand er im Vordergrund, dicht an der Rampe, während *Nedda* auf der Bühne kokettierte, tanzte und sang. Wie er in dieser Szene seine Eifersucht zum Ausdruck brachte und sein Möglichstes tat, um das böse Ende unausweichlich erscheinen zu lassen, war wirklich beeindruckend. Wie Caruso da stand, ganz ruhig mit unbeweglichem, wie im Schmerz erstarrtem Gesicht. Und dann … Langsam, sehr langsam krempelte er seine Ärmel hoch, erst den einen, dann den anderen, damit seine Hände frei wurden. Weiter tat er nichts. Aber *wie* er das machte – das war in seiner Schlichtheit überzeugender als alles, was ich je zuvor an dramatischen Effekten in der Oper erlebt habe.« Sophie seufzte mit geschlossenen Augen ergriffen auf. »Und dann natürlich sein wunderbarer, unvergleichlicher Gesang … Dieses schmelzende Italienisch … Einfach himmlisch.«

Paul Klüver räusperte sich vernehmlich. »Es freut mich, dass Sie und Ihre Familie einen derart bedeutsamen Opernabend verleben konnten«, sagte er in einem leicht abfälligen, amüsierten Tonfall, sodass Sophie den Eindruck hatte, recht taktlos aus ihren Erinnerungen gerissen zu werden. »Jetzt würde ich dann doch gerne endlich …«

»Sie mögen keine Opern?«, unterbrach sie ihn spitz und funkelte ihn ärgerlich an.

»Sehen Sie, mein junges Fräulein …« Seine Erwiderung klang eisig. »Dort, wo ich herkomme, konnte man solche bürgerlichen Hochgenüsse leider nicht genießen. Nach ihrer blumigen Beschreibung habe ich allerdings auch nicht das Gefühl, da etwas verpasst zu haben.«

Bevor Sophie darauf reagieren konnte, begann Friedrich Kinkelin zu sprechen, was den sich anbahnenden Streit zwischen den beiden jungen Leuten im Keim erstickte. »Nun gut, wie es so schön in einem alten Sprichwort heißt, lässt sich über Kunst nicht streiten …« Mit einem freundlichen Lächeln blickte er den Doktoranden an. »Dann wollen wir uns dem Thema zuwenden, dessentwegen Sie hier in unserem Museum sind, mein lieber junger Kollege. Worum geht es in Ihrer Dissertation denn im Speziellen?«

Paul Klüver riss sich sofort zusammen und nutzte die Chance, den Professor in ein vor lateinischen Begriffen nur so strotzendes Fachgespräch zu verwickeln, bei dem er seine vorlaute Assistentin wieder ignorieren konnte.

Sophie hörte schweigend zu und stellte ein weiteres Mal frustriert fest, dass ihr neuer Vorgesetzter sie augenscheinlich ganz und gar nicht leiden konnte. Sie beide waren offenkundig zu unterschiedlich, um gut miteinander auszukommen.

»Nun … Das klingt ja alles sehr ambitioniert, junger Mann«, kommentierte Professor Kinkelin schließlich Klüvers weitschweifige Ausführungen über seine Forschungspläne. »Da haben Sie sich ja einiges vorgenommen. Was für ein Glück, dass sie eine ebenso intelligente wie hilfsbereite Assistentin an Ihrer Seite haben.« Er nickte Sophie zu, die mit unbeweglicher Miene danebenstand. Er schien ihrem Gesichtsausdruck zu entnehmen, wie unzufrieden sie über die Entwicklung dieses Treffens war, und forderte sie mit einem aufmunternden Lächeln auf: »Wären Sie so freundlich, Fräulein von

Mayden, für Herrn Klüver alles bisher Bekannte über unseren *Diplodocus longus* und seine Herkunft zusammenzufassen?«

Sie fühlte sich überrumpelt, erkannte aber schnell ihre Chance, diesem arroganten Doktoranden zu beweisen, dass ihr Kopf zu mehr taugte als dazu, hübsche Hüte spazieren zu führen. Die Informationen zu dem prominenten Ausstellungsstück kamen ihr ganz selbstverständlich über die Lippen, denn sie hatte sich in den vergangenen Monaten schließlich immer wieder ausgiebig mit ihrem Dodo beschäftigt und Professor Kinkelin dazu Löcher in den Bauch gefragt.

Während sie sprach, bemerkte sie, dass Friedrich Kinkelin angesichts des Vortrags seiner gelehrigen Schülerin, die bei ihm innerhalb kürzester Zeit so viel Fachwissen angehäuft hatte, vor Stolz beinahe platzte. Noch mehr freute sie sich allerdings über den verblüfften Gesichtsausdruck von Paul Klüver.

Als sie geendet hatte, meinte er ungläubig: »Ihr Vortrag war sehr erhellend, Fräulein von Mayden. Das ging weit über das Wissen gewöhnlicher Erstsemester hinaus. Sie haben bisher wirklich nicht studiert?«

Am liebsten hätte sie kühl reagiert, doch sie freute sich über sein Kompliment. Mit einem kurzen Seitenblick vergewisserte sie sich beim Professor, dass der Doktorand sie nicht auf den Arm nahm, sondern ernst meinte, was er da sagte. Kinkelin nickte ihr zufrieden zu.

»Ich sagte Ihnen ja, dass ich mich schon länger für die Paläontologie interessiere, Herr Klüver«, erklärte sie selbstbewusst. »Zwar habe ich bisher keine Universität besucht, aber dank der gut ausgestatteten Bibliothek meines Vaters schon viel darüber gelesen. Außerdem war Professor Kinkelin mir hier im Museum ein wunderbarer Lehrer.«

Klüver betrachtete sie noch immer verwundert. »Sehr beeindruckend … Also …«

»Nun …«, unterbrach ihn der Professor. »Dann wollen wir mal schauen, welche unbearbeiteten Sauropoden-Fragmente aus der letzten Grabung in Amerika in meiner Lehrsammlung darauf warten, dass ihnen jemand ihre Geheimnisse entlockt. Kommen Sie mit – Sie beide.«

Eine gute Stunde später hatte Paul Klüver einige vielversprechende Artefakte zusammengesucht, die er in seinem Laboratorium untersuchen wollte.

Professor Kinkelin nickte ihm beim Abschied aufmunternd zu. »Wenn Sie Fragen haben oder fachliche Hilfe brauchen, wenden Sie sich einfach an die Präparatoren im Atelier. Das sind nicht nur wahre Künstler, sondern auch echte Fachleute. Und nächsten Monat ist ihr Doktorvater dann ja auch wieder da.«

Die Begeisterung in Sophies Stimme war nicht zu überhören, als sie nachhakte: »Wirklich? Doktor Drevermann kommt endlich zurück nach Frankfurt?«

»Ja, auch die längste Expedition geht mal vorüber«, antwortete der Professor leicht amüsiert und verabschiedete sich von den beiden.

* * *

Gewissenhaft kratzte Sophie mit einem kleinen Stahlstichel Millimeter für Millimeter von der steinharten Schicht ab, die den Saurierknochen fest umschloss. Als sie den feinen Sand mit einem schwungvollen Pinselstrich entfernte, wirbelte Staub auf, und sie musste niesen.

Paul Klüver murmelte mechanisch: »Gesundheit«, reagierte aber nicht weiter. Er war vertieft in die Untersuchung des Objekts, das auf dem langen, rot gefliesten, hölzernen Labortisch, an dem sie beide nebeneinander arbeiteten, vor ihm lag.

Die Präparationen, mit denen Sophie sich unter Anleitung des Doktoranden beschäftigte, waren eine mühselige Sache. Die Forschung an urzeitlichen Saurierfundstücken war in der Vorbereitung in erster Linie Handarbeit. In gewisser Hinsicht ähnelte ihre Tätigkeit im Laboratorium der im Büro, wo sie noch vor Kurzem winzige Etiketten beschriftet hatte – sowohl hier als auch dort musste man eine ziemlich monotone Aufgabe sehr gewissenhaft und penibel ausführen. Diese gefühlte Ähnlichkeit wurde obendrein noch durch ihren neuen Vorgesetzten verstärkt, denn er war bei der Arbeit nicht wesentlich gesprächiger als das schweigsame Fräulein Pixis.

Nach zwei Tagen unermüdlichen Kratzens und Schabens ragte das Knochenfragment, das knapp die Länge ihres Unterarms maß, erst zur Hälfte aus seinem steinernen Sedimentgefängnis heraus. Angesichts der Arbeit, die noch vor ihr lag, seufzte sie leise und reckte die verspannten Glieder. Dabei warf sie einen Seitenblick auf Paul Klüver, der sich neben ihr angestrengt über einen bereits freipräparierten Knochen beugte und ihn mit einer Lupe untersuchte. Anschließend vermaß er ihn akribisch mithilfe einer Schieblehre und notierte die Daten in einem Heft.

Immerhin war der Doktorand ein sehr viel attraktiverer Anblick als die altjüngferliche Bürovorsteherin, ging es Sophie durch den Kopf. Und er duftete angenehm. Ob das leicht holzige Aroma von seiner Pomade oder einem Rasierwasser stammte, wusste sie nicht, aber sie stellte fest, dass sie Paul Klüver gut riechen konnte.

Er schien zu spüren, dass sie ihn heimlich beobachtete, und blickte auf.

»Wie kommen Sie voran?«, fragte er und begutachtete ihr Werk mit einem kurzen Seitenblick.

Ertappt antwortete sie schnell: »Sehr gut. Ein bisschen erkennt man schon.« Sie deutete auf den freigelegten Teil des Knochens.

»Lassen Sie mal sehen.« Paul Klüver lehnte sich zu ihr hinüber und beugte sich über das Objekt, um es durch die Lupe genauer zu betrachten.

Dabei stieg Sophie der bekannte würzige Duft in die Nase. Sie betrachtete seinen Kopf, die schwarzen, glänzenden Haare direkt vor sich.

Es war die Pomade, befand sie und hörte nur mit halbem Ohr auf das, was er sagte. Oder doch das Rasierwasser?

»Wenn man bedenkt, dass der Oberarmknochen eines *Brachiosaurus* größer ist als ein Mensch, haben wir es hier ganz sicher …« Er hielt inne und verglich das Fundstück, an dem Sophie arbeitete, mit dem längeren, an den Enden schaufelartig abgeflachten Knochen, der vor ihm lag. »Ja, das sind zwei zusammenhängende Fragmente des Fußknochens eines Sauropoden«, murmelte er zufrieden.

Sophie beugte sich automatisch etwas weiter von ihm weg, als er samt Hocker dichter an sie heranrückte, um das noch halb vom Sediment eingeschlossene Objekt einer eingehenderen Untersuchung zu unterziehen. Er schien nicht zu registrieren, dass er ihr in seinem Forschungseifer viel näher gekommen war, als es die Schicklichkeit normalerweise zuließ. Ihre Nervosität nahm zu, je länger sie auf seinen Hinterkopf starrte und der Pomade-Duft seiner Haare direkt in ihre Nase stieg.

»Ja, das ist eindeutig.« Seine Stimme klang aufgeregt.

»Was denn?«, fragte Sophie angespannt.

»Schauen Sie selbst.« Er richtete sich ein Stückchen auf, damit sie besser sehen konnte, und überließ ihr seine große Lupe. »Erkennen Sie es?« Als sie sich zögernd vorbeugte, angestrengt auf den Knochen starrte und mit den Schultern zuckte, nahm er die Lupe wieder selbst in die Hand und hielt sie so, dass beide gleichzeitig hindurchschauen konnten. Ihre Köpfe waren nur wenige Millimeter voneinander entfernt, und Sophie spürte, wie seine Haare ihre aufgesteckte Frisur berührten.

Sie hielt unwillkürlich den Atem an und hatte Mühe, sich auf den versteinerten Gegenstand vor sich zu konzentrieren. Die so deutlich fühlbare Nähe des Mannes, der jetzt mit dem Finger auf ein Detail deutete, lenkte sie ab.

»Da! Da ist es. Sehen Sie?«, riss seine begeisterte Stimme sie aus ihrer Starre. Ohne eine Antwort abzuwarten, fuhr er fort: »Genau hier, an dieser Bruchkante des *Os unguiculare,* müsste eigentlich die *Unguicula* sitzen.« Sophie sah nur seine unnatürlich vergrößerte Fingerspitze, die auf eine bestimmte Stelle tippte. »Vielleicht finden wir die *Unguis* in einem der anderen Sedimentblöcke. Dieser Knochen hier scheint mir jedenfalls der *Phalanx distalis* des dritten oder vierten *Os digitorum pedis* eines *Diplodocus longus* zu sein.« Mit einem zufriedenen Seufzen richtete er sich auf.

Sophie verharrte noch einen Moment länger über dem Knochenstück und versuchte zu erkennen, was Paul Klüver gerade beschrieben hatte. Erfolglos. Für sie sahen bisher alle Knochenfragmente irgendwie gleich aus – porös und bleich. Ob sie jemals den nötigen wissenschaftlichen Blick entwickeln würde, der für die Arbeit einer Paläontologin unerlässlich war? Und dann all diese lateinischen Ausdrücke, die sie nicht verstand! Doch sie war zu stolz, um ihr Unwissen zuzugeben.

Sie richtete sich auf, versuchte, ihre Enttäuschung zu überspielen, und murmelte unbestimmt: »Ja, natürlich …« Dabei nickte sie ihm möglichst selbstsicher zu.

Angesichts ihres Gesichtsausdrucks, der zwischen Verdrossenheit und Ratlosigkeit schwankte, lachte Paul Klüver plötzlich laut auf und sagte amüsiert: »Geben Sie es zu: Sie haben nicht den leisesten Schimmer, was ich da gerade vor mich hingeredet habe, Fräulein von Mayden.«

Er grinste sie an, während sich Sophies geschwungene Brauen augenblicklich wütend zusammenzogen. Wollte er sie wegen ihrer Unwissenheit verspotten? Was für eine Unverschämtheit! Sie holte tief Luft für eine passende Erwiderung, doch er schien selbst zu bemerken, dass seine Reaktion unangemessen gewesen war, und kam der bissigen Antwort zuvor, die ihr schon auf der Zunge lag.

»Verzeihen Sie mir mein hochtrabendes Doktorandengeschwätz. Es tut mir leid.« Er hob beschwichtigend die Hände und deutete eine Gebetsgeste an. »Bitte nehmen Sie es mir nicht übel, Fräulein von Mayden. Manchmal vergesse ich einfach, dass Sie *nur* eine Frau sind, die nicht auf dem gleichen Wissensstand ist wie ich. Tut mir leid.«

Sophie registrierte genau, dass er das »nur« betont hatte.

Als er dann noch süffisant lächelnd hinzusetzte: »Dafür können Sie bestimmt einen perfekten Kuchen backen, während ich schon bei den Zutaten scheitern würde«, wäre sie ihm am liebsten an den Hals gesprungen.

Was für eine zuckersüß verpackte Frechheit! Und das *nur*, weil sie eine Frau war! Dabei hatte sie keinen blassen Schimmer, wie man einen Kuchen backte, denn das interessierte sie nicht. Dafür gab es bei ihr zu Hause eine Köchin. Aber für die Erforschung der Lebewesen, die vor unvorstellbar langer Zeit die Erde bevölkert hatten, interessierte sie sich seit Langem brennend. Und wenn man sie endlich ließe, würde sie alles lernen, was sie als Paläontologin wissen musste. Selbst wenn dieser Kerl hier das bezweifelte. Sophie hatte Mühe, ihren Ärger herunterzuschlucken, riss sich jedoch zusammen. Schließlich wollte sie wegen einer impulsiven Reaktion auf eine derart alberne Bemerkung nicht ihre Stelle als Assistentin riskieren. Sie atmete durch und antwortete kühl: »Ich weiß, dass ich noch viel lernen muss.«

»Ja, natürlich. Ich hatte für einen Moment schlicht vergessen, dass Sie noch keine Kollegin, sondern eher eine Studentin sind.«

Diese Feststellung versöhnte Sophie ein wenig. Immerhin schien er davon auszugehen, dass sie irgendwann eine Kollegin sein würde. Vielleicht respektierte er sie ja doch – und redete nur manchmal etwas unbedacht daher.

Paul Klüver schien von ihrer Verärgerung nichts bemerkt zu haben und plauderte munter weiter. »Ich erinnere mich noch genau daran, wie ich am Anfang meines Studiums in den Vorlesungen nur Bahnhof verstanden habe, wenn die Dozenten mit ihren lateinischen Ausdrücken um sich geworfen haben. Aber dummerweise ist Latein nun mal die Sprache der Wissenschaft, wo präzise und einheitliche Begriffe sehr hilfreich sind. Verstehen Sie?«

»Damit kann ich leider nicht dienen. Ich hatte nur Englisch und Französisch in der Mädchenschule«, erwiderte Sophie trotzig und zuckte mit den Schultern.

»In meiner alten Schule habe ich nicht mal Fremdsprachen gelernt, wie sie auf Ihrer *Höheren Schule für Bürgertöchter* unterrichtet wurden!«, stieß er aus. Seine Stimme klang ungehalten, und ein Schatten huschte über sein Gesicht.

Sophie spürte, dass sie einen wunden Punkt berührt hatte. Um ihn nicht weiter zu reizen, nahm sie ihre Arbeit mit dem kleinen Stahlstichel wieder auf. Dabei kreisten ihre Gedanken um das zuletzt Gesagte. Dass er in einer so abfälligen Weise von »Ihrer Höheren Schule für Bürgertöchter« gesprochen hatte, ärgerte sie maßlos. Weshalb musste er sie ständig hänseln, dass ihre Familie einen höheren sozialen Status besaß? War er etwa neidisch auf ihre Bildungschancen? Das war doch lächerlich! Immerhin hatte er ja scheinbar sein Abitur machen können, sonst hätte er schließlich nicht studieren dürfen. Er als Mann hatte diese Möglichkeit gehabt – sie als Frau nicht!

In Anbetracht des gereizten Tonfalls bei seiner letzten Bemerkung dachte sie allerdings auch darüber nach, dass es für Jungen anderer sozialer Schichten scheinbar keineswegs eine Selbstverständlichkeit war, die Chance auf eine höhere Bildung zu bekommen. Stammte Paul Klüver etwa aus einer ärmeren Familie? Das würde seinen Groll auf alles Großbürgerliche erklären. Sophie musste sich eingestehen, dass sie ihre Bildungschancen bisher stets nur mit denen junger Männer ihrer eigenen Gesellschaftsschicht verglichen hatte. Es war ihr immer völlig natürlich erschienen, dass Kinder ärmerer Leute keine weiterführenden Schulen besuchten, da sie ja später ohnehin Berufe ausübten, die kein größeres Wissen erforderten – etwa als Fabrikarbeiter, Chauffeure, Dienstboten oder Hausmädchen. Die Grenzen zwischen Arm und Reich, Ungebildeten und Gebildeten, waren im Kaiserreich klar gezogen. Vor dem Hintergrund ihrer eigenen Lebenswirklichkeit hatte sie diese ungeschriebenen Gesetze und deren Richtigkeit auch nie angezweifelt.

Doch angesichts des Mannes neben ihr kam Sophie plötzlich ins Grübeln. Paul Klüver stammte eindeutig nicht aus gutbürgerlichen, wohlhabenden Kreisen und besaß nicht annähernd die gleichen finanziellen Mittel wie die Familie von Mayden. Das konnte man bereits an seiner äußeren Erscheinung und seinen bescheidenen Essensgewohnheiten erkennen: Bislang trug er stets denselben recht abgetragenen, dunklen Anzug; und er brachte sich jeden Tag nur ein belegtes Brot sowie einen Apfel mit und aß beides am Schreibtisch, während Sophie zu Mittag meist nach Hause ging und dort ein reichhaltiges Mahl genoss, das die Köchin zubereitet und das

Dienstmädchen aufgetragen hatte. Aber trotz des großen gesellschaftlichen Unterschieds war Paul Klüver ebenso kultiviert wie ihr Vater, hatte studiert und würde bald Doktor der Paläontologie sein. Wie passte das zusammen?

Als Sophie ihn nach einigen Minuten verstohlen ansah, glaubte sie, in seinen dunkelblauen Augen eine Spur von Verbitterung zu erkennen. Oder war es Scham? Sie spürte, dass Paul Klüver ihr vorhin ein unfreiwilliges Geständnis gemacht, eine Schwäche gezeigt hatte. Zu gerne hätte sie ihn gefragt, woher genau er stammte und wie er es trotz seiner offenbar niederen Herkunft geschafft hatte, an einer Universität immatrikuliert zu werden. Doch angesichts seiner verschlossenen Art und seiner ungehalten gerunzelten Stirn ahnte sie, dass er darüber keine weitere Auskunft geben würde. Gleichwohl entschied sie, das Gespräch mit ihm fortzuführen, um ein besseres Verhältnis zu ihm aufzubauen.

»Verraten Sie mir, was Sie mir da vorhin auf Latein alles über dieses Stück Knochen gesagt haben?«, fragte sie nun und bemühte sich um ein versöhnliches Lächeln.

Sofort verschwand seine finstere Miene. Er räusperte sich und erklärte: »Wir haben es hier mit den Zehenknochen eines Sauropoden zu tun. Höchstwahrscheinlich eines *Diplodocus*, da die Fragmente ja von einer Ausgrabungsstelle stammen, an der schon mehrere Skelette dieser Art gefunden wurden. Es handelt sich bei diesen Stücken …« – er deutete auf die beiden Objekte vor ihnen auf dem Labortisch – »… sehr wahrscheinlich um zusammenhängende Zehenglieder, die *Phalanx distalis*. Was uns zur endgültigen Bestimmung der Art noch fehlt, ist die *Unguis* oder *Unguicula*. So heißt die Kralle auf Latein. Und ich hoffe, dass wir die noch irgendwo hier finden werden.« Er zeigte auf den Haufen von Bruchstücken, die Professor Kinkelin ihm zur Präparation überlassen hatte.

»Ach so, verstehe«, antwortete sie und bedankte sich höflich für seine Erklärung.

»Sehen Sie! Ist alles gar nicht so kompliziert. Na, dann suchen wir mal weiter«, sagte er und wandte sich wieder seiner Arbeit zu.

Sophie betrachtete den Steinhaufen und hoffte, dass sie das fehlende Objekt tatsächlich darin entdecken würden. Jetzt, wo sie wusste, woran sie arbeitete und wonach sie noch suchten, kratzte und schabte sie mit neuem Eifer weiter an dem Knochen vor sich.

»*Unguis, Unguicula* …«, murmelte sie vor sich hin. »Ich werde die Kralle schon finden!«

* * *

Während Paul Klüver einen Tag später, wie üblich, den mitgebrachten Apfel und sein Pausenbrot am Schreibtisch verzehrte, nutzte Sophie die Mittagspause, um frische Luft zu schnappen. Da die Außentür des Anbaus tagsüber nicht verschlossen war, wollte sie diesen goldenen Oktobertag im Hof hinter dem Museum genießen. Sie schnupperte vorsichtig in die milde Herbstluft und stellte fest, dass heute glücklicherweise keine unangenehmen Gerüche von der Gerberei am äußersten Ende des Ateliergebäudes herüberzogen. Ihr Lieblingsplatz befand sich gleich neben dem großen Eingangsportal. Hier war es windgeschützt, und die Sonnenstrahlen erwärmten den schmalen Mauervorsprung, auf den sie sich setzte. Sie lehnte sich an die Fassade, schloss die Augen und genoss die angenehme Wärme der Steinwand, die ihrem verspannten Rücken guttat.

Als sie das Knirschen von Schuhen auf dem feinen Kies hörte, öffnete sie langsam die Lider und blinzelte in die Sonne hinein. Im nächsten Moment erkannte sie Christian Kopp, der gerade aus der Tischlerei schräg gegenüber gekommen war, sich nun eine Zigarette anzündete und ihr zuwinkte.

»Guten Tag, Fräulein von Mayden! Lange nicht gesehen«, begrüßte er sie erfreut und kam näher. Er deutete eine höfliche Verbeugung an und hielt ihr ein kleines, elfenbeinfarbenes Päckchen mit der grünen Aufschrift »JUNO« entgegen. »Möchten Sie auch eine?« Als Sophie nur irritiert den Kopf schüttelte, meinte er: »Heutzutage rauchen doch immer mehr Frauen Zigaretten. Sie nicht?«

»Nein, das ist nichts für mich, glaube ich.« Sie rümpfte die Nase, als sie den strengen Geruch des Rauchs wahrnahm, den er in einer großen Dampfwolke ausstieß. »Das stinkt zwar nicht so schlimm wie Vaters Zigarren – aber danke, nein.« Sie lächelte entschuldigend.

Christian stopfte schulterzuckend das Päckchen in seine Hosentasche und blieb abwartend stehen.

Sophie klopfte einladend auf den Mauervorsprung. »Setzen Sie sich doch einen Moment zu mir. Ich habe gerade Pause.«

»Gerne, wenn ich Sie nicht störe.« Er hockte sich neben sie und fragte interessiert: »Was machen die Dinosaurier?«

»Die großen Viecher verstecken sich in kleinen, steinharten Sedimenten. Aber gegen mich und meinen Stichel haben sie keine Chance«, antwortete sie lachend. »Und woran arbeiten Sie gerade?«

»Das Ostafrika-Diorama steht kurz vor seiner Fertigstellung; nächste Woche ist es endlich so weit«, berichtete er mit leuchtenden Augen. »Ab morgen ziehen die Tiere und Bäume ein; und den Felsen, den ich gebaut habe, haben wir gerade eben in dem Koben aufgestellt.« Er deutete hoch zur Ecke des Museumsgebäudes, wo im Hauptgeschoss der große Schaukasten eingerichtet wurde. »Der Kunstmaler Carl Nebel ist fast fertig mit dem Panorama im Hintergrund.« Er holte tief Luft und ergänzte: »Die Landschaft ist eine getreue Abbildung eines Ausschnitts einer Hochebene, die *Massai mjika* heißt.« Er strahlte sie stolz an. »Schwieriges Wort, aber ich hab es mir gemerkt.«

»Das klingt ja sehr exotisch«, sagte Sophie beeindruckt.

»Und so sieht es da auch aus! Man blickt auf weite Flächen mit sonnenverbranntem Gras, auf Haine von Schirmakazien und Wälder. Den Bergzug des Kilimandscharo in der Ferne haben Sie ja schon selbst bewundern können. Und jetzt ist noch so viel mehr dazugekommen. Es ist wirklich eine perfekte Illusion!«

»Das klingt, als wäre der Maler ein wahrer Künstler.«

»Absolut!« Christian seufzte sehnsüchtig auf. »Wenn ich doch auch bloß so zeichnen könnte wie Carl Nebel.«

»Vielleicht sollte sich meine Schwester das mal ansehen. Wenn sie sich auf ansprechende Landschaftsmalereien verlegen würde, hätte meine Mutter sicher mehr Verständnis für ihre große Leidenschaft. Doch Charlotte mag es lieber wild und bunt.« Sie lachte auf.

»Wie geht es Ihrem Fräulein Schwester?«, fragte Christian sofort.

Sophie bemerkte amüsiert, dass sich die ohnehin roten Wangen des Lehrlings noch ein bisschen rötlicher färbten, als er sich nach Charlotte erkundigte.

»Sie ist fest entschlossen, Malerin zu werden. Solange es das Wetter zulässt, marschiert sie weiterhin fast täglich mit ihrer Staffelei in den Palmengarten oder in den Zoo, um sich dort zu neuen Bildern inspirieren zu lassen. Doch anstatt interessante Tiere und Blumen so realistisch wie möglich wiederzugeben, hat sie sich der abstrakten Malerei verschrieben. Darin wird sie allerdings immer besser – soweit ich das beurteilen kann. Mir gefallen ihre Gemälde jedenfalls. Unsere Eltern machen sich allerdings langsam Sorgen, weil sie sich in ihren Augen immer mehr als exaltierte Künstlerin geriert, statt sich eine angemessenere Aufgabe zu suchen, bis sie heiratet.« Sophie seufzte auf, denn auch ihr mangelndes Interesse an einer standesgemäßen Verbindung und ihre Betätigung im Museum sorgten nach wie vor für hitzige Diskussionen zwischen ihren Eltern. Bisher hatte sich glücklicherweise jedes Mal ihr Vater durchsetzen können, sodass sie weiterhin hier arbeiten durfte. Wie lange das allerdings noch gut gehen würde … Sie hoffte inständig, dass sich ihre Mutter irgendwann eines Besseren belehren ließ.

»Bringen Sie Ihre Schwester doch mit zur Eröffnungsfeier des Dioramas«, meinte Christian spontan, schien sich jedoch im nächsten Augenblick über seinen forschen Vorschlag selbst zu erschrecken. »Also … Vielleicht … Ich dachte, wegen der Landschaftsmalereien …«, druckste er herum.

»Das wird leider nicht möglich sein«, entgegnete Sophie. »Die Feier ist wohl nur für Honoratioren, Professoren und die Mitglieder

der *Senckenbergischen Naturforschenden Gesellschaft*, sagte mein Vater neulich. Ich weiß ja nicht mal, ob *ich* bei der Zeremonie dabei sein darf«, fügte sie mit einem Ausdruck des Bedauerns hinzu.

»Wie schade …« Christian klang hörbar bekümmert. Der Tischlerlehrling schien kurz zu überlegen. »Vielleicht fragen Sie mal Professor Kinkelin?« Er grinste verschmitzt. »Der scheint doch einen Narren an Ihnen gefressen zu haben.« Als er den entgeisterten Gesichtsausdruck von Sophie sah, der es bei einer solch despektierlichen Bemerkung die Sprache verschlug, ergänzte er schnell: »Also … Sie wissen schon, was ich meine … Der Professor hält ja große Stücke auf Ihre Arbeit!«

»Mal sehen«, erwiderte sie vage, überlegte, was die Museumsmitarbeiter wohl hinter ihrem Rücken über sie tratschten, und erhob sich. Sie strich ihren Rock glatt und murmelte: »Ich muss dann auch mal wieder …«

Sofort sprang auch Christian auf. »Natürlich! Ich hoffe, wir sehen uns zur Eröffnung des Dioramas, Fräulein von Mayden«, sagte er etwas steif und drückte das schwere Eingangsportal für sie auf.

Sophie bedankte sich mit einem Lächeln. »Vielleicht. Oder ein paar Tage danach. Ich bin sehr gespannt, Ihr Werk demnächst bewundern zu können, Christian.«

Als sie auf dem Weg zu ihrem Arbeitsplatz an dem Atelierraum vorbeikam, bemerkte sie, dass die Tür zu dem lichtdurchfluteten Saal, in dem die letzten Feinarbeiten an den Tierpräparaten vorgenommen wurden, einen Spalt offen stand. Sie trat neugierig näher, um hindurchzuschauen, und erspähte eine lebensgroße Giraffe, die den langen Hals reckte und an den Blättern eines hohen Baums knabberte. Die Szene wirkte auf den ersten Blick so lebensecht, dass Sophie sie mehrere Sekunden lang genau in Augenschein nahm, um sicherzugehen, dass das Tier sich nicht doch bewegte und fraß.

Wie magisch angezogen, schob sie die Tür auf und trat ein. Vor ihr standen eine Giraffenfamilie sowie eine kleine Herde aus Antilopen mit langen, gedrehten Hörnern und hochbeinige Gazellen.

Zwischen ihnen erhoben sich mehrere Baumstämme, die von possierlichen Äffchen bevölkert wurden. Unnatürlich wirkte die Szenerie nur deshalb, weil die Tiere zwar in lebensnahen Posen verharrten, allerdings in einer Reihe nebeneinander aufgestellt waren – wie Soldaten, die sich zum Appell versammelt hatten. Fasziniert ließ sie den Blick über diese unglaubliche Ansammlung unterschiedlicher Tiere schweifen, wie sie sie nur aus dem Frankfurter Zoo kannte.

Als plötzlich ein drohendes Knurren erklang und der riesige Giraffenbulle direkt vor ihr erzitterte, fuhr Sophie erschrocken zusammen und hob abwehrend die Hände über den Kopf, um sich vor der scheinbar wild gewordenen Bestie zu schützen.

»O Gott!«, stieß sie schockiert aus, als im selben Moment ein Mann hinter einem der mächtigen Beine des Tiers hervortrat und der Giraffe einen kräftigen Klaps auf die Flanke verpasste.

»Du Mistvieh!«, fluchte er laut.

Geschockt machte sie einen Schritt zurück und starrte den Fremden an. Er war recht jung, vielleicht Ende zwanzig, und trug einen langen weißen Kittel, der ihm fast bis zu den Knöcheln reichte. Der akkurate Scheitel teilte das pomadisierte Haar seitlich. Die Spitzen seines geschwungenen dunklen Schnauzbarts zeigten zu Boden, als er den Giraffenbullen noch mal wutentbrannt anknurrte.

Er beachtete die junge Frau an der Tür kaum, warf ihr nur einen beiläufigen Seitenblick zu und fuhr sie an: »Was gibt's da zu gucken? Ich hab zu arbeiten.« Als sie ihn verwirrt ansah, fauchte er, immer noch ungehalten: »Mit diesem Bullen …« – er stach mit seinem ausgestreckten Zeigefinger, wie mit einem Dolch, vorwurfsvoll in die Luft, hoch in Richtung des Kopfes der Giraffe – »… hatten wir schon so viel Ärger, und nun ist auch noch ein Stück Fell wieder aufgeplatzt.«

»Ach herrje …«, murmelte Sophie.

Er räusperte sich ärgerlich, als die Fremde keinerlei Anstalten machte, den Raum zu verlassen. »Tut mir leid, aber ich muss jetzt weitermachen. Die Zeit drängt.«

Sophie hatte endlich ihre Sprache wiedergefunden. »Sind das die Tiere für das Ostafrika-Diorama?«, fragte sie zögerlich, obwohl sie das schon wusste.

»Ja«, antwortete er knapp und wollte wieder hinter der Giraffe verschwinden.

»Und Sie sind derjenige, der diese Kunstwerke geschaffen hat?«, fragte sie.

Er hielt in der Bewegung inne und wandte sich ihr abermals zu. »Ich bin August Koch. Mein Vater Adam und ich leiten die Präparatoren-Werkstatt.«

Sophie strahlte. »Endlich lerne ich Sie kennen. Ich arbeite dort hinten im Laboratorium mit dem neuen Doktoranden an Dinosaurierfragmenten«, erklärte sie stolz. »Mein Name ist Sophie von Mayden.«

»Aha …«

»Ja, und gerade hat Christian Kopp, der Lehrling aus der Tischlerei, mir vorgeschwärmt, wie wunderbar der Koben für das Diorama aussieht. Mit den Malereien und allem.«

»Nun, das Wichtigste fehlt ja noch.« Seine Stimme klang leicht pikiert. Mit einer weit ausholenden Geste deutete er auf die in Reih und Glied aufgestellte Tierwelt Ostafrikas. »Unsere Exponate.«

»Natürlich«, stimmte Sophie ihm schnell zu. »Es ist unglaublich, wie lebensecht sie aussehen. Das ist wahre Kunst!«

Ihr überschwängliches Lob schien August Koch zu gefallen, denn seine Gesichtszüge entspannten sich, und er schaute sie mit einem Lächeln an. »Nun, in erster Linie ist es Handwerk«, erklärte er bescheiden. »Die richtige Technik. Auf die kommt es an. Wir stopfen ja nicht einfach tote Tiere mit Holzwolle aus, sondern erstellen ein aufwendiges Gerüst, eine sogenannte Dermoplastik, über die schließlich die Haut gezogen wird.« Sophie nickte ihm aufmunternd zu, um ihn zu animieren, weiterzusprechen. Er schien erfreut zu sein, dass jemand Interesse an seiner Arbeit zeigte, und fuhr fort: »Was wir zur Präparation brauchen, ist einwandfreies Material. Das gestaltet sich während einer Expedition in fremde Länder leider oftmals schwierig. Schließlich ist es nicht allein mit der Jagd getan. Das anschließende Abbalgen und Konservieren der Felle verlangen einen erheblichen Aufwand. Die Häute müssen ja vor dem Transport bis zur Küste – in Afrika sind es meist tagelange Fußmärsche – erst mal mit Chemikalien behandelt und getrocknet werden, um sie vor Fäulnis während der Seereise zu schützen.«

»Du meine Güte«, sagte sie hörbar beeindruckt.

»Ja. Was alles dahintersteckt, darüber machen sich die Museumsbesucher ja keine Vorstellung.« Er seufzte und strich fast liebevoll über das Fell des Netzgiraffenbullen. »Der Haut dieses alten Knaben hier haben leider an einigen Stellen irgendwelche Schadinsekten zugesetzt. Doch davon wird man im Diorama nichts sehen. Dank gewissenhafter Präparation.« Er winkte sie heran. »Sehen Sie selbst.«

Sophie trat näher und betrachtete die markanten dunkelbraunen Flecken, durchbrochen von unregelmäßigen, hellen Streifen, die sich wie ein von Künstlerhand entworfenes, geometrisches Muster auf dem Körper des imposanten Tieres abzeichneten. Nur mühsam widerstand sie dem Drang, das weiche Fell zu streicheln.

»Er ist wunderschön.« Sie ließ ihren Blick am Hals emporwandern. »Und wirklich riesig.«

»Allerdings! Knapp vier Meter fünfzig!« August Koch deutete auf den Kopf des Bullen. »An den fünf Stirnzapfen erkennt man, dass er schon sehr alt war, als er 1901 geschossen wurde – bei Wante, nördlich von El Uak, am Knotenpunkt der Karawanenstraße.«

Wie exotisch das klang. Sophie hatte sofort Bilder von einer endlosen, sonnenverbrannten Steppe vor Augen, durch die sich dieses elegante Tier mit seiner Herde bewegt hatte, bevor ein gezielter Schuss den Giraffenbullen niederstreckte. Die Vorstellung versetzte ihr einen Stich ins Herz.

»Erlegt hat ihn Carlo Freiherr von Erlanger«, fuhr August Koch in sachlichem Ton fort. »Das Fell wurde uns aus seinem Nachlass gespendet, und wir haben ihn noch am Eschenheimer Turm präpariert. Aber im alten Museum hatten wir ja keinen Platz, ihn und die zahlreichen anderen Säugetiere aus Afrika vernünftig auszustellen. Hier im neuen Haus verwirklicht Direktor Römer nun seinen größten Traum – das Ostafrika-Diorama. Oben im Hauptgeschoss werden die Präparate endlich richtig zur Geltung kommen.«

Während er sprach, glitt Sophies Blick über die Reihe unterschiedlicher Tiere. Einige setzten gerade zum Sprung an; und eine Gazelle reckte ihr die Nüstern entgegen, als hätte sie Sophies Witterung aufgenommen. Das Giraffenjunge, das neben dem viel größeren Bullen stand, hatte die langen, staksigen Beine gespreizt und den Hals nach unten gestreckt, so als wollte es an einer Wasserquelle seinen Durst stillen. Vor Sophies innerem Auge tauchten unwillkürlich sehr lebendige Bilder von einer solchen Szenerie in freier Wildbahn auf. Und im selben Moment wurde ihr bewusst, dass all diese edlen Geschöpfe ihr Leben hatten lassen müssen, damit die Menschen im kühlen Frankfurt die Möglichkeit haben würden, die afrikanische Tierwelt ganz nah und realistisch zu erleben. Es war ein zwiespältiges Gefühl, und in diesem Moment war sie froh, dass sie es bei ihrer Arbeit mit den Knochen von Tieren zu tun hatte, die bereits vor unendlich langer Zeit ausgestorben waren. Dabei fiel ihr plötzlich ein, dass es längst Zeit war, an ihren Arbeitsplatz zurückzukehren. Paul Klüver wunderte sich bestimmt schon, wo sie so lange blieb.

Doch der Präparator war inzwischen in Fahrt gekommen und erzählte weiter. »Als wir damals mit der Präparation des Netzgiraffenbullen anfingen, ahnten wir schon, dass das Ungetüm gar nicht in unsere alte Werkstatt passen würde. Also haben wir unsere Arbeit in den vorderen Teil des Skelettsaals verlegt. Und was soll ich sagen? Bei der Aufstellung dieses Prachtexemplars einer Giraffe erwies sich selbst dieser Raum als zu niedrig.«

»Und was haben Sie dann gemacht?«, fragte Sophie gespannt.

»Wir haben kurzerhand ein Loch in die Decke geschlagen!«

»Nein!«

»Doch!« Er musste grinsen, als er ihren ungläubigen Gesichtsausdruck sah. »Anders ging es ja nicht. Danach konnten wir den Kopf vom oberen Raum aus präparieren.«

»Das ist ja verrückt!«, rief sie und meinte dann augenzwinkernd: »Na, hoffentlich passt der Bulle hier ins Diorama.«

»Knapp … Die Decke des Kobens ist gerade mal vier Meter sechzig hoch. Da haben wir nur zehn Zentimeter Spiel.« August Koch wischte sich mit einer theatralischen Geste imaginären Schweiß von der Stirn, was Sophie zum Lachen brachte. Daraufhin blickte der Präparator die junge Frau, die da so unverfroren in sein Reich eingedrungen war, mit neu erwachtem Interesse an.

Sie spürte die Veränderung in seinem Blick und beschloss, dass es höchste Zeit war, sich zurückzuziehen. »Ich könnte Ihnen noch stundenlang zuhören, Herr Koch, doch leider muss ich jetzt gehen. Meine Mittagspause ist längst vorbei.« Sie lächelte entschuldigend. »Herr Klüver und die Dinosaurier warten.«

»Natürlich«, antwortete er etwas steif und deutete eine zackige Verbeugung an, was in dem weiten, makellos weißen Kittel ein wenig komisch wirkte. Er schien enttäuscht darüber zu sein, dass sie sich schon verabschiedete. »Ich hoffe, Sie dann spätestens zur Eröffnung des Dioramas wiederzusehen!«

»Das wäre sehr schön. Aber ich weiß nicht, ob es einfachen Museumsmitarbeitern gestattet ist, an der Feier teilzunehmen …« Sie zuckte bedauernd die Schultern.

Wie aus der Pistole geschossen erwiderte er: »Dürfte ich Sie vielleicht als meinen persönlichen Gast dazu einladen, Fräulein …?« Er stockte, und es war ihm sichtlich peinlich, dass er sich ihren Namen nicht gemerkt hatte.

»Sophie von Mayden«, half sie ihm lächelnd.

»Selbstverständlich! Verehrtes Fräulein von Mayden, würden Sie mir die Ehre erweisen, mich zur feierlichen Eröffnung zu begleiten?« Er sah sie erwartungsvoll an.

Sie überlegte einen Moment, ob sie das Angebot dieses jungen Mannes, den sie kaum zehn Minuten kannte, einfach so annehmen konnte oder ob das womöglich zu weiterem Tratsch im Museum führen würde. Dann hatte sie die rettende Idee: Charlotte musste als Anstandsdame mit!

»Das wäre ganz wunderbar, Herr Koch. Dürfte ich vielleicht auch meine jüngere Schwester zu diesem wunderbaren Ereignis mitbringen? Sie interessiert sich sehr für die Natur«, log sie.

Er war nur kurz irritiert, antwortete dann aber schnell: »Es wird mir eine Freude sein, gleich zwei naturwissenschaftlich interessierten jungen Damen das Ergebnis unserer jahrelangen Arbeit zu zeigen.«

Sophie reichte ihm die Hand und verabschiedete sich mit warmen Dankesworten. August Koch blickte ihr versonnen nach, als sie mit einem freundlichen Lächeln die Tür des Ateliers hinter sich zuzog.

Robert von Mayden reagierte überrascht, als Sophie ihm eröffnete, dass auch sie und seine Jüngste, dank des angesehenen Präparators August Koch, an der feierlichen Enthüllung der neuesten Attraktion würden teilnehmen dürfen. Er war sichtlich stolz auf Sophies wachsendes Engagement für das Museum – was seine Gattin weiterhin eher beunruhigte. Dennoch stimmte Anna von Mayden zu, da sie wohl hoffte, dass sich unter den honorigen Gästen dieses gesellschaftlichen Ereignisses vielleicht endlich ein Heiratskandidat finden ließe, der dem Geschmack ihrer wählerischen Tochter entsprach.

Es herrschte gespannte Aufregung vor dem Museum, als Professor von Mayden samt Ehefrau und seinen beiden Töchtern am nächsten Dienstagabend vor dem Haupteingang ankam. Der 13. Oktober 1908 war nicht zufällig für die feierliche Einweihung des Dioramas ausgewählt worden. Es war gleichzeitig der erste Jahrestag der Eröffnung des neuen Senckenberg-Museums, zu dem sich zahlreiche Mitglieder der *Senckenbergischen Naturforschenden Gesellschaft*, einige Honoratioren der Stadt und weitere Freunde und Unterstützer des Museums eingefunden hatten. Auf der breiten Freitreppe schob sich eine illustre Schar distinguierter Herren, zumeist in Frack und Zylinder, zwischen vereinzelten Schaulustigen und den Reportern der Frankfurter Zeitungen hindurch.

Die Kameras der wartenden Pressefotografen klickten, als der Chauffeur Ferdinand seiner Herrschaft beim Aussteigen aus der eleganten Limousine behilflich war. Anna von Mayden trug eine prächtige, dem feierlichen Anlass gemäße Robe und einen unübersehbaren Hut, der von schillernden Pfauenfedern gekrönt war. Mit einem huldvollen Lächeln schritt sie am Arm ihres Mannes, gefolgt von Sophie und Charlotte, die Treppenstufen hinauf. Da nur wenige andere Frauen unter den Gästen waren, stach die Familie von Mayden aus der dunkel gekleideten Menschenmasse hervor.

Ihre Töchter hatten sich zu Annas Leidwesen standhaft geweigert, die von ihr bevorzugten, mit Tüllrüschen und Schleifen verzierten Ballkleider zu tragen. Der altmodische Stil und die zarten Pastellfarben der Jungmädchenkleider passten einfach nicht mehr zu ihnen, hatten sie ihrer Mutter erklärt.

Als Sophie auf der Treppe kurz stehen blieb, beneidete sie im Stillen die Herren, die in ihren schwarzen Fräcken und Anzügen stets perfekt gekleidet waren – egal ob zu einem Tanzvergnügen oder für die Feierlichkeit im Museum. Zwar hatte sie eingesehen, dass sie an diesem Abend keins ihrer schlichten Kostüme, die sie zur Arbeit trug, anziehen konnte, doch ausstaffiert wie eine Prinzessin wollte sie ihren Arbeitskollegen auf keinen Fall unter die Augen kommen. Schließlich war sie Mitarbeiterin in diesem Haus der Wissenschaft.

Ihr Blick glitt zu Charlotte, die besonders auffallend gekleidet war. Die Sechzehnjährige hatte sich inzwischen vom Schulmädchen zu einer selbstbewussten jungen Frau entwickelt, die als angehende Künstlerin einen höchst eigenwilligen Kleiderstil bevorzugte und bunte Farben liebte. Ihre Mutter war es inzwischen leid, ständig mit ihr darüber zu diskutieren. »Diese Flausen soll dir ein späterer Ehemann austreiben«, hatte Anna von Mayden irgendwann resigniert erklärt und dabei einen tiefen Seufzer von sich gegeben.

Heute Abend trug Charlotte das gerade geschnittene, vom Pariser Couturier Paul Poiret entworfene Seidenkleid im modischen Empire-Stil, das sie im Schneideratelier von Johanna Wertheimer schon vor längerer Zeit bewundert hatte. Damit das zart herabfließende Kleid in leuchtendem Zitronengelb – nur mit Brustleibchen und Leibgürtel statt gängigem Korsett – nicht allzu anstößig wirkte, hatte Anna von Mayden darauf bestanden, dass ihre Tochter eine bodenlange, mit dezenten Stickereien verzierte Tunika aus hellem Musselin darüber trug. Doch für die wartenden Fotografen war Charlotte in ihrer – für gutbürgerliche Frankfurter Verhältnisse – extravaganten Aufmachung ein echter Blickfang, den sie mit ihren Kameras unbedingt festhalten wollten. Die unverhoffte Aufmerksamkeit gefiel Charlotte augenscheinlich, denn hinter dem Rücken ihrer Mutter schaute sie mit einem strahlenden Lächeln in die Fotoapparate.

Sophie machte lieber einen Schritt zur Seite. Sie war nicht daran interessiert, derart im Rampenlicht zu stehen, obwohl ihr bewusst war, dass auch sie eine gewisse Wirkung bei den Herren auf der Treppe erzielte. Sie überlegte, was wohl Paul Klüver zu ihrem herausgeputzten Äußeren sagen würde.

Im Schneideratelier an der Zeil hatte sie sich für diesen Abend ein langes Kleid aus schimmerndem dunkelgrünen Seidentaft mit nach vorn gedrehter Schleppe ausgesucht, das, perfekt angepasst an ihre hohe, schlanke Figur, sehr elegant wirkte. Das recht gewagte Dekolleté enthüllte dank des seidenen Unterkleids in einem helleren Grünton nicht mehr, als schicklich war. Dazu trug Sophie einen farblich passenden, etwas zu großen Hut mit zartem Federschmuck, den ihr ihre Mutter für diesen Anlass geliehen hatte. Obwohl sich die Damen, im Gegensatz zu den Herren, ihres Kopfschmucks üblicherweise nicht entledigten, hatte sie beschlossen, das mehr schlecht als recht sitzende Ungetüm schleunigst loszuwerden, sobald sie drinnen waren. Was sollte Paul Klüver, der sie tagtäglich in eher praktischer Bekleidung kannte, meist auch noch verborgen unter einem schlichten Arbeitskittel, sonst von ihr denken? Die Vorstellung, dass sie in ihrem mondänen Aufzug seinem Klischee einer verwöhnten Bürgertochter entsprechen würde, ärgerte sie. Entschieden schüttelte sie den Gedanken jedoch schnell wieder ab und fragte sich, weshalb sie sich überhaupt dauernd damit beschäftigte, was der Doktorand über sie dachte.

Sollte er doch denken, was er wollte!, sagte sie sich ein wenig trotzig. Schließlich gefiel ihr das elegante neue Kleid sehr. Und nur darauf kam es an! Entschlossen hob sie das Kinn – was ihren Hut gefährlich schwanken ließ.

Als Sophie ihren unbequemen Kopfputz an der Garderobe abgab, schien August Koch in dem großen Foyer bereits auf sie gewartet zu haben. Er streckte die Hand empor, wedelte eifrig mit zwei Eintrittskarten, damit sie ihn zwischen all den Menschen nicht übersehen konnte, und trat mit einer höflichen Verbeugung auf sie zu.

»Fräulein von Mayden, wie schön, dass Sie kommen konnten!«

»Nochmals herzlichen Dank für Ihre Einladung, lieber Herr Koch«, antwortete sie mit einem verbindlichen Nicken und streckte ihm ihre Hand zur Begrüßung entgegen.

Er deutete einen Handkuss an. »Das war doch selbstverständlich.« Er lächelte ein wenig verschämt und ergänzte: »Ich bedaure es sehr, aber ich kann Sie leider nicht persönlich zum Diorama begleiten. Direktor Römer wünscht meinen Vater und mich bei der Führung der Honoratioren an seiner Seite zu haben.« Der Stolz in seiner Stimme, angesichts der Wichtigkeit seiner Person bei diesem feierlichen Anlass, war nicht zu überhören. »Aber ich wünsche Ihnen und Ihrer Schwester viel Vergnügen und hoffe, Sie im Anschluss an die Festrede wiederzusehen. Dann können Sie mir ausführlich Ihre Eindrücke schildern«, sagte er gestelzt.

In Sophies Ohren klang seine Ausdrucksweise recht albern. Trotzdem lächelte sie ihm freundlich zu. »Sehr gerne, Herr Koch. Es ist zwar schade, dass Sie mich nicht zum Diorama begleiten können, aber zum Glück bin ich ja mit meiner Familie hier.« Sie deutete mit einem Kopfnicken zu ihren Eltern hinüber, die am Fuße der Treppe warteten und interessiert herüberschauten.

Als August Koch sich zu ihnen umwandte und höflich in ihre Richtung verbeugte, schien der Professor seiner Gattin flüsternd zu erklären, mit wem sich ihre Tochter dort unterhielt. Anna von Mayden behagte das, was sie da erfuhr, augenscheinlich gar nicht. Ihr ursprünglich lächelnder Gesichtsausdruck gefror, und Sophie amüsierte der Gedanke, dass ihrer Mutter wahrscheinlich gerade eines klar wurde: Der Mann, den sie vermutlich bereits für einen potenziellen Bräutigam gehalten hatte, war bis vor Kurzem noch mit den abgebalgten Häuten toter Tiere beschäftigt gewesen.

Sophie wurde es inzwischen selbst ein wenig unbehaglich, in dem Gedränge der Eingangshalle derart eng mit dem Präparator zusammenzustehen. Ihr stieg der aufdringliche Geruch seines Parfums unangenehm in die Nase, und sie war froh, als Charlotte zu ihnen trat, nachdem sie sich des Musselin-Mantels an der Garderobe entledigt hatte. August Koch schien augenblicklich das Interesse an Sophie zu verlieren. Sie bemerkte, dass er kaum den Blick von dem figurbetonten, leuchtend gelben Kleid ihrer Schwester abwenden konnte.

»Darf ich vorstellen? Charlotte von Mayden«, sagte Sophie kühl. »Charlotte, dies ist einer der beiden Leiter der Präparation, August Koch, der uns freundlicherweise die Karten für den heutigen Abend beschafft hat. Er ist maßgeblich an der Ausgestaltung des Dioramas beteiligt gewesen.«

»Sehr erfreut!« Charlotte reichte ihm beiläufig die Hand zum Kuss und bedankte sich artig für die Einladung. Ansonsten zeigte sie sich nicht sonderlich interessiert an diesem Herrn. »Wann geht es denn endlich los?«, wollte sie wissen.

Mit ihrer Frage schien sie August Koch daran zu erinnern, dass er längst bei Direktor Römer und den Ehrengästen sein sollte. Eilig verabschiedete er sich, und die Schwestern gesellten sich zu ihren Eltern – gerade rechtzeitig, denn nun teilte sich die Festgesellschaft, um langsam rechts und links die breiten Freitreppen hinauf ins Hauptgeschoss zu gehen.

Während sie die ersten Stufen hochstieg, reckte Sophie den Hals, um nach Paul Klüver Ausschau zu halten. Als sie sich am Nachmittag, früher als sonst, im Laboratorium verabschiedet hatten, schien er erfreut gewesen zu sein, sie am Abend wiederzusehen. Auf der Suche nach den schwarzen Haaren des Doktoranden ließ sie nun den Blick über die Hinterköpfe der Herren schweifen. Immerhin störten jetzt keine hohen Zylinder mehr die Sicht. Doch in der Menge vor ihr konnte sie ihn nicht erspähen. Vielleicht stieg er gerade die andere Treppe hinauf.

Ein paar Meter voraus erkannte sie Professor Reichenbach neben Maria Sondheim, die ihn mit ihrem Hut um mehr als Haupteslänge überragte. Sophie hoffte, dass sie später Gelegenheit haben würde, sich mit der Leiterin der Vergleichenden Anatomie zu unterhalten.

Weiter oben entdeckte sie Friedrich Kinkelin mit seinem schlohweißen Haar, der sich mühsam die Stufen hinaufschleppte. Mit wem unterhielt er sich da? Paul Klüver war es nicht. Der Mann, der so lebhaft auf den Professor einredete, hatte sonnengebleichte, blonde Haare. War das etwa …? Kinkelins Begleiter drehte den Kopf zur Seite, und Sophies Herz machte einen Satz, als sie tatsächlich das markante Profil ihres verehrten Mentors erkannte. Fritz Drevermann war also endlich zurück aus Spanien! Die monatelange Expedition in den Süden hatte seine Haare heller und sein Gesicht dunkler gefärbt. Seit wann war er wieder in Frankfurt? Und weshalb hatte er sich noch nicht in seinem Büro, gleich neben ihrem Arbeitsplatz, blicken lassen?, überlegte sie ein wenig gekränkt. Sie beobachtete, wie er sich von Kinkelin abwandte und augenscheinlich gut gelaunt nach rechts beugte, um sich mit einer anderen Person zu unterhalten. Wer ging da dicht an seiner Seite?

Sophie reckte den Hals ein bisschen weiter und wäre fast über ihre eigene Schleppe gestolpert, als sie eine Frau mit pechschwarzem Haar erspähte, das zu einer gewagten Turmfrisur hochgesteckt war. Die Dame trug ein auffälliges rotes Kleid mit schwarzer Spitze an den schlanken Armen, die sie lebhaft bewegte, während sie sprach. Das war eindeutig nicht Drevermanns Gattin Ria. Als die Frau ihm ihr lachendes Gesicht mit den rotgeschminkten Lippen zuwandte, erkannte Sophie, dass sie noch sehr jung und ausgesprochen attraktiv war. Es versetzte ihr einen eifersüchtigen Stich, zu sehen, wie gelöst er mit ihr lachte. Wer mochte diese Fremde sein? Völlig versunken in die heimliche Beobachtung der beiden, überhörte sie Charlottes Frage.

»Wie bitte?«

»Wo ist denn nun dein fescher Doktorand?«, wollte ihre Schwester wissen.

»Na, irgendwo hier, nehme ich an«, gab sie unwirsch zurück und blickte wieder suchend die Treppe hinauf. Sie musste feststellen, dass Fritz Drevermann und seine mysteriöse Begleiterin inzwischen im Gewühl auf dem oberen Treppenabsatz verschwunden waren, wo sich sämtliche Gäste wieder versammelten.

Sophie war froh, als die Menge sich von dort erneut in Bewegung setzte. In dem Gedränge blieb kaum Zeit für einen kurzen Blick hinunter auf die Dinosaurier im Lichthof, bevor sie nach links in den langen Säugetiersaal geschoben wurde, den Sophie mittlerweile bestens kannte. Vorbei an den in hohen Glasvitrinen ausgestellten Gorillas, Löwen, Orang-Utans und der Tapir-Familie ging es weiter durch den dahinterliegenden Ausstellungsraum mit den Exponaten der heimischen Fauna. Schon bevor sie ganz hinten rechts um die Ecke biegen konnten, hörte Sophie die erstaunten Ausrufe und das aufgeregte Geplapper derjenigen, die bereits am Objekt der Begierde angekommen waren. Weil die neugierigen Besucher hinter ihnen unermüdlich nach vorn drängten, wurden sie und ihre Familie wenige Augenblicke später ebenfalls in den abgedunkelten, schmalen Gang vor dem imposanten Schaukasten mit dem Ostafrika-Diorama geschoben.

Bei dem Andrang blieb bedauerlicherweise kaum Zeit, all die exotischen Tiere und Pflanzen, die hinter der gut sieben Meter breiten und vier Meter hohen Glasscheibe auf engstem Raum versammelt waren, ausgiebig zu betrachten. Sophies Blick fiel auf den riesigen Giraffenbullen, den sie im Atelier von Nahem hatte bewundern dürfen. Ganz rechts stand er hier nun stolz neben der Giraffenmutter, die über ihr an einer Quelle trinkendes Jungtier zu wachen schien. Zwei kleine Antilopen, von denen es sich eine auf dem Boden gemütlich gemacht hatte, wirkten wie ein inniges Paar. Eine der vielen verschiedenen Gazellen richtete sich auf ihren schlanken

Hinterläufen an dem imposanten, mit Farnen und Gräsern bewachsenen Felsen auf, der den Koben dominierte.

»Den großen Felsblock da in der Mitte hat Christian Kopp in der Tischlerei gezimmert«, flüsterte sie Charlotte zu.

»Unglaublich, wie echt der wirkt«, gab diese beeindruckt zurück.

Eine schlanke Gazelle mit zwei auffälligen hellen Streifen von den Nüstern bis zu ihren kurzen Hörnern – fast so groß wie ein Geißbock – blickte Sophie aus sanften braunen Augen furchtlos an. An mehreren Baumstämmen kletterten Affen mit langem schwarzweißen Fell, ein Pavian hockte oben auf dem Felsen, und vorne am Boden entdeckte sie zwischen den Steinen den kleinen Waran, von dem Christian ihr vor Kurzem vorgeschwärmt hatte. Das Reptil sah tatsächlich aus wie die Miniaturausgabe eines Dinosauriers.

Sie war fasziniert, wie lebensecht die Tiere in dieser Umgebung wirkten, wobei sie sich kaum vorstellen konnte, dass sich in freier Wildbahn eine so große Anzahl unterschiedlicher Arten an einer Stelle versammeln würde. Die ganze Szenerie war in ein ruhiges Abendlicht getaucht, nur die Gebirgsformation mit ihren schneebedeckten Gipfeln in der Ferne leuchtete hell. Die Wirkung der kunstvollen, perspektivischen Malerei war unglaublich. Die Betrachter vor der Glasscheibe wurden in diese fremde Welt förmlich hineingezogen, in eine scheinbar endlose Weite hinein. Sophie bedauerte, nicht mehr Zeit vor diesem Kunstwerk verbringen zu können: Es war ein zauberhafter Anblick, und es hätte noch so viele Details zu entdecken und zu bestaunen gegeben, doch sie wurde Schritt für Schritt gnadenlos weitergeschoben. Die Menschenmenge drängte weiter vorwärts, bog ab in den hell erleuchteten Saal mit Amphibien und Fischen, bewegte sich durch die Ausstellung ausgestopfter Vögel und Reptilien, bis sie wieder das Treppenhaus erreichte. Ein schier endloser Strom miteinander plaudernder Menschen stieg die Stufen zum ersten Stock hinauf, wo im großen Festsaal die feierliche Eröffnungsfeier stattfinden sollte.

Kellner mit Tabletts voller Sektgläser empfingen die Gäste, und es dauerte eine Weile, bis alle einen Sitzplatz fanden. Sophie und

Charlotte ließen sich schließlich ganz am Rand einer Reihe nieder, in der Mitte des riesigen Saals; ihre Eltern saßen rechts neben ihnen. Die angeregten Gespräche verstummten, als Museumsdirektor Fritz Römer an das Pult aus glänzend poliertem Mahagoni auf der von einer hölzernen Balustrade eingerahmten niedrigen Bühne an der Stirnseite trat, sich räusperte und das Wort ergriff.

Sophie hörte nur mit halbem Ohr zu, als er die wichtigsten Honoratioren namentlich begrüßte. Während seiner Ansprache glitt ihr Blick zunächst über die rosafarbenen Granitplatten, welche die weißen, stuckverzierten Wände schmückten. Dann betrachtete sie die Decke, die ebenfalls mit kunstvollen Stuckornamenten versehen war. Sie war zum ersten Mal in dieser hehren Halle und sah sich staunend um. Fast direkt über ihr erhellte ein ausladender Kristalllüster den Raum, dessen oberer Teil aus kunstvoll geschmiedeten Metallschnörkeln mit aufwendigen Blütenornamenten und einer Art Netz bestand. Daran hing ein Kranz aus funkelnden, länglichen Glasstäben und darunter, dicht an dicht an Ketten aufgereiht, geschliffene Glassteine, die wie Diamanten glitzerten. Der Festsaal strahlte eine erhabene, feierliche Aura aus. Alle Besucher waren mucksmäuschenstill, während Direktor Römer sprach.

Sophie kannte nur sehr wenige der illustren Gäste und suchte nach bekannten Gesichtern – oder besser, nach Hinterköpfen, die sie bestimmten Personen zuordnen konnte. Ein paar Reihen vor ihr entdeckte sie endlich Paul Klüver, der zwischen all den weiß- und grauhaarigen Professoren und Honoratioren an seinen glänzend schwarzen Haaren leicht zu erkennen war. Er saß zwischen Drevermann und Kinkelin und lauschte aufmerksam der Rede. Die unbekannte Dame mit der auftoupierten Frisur saß einige Plätze entfernt von den Herren, stellte Sophie befriedigt fest. Vielleicht war sie ja zu einer falschen Schlussfolgerung gekommen, als sie Drevermann und diese Frau eng nebeneinander auf der Treppe gesehen hatte. Sie schaute sich weiter um und entdeckte nach einer Weile Christian Kopp, der gleich neben einer der doppelflügeligen Türen an der Wand lehnte. In dem ungewohnten dunklen Anzug schien er sich sichtlich unwohl inmitten dieser vornehmen Gesellschaft zu fühlen. Er zupfte gedankenverloren an seinem steifen Kragen herum. Erst als er in Sophies Richtung blickte und sie ihm unauffällig zuwinkte, huschte ein Lächeln über sein Gesicht. Im nächsten Moment heftete sich sein Blick auf Charlotte neben ihr, die ihr Glas anstarrte, das sie gelangweilt in der Hand drehte. Doch als Sophie sie anstupste und mit einem Kopfnicken auf den Lehrling schräg gegenüber aufmerksam machte, war sie wieder hellwach. Sophie musste schmunzeln, als sie auf den Gesichtern der beiden jungen Leute das Strahlen der Wiedersehensfreude erkannte.

»Ich hol mir mal noch etwas zu trinken«, flüsterte Charlotte sofort und deutete auf ihr leeres Sektglas.

»Du kannst jetzt nicht aufstehen und quer durch den Saal zu Christian laufen«, erwiderte Sophie, die genau wusste, was ihre Schwester im Schilde führte.

»Aber ich hab Durst!«, murrte die Jüngere trotzig. »Ich stör doch niemanden.«

»Wenn Mutter mitbekommt, dass du noch ein Glas Sekt trinkst, gibt es garantiert Ärger«, flüsterte die Ältere eindringlich. »Zumal, wenn du das in Gesellschaft eines Tischlerlehrlings tust.«

»Pscht!«, zischte es an Sophies Ohr.

Als sie sich ertappt umdrehte, sah sie in das spitznasige Gesicht von Fräulein Pixis. Die Bürovorsteherin saß direkt hinter ihr und fixierte sie empört. Sophie lächelte entschuldigend und drehte sich wieder um. Dann tauschte sie mit einem Augenzwinkern ihr fast volles gegen Charlottes leeres Glas und bemühte sich, den Ausführungen des Direktors zu folgen. Nach seiner langen Einleitung, in der er auf die Erfolge während des ersten Jahrs seit Eröffnung des Naturkundemuseums hingewiesen hatte, sprach er jetzt endlich über das Diorama.

»... hier ist besonders die Vollendung der biologischen Aufstellung einer ostafrikanischen Tiergruppe hervorzuheben, mit der das Museum den ersten Versuch gemacht hat, die Tierwelt eines Faunengebietes in ihrer heimatlichen Umgebung möglichst naturgetreu zur Darstellung zu bringen. Die Landschaft zeigt ein Bild der Steppe Deutsch-Ostafrikas mit den höchsten Gipfeln des Kilimandscharo, dem Kibo und Mawenzi, im Hintergrund. Die Tiere der Gruppe – Giraffen, Antilopen, Paviane, Guereza-Affen und ein Nashorn – sind von Mitgliedern der *Senckenbergischen Naturforschenden Gesellschaft*, namentlich dem Freiherrn Carlo von Erlanger und Professor Carl Georg Schillings, in der ostafrikanischen Wildnis erbeutet und dem Museum zum Geschenk überwiesen worden. Die Leiter unserer Präparatoren-Werkstatt, Adam Koch und sein Sohn August, arbeiten bereits seit 1904 an den aufwendigen und zahlreichen Exponaten. Es ist mir eine große Freude, dass diese Werke nun endlich in einem würdigen Rahmen, in unserem neuen Hause, der Öffentlichkeit präsentiert werden können.« Applaus brandete auf, als die beiden Präparatoren vom Museumsdirektor auf das Podium gebeten wurden.

Sophie beschäftigte eine Bemerkung, die Römer in seiner Rede gemacht hatte. Es gab ein Nashorn im Diorama? Warum hatte sie das beim Vorübergehen nicht entdeckt? Im Atelier hatte sie es auch nicht gesehen. Dabei war so ein Nashorn doch ein riesiges Tier. Am liebsten wäre sie sofort losgelaufen, um nachzusehen, wo es sich versteckte. Da das natürlich nicht möglich war, tröstete sie sich damit, dass sie in den kommenden Tagen sicher eine Gelegenheit finden würde, sich das Diorama noch einmal ganz in Ruhe anschauen zu können.

Inzwischen berichtete Direktor Römer: »Damals, im bescheidenen alten Museum am Eschenheimer Turm, standen nur Adam und August Koch der Direktion und den Sektionären mit ihrem Können und ihrer Expertise zur Seite.«

Die beiden Präparatoren lächelten sichtlich stolz, und Sophie meinte, dass August ihr einen gezielten Blick zuwarf, der sie irritierte.

Doch schon sprach der Direktor weiter und machte nun mit dem linken Arm eine weit ausholende Geste. »In diesem prachtvollen Museumsneubau sind die Herren inzwischen von einem ganzen

Stab wissenschaftlicher und technischer Beamter und Handwerkern aller Art umgeben.« Bei diesen Worten warf Sophie einen Blick hinüber zu Christian Kopp, der mit stolzgeschwellter Brust und leuchtenden Augen lauschte. »Dass diese glänzende Entwicklung in den letzten Jahren überhaupt möglich gewesen ist, verdanken wir in erster Linie der regen Mitarbeit und den Beiträgen der wachsenden Mitgliederzahl der *Senckenbergischen Naturforschenden Gesellschaft* …« – Sophie bemerkte, wie ihr Vater mit den Füßen scharrte, als er offenbar im Sitzen Haltung annahm, stolz, seit vielen Jahren aktives Mitglied des Vereins zu sein, der dieses Museum hatte erbauen lassen – »… und den hochherzigen Schenkungen, die unserem Hause aus der Frankfurter Bürgerschaft zugeflossen sind. Meine hochverehrten Herren, geehrte Damen – ich danke Ihnen im Namen des Museumsdirektoriums für Ihr unermüdliches Engagement und wünsche Ihnen nun noch einen angenehmen Abend in unserem herrlichen Festsaal.« Unter dem beifälligen Raunen der Honoratioren prostete der Direktor mit seinem Sektglas den versammelten Gästen zu. »Auf das Museum! Auf den Kaiser und die Kaiserin!«

Alle sprangen auf, erhoben ihre Gläser und riefen laut: »Hoch! Hoch! Hoch!«

Nach dem anschließenden begeisterten Applaus schoben sich die Gäste aus den Stuhlreihen und fanden sich plaudernd zu kleineren Gruppen zusammen. Charlotte verabschiedete sich mit einem verschwörerischen Blick von ihrer Schwester, schnappte sich im Vorübergehen noch ein volles Sektglas von einem Tablett und steuerte zielstrebig auf Christian Kopp zu, der ihr mit einem strahlenden Lächeln entgegenkam. Sophie war das nur recht, denn sie hatte ein anderes Ziel: Doktor Drevermann, mit Paul Klüver an seiner Seite, unterhielt sich vor der Bühne noch mit Direktor Römer, und sie bemühte sich, beide im Auge zu behalten. Ungeduldig wartete sie darauf, eine Gelegenheit zu haben, ihren Mentor zu begrüßen, um ihn nach seiner Expedition zu fragen. Und mit ihrem Doktoranden hätte sie auch gerne ein wenig geplaudert. Doch sie wollte das Gespräch der Herren nicht stören.

Nach einer Weile stand Sophie immer noch etwas unschlüssig allein herum. Sie beobachtete, wie ihre Mutter energisch auf Fräulein Pixis einredete. Ob sie versuchte, Sophies frühere Vorgesetzte zu überzeugen, ihre Tochter möglichst bald aus der Paläontologie zurück zu sich in das ordentliche, saubere Büro zu holen? Diese Vorstellung machte Sophie nervös. Sie musste dringend Doktor Drevermann sprechen, damit der sie weiterhin in seinem Laboratorium arbeiten ließ. Entschlossen setzte sie sich in Bewegung, doch schon im nächsten Moment hielt ihr Vater sie am Arm zurück, drückte ihr ein volles Sektglas in die Hand und zog sie mit sich in die entgegengesetzte Richtung.

»Wo willst du denn mit mir hin?«, fragte sie leicht ungehalten.

»Deine Mutter meinte, ich solle dich hier nicht so allein in der Ecke herumstehen lassen. Komm, wir schlendern gemeinsam ein bisschen herum. Ich möchte mich mit meiner hübschen Tochter zeigen«, antwortete er verschmitzt lächelnd.

Sophie ahnte, dass es bei diesem Herumschlendern darum ging, sie vorzuführen. Wahrscheinlich hofften ihre Eltern, unter den anwesenden, wissenschaftlich interessierten Herren einen passenden Bräutigam zu finden. Sie fühlte sich beinahe wie auf einer Viehauktion, als sie die Blicke einiger Männer auf sich spürte, während ihr Vater sie herumführte. Schon überlegte sie, wie sie dieser unangenehmen Situation entkommen konnte, als ihr Vater ein neues Ziel für sie beide zu haben schien.

»Oh, dort drüben steht ein alter Bekannter von mir.« Er zog sie mit sich.

Sie erkannte Professor Heinrich Reichenbach, der neben seiner Kollegin Maria Sondheim stand, die sich angeregt mit einem älteren Herrn unterhielt. Dessen weißes Haar und der gepflegte Vollbart erinnerten sie an Professor Kinkelin. Als er Robert von Mayden entdeckte, breitete sich ein Lächeln auf seinem von tiefen Falten durchzogenen Gesicht aus. Er entschuldigte sich bei seiner Gesprächspartnerin und machte einen Schritt auf Sophies Vater zu.

»Von Mayden!«, rief er erfreut aus. »Wie schön, Sie endlich mal wiederzusehen.«

»Professor Kayser, es ist mir ebenfalls eine große Freude.« Robert von Mayden schien höchsterfreut zu sein und ließ seine Tochter los.

Als sich die Herren begrüßten und einander freundschaftlich auf die Schultern klopften, kam Maria Sondheim zu Sophie herüber, ohne Professor Reichenbach weitere Beachtung zu schenken. Er warf Sophie einen abfälligen Blick zu, der ihr verriet, dass es ihn ärgerte, von der Sektionsleiterin einfach so stehen gelassen zu werden, während auch die beiden anderen Herren kaum Notiz von ihm nahmen.

»Wie nett, Sie wiederzusehen, Fräulein von Mayden.« Maria Sondheim schenkte ihr ein freundliches Lächeln.

Sophie erwiderte die Begrüßung und stellte dabei fest, dass die Leiterin der Vergleichenden Anatomie zu dem heutigen, feierlichen Anlass ihr Haar sehr viel ordentlicher frisiert hatte als bei ihrer letzten Begegnung. Maria Sondheim trug zudem einen eleganten Hut und glitzernde Ohrringe. In dem schlichten schwarzen Kleid wirkte sie recht imposant zwischen den Herren, die zumeist kleiner waren als sie.

Sophie war einmal mehr von dieser Frau beeindruckt, die jetzt interessiert fragte: »Erzählen Sie, arbeiten Sie noch für Professor Kinkelin?«

»Nein, inzwischen unterstütze ich den Doktoranden Klüver als Assistentin bei seiner Dissertation über den *Diplodocus longus*«, antwortete Sophie stolz.

»Das ist sicher sehr viel interessanter, als irgendwelche dubiosen Hundeköpfe zu sortieren …« Sie lächelte Sophie verschmitzt an. »Abgesehen von derartigen Absonderlichkeiten haben wir in der Anatomie übrigens auch einige interessante Skelette zu bieten, an denen Sie forschen könnten. Vielleicht möchten Sie im Anschluss ein Praktikum bei mir machen? Ich würde mich freuen, eine so aufgeweckte junge Dame auszubilden.«

Sophie war so verblüfft über dieses großzügige Angebot, das sie sogleich annahm. »Ja, gerne! Ich möchte unbedingt weiter im Museum arbeiten, jetzt, wo ich nicht studieren darf …«

»Was soll das heißen: Sie *dürfen* nicht studieren?«, hakte Maria Sondheim irritiert nach. »Wer verbietet das? Ihre Eltern?« Sie zog skeptisch eine Augenbraue hoch und musterte Sophie mit durchdringendem Blick.

»Nun ja … Meine Mutter hält es für Zeitverschwendung für eine Frau …«

»Ach ja …?«

»Und außerdem habe ich ja nur ein Examen vom Lehrerinnenseminar. Das wird leider nicht als Hochschulreife anerkannt.«

»Ich hatte so sehr auf eine andere Entscheidung des Unterrichtsministeriums gehofft«, seufzte die Wissenschaftlerin. »Da lässt man seit diesem Jahr nun endlich offiziell auch weibliche Studierende an Hessens Universitäten zu, verhindert das aber gleichzeitig, weil Mädchen in Preußen bisher gar kein Abitur machen können.« Sie war sichtlich erbost über diesen Umstand. »In der Schweiz ist man da ja schon lange sehr viel weiter. Deshalb konnte ich nach meiner Matura damals auch problemlos studieren.«

»Sie sind Schweizerin? Das hört man Ihrer Aussprache gar nicht an.«

»Nein, ich stamme aus Berlin. Aber meine Eltern haben mich früh auf ein Schweizer Internat geschickt, wo ich mein Abitur ablegen konnte.«

»Das war sehr vorausschauend von Ihren Eltern«, sagte Sophie und überlegte, ob das auch eine Möglichkeit für sie gewesen wäre.

»Nun ja … Damals wäre ich lieber zu Hause mit meinen Brüdern aufgewachsen …« Der Blick von Maria Sondheim verdüsterte sich auf einmal; offensichtlich verband sie mit ihrer Zeit im Internat auch einige unschöne Erinnerungen. Doch gleich darauf straffte die große Frau wieder ihre Schultern und erklärte lächelnd: »Im Nachhinein hat mir diese Entscheidung natürlich sehr geholfen, als ich schließlich in Berlin studieren konnte. Dort habe ich übrigens auch Professor Kayser kennengelernt.« Sie nickte zu Robert von Mayden und seinen Gesprächspartnern hinüber.

»Wen?«

»Den Herrn dort links, der sich gerade mit Professor Reichenbach unterhält. Er gehört zu den wenigen aufgeklärten Dozenten im deutschen Kaiserreich, die kein Problem damit haben, auch Frauen zu unterrichten. Ich habe damals aus Interesse auch einige seiner Vorlesungen besucht – ein großartiger Lehrer.«

Neugierig sah Sophie sich nach dem weißhaarigen Herrn mit dem imposanten Bart um. Er wirkte auf den ersten Blick nicht wie ein Mann mit modernen Ansichten.

»Vielleicht könnte er etwas für Sie tun«, überlegte Maria Sondheim laut und hatte damit sofort wieder Sophies Aufmerksamkeit. »Möglicherweise könnte er Sie als Gasthörerin zu seinen Geologie-Vorlesungen zulassen. Wäre das interessant für Sie?«

»In Berlin?«, fragte Sophie ungläubig.

»Nein, er lehrt inzwischen in Marburg – Paläontologie und Geologie. Sein *Lehrbuch der Geologie* ist mit Abstand das beste deutsche Lehrbuch zu dem Thema.«

Jetzt fiel Sophie wieder ein, wie ehrfürchtig Paul Klüver von seinem Universitätsprofessor Emanuel Kayser in Marburg gesprochen und eins seiner Bücher in das Regal ihres Büros gestellt hatte.

»Das ist *der* Emanuel Kayser?«, sagte Sophie mit leuchtenden Augen. »Ich habe schon ein anderes Werk von ihm gelesen und würde ihn zu gerne kennenlernen. Er unterrichtet genau die Fächer, die ich gerne studieren würde!«

»Na, dann kommen Sie mal mit!«, forderte Maria Sondheim sie lächelnd auf und hakte sich freundschaftlich bei ihr unter. »Ich stelle Sie ihm gleich mal vor.«

Entschlossen trat sie mit Sophie zu den drei Herren, die irritiert zu ihr aufblickten, als sie kurzerhand deren Konversation unterbrach.

»Bitte entschuldigen Sie die Störung, Kollege Reichenbach. Professor Kayser, hier ist jemand, den Sie unbedingt kennenlernen sollten.« Maria Sondheim lächelte charmant in die Runde.

Robert von Mayden blickte verblüfft zwischen ihr und seiner Tochter hin und her, während Heinrich Reichenbach die Lippen indigniert kräuselte.

Die Sektionsleiterin schob Sophie ein kleines Stück nach vorn. »Das hier ist Sophie von Mayden, eine talentierte junge Dame mit großen Ambitionen. Sie arbeitet seit einer Weile bei uns im Museum, und ich konnte mich bereits selbst von ihrem außerordentlichen Engagement und Wissensdurst überzeugen.«

»Na, wenn *Sie* das sagen, verehrte Frau Kollegin«, erwiderte Professor Kayser, musterte Sophie genauer und wandte sich dann an ihren Vater: »Ist diese entzückende Dame mit Ihnen verwandt, von Mayden?«

Der Angesprochene fand nun seine Sprache wieder. »Aber ja! Darf ich Ihnen meine zweitälteste Tochter vorstellen? Mein Kind, das ist Professor Emanuel Kayser. Er hat in Marburg seit über zwanzig Jahren als ordentlicher Professor den Lehrstuhl für Geologie und Paläontologie inne. Wir haben dort seinerzeit ein paar herrliche Jahre zusammen geforscht.«

»Es ist mir eine große Ehre, Sie kennenzulernen, Professor Kayser«, grüßte Sophie und reichte ihm die Hand.

»Erfreut, Ihre Bekanntschaft zu machen, Fräulein von Mayden.« Er betrachtete sie aufmerksam. »Erzählen Sie, was tun Sie in diesem wunderbaren Museum?«

Sophie war bewusst, dass sie diesen Mann unbedingt beeindrucken musste, damit er sie möglicherweise als Gasthörerin zu seinen Vorlesungen in Marburg zulassen würde. Das wäre fast so gut wie ein richtiges Studium. Und seinem alten Freund würde ihr Vater sicher nicht widersprechen, wenn dieser seiner Tochter eine solche Möglichkeit anbot. Sie überlegte in Windeseile, was sie antworten sollte. Bestimmt würde es Kayser interessieren, dass sie sich für Paläontologie interessierte und mit seinem ehemaligen Studenten zusammenarbeitete.

»Ich habe mich seit Juni in verschiedenen Abteilungen nützlich gemacht, zuletzt bei Professor Kinkelin in der paläontologischen

Sammlung. Und derzeit arbeite ich mit Paul Klüver zum *Diplodocus longus …«*

»Ach, tatsächlich?«, unterbrach Kayser sie begeistert. »Sie arbeiten mit Klüver? Ein sehr aufgeweckter junger Mann. Er war mein Student in Marburg. In Geologie zeigte er ein paar Schwächen, aber er liebt die Paläontologie.«

»Ja, er spricht voller Bewunderung von Ihnen«, berichtete Sophie. »Wir teilen uns das Laboratorium mit Doktor Drevermann.«

»Na, so was! Sie kennen ja schon eine Menge Leute. Fritz Drevermann war einst mein Doktorand. Er ist ja gerade zurück aus Spanien, wie ich hörte. Ich bin sehr gespannt auf den Zinnober, den er dort gesucht hat.«

»Ich auch«, log Sophie, ohne rot zu werden, ergänzte dann jedoch: »Neben der Geologie fasziniert mich die momentane Arbeit an den *Diplodocus*-Fragmenten aber auch sehr.«

»Sie arbeiten also mit Klüver an der Erforschung der Sauropoden? Ja, das ist sicher sehr interessant. Bei wem haben Sie denn studiert, und wer ist Ihr Doktorvater?«, erkundigte Kayser sich, als sei diese Frage das Normalste der Welt.

Sophie spürte, dass ihr die Röte den Hals emporkroch. Das hatte sie nun davon, dass sie so aufgeschnitten hatte. Nun würde sie dem Professor gestehen müssen, dass sie nur eine ungelernte Hilfskraft war. Sie warf ihrem Vater, der das Gespräch aufmerksam verfolgt hatte, einen unsicheren Blick zu, doch er wandte seinen Blick ab. Sicher schämte er sich jetzt für seine vorlaute Tochter, dachte Sophie beklommen.

»Ich …«, stammelte sie leise. »Also, ich habe leider nicht studiert. Ich arbeite Herrn Klüver seit Kurzem bei seiner Dissertation zu – als seine Assistentin …«

»Ah! Na, Sie sind ja auch noch recht jung. Wo wollen Sie denn zukünftig studieren?« Kayser schien keineswegs irritiert über ihre Antwort zu sein.

Während Sophie noch unsicher nach den passenden Worten suchte, sprang Maria Sondheim ihr zur Seite. Mit ärgerlich zusammengezogenen Augenbrauen erklärte sie scharf: »Wenn es nach den neuesten Entscheidungen aus Berlin geht, wird Fräulein von Mayden auf absehbare Zeit gar nicht studieren dürfen. Damit teilt sie das diskriminierende Schicksal sämtlicher Frauen in Preußen – mangels adäquaten Schulabschlusses lässt man sie nicht zum Studium zu, obwohl dies seit dem Wintersemester für Frauen auch hier eigentlich endlich offiziell möglich wäre.«

»Ich verstehe nicht …« Kayser sah Sophie irritiert an. »War Ihr Abschluss zu schlecht, oder woran hat es gelegen?«

»Keineswegs, ich habe sogar mit Auszeichnung bestanden!«, antwortete sie. Die Unterstützung der Wissenschaftlerin neben ihr hatte ihr neues Selbstbewusstsein eingeflößt. »Ich habe nach der zehnten Klasse das erweiterte Examen zur Oberlehrerin an der Höheren Mädchenschule gemacht, um mich weiterzubilden.«

Maria Sondheim ergänzte voller Entrüstung: »Und dieser Abschluss wird nun nicht als gleichwertig mit dem Abitur der Herren anerkannt. Statt diese jungen, gebildeten und hochmotivierten Frauen endlich an die Universitäten zu lassen, hält man die potenziellen Studentinnen mit künstlich geschaffenen Hürden weiterhin zurück. Eine unglaubliche Perfidität!«

Sophie nickte. »Ich müsste erst mal zwei Jahre lang als Lehrerin arbeiten, bevor ich mich für ein Studium bewerben kann. Doch das dauert alles viel zu lang. Dabei hätte ich so gerne Paläontologie und Geologie studiert«, setzte sie betrübt hinzu und blickte zu Boden.

»So, so …«, meinte Kayser mehr zu sich selbst und schien kurz zu überlegen. »In Marburg machen wir mittlerweile sehr erfreuliche Erfahrungen mit den sechsundzwanzig ersten weiblichen Studierenden. Allerdings kommen diese zumeist aus dem Ausland – aus Russland und der Schweiz. Dort scheint es keine Probleme mit den Schulabschlüssen zu geben wie hier in Hessen.« Er wandte sich Robert von Mayden zu und fragte verwundert: »Konnten Sie da denn nichts machen, verehrter Kollege? Marburg ist doch Ihre Alma Mater.«

Sophies Vater schien sich ertappt zu fühlen. Er wiegte den Kopf hin und her und druckste ein wenig herum, bevor er schließlich antwortete: »Immerhin haben wir unserer Tochter ermöglicht, bis zu einer Heirat hier im Museum ihrer Begeisterung für die Wissenschaft zu frönen.«

»Hm«, machte Professor Kayser und sprach Sophie direkt an. »Aber das reicht Ihnen nicht, hab ich recht?«

Überrascht blickte sie auf, sah in sein fragendes Gesicht, das ehrliches Interesse an ihrer Antwort signalisierte, und stieß entschlossen hervor: »Keineswegs! Im Gegenteil! Meine Arbeit hier hat mich nur noch mehr darin bestärkt, mich so lange zu bewerben, bis ich endlich doch noch immatrikuliert werde!«

Ihr Vater schnappte nach Luft.

»Bravo!«, lobte der Professor, völlig unbeeindruckt von dem irritierten Blick seines Kollegen. »Das nenne ich Enthusiasmus für die wissenschaftliche Forschung, Fräulein von Mayden. Womit genau beschäftigen Sie und Herr Klüver sich denn derzeit?«

»Wir untersuchen einige bisher unbeachtete Fragmente aus der Grabungsstätte in Amerika, aus der auch das Skelett des *Diplodocus longus* hier im Museum stammt. Zuletzt haben wir in den Sedimentblöcken die *Unguicula* der *Phalanx distalis* des dritten *Os digitorum pedis* entdeckt und konnten daher den Nachweis erbringen, dass es sich tatsächlich um Fragmente eines weiteren *Diplodocus longus* handelt«, erklärte sie und war froh, dass sie es trotz klopfenden Herzens geschafft hatte, seine Frage mit ruhiger Stimme fehlerfrei zu beantworten.

Ihr Vater starrte sie sprachlos an, und Emanuel Kayser lächelte höchst erfreut. »Sie klingen ja schon wie eine Doktorandin«, lobte er, hörbar angetan von ihrem Fachwissen. »Wirklich beeindruckend.« Er sah wieder seinen alten Freund an. »Die Leidenschaft für die Wissenschaft hat Ihre Tochter offensichtlich von Ihnen geerbt, lieber von Mayden. Das sollte man doch unbedingt fördern, oder?!«

»Nun ja …«, erwiderte ihr Vater ausweichend. »Meine Gattin ist nicht gerade begeistert von den Ambitionen unserer Tochter … Wenn sie erst verheiratet ist …«

»Papperlapapp!«, unterbrach ihn der Professor. »Wir müssen die Jugend fordern und fördern. Das Kaiserreich braucht kluge Köpfe – egal, ob Männer oder Frauen. Heiraten kann sie später.« Energisch versicherte er Sophie: »Sie haben das Zeug zu einer Naturforscherin, junges Fräulein. Also: Das nächste Semester beginnt im April. Haben Sie sich schon in Marburg beworben?«

»Nein, noch nicht ... Mein Schulabschluss wird ja bisher immer noch nicht ...«, murmelte Sophie überrascht.

»Dann wird es Zeit!«, schnitt er ihr das Wort ab. »Lassen Sie sich von Klüver ... Nein, noch besser von Drevermann ... Der ist ja wieder im Lande. Also lassen Sie sich von ihm eine entsprechende Bescheinigung und Belobigung für Ihre geleisteten Praktika ausstellen.« Er blickte Maria Sondheim an, die mit einem zufriedenen Lächeln zugehört hatte. »Und Sie können doch sicher auch eine Belobigung ausstellen, liebe Frau Kollegin?«

»Aber natürlich«, bestätigte die Anatomin. »Ich wusste, dass Sie von dieser jungen Dame ebenso angetan sein würden wie ich, Herr Professor. Wenn ich dazu beitragen kann, dass eine weitere Frau zu ihrem Recht kommt ...« Sie lächelte Sophie an. »Sehen Sie, Fräulein von Mayden, wenn sich die geballte wissenschaftliche Kompetenz zusammentut, gibt es vielleicht doch noch eine Chance für Sie, studieren zu können.«

Sophie blickte sprachlos zu Maria Sondheim auf und dann wieder zu Emanuel Kayser.

Der Professor verkündete entschlossen: »Das wäre doch gelacht!« Er lächelte Sophie verschmitzt zu und rieb sich voller Tatendrang die Hände. »Also dann, schicken Sie mir die Empfehlungen baldigst direkt nach Marburg. Ich überzeuge dann die Herren in unserem Universitätsdirektorium davon, dass wir auf eine derart vorgebildete, strebsame und willensstarke Studentin keinesfalls verzichten können – mit oder ohne Abitur. Da hat Maria Sondheim völlig recht. Meine verehrte Kollegin ...« Er deutete eine Verbeugung vor ihr an. »Ich danke Ihnen vielmals, dass Sie mich auf diesen Fall aufmerksam gemacht haben.«

»Sehr gerne, ich war mir sicher, dass ich mit meinem Anliegen bei Ihnen offene Ohren finde«, antwortete sie. »Dann wünsche ich Ihnen noch einen angenehmen Abend, lieber Professor.« Mit einem Lächeln in die Runde verabschiedete sie sich von den Herren.

Sie zog Sophie einen Schritt zur Seite. »Kommen Sie morgen in mein Büro; dann können Sie sich das Empfehlungsschreiben abholen.« Die Anatomin nahm Sophies Hand zum Abschied zwischen beide Hände und nickte ihr aufmunternd zu, als diese sich überschwänglich bei ihr bedankte. »Keine Ursache, das habe ich gern getan.« Dann verschwand sie in der Menge.

Sophie konnte ihr Glück kaum fassen. Träumte sie, oder hatte ihr hier gerade die Fürsprache einer Naturwissenschaftlerin bei einem der renommiertesten Professoren der altehrwürdigen Universität Marburg zum ersehnten Studium verholfen?

Als Nächstes verabschiedete sie sich mit einer höflichen Verbeugung von Emanuel Kayser, als sie sah, dass Professor Reichenbach gerade ansetzte, ihn in ein neues Gespräch zu verwickeln.

»Es war mir ein großes Vergnügen, Ihre Bekanntschaft zu machen, Professor Kayser.«

»Ganz meinerseits, Fräulein von Mayden.« Er lächelte ihr freundlich zu. »Nun nehmen Sie sich ein Beispiel an Maria Sondheim, und lassen Sie sich nicht länger von ein paar alten Herren aufhalten. Genießen Sie den Abend! Ihr Herr Vater und ich werden uns noch ein wenig austauschen.« Er klopfte dem sprachlosen Robert von Mayden freundschaftlich auf die Schulter und winkte einen Kellner heran. »Ich schätze, Sie brauchen erst mal einen kräftigen Schluck auf den Schreck, mein Lieber.«

Sophie hatte das Gefühl, ebenfalls dringend ein Glas Sekt trinken zu müssen, um sich nach den aufregenden letzten Minuten wieder zu beruhigen. Doch das musste warten. Jetzt hatte sie einen Grund mehr, mit Doktor Drevermann zu sprechen. Sie ließ ihren Blick durch den Saal wandern. Es war deutlich leerer geworden. Vorne an der Bühne konnte sie ihn nicht erspähen. Also begab sie sich auf die Suche nach ihm und schritt langsam an den kleinen

Gruppen von Leuten vorbei, die sich angeregt unterhielten. Vorsichtshalber machte sie einen großen Bogen um ihre Mutter, die immer noch auf Fräulein Pixis einredete.

Die Mühe konnte sie sich sparen, dachte Sophie zufrieden. In das langweilige Büro würde sie auf keinen Fall zurückkehren.

Ein angenehmes Kribbeln breitete sich in ihrem Bauch aus, als ihr bewusst wurde, was für ein Glück sie gehabt hatte, dass Maria Sondheim sich so spontan für sie eingesetzt und sie dem Universitätsdozenten vorgestellt hatte. Womöglich würde diese Begegnung ihrem Leben tatsächlich eine neue Richtung geben – obwohl man ihr in Berlin eine Ausnahmeregelung verwehrt hatte. Wenn sich die Universität Marburg direkt für sie aussprach, konnten auch die konservativen Beamten in der Reichshauptstadt nichts dagegen tun!

Sie erinnerte sich daran, wie Kayser gesagt hatte: »Papperlapapp … Heiraten kann sie später«, und musste schmunzeln, als sie an das entgeisterte Gesicht ihres Vaters dachte. Wenn ein renommierter Professor das so sah, müssten doch auch ihre Eltern einsehen, dass sie diese Chance unbedingt ergreifen sollte. Emanuel Kayser schien ernsthaft gewillt zu sein, ihr die Möglichkeit zu geben, ihre Leidenschaft für Forschung und Wissenschaft auszuleben – sofern das Universitätsdirektorium ebenso fortschrittlich dachte und Fritz Drevermann sie mit einer Referenz unterstützen würde.

Doch wie sollte Doktor Drevermann beurteilen, was sie in den vergangenen Monaten, während er weit weg auf seiner Expedition gewesen war, im Museum geleistet hatte? Aus eigener Anschauung wusste er nur, dass sie fein säuberlich Etiketten beschriften konnte. Das qualifizierte sie leider nicht für ein Studium der Paläontologie. Aber vielleicht würde Paul Klüver seinem Doktorvater von ihrer gemeinsamen Forschung im Laboratorium berichten. Natürlich würde er das tun – dessen war sie sich sicher.

Beim Gedanken an den Doktoranden wurde das Kribbeln in ihrem Bauch stärker, und plötzlich wusste sie, dass sie ihm zuerst von den wunderbaren Neuigkeiten erzählen wollte. Sie reckte den Hals und blickte sich unter den verbliebenen Gästen im Festsaal um.

Da sie ihn hier nicht entdecken konnte, trat sie durch eine der drei geöffneten Doppeltüren hinaus in die weite Treppenhalle, wo sich ebenfalls einige Besucher aufhielten. Sie entdeckte Charlotte und Christian, die schräg gegenüber an einem der großen Rundbögen lehnten, die zum Lichthof hinausgingen, und angeregt miteinander redeten.

Sophie trat an das hüfthohe Steingeländer zum offenen Treppenhaus, schaute hinunter und entdeckte auf dem breiten Absatz unter ihr Paul Klüver. Ihre Freude darüber, ihn gefunden zu haben, erstarb allerdings im selben Moment – er war nicht allein. Er unterhielt sich ausgerechnet mit dieser attraktiven Fremden in dem roten Kleid. Sophie hatte das Gefühl, als würde eine heiße Woge ihren Körper erfassen, und ihre Finger verkrampften sich auf dem kühlen, glatten Sandstein der breiten Brüstung.

War das etwa ein plötzlicher Anfall von Eifersucht?, fragte sie sich verwirrt. Ärgerlich schüttelte sie den Gedanken ab. Angesichts der Tatsache, dass zwischen ihr und dem Doktoranden lediglich ein Arbeitsverhältnis bestand, war ein derartiges Gefühl doch völlig abwegig. In der kurzen Zeit ihrer Zusammenarbeit hatte er ihr schließlich keinerlei Signale gesendet, die ein privates Interesse an ihr als Frau hätten erkennen lassen. Wenn er mit ihr sprach, ging es ausschließlich um uralte Knochen. Wobei … Wenn sie so darüber nachdachte … Seine Bemühungen, ihr etwas von seinem Wissen zu vermitteln, waren schon sehr freundlich und engagiert gewesen. Und ab und zu machte er ihr ein Kompliment – nicht für ihre äußere Erscheinung, sondern für ihre schnelle Auffassungsgabe. Das gefiel ihr … ebenso wie seine ruhige, konzentrierte Art, Probleme zu lösen, gestand sie sich ein. Und die lustigen Fältchen um seine Augen, wenn sich sein offenes Lachen zeigte … Sein stattlicher Körper … Und er roch so gut …

Versunken in ihre Gedanken, starrte sie ihn mit einem glückseligen Lächeln auf den Lippen an. Ausgerechnet in diesem Moment blickte er irritiert nach oben, als hätte er ihren Blick gespürt. Ihr schoss die Röte ins Gesicht. Paul Klüver nickte freundlich und wandte sich erneut seiner Gesprächspartnerin zu. Ertappt riss Sophie sich zusammen und schalt sich für ihre alberne »Jungmädchenschwärmerei«. Die warmen Gefühle wurden augenblicklich wieder von Verärgerung abgelöst. Wieso stand er da und unterhielt sich sehr vertraut mit einer anderen Frau, während er mit ihr heute Abend noch kein Wort gewechselt hatte? So eine Unverschämtheit! Sie schnaubte wütend.

»Fräulein von Mayden?«

Als sie die wohlbekannte Stimme hinter sich vernahm, löste sich der eben noch an ihr nagende Ärger umgehend in Luft auf. Höchst erfreut drehte sie sich um und blickte in das verwunderte Gesicht von Fritz Drevermann.

Mit leichtem Stirnrunzeln fragte er: »Was machen Sie denn hier?« Er schien überrascht zu sein, sie bei einem derart offiziellen Anlass anzutreffen.

»Guten Abend, Doktor Drevermann«, grüßte Sophie ihn unsicher und spürte ihr Herz klopfen, als sie ihm die Hand reichte. So lange hatte sie die Rückkehr ihres verehrten Mentors herbeigesehnt! Nervös hüstelte sie, bevor sie etwas steif erklärte: »Der Präparator August Koch war so freundlich, mich zur Eröffnung des Dioramas einzuladen.«

»Ah, verstehe. Der wilde August …« Drevermann lachte auf. Als sie ihn verständnislos ansah, ergänzte er verbindlich: »Das war sehr freundlich von Herrn Koch Junior.«

»Ja, das war es«, murmelte sie verlegen und überlegte, was er damit hatte sagen wollen. Ob sich seine Bemerkung auf die wilden Tiere bezog, die August Koch präparierte? Oder sollte das ein etwas anzüglicher Scherz sein? Aber seit wann neigte der ansonsten eher zugeknöpfte, seriöse Doktor zu Scherzen dieser Art?

Während er sie nun schweigend anschaute, hatte sie den Eindruck, dass er irgendwie verändert wirkte – gelöster und aufgekratzter als vor seiner Reise. Auch äußerlich. Den strengen Zug um seinen Mund hatte der warme Sonnenschein, dem er im Süden wahrscheinlich täglich ausgesetzt war, fast vollständig ausgelöscht.

Und der schwarze Frack mit enger Fliege um den steifen Kragen passte nicht recht zu seiner gebräunten Haut und dem hellblonden Schnauzer. Sophie überlegte kurz, wie er wohl mit einem Tropenhelm aussehen würde.

Da Fritz Drevermann noch immer schwieg, riss sie sich von seinem Äußeren los und erkundigte sich höflich: »War Ihre Expedition erfolgreich?«

»Das will ich meinen«, erwiderte er, und sie konnte seiner Stimme entnehmen, wie stolz er auf seine Leistung war. »In den kommenden Tagen sollten die zahlreichen Fundstücke aus der Sierra Morena hier eintreffen. Dann können Klüver und ich uns an die genauere Begutachtung machen. Dazu habe ich uns Verstärkung aus Spanien mitgebracht.« Er warf einen Blick über ihre Schulter, deutete hinunter ins Treppenhaus und bemerkte schmunzelnd: »Na, die beiden scheinen sich ja schon bestens zu verstehen.«

Sophie wusste genau, wen er dort unten sah, und spürte sofort ein ärgerliches Grummeln im Bauch. Widerwillig folgte sie seinem Fingerzeig auf Paul Klüver und die Dame neben ihm.

»Das ist Fräulein Pérez«, sagte Drevermann.

Als sie ihren Namen hörte, schaute die Frau nach oben, lächelte dem Doktor zu und musterte Sophie mit fragend erhobenen Augenbrauen. Ihr intensiver Blick machte Sophie nervös.

»Alicia Pérez ist angehende Geologin und arbeitet sonst am Naturkundemuseum in Madrid«, berichtete Drevermann in einem begeisterten Tonfall. »Sie kennt sich mit den Gesteinsformationen im südlichen Spanien bestens aus und hat uns bei den Grabungen geholfen. Und nun hat sie sich freundlicherweise bereiterklärt, mich nach Frankfurt zu begleiten, um die Objekte auszuwerten.«

»Aha«, murmelte Sophie. Dann würde diese Frau ihr also nicht nur Paul Klüver abspenstig machen, sondern auch ihren Mentor, dachte sie verdrossen und entzog sich deren Blick.

Während Drevermann mit ein paar Gesten den beiden unten zu verstehen gab, dass sie zu ihnen hochkommen sollten, setzte er die Unterhaltung fort: »Gefällt Ihnen die Arbeit mit meinem Doktoranden? Er scheint ja recht angetan von Ihrer Hilfe als Assistentin zu sein.«

Es schmeichelte ihr, dass Paul Klüver sich scheinbar lobend über ihre Zusammenarbeit geäußert hatte. »Ja, es ist eine ausgesprochen faszinierende Tätigkeit. Ich bin Ihnen und Professor Kinkelin sehr dankbar, diese Chance bekommen zu haben. Ich lerne täglich etwas dazu.«

»Das klingt ja höchst erfreulich.«

Sie nickte und überlegte, ob dies der richtige Moment war, um ihm von ihren Studienplänen in Marburg zu erzählen und ihn um seine Hilfe zu bitten. Doch ehe sie die passenden Worte finden konnte, erschienen Alicia Pérez und Paul Klüver neben ihr.

Der Doktorand begrüßte sie höflich und stellte ihr die Dame an seiner Seite vor: »Fräulein von Mayden, dies ist Señorita Pérez aus Spanien. Sie ist Doktorandin, wie ich, und wird uns bei der Auswertung der Ausgrabungen helfen.«

Sophie hörte nur die zwei Wörter »wie ich« und spürte bei der Hervorhebung dieser Gemeinsamkeit eine erneute Eifersuchtswelle in sich aufsteigen. Natürlich war es für Paul Klüver interessanter, sich mit einer echten Kollegin auszutauschen anstatt mit einer ungebildeten Assistentin, dachte sie missmutig. Außerdem war die Frau, die ein paar Jahre älter als sie selbst zu sein schien, aus der Nähe noch attraktiver.

Sophie konnte sich dem taxierenden Blick dieser fast schwarzen Augen, die von langen Wimpern und feingeschwungenen Brauen akzentuiert wurden, kaum entziehen. Und dazu diese rot geschminkten Lippen, die farblich perfekt zu ihrem Kleid passten! Solch eine Farbe trug keine andere Dame in Frankfurt. Die Aufmachung der jungen Spanierin war sehr auffällig, wirkte jedoch nicht anstößig. Widerstrebend musste Sophie zugeben, dass ihr diese Extravaganz ausgesprochen gut stand.

Alicia Pérez reichte ihr lächelnd die Hand und sagte mit einem charmanten Akzent: »Ich freue mich, Sie kennenzulernen, Señorita von Mayden. Señor Klüver berichtete mir, dass Sie ihn bei seiner

Forschungsarbeit unterstützen.« Jedes ihrer rollenden »R's« löste in Sophies Bauch eine eigenartige Vibration aus.

Sie schüttelte mechanisch die ausgestreckte Hand und fragte steif: »Sie kommen aus Madrid?«

Wie auf Knopfdruck ratterte die Frau los: »Sí! Ich arbeite normalerweise am *Museo Nacional de Ciencias Naturales*, einem der ältesten Naturkundemuseen in Europa – und dem wichtigsten in Spanien. Es wurde ursprünglich von König Carlos III. als *Gabinete Real de Historia Natural* geschaffen. Seit 1815 gibt es das neue Königliche Naturkundemuseum in Madrid, in dem sich auch die königliche Mineralogie-Sammlung befindet, an der ich für meine Doktorarbeit forsche.«

Sophie staunte, wie perfekt ihr Deutsch war; nur das rollende »R« verriet ihre Herkunft.

Als könne sie Gedanken lesen, setzte Alicia Pérez hinzu: »Mein Vater, *Dios lo bendiga*, Gott hab ihn selig, war Deutscher. Dank ihm beherrsche ich Ihre Sprache ein wenig.« Sie schlug die Lider nieder, doch Sophie nahm ihr diese gespielte Bescheidenheit nicht ab.

Dennoch versicherte sie höflich das, was die Spanierin vermutlich hören wollte. »Sie sprechen wirklich ganz ausgezeichnet Deutsch, Fräulein Pérez.«

»Ach, nennen Sie mich doch Alicia!« Ihre dunklen Augen und roten Lippen lächelten Sophie an. »Ich bin so froh, hier auch eine weibliche Kollegin zu treffen ...« – sie warf Drevermann und Klüver kokette Blicke zu – »... zwischen all diesen gelehrten Herren.«

Überrumpelt nickte Sophie. »Und ich bin Sophie.«

Diese Frau würde also ab sofort tagein, tagaus ebenfalls in *ihrem* Laboratorium auftauchen. Ob das gut gehen würde ...?

Frankfurt, November 1908

»Mama, wo bist du?«

Die aufgeregte, gellende Stimme des jüngsten Sprösslings der Familie von Mayden ertönte im Flur. Im nächsten Augenblick fiel die schwere Haustür der Villa am Kettenhofweg mit einem ungewohnt heftigen Knall ins Schloss. Aufgeschreckt von dem plötzlichen Lärm im Erdgeschoss, verließ Sophie rasch die Bibliothek, wo sie ihre Mittagspause bis eben gemeinsam mit ihrem Vater verbracht hatte, und lief die Treppe hinunter.

»Was ist denn los, Charlotte?«, fragte sie bestürzt, doch ihre kleine Schwester beachtete sie gar nicht.

Eilig streifte sie ihren nassen Mantel ab und warf ihn achtlos zu Boden, bevor sie in den Salon stürmte. Sophie folgte ihr bis zur Zimmertür und sah, dass ihre konsternierte Mutter den Stickrahmen sinken ließ und erschrocken aufschaute.

»Mama, Berlin!«, stieß Charlotte, die wenige Meter vor ihrer Mutter stehen geblieben war, völlig außer Atem hervor. Schwungvoll strich sie sich eine feuchte rote Strähne aus dem erhitzten Gesicht und ergänzte mit dramatischem Unterton: »Mama, ich *muss*!«

»Kind! Was ist denn los? Was *musst* du? Und wie sehen deine Haare aus? Du bist doch nicht überfallen worden, oder?« Mit besorgtem Blick erhob sich Anna von Mayden aus dem Sessel und ging mit geöffneten Armen auf ihre sechzehnjährige Tochter zu.

»Nichts dergleichen, Mama.« Charlotte wehrte die fürsorgliche Umarmung ungehalten ab. »Ich weiß jetzt, was ich will! Nach Berlin! Malerei studieren – bei Lovis Corinth!« Sie fuhr sich mit den

Fingern wieder durch ihr nasses, zerzaustes Haar und strahlte ihre Mutter erwartungsvoll an.

Sophie beobachtete weiterhin die Szene vom Türrahmen aus und wartete gespannt auf die Reaktion ihrer Mutter, die dieses Ansinnen mit Sicherheit für höchst seltsam hielt und strikt ablehnen würde.

»Was redest du da für einen Unsinn, Charlotte?«, stieß Anna von Mayden prompt aus. »Und wie siehst du überhaupt aus? Wo ist dein Hut? Du bist ja völlig derangiert und durchnässt. Wo hast du dich bei diesem grauenhaften Wetter bloß wieder herumgetrieben? Außerdem hast du das Mittagessen verpasst!«

Charlottes Gesicht leuchtete. Die Aufregung und ihr Marsch durch die regnerische Kälte hatten dafür gesorgt, dass sich feuerrote Flecken auf ihren Wangen gebildet hatten.

»Ich war im Zoo!«, rief sie begeistert. »Zum Zeichnen. Dabei habe ich die Zeit völlig vergessen. Und dann habe ich eine frühere Mitschülerin getroffen …«

Ihre Mutter schien gar nicht zuzuhören, betrachtete sie nur fassungslos von oben bis unten und sagte entrüstet: »Nun sieh dir an, was für einen Schmutz du hereingetragen hast … Ist das von den wilden Tieren?« Sie drehte sich naserümpfend zur Tür und rief laut: »Fritzi!«

»Ach, Mama, das ist doch nicht so schlimm«, wiegelte Charlotte mit Blick auf die bräunlich-schmutzige Wasserpfütze zu ihren Füßen ab, die langsam im handgeknüpften Perserteppich versickerte. »Tut mir leid«, entschuldigte sie sich schulterzuckend, schlüpfte kurzerhand aus ihren durchnässten Schuhen und hüpfte auf Strümpfen neben der Lache auf und ab. Dabei fuhr sie enthusiastisch fort: »Also, Mama, worum es eigentlich geht …«

»Charlotte!«, donnerte ihre Mutter, die nun völlig außer sich war. »Jetzt ist aber Schluss! So benimmt sich doch keine junge Dame! Nimm dir ein Beispiel an deiner Schwester!«

Sie funkelte ihre jüngste Tochter an und deutete auf Sophie, die schweigend im Türrahmen verharrte und sich ärgerte, als Vorbild herhalten zu müssen. Charlotte drehte sich scheinbar folgsam nach ihr um und verdrehte dabei für einen kurzen Moment die Augen.

Sophie musste sehr an sich halten, um über diese Dreistigkeit nicht laut loszuprusten. Wie brachte Charlotte es nur immer wieder fertig, den strengen Tadel ihrer Eltern auf die leichte Schulter zu nehmen? Sie selbst wäre bei so einer harschen Zurechtweisung vermutlich in Tränen ausgebrochen, doch Charlotte schien sich über den Ausbruch ihrer Mutter eher zu amüsieren.

Anna von Mayden hatte von der Impertinenz ihrer Jüngsten, die sich ihr wieder zuwandte, nichts bemerkt und befahl streng: »Du gehst jetzt sofort auf dein Zimmer, Charlotte, und richtest deine Garderobe und die Frisur! Vor dem Diner möchte ich dich nicht mehr hier sehen. Dann wird dein Vater ein ernstes Wörtchen mit dir reden.« Als ihre Tochter den Mund öffnete, um zu widersprechen, zischte sie aufgebracht: »Sofort!«

Mit einem trotzigen Aufstöhnen drehte ihre rebellische Jüngste sich um und marschierte ohne Schuhe aus dem Zimmer, vorbei an Sophie, der sie heimlich zuzwinkerte, und dem Dienstmädchen, das sich mit Lappen und Eimer über die Pfützen auf dem Teppich hermachte.

Die Hausherrin kehrte seufzend zu ihrem Sessel zurück, ließ sich wieder darin nieder und forderte mit schwacher Stimme: »Sophie, informiere bitte deinen Vater, dass ich ihn dringend sprechen muss.«

Anna von Mayden starrte immer noch grimmig vor sich hin, die Hände um den Stickrahmen verkrampft, als ihr Mann den Salon betrat. Sophie folgte ihm zögernd, unschlüssig, denn sie war hin- und hergerissen zwischen ihrem Pflichtgefühl und ihrer Neugierde: Einerseits wurde es Zeit, zurück ins Museum zu gehen; ihre Mittagspause war längst vorbei. Andererseits wollte sie unbedingt noch erfahren, ob es Charlotte am Ende gelingen würde, ihren Willen durchzusetzen.

Da ihre Eltern sie nicht weiter beachteten, griff sie sich ein herumliegendes Magazin und ging ins Esszimmer. Dort setzte sie sich an den leeren Tisch, von wo aus sie unauffällig beobachten konnte, ob ihr sanftmütiger Vater es schaffen würde, seine aufgebrachte Gattin zu beruhigen. In der Hoffnung, dass ihre Eltern ihre Anwesenheit bald vergessen würden, schlug sie die Zeitschrift auf und blätterte darin, während sie lauschte.

»Was ist denn passiert, meine Liebe?«, fragte Robert von Mayden vorsichtig. »Leider habe ich nicht viel Zeit. Ich muss noch meinen Vortrag für die *Senckenbergische* …«

»Robert!«, unterbrach seine Frau ihn ungehalten und stand auf. Sie streckte den Rücken durch, sodass sie nur ihren Gatten um wenige Zentimeter überragte, und schleuderte ihm erregt entgegen: »Jetzt geht es ausnahmsweise mal nicht um deinen vermaledeiten Verein. Sondern um die Familie! Um deine Töchter!«

Sophie blickte erschrocken hinüber in den Salon. So aufgebracht hatte sie ihre sonst auf Etikette und vornehme Zurückhaltung bedachte Mutter nur selten erlebt. In solchen Momenten war es besser, zu schweigen und abzuwarten. Das wusste wohl auch ihr Vater, der lediglich entschuldigend die Hände hob.

Anna von Mayden holte tief Luft, versuchte offensichtlich, sich zusammenzureißen, und fuhr mit schneidender Stimme fort: »Nicht nur, dass dein Kollege Sophie neulich diesen Floh mit Marburg ins Ohr gesetzt hat …« Robert von Mayden wollte zu einer Erwiderung ansetzen, doch sie schnitt ihm mit einer resoluten Handbewegung das Wort ab. »Nun will unsere Jüngste auch noch weg aus Frankfurt!«

»Wie? Was? Warum?«, stotterte er verwirrt.

»Das weiß ich nicht, aber gerade stürmte Charlotte hier in einem völlig desolaten Zustand herein und faselte irgendeinen Unsinn über Berlin. So geht es nicht weiter! Das Kind verwildert immer mehr. Deine Töchter brauchen jetzt die starke Hand ihres Vaters. Auf ihre Mutter scheinen sie ja nicht mehr zu hören …« Mit einem Aufschluchzen drückte sie sich ihr Spitzentaschentuch an den Mund und wandte sich von ihm ab.

Sofort trat er zu ihr und legte besänftigend seine Hände auf ihre Schultern. Ihr ganzer Körper bebte. »Selbstverständlich, Liebling.

Ich werde mit Charlotte reden«, versicherte er in ruhigem Tonfall und strich ihr sanft über den Rücken. Leise fügte er hinzu: »Dann sehe ich jetzt mal nach ihr.«

Blitzschnell drehte seine Frau sich zu ihm um. »Oh nein! Du gehst jetzt nicht in ihr Zimmer!«, befahl sie kategorisch. »Wenn du mit ihr allein bist, wickelt sie dich bloß wieder um den Finger. Wir besprechen das gemeinsam! Heute Abend beim Essen. Dann werden wir den beiden jungen Damen ihre ungehörigen Flausen endgültig aus den Köpfen treiben.«

Der gereizte Blick, den ihre Mutter bei diesen Worten über die Schulter des Vaters in ihre Richtung schleuderte, verriet Sophie, dass sie heute ebenfalls nicht ungeschoren davonkommen würde. Sie ärgerte sich über Charlottes impulsive Art, andere mit den eigenen ungewöhnlichen Lebensplänen zu konfrontieren. Dadurch hatte sie ihre Mutter offenkundig so schockiert und in Entrüstung versetzt, dass sich deren Zorn und Empörung jetzt auch gegen Sophie richteten.

Auf dem Weg zurück ins Museum hatte Sophie sich wieder halbwegs beruhigt. Was konnte schon Schlimmes passieren? Ihre Arbeit und ihre Pläne waren schließlich nicht so unvernünftig wie die von Charlotte, sagte sie sich. Bevor sie ins Laboratorium ging, besuchte sie noch Professor Kinkelin in seinem Gelehrtenzimmer, den sie ebenfalls um ein Referenzschreiben gebeten hatte, um ihre Chancen auf ein Studium zu erhöhen.

Friedrich Kinkelin begrüßte sie herzlich und ließ sie in dem abgewetzten Chesterfield-Sessel vor seinem Schreibtisch Platz nehmen.

»Haben Sie schon unsere neuen Ausstellungsstücke im Lichthof gesehen, Fräulein von Mayden?«, fragte er mit leuchtenden Augen.

Diese spektakulären Neuzugänge hatte sie gerade eben aus der Nähe bewundert, als sie auf dem Weg zu Kinkelin ihrem geliebten *Diplodocus longus* mal wieder einen Besuch abgestattet hatte.

»Ja, natürlich. Der *Plesiosaurus* und der *Ichthyosaurus* sind wirklich sehr beeindruckend«, antwortete sie entsprechend begeistert. »Die neuen Skelette wirken großartig in diesen Schaukästen mit den riesigen Spiegelscheiben.«

»Ja, nicht wahr?! Die Präsentation ist wirklich sehr ansprechend«, bestätigte Kinkelin ebenso euphorisch. »Die beiden Dinosaurierskelette waren ein Geschenk des Diamantenhändlers Sir Julius Wernher aus London, der ja ursprünglich aus Hessen stammt, und lagerten schon länger im Museum. Bisher fehlte es allerdings an einem passenden Rahmen für diese beiden Exponate. Vor Kurzem jedoch wurden endlich die nötigen Mittel für die Herstellung von solch großen Schaukästen bewilligt. Ihre Konstruktion hat unsere Mitarbeiter in den Werkstätten viel Zeit gekostet, aber die Mühe hat sich wirklich gelohnt. Diese Dinosaurier sind ein großer Gewinn für unsere paläontologische Abteilung. Der *Plesiosaurus* und der *Ichthyosaurus* werden sicher noch viele zusätzliche Museumsbesucher anziehen.«

»Ganz bestimmt!« Sophie seufzte sehnsüchtig. »Ach, wenn ich doch auch irgendwann nach solch spektakulären Exponaten graben könnte.«

»Das werden Sie bestimmt eines Tages, mein Kind.« Er lächelte ihr aufmunternd zu. »Aber zuvor müssen Sie sich erst mal auf ein ordentliches Studium konzentrieren.« Er schob ihr einen Briefumschlag über den Schreibtisch zu. »Mein Empfehlungsschreiben wird Ihnen hoffentlich dabei helfen.«

»Danke, Herr Professor.« Sie nickte ihm lächelnd zu und nahm den Umschlag.

»Ich bin mir sicher, dass Sie Ihren Weg machen werden – wenn Sie sich anstrengen.« Das schelmische Blitzen hinter seiner Goldrandbrille nahm seinen mahnenden Worten die Schärfe. »Bis das Sommersemester beginnt, sollten Sie im Museum unbedingt noch die Gelegenheit nutzen, sich in den anderen, für einen angehenden Paläontologen unerlässlichen Fächern fortzubilden. Neben der Dinosaurierkunde benötigen Sie schließlich auch fundierte Kenntnisse in der Geologie und Mineralogie.«

Sophie seufzte leise auf. Was waren schon irgendwelche langweiligen Steine im Vergleich zu den imposanten Knochen von echten

Dinosauriern? Die Geologie war das liebste Steckenpferd ihres Vaters, für das sie selbst bisher allerdings wenig Begeisterung aufgebracht hatte. Doch vor Professor Kayser, der dieses Fach in Marburg lehrte, wollte sie sich natürlich nicht blamieren. Widerstrebend gestand sie sich ein, dass es ein sinnvoller Vorschlag war, sich im Museum ein paar Vorkenntnisse in Geologie anzueignen.

»Vielleicht könnte ich Doktor Drevermann bei den Untersuchungen seiner Exponate aus der Sierra Morena helfen«, meinte sie und schaute Professor Kinkelin hoffnungsvoll an.

»Das übersteigt leider Ihre Fähigkeiten, Fräulein von Mayden«, entgegnete er und strich sich nachdenklich durch seinen langen weißen Bart. »Außerdem wird eine weitere Hilfe wohl nicht vonnöten sein, da er ja diese spanische Dame an seiner Seite hat. Und sein Doktorand wird ihm auch bei der Auswertung helfen. Daher hat Herr Klüver in den kommenden Wochen sicher keine Kapazitäten für seine *Diplodocus*-Forschung mehr übrig – und somit auch keine Verwendung für eine Assistentin.« In seinem Tonfall schwang Bedauern mit. »Stattdessen habe ich Professor Schauf gebeten, Sie für ein paar Wochen unter seine Fittiche zu nehmen.«

Sophie musste schlucken. Der Sektionsleiter der Mineraliensammlung, den sie in ihren ersten Tagen im Museum kennengelernt hatte, war ihr in schlechter Erinnerung geblieben. Der ziemlich kleine, aufgeschwemmt wirkende Mann hatte sie mit seinen langatmigen Ausführungen, gespickt mit zahlreichen lateinischen Begriffen, heillos überfordert und ihr lustlos die verschiedenen Mineralien und Fossilien gezeigt, die in diversen Schubladen und Schaukästen seiner Lehrsammlung lagerten. Professor Schauf hatte sie deutlich spüren lassen, dass er nichts davon hielt, einer Frau sein Fachgebiet näherzubringen. Sie hatte seinen arroganten, leiernden Tonfall während der nicht sonderlich inspirierenden Führung noch im Ohr. Und ausgerechnet in seine Abteilung sollte sie nun wechseln?

Angesichts der Tatsache, dass Fritz Drevermann endlich von seiner Expedition zurückgekehrt war, erschien ihr die Aussicht, zukünftig nicht bei ihm, sondern bei Professor Schauf zu arbeiten, beinahe wie eine Strafversetzung. Aber scheinbar blieb ihr gar nichts anderes übrig. Also bedankte sie sich bei Professor Kinkelin und verabschiedete sich mit sehr gemischten Gefühlen.

Sie hatte das Laboratorium, wo die letzten verbliebenen Saurierknochen auf ihre Bearbeitung warteten, schon fast erreicht, als sie Christian Kopp erblickte, der gegenüber von ihrem Büro gerade aus der Werkstatt der Konservatoren kam.

»Fräulein von Mayden! Stellen Sie sich das bloß vor ...«, rief er aufgeregt, während er freudestrahlend auf sie zuschritt. »Ich darf ab sofort zu den Präparatoren wechseln!« Seit seiner Tischlerarbeit für das Diorama interessierte er sich brennend für deren Tun. »Direktor Römer hat zugestimmt, dass ich meine Lehre bei Adam und August Koch fortsetzen kann.«

»Das klingt ja großartig.« Sophie freute sich mit ihm und dachte: Wenigstens einer, der mit seiner Versetzung zufrieden war ...

»Dann sehen wir uns bestimmt öfter, jetzt, wo ich dort drüben im Atelier arbeite«, meinte er hoffnungsvoll.

»Leider nicht ...« Sophie seufzte. »Ich werde in der nächsten Zeit bei Professor Schauf arbeiten.« Sie zuckte traurig mit den Schultern.

»Ach, wie schade«, sagte er mit ehrlichem Bedauern. »Die Arbeit bei ihm – das wird sicherlich sehr hart für Sie sein ...« Als sie ihn fragend ansah, korrigierte er sich schnell. »Sie werden ihm schon beweisen, was in Ihnen steckt.«

»Ich werde mich bemühen ...« Sie merkte selbst, dass sie nicht sonderlich überzeugt klang. »Nun muss ich aber zügig weiter. Noch ein bisschen an den Dinosaurierknochen herumschleifen ...«

»Natürlich. Grüßen Sie doch bitte Ihr Fräulein Schwester von mir.«

»Das werde ich gerne tun.« Sie lächelte ihm wissend zu und verschwand im Gelehrtenzimmer.

Die Begegnung mit ihrem ehemaligen Gehilfen hatte sie nur kurz von ihren trübsinnigen Gedanken ablenken können, und so betrat sie ihr Büro nicht sonderlich gut gelaunt. Offensichtlich hatte

Paul Klüver seine Mittagspause schon beendet: Das zusammengeknüllte Butterbrotpapier und seinen angebissenen Apfel hatte er achtlos zwischen den Büchern auf seinem Schreibtisch liegen gelassen. Sicher war er bereits nebenan bei der Arbeit. Prompt hörte sie das mittlerweile vertraute, laute Lachen von Alicia Pérez hinter der geschlossenen Durchgangstür.

»Die schon wieder …«, murmelte Sophie missmutig.

Während Doktor Drevermann sich bisher kaum im Laboratorium hatte blicken lassen, war die Geologin in den letzten Tagen immer öfter dort aufgetaucht. Bei den Vorbereitungen zur Analyse der Expeditionsergebnisse hatte sie jedes Mal die Gelegenheit genutzt, Paul Klüver in ein Gespräch zu verwickeln. Voller Missmut hatte Sophie registriert, dass ihr Doktorand sich scheinbar nur zu gerne von seiner Saurierforschung ablenken ließ, wenn die junge Spanierin ihn auf ihre liebenswürdige Art und Weise ansprach.

Doch so schnell würde sie sich nicht verdrängen lassen! Sie atmete tief durch, richtete ihr *Jabot*, strich den Rock glatt und betrat mit hocherhobenem Kopf das Laboratorium.

»Da bin ich wieder!«, flötete sie betont fröhlich und schenkte Paul Klüver ein Lächeln.

Doch er schaute nur kurz und beiläufig zu ihr hin. Er saß am anderen Ende des langen Labortischs, wohin er seinen Stuhl gerückt hatte. Direkt neben ihm stand die Doktorandin und deutete auf etwas. Er schien gefesselt von dem Objekt zu sein, über das er und Alicia sich beugten – für Sophies Geschmack viel zu eng nebeneinander. Die beiden beachteten sie nicht weiter, was sie ausgesprochen unhöflich fand. Ein solches Verhalten wollte sie nicht einfach hinnehmen, und so suchte sie fieberhaft nach einer Möglichkeit, auf sich aufmerksam zu machen.

Statt sich still an ihren Platz zu setzen, ging sie zu ihnen hin. Ihr Blick fiel auf den unscheinbaren Stein, der unter einer hellen Lampe auf dem rot gefliesten Labortisch lag, und dann platzte sie mit dem Erstbesten heraus, was ihr einfiel: »Ist das ein Stück von dem Zinnober, den Doktor Drevermann in Spanien gefunden hat?«

Alicia blickte überrascht auf, und gleichzeitig ertönte ihr glockenhelles Lachen, das in Sophies Ohren künstlich klang.

»Aber nein! Zinnober ist doch rot, chemisch gesehen die blutrote Variante des Quecksilbersulfids. Wir Mineralogen bezeichnen ihn als *Cinnabarit*, was so viel bedeutet wie Drachenblut – auf Spanisch *Sangre de dragón*.« Ihre durchdringend gerollten »R's« und der dramatische Blick unter leicht angehobenen Augenbrauen, den sie Paul Klüver zuwarf, riefen ein Lächeln auf seinem Gesicht hervor.

»*Sangre de dragón*«, wiederholte er genüsslich. »Das klingt ausgesprochen mysteriös.« Sein Mund verzog sich zu einem belustigten Grinsen, das immer breiter wurde. »Ich werde Zinnober wohl nie wieder anschauen können, ohne an feuerspeiende Drachen zu denken.«

Alicia fiel in sein amüsiertes Lachen mit ein.

Sophies Magen krampfte sich zusammen. Sie fühlte sich angesichts dieser offensichtlichen Harmonie zwischen den beiden Wissenschaftlern ausgeschlossen und ärgerte sich über ihre dumme Frage. Sie kämpfte gegen den Drang, umgehend aus dem Raum zu stürzen, und versuchte, den peinlichen Moment zu überspielen.

»Ach so, verstehe …«, murmelte sie und dachte zähneknirschend: Jetzt erst recht! »Und worum handelt es sich dann?« Scheinbar wissbegierig beugte sie sich demonstrativ vor, um den grau-braunen Steinbrocken auf dem Tisch näher zu betrachten – was Paul Klüver veranlasste, sich auf seinem Stuhl höflich zurückzulehnen, um ihr Platz zu machen.

»Das, was wir hier vor uns haben, liebe Sophie, ist ein *Jumillit*«, erklärte Alicia umgehend. »Der *Jumillit* wurde im Jahr 1906 zum ersten Mal von Carl Alfred Osann wissenschaftlich beschrieben.«

Sophie hörte kaum hin, denn plötzlich wurde sie sich der unmittelbaren Nähe zu Paul Klüver deutlich bewusst. Ihr langer Rock raschelte, als er seine Beine unter dem Tisch ein Stückchen zurückzog. Wie hatte sie sich nur so dicht an ihn herandrängen können? Augenblicklich kribbelte es in ihrem Nacken, und die feinen Härchen stellten sich auf, als ihr klar wurde, dass sein Blick sich nun zwischen ihre Schulterblätter bohrte. Wie versteinert stand sie da und wusste nicht weiter.

Ihre Gedanken rasten. Was dachte er jetzt wohl von ihr? Warum benahm sie sich so unmöglich? Die Antwort lag auf der Hand: Schuld war nur diese Spanierin …

Bis diese Alicia Pérez aufgetaucht war, hatten sie doch so harmonisch zusammengearbeitet, überlegte sie trotzig. Auch wenn er sie ständig forderte, hatte er ihr dennoch das Gefühl vermittelt, dass er ihre Mitarbeit schätzte. Aber das schien sich inzwischen geändert zu haben. Er brauchte sie nicht mehr. Nachdem er einen fundierten Eindruck von Alicias umfangreichem Wissen gewonnen hatte, musste er seine Assistentin für ein ahnungsloses, dummes Mädchen halten. Womit er leider auch noch recht hatte. Und mit ihrer unüberlegten Frage zum Untersuchungsobjekt hatte sie sich nun endgültig lächerlich gemacht. Hätte sie doch bloß den Mund gehalten!

Wut – über sich selbst und diese beiden – stieg heiß in Sophies Brust auf. Sie suchte fieberhaft nach einer Möglichkeit, halbwegs glimpflich aus dieser unangenehmen Situation herauszukommen. Am liebsten wäre sie verschwunden, doch das kam absolut nicht in Frage. Diese Blöße würde sie sich auf gar keinen Fall geben. Während die Gefühle in ihrem Inneren tobten, starrte sie mit klopfendem Herzen beharrlich weiter auf den unscheinbaren Stein und hoffte auf eine rettende Idee.

Alicia schien ihr Verhalten als Interesse zu missdeuten. In Erwartung einer Äußerung von Sophie hatte sie kurz geschwiegen, dann jedoch ihre Ausführungen fortgesetzt. Inzwischen sprach sie in einem dozierenden Tonfall über den grauen Brocken, der Sophie nicht im Geringsten interessierte.

»… der *Jumillit* ist ein sehr seltener ultrapotassischer *Magmatit*, der zu den *Lamproiten* gezählt wird, genauer zu den *Madupit-Lamproiten*.«

Sophie verdrehte heimlich die Augen und richtete sich langsam wieder auf. »Sehr interessant …« Mit einem verkrampften Lächeln trat sie einen Schritt zur Seite und nickte Paul Klüver entschuldigend zu. »Na, dann will ich mal …«

Sie hoffte inständig, dass der Vortrag beendet war und sie sich wieder ihrem zu präparierenden Knochen am anderen Ende des Labortisches widmen konnte. Doch Alicia schien gerade erst richtig in Fahrt zu kommen. Sie hob den gut faustgroßen Stein an, drehte ihn um und hielt ihn Sophie hin. Auf seiner Rückseite war er orangefarben und von hübschen, glitzernden Kristallen durchzogen.

»Dieser *Jumillit* ist die Varietät eines Olivin-führenden phonolithischen *Leucitits*, der vorwiegend aus *Leucit* und *Diopsid* besteht, mit einigen großen *Apatit*-Kristallen hier außen.« Sie ließ ihren Zeigefinger an einer kristallinen Ader entlanggleiten. »In seinem Innern besteht er aus massigem Lavagestein, das aus einem Vulkan geschleudert wurde. Bei Grabungen in den *Minas La Celia* in der Nähe von Murcia habe ich dieses schöne Exemplar selbst gefunden«, beendete sie voller Stolz ihre Erläuterungen.

»Aha …« Das war alles, was Sophie dazu einfiel, und sie ärgerte sich maßlos über die erneute Bloßstellung ihres Unwissens. Ihr Hals fühlte sich an, als würde er von der dünnen goldenen Kette, die sie trug, förmlich zugeschnürt. Die Erkenntnis, nichts, aber auch gar nichts von dem verstanden zu haben, was die Geologin gerade gesagt hatte, frustrierte sie und steigerte gleichzeitig ihren Widerstandsgeist.

Na warte, dachte sie grimmig, irgendwann würde sie selbst mit einem Haufen lateinischer Begriffe über komische Steine um sich werfen können.

In diesem Moment wurde ihr klar, dass es eine sehr gute Idee war, so bald wie möglich in die Mineralienabteilung von Professor Schauf zu wechseln. Bloß weg von dieser besserwisserischen Spanierin!

* * *

Als Sophie am Abend nach Hause kam, wurde ihr die Eingangstür geöffnet, noch ehe sie die Hand zur Klingel ausgestreckt hatte. Vor ihr tauchte Charlotte auf, die von ihrem Fenster aus die Straße beobachtet haben musste. Die Jüngere tat sehr geheimnisvoll, legte mit einem beschwörenden Blick den Finger auf den Mund und machte Zeichen, ihr zu folgen.

»Was ist denn los?«, fragte Sophie verständnislos und drängte sich an ihr vorbei in den Flur. Sie hatte immer noch schlechte Laune und keine Nerven für irgendwelche Albernheiten, sondern wollte sich nach diesem unerfreulichen Tag nur noch in ihr Zimmer zurückziehen, bevor das sicher ebenso unerquickliche Abendessen anstand.

»Psssst!«, wisperte Charlotte, doch es war schon zu spät.

»Sophie? Bist du endlich da?«, rief die Stimme ihrer Mutter aus dem Salon.

»Ja, ich …«

Ehe sie weitersprechen konnte, erklärte Charlotte laut: »Wir kommen gleich. Sie muss sich nur noch rasch zum Abendessen umkleiden.«

Sophie warf ihr einen fragenden Blick zu. Doch die Jüngere schob sie ohne ein weiteres Wort eilig die Treppe hinauf, folgte ihrer großen Schwester in deren Zimmer, schlug die Tür zu und ließ sich mit einem theatralischen Stöhnen rückwärts aufs Bett fallen.

»Was ist denn los mit dir?«, verlangte Sophie zu erfahren und zog vor dem Spiegel ihres Frisiertischs routiniert die langen Nadeln aus dem Hut. Während sie die Kostümjacke aufknöpfte und rasch das lästige *Jabot* ablegte, vernahm sie ein langes Seufzen.

»Es herrscht dicke Luft …« Charlotte richtete sich auf ihren Ellbogen auf. »Weil ich nach Berlin ziehen will.«

»Ich weiß! Unsere Eltern sind äußerst aufgebracht deswegen. Was hast du denn erwartet?« Sophie drehte sich um, ließ die Arme sinken und sah ihre Schwester streng an. »Du bist sechzehn! Da kannst du doch nicht nach Berlin gehen. Was willst du da überhaupt?«

Charlotte richtete sich lachend auf dem Bett auf. »Malerei studieren!«, rief sie enthusiastisch, breitete die Arme aus und hüpfte ein paar Mal auf der Matratze auf und ab, sodass die Sprungfedern quietschten.

»Mach mein Bett nicht kaputt!« Sophie zog sie energisch am Arm und brachte sie dazu, sich mit ihr zusammen auf die Kante zu setzen. »Und das kann man nicht in Frankfurt machen?«

»Doch, aber ich möchte an die Malschule von Lovis Corinth«, entgegnete Charlotte, schaute dabei sehr würdevoll und strich ihren Rock glatt.

»Wer ist denn das?«

»Ein großartiger Maler.«

»So, so. Wo hängen denn seine Werke?«

»Also … Seine Bilder habe ich auch noch nicht gesehen, aber er ist Impressionist und soll sehr berühmt sein.«

»Aha …« Sophie sah sie fragend an. »Und der hat eine Malschule in Berlin?«

»Ja. Da lehrt er zum Beispiel die Nass-in-Nass-Technik, die besonders für spontanes, temperamentvolles Arbeiten geeignet ist. Also perfekt für die Art, wie ich zeichne.« Charlotte strahlte sie an und erklärte: »Da kann man in sein Bild immer wieder reinmalen und etwas verändern. Darüber hat er sogar gerade ein Buch veröffentlicht.«

»Dann lies es doch einfach«, meinte Sophie pragmatisch.

»Nein, ich will beim Meister studieren«, erwiderte ihre Schwester sehr bestimmt.

»Und wie kommst du plötzlich darauf?«

»Erna hat mir von ihm vorgeschwärmt, als ich sie heute im Zoo getroffen habe.«

»Welche Erna?« Sophie runzelte fragend die Stirn.

»Erna Pinner! Die war doch auch auf der Elisabethenschule, zwei Jahrgänge über mir. Weißt du nicht mehr? Sie hat dunkle, fast schwarze Haare und ist sehr hübsch.«

Sophie zuckte nur mit den Schultern und schüttelte den Kopf.

»Sie wohnte doch ganz in der Nähe – in dieser großen Villa an der Bockenheimer Landstraße. Deshalb hatten wir denselben Schulweg. Und irgendwann haben wir festgestellt, dass wir uns beide für Malerei begeistern. Als ich sie mal abgeholt habe, hat ihr Vater mir seine Sammlung moderner Kunst gezeigt. Das war famos.« Charlottes Augen leuchteten. »Er ist Geheimer Sanitätsrat, und Ernas Mutter heißt übrigens auch Anna.« Sie hielt inne und seufzte dramatisch auf. »Im Gegensatz zu unseren Eltern, die meine Malerei nur als alberne Marotte abtun, haben Doktor Pinner und seine Frau ihre Tochter bei ihren künstlerischen Ambitionen von Anfang an unterstützt und sie gefördert. Gleich nach der Schule durfte sie hier am *Städelschen Kunstinstitut* studieren, hat sie mir heute erzählt. Und seit dem Frühjahr lebt sie in der Reichshauptstadt und besucht die Malschule von Corinth. Der übrigens ein guter Freund ihres Vaters ist.«

»Schön für sie. Aber was hat das mit dir zu tun?«

»Als sie heute meine Zeichnung einer Antilope gesehen hat, ist Erna ganz begeistert davon gewesen. Sie meinte, ich hätte auch das Zeug, dort zu studieren.« Stolz reckte Charlotte das Kinn. »Ist das nicht großartig?«

Sophie sah ihre Schwester skeptisch an. »Wie ist es überhaupt dazu gekommen, dass du sie im Frankfurter Zoo getroffen hast, wenn sie doch mittlerweile in Berlin lebt?«

»Das war ein glücklicher Zufall. Oder Schicksal?« Charlotte riss fragend ihre grünen Augen weit auf und breitete schulterzuckend die Arme aus. »Ich war total überrascht, sie dort am Hirschhaus mit einem Zeichenblock zu treffen. Wir hatten uns völlig aus den Augen verloren, und so eng waren wir auch nicht miteinander befreundet. Sie war ja damals schon kurz vor dem Examen und ich fast noch ein Kind.« Sie lachte auf. »Im Moment ist sie für ein paar Wochen zu Hause bei ihren Eltern. Ihrer Mutter ging es wohl nicht gut. Heute war sie jedenfalls zum Malen im Zoo – genau wie ich. Das hatte sie früher schon oft gemacht, hat sie erzählt. Sie liebt es, Tiere zu zeichnen.«

»Das ist ja alles schön und gut, aber Mama und Papa werden dir trotzdem niemals erlauben, einfach so aus Frankfurt wegzuziehen. Egal aus welchem Grund.« Das eben noch so enthusiastische Strahlen verschwand augenblicklich aus Charlottes Gesicht. Sofort legte Sophie tröstend den Arm um die Schultern ihrer Schwester und drückte sie an sich. »Es tut mir leid, aber schlag dir das besser aus dem Kopf, meine Kleine.«

Die Jüngere befreite sich ungehalten aus der Umarmung und schnaubte wütend: »Du willst doch selbst in einer anderen Stadt studieren! Deshalb hatte ich gehofft, dass wenigstens du mich unterstützt!«

»Das tue ich ja auch, wenn es um deine Malerei geht. Aber von zu Hause wegziehen? Mit sechzehn? Wo willst du da überhaupt wohnen?«

Charlotte überlegte kurz und meinte dann: »Vielleicht bei Erna?«

»Du kennst sie doch kaum. Weißt du denn, wie und wo sie wohnt? Ob sie überhaupt Platz für dich hat? Und wäre ihr das recht?«

»Das weiß ich nicht. Aber sie wird mir sicher helfen …« Charlotte klang jetzt ein wenig kleinlaut. So weit waren ihre Überlegungen wohl noch nicht gediehen.

»Vielleicht solltest du das zuerst in Erfahrung bringen, bevor du große Pläne für die Zukunft schmiedest. Und außerdem weißt du doch gar nicht, ob dieser Maler mit dem komischen Namen – von dem du noch nicht einmal weißt, was er eigentlich malt – dich überhaupt unterrichten will.« Sophie blickte ihre Schwester ernst an.

Charlotte ließ den Kopf hängen, und für einen langen Augenblick schwieg sie betroffen. »Er heißt Lovis Corinth!«, murmelte sie schließlich. »Er ist Impressionist, und er malt sehr realistisch, sagt Erna. Von ihm könnte ich sicher noch viel lernen.«

Sophie blickte zu dem großen abstrakten Blumenmotiv, das die Wand über ihrem Bett zierte. Es strotzte nur so vor bunten Farben: Knalliges Gelb, Rot und Grün verschmolzen zu einem aufregenden Gewirr, das mit ein wenig Fantasie als Darstellung einer exotischen Pflanze mit vielen Blüten gedeutet werden konnte.

Sie mochte Charlottes Bilder sehr. Sie hatten etwas Kraftvolles, Rebellisches und spiegelten das Wesen ihrer Schwester wider. Natürlich konnte sie deren Drang, der häuslichen Enge zu entfliehen und ihrer Leidenschaft zu folgen, nur allzu gut verstehen. Doch sie wusste auch, dass Charlotte mit derartigen Plänen bei ihren Eltern auf Granit stoßen würde. Selbst wenn es ihr, wie so oft, gelingen sollte, ihren Vater auf ihre Seite zu ziehen – ihre Mutter würde auf ihrem Standpunkt beharren und einen so abwegigen Wunsch kategorisch zurückweisen.

Sophie hielt folglich das Unterfangen ihrer Schwester für völlig aussichtslos. Dennoch versprach sie Charlotte, ihr bei dem anstehenden Gespräch mit den Eltern beizustehen und sie moralisch zu unterstützen.

Robert und Anna von Mayden saßen bereits am gedeckten Tisch, als die Schwestern nervös das Esszimmer betraten. Die Luft schien vor Spannung zu knistern. Dies würde ein unbehagliches Abendessen werden, ahnte Sophie, obwohl ihr Vater ihnen ein kurzes, aufmunterndes Lächeln zuwarf.

Ihre Mutter hingegen, die mit steifem Rücken und angewinkelten Ellbogen am anderen Ende des großen, ovalen Tisches saß, würdigte die beiden keines Blickes. Sie hatte ihre schlanken Hände, die auf der makellos weißen Tischdecke neben ihrem Teller sowie dem glänzenden Silberbesteck lagen, zu Fäusten geballt und starrte stur geradeaus auf den Kerzenständer. Sobald ihre Töchter Platz genommen hatten, drehte sie sich zu dem Hausmädchen um, das gerade die Weinkaraffe, aus der sie die Kristallgläser gefüllt hatte, auf der Anrichte abstellte. »Wir sind endlich vollzählig.« Die Stimme der Hausherrin klirrte eisig. »Du kannst jetzt auftragen.«

Mit einem Knicks verschwand Fritzi, und die beiden Schwestern, die einander gegenübersaßen, warfen sich einen vielsagenden Blick zu. Es würde sicherlich eine ganze Weile dauern, bis das Dienstmädchen die Suppe aus der Küche im Souterrain heraufgeholt hatte. In diesen Minuten vor dem ersten Gang sprachen die Eltern üblicherweise über familiäre Belange, die das Personal nichts angingen. Und prompt räusperte sich Anna von Mayden.

»Euer Vater hat euch etwas zu sagen«, presste sie zwischen zusammengekniffenen Lippen hervor und warf ihrem Mann einen strengen Blick zu.

Robert von Mayden rutschte unbehaglich auf seinem Stuhl ein Stück nach vorne. »Richtig.« Er faltete seine Hände wie zum Gebet und sagte verhalten: »Nun, es gibt da ein paar Dinge, die euer zukünftiges Leben betreffen und die wir jetzt besprechen sollten.« Kurz schien er nach den passenden Worten zu suchen, dann wandte er sich Sophie zu. »Zunächst zu dir …«

Völlig überrumpelt schaute sie ihn an. Sie hatte damit gerechnet, dass es hier vor allem um die verwegenen Pläne ihrer jüngeren Schwester gehen würde. Was wollte ihr Vater denn plötzlich von ihr?

»Mein Kind …« Robert von Maydens Blick war ernst. »Deine Mutter und ich haben uns noch einmal Gedanken über deinen Wunsch gemacht, in Marburg zu studieren. Abgesehen davon, dass es ja noch keineswegs sicher ist, dass man dich überhaupt dort immatrikuliert, erscheint es uns keine gute Idee zu sein, eine so junge Frau ganz allein in eine andere Stadt ziehen zu lassen.« Aus dem Augenwinkel bemerkte Sophie, dass Charlotte unruhig auf ihrem Stuhl herumrutschte, denn dieser Satz betraf auch sie. Gebannt lauschten beide Töchter den Ausführungen ihres Vaters. »Und dann ist da noch die Sorge deiner Mutter, dass so ein Studium ja einige Jahre dauern würde …«

»Na und?«, warf Sophie erregt dazwischen.

»Dann wärst du ein spätes Mädchen«, zischte Anna von Mayden leise, aber vernehmlich. »Welcher junge Mann aus gutem Hause würde sich dann noch für dich interessieren?«

»Das ist mir ganz egal!« Sie funkelte ihre Mutter wütend an.

Bevor die Situation zwischen den beiden Frauen eskalieren konnte, ging Robert von Mayden mit ruhiger Stimme dazwischen. »Denk doch noch einmal genau über alles nach, Sophie! Dann erkennst du, dass deine Mutter sich zu Recht sorgt. Die Mädchen aus unseren Kreisen heiraten für gewöhnlich spätestens mit Anfang zwanzig und finden ihre Erfüllung darin, eine Familie zu gründen. Du willst doch Kinder haben, oder?«

»Ja, natürlich. Aber ich will auch Paläontologin werden!«

»Aber wozu?«, fragte Anna von Mayden gereizt. »Du wirst doch sowieso niemals die Gelegenheit haben, das Erlernte anzuwenden. Sobald du deinen eigenen Haushalt führst und Mutter bist, hast du gar keine Zeit mehr, dir um irgendwelche alten Gerippe Gedanken zu machen. Wenn du unbedingt ein oder zwei Semester studieren willst, dann sollte es etwas Sinnvolles sein, wie Französisch oder meinetwegen Philosophie. Damit kannst du später bei gesellschaftlichen Anlässen glänzen. Aber doch nicht mit Dinosauriern!«

Die hitzige Diskussion, die Mutter und Tochter so ähnlich schon oft geführt hatten, wurde mit den immer gleichen Argumenten und Vorhaltungen eine ganze Weile fortgeführt, bis das Hausmädchen klopfte. Alle verstummten, bis Fritzi die Terrine mit der Suppe auf dem Tisch platziert, die Teller gefüllt und die Tür hinter sich geschlossen hatte. Ehe seine Frau und Sophie erneut erbittert ihre völlig konträren Ansichten austauschen konnten, ergriff Robert von Mayden eilig wieder das Wort.

»Ich verstehe ja deinen leidenschaftlichen Wunsch, Paläontologie zu studieren. Das weißt du …« Er schaute wohlwollend zu Sophie, die daraufhin ein zaghaftes Lächeln wagte. »Aber ich verstehe auch die Sorge deiner Mutter, die um deine glückliche Zukunft fürchtet. Diese liegt uns beiden mehr als alles andere am Herzen – und das gilt für all unsere Töchter.« Er warf Charlotte, die vorsichtshalber geschwiegen und sich nicht in die Auseinandersetzung eingemischt hatte, und seiner Frau einen versöhnlichen Blick zu. »Deshalb schlage ich einen Kompromiss vor«, fuhr er fort und sah jetzt Sophie ernst an. »Solltest du tatsächlich eine Zusage aus Marburg erhalten, darfst du im Frühjahr dein Studium antreten …« Seine Worte zauberten ein breites Lächeln in ihr Gesicht. »Du wirst jedoch zu Hause in Frankfurt wohnen bleiben und mit dem Zug zu deinen Vorlesungen fahren.«

»Ja«, stieß sie aus. »Einverstanden!« Sie war bereit, jede Unbequemlichkeit auf sich zu nehmen, wenn sie bloß die Universität besuchen durfte.

Anna von Mayden öffnete den Mund zum Protest, doch ihr Mann fuhr rasch fort: »Eine weitere Voraussetzung dafür, dass wir deinem Wunsch zustimmen, ist, dass du die Bemühungen deiner Mutter, auf absehbare Zeit einen geeigneten Ehemann für dich zu finden, zukünftig nicht mehr leichtfertig sabotieren wirst. Denn spätestens dann, wenn du dein Studium beendet hast, wirst du heiraten.« Sophie riss schockiert die Augen auf, und Anna von Mayden kniff grimmig entschlossen die Lippen zusammen, während ihr Mann ergänzte: »Das ist die Bedingung dafür, dass wir dir gestatten, in den nächsten Jahren deiner wissenschaftlichen Neugier nachzugehen.« Er sah den immer noch zweifelnden Gesichtsausdruck seiner Gattin und fügte hinzu: »Es wird dann Aufgabe deines zukünftigen Gemahls sein, darüber zu entscheiden, wie ihr euer gemeinsames Familienleben gestaltet.« Sein gestrenger Blick bedeutete Sophie, dass über diese Punkte nicht mehr mit ihm zu verhandeln war. »Wirst du uns dein Wort darauf geben?«

Sie musste schlucken, als sie sich der Konsequenzen bewusst wurde, und schwankte zwischen Freude und Entsetzen. Sie würde tatsächlich studieren dürfen! Doch welcher Mann, den ihre Mutter für einen geeigneten Ehepartner hielt, würde seiner zukünftigen Gattin gestatten, als Paläontologin zu arbeiten? Etwa Wilhelm Oehler, der steife Beamte aus Berlin? Würde er ihr erlauben, zu Grabungsexpeditionen ins Ausland zu reisen? Vermutlich eher nicht. Eine berufstätige Frau war in ihren großbürgerlichen Kreisen undenkbar. Ihr war, bis auf eine altjüngferliche Lehrerin, keine einzige Freundin ihrer Mutter bekannt, die einer regulären Arbeit nachging – und Gleiches galt für die Töchter dieser Damen. Manche engagierten sich für wohltätige Organisationen, doch praktisch alle waren in erster Linie Mütter und führten ihre großen Haushalte, so wie man es von ihnen erwartete.

Sie musste an ihre Schwester Marianne denken, die sich nach anfänglichen Schwierigkeiten inzwischen ohne Murren in ihrem langweiligen Leben bequem eingerichtet hatte. So wie sie hatte Sophie nie enden wollen. Und nun sollte sie sich eben diesen ungeliebten Lebensentwurf zu eigen machen, damit ihr größter Wunsch in Erfüllung gehen konnte. Was für eine grauenvolle Zwickmühle!

Wenn sie sich dem Vorschlag ihres Vaters nicht beugte und ihm nicht versprach, seine Bedingungen vollumfänglich zu akzeptieren, würde sie keine weitere Chance bekommen, in Marburg an die Universität zu gehen. Das Versprechen, das sie ihren Eltern nun geben sollte, wog schwer auf ihrer Seele.

Sie blickte zu ihrer Mutter hinüber, die mittlerweile die Damastserviette zwischen ihren geballten Fäusten völlig zerknittert hatte, während sie mit größter Selbstdisziplin schwieg.

Schließlich holte Sophie tief Luft, sah ihre Eltern nacheinander an und beteuerte mit fester Stimme: »Ich verspreche euch, dass ich mich an eure Regeln halten werde.«

Ihr Vater lächelte erleichtert, und langsam lösten sich die verkrampften Finger ihrer Mutter von der Serviette, strichen glättend über die Falten und breiteten den Stoff sorgfältig auf ihrem Schoß aus. Währenddessen wandte sie ihren durchdringenden Blick nicht von Sophie ab.

Nach einem langen Moment streckte sie ihren Rücken wieder kerzengerade durch und sagte: »Dein Vater ist wie immer sehr großzügig.« Ihre Stimme vibrierte leicht, doch äußerlich ließ sie sich ihren Unmut nicht anmerken. »Auch wenn ich nicht in allen Details mit ihm übereinstimme, muss ich ihm recht geben, meine liebe Sophie. Denn am Ende ist es der Mann im Hause, der das letzte Wort in sämtlichen Familienangelegenheiten hat.« Diesen Appell richtete sie sehr nachdrücklich direkt an ihre Tochter, um ihr eine Lektion in ehelichem Gehorsam zu erteilen. Dann griff sie nach dem Löffel und begann mit stoischer Miene, ihre inzwischen kalt gewordene Bouillon zu essen.

Zwischen *Boeuf à la Mode* und Dessert wurden die verwegenen Pläne von Charlotte besprochen. Nachdem sie gerade erlebt hatte, unter welch drakonischen Bedingungen ihre Schwester sich ihr Studium erstritten hatte, bemühte sie sich nur noch halbherzig darum, ihre Eltern von ihrem Wunsch zu überzeugen, in Berlin Malerei zu studieren. Genau wie Sophie es vorausgesehen hatte, waren diese Versuche vergeblich. Anna und Robert von Mayden waren sich darin einig, ihrer sechzehnjährigen Tochter den Auszug aus dem elterlichen Haushalt grundsätzlich nicht zu gestatten. Und schon gar nicht, um sich in den als anstößig bekannten Künstlerkreisen im Sündenbabel Berlin herumzutreiben.

Zumal ihr Vater, im Gegensatz zu Charlotte, nur zu genau wusste, mit welcher Art von Bildern Lovis Corinth berühmt geworden war. Professor von Mayden berichtete seiner schockierten Gattin, dass es sich bei den Motiven größtenteils um Frauenkörper in ihrer vollen entblößten Pracht handelte. Als er unter heftigem Räuspern dessen Werk *Susanna im Bade* beschrieb – das zeigte, wie ein Mann eine entkleidete Frau, die sich nach dem Bad abtrocknete, mit lüsternem Blick heimlich beobachtete – stöhnte seine Gattin laut auf und schlug entsetzt die Hände vor den Mund. Spätestens jetzt war klar, dass dieser Herr auf keinen Fall als Mallehrer für die jüngste Tochter des ehrbaren Hauses von Mayden infrage kam.

Charlotte hockte mit hängenden Schultern vor ihrem Essen, das sie kaum angerührt hatte. Die Erkenntnis, dass sich ihre hochgesteckten Ziele soeben in Luft aufgelöst hatten, war ihr gehörig auf den Magen geschlagen, und sie stocherte mit der Gabel nur noch lustlos zwischen Fleisch und Leipziger Allerlei herum.

Ihre jüngere Schwester tat Sophie leid, und sie suchte nach einem Ausweg, einem Kompromiss, wie ihn der Vater für ihre Wünsche aufgezeigt hatte. Sie wusste, dass ihre Eltern nicht prinzipiell etwas an den künstlerischen Ambitionen von Charlotte auszusetzen hatten. Solange alles in einem geordneten Rahmen blieb und eher eine Art Freizeitbeschäftigung oder liebenswerte Marotte war, die sie nicht vom rechten Pfad einer ehrsamen Bürgertochter abbrachte.

Endlich hatte Sophie eine Idee. Ohne den Blick von ihrem Teller zu heben, fragte sie zaghaft: »Und was wäre, wenn Charlotte in Frankfurt Malerei studieren würde? An der *Städelschule*?« Als sie keine Antwort erhielt, schaute sie auf und verlieh ihrem Vorschlag mit ein paar Argumenten Nachdruck. »Dann würde sie zu Hause wohnen, einen geregelten Tagesablauf haben und etwas lernen, das ihren Begabungen gerecht wird.«

In den Augen ihrer Schwester, die bis eben traurig auf den Tisch gestarrt hatte, entdeckte sie einen leisen Hauch von Hoffnung und Dankbarkeit für diesen Versuch. Doch ihre Mutter stellte sich taub und konzentrierte sich ausschließlich darauf, mit ihrem scharfen, glänzenden Messer ein Stück Fleisch abzuschneiden und es mit ein paar Erbsen auf die Gabel zu schieben. Ihr Vater legte sein Besteck ab, tupfte mit der Serviette seinen Mund ab und nahm einen Schluck Wein, bevor er mit Daumen und Zeigefinger nachdenklich seinen Schnauzer glattstrich. Die Schwestern hielten vor Spannung den Atem an.

Nach einem Moment verlegenen Schweigens schaute Robert von Mayden hilfesuchend zu seiner Gattin, die seinen Blick jedoch unerwidert ließ. Sie schien die Entscheidungen über die Zukunft ihrer Töchter heute Abend ausschließlich ihm zu überlassen. Daraufhin gab er sich einen Ruck und antwortete bedächtig: »Die *Städelschule* … Hm … Ich erinnere mich, dass Wilhelm Trübner bis vor ein paar Jahren an der *Städelschen* Malerei gelehrt hat. Ihn kannte ich recht gut. Ein ausgezeichneter Landschaftsmaler. So gesehen …« Er verstummte unschlüssig und suchte wieder den Blick seiner Frau, die sich ungerührt nur auf ihre Mahlzeit konzentrierte und augenscheinlich nicht gewillt war, sich zu diesem Thema zu äußern.

Charlotte witterte ihre Chance und sagte leise: »Die Malerin Erna Pinner aus Frankfurt hat ihre künstlerische Laufbahn auch an dieser Schule begonnen. Und wenn ich sie ebenfalls besuchen würde … Das wäre bestimmt eine gute Gelegenheit, die Kunst der realistischen Landschaftsmalerei zu erlernen, Papa. Du weißt, wie sehr mir das afrikanische Panorama von Carl Nebel in dem Schaukasten im Museum neulich gefallen hat.« Sie warf ihm einen treuherzigen, bittenden Blick zu, mit dem sie ihren Vater schon früher um den Finger gewickelt hatte.

Sophie kannte diese Taktik nur allzu gut und amüsierte sich heimlich über das kurze katzenhafte Aufblitzen in den leuchtend grünen Augen ihrer Schwester, das ihren Eltern zum Glück entgangen war. Sie ahnte, dass Charlotte nur vordergründig ihre sehr viel weitreichenderen Pläne für den Moment zurückstellte. Die Sechzehnjährige war schlau genug, sich nötigenfalls in das Unvermeidliche zu fügen und eine unüberwindbare Grenze zu akzeptieren – nur um schon bald nach einer passenden Lücke darin Ausschau zu halten und, sobald sie nicht mehr unter strenger Bewachung stand, kurzerhand hindurchzuschlüpfen.

Ähnliches hatte Sophie ja selbst vor: zu studieren und eine Eheschließung so lange wie möglich hinauszuschieben. Wie sie es letztendlich bewerkstelligen sollte, nach der unvermeidlichen Heirat auch noch arbeiten zu dürfen, wusste sie allerdings nicht. Sie seufzte innerlich, denn das Versprechen, das sie ihren Eltern gegeben hatte, durfte sie nicht leichtfertig brechen. Verfluchte Zwickmühle!

Ihre Überlegungen wurden von Robert von Mayden unterbrochen, der sich endlich zu einer Entscheidung durchgerungen zu haben schien. Er räusperte sich und brummte bedächtig: »Nun, wenn das so ist … Wenn du ernsthaft das Handwerk der Malerei erlernen möchtest, mein Kind, dann werden deine Mutter und ich uns demnächst mal ein eigenes Bild von der *Städelschule* in Sachsenhausen machen. Danach sehen wir weiter.«

Ehe seine Frau, die ihn missgestimmt anfunkelte, da sie scheinbar eine andere Entscheidung von ihm erwartet hatte, einen Einwand erheben konnte, erschien das Dienstmädchen mit dem Dessert.

Robert von Mayden straffte die Schultern. »Damit beschließe ich für heute den Familienrat – keine weiteren Diskussionen!«, verkündete er in einem Tonfall, der keinen Widerspruch duldete. »Ich möchte jetzt zu Ende essen und anschließend in Ruhe meinen Cognac genießen.«

Die Schwestern strahlten ihn dankbar an und machten sich mit Appetit über die Makronencreme her.

Frankfurt, Dezember 1908

»Passen Sie doch auf! Nicht so grob!«, rief eine empörte Stimme hinter ihr.

Sophie, die auf dem Boden kniete, drehte sich erschrocken um. Ihr Blick fiel auf das strenge Gesicht von Professor Wilhelm Schauf. Völlig in Gedanken versunken, hatte sie mit einer Feile mechanisch an dem bräunlichen Metallbrocken herumgeraspelt, der vor ihr auf einem flachen Podest lag. Einen winzigen Moment lang schaute sie noch einmal zu der bearbeiteten Ecke, die einen Einblick in das Innere des Meteoriten gewährte. Dessen verwitterte Schale war inzwischen zu Brauneisen geworden, wohingegen die abgefeilte Stelle silbern schimmerte und Sophie an eine Fünf-Mark-Münze erinnerte, allerdings ohne das Konterfei von Kaiser Wilhelm II. Der massive Block, vor dem sie seit einer Stunde hockte, maß nur gut fünfzig mal fünfzig Zentimeter, war aber unglaublich schwer. Das Objekt war mit zahlreichen Vertiefungen übersät, von denen einige aussahen wie Schälchen, andere wie große Fingerabdrücke.

Sophie wandte sich rasch wieder ihrem Vorgesetzten zu, der soeben das Laboratorium betreten hatte, sah ihn schuldbewusst an und erhob sich eilig. Im Stehen war sie fast einen Kopf größer als der Professor. Sie reckte ihren verspannten Körper und spürte das unangenehme Kribbeln, als das Blut wieder ungehindert durch ihre Beine strömte, die in der unbequemen Haltung eingeschlafen waren.

»Ihnen scheint immer noch nicht bewusst zu sein, welche Kostbarkeit sie da vor sich haben, junges Fräulein«, schnaubte er ungehalten, scheuchte sie mit einer Handbewegung beiseite und besah sich die abgeschliffene, vorspringende Ecke aus der Nähe.

Sophie ahnte, was jetzt kam. Es war nicht das erste Mal, dass der Sektionsleiter der Mineralogie sie zurechtwies und zum äußerst sorgfältigen Umgang mit diesem eisenharten Klumpen anhielt, an dem sie seit drei Tagen herumschliff. Obwohl es nichts an ihrer Arbeit auszusetzen gab, nutzte er jede Gelegenheit, ihr zu demonstrieren, wie viel er und wie wenig sie wusste.

»Wie oft muss ich es Ihnen noch erklären?! Dieser zweihundertachtundzwanzig Kilogramm schwere Eisenmeteorit ist aus dem fernen Kosmos auf unsere Erde gestürzt.« Mit weitausholenden Gesten dozierte er: »Auf seinem Flug durch die Atmosphäre sind seine äußersten Schichten geschmolzen und zu *Eisenoxyduloxyd* umgewandelt worden, dem Hammerschlag der Schmiede. Durch den Luftzug wurde die Schmelze ständig nach rückwärts geblasen und bildete dabei im Verein mit den freiwerdenden Gasen den leuchtenden Schweif dieser Feuerkugeln.« Er schaute sie eindringlich an – offenbar, um sich ihrer Aufmerksamkeit zu versichern – und erklärte: »Für die Lichterscheinungen sind Wasserstoff, Kohlenoxyd und Stickstoff verantwortlich.«

Sophie nickte und versuchte, sich möglichst viel von dem zu merken, was er ihr erklärte.

Wilhelm Schauf bedachte seine Hilfskraft mit einem skeptischen Blick. Seine zusammengekniffenen, wässrig-blauen Augen verschwanden fast in dem breiten, aufgedunsenen Gesicht, in dessen Mitte eine ungesund aussehende, rote Nase prangte. Sophie vermutete, dass dies von seiner Vorliebe für Branntwein herrührte. Sein verkniffener Gesichtsausdruck wich im nächsten Augenblick einem herablassenden Lächeln, das sie bestens an ihm kannte.

»Gehen diese Informationen endlich in Ihr hübsches Köpfchen hinein?«

Da die Frage eindeutig rhetorischer Art war, unterdrückte sie die entrüstete Erwiderung, die ihr auf der Zunge lag, und bemühte sich um eine neutrale Miene. Solch eine Bemerkung war typisch für ihn. Wilhelm Schauf schien es zu genießen, Sophie bloßzustellen – insbesondere auch vor anderen Mitarbeitern seiner Abteilung –, und ließ keine Gelegenheit aus, ihre angebliche angeborene weibliche Unfähigkeit zu beweisen, die großen wissenschaftlichen Zusammenhänge zu durchdringen. Seine Vorurteile ärgerten sie maßlos.

Er beugte sich zu dem Meteoriten hinunter und ließ mit einer fast zärtlichen Geste seine Finger über die raue, von ihr angeschliffene Stelle gleiten. »Hm«, grummelte er leise. »Diese Metallfläche, die Sie die Ehre haben zu bearbeiten, erinnert inzwischen schon ein wenig an geglätteten Stahl.« Mit einem amüsierten Auflachen ergänzte er: »Die Naturvölker hielten das für Silber, doch es ist natürlich Meteoreisen. Ich hoffe doch, dass wenigstens Ihnen klar ist, dass Sie es hier nicht mit irgendwelchem glitzernden Schmuck zu tun haben, und Sie trotz Ihrer fehlenden Fachkenntnisse in der Lage sind, dieses kostbare Objekt gebührend zu behandeln!«

»Selbstverständlich, Herr Professor.« Da er nun schweigend ihre Arbeit begutachtete, nutzte sie die Gelegenheit, um ihm eine Frage zu stellen, die ihr eben beim Feilen in den Sinn gekommen war. »Können Sie mir bitte sagen, wie alt dieser Meteorit eigentlich ist? Und seit wann er da in Afrika lag? Das muss ja schon eine größere Zeitspanne sein, da er ja außen diese bräunliche Rostschicht hat.«

Er blickte überrascht auf. Sein Gesichtsausdruck wurde aber sofort wieder verkniffen. Augenscheinlich behagten ihm ihre neugierigen Fragen nicht. »Woher sollten wir das wissen, junges Fräulein?« Seine Stimme klang gereizt, doch Sophie spürte, dass er nur deshalb wütend war, weil er ausnahmsweise einmal eingestehen musste, etwas nicht zu wissen. »Solche Dinge sind für Ihre Tätigkeit hier von keinerlei Relevanz!«, schnauzte er.

Sophie nickte stumm und genoss heimlich ihren kleinen Triumph, ihn zu dem Eingeständnis gebracht zu haben, etwas nicht zu wissen. Sie bedauerte es allerdings, dass er nach dieser Schmach scheinbar trotzdem keine Eile hatte, aus dem Laboratorium zu verschwinden. Stattdessen dozierte er weiter.

»Was wir wissen, ist, dass es sich bei diesem Gibeon um das Bruchstück eines Asteroiden handelt, der in unzählige Teile zerbarst, als er aus dem Kosmos auf unsere Erde prallte. Gefunden wurde er erst vor Kurzem auf dem größten uns bekannten Meteoriten-Streufeld der Erde, einem Streifen zwischen Mukerop und Bethanien. Es befindet sich nahe der Stadt Gibeon am Ostufer des großen Fischflusses in Deutsch-Südwestafrika. Daher hat dieser Meteorit seinen Namen – Gibeon.«

Und er war das Geschenk von irgendeinem Doktor, ergänzte Sophie im Stillen, richtete den Blick auf den unförmigen Metallklumpen und verdrehte heimlich die Augen. Wie oft wollte er ihr das noch erzählen? Sie war doch keine Idiotin! Innerlich seufzend, lauschte sie scheinbar aufmerksam den bereits mehrfach gehörten Ausführungen.

»Diese großzügige Spende haben wir Professor Doktor Heinrich Lotz, seines Zeichens Geologe und Geschäftsführer der Deutschen Diamanten-Gesellschaft in Lüderitzbucht, zu verdanken. Einem Farmbesitzer in der Gegend von Mukerop kaufte er den Meteoriten ab und schenkte ihn der *Senckenbergischen Naturforschenden Gesellschaft* für das Museum. Was sicher dem Renommee zu verdanken ist, das die hiesige Mineraliensammlung unter meiner Leitung genießt.« Seine Stimme triefte vor Stolz und Ergriffenheit. »Dies Geschenk ist umso mehr zu begrüßen, als wir zuvor überhaupt noch keinen größeren ganzen Meteoriten besaßen – nur eine schöne geätzte Platte von neunzehn Kilogramm, die wir vor drei Jahren erworben haben. Um nun zu untersuchen, ob diese beiden Exponate womöglich zu demselben Meteoritenfall gehören, habe ich Sie mit der verantwortungsvollen Aufgabe betraut, eine Stelle des Blocks mit einer feinen Feile auf vier mal vier Zentimeter anzuschleifen und zu polieren, damit sie später mit verdünnter Salpetersäure bestrichen werden kann. Dadurch werden auf der Schnittebene des Blockes – zu unserem Erstaunen oft fast augenblicklich, in anderen Fällen nach etwas längerer Behandlung – merkwürdige regelmäßige Formen sichtbar, die aus sich kreuzenden Streifen bestehen. Dies sind die für die meisten Meteoreisen so charakteristischen *Widmanstättenschen Ätzfiguren*, so genannt nach ihrem Entdecker Alois von Widmanstätten aus Wien.« Er ließ seine Worte einen Moment wirken, sah

Sophie streng an und ergänzte: »Wenn Sie allerdings nicht das nötige Interesse und Feingefühl für die dafür unerlässlichen Vorarbeiten aufbringen, muss ich Sie von dieser Tätigkeit entbinden.«

Sie blickte ihn treuherzig an. »Ich bin sehr vorsichtig, Herr Professor, und mir ist bewusst, wie wertvoll die Erforschung der Meteoriten ist.«

Wilhelm Schauf schien sich damit zufriedenzugeben. Dennoch warf er abermals einen kritischen Blick auf die bearbeitete Stelle und brummte: »Versuchen Sie es mit einer feineren Feile.« Ohne sie noch einmal anzuschauen, verließ er das Laboratorium.

Sophie atmete tief durch, kniete sich hin und machte sich wieder an ihre mühsame Arbeit.

Sie war nun seit drei Wochen in der Mineralienabteilung – weit weg von ihrer bisherigen Wirkungsstätte, die sich im Museumsflügel auf der anderen Seite befand, und weit entfernt von Paul Klüver und Fritz Drevermann. Nicht nur darüber war Sophie inzwischen sehr unglücklich. Während sie früher frohen Herzens morgens das Museum betreten hatte, schritt sie nun in freudloser Stimmung zu ihrem Arbeitsplatz, wo sie tagtäglich die Kälte, die der Sektionsleiter und ihre neuen Kollegen ausstrahlten, beinahe körperlich spüren konnte.

Ob es etwas damit zu tun hatte, dass sie mit totem Material statt mit Knochen von einstigen Lebewesen arbeiteten?, hatte sie sich gefragt.

Professor Schauf und seine Assistenten schienen keinerlei Interesse daran zu haben, Sophie für ihr Forschungsgebiet zu begeistern und ihr etwas beizubringen. Ihre neugierigen Fragen blieben zumeist unbeantwortet. Und wenn sie ihre Studienpläne erwähnte, rief das bei den ausschließlich männlichen Mitarbeitern nur ein abfälliges Schnauben oder ein verständnisloses Kopfschütteln hervor. Sie hatte das Gefühl, als Frau von ihnen wie ein exotisches Insekt betrachtet zu werden.

Seit sie hier war, hatte man sie nur mit niederen Hilfstätigkeiten betraut, die sie gefühlsmäßig in das öde Büro von Fräulein Pixis zurückversetzten. In der Mineralogie-Schausammlung im Untergeschoss des Museums hatte sie die stumpfsinnige Aufgabe bekommen, an und in den zahlreichen Schränken neue Schilder mit Inhaltsangaben anzubringen. Immerhin hatte sie die Etiketten nicht selbst beschriften müssen. Die lateinischen Namen und Beschreibungen waren aufgedruckt. Sie platzierte die winzigen Zettel sorgfältig neben den bunten Steinen, die auf den Glaspulten fein säuberlich nebeneinanderlagen, damit die Museumsbesucher sich orientieren konnten, welche Art von Mineral es jeweils zu bestaunen gab.

Dann gab es endlich einen kleinen Lichtblick in ihrem täglichen Einerlei, als man sie losschickte, um einige der inzwischen untersuchten Gesteine zu holen, die Fritz Drevermann von seiner Studienreise aus Spanien mitgebracht hatte. Sie sollten schon bald als neue Attraktion in einem Schaukasten des Mineralogie-Saals ausgestellt werden.

Mit pochendem Herzen klopfte sie an die Tür des Gelehrtenzimmers von Doktor Drevermann. Aber als sie eintrat, musste sie zu ihrer großen Enttäuschung feststellen, dass er nicht anwesend war. Sie wurde lediglich von Alicia Pérez empfangen, die sie mit dem gewohnt breiten Lächeln der rot geschminkten Lippen und einem freundlichen *»Hola!«* begrüßte.

Ausgerechnet diese Frau!, ging es Sophie durch den Kopf. Doch sie zwang sich zu einem verbindlichen Ton, als sie die Begrüßung erwiderte und erklärte, was sie herführte.

Die junge Spanierin trat hinter ihrem Schreibtisch hervor und deutete auf zwei Kisten, die auf einem kleinen, runden Tisch bereitstanden. »Doktor Drevermann hat mir gestern deinen Besuch avisiert. Ich habe schon alles zusammengepackt.« Sie ergriff eine der Kisten und öffnete den Deckel, um Sophie den Inhalt zu zeigen. Sämtliche Exponate waren mit Zetteln versehen, auf denen die Objekte beschrieben waren. Dennoch ließ die Geologin es sich nicht nehmen, zu einem Vortrag über deren Besonderheiten anzusetzen.

Da ihr in ihrer neuen Abteilung kaum etwas erklärt wurde, war Sophie der Wissenschaftlerin diesmal sogar dankbar für die detaillierten Erläuterungen – wenigstens behandelte diese Frau sie nicht wie einen dummen Handlanger. Es tat gut, Alicias freundliche Stimme zu hören, die ihr das Gefühl gab, dass ihr zugetraut wurde, das Gesagte zu verstehen. Und tatsächlich klangen die Erklärungen zu den unterschiedlichen Steinen in der Kiste, gespickt mit vielen rollenden »R's« und ein paar lateinischen Begriffen, größtenteils recht verständlich. Allem Anschein nach hatte Sophie, während sie die Etiketten in den Schaukästen verteilt hatte, doch einige Kenntnisse über die verschiedenartigen Mineralien erworben. Sie hatte etwas gelernt, ohne es bewusst wahrzunehmen, stellte sie zufrieden fest.

Alicia öffnete die zweite Kiste. »Schau mal, was wir hier haben«, sagte sie mit einem verschmitzten Lächeln. »Bestimmt weißt du, was das ist. Wir sprachen neulich darüber.«

Zweifelnd besah Sophie sich das Gestein, zählte sechzehn kleinere und ein recht großes Objekt. Einige waren auf ihrer Außenseite unscheinbar grau, doch an den Bruchkanten gaben sie ihr inneres Geheimnis preis: Dort leuchteten sie in unterschiedlich intensiven Rottönen. Andere Steine waren mit rötlichen Ablagerungen überzogen, die wie winzige Edelsteine glitzerten. Sophie fand sie sehr hübsch.

»Nimm ruhig eins in die Hand«, forderte Alicia sie auf.

Sophie griff nach einem faustgroßen, blutroten Stein, betrachtete ihn ausgiebig von allen Seiten und murmelte schließlich unsicher: »Ist das *Sangre de dragón*?«

»Genau! *Muy bien!*«, bestätigte die Geologin begeistert und klatschte in die Hände. Sie schien sich ehrlich zu freuen, dass Sophie den roten Zinnober erkannt und sich auch den speziellen spanischen Namen dafür gemerkt hatte. Sie deutete auf den größten Steinblock, der dunkelrosa schimmerte. »Der hier ist besonders schön, aber recht schwer. Soll ich dir beim Tragen helfen?«, bot sie an.

»Danke, ich habe mir bei Hausmeister Diegel ein Wägelchen geliehen. Das steht draußen.«

Gemeinsam trugen sie die Kisten aus dem Gelehrtenzimmer. Statt ihr zum Abschied die Hand zu reichen, zog Alicia Sophie, die nicht wusste, wie ihr geschah, kurzerhand an sich und gab ihr zwei Luftküsschen direkt neben den Wangen. Diese warmherzige Geste irritierte Sophie.

Alicia schien ihre Verwirrung zu bemerken. »So machen wir das bei uns zu Hause. Ist doch viel schöner als ein steifer Händedruck, oder?«

»Ja, sicher …«, erwiderte Sophie zögernd und fragte sich im Stillen, ob die junge Wissenschaftlerin auch Paul Klüver und Doktor Drevermann auf diese Art begrüßte und verabschiedete.

Als sich die Tür hinter der Spanierin schloss, stand Sophie allein in dem langen Flur. Sie fröstelte, was nicht nur an der winterlichen Kühle in dem hohen, schwach beleuchteten Gang lag. Nach dieser freundlichen Begegnung fühlte sie sich nun wieder sehr einsam. Es widerstrebte ihr, sich sofort auf den Rückweg zur weit entfernten Mineralienabteilung zu machen, wo man sie bestimmt nicht vermisste. Vielleicht sollte sie jetzt, wo sie schon einmal hier war, die Gelegenheit nutzen …

Wenn sie ehrlich war, hatte sie die ganze Zeit darüber nachgedacht und schon längst die Entscheidung getroffen. Beherzt schob sie ihr Gefährt, das an einen grob getischlerten Teewagen erinnerte, ein Stück weiter den Flur hinunter. Zögernd blieb sie vor der breiten Holztür stehen und strich mit den Fingerspitzen beinahe zärtlich über den vertrauten Messinggriff. Sie legte das Ohr an die Tür und konnte das leise Rascheln von Papier hören. Offensichtlich saß er an seinem Schreibtisch …

Zaghaft klopfte sie an ihrem ehemaligen Büro und spürte, wie ihr Herz schneller schlug, als von drinnen eine wohlbekannte Stimme »Herein!« rief. Ihr wurde plötzlich ganz heiß, und sie fragte sich erschrocken, was sie hier tat. Bestimmt störte sie ihn bei der Arbeit. Was sollte er von ihr denken, wenn sie unangemeldet in sein Gelehrtenzimmer hereinplatzte? Dass sie ihm nachstellte? Schließlich hatte sie keinen triftigen Grund, hier einfach aufzutauchen. Ja, sie beide hatten ein paar Wochen Seite an Seite gearbeitet. Doch am Ende hatte er sich – statt für sie und die Dinosaurierknochen – mehr für das Gestein aus der Sierra Morena interessiert. Und für Alicia Pérez.

Sophie schnaubte leise. So war das eben im Berufsleben – Assistenten kamen, wenn sie benötigt wurden, und gingen, sobald man keine Verwendung mehr für sie hatte. Oder man tauschte sie einfach gegen die nächste Hilfskraft aus. Sie hatte das Gefühl gehabt, dass Paul Klüver es nicht sonderlich bedauert hatte, als sie recht überstürzt in die Abteilung von Professor Schauf gewechselt war. Andererseits musste sie zugeben, dass es ihr selbst gar nicht schnell genug hatte gehen können, möglichst viel Raum zwischen sich und die spanische Geologin zu bringen. Nicht mal das Präparat des letzten *Diplodocus*-Fußknochens hatte sie fertig präpariert, bevor sie ging. Der Abschied war recht kühl und formlos ausgefallen. Doktor Drevermann hatte ihr das Empfehlungsschreiben für die Universität überreicht und ihr viel Erfolg auf ihrem weiteren Weg gewünscht. Aus dem Laboratorium hatte Paul Klüver ihr nur beiläufig zugewinkt und sich dann wieder irgendeinem Gesteinsbrocken gewidmet. Seitdem waren sie sich nicht mehr begegnet.

Und nun stand Sophie hier, und alles drängte sie, das Büro zu betreten und den Doktoranden wiederzusehen. Aber gleichzeitig kam sie sich sehr töricht vor. Wahrscheinlich hatte er sie inzwischen schon vergessen. Schließlich arbeitete er jetzt intensiv mit seinem Doktorvater und dessen Mitarbeiterin an einem anderen Projekt. Sie würde ihn sicher nur stören.

Was hatte sie sich bloß dabei gedacht, hier einfach so aufzukreuzen?, fragte sie sich und ärgerte sich, dass sie geklopft hatte. Am liebsten hätte sie auf dem Absatz kehrtgemacht, doch dazu war es nun zu spät. Sie riss sich zusammen, atmete tief durch und öffnete endlich die Tür.

Das Bild, das sich ihr bot, wirkte sehr vertraut. Mit gebeugtem Rücken saß Paul Klüver vorne auf der Kante seines ausladenden Sessels und las konzentriert ein Buch, das auf seinem Schreibtisch lag. Der Tisch neben ihm, an dem sie gearbeitet hatte, war leer. Ein schmaler Sonnenstrahl, der sich durch die grauen Wolken stahl, brachte sein pomadisiertes schwarzes Haar zum Glänzen. Er war noch genauso attraktiv, wie Sophie ihn in Erinnerung hatte. Als sie einen angebissenen Apfel inmitten des chaotischen Durcheinanders auf dem Tisch entdeckte, musste sie schmunzeln.

Er schaute mit mürrisch zusammengezogenen Augenbrauen auf, doch als er erkannte, wer ihn da besuchte, breitete sich ein Lächeln auf seinem Gesicht aus. »Fräulein von Mayden!«, rief er erfreut. »Das ist ja eine nette Überraschung! Was hat Sie denn gerade so lange vor der Tür aufgehalten?«

Wie hatte sie dieses Lächeln vermisst! Und die Grübchen, die sich dabei in seinen Wangen bildeten.

»Ach, eigentlich nichts … Ich musste nur noch kurz … Also ich wollte …«, stotterte sie nervös. »Bitte entschuldigen Sie die Störung, Herr Klüver. Ich war gerade in der Nähe, und da dachte ich …« Sie verstummte und wusste nicht recht weiter.

»Aber Sie stören doch nicht!« Er sprang auf. »Kommen Sie herein. Was kann ich für Sie tun?«, fragte er, ehrlich interessiert, und schritt um den breiten Schreibtisch herum auf sie zu. Sie gaben sich förmlich die Hand.

»Ich … Ich war gerade drüben bei Doktor Drevermann, also bei Alicia … Da habe ich den Zinnober und einige andere Stücke für die Mineralien-Sammlung abgeholt, und da dachte ich …« Sie stockte wieder; ihre Knie fühlten sich weich an, und sie suchte fieberhaft nach einem überzeugenden Grund für ihren Besuch. Nervös knetete sie die Hände und entschied sich schließlich für das Unverfänglichste. »Also ich dachte, wo ich schon mal hier bin … Ich wollte fragen, ob es etwas Neues zu unseren *Diplodocus*-Fragmenten gibt. Also, ob Sie noch etwas an dem letzten Knochen, den ich präpariert hatte, entdecken konnten, was Ihnen für Ihre Doktorarbeit weiterhilft.«

»Ach, deshalb sind Sie hier …« Seine Stimme klang enttäuscht. »Für meine Dissertation habe ich im Moment leider gar keine Zeit.« Er schüttelte bedauernd den Kopf.

Sophie schluckte. »Und natürlich wollte ich auch nach den Fortschritten bei der Untersuchung des Gesteins aus Spanien fragen«, sagte sie schnell und fügte leise hinzu: »Und sehen, wie es Ihnen geht …« Sie machte einen Schritt zurück und griff hinter sich nach der Türklinke. »Aber wenn Sie zu beschäftigt sind …«

»Nein, nein!«, widersprach er sofort. »Bitte bleiben Sie. Setzen wir uns doch einen Moment.« Er deutete auf die Sitzgruppe. »Sie müssen mir berichten, wie es Ihnen bei Professor Schauf ergeht.« Er rückte ihr einen Stuhl zurecht und nahm offensichtlich erwartungsvoll ihr gegenüber Platz.

Sophie war froh, nicht mehr auf ihren etwas wackeligen Beinen stehen zu müssen, und überlegte, was sie ihm von ihrer neuen Tätigkeit erzählen sollte. Auf keinen Fall wollte sie herumjammern, nachdem sie selbst unbedingt die Abteilung hatte wechseln wollen. Er brauchte nicht zu erfahren, wie unglücklich sie mit dieser Wahl inzwischen war.

»Ach, da gibt es nicht viel zu erzählen«, druckste sie herum. »Ich habe mich bislang vor allem mit der Beschriftung der Schaukästen in der öffentlichen Sammlung beschäftigt. Dabei hatte ich Gelegenheit, ein bisschen über die verschiedenen Mineralien zu lernen.« Sie zuckte leicht mit den Schultern. »Außerdem darf ich an einem großen Meteoriten arbeiten.« Sie hoffte, dass ihre Stimme möglichst begeistert klang.

»Ah, an dem Gibeon aus Deutsch-Südwest, ja?«, hakte Paul Klüver erwartungsvoll nach.

»Genau«, erwiderte sie. »Eine neue Spende für das Museum. Sie haben schon davon gehört?«

»Doktor Drevermann hat gestern davon erzählt. Ein Eisenmeteorit. Scheint recht spektakulär zu sein. Was machen Sie denn damit?«

»Ich schleife ihn an. Danach wird er poliert und geätzt, um ihn mit einer Platte zu vergleichen, die bereits in der Lehrsammlung liegt. Möglicherweise stammen beide Stücke vom selben Aufprall auf die Erde«, erklärte sie.

»Wie interessant!« Paul Klüver schien beeindruckt zu sein. »Das ist sicher spannender als die alten Knochen, mit denen wir uns hier beschäftigt haben.« Er lächelte entschuldigend.

»Was? Nein!«, widersprach sie entschlossen. »Die Paläontologie interessiert mich immer noch am meisten. Aber geologische Kenntnisse gehören ja nun mal dazu, wenn man dieses Fach studieren möchte.« Etwas leiser fügte sie hinzu: »Sofern ich ab dem Frühjahr nach Marburg darf … Sie wissen ja, dass Professor Kayser da vielleicht eine kleine Chance sieht …«

»Ich bin mir sicher, dass Ihre Bewerbung erfolgreich sein wird!«, antwortete er voller Zuversicht. »Wenn Emanuel Kayser von etwas überzeugt ist, dann lässt er nicht so schnell locker. Er wird das Direktorium schon dazu bringen, Sie zum Studium zuzulassen.« Mit ernster Miene ballte er eine Hand zur Faust und ergänzte eindringlich: »Sie haben es verdient.«

Sophie wurde bei dem Lob ganz warm ums Herz. Sie lächelte ihn dankbar an, und sein Gesichtsausdruck wurde sogleich wieder sanfter. Er hatte erstaunlich dichte Wimpern für einen Mann, stellte sie erneut fest. Sie verlor sich beim Blick in diese ausdrucksstarken, dunkelblauen Augen – und schreckte aus ihren Gedanken auf, als er zu sprechen fortfuhr.

»Haben Sie die Unterlagen denn inzwischen eingereicht?«, fragte er gespannt.

Dass der Inhalt des umfangreichen Empfehlungsschreibens von Doktor Drevermann größtenteils auf Paul Klüvers recht überschwänglichem Bericht über ihre Tätigkeit als seine Assistentin beruhte, hatte sie geahnt, nachdem sie es gelesen hatte. Doch jetzt wurde ihr deutlich klar: Er war tatsächlich sehr daran interessiert, dass sie ihr großes Ziel erreichte – auch wenn er inzwischen lieber mit Alicia Pérez zusammenarbeitete.

»Ja, schon vor zwei Wochen«, antwortete sie, räusperte sich und ergänzte recht förmlich: »Bei der Gelegenheit möchte ich mich endlich auch herzlich dafür bedanken, dass Sie Doktor Drevermann so lobend von meiner Arbeit mit Ihnen berichtet haben.«

»Das ist doch selbstverständlich. Hoffentlich hilft es Ihrem Anliegen.«

»Wir werden sehen … Leider habe ich bislang noch keine Antwort aus Marburg erhalten.«

Er überlegte. »Wahrscheinlich sind die Mitglieder des Direktoriums bereits in den Weihnachtsferien.«

»Da haben Sie sicher recht.« Sophie zuckte mit den Schultern. »Ich muss mich wohl in Geduld üben.« Mehr fiel ihr hierzu nicht ein, und da ihr im Moment kein weiteres Gesprächsthema in den Sinn kam, verstummte sie.

Es entstand eine längere Gesprächspause, die Paul Klüver jedoch nicht unangenehm zu sein schien. Er lehnte sich entspannt in seinem Stuhl zurück und schwieg. Sophie zupfte mit einer nervösen Geste an einer widerspenstigen Haarlocke, die sich aus dem Knoten in ihrem Nacken gelöst hatte, und starrte auf den leeren Tisch vor sich. Sie spürte, dass er sie von der Seite betrachtete, doch statt ihn ebenfalls anzusehen, folgten ihre Augen den Mustern in der dunklen Holzmaserung.

Hatten sie sich nichts weiter zu erzählen?, überlegte sie angespannt. Fieberhaft suchte sie nach einem unverfänglichen Thema, während ihn die Stille überhaupt nicht zu stören schien. Die für ihn typische Schweigsamkeit hatte ihre Nerven schon früher strapaziert, wenn er, in Gedanken versunken, am Schreibtisch neben ihr gesessen und stundenlang stumm geblieben war. Auch jetzt machte er keine Anstalten, das Gespräch fortzusetzen oder den unerwarteten Besuch mit der Begründung zu beenden, dass er noch irgendeine Arbeit dringend zu erledigen hätte. Stattdessen schlug er gelassen ein Bein über das andere und schien über etwas nachzudenken.

Sophie rutschte auf ihrem Stuhl herum und hielt es schließlich nicht mehr aus. Sie platzte mit dem Erstbesten heraus, das ihr in den Sinn kam. »Was machen Sie eigentlich an Weihnachten?« Sie sah ihn fragend an. »Fahren Sie zu Ihrer Familie nach Bremen?«

Sein Gesicht verdüsterte sich, und er schüttelte mit zusammengekniffenen Lippen den Kopf.

Sie bereute sofort ihre unüberlegte Neugier. »Verzeihen Sie, ich wollte Ihnen nicht zu nahe treten.«

»Nein, nein, kein Problem«, antwortete er eilig, stellte beide Füße wieder gerade auf den Boden und richtete den Oberkörper auf. Sophie ahnte, dass sie einen wunden Punkt getroffen hatte, als er etwas steif erklärte: »Ich bleibe in Frankfurt. Hier gibt es genug zu tun. Vermutlich werde ich die Ruhe im geschlossenen Museum nutzen und endlich an meiner Dissertation weiterarbeiten.« Er ließ es lapidar klingen, doch sie nahm den bitteren Unterton in seiner Stimme deutlich wahr.

Weshalb verbrachte Paul Klüver die besinnlichste Zeit des Jahres nicht mit seiner Familie?, grübelte sie. Für Sophie war es undenkbar, Weihnachten irgendwo ganz allein zu feiern – ohne ihre Lieben.

Aber vielleicht war er ja gar nicht allein …, schoss es ihr durch den Kopf. Schließlich wusste sie rein gar nichts über sein Leben außerhalb des Museums. Feierte er womöglich mit Alicia Pérez, die wegen der paar Festtage vermutlich auch nicht extra zurück nach Spanien reisen würde?

Vorsichtig versuchte sie, eine Antwort auf diese Frage zu bekommen. »Aber an Heiligabend sind Sie doch sicher irgendwo eingeladen? Bei Freunden vielleicht …?«

»Nein, nein. Zum Glück habe ich ja ein recht gemütliches Zimmer in Sachsenhausen. Da mache ich mir eine Kerze an, und meine Pensionswirtin wird schon dafür sorgen, dass ich nicht verhungere.« Seinem kurzen Auflachen, das signalisieren sollte, dass er dieser Vorstellung einiges abgewinnen konnte, fehlte jedoch jegliche Glaubwürdigkeit, wie Sophie feststellte.

Vor ihrem inneren Auge sah sie Paul Klüver am Heiligabend mutterseelenallein in einem kleinen Zimmer auf einem harten Holzstuhl an einem winzigen Tisch sitzen. Darauf nur eine einsame Kerze und irgendein Teller mit Gulasch von seiner Vermieterin – sein Blick traurig aus dem Fenster auf die Häuser gegenüber gerichtet, hinter deren festlich beleuchteten Scheiben alle anderen Menschen fröhlich miteinander Weihnachten feierten. Diese Vorstellung erschien ihr entsetzlich. Hatte sie selbst doch die Festtage seit frühester Kindheit immer als wunderschöne Zeit erlebt. Mit einem großen, geschmückten Weihnachtsbaum, hübsch verpackten Geschenken, warmem Kerzenschein, einem lodernden Kaminfeuer und vor allem mit den glücklichen Gesichtern ihrer Familienmitglieder.

Nein, zu Weihnachten sollte niemand einsam sein. Sie beschloss spontan, etwas gegen Paul Klüvers deprimierende Weihnachtspläne zu unternehmen, lächelte ihm aufmunternd zu und fragte verhalten: »Vielleicht hätten Sie ja Lust, Heiligabend mit mir – also ich meine, bei uns zu Hause – zu feiern?«

»Oh, nein!« Er hob abwehrend die Hände und sah sie überrascht an. »Ich will Ihre Familienfeier auf keinen Fall stören. Das ist wirklich nicht nötig.« Er bemühte sich, gelassen zu klingen, aber Sophie vernahm den sehnsüchtigen Unterton in seiner Stimme und ließ nicht locker.

»Machen Sie sich keine Sorgen. Sie würden nichts durcheinanderbringen«, entgegnete sie. »Zu Weihnachten haben meine Eltern seit jeher ein offenes Haus. Eine entfernte Cousine meiner Mutter feiert immer mit uns – und natürlich meine Großeltern mütterlicherseits. Meine ältere Schwester Marianne kommt mit ihrem Mann, und mein Vater hat diesmal noch den Assistenten eines befreundeten Geologen und früheren Rektors der Universität in Marburg eingeladen.«

Paul Klüver zog skeptisch die Augenbrauen zusammen und schien zu überlegen, ob er das Angebot womöglich doch nicht ausschlagen sollte.

Sophie beeilte sich, ihn zu überzeugen. »Dieser Herr müsste ungefähr so alt sein wie Sie. Mein Vater erzählte, dass er Geograph ist, lange in Berlin studiert hat und demnächst in Marburg habilitiert wird. Weil er hier praktisch niemanden kennt, kümmern wir uns Heiligabend ein wenig um ihn. Sie wären also nicht der einzige Gast, hätten angenehme Gesellschaft und neben meinem Vater einen weiteren, fachlich kompetenten Gesprächspartner beim Weihnachtsessen.« Sie sah ihn erwartungsvoll an.

»Nun, das klingt recht interessant«, gab Paul Klüver zögerlich zu.

»Na, sehen Sie! Und unsere Köchin bereitet die knusprigste Weihnachtsgans in ganz Frankfurt zu«, behauptete Sophie lachend.

Endlich entspannten sich Paul Klüvers Gesichtszüge. »Na, wenn das so ist …« Er lächelte sie an. »Aber ich möchte mich keinesfalls aufdrängen. Es ist wirklich nicht nötig, dass Sie sich Gedanken um mich machen. Weihnachten bedeutet mir nichts.«

Das würde sich in diesem Jahr ändern, nahm Sophie sich fest vor. Sie war sicher, dass ihre Eltern einverstanden waren, einen so sympathischen und manierlichen jungen Mann an ihrer Weihnachtstafel zu bewirten.

»Ich notiere Ihnen gleich mal die Adresse.« Sie sprang auf, fischte ein leeres Blatt Papier und einen Bleistift von seinem Schreibtisch und schrieb fein säuberlich ihre Anschrift darauf. »Wir freuen uns, wenn Sie am 24. Dezember nachmittags zum Kaffee zu uns kommen. Es gibt Frankfurter Kranz und Spekulatius! Und ich informiere gleich heute Abend unsere Köchin, dass sie noch ein paar Klöße mehr machen soll.«

»Das ist wirklich sehr freundlich von Ihnen«, sagte er ernst, stand ebenfalls auf und trat zu ihr. »Aber bitte fragen Sie zuerst Ihre Eltern, ob es wirklich keine Umstände macht, einen weiteren Gast einzuladen.«

»Machen Sie sich keine Sorgen. Die werden sich darüber ganz bestimmt freuen«, versicherte sie ihm.

Anschließend verabschiedeten sie sich voneinander, und dabei hielt er Sophies Hand ein wenig länger als nötig. Er begleitete sie zur Tür hinaus, wo sie sich in aufgeräumter Stimmung ein zweites Mal von ihm verabschiedete und dann mit ihrem Wägelchen losschob. Bevor sie am Ende des langen Flurs um die Ecke bog, warf sie einen raschen Blick über die Schulter. Ihr Herz setzte einen Schlag aus, als sie entdeckte, dass Paul Klüver noch immer vor seinem Büro stand und ihr nachsah.

* * *

Der Duft von Zimt und Kardamom, nach süßen Plätzchen und verschiedensten weihnachtlichen Spezereien stieg schon lange vor den Festtagen aus der Küche im Souterrain hoch in die weitläufigen Wohnräume im Erdgeschoss der Villa am Kettenhofweg. Einen Tag vor Heiligabend saßen Sophie und Charlotte mit ihrer Mutter nach dem Abendmahl einträchtig zusammen und bastelten wie in jedem Jahr neuen Christbaumschmuck. Die kleinen Kunstwerke aus Pappe, Glanz- und Stanniolpapier sollten eine perfekte Ergänzung zum bereits vorhandenen Schmuck sein: zu den kostbaren bunten Kugeln aus feinem Glas, die seit Jahrzehnten im Familienbesitz waren, den zahlreichen Strohsternen, die Sophie und ihre beiden Schwestern in ihrer Kindheit gebastelt hatten, und den glitzernden Girlanden, die traditionell den Weihnachtsbaum verschönerten.

Nach einer Anleitung mit detaillierten Zeichnungen aus der *Sonntagszeitung fürs Deutsche Haus* wurden eifrig Kugeln, Sterne und Körbchen gefaltet, gerollt, zusammengesteckt und geleimt. Rotbäckige Äpfel bekamen reich verzierte Gewänder aus goldglänzenden Streifen, die – rundherum fein säuberlich mit der Schere eingeschnitten – zu winzigen, sich kräuselnden Girlanden wurden. Aus bunt beklebten Streichholzschachteln und halben Walnüssen entstanden unter den geübten Händen der drei Frauen lauter hübsche Behältnisse, die wie kostbare Kutschen aussahen und mit essbaren Schätzen, wie Schokolade und Konfekt, gefüllt würden. Deren Schicksal war es, am morgigen Abend vom Weihnachtsbaum geplündert zu werden.

Die imposante Fichte, die der Chauffeur und der Gärtner bereits an dem dafür vorgesehenen Platz im Fenstererker des großen Salons aufgestellt hatten, reichte fast bis unter die hohe, stuckverzierte Decke. Der Baum verbreitete einen herrlichen Waldduft, der Sophie angenehm in die Nase stieg. Geschmückt würde er, wie es Tradition war, am Mittag des Heiligabends – vom Vater und seinen beiden noch im Hause lebenden Töchtern. Marianne würde mit ihrem Gatten erst am Nachmittag zu Kaffee und Kuchen kommen. Das war Sophie ganz recht, weil es mit Charlotte beim Schmücken einfach mehr zu lachen gab.

Wie sie es vorausgesehen hatte, waren ihre Eltern einverstanden gewesen, Paul Klüver zum Weihnachtsessen einzuladen, nachdem Sophie in dramatischen Bildern beschrieben hatte, wie er sonst einsam in seinem Pensionszimmer sitzen würde. Robert von Mayden hatte sogar extra eine offizielle Einladung für den Doktoranden geschrieben. Zu ihrem Leidwesen war es Sophie nicht möglich gewesen, ihm die bunt bemalte Weihnachtskarte persönlich zu überreichen, sondern sie hatte diese Aufgabe einem Museumsboten überlassen müssen: Professor Schauf hatte darauf bestanden, dass sie sich nicht eher von ihrem Arbeitsplatz entfernte, bis das Eckstück vom Meteoriten fertig abgeschliffen und poliert war.

Sie hatte diese Arbeit rechtzeitig bis zum 23. Dezember geschafft und an Heiligabend freibekommen, da das Museum über die Feiertage geschlossen war. So konnte sie sich nach dem Schmücken des Christbaums in ihr Zimmer zurückziehen und ausgiebig überlegen, welches Kleid sie tragen sollte, wenn Paul Klüver nachher zu Besuch kam.

Aus dem Salon erklang leise Musik. Anna von Mayden übte am Flügel die Weihnachtslieder. In ihrem Zimmer im zweiten Stock der Villa summte Sophie *Stille Nacht* mit und schmunzelte, als das Spiel nach einem falschen Akkord abbrach und von vorne begann. Jedes Jahr hakte es anfangs beim »holden Knaben im lockigen Haar«, wenn ihm zum ersten Mal geraten wurde: »Schlaf in himmlischer Ruh ...« Das verlängerte, hohe »Ruh-*hu*« wollten die ungeübten Finger ihrer Mutter einfach nicht auf Anhieb finden. Doch Sophie war sicher, dass sie später beim gemeinsamen Singen den richtigen Ton treffen würde.

Sie betrachtete sich noch einmal kritisch im Spiegel. Lange war sie mit sich zurate gegangen und hatte sich letzten Endes für ein nachtblaues Kleid aus festem Seidentaft mit einem ausladenden Rock entschieden. Der edle Stoff schimmerte im Licht, und die aufgestickten Stangenperlen rund um ihr tiefgeschnittenes Dekolleté sahen sehr elegant aus, wie sie fand. Nur das unbequeme Korsett zwickte. Es zauberte jedoch eine perfekte, schlanke Taille. Da sie sowieso vorhatte, von sämtlichen Köstlichkeiten, die es heute geben würde, nur ein paar Häppchen zu nehmen, würde es schon gehen. In den nächsten Stunden, wenn Paul Klüver sie dabei beobachten konnte, wollte sie sich beim Essen damenhaft zurückhalten. Falls sie später doch noch Hunger haben sollte, würde die Köchin ihr sicher einen Teller mit Leckereien zurechtmachen, die sie dann heimlich im Zimmer verzehren könnte.

Sie puderte noch einmal ihre Nase, kniff sich in die Wangen, damit sie die gewünschte rosige Farbe bekamen, und zog den roséfarbenen Lippenstift mit einem feinen Pinsel nach. Als sie zu guter Letzt zufrieden ihre Erscheinung im Spiegel betrachtete, kam Charlotte ins Zimmer hereingestürmt.

»Sie hat es geschafft!«, rief ihre Schwester und wedelte mit einer Zeitung.

»Könntest du nicht endlich einmal einen Satz so formulieren, dass er sämtliche wichtigen Informationen enthält?«, fragte Sophie mit gespieltem Tadel. »Wer hat was geschafft?«

Charlotte breitete die Seiten auf dem Bett aus und deutete aufgeregt auf einen Artikel mit Foto. »Sie hat Afrika durchquert! Lies selbst! Sie ist im Kongodelta angekommen!«

Sophie verstand noch immer nicht, trat näher und betrachtete das Bild einer jungen Frau in einem eleganten weißen Kleid. Neben ihr war ein Mann in Paradeuniform mit hohen, blankpolierten Stiefeln, goldenen Epauletten und einem langen Säbel zu sehen, auf den er sich stützte. Darunter stand ein kurzer Bericht:

Frau Hauptmann Anna Schloifer, geborene Freiin von Schrenck v. Notzing, brach im Spätsommer dieses Jahres mit ihrem Gatten, Hauptmann Otto Schloifer, von Udjidje in Deutsch-Ostafrika auf und langte bereits im Oktober in Matadi an der Kongomündung an. Sie legte die 3000 Kilometer lange Strecke von der Ost- bis zur Westküste Afrikas in nur vierzig Tagen zurück.

»Das ist ja beeindruckend«, staunte Sophie. »Sie hat es tatsächlich geschafft.«

»Na, das habe ich doch gesagt!«, rief Charlotte triumphierend. »Und du hast gezweifelt, als ich dir davon erzählt habe. Du Hasenfuß.« Sie wehrte kichernd die angedeutete Ohrfeige ihrer großen Schwester ab. »Das Kaiserreich braucht starke, mutige Frauen! So wie uns!«

»Da hast du recht«, stimmte Sophie ihr zu und streckte lachend die geballte Faust in die Luft. »Ich werde auch eines Tages nach Afrika reisen und Dinosaurierknochen ausgraben!«

»Und ich komme mit und male Löwen und Leoparden – in freier Wildbahn, nicht hinter Zoogittern!« Charlotte ließ sich mit ausgebreiteten Armen rückwärts aufs Bett fallen.

»Hast du keine Angst, dass die wilden Raubtiere dich fressen?«

»Vielleicht sollte ich lieber vorher schießen lernen«, erwiderte Charlotte mit gespieltem Ernst und imitierte das Zielen mit einem Gewehr.

»Dann kann dein Christian die Bestien ausstopfen und im Museum ausstellen. Der wird doch jetzt Präparator.«

»Ganz genau! So machen wir es!« Die Jüngere sprang lachend wieder auf und streckte ihrer Schwester die Hand entgegen. »Abgemacht?«

Sophie schlug amüsiert ein. »Abgemacht!«

»Fein! Dann lass uns endlich runtergehen«, forderte Charlotte. »Bestimmt sind die Großeltern schon da. Ich habe Hunger auf Frankfurter Kranz mit ganz viel Buttercreme.« Sie leckte sich genießerisch die Lippen und zwinkerte Sophie zu. »Ich trage heute nur ein Leibchen – kein Korsett!« Sie drehte sich in dem locker fallenden Kleid ihres französischen Lieblingscouturiers Paul Poiret in leuchtendem Kardinalrot.

»Mama wird schockiert sein …« Sophie grinste Charlotte an. »Und ich beneide dich.«

»Du siehst in deinem Kleid wunderschön aus, Schwesterchen! Dein Paul wird beeindruckt sein!«

»*Mein* Paul? Er ist lediglich ein Kollege, der Weihnachten allein verbringen müsste, wenn ich ihn nicht eingeladen hätte«, versuchte Sophie sofort sich zu rechtfertigen. »Mehr nicht!«

»Ja, ja …«, meinte Charlotte schmunzelnd. »Nun komm!«

Nach einem letzten Blick in den Spiegel folgte Sophie ihrer Schwester.

Die lange Tafel war festlich gedeckt – mit dem kostbaren Kaffeeservice aus feinstem *Höchster Porzellan*, das nur zu Weihnachten benutzt wurde und zu Anna von Maydens Aussteuer gehörte, die sie mit in die Ehe gebracht hatte. Sie entstammte einer überaus wohlhabenden Mainzer Juweliersfamilie und hatte sich auf ihrem ersten Opernball in Frankfurt in einen nicht ganz so vermögenden jungen Mann verliebt, der eigentlich nur seinen steinreichen Freund dorthin begleitet hatte. Robert von Mayden, der seine Eltern früh verloren hatte, war dank seines Erbes zwar recht gut betucht, doch bei Weitem nicht so begütert wie die Familie seiner Angebeteten. Daher musste er vor allem seinen wohlklingenden Namen, den frisch erworbenen Doktortitel sowie seine beruflichen Ambitionen in die Waagschale werfen, um seine zukünftigen Schwiegereltern davon zu überzeugen, dass er dennoch ein passender Ehekandidat für ihre Tochter war.

Die junge Anna, die es gewohnt war, dass ihre oft nachsichtigen Eltern ihr keinen Wunsch abschlagen konnten, bettelte so lange, bis diese ihr schließlich trotz der eigenen Bedenken die Erlaubnis gaben, die Ehe mit diesem überaus wohlerzogenen Akademiker einzugehen. Anstelle großer Reichtümer brachte Robert immerhin die Aussicht auf eine vielversprechende wissenschaftliche Karriere mit in die Ehe – und seinen adligen Namen, der aus der großbürgerlichen Anna eine »*von* Mayden« machte. Um ihrer einzigen Tochter weiterhin einen angemessenen Lebensstil zu ermöglichen, hatten ihre Eltern dem Paar zur Hochzeit die Villa am Kettenhofweg und eine überaus großzügige, jährliche Apanage geschenkt.

Sophie betrachtete geradezu andächtig das kostbare Porzellan, das seit über hundert Jahren im Besitz der Vorfahren ihrer Mutter war und stets zu Weihnachten aufgedeckt wurde, um den Großeltern eine Freude zu machen. Die feinen, beinahe durchscheinenden Tassen und Teller hatten einen zarten Goldrand, der perfekt mit dem goldenen Besteck harmonierte, und waren kunstvoll mit chinesischen Motiven bemalt. Diverse passende Vorlegeplatten, Schalen und Schüsseln, gefüllt mit Plätzchen, Printen, Spekulatius und anderem Weihnachtsgebäck, standen auf der blütenweißen Damastdecke für die Gäste bereit. Es duftete herrlich nach verschiedenen Wohlgerüchen – nach frischem Gebäck, dem Wachs der Kerzen, die in großen Silberleuchtern flackerten, und dem Harz des geschmückten Weihnachtsbaums im angrenzenden Salon, der seine Pracht noch hinter der Schiebetür mit den ziselierten Glasfenstern verbarg. Auf der breiten Anrichte schnitt die Köchin gerade eigenhändig die erste von drei identischen, runden Torten an, die alle reich mit Krokant bestreut und mit Buttercreme-Röschen verziert waren, auf denen rote Zuckerkirschen thronten.

Die Großeltern waren wie immer von Ferdinand mit dem Automobil in Mainz abgeholt worden und hatten bereits ihre angestammten Plätze am Tisch eingenommen. Sophie und Charlotte begrüßten ihre muntere Oma und den inzwischen schon recht gebrechlichen Großvater liebevoll und setzten sich zu ihnen.

Wenig später rauschte ihre ältere Schwester in einem roséfarbenen, von zahlreichen glitzernden Rüschen und Schleifen bedeckten Kleid herein.

Darin sah sie selbst aus wie eine Buttercremetorte, dachte Sophie amüsiert, es fehlten bloß noch die Kirschen.

Marianne fiel Mutter und Vater stürmisch um den Hals, begrüßte ihre Schwestern mit flüchtigen Wangenküssen und setzte sich zu ihnen. Hinter ihr trottete mit einigem Abstand ihr Gemahl ins Esszimmer. Im Gegensatz zu seiner aufgeregt vor sich hin plappernden Gattin war Kommerzienrat Franz-Josef Merzenich recht schweigsam; er hielt sich an Robert von Mayden und ließ sich von ihm auf ein Glas Cognac und eine Zigarre ins Kaminzimmer bitten.

Das Dienstmädchen Fritzi führte kurz darauf Tante Agnes herein, eine ausgesprochen reizlose Erscheinung, die sich ständig für alles und jedes entschuldigte. Obwohl sie lediglich ein paar Jahre älter als Anna von Mayden war, wirkte sie mit ihrem verkniffenen Gesichtsausdruck und ihrer vollkommen schmucklosen, grauen Aufmachung wie eine alte Frau. Die ehemalige Lehrerin an der Katharinenschule war nie verheiratet gewesen, hatte keine engeren Verwandten mehr und wurde als Cousine dritten Grades seit Jahren zu Weihnachten in die Villa am Kettenhofweg eingeladen. Mit Abscheu verfolgte Sophie das immer gleiche Schauspiel, wenn die altjüngferliche Tante wiederholt gestenreich für die angebliche Störung der Familie um Verzeihung bat. Mit ihren unterwürfigen Entschuldigungen zog sie die Aufmerksamkeit auf sich, obwohl sie stets betonte, gerade das auf keinen Fall zu wollen. Es dauerte wie immer ewig, bis sie sich von Anna von Mayden endlich zu ihrem Stuhl neben Marianne dirigieren ließ. Diese nickte ihr nur kurz zu, beachtete die entfernte Tante aber nicht weiter, sondern fuhr fort, ihren Großeltern von ihrem letzten Ball zu berichten. Und so blieb die pensionierte Lehrerin zunächst nur stumm auf ihrem Platz sitzen, den scheuen, gesenkten Blick auf ihre sittsam im Schoß zusammengefalteten Hände gerichtet, und rührte sich nicht.

Sophie hasste diese zur Schau getragene Unterwürfigkeit und Schüchternheit. Sie selbst lauschte nur noch mit halbem Ohr der belanglosen Konversation am Tisch und konzentrierte ihre Aufmerksamkeit stattdessen auf die Tür, durch die hoffentlich bald Paul Klüver eintreten würde. Sie sah verstohlen auf ihre kleine goldene Taschenuhr. Es war bereits kurz vor vier. Wo blieb er bloß? Als sie die Türglocke schellen hörte, setzte sie sich erwartungsvoll auf. Doch statt des Doktoranden führte Fritzi einen anderen Mann herein. Das musste der Geograph sein, den ihr Vater eingeladen hatte. Alle wandten sich dem neuen Gast zu, als er mit einem unsicheren Lächeln in die Runde nickte.

Robert von Mayden kam mit großen Schritten aus dem Kaminzimmer und begrüßte den leicht untersetzten jungen Herrn, der in einem eleganten Dreiteiler und einem blütenweißen Hemd mit steifem Kragen erschien. Der Neuankömmling hatte eine sehr hohe Stirn, was ihn wesentlich älter aussehen ließ, als er vermutlich war, und trug eine schwarze, kreisrunde Brille. Über den feuchten, weichen Lippen prangte ein kräftiger, dunkler Schnäuzer.

»Herr Doktor Rühl! Wie schön, dass Sie es einrichten konnten«, begrüßte Sophies Vater ihn freundlich und erklärte den restlichen Gästen: »Dies ist Doktor Alfred Rühl aus Berlin, der sich zurzeit bei meinem lieben Freund und Kollegen Theobald Fischer in Marburg über *Geomorphologische Studien aus Katalonien* habilitiert.«

Der junge Mann wirkte nervös und leicht überfordert von dieser großen Runde fremder Menschen. Er überreichte Anna von Mayden ein weihnachtliches Blumengebinde, deutete eine kurze Verbeugung in Richtung Esstisch an und begrüßte alle anderen mit wenigen Worten. Sein Blick blieb einen Moment lang interessiert an Sophie hängen, die ihm unverbindlich zulächelte. Gemurmelte Begrüßungsfloskeln der Familienmitglieder begleiteten die beiden Herren, die sich zu Cognac und Zigarre zurückzogen. Sophie schaute ihm kritisch hinterher, drehte sich jedoch sofort wieder um, als es erneut klingelte. Das musste Paul Klüver sein! Endlich!

Sie sprang auf und bemühte sich, nicht loszurennen. Sie kam Fritzi zuvor, öffnete die schwere Eingangstür und stand einem überraschten Paul Klüver gegenüber, der einen großen Blumenstrauß mit leuchtend roten und weißen Amaryllis-Blüten, zwischen denen ein dünner Kiefernzweig steckte, in der Hand hielt. Er starrte sie in ihrer ungewohnt eleganten Aufmachung verblüfft an.

»Fräulein von Mayden!« Seine Stimme klang beeindruckt.

»Wie schön, dass Sie doch noch kommen, Herr Klüver! Alle anderen sind schon da«, begrüßte Sophie ihn mit einem strahlenden Lächeln. Noch im gleichen Moment wurde ihr bewusst, dass ihre Worte ein wenig vorwurfsvoll klangen. »Bitte kommen Sie doch herein. Wir freuen uns alle sehr, dass sie da sind«, ergänzte sie eilig.

Leicht irritiert von den unterschiedlichen Signalen, die sie aussandte, folgte er ihr ins Esszimmer. Sophie klatschte einmal in die Hände und erhob ihre Stimme über das Gemurmel der angeregten Gespräche.

»Liebe Familie …« Alle sahen erwartungsvoll auf, sogar Tante Agnes reckte neugierig den faltigen Hals. »Vater?«, rief Sophie etwas lauter in Richtung Kaminzimmer und wartete, bis von nebenan die drei Herren aus einer Wolke dicken Zigarrenqualms auftauchten. Paul Klüver blieb derweil mit den Blumen in den Händen neben ihr stehen; und er wirkte sichtlich verlegen ob der Aufmerksamkeit, die er erregte. »Also, Ihr Lieben, dies ist Paul Klüver aus Bremen, Doktorand der Paläontologie, dem ich im Senckenberg-Museum einige Zeit bei seiner Forschung zum *Diplodocus longus* assistieren durfte.« Der Stolz in ihrer Stimme war nicht zu überhören.

Anna von Mayden, die neben ihrer Mutter gesessen hatte, musterte den neuen Gast kritisch von oben bis unten und stand auf, um ihn zu begrüßen. Ihr Mann näherte sich aus der anderen Richtung und breitete herzlich die Arme aus. Paul Klüver schien nicht recht zu wissen, wem er sich zuerst zuwenden sollte, entschied sich dann, erst mal die Blumen loszuwerden. Er verbeugte sich mit einem angedeuteten Handkuss vor der Gastgeberin, die von seiner höflichen Geste durchaus angetan zu sein schien.

»Willkommen, Herr Klüver«, sagte sie freundlich und reichte den Strauß an Fritzi weiter.

Bevor ihr Mann den jungen Herrn ebenfalls ins Kaminzimmer entführen konnte, hakte Anna von Mayden sich bei ihrem Gatten unter und führte ihn und Paul Klüver zu Tisch.

Nachdem alle einander vorgestellt und viele Hände geschüttelt worden waren, setzte sich die Gesellschaft an den Esstisch. Zu Sophies linker Seite hatte ihr Vater, der neben dem Geographen seinen Sessel am Kopfende einnahm, Alfred Rühl platziert. Sie selbst sorgte dafür, dass Paul Klüver sich zu ihrer Rechten niederließ und die lebhafte Charlotte an seiner anderen Seite hatte. So würde er sich hoffentlich wohlfühlen.

Nachdem das Dienstmädchen den Kaffee eingeschenkt hatte, balancierte die Köchin vorsichtig die prachtvollen Tortenstücke auf die Teller. Sophie registrierte, wie Paul Klüver skeptisch die glänzende Kuchengabel in seiner Hand wog, als würde er überlegen, ob das Besteck tatsächlich aus Gold war. Nach dem ersten Bissen stimmte er in das allgemeine Lob für den köstlichen Frankfurter Kranz ein.

Sophie schob sich einen winzigen Happen des luftigen Tortenstücks in den Mund, ließ die zarte Buttercreme auf der Zunge zergehen und genoss das Knacken des knusprigen Krokants aus Haselnüssen und Mandeln – eine besondere Mischung der Köchin.

»Mmmmhhhh«, summte sie mit genießerisch geschlossenen Augen und fragte dann Paul Klüver freudestrahlend: »Ist das nicht der beste Frankfurter Kranz, den Sie jemals gegessen haben?«

»Unbedingt!«, bestätigte er lächelnd. »Wobei es das erste Mal ist, dass ich diese Spezialität probiere. Wo ich herkomme, isst man zu Weihnachten Bremer Klaben, eine Art Stollen aus Hefeteig mit Rosinen, aber ohne Puderzucker.«

»Das klingt auch sehr lecker, aber …« Bevor Sophie weiter nachfragen konnte, mischte sich Alfred Rühl in die Konversation ein.

»Was ist schon irgendein Stollen im Vergleich mit dieser *kaiserlichen* Torte?«, sagte er in einem verächtlichen Tonfall. »Diese Köstlichkeit weiß man auch in meiner Geburtsstadt Königsberg und selbst in Berlin zu schätzen. Sie ist schließlich eine überaus patriotische Spezialität.«

»Patriotisch?«, wiederholte Sophie verblüfft.

»Nun …« Alfred Rühl räusperte sich und nahm im Sitzen Haltung an. »Der Frankfurter Kranz wurde bereits um 1735 kreiert. Seine runde Form, die Hülle aus Krokant und die Belegkirschen, die Rubine symbolisieren, sind das Abbild einer Krone der deutschen Kaiser, das an Frankfurt am Main als Krönungsstätte erinnern soll.«

»Ach so … ja, das wusste ich. Eine leckere Krone mit Buttercreme.« Sophie nickte und wollte sich wieder Paul Klüver zuwenden, doch ihr anderer Tischnachbar war noch nicht fertig.

»In Frankreich ist er als *Couronne de Francfort*, also Frankfurter Krone, bekannt, und in England nennt man ihn *Frankfurt Crown Cake*.«

»Sehr interessant«, murmelte Sophie und nahm einen größeren Bissen, um nicht weiter darauf eingehen zu müssen.

Was für ein angeberischer Schlauberger, dachte sie kauend, sah stur auf ihren Teller und rollte heimlich mit den Augen.

Da sie ihn nicht mehr beachtete, schien es der Geograph vorerst aufzugeben, sie in ein Gespräch zu verwickeln, und so konnte sie sich wieder Paul Klüver zuwenden. Der Doktorand sah heute ausgesprochen elegant aus. Er trug einen neuen schwarzen Ditto-Anzug, wie sie bereits bei seiner Ankunft festgestellt hatte. Der Dreiteiler aus einem guten Stoff war augenscheinlich auf Maß geschneidert. Im Gegensatz zu den zu weiten Jacketts und Hosen, die sie bisher bei der Arbeit an ihm gesehen hatte, saß dieser Anzug makellos an seinem athletischen Körper, und die Fliege unter dem dreieckigen, umgeschlagenen Kragen war perfekt gebunden. Wahrscheinlich hatte ihn die neue Garderobe einen halben Monatslohn gekostet, überlegte sie und hatte ein schlechtes Gewissen. Ob er sich den extra für seinen Besuch im Hause ihrer Familie hatte schneidern lassen? Falls ja, hatte es sich zumindest gelohnt, da er in der feinen Bekleidung den kritischen Blicken, mit denen ihre aufmerksame Mutter ihn immer wieder bedachte, standhalten konnte.

Nach dem Kaffeetrinken öffnete Robert von Mayden die große Schiebetür und bat in den angrenzenden Salon, wo Fritzi inzwischen die Kerzen am bunt geschmückten Weihnachtsbaum entzündet hatte. Unter vielen bewundernden »Oh's« und »Ah's« für die festliche Dekoration nahmen alle auf den Fauteuils und Sofas Platz. Anna von Mayden setzte sich an den Flügel, und ihre drei Töchter stellten sich, wie es Tradition war, davor auf und sangen mit hellen Stimmen *O du fröhliche* und *Ihr Kinderlein, kommet*. Zum krönenden Abschluss wurden alle sechs Strophen von *Stille Nacht, heilige Nacht* gemeinsam gesungen – ohne einen einzigen falschen Ton am Flügel.

Tante Agnes schluchzte ergriffen in ihr Spitzentaschentuch, trocknete aber schnell die Tränen, als es an die Bescherung ging.

Zuerst wurde das Personal bedacht, das sich im Hintergrund aufgereiht hatte. Anna und Robert von Mayden schenkten Ferdinand ein Paar gefütterte, dunkelgrüne Lederhandschuhe, die perfekt zur Farbe des Automobils passten, und dem Gärtner eine neue Rosenschere. Fritzi und die Köchin bekamen jeweils eine weiße Schürze mit gestärkten Volants am Brustschutz, den die Hausherrin eigenhändig mit dekorativen Blütenmotiven bestickt hatte. Sie bedankten sich artig und zogen sich zu den Vorbereitungen für das Abendessen ins Souterrain zurück.

Charlotte durfte sich über einen Satz feiner Pinsel freuen, die sie zum Malen an der *Städelschen Kunstschule*, die sie ab Januar besuchen würde, gut gebrauchen konnte. Marianne bejubelte eine dreireihige, eng am Hals getragene Perlenkette mit einem Verschluss aus winzigen, funkelnden Brillanten, die einen Rubin umkränzten – ein Erbstück der Familie, das Anna von Mayden ihrer Ältesten vermachte. Sophie hingegen runzelte irritiert die Stirn, als sie ihr Geschenk ausgepackt hatte und den Roman *Die Scheinehe* von Hedwig Courths-Mahler in Händen hielt.

»Du liest doch so gerne! In dem Buch geht es um die Adoptivtochter eines reichen Mannes, die sich ausgerechnet in dessen Sohn verliebt«, erklärte ihre Mutter begeistert.

Was für eine abstruse Geschichte, fand Sophie und bemühte sich um ein dankbares Lächeln, obwohl das nicht gerade die Art von Lektüre war, die sie bevorzugte. Sie ahnte, dass ihre Mutter den Roman für pädagogisch wertvoll hielt, da es darin um das Thema Heirat ging.

Anna von Mayden freute sich über das hübsche Kästchen zur Aufbewahrung ihres Stickgarns, das Sophie in einem Geschäft auf der Zeil entdeckt hatte. Ihrem Vater schenkte sie ein ledernes Zigarrenetui. Besonderes Aufsehen erregte das Kunstwerk, das Charlotte für ihre Eltern gemalt hatte und auf dem deren drei Töchter zu sehen waren. Es zeigte die beiden älteren im Profil und die Malerin selbst in der Mitte, jedoch von hinten: Charlotte, die an ihren feuerroten Haaren leicht zu erkennen war, stand vor einer Staffelei, auf der sich eine kleinere Version des eigentlichen Bildes befand. Marianne beschwerte sich sogleich über ihre angeblich zu lang gezeichnete Nase, während Sophie das Gemälde sehr originell fand.

Die Herren wurden von Robert von Mayden mit je einer guten Flasche Cognac aus Frankreich bedacht. Tante Agnes bekam von ihrer Cousine einen eleganten weißen Kragen aus Brüsseler Spitze, über den sie vor Rührung und Dankbarkeit gleich wieder in Tränen ausbrach. Noch während die Großeltern ihre diversen Päckchen überreicht bekamen, verschaffte sich Marianne Gehör. Sie stellte sich direkt vor den Weihnachtsbaum und bat um Ruhe.

Das musste ja etwas Grandioses sein, das sie verschenken wollte, dachte Sophie gespannt.

»Liebe Familie, liebe Gäste …« Mariannes Wangen schimmerten vor Aufregung rötlich, als sie kurz innehielt, tief Luft holte und dann fortfuhr: »Mein Gemahl Franz-Josef und ich sind stolz und hocherfreut, euch Folgendes mitteilen zu können …« Sie machte eine Kunstpause und schaute gewichtig in die Runde. Der Kommerzienrat stand mit stolzgeschwellter Brust neben seinem Schwiegervater, und Sophie ahnte, was jetzt kommen würde. Prompt verkündete Marianne mit jubelnder Stimme: »Wir erwarten einen Stammhalter!«

Anna von Mayden stieß einen spitzen Schrei aus und stürzte mit offenen Armen auf ihre Tochter zu. »Oh, mein Kind! Das ist das schönste Geschenk, das ihr uns machen konntet! Ich gratuliere!«

Ihr Mann schüttelte Franz-Josef Merzenich herzlich die Hand und klopfte ihm dabei jovial auf die Schulter. »Gut gemacht, mein Lieber!«

Sophie freute sich für ihre Schwester und umarmte sie liebevoll. Endlich war deren sehnlichster Wunsch in Erfüllung gegangen. Doch in ihr selbst stritten widersprüchliche Gefühle. Obwohl auch sie Babys meist recht entzückend fand, stellte sie zu ihrem Erstaunen fest, dass sie innerlich regelrecht aufatmete – weil nicht sie es war, die sich demnächst um ein plärrendes Kleinkind kümmern musste.

War es normal, dass sie so empfand?, fragte sie sich beklommen. Verzehrte sich nicht jede junge Frau nach dem Mutterglück? Während sie ihren verwirrenden Gedanken nachhing, bemerkte sie, dass Paul Klüver sie mit einem fragenden Blick beobachtete. Er schien zu spüren, dass sie gerade ein wenig neben sich stand – was sie noch mehr durcheinanderbrachte.

Da alle Aufmerksamkeit auf Marianne gerichtet war, nutzte Sophie die Gelegenheit und zog sich rasch nach nebenan ins Kaminzimmer zurück, fern von den begeisterten Gratulanten. Sie musste erst mal durchatmen, um das Durcheinander in ihrem Kopf wieder zu ordnen, und blickte gedankenverloren in die schwächer werdenden Flammen im hohen Kamin. Auf dem Sims, neben der gläsernen Kuppel, unter der sich das Pendel der Kaminuhr beruhigend im Gleichklang bewegte, stand ein vergessenes Glas, in dem sich eine ansehnliche Neige goldener Flüssigkeit befand. Ohne lange nachzudenken, nahm Sophie den Schwenker in die Hand. Sie hob ihn an den Mund, legte den Kopf in den Nacken und ließ den Cognac in einem Zug die Kehle hinunterrinnen. Sie musste sich kurz schütteln und husten, da ihr Hals wie Feuer brannte, doch dann spürte sie eine angenehme Wärme, die sich in ihrem Körper ausbreitete.

War es das, was die Herren so am Alkohol schätzten? Oder eher diese plötzliche Leichtigkeit, die sie im Kopf verspürte? Sie schmunzelte vor sich hin. Plötzlich sah sie aus dem Augenwinkel, dass ihr Vater hereingekommen war, und rasch stellte sie den Cognacschwenker wieder auf dem Sims ab.

Er musste gesehen haben, was sie getan hatte, doch statt sie zu tadeln, kam er lächelnd auf sie zu, in der Hand ein in rotes Papier eingeschlagenes Päckchen.

»Na, mein Kind, ist dir der Trubel zu viel geworden?«

»Ja, ich brauchte einen Moment für mich.«

Er warf einen vielsagenden Blick auf das Glas und sah sie verschwörerisch an. »Es sei dir gegönnt. Aber dass mir das nicht zur Gewohnheit wird …«

Sophie wusste genau, dass er damit auf Marianne anspielte, die zum Glück nur noch gelegentlich ein Glas Wein trank.

»Nein, nein«, versicherte sie. »Ich wollte deinen Cognac nur mal probieren. Er schmeckt köstlich.«

Robert von Mayden lächelte und hielt ihr das Päckchen hin. »Ich habe hier noch eine Kleinigkeit für dich.«

Das Geschenk wog schwer in ihrer Hand.

Bitte nicht noch ein kitschiger Roman, hoffte Sophie im Stillen, löste die Schleife und faltete das Papier auseinander. Zum Vorschein kam ein dickes, in dunkelgrünes Leinen gebundenes Buch. Sie erinnerte sich sofort, eine Reihe identischer Werke in der Bibliothek im ersten Stock gesehen zu haben, schlug es auf und las den Titel: *Neues Jahrbuch für Mineralogie, Geologie und Paläontologie*. Sie schaute ihren Vater sprachlos vor Freude und Überraschung an.

»Das ist die aktuelle Ausgabe der gesammelten Berichte über die neuesten Erkenntnisse der Forschung, die eigentlich erst demnächst offiziell erscheint«, erklärte Robert von Mayden stolz. »Doch ich wollte sie dir unbedingt schon zu Weihnachten schenken. Zum Glück kenne ich einen der drei Herren, die die Jahrbücher herausgeben, recht gut …«

Voller Dankbarkeit fiel Sophie ihm um den Hals. »Was für ein wunderbares Geschenk! Vielen lieben Dank, Papa!«

Er befreite sich lachend aus ihrer stürmischen Umarmung, nahm ihr das Buch ab und deutete auf einen der Namen, die auf der Titelseite standen.

»Der Herausgeber Max Bauer ist ein alter Freund von mir und war zu meiner Zeit einige Jahre Professor für Mineralogie und Petrographie in Marburg. Seit 1893 ist er Rektor der Universität, an der du studieren möchtest …« Robert von Mayden machte eine Pause und lächelte seine Tochter vielsagend an.

Sophie hielt unwillkürlich den Atem an. Sie kannte ihren Vater sehr genau und sah ihm an, dass er eine wichtige Nachricht für sie hatte, die er selbst keinesfalls länger zurückhalten konnte. Ob es wirklich …?

Sein breites Lächeln verriet ihr bereits die Neuigkeit, bevor er die erlösenden Worte aussprach: »Das Direktorium hat sich darauf verständigt, dich ab dem Sommersemester mit einer Sondergenehmigung in Marburg zu immatrikulieren! Gestern kam die Nachricht.«

Sophies Freudenschrei war so laut, dass sämtliche Gespräche drüben im Salon verstummten, und ihre Mutter mit besorgtem Blick ins Kaminzimmer eilte. Dort erblickte sie ihre völlig aufgelöste Tochter, die schluchzend am Hals ihres Vaters hing, der ihr beruhigend über den Rücken strich.

»Was um Himmels willen ist denn passiert?«, fragte Anna von Mayden fassungslos und trat näher, während sich auch die anderen Gäste neugierig ins Zimmer drängten.

Schniefend löste Sophie sich von der Schulter ihres Vaters, trocknete die Tränen mit dem Taschentuch, das er ihr reichte, und lächelte schief.

»Ich habe gerade erfahren, dass ich in Marburg studieren darf«, stieß sie atemlos hervor und ließ sich auf einen der breiten Ledersessel vor dem Kamin fallen.

Nach ein paar höflichen Gratulationen und anerkennenden Worten zogen sich die Gäste bald wieder zurück. Diese Nachricht konnte scheinbar nicht mit Mariannes aufregenden Neuigkeiten mithalten. Sophie war das völlig egal. In ihrem Bauch schien ein Schwarm bunter Schmetterlinge herumzuflattern. Sie nahm gar nicht bewusst wahr, was um sie herum geschah, sondern war einfach nur glücklich. Gespannt schlug sie das Buch auf und begann darin zu blättern.

Wenige Momente später fuhr sie erschrocken zusammen, als plötzlich Paul Klüver vor ihr niederkniete.

»Herzlichen Glückwunsch, Fräulein von Mayden! Es freut mich wirklich sehr, dass ihr Wunsch nun Wirklichkeit wird.« Er strahlte sie mit ehrlicher Freude an. »Ich habe allerdings nie daran gezweifelt.«

»Danke schön, Herr Klüver. Ist es nicht großartig? Ich werde Studentin!« Sie lachte, immer noch ein wenig ungläubig, und wäre ihm am liebsten um den Hals gefallen.

Bevor sie diesem Drang nachgeben konnte, kam er wieder auf die Beine und deutete auf den Sessel ihr gegenüber.

»Darf ich mich einen Moment zu Ihnen setzen und Ihre Freude teilen?«

»Natürlich!« Sie schlug erwartungsvoll das Buch zu.

Paul Klüver setzte sich, machte aber keinerlei Anstalten, eine belanglose Konversation zu beginnen. Stattdessen lehnte er sich zurück, schien nachzudenken und betrachtete sie dabei sinnierend. Sein offener Blick und dieses typische Schweigen machten Sophie wie üblich nervös. Sie rutschte auf dem glatten Ledersessel herum und zupfte mehrmals die Falten ihres weiten Rocks zurecht.

Als sie das Schweigen nicht mehr ertragen konnte, sagte sie steif: »Ich bin wirklich sehr froh und dankbar, dass Professor Kayser seinen Einfluss beim Universitätsgremium so erfolgreich einsetzen konnte.«

Er nickte stumm, schien noch immer intensiv über etwas nachzudenken, setzte sich schließlich auf und fragte mit belegter Stimme: »Dann werden Sie also im Frühjahr das Museum und Frankfurt verlassen?«

»Nein, nein«, antwortete sie sofort. »Ich bleibe hier wohnen und fahre mit dem Zug nur zu den Vorlesungen nach Marburg. Falls es möglich ist, würde ich auch gerne ab und an weiter im Museum tätig sein – zumindest in den Semesterferien.«

Sophie meinte, eine gewisse Erleichterung an ihm zu spüren. Doch dann sagte er: »Sosehr ich mich darüber freue, dass Sie dem Museum auch zukünftig erhalten bleiben, sosehr hätte ich Ihnen ein echtes Studentenleben in Marburg gegönnt ... Wenn Sie weiterhin im Hause Ihrer Eltern wohnen bleiben, entgeht Ihnen leider der größte Spaß am Studieren: eine eigene Bude in einer neuen Stadt, nette Kommilitonen, mit denen man sich auch am Abend trifft, und die Freiheit, die man ohne Mutter und Vater genießt.« Er zuckte bedauernd mit den Schultern.

Sophies Blick wurde melancholisch. »So, wie Sie das schildern, klingt dieser Teil des Studiums tatsächlich sehr aufregend. Aber leider war es die Bedingung meiner Eltern, während der nächsten Jahre unter ihrer Obhut zu bleiben; ansonsten hätten sie mir ein Studium untersagt.«

Sie musste sofort an das zweite, weitaus folgenschwerere Versprechen denken, das sie ihnen hatte geben müssen. Aber dies war nicht der Augenblick, über eine drohende Heirat nachzudenken. Sie verbannte den unheilvollen Gedanken gleich wieder. Jetzt wollte sie sich einfach nur freuen. Und diesen schönen Moment mit Paul Klüver teilen.

»Ich werde bestimmt auch ohne eigene *Bude* viel Vergnügen mit meinem Studium haben.« Sie versuchte, möglichst gelöst zu klingen. »Mir geht es ja vor allem darum, mir genügend Wissen anzueignen, um eines Tages neue Entdeckungen zu machen«, erklärte sie selbstbewusst.

Er sah sie zweifelnd an. »Wenn es Ihnen recht ist, werde ich Ihnen trotzdem ein paar nette Cafés in Marburg empfehlen, wo ich als Erstsemester so manche fröhliche Stunde verbracht habe.« Er sah sie verschmitzt an und lachte. »Natürlich ausschließlich bei fachlichen Gesprächen unter Kommilitonen …«

Sophie fiel in sein schelmisches Lachen ein. »Das ist sehr nett von Ihnen. Und gegen einen Austausch unter Studenten werden meine Eltern sicher nichts einzuwenden haben. Aber am meisten freue ich mich tatsächlich auf die Paläontologie-Vorlesungen. Endlich bekomme ich das nötige Rüstzeug, um irgendwann, so wie Sie, zum *Diplodocus longus* und zu seinen Verwandten forschen zu können.«

»Das werden Sie ganz sicher. Sie haben ja bereits mehr Vorkenntnisse erworben als alle Ihre Mitstudenten im ersten Semester zusammen.«

Sophie war ihm sehr dankbar, dass er ihr Mut machte, diese Herausforderung anzunehmen. Sie freute sich darauf, eines Tages – auf Augenhöhe mit dem Doktoranden – neue, bahnbrechende Forschungserkenntnisse zu publizieren, und lächelte still vor sich hin.

Währenddessen nestelte Paul Klüver in seiner Jacketttasche herum und räusperte sich.

»Fräulein von Mayden, dies scheint mir der richtige Moment zu sein …«

Seine Stimme klang unsicher, und Sophie sah ihm irritiert in die Augen. Was kam denn jetzt?

»Ein kleines Geschenk für eine zukünftige Kollegin …«, fuhr er stockend fort, und endlich zogen seine Finger ein winziges Päckchen heraus, das nachlässig in raschelndes Seidenpapier eingewickelt war.

Als er es ihr reichen wollte, wehrte Sophie überrascht ab. »Oh … Aber das ist doch nicht nötig. Ich hatte Ihnen doch gesagt, dass Sie mir nichts schenken sollen!«

Er hielt ihr dennoch seine kleine Weihnachtsbescherung entgegen. Zitterten seine Finger ein wenig? Was mochte sich in dieser unscheinbaren Verpackung befinden? Vielleicht ein Ring?, dachte sie mit klopfendem Herzen. Neugierig rutschte sie auf ihrem Sessel nach vorn und nahm das Geschenk vorsichtig in die Hand. Es war sehr leicht.

»Keine Sorge, es ist nichts Wertvolles – jedenfalls nicht für jedermann.« Ein verschmitztes Lächeln breitete sich auf seinem zuvor so angespannten Gesicht aus, als er sie beim Auspacken beobachtete.

Als sie rasch das Papier entfernte, kullerte ein kaum taubeneigroßes, ausgeblichenes Stück Knochen in ihren Handteller. Sophie wusste sofort, worum es sich handelte, traute jedoch ihren Augen nicht. »Das ist doch nicht etwa …?«

»Doch, das ist ein kleines Stück von unseren vielen Fragmenten, die Sie bearbeitet haben«, erklärte er stolz.

Sie sah ihn ungläubig an und strich mit dem Finger zärtlich über die raue Oberfläche. »Aber Sie dürfen doch nicht …«

»Keine Sorge, dieses winzige Bruchstück wird niemand vermissen. Und für meine Forschung habe ich andere, besser erhaltene Fußknochen, die Sie so wunderbar präpariert haben. Dieser *Os pedis* eines *Diplodocus longus* soll Sie an unsere Zusammenarbeit im Museum erinnern.«

»Danke«, hauchte Sophie und löste endlich ihren faszinierten Blick von dem Schatz in ihrer Hand. »Das ist das schönste Geschenk, das ich je bekommen habe«, sagte sie voller Inbrunst und strahlte ihn an.

»Sie sind die einzige Frau, die ich kenne, die sich mehr über einen alten Knochen freut als über ein teures Schmuckstück.«

»Da haben Sie absolut recht!«

Sie lachten und fachsimpelten noch eine Weile über Dinosaurier. Unter anderem erwähnte er, dass er die Absicht hatte, schon bald die Arbeit an seiner Dissertation wieder aufzunehmen.

Als er erneut in eine seiner nachdenklichen Schweigephasen abzutauchen drohte, meinte Sophie: »Nun sollten wir wohl wieder zurück zu den anderen gehen. Sicher vermisst man uns schon.«

»Natürlich!« Er sprang mit einem verlegenen Gesichtsausdruck auf, als wäre er bei einer ungebührlichen Tat ertappt worden. »Entschuldigen Sie, dass ich Sie so lange von Ihrer Familie ferngehalten habe.«

»Aber nein! So war das nicht gemeint. Ich möchte nur meinem Vater zeigen, was ich Wunderbares von Ihnen bekommen habe.«

Er sah sie zweifelnd an. »Vielleicht sollten Sie das lieber für sich behalten. Der Herr Professor könnte nicht damit einverstanden sein, dass ich etwas aus dem Museum ohne Genehmigung eingesteckt habe – auch wenn dieses Objekt sicher irgendwann weggeworfen worden wäre.«

»Oh, natürlich.« Sophie lief rot an. »Wie gedankenlos von mir. Ich will Sie auf keinen Fall in Schwierigkeiten bringen. Bitte verzeihen Sie, Herr Klüver.«

»Schon gut, Fräulein von Mayden.« Er hielt einen Moment inne, schien mit sich zu ringen.

Sophie sah ihn unsicher an. Hatte sie durch ihre unüberlegten Worte die Sorge in ihm geweckt, dass er womöglich seine Stellung im Museum verlieren könnte – und dies nur, weil er ihr etwas geschenkt hatte, das eigentlich nur für sie von Wert war? Wie hatte sie nur so töricht sein können? Bereute er nun sein Geschenk? Sollte sie es ihm zurückgeben?

»Jetzt, wo wir bald quasi Studienkollegen sind …«, begann er zögerlich und riss Sophie damit aus ihren Gedanken. »Ich habe überlegt … Aber wenn es Ihnen nicht recht ist, ist das natürlich auch völlig in Ordnung …« Er verstummte wieder und fuhr sich nervös durch die Haare, wodurch sich eine schwarze Locke löste und ihm in die Stirn fiel. Er schien es nicht zu bemerken, sondern sah Sophie in ihre braunen Augen, die ihn ratlos anschauten.

»Was möchten Sie mir sagen, Herr Klüver?«, fragte sie irritiert.

»Dass Sie mich nicht mehr … Herr Klüver nennen sollen«, antwortete er in einem schüchternen Ton.

Nun wusste sie gar nicht mehr, was mit ihm los war. »Nicht?«

»Also, was ich eigentlich sagen wollte …« Er räusperte sich und wagte ein Lächeln. »Unter Kommilitonen duzt man sich für gewöhnlich.«

»Ach so!«, stieß Sophie erleichtert aus.

»Ja, und deshalb wollte ich Sie fragen, ob wir uns nicht zukünftig mit den Vornamen ansprechen sollten.« Er deutete eine Verbeugung an. »Ich bin Paul.«

Sie lachte amüsiert auf. »Und ich bin Sophie! Es ist mir eine Freude, lieber Herr … äh … Paul, dich ab sofort zu duzen!«

Sie reichte ihm spielerisch ihre Hand. Er sah ihr tief in die Augen, als er ihr einen zärtlichen Handkuss gab. Ein heißer Schauder durchfuhr Sophies Körper bei dieser intimen Geste.

»Es ist mir eine Ehre, Sophie«, sagte er lächelnd und bot ihr höflich seinen Arm an.

»Oh, Moment noch.« Hektisch sah sie sich um und ließ schließlich das kostbare Knochenfragment in ihrem Ausschnitt verschwinden. Als sie sah, dass Paul erstaunt auf ihr Dekolleté hinabschaute, musste sie lachen. »Da ist es sicher.«

Sie hakte sich amüsiert bei ihm unter, und gemeinsam gingen sie hinüber in den Salon, wo die anderen Gäste gerade dabei waren, die Süßigkeiten vom Weihnachtsbaum zu plündern.

»Da seid ihr ja endlich wieder!«, rief ihnen Charlotte entgegen. »Macht schnell! Vom Konfekt ist kaum noch etwas da. Nur die langweiligen Äpfel hängen noch vollzählig am Baum.«

Sophie warf Paul einen verschmitzten Seitenblick zu, den er wissend erwiderte. »Na, da kommen wir ja gerade richtig. Ich kenne jemanden, der nahezu süchtig nach Äpfeln ist.«

Beide lachten auf und machten sich mit den anderen über die verbliebenen Leckereien her.

Sophie entging nicht, dass ihre Mutter sie mit kritischem Blick beäugte. Anna von Mayden hatte wahrscheinlich genau registriert, wie lange sie mit Paul unbeobachtet im Kaminzimmer gewesen war. Mit missbilligend zusammengekniffenen Augenbrauen betrachtete ihre Mutter nun sie beide, während sie nach den süßen Schätzen am Weihnachtsbaum griffen. Direkt neben der Herrin des Hauses stand Alfred Rühl, der ihr offenbar ein paar langweilige Fakten aus seinem Leben erzählte, und nach einer kleinen Weile drehte sie sich ihm mit einem charmanten Lächeln zu, das Interesse heuchelte.

Sophie beobachtete ihre Mutter weiterhin aus den Augenwinkeln. Nur allzu genau kannte sie den Gesichtsausdruck, den Anna von Mayden jetzt angenommen hatte. Den setzte sie auf, wenn sie abwog, ob ein junger Mann das nötige Heiratskandidaten-Potenzial besaß. Sie ahnte, wie sehr es ihrer Mutter gefiel, dass dieser Herr mit seiner runden, schwarzen Brille schon in naher Zukunft ein Professor sein würde und, wie sie inzwischen erfahren hatte, aus einem sehr wohlhabenden Haus stammte. Im Vergleich zu Alfred Rühl würde Paul sicher schlecht abschneiden. Sophie hatte ihren Eltern bisher kaum etwas über seine Herkunft berichten können, nur, dass er aus Bremen kam und Vollwaise war. Was in Anna von Maydens Ohren eindeutig nicht nach einer guten Partie geklungen hatte. Ganz anders dieser Herr Rühl, der inzwischen immer weiter auf seine Gastgeberin einredete.

»… und schließlich ging ich nach Berlin, wo ich die Ehre hatte, der letzte Doktorand des Gründers des dortigen Geographischen

Institutes, Ferdinand von Richthofen, zu werden und 1905 zu promovieren. Er war ein Lehrer, der mich nicht nur wissenschaftlich, sondern auch persönlich überzeugte und einen nachhaltigen Eindruck auf mich machte«, berichtete er in einem lauten, pathetischen Tonfall, ergriffen von seinen eigenen Worten.

»Sehr interessant«, antwortete Anna von Mayden unverbindlich und unterdrückte ein Gähnen. Dann lächelte sie ihn wieder an. »Möchten Sie vielleicht einen Apfel?«

Er schien über den abrupten Themenwechsel reichlich irritiert zu sein, ließ sich jedoch von seiner Gastgeberin zum Weihnachtsbaum führen.

»Sophie, wärst du so lieb, den hübschen roten Apfel dort, den du so kunstfertig verziert hast, abzupflücken und Doktor Rühl zu reichen?«, wies sie ihre Tochter an und zeigte mit einem Finger vage nach oben.

Obwohl Sophie nicht recht wusste, weshalb der Herr Doktor sich nicht selbst etwas vom Baum nehmen wollte, reckte sie sich, um den gewünschten Apfel zu erreichen.

»Diesen hier?«

Als sie sich fragend zu Alfred Rühl umdrehte, bemerkte sie, dass er mit einem recht despektierlichen Blick ihren wohlgerundeten Oberkörper begutachtete. Auch Anna von Mayden schien nicht entgangen zu sein, wo ihr Begleiter seine Augen hatte, doch scheinbar störte sie das nicht. Ganz im Gegenteil. Sophie hatte das Gefühl, dass ihre Mutter mit der Bitte, sich ausgerechnet nach dieser weit oben baumelnden Frucht zu strecken, seinen ungebührlichen Blick geradezu herausgefordert hatte. Sie fühlte sich unwohl, als sie ihm mit einem knappen »Bitte sehr!« den Apfel reichte.

»Wusstest du schon, dass Doktor Rühl sehr berühmte Vorfahren hat?«, fragte Anna von Mayden unvermittelt und lächelte ihn wieder charmant an. »Wer war noch gleich Ihr Vater?«

Alfred Rühl warf sich in Pose und verkündete stolz: »Ich bin der Sohn des Althistorikers Franz Rühl und Enkel des Anatomen und Pathologen Jacob Henle.«

»Aha …« Sophie hatte von diesen Herren noch nie etwas gehört und vermutete, dass es ihrer Mutter ebenso ging. Was also sollte dieses alberne Schauspiel?

Ohne auf ihr offensichtliches Desinteresse zu reagieren, redete der junge Mann einfach weiter, als hätte man einen mechanischen Musikautomaten angestellt. »Ich stamme aus Königsberg und habe dort nach meinem Abitur auch studiert. Danach ging ich nach Leipzig und Berlin, wo ich die Ehre hatte, der letzte Doktorand des Gründers des dortigen Geographischen Institutes, Ferdinand von Richthofen, zu werden und 1905 zu promovieren – mit theoretischen Beiträgen zur Kenntnis der morphologischen Wirksamkeit der Meeresströmungen, die größtenteils auf meinen eigenen Beobachtungen an der nördlichen Adriaküste beruhten.«

»Aha …«, sagte Sophie ein weiteres Mal, und ehe er noch mehr unwichtige Informationen über sein Leben erzählen konnte, fragte sie schnell: »Und wie gefällt Ihnen Frankfurt?«

Das schien ihn aus dem Konzept zu bringen.

»Nun … äh … Ich war bisher nur selten hier, da ich ja erst seit Kurzem in Marburg wohne, wo ich bei Professor Theobald Fischer im kommenden Jahr habilitiert werde.«

Wie viele Namen fremder Professoren und Vorfahren wollte er noch hervorkramen, um seine Gesprächspartnerinnen zu beeindrucken?, fragte sich Sophie verärgert. Selten hatte sie sich so mit einem Gesprächspartner gelangweilt wie mit diesem Schlauberger, der außerdem noch alles über patriotische Torten wusste.

»Dann wünsche ich Ihnen viel Glück bei Ihrer Forschungsarbeit«, sagte sie mit einem frostigen Lächeln und ergänzte stolz: »Ich beginne im Frühjahr mein Studium der Paläontologie, Geologie und Mineralogie an der Universität Marburg.«

»Ach, ja … Das ist wirklich ganz erstaunlich«, erwiderte er steif. »Allerdings frage ich mich, ob das die geeigneten Fächer für eine so entzückende junge Dame wie Sie es sind …« Er lächelte abschätzig.

»Ich denke schon.« Sophie reckte ihr Kinn und sah ihn herausfordernd an, was ihn erneut zu irritieren schien.

»Schön, schön … Nun, dann werden wir uns dort ja vermutlich öfter mal begegnen.«

Sophie spürte bei dieser Vorstellung ein unangenehmes Kribbeln zwischen den Schulterblättern, das sich sogar noch verstärkte, als sie das zustimmende Nicken und Lächeln ihrer Mutter bemerkte, die seine Äußerung sofort für eine ganz spezielle Bitte nutzte.

»Es würde mich sehr beruhigen, wenn Sie sich dort ein wenig um mein Fräulein Tochter kümmern könnten, verehrter Doktor Rühl. Als Mutter treibt mich natürlich die Sorge um, dass Sophie in einer großen, fremden Stadt ganz allein allen möglichen Gefahren ausgesetzt sein wird.«

»Aber Mama!«, echauffierte sich Sophie. »Von welchen Gefahren redest du da? Marburg ist doch viel kleiner als Frankfurt und nur eine Stunde entfernt. Außerdem darf ich ja noch nicht mal dort wohnen.«

»Das wäre ja noch schöner«, stöhnte Anna von Mayden auf. »Zu Hause bist du sehr viel besser aufgehoben.« Sie warf Alfred Rühl einen kurzen, vielsagenden Seitenblick zu, sah dann wieder Sophie an und ergänzte nachdrücklich: »So gehört es sich für ein unbescholtenes Mädchen aus gutem Hause. Du kannst doch nicht in irgendeiner dieser schrecklichen *Studentenbuden* hausen.« Sie spuckte das Wort förmlich aus. »Nein, nein. Du wirst so lange unter unserem Dach bleiben, bis dich ein anständiger Ehemann unter seine Fittiche nimmt …« Wieder blickte sie Alfred Rühl um Zustimmung heischend an.

Sophie holte tief Luft, um ihrer Mutter dazu ihre Meinung zu sagen, doch er kam ihr zuvor.

»Wie recht Sie haben, verehrte Frau von Mayden. Gerade heutzutage, wo sich den modernen jungen Damen ja alle möglichen Türen öffnen, drohen ihnen natürlich auch ganz neue Gefahren. Da ist es die heilige Pflicht der Mütter, besonders gut auf ihre Töchter aufzupassen. Wenn ich mich Ihnen da als nützlich erweisen kann – natürlich!« Er deutete eine Verbeugung an.

Sophie war die schmeichlerische Art dieses Herrn Rühl zuwider. Wenn sie irgendjemanden ganz bestimmt nicht in Marburg würde treffen wollen, dann diesen erzkonservativen Aufschneider. Ohne ein weiteres Wort wandte sie sich ab, hakte sich kameradschaftlich bei dem Apfel essenden Paul unter und ging mit ihm hinüber ins Esszimmer, wo ihre Großeltern mit Charlotte und Marianne schon am Tisch saßen. Dort waren die Gespräche hoffentlich erbaulicher als das Gerede dieses arroganten Doktor Rühls. Und außerdem hatte Sophie Hunger auf die knusprige Weihnachtsgans, die Fritzi bald servieren würde.

Marburg, Mai 1909

Sophie kniff die Augen zusammen, als sie aus der dunklen Bahnhofshalle hinaustrat. So früh am Morgen war es immer noch recht kühl, doch ein Hauch von Frühling lag schon in der Luft. Die Sonne hatte zwar noch längst nicht ihre volle Kraft entfaltet, aber jetzt herrschte bereits eine andere Art von Helligkeit als bei ihrer ersten Ankunft hier im April.

Während sich die meisten Fahrgäste zielstrebig an den auf Kundschaft wartenden Pferdedroschken vorbei Richtung Stadt drängten, blieb Sophie stehen, um die zahlreichen Knospen an den Sträuchern und bunten Blumen auf dem Rasenbeet schräg gegenüber vom Bahnhofsvorplatz zu betrachten. Sie atmete tief ein und spürte die kühle, frische Luft in ihren Lungen. Eigentlich hatte sie es ebenfalls recht eilig, doch sie gestattete sich, wie üblich, eine kurze Zeit der Ruhe, um ihre von der Zugfahrt leicht derangierte Garderobe zu richten und die ersten Eindrücke von der Universitätsstadt bewusst in sich aufzunehmen.

»Ich bin Studentin«, murmelte sie. Es war inzwischen ihr kleines Ritual geworden, um sich selbst jeden Morgen aufs Neue dieser für sie immer noch unglaublichen Tatsache zu versichern.

Die mit diesem Umstand verbundenen Unannehmlichkeiten nahm sie gerne in Kauf – wie das ungewohnt frühe Aufstehen und das einsame Frühstück, das Fritzi ihr um sechs Uhr morgens servierte. Tapfer ertrug sie auch die allmorgendlichen Ermahnungen ihrer Mutter, die es sich nicht nehmen ließ, im Schlafrock und mit unfrisierten Haaren ihre Tochter zu verabschieden. Die Vorfreude auf einen weiteren Tag, an dem sie etwas lernen durfte, überwog all dies. Sobald sie bei Ferdinand, der sie vom Kettenhofweg zum Bahnhof kutschierte, im Automobil saß, entspannte Sophie sich, und anschließend genoss sie die gut einstündige Zugfahrt nach Marburg.

Dort angekommen, legte sie nun den Kopf in den Nacken und blickte an der von einem kleinen Turm gekrönten Fassade der Ankunftshalle empor in den weiten Himmel. Dort waren zwischen hellgrauen Wolkenschleiern bereits Flecken strahlenden Blaus zu erkennen, die einen sonnigen Tag versprachen. Sie musste ihren Hut festhalten, damit die leichte Brise, die unter die breite Krempe fuhr, ihn nicht davonwehte. Mit einem wehmütigen Blick betrachtete sie das ansehnliche neue Empfangsgebäude des Marburger Bahnhofs, das erst vor zwei Jahren errichtet worden war und sie aufgrund des gleichen barocken Stils an ihr geliebtes Museum erinnerte.

Bei aller Freude, endlich studieren zu dürfen, vermisste sie es, jeden Tag durch das große Eingangsportal an der Viktoria-Allee zu gehen, einen kleinen Plausch mit der Kassiererin zu halten und ihrem Dodo im Lichthof einen Besuch abstatten zu können.

Leise lächelnd gestand Sophie sich ein, dass es nicht nur der Dinosaurier war, den sie vermisste. Was Paul wohl in diesem Moment machte? Ob er schon an seinem Schreibtisch saß? Vielleicht biss er gerade in einen Apfel. Oder beschäftigte er sich im Laboratorium mit irgendwelchen Mineralien? War Alicia Pérez an seiner Seite …?

Seit Weihnachten hatte sie Paul Klüver nur noch selten gesehen. Während er sich bemühte, neben der Arbeit an den Fundstücken aus Spanien zeitgleich auch mit seiner Dissertation weiterzukommen, schien Professor Schauf plötzlich erkannt zu haben, wie wertvoll Sophies Hilfe für seine Sektion war, und hatte sie mit zahllosen Aufgaben betraut.

Immerhin hatten Paul und sie ihre Mittagspausen zusammen verbracht, wenn dies möglich gewesen war, und sich dann zumeist im Hof hinter dem Atelier getroffen, obwohl es dort im Winter recht ungemütlich war. In dicke Mäntel gehüllt, hatten sie trotzdem ausgeharrt, um ungestört ein bisschen miteinander zu plaudern. Die Kälte war für Sophie kein wirkliches Problem gewesen, denn wann immer sie Paul traf, wärmte eine prickelnde Hitze sie von innen. Ob es ihm ähnlich ging, hatte sie nicht mit Bestimmtheit sagen können.

Obwohl sie sich nun duzten, war er ihr gegenüber weiterhin recht förmlich geblieben. Zwar plauderte er zwanglos mit ihr, empfahl ihr einige studentische Treffpunkte in Marburg, aber zumeist drehten sich ihre Gespräche um fachliche Themen. Was sie sehr bedauerte. Hatte sie doch aufgrund seines wunderbaren Weihnachtsgeschenks das Gefühl gehabt, etwas Besonderes für ihn zu sein. Immerhin hatte er ihretwegen riskiert, von seiner Arbeit im Museum suspendiert zu werden. Aber nach der zaghaften Annäherung an Heiligabend hatte er ihr keinen weiteren Anlass gegeben, zu vermuten, dass er tiefergehende Gefühle für sie empfand und sich eine Verbindung mit ihr erhoffte, die über eine reine Kameradschaft unter zukünftigen Studienkollegen hinausging. Paul war so zurückhaltend wie immer gewesen, hatte kaum Privates erzählt, schien aber die unbeobachteten Treffen mit ihr hinter dem Museum ebenso zu genießen wie sie. Nach einer Weile hatte Sophie es sogar ertragen können, dabei auch manchmal gemeinsam mit ihm zu schweigen, ohne dass sie nervös geworden war. Es fühlte sich vielmehr angenehm vertraut an, hatte sie festgestellt.

Zum letzten Mal hatten sie sich im März getroffen. Der Anlass war ein trauriger gewesen. Doktor Drevermann hatte sämtliche Mitarbeiter im Lichthof versammelt, um ihnen eine schockierende Mitteilung zu machen: Fritz Römer, der überaus beliebte und von allen hochgeschätzte Direktor des Senckenberg-Museums, war am 20. März mit nicht einmal dreiundvierzig Jahren überraschend an einer schlimmen Infektion verstorben.

Angesichts dieser Nachricht hatte sogar Hausmeister Diegel, der sonst wahrlich nicht zu Gefühlsbekundungen neigte, heimlich ein paar Tränen verdrückt, wie Sophie nicht unbemerkt geblieben war. Ihr Blick hatte Christian Kopp gesucht, dem Direktor Römer seinen sehnlichen Wunsch erfüllt hatte, seine Lehre bei den Präparatoren fortsetzen zu können. Nun stand der junge Mann mit hängenden Schultern zwischen August Koch und dessen Vater und schluchzte hemmungslos. Sophie war ebenfalls tief erschüttert, und ihr liefen die Tränen über die Wangen. Paul Klüver neben ihr bemühte sich, tapfer zu erscheinen, doch auch er war spürbar bewegt. Heimlich hatte er ihre Hand gedrückt, um sich selbst und ihr Trost zu spenden. Mehr Zuwendung wäre in dem öffentlichen Rahmen nicht schicklich gewesen.

Nach diesem Ereignis hatte es keine Treffen mehr mit Paul in der Mittagspause gegeben. Da man Fritz Drevermann kommissarisch die Leitung des Museums übertragen hatte – bis man einen geeigneten Nachfolger finden würde –, war Paul Klüver angehalten gewesen, zusätzlich einige Aufgaben seines Doktorvaters zu übernehmen. Und schon bald darauf hatte Sophie sich von ihren Kollegen verabschieden müssen, um sich auf den Beginn ihres Studiums vorzubereiten. Am 15. April hatte das Sommersemester an der Universität Marburg begonnen.

Sie fröstelte, zog den warmen Kragen ihres Mantels enger um den Hals, schüttelte die trüben Gedanken ab und schlug den Weg zum *Deutschen Haus* ein. In dem altehrwürdigen Gebäude am Fuß des Marburger Schlossberges befand sich ihr Fachbereich. Anfangs hatte sie es bedauert, dass ihre Vorlesungen nicht in der burgähnlichen Universitätsanlage stattfanden, einem gewaltigen, alten Komplex hoch oben auf dem Berg. Doch nachdem sie sich ein paar Mal die steilen Straßen hochgequält hatte, die hinauf in die Alt- und Oberstadt führten, war sie froh, zu ebener Erde zu ihrem Unterricht gelangen zu können.

Heute war sie spät dran. Ihr Zug war mal wieder mit ein wenig Verspätung in Marburg angekommen, und ihr kleines Ritual vor dem Bahnhof hatte noch ein paar zusätzliche Minuten gekostet. Die Absätze ihrer Stiefeletten klapperten im Stakkato, als sie die breite Brücke über die Lahn überquerte. Als sie auch die beiden Nebenarme des Flusses passierte, schaute sie kurz hinunter auf das Wasser, das erstaunlich schnell dahinfloss. Dann hob sie den Blick und sah in der Ferne – am Ende der großen roten Backsteingebäude entlang der schmalen Wasserläufe – bereits die riesige Elisabethkirche mit ihren achtzig Meter hohen Zwillingstürmen. Dort lag ihr Ziel.

Sophie beschleunigte noch einmal ihre Schritte, um nicht zu spät zu ihrer Vorlesung zu kommen. Von der Bahnhofstraße bog sie links ab in die Elisabethstraße. Ihr Weg führte entlang der imposanten, hellen Sandsteinfassade des Hotels *Europäischer Hof*. An dessen breiter Toreinfahrt musste sie kurz stehen bleiben, weil ein Lieferwagen mit lautem Hupen in den Hof einbog. Heute hatte sie keinen Blick für die Auslagen der Geschäfte beiderseits der Straße – bis sie an einer Bäckerei vorbeikam. Obwohl die Zeit bis zum Beginn ihrer Vorlesung langsam knapp wurde, schaffte sie es mal wieder nicht, den Konditoren-Kunstwerken zu widerstehen, die hinter blank geputzten Schaufenstern lockten. Und so trat sie kurzentschlossen ein, sog den verführerischen Duft nach frischen Backwaren ein und entschied sich für die knusprigen Zimtwaffeln als kleinen Mittagsimbiss. Dann hetzte sie weiter zum *Deutschen Haus*.

Etwas zurückgesetzt, an einem halbrunden Vorplatz, stand das dreistöckige Gebäude mit seinem spitzen schwarzen Giebeldach und einer Fassade aus recht verwitterten, in einem verblassten Rosa schimmernden Steinquadern. Im Schatten der alles überragenden Elisabethkirche wirkte es nicht sonderlich beeindruckend. Ein paar flache, steinerne Stufen führten zum Hauptportal, doch Sophie marschierte daran vorbei und bog in den schmalen Gang zwischen der Kirche und dem *Deutschem Haus*, hinter dem sich das eigentliche Universitätsgebäude mit seinen Hörsälen anschloss. Seinen heutigen Zweck sah man dem langgestreckten Bau von außen nicht an. Die verwinkelte Architektur erinnerte eher an eine mittelalterliche Burganlage. Der sich über die gesamte Längsseite erstreckende Giebel mit den vielen winzigen Fenstern schien auf dem massiven Steinquaderfundament darunter zu schweben. Links schmiegte sich ein kleiner Anbau mit drei Rundbögen an das Mauerwerk, während sich am anderen Ende ein hoher, schmaler Turm mit spitzem schwarzen Schindeldach gen Himmel reckte. Über der Eingangstür in der Mitte prangte ein steinernes Wappen mit einer von fünf Ritterhelmen geschmückten Krone, das an die früheren Herren dieser Anlage erinnerte.

Man sah dem verwinkelten Gebäude mit seinen zahlreichen An- und Umbauten an, dass es uralt war und eine wechselvolle Geschichte hinter sich hatte. Bei der offiziellen Immatrikulation von Sophie hatte die Sekretärin ihr stolz erklärt, dass es im 13. Jahrhundert ursprünglich als Wohnhaus für die Ritter des Deutschen Ordens erbaut worden war. Erst seit den 1820er Jahren wurde es von der Universität genutzt, zuerst von der Fakultät für Physik, dann als Entbindungsanstalt, später von den Fachbereichen Zoologie sowie Chemie. Und seit 1881 waren hier die Mineralogie und Geologie mit dem Nebenbereich Paläontologie zu Hause.

Es herrschte schon reges Treiben im Hörsaal, als Sophie eintrat. Die meisten ihrer Kommilitonen waren bereits da, suchten sich einen Sitzplatz, unterhielten sich angeregt miteinander und beachteten sie demonstrativ nicht weiter. Aus den Augenwinkeln bemerkte sie jedoch den einen oder anderen missbilligenden, abfälligen Blick, der sich auf sie richtete, als sie die steile Treppe des halbrunden Auditoriums hochstieg, um sich in eine der hinteren Reihen zu setzen.

Auch wenn die meisten von ihnen so taten, als gäbe es sie gar nicht, war gewiss allen klar, dass sich mit Sophie eine Frau unter ihnen befand – die einzige unter lauter männlichen Studenten. Da sie es bereits im Museum gewohnt gewesen war, dass es in der Welt der Wissenschaft nur wenig Zuspruch für akademisch gebildete Frauen gab, schreckten solche Vorbehalte sie nicht ab, sondern weckten im Gegenteil erst recht ihren Ehrgeiz. Sie wollte den hochmütigen Herren nur allzu gerne zeigen, zu was sie fähig war, wenn man ihr die Chance auf Bildung gab.

Während sie ihren Hut absetzte und auf den leeren Platz neben sich legte, dachte sie an die selbstbewusste Maria Sondheim, die sich nicht von ihrem kauzigen Kollegen Reichenbach einschüchtern ließ, sondern als Anatomin auf Augenhöhe mit ihm an Skeletten forschte. Sie war ein echtes Vorbild für sie geworden.

Sophie war dankbar, dass die Wissenschaftlerin Emanuel Kayser auf sie aufmerksam gemacht hatte, der nun ihr Professor für Geologie und Paläontologie war. Ohne ihre Unterstützung und ihr lobendes Referenzschreiben säße sie wohl heute nicht hier, denn es gab an der Universität lediglich eine Handvoll modern denkender Männer, die keine ablehnende Einstellung gegenüber studierenden Frauen hatten. Sophie hatte schon von einigen verknöcherten Dozenten aus anderen Fakultäten gehört, die junge Frauen nicht mal als einfache Hörerinnen zu ihren Vorlesungen zuließen. Da hatte sie – zumal in einer Männerdomäne wie der Geologie – großes Glück, in ihrem recht betagten Professor einen so aufgeschlossenen Gelehrten gefunden zu haben.

Dass es nun ausgerechnet die gleichaltrigen männlichen Kommilitonen waren, zum Teil jünger als sie selbst, die ihre Ablehnung so offensichtlich demonstrierten, hatte sie in den ersten Wochen hier sehr geärgert. Inzwischen hatte sie sich damit abgefunden, sich auf den Lehrstoff konzentriert und darüber gefreut, dass es wenigstens einen Mitstudenten gab, der unbefangen mit ihr umging.

Als Professor Kayser kurz darauf den Hörsaal betrat, schlüpfte Richard von Lohenstein, der wie so oft ein bisschen zu spät kam, direkt hinter ihm durch die Tür. Der Dozent beachtete ihn nicht und richtete sich gemütlich vorne an seinem Pult ein, während Richard so unauffällig wie möglich die Treppenstufen hinaufhetzte. Sophie konnte gerade noch ihren Hut retten und zur anderen Seite legen, als er sich mit einem leisen Schnaufen neben ihr auf den Stuhl fallen ließ.

»Das war knapp«, flüsterte er und grinste sie an.

Mittlerweile war Stille im Auditorium eingekehrt, und so schüttelte sie nur mit gespieltem Tadel den Kopf.

Richard von Lohenstein war ein Jahr älter als Sophie, entstammte einem uralten Adelsgeschlecht in Schwaben und strahlte stets gute

Laune aus. In ihren Augen war er ein Luftikus, allerdings ein sehr charmanter, dem man einfach nicht böse sein konnte. Er schien das Studium nicht allzu ernst zu nehmen, zumal es nicht sein erstes war. Vorher hatte er es zwei Semester lang mit der Juristerei versucht, sich dabei jedoch sehr gelangweilt. Nun träumte Richard von großen Expeditionen in exotische Länder, die er als Geologe bereisen wollte. Sophie hatte das Gefühl, dass es ihn vor allem möglichst weit weg von seiner provinziellen Heimat und der konservativen Familie trieb.

Er war der einzige Student gewesen, der sich von Anfang an in den Pausen mit ihr unterhalten hatte, nachdem ihm klar geworden war, dass sie beide dieselbe Sehnsucht nach spannenden Entdeckungen und weit entfernten Reisen zu künftigen Ausgrabungsmissionen teilten. Sophie mochte seine positive Lebenseinstellung, und außerdem sah er gut aus, war groß und schlank. Seine dunkelblonden Haare waren stets ordentlich gescheitelt, doch im Laufe des Tages lösten sich einige Strähnen aus ihrer nachlässigen Pomade-Fixierung. Die ungeordnete Frisur gab Richard etwas Verwegenes und erinnerte Sophie ein wenig an Paul und seine widerspenstigen schwarzen Locken.

Richards zur Schau getragene Extravaganz spiegelte sich in seinem Kleidungsstil wider. Statt sich wie alle anderen Studenten zu kleiden, die in ihren akkuraten, dunklen Anzügen und weißen Hemden mit enggebundenen Fliegen oder Bindern zur Vorlesung erschienen, erlaubte er sich gerne ein paar kräftige Farbtupfer. Meist trug er einen für die Universität viel zu eleganten, dunkelgrauen Cutaway und darunter stets eine seiner auffällig bunten Samtwesten mit eingebranntem Paisley-Muster, auf die seine Seidenkrawatten farblich perfekt abgestimmt waren. Es störte ihn nicht, dass seine Mitstudenten über diesen ungewöhnlichen Aufzug die Nase rümpften. Er ignorierte ihre Blicke und spöttelnden Bemerkungen und bewegte sich ausgesprochen souverän zwischen ihnen. Sophie vermutete, dass das etwas mit seinem offenbar angeborenen, adligen Selbstbewusstsein zu tun hatte. Und sie beneidete ihn darum, zog sie selbst es doch vor, lieber unauffällig zu bleiben und keinen Anlass zu Kritik an ihrem Äußeren zu geben. Sie trug weiterhin praktische

Kostüme und Blusen in gedeckten Farben, wie sie es bereits getan hatte, als sie ihren Tätigkeiten im Museum nachgegangen war.

Sophie wandte ihren Blick konzentriert nach vorne, als der Professor nach ein paar einleitenden Worten mit seinem Vortrag begann. Von nun an hing sie förmlich an seinen Lippen, denn heute sprach er über ein Thema, mit dem sie im wahrsten Sinne des Wortes bereits in enge Berührung gekommen war.

»Wir werden uns jetzt eingehender mit den Meteoriten und den ihnen aufs Engste ›verwandten‹ Sternschnuppen beschäftigen«, fuhr er mit kräftiger Stimme fort. »Diese außergewöhnlichen Objekte sind schon deshalb für den Geologen von ganz einzigartigem Interesse, weil sie den einzigen aus dem Weltraum stammenden Stoff darstellen, der in unsere Hände gelangt ist und von uns ebenso genau wie jedes irdische Gestein auf seine chemische und mineralogische Beschaffenheit hin untersucht werden kann.« Er wandte sich einem großen ausgerollten Plakat zu, das neben dem Pult an einem Ständer hing. »Hier haben wir die seitliche Ansicht des mit mehr als fünfhundertfünfzig Kilogramm schwersten bisher gefundenen Meteorsteins, eines Chondrits, aus Kansas in Amerika.« Er deutete mit seinem langen Zeigestock auf die Zeichnung des grauen Steins. »Beachten sie die typischen Näpfchen auf der Oberfläche.« Sein Blick wanderte durch die Reihen, bis er Sophie erspäht hatte. Sie meinte ein wissendes Augenzwinkern wahrzunehmen, als er ergänzte: »Wesentlich gewichtiger sind natürlich die Eisenmeteoriten. Der schwerste uns bekannte ist der *Ranchito* mit sagenhaften fünfzigtausend Kilogramm!«

Ein beeindrucktes Raunen ging durch den Saal, und die Tinte strömte gleichmäßig aus Sophies geliebtem *Rouge et Noir*-Füller, als der Professor noch hinzufügte: »Die Meteoriten werden übrigens nach dem Ort benannt, wo sie aufgeprallt sind.«

Es war spannend, was er da alles über Meteoriten erzählte. Im Stillen dankte Sophie dem griesgrämigen Professor Schauf dafür, dass er sie an einem derartigen Objekt hatte herumschleifen lassen. Von ihren Kommilitonen hatte sicher noch keiner einen solchen Brocken berührt. Wieder einmal war sie froh, dass sie dank ihrer Arbeit im Museum Erfahrungen wie diese gemacht und ein besseres Verständnis für die Wissenschaft über Gesteine und Mineralien entwickelt hatte. Sie merkte Tag für Tag, dass dies die unerlässliche Grundlage für die Erforschung des Lebens vor unvorstellbar langer Zeit war.

Immer mehr Seiten des Heftes, das sie auf dem schmalen Pult vor sich liegen hatte, füllten sich mit ihren Notizen, die sie rasch und dennoch akkurat und sauber niederschrieb. Hier kam ihr moderner *Simplo*-Füller, den ihr die Eltern geschenkt hatten, endlich wirklich sinnvoll zum Einsatz. Und während sie ihre Aufzeichnungen machte, lauschte sie gespannt den weiteren Ausführungen von Emanuel Kayser.

»Sowohl die Meteoriten als auch die Sternschnuppen rühren von kleinsten die Sonne umkreisenden Massen her, von deren Vorhandensein wir keine Ahnung hätten, wenn sie in ihrem Laufe nicht zeitweise die Erdbahn kreuzten und dabei der Erde so nahe kämen, dass sie von ihr angezogen und zum Herabfallen gebracht würden«, fuhr er fort. »Alle diese Körper dringen mit planetarischer Geschwindigkeit in die Atmosphäre ein, oft mit bis zu einhundert Kilometern in der Sekunde!« Er sah auf und musterte mit Genugtuung die ungläubigen Gesichter seiner Studenten. »Im Unterschied zu Sternschnuppen, die häufig und oft in großer Zahl fallen, gehören Meteoritenfälle allerdings zu den selteneren Ereignissen. Dennoch vergeht vermutlich kaum ein Tag, an dem nicht mindestens einer irgendwo auf der Erde aufschlägt – sei es im Meer, in unbewohnten Gegenden oder Wüsten. Halten Sie als angehende Geologen also stets die Augen offen, damit Ihnen keine neue Entdeckung aus dem fernen Weltraum entgeht, meine Herren!« Im allgemeinen Gelächter schaute er erneut nach oben, wo Sophie konzentriert mitschrieb, und ergänzte: »Und meine Dame.«

Richard neben ihr machte sich auch ein paar Notizen, lauschte aber eher abwesend dem Vortrag. Sophie ahnte, dass er sich wieder mal darauf verließ, dass sie ihm später noch einmal erklären würde, worum es in der Vorlesung eigentlich gegangen war. Sie machte das gerne, half ihr dieses private Repetitorium doch, bei der Wiederholung selbst alles wirklich zu begreifen.

Ihre kurze Mittagspause verbrachten Richard und sie seit einigen Tagen am liebsten an einem idyllischen Fleckchen, das sie auf der Rückseite des *Deutschen Hauses* entdeckt hatten. Dort schlängelte sich einer der schmalen Nebenarme der Lahn fast direkt am Gebäude entlang. Zahlreiche hohe Bäume und wild wuchernde Büsche verbargen dieses friedvolle Versteck vor neugierigen Blicken.

Inzwischen hatte die Sonne, die flirrende Flecken auf den Boden zeichnete, die Luft angenehm erwärmt, und daher war Richard bereit gewesen, seinen Gehrock abzulegen, damit sie sich darauf an der Uferböschung niederlassen konnten. Außer dem Plätschern eines kleinen Wasserfalls störte sie hier nichts beim Plaudern. Sophie atmete den würzigen Duft der Gräser und Wiesenblumen rund um dieses lauschige Plätzchen ein. Sie schluckte den Rest ihrer Zimtwaffel hinunter und deutete durch das dichte Blätterwerk in den Himmel hoch über ihr.

»Von dort oben stammt der Eisenmeteorit, den ich im Museum bearbeitet habe«, erzählte sie Richard. »Es war faszinierend, als ich nach dem Anschleifen der dunklen Schmelzrinde feststellte, dass er unter dieser verbrannten Schicht silbern glänzt.«

»Hübsch«, erwiderte er gedankenverloren und biss in die Waffel, die sie ihm geschenkt hatte.

»Hübsch?« Sie lachte auf. »Beeindruckt es dich denn gar nicht, dass diese Objekte aus den Weiten des Weltalls stammen?«

»Doch, schon … Bisher hat es mir allerdings gereicht, dass ich mir bei einer Sternschnuppe immer etwas wünschen konnte.«

»Und heute hast du gelernt, was es mit den Sternschnuppen auf sich hat.« Als er sie fragend ansah, erläuterte sie ihm noch mal die wissenschaftliche Entstehung des langen, leuchtenden Schweifs, den diese Objekte beim Eintritt in die Erdatmosphäre hinter sich herzogen.

»Das sind also nur verglühende Bruchstücke eines langweiligen Steins?«, monierte Richard. »Sehr unromantisch.« Er seufzte enttäuscht und wechselte das Thema. »Diese Waffeln sind wirklich köstlich! Von welchem Bäcker hast du sie?«

»Du bist ein hoffnungsloser Fall, Richard von Lohenstein«, entgegnete sie lachend. »Ich bin sehr froh, dass dich die Paläontologie immerhin ein bisschen mehr begeistert. Komm, lass uns wieder zurückgehen, die nächste Vorlesung fängt gleich an.«

»Hoffentlich geht es heute nicht wieder nur um prähistorische Pflanzen, sondern endlich mal um Dinosaurier!« Grinsend stand er auf, reichte ihr kameradschaftlich die Hand und zog sie auf die Beine.

* * *

Nach ihrer Heimkehr und dem Abendessen hatte sich Sophie in die Bibliothek ihres Vaters im ersten Stock der Villa zurückgezogen, wo seit Kurzem auch ein eigener Schreibtisch für die junge Studentin bereitstand. Vertieft ins abendliche Studium von Emanuel Kaysers dickem *Lehrbuch der Geologie*, hatte Sophie zunächst gar nicht bemerkt, dass ihre Schwester auch in das Zimmer gekommen war. Erst das Quietschen der hohen, gedrechselten Holzleiter, die Charlotte vor dem bis zur Zimmerdecke reichenden Bücherregal schwungvoll einen Meter weiterschob, ließ sie von dem Buch und ihren Notizen aufblicken.

»Was machst du denn da?«, fragte sie verblüfft.

»Ich suche ein Buch. Papa hat gesagt, dass es irgendwo da oben links im Regal stehen müsste.« Charlotte raffte ihren Rock hoch, erklomm die Leiter und studierte mit konzentriert zusammengezogenen Augenbrauen die zahlreichen Buchrücken.

»Was für ein Buch?«, hakte Sophie irritiert nach, als ihre jüngere Schwester mit einer triumphierenden Geste einen roten, ledergebundenen Band aus dem Regal zog und den feinen Staub wegpustete.

»Das *Bürgerliche Gesetzbuch*!«, antwortete die inzwischen Siebzehnjährige gewichtig und stieg von der Leiter herab.

»Aha …?«, sagte Sophie erstaunt und fragte sich, was so plötzlich in Charlotte, die sich bisher weder für Literatur noch Politik interessiert hatte, gefahren war.

»Ja, ich will schließlich nicht völlig ahnungslos zu dem Salon morgen gehen.« Sie setzte sich an den Schreibtisch ihres Vaters und schlug das Buch auf.

»Was für ein Salon? Ich verstehe gar nichts.« Sophie blickte fragend zu ihr hinüber.

Charlotte sah auf und schien sich über den verständnislosen Gesichtsausdruck ihrer großen Schwester zu amüsieren.

»Meine Lehrerin Ottilie hat mich eingeladen, sie und ihre Freundin morgen in die Villa von Bankier Goldschmidt zu begleiten«, antwortete sie. »Das ist der Vater ihrer Bekannten Anna Edinger, die im Vorstand des BDF, also des *Bunds deutscher Frauenvereine*, sitzt und außerdem Mitglied des *Frankfurter Friedensvereins* ist. In ihrem Salon treffen sich jede Woche namhafte Persönlichkeiten der Gesellschaft, um sich über alles Mögliche auszutauschen. Philosophie, Gesellschaft, Politik … Und ich darf morgen dabei sein.« Charlotte hob selbstbewusst das Kinn. »Bei all diesen gebildeten Herrschaften will ich natürlich nicht als Dummerchen dastehen.«

»Seit wann interessierst du dich denn für Politik? Und was hat deine Zeichenlehrerin damit zu tun?«

»Ottilie Roederstein ist eine berühmte Malerin, die sogar schon zweimal auf den Weltausstellungen in Paris mit einer Silbermedaille ausgezeichnet wurde. Ihre realistischen Porträts sind revolutionär!«, verkündete Charlotte stolz. »Seit ein paar Jahren hat sie auch ein Atelier an meiner Kunstschule in Sachsenhausen und gibt mir und anderen jungen Künstlerinnen Malunterricht. Und außerdem engagiert sie sich für die Frauenbewegung.«

Sophie zog überrascht die Augenbrauen hoch. »Die Frauenbewegung? Sprichst du von diesen Suffragetten in England?«

»Du weißt doch, dass mich das Thema schon länger interessiert. In Großbritannien kämpfen die Frauen längst in Stimmrechtsvereinen für das Frauenwahlrecht. Nur in Deutschland scheinen sie immer noch im Dornröschenschlaf zu liegen. Das muss sich dringend ändern!« Charlotte klang sehr kämpferisch, als sie hinzufügte: »›Nur über das Stimmrecht geht der Weg zur Selbstständigkeit und Ebenbürtigkeit, zur Freiheit und zum Glück der Frau.‹ Das hat die Schriftstellerin Hedwig Dohm schon vor Jahren geschrieben, hat Ottilie erzählt. Und jetzt muss es endlich umgesetzt werden!«

Sophie saß völlig perplex an ihrem Schreibtisch. »Und solche Reden schwingt deine Lehrerin an der *Städelschen Kunstschule*?«

»Ottilie hat uns die Augen geöffnet. Seitdem wird darüber viel diskutiert. Es gibt inzwischen eine Menge Frauen, die sich nicht mehr damit abfinden wollen, dass sie per Gesetz unterdrückt werden.« Charlotte suchte in dem Buch vor ihr nach einer bestimmten Stelle. Während sie blätterte, sprach sie weiter: »Es kann doch nicht angehen, dass man uns im 20. Jahrhundert immer noch nur als Mutter und Gattin wahrnimmt. Ohne eigene Rechte! Und dass man das sogar per Gesetz vorschreibt. Hier ist es! Das wollte ich mit eigenen Augen lesen. Hör dir das an! Aus dem *Bürgerlichen Gesetzbuch* aus dem Jahre 1900, Paragraf 1354: ›Dem Manne steht die Entscheidung in allen das gemeinschaftliche eheliche Leben betreffenden Angelegenheiten zu.‹ Das bedeutet nichts anderes, als dass wir, sobald wir heiraten, die Sklavinnen unserer Ehemänner sind!«

Sophie schüttelte ungläubig den Kopf. »Aber unsere Mutter zum Beispiel ist doch nun wirklich keine Sklavin«, erwiderte sie vorsichtig.

»Sie hat eine starke Persönlichkeit. Wie wir beiden nur allzu gut wissen …« Charlotte lachte auf. »Und sie hat Glück gehabt, dass Papa so ein sanftmütiger, aufgeklärter Mann ist. Aber trotzdem muss Mama laut Gesetz am Ende alle wichtigen Entscheidungen ihm überlassen. Wenn er nicht zugestimmt hätte, hättest weder du studieren dürfen noch ich auf die Kunsthochschule gehen können.« Sie hatte rote Wangen bekommen – so sehr hatte sie sich in Rage geredet. Sophie zuckte zusammen, als ihre Schwester plötzlich mit der Faust auf den Tisch schlug und erregt fortfuhr: »Und natürlich erwartet man trotzdem von uns, dass wir baldmöglichst unsere eigentlichen Ambitionen aufgeben, eine gute Partie machen, heiraten, versorgt sind und alle Entscheidungen über unser zukünftiges Leben von einem Mann bestimmen lassen. So wie Marianne.« Sie verdrehte die Augen. »Es hat zwar etwas gedauert, aber nun entspricht unsere große Schwester perfekt dem Ideal einer bürgerlichen Dame der Gesellschaft, und schon bald wird sie auch noch Mutter. Dann ist sie endgültig gefangen in ihrem goldenen Käfig. So will ich nicht leben! Und du bestimmt auch nicht! Ich will eine freie Künstlerin sein und kein Heimchen am Herd!« Ihre grünen Augen funkelten Sophie an.

»Na, am Herd wird wohl keine von uns beiden enden. Aber ich gebe dir insofern recht, als dass auch ich nicht leben möchte wie Marianne oder meine ehemaligen Mitschülerinnen, die schon verheiratet sind. Das wäre mir viel zu langweilig. Ich möchte einen richtigen Beruf haben, etwas aus meinem Leben machen. Dazu brauche ich dann eben einen Mann, der kein Despot ist und seine Frau nicht unterdrückt. Einen, der akzeptiert, dass ich arbeiten will. So einer muss doch zu finden sein …« Mit diesen Worten versuchte sie, Charlotte zu beschwichtigen, und dachte dabei unwillkürlich an Paul Klüver. War er so ein Mann? Zumindest hatte er bisher kein Problem damit gehabt, mit ihr zusammenzuarbeiten. Und auch Alicia Pérez schien er als Kollegin zu akzeptieren. Doch würde das ebenso für seine Ehefrau gelten?

Charlottes entschiedene Stimme riss sie aus ihren Gedanken. »Ich will mich da lieber nicht auf mein Glück verlassen, dass ein zukünftiger Gemahl meine Wünsche toleriert. Denn am Ende hat er immer das Gesetz auf seiner Seite. Männer besitzen das letzte Entscheidungsrecht in allen Angelegenheiten der Ehe. Wenn eine Frau berufstätig sein will, benötigt sie das Einverständnis ihres Ehemannes. Auch wirtschaftlich sind Frauen völlig abhängig vom Mann, weil ihr gesamtes Vermögen bei einer Heirat in seinen Besitz übergeht – bis auf ein paar persönliche Sachen. Das ist doch beängstigend. Und ungerecht!« Charlotte schlug erneut mit der Faust auf den Schreibtisch.

»Was du alles weißt …« Sophie war ehrlich erstaunt über die Ernsthaftigkeit, mit der ihre Schwester über diese Dinge sprach. »Aber du wirst jetzt keine gewalttätige Suffragette?« Sie lächelte leicht amüsiert und zwinkerte hinüber zu Charlotte.

»Wer weiß …«, überlegte die Jüngere mit ernstem Gesicht. »Erst mal gehe ich morgen zu diesem Salon und höre mir die fortschrittlichen Gedanken der anderen Frauen an. Komm doch mit!«

Sophie zuckte mit den Schultern und deutete seufzend auf die Unterlagen und Bücher vor ihr auf dem Schreibtisch. »Dafür habe ich leider keine Zeit, weil ich noch so viel lernen muss, wenn ich mir meinen Traum für die Zukunft erfüllen will.«

»Schade! Aber sobald wir auf der Straße für das Frauenwahlrecht demonstrieren, marschierst du mit!«

Der harsche Befehlston ihrer Schwester klang fremd und ein wenig bedrohlich in Sophies Ohren. Hoffentlich verrannte die Jüngere sich nicht in Sachen, die sie in Schwierigkeiten bringen könnten.

* * *

»Oh, Verzeihung!« Die junge Frau bückte sich sofort und sammelte eilig die Bücher und Hefte vom Kopfsteinpflaster auf, die aus der heruntergefallenen Tasche gerutscht waren. Mit einem entschuldigenden Lächeln erhob sie sich wieder und überreichte Sophie die Mappe samt dem Großteil ihres Inhalts. »Hier, bitte. Es tut mir schrecklich leid!«

»Nicht so schlimm«, antwortete Sophie verwirrt. Sie schien noch nicht recht zu begreifen, was geschehen war.

Ganz in Gedanken an die letzte Vorlesung dieses Tages versunken, war sie vom *Deutschen Haus* den Steinweg hinauf in Richtung Altstadt geschlendert. Sie hatte noch zwei Stunden Zeit, bevor sie sich auf den Weg zurück nach Frankfurt machen musste. Daher spazierte sie gemütlich durch die Stadt und wollte in der Buchhandlung am Markt nach einem neuen Roman schauen, mit dem sie sich die Zeit während der langen Zugfahrt vertreiben konnte. Und dann war diese junge Frau plötzlich aus einem Geschäft an der schmalen Straße getreten und direkt vor ihr ins Stolpern geraten und hatte sie dabei unsanft angerempelt. Nachdem sie nun ihre schwarze Ledermappe wieder entgegengenommen hatte, rieb Sophie sich mit der rechten Hand unwillkürlich die schmerzende linke Schulter.

»Ach herrje, ich habe Ihnen wehgetan«, erkannte die Frau betroffen. Mit ehrlichem Bedauern strich sie tröstend über Sophies Oberarm. »Das tut mir unendlich leid!«

»Es ist wirklich nichts passiert«, versicherte Sophie, irritiert von der spontanen Berührung.

»Da bin ich aber froh! Ich bin so ein Tollpatsch. Es wird wirklich Zeit, dass ich meine Brille bekomme«, sagte sie aufgeräumt und deutete auf das Geschäft hinter sich. »Ich war gerade bei *Unkel*, um mir endlich eine Sehhilfe anpassen zu lassen.«

Sophie folgte dem ausgestreckten Zeigefinger und betrachtete die mit hellen Holzpaneelen und Schnitzereien verzierte, elegante Fassade. In zwei Schaufenstern wurden Brillengestelle aus Gold- und Silberdraht, Schildpatt und Horn angeboten. Über der Tür hing ein Schild mit einem aufwendig gedrechselten Rahmen. Es verkündete den Namen des Ladenbesitzers: Heinrich Unkel.

»Falls Sie selbst mal einen Augenoptiker benötigen – *Unkel* ist der beste hier in Marburg«, plapperte ihr Gegenüber weiter. »Aber vielleicht brauchen Sie ja gar keine Brille. Ich allerdings schon …«

Überfordert von dem unerwarteten Redefluss, nickte Sophie nur stumm, während sie die junge Frau genauer musterte. Sie trug weder Hut noch Jacke, was trotz der fast sommerlichen Temperaturen sehr unkonventionell war. Ihre weiße Leinenbluse hatte einen breiten Kragen mit hübschen Lochstickereien, der in langgestreckter V-Form spitz zulief und ihr Dekolleté vorteilhaft betonte. Dazu trug sie einen schlichten meerblauen Rock mit einem schmalen Gürtel um ihre schlanke Taille. Die dunkelblonden Haare waren nachlässig und ein wenig schief auf dem Kopf hochgesteckt, so als ob man sich nicht die Mühe gemacht hätte, eine ordentliche Frisur hinzubekommen. Vom lockeren Knoten im Nacken und ebenso an den Schläfen hatten sich einzelne Strähnchen gelöst und umspielten das sanfte Gesicht mit den rehbraunen Augen. Der etwas zu große, weiche Mund stand offenbar selten still.

Sie hielt immer noch eins der aufgesammelten Bücher in der Hand und entzifferte mit zusammengekniffenen Augen den Titel. »*Einführung in die Paläontologie*. Das klingt ja interessant!« Ihr offener Blick drückte ehrliches Interesse aus.

»Das brauche ich für mein Studium«, erklärte Sophie ein wenig stolz. »Darin geht es um fossile Pflanzen und die Erforschung längst ausgestorbener Tiere. Ich studiere Geologie und Paläontologie bei Professor Kayser.«

»Dann sind wir ja Kommilitoninnen!«, stellte die junge Frau erfreut fest. »Also fast. Ich studiere Literatur, bin aber erst seit April hier in Marburg.« Sie reichte Sophie die Hand. »Ich bin Rahel. Rahel Silberstein.«

»Mein Name ist Sophie von Mayden. Auch im ersten Semester.«

»Wie schön, dich kennenzulernen! Ich komme aus Idar-Oberstein, aber da lebt meine Familie noch nicht sehr lange«, plapperte Rahel weiter. »Eigentlich stammen wir aus Berlin.«

»Ich bin aus Frankfurt«, erwiderte Sophie. »Aber nach Berlin möchte ich zu gerne mal reisen. Da muss es sehr aufregend sein, wie man hört.«

»Leider war ich noch zu jung, um viel vom Flair der Reichshauptstadt mitzubekommen«, meinte Rahel bedauernd. »Aber spätestens nach meinem Studium möchte ich wieder dort leben. Idar-Oberstein ist zwar sehr hübsch, aber auch recht provinziell.« Sie lachte auf. »Da ist Frankfurt doch sicher viel interessanter.«

»Nun ja …« Sophie zuckte mit den Schultern. »Außer der Oper, dem Theater und ein paar Bällen habe ich davon auch noch nicht besonders viel gesehen.«

»Und nun hocken wir beide hier in der Provinz – im beschaulichen Marburg.« Rahel lachte wieder auf. Sie hatte ein herzliches, lautes Lachen. Ihre offene, unprätentiöse Art gefiel Sophie. »Na, immerhin sind unsere Eltern ganz weit weg.« Rahel zwinkerte ihr zu.

»Wo ist denn deine Studentenbude? Meine ist gleich da vorn, in der Wettergasse.«

»Nun … Also …« Sophie druckste ein wenig herum. »Ich wohne nicht in Marburg, sondern noch zu Hause und fahre mit dem Zug von Frankfurt aus hierher.«

»Du Arme! Da entgeht dir ja der ganze Spaß am Studentenleben!«

»Das mag sein, aber leider war das die Bedingung, um überhaupt studieren zu dürfen«, seufzte sie.

»Ich hatte das Gefühl, dass meine Eltern mich gar nicht schnell genug loswerden konnten«, sagte Rahel trocken, winkte aber gleich wieder ab, als sie Sophies erschrockenen Blick sah. »Nein, im Ernst. Die beiden waren froh, dass ich an die Universität wollte. Wobei sie wahrscheinlich glücklicher gewesen wären, wenn ich mich so wie du für Naturwissenschaften interessiert hätte. In unserer Familie haben praktisch alle studiert. Eigentlich sollte ich Ärztin werden, so wie meine Mutter, oder Jurist wie mein Vater. Na ja, zum Glück studiert einer meiner älteren Brüder Medizin, der andere Physik, und der Kleine macht eine Ausbildung zum Tabakkaufmann. So konnte ich durchsetzen, mich meiner wahren Leidenschaft zu widmen – der Literatur. Ich möchte nämlich Schriftstellerin werden!« Ihre dunklen Augen glänzten, als sie das sagte.

»Schriftstellerin! Wie interessant!« Sophie war ehrlich begeistert. »Ich bewundere Menschen, die die Fähigkeit besitzen, Bücher zu schreiben. Dazu habe ich leider so gar kein Talent. Aber ich lese sehr gerne. Gerade wollte ich zur Buchhandlung, um mir einen neuen Roman zu kaufen. Vielleicht kannst du mir eine Empfehlung geben, welchen ich lesen sollte.«

»Natürlich! Gerne! Soll ich dich begleiten?« Ehe Sophie widersprechen konnte, hatte Rahel sich bei ihr untergehakt. »Komm, ich kenne eine ganz wunderbare Buchhandlung, nicht weit von hier.«

»Aber ich dachte, die am Markt …«

»Nein, nein, da gibt's doch nur Courths-Mahler und die Klassiker.« Rahel zwinkerte ihr zu. »Am Schloßsteig finden wir sicher das Passende für dich.«

Schmunzelnd musste Sophie an ihr ungeliebtes Weihnachtsgeschenk denken, das sie zwar gelesen hatte, von dem sie aber alles andere als begeistert war. »Von kitschigen Geschichten habe ich die Nase tatsächlich voll.«

Lachend ließ sie sich von ihrer Zufallsbekanntschaft mitziehen. Nach ein paar Metern bogen die beiden Studentinnen in eine schmale Gasse, in der es eine steile Treppe gab, auf der sie zwischen windschiefen Fachwerkhäusern nach oben stiegen. Sie gelangten zu einem kleinen Laden, dessen trübes Schaufenster offensichtlich schon seit Langem nicht mehr geputzt worden war, hinter dem die Auslage aber vor Büchern schier überquoll. Als Sophie die Einbände studierte, erkannte sie, dass dort vor allem fremdsprachige Titel angeboten wurden.

»Ich hoffe, du liest auch englische Werke, oder?«, fragte Rahel, als sie Sophies skeptischen Blick sah.

»Nun ja … Natürlich hatte ich Englisch und Französisch in der Schule, aber ob meine Sprachkenntnisse für literarische Werke wie einen Roman ausreichen, weiß ich nicht …«, antwortete sie zögernd.

»Das schaffst du schon. Denn das Buch, das du unbedingt lesen musst, gibt es noch nicht als Übersetzung. Dafür ist die Geschichte so bezaubernd, dass du gar nicht merken wirst, dass es auf Englisch geschrieben ist«, versuchte Rahel sie zu überzeugen. »Es heißt *A Room with a View*, also *Zimmer mit Aussicht*, und ist von E. M. Forster, einem Briten. Der Roman ist erst Ende letzten Jahres erschienen, und ich habe ihn förmlich verschlungen!« Sie griff sich theatralisch ans Herz und lachte Sophie an. »Du wirst es lieben! Es geht um eine junge Engländerin namens Lucy Honeychurch, die auf einer Reise nach Italien einen äußerst attraktiven jungen Mann, George Emerson, kennenlernt. Doch gesellschaftliche Konventionen und ihre Erziehung hindern Lucy daran, ihre wahren Gefühle für ihn zu erkennen. Deshalb verlobt sie sich nach ihrer Rückkehr nach England mit einem anderen, standesgemäßen Mann. Ein schrecklicher Irrtum! Doch dann …«

»Halt, halt!«, rief Sophie lachend aus. »Verrate mir doch nicht alles. Ich soll es doch selbst noch lesen.«

Rahel fiel in ihr Gelächter ein. »Das musst du unbedingt! Es ist so romantisch, aber überhaupt nicht kitschig. Es ist witzig – mit all diesen steifen Engländern! Und dramatisch … Dazu diese herrlichen Beschreibungen der Toskana! Die endlosen roten Mohnblumenfelder …« Schwatzend zog sie Sophie mit sich in den kleinen Laden.

Der Zug nach Frankfurt war kaum angefahren, da hatte Sophie es sich schon in ihrem Abteil gemütlich gemacht und das neue Buch aufgeschlagen. Bereits bei den ersten Sätzen breitete sich ein Lächeln auf ihrem Gesicht aus. Vor ihrem inneren Auge sah sie Lucy Honeychurch und deren steife Anstandsdame Charlotte Bartlett, wie sie in der kleinen Pension in Italien bei Tisch saßen und die junge Frau sich darüber beschwerte, nicht das versprochene Zimmer mit Aussicht auf den Fluss bekommen zu haben.

»I want so to see the Arno. The rooms the Signora promised us in her letter would have looked over the Arno. The Signora had no business to do it at all. Oh, it is a shame!«
»Any nook does for me,« Miss Bartlett continued; »but it does seem hard that you shouldn't have a view.«

Der folgende, affektierte Wortwechsel mit den anderen Pensionsgästen – darüber, dass man bei seinem ersten Besuch in Florenz doch unbedingt einen Blick auf den Arno haben sollte – amüsierte Sophie sehr. Der englische Autor war augenscheinlich ein scharfer Beobachter seiner Zeitgenossen, deren Eigenarten er trefflich zu beschreiben wusste. Und Miss Bartlett erinnerte Sophie sofort an Tante Agnes, die altjüngferliche Cousine ihrer Mutter, und das gezierte Benehmen der ehemaligen Lehrerin.

Obwohl sie anfangs nicht jedes einzelne Wort verstand, begriff sie schnell, worum es in den geschliffenen englischen Dialogen ging, und vergaß irgendwann, dass das Buch in einer Fremdsprache geschrieben war. Die Handlung zog sie in ihren Bann, und ganz besonders fesselte sie die Liebesgeschichte mit George …

Als sie einen Moment in der Lektüre innehielt, musste sie an Rahel Silberstein denken. Sophie war ihr dankbar für die Empfehlung, diesen kurzweiligen Roman zu kaufen. Da ihre neue Bekannte unbedingt wissen wollte, wie Sophie das Buch gefiel, hatten sich die beiden Studentinnen verabredet. Am Freitag würden sie sich im *Café Vetter* wiedersehen, das erst vor Kurzem am Kornmarkt eröffnet hatte. Sophie freute sich schon darauf, diese unkonventionelle und fröhliche Studentin näher kennenzulernen, und vertiefte sich wieder in ihre amüsante Lektüre.

Vergeblich versuchte sie, sich gleich nach der Vorlesung von Richard von Lohenstein zu verabschieden, um an diesem Nachmittag rechtzeitig im Café zu sein. Dummerweise bestand er darauf, sie, wie so häufig, auch am letzten Tag vor dem Wochenende hinauf in die Stadt zu begleiten.

»Ich muss doch sowieso dort lang, um zu meiner Pension zu kommen. Und wenn du heute noch ein bisschen Zeit totschlagen willst, bevor dein Zug kommt, kann ich dir doch wunderbar dabei Gesellschaft leisten«, erklärte er großzügig. »Lass uns doch über den Marktplatz schlendern.«

Sophie wusste, dass es vor allem er selbst war, der keine rechte Lust hatte, nachmittags allein zu sein. Lieber bummelte er noch ein wenig mit ihr durch die Stadt, während sie auf die Abfahrt ihres abendlichen Zuges warten musste. Es war stets unterhaltsam, mit Richard zu plaudern, doch heute hätte sie auf seine Begleitung gerne verzichtet. Sie war unsicher, wie er reagieren würde, wenn er erfuhr, dass sie mit jemand anderem verabredet war.

Während des steilen Anstiegs zur Oberstadt hatte sie wieder mal Mühe, mit dem sportlichen jungen Mann und seinen langen Beinen Schritt zu halten. Es war ihr ein Rätsel, wie er es schaffte, bei dieser Anstrengung trotzdem noch seine spitzzüngigen Kommentare zu den Passanten, die ihnen entgegenkamen, abzugeben und gleichzeitig die Auslagen der Geschäfte zu begutachten. Sie hörte nur mit halbem Ohr zu, als er sie auf eine bunte Krawatte bei einem Herrenausstatter aufmerksam machte, da sie angestrengt überlegte, wann sie ihm endlich von Rahel erzählen sollte.

Schließlich bemerkte Richard, dass Sophie nicht recht bei der Sache war und immer schweigsamer wurde, je näher sie dem Kornmarkt kamen.

»Was ist denn heute los mit dir? Hast du schlechte Laune?«, fragte er verwundert.

»Aber nein!«, widersprach sie sofort und blieb stehen, um wieder zu Atem zu kommen. »Ich kann bei dieser Bergtour nur nicht gleichzeitig gehen und sprechen.«

Sie holte tief Luft und fragte sich, warum sie Richard ihre harmlose Verabredung verschwiegen hatte. Vielleicht weil er bisher ihr einziger Freund in Marburg war und eifersüchtig oder enttäuscht reagieren könnte, wenn sie noch jemand anders traf? Sie wusste, dass er sich in seiner exklusiven Rolle als ihr Beschützer und Unterhalter gefiel, und sie genoss seine Gesellschaft. Aber mit einer gleichaltrigen Frau würde man doch über andere Themen sprechen können als mit einem jungen Mann, überlegte sie, als er wie üblich von der Reitergasse in Richtung Markt abbiegen wollte.

»Hier müssen wir uns heute verabschieden … Ich gehe noch ein Stückchen weiter«, sagte sie in verlegenem Tonfall.

»Willst du noch hoch zur Universität?«, fragte er überrascht.

»Nein, zum *Café Vetter* da vorn …«

»Oh, eine gute Idee!«, rief er begeistert. »Da gibt es eine ausgezeichnete Tortenauswahl.« Sogleich hakte er sich bei Sophie unter und wollte mit ihr dorthin gehen.

»Nein, warte. Ich … Ich bin dort verabredet …«

Er sah sie verblüfft an. »Mit wem?«

»Sie heißt Rahel Silberstein. Ich bin neulich im wahrsten Sinne in sie hineingestolpert. Oder besser: sie in mich.«

»Aha?«

»Sie studiert Literatur und hat mir ein Buch empfohlen. Und wir haben vereinbart, uns darüber heute zu unterhalten.« Sophie zuckte unschlüssig mit den Schultern und sah ihn entschuldigend an.

Anstatt verärgert auf diese unerwartete Neuigkeit zu reagieren, fragte er nur: »Welches Buch ist es denn?«

»Ein englisches. Es heißt *A Room with a View*.«

»Nie gehört.«

»Ist ja auch gerade erst erschienen.«

»Und, ist es gut?«

»Oh, ja!«, schwärmte Sophie. »Ich habe es schon halb durchgelesen.«

»Dann solltest du es mir ausleihen, wenn du damit fertig bist.«

»Es ist aber eine Liebesgeschichte …« Sie sah ihn skeptisch an.

»Das klingt doch wunderbar! Ich mag romantische Geschichten.«

»Tatsächlich?« So etwas hatte sie von einem Mann noch nie gehört. Richard war immer wieder für eine Überraschung gut. »Das Buch ist wirklich sehr amüsant geschrieben, und der Autor charakterisiert seine Figuren manchmal herrlich bissig«, erklärte sie begeistert.

»Und das hat dir deine neue Bekanntschaft empfohlen? Dann möchte ich sie unbedingt kennenlernen!« Er zwinkerte Sophie zu.

»Ja, aber ich weiß nicht …« Sie war hin- und hergerissen. Eigentlich hatte sie sich auf einen Austausch unter Frauen gefreut. Und was Rahel von einer männlichen Begleitung halten würde, wusste sie auch nicht.

»Keine Sorge, ich werde euer Mädchengeplauder nicht stören.« Er lachte auf. »Ich bin nur neugierig, wen du da kennengelernt hast. Sobald ich ein paar Worte mit ihr gewechselt habe, werde ich mich wieder davonmachen. Versprochen!«

Sophie musste lachen, als er sie aufmunternd in die Seite knuffte. Man konnte Richard einfach nichts abschlagen. Und eigentlich war es doch eine gute Idee, dass er Rahel kennenlernte. Dann wüsste jeder von beiden, von wem sie ihm gegenüber zukünftig sprach. Sofern es mit ihrer neuen Bekannten überhaupt weitere Treffen geben würde. Schließlich konnte sie nicht wissen, ob sie beide sich gut verstehen würden.

»In Ordnung. Ich nehme dich mit. Aber benimm dich!« Sie lächelte ihn verschmitzt an und drohte spielerisch mit dem Zeigefinger. »Ich will einen guten Eindruck machen.«

Als sie mit Richard im Schlepptau die Konditorei betrat, staunte sie über die prachtvolle Auswahl hübsch verzierter Torten, Törtchen und anderer Süßigkeiten, die in einer hohen, beleuchteten Thekenvitrine angeboten wurden und alle wirklich köstlich aussahen. Sophie war zum ersten Mal hier und sah sich neugierig um. Hinter dem Verkaufsraum gelangten sie in das Café, das so groß wie ein Ballsaal und im Stil eines Wiener Kaffeehauses eingerichtet war. Dicht an dicht standen die schmalen, mit kleinen Blumensträußen dekorierten Marmortischchen, an denen die zahlreichen, zumeist weiblichen Gäste auf eleganten dunklen Holzstühlen mit niedriger, geschwungener Lehne saßen. An der Stirnseite entdeckte Sophie ein Podest, auf dem ein Pianist im Frack an einen schwarzen Flügel dezente Kaffeehausmusik zum Besten gab, die bei den lebhaften Gesprächen, die den großen Raum erfüllten, kaum zu hören war. Dennoch meinte Sophie den Strauß-Walzer *An der schönen blauen Donau* zu erkennen, den ihre Mutter früher oft gespielt hatte.

Es schien, als ob heute halb Marburg in dem schicken neuen Café das Wochenende einläuten wollte. Angesichts der Tatsache, dass der große Raum voller Menschen war, fragte sich Sophie, wie Rahel und sie sich hier finden sollten. War ihre Kommilitonin vielleicht schon hier? Sie ließ den Blick über die ausladenden Kopfbedeckungen der Damen schweifen und entdeckte am anderen Ende des Raums schließlich eine junge Frau mit einem auffälligen roten Hut, die von ihrem Platz aufgesprungen war und ihr lebhaft zuwinkte. So herausgeputzt und mit einer Brille auf der Nase war Rahel kaum wiederzuerkennen. Sophie schlängelte sich zu ihr durch und wurde mit offenen Armen empfangen. Rahel zog sie an sich und hauchte ihr zwei Luftküsschen neben die Wangen.

»Wie schön, dass du es geschafft hast«, sagte sie mit ehrlicher Freude und strahlte Sophie an. »Ich habe uns einen großartigen

Platz erkämpft.« Sie deutete stolz auf die Fensterfront hinter ihr, die sich über die ganze Länge des Saals zog. Dieser Teil des Cafés war durch schmale, hölzerne Säulen ein wenig abgegrenzt, wirkte dadurch wie eine Art lichtdurchflutete Veranda oder überdachte Terrasse und bot einen grandiosen Ausblick. »Ist das nicht einmalig?«

Sophie musste Rahel recht geben. Staunend schaute sie hinaus auf das weite grüne Tal mit den üppigen Wäldern und Feldern, das sich tief unter ihr erstreckte. »Das ist wirklich fantastisch. Man hat das Gefühl, hoch oben auf einem Berg zu stehen.«

»Wahrscheinlich deshalb, weil wir hier in der Oberstadt von Marburg sind«, ließ sich hinter ihr die belustigte Stimme von Richard vernehmen, der ihr gefolgt war.

Sophie verdrehte lachend die Augen. »Entschuldige, Rahel. Darf ich dir diesen vorlauten jungen Mann vorstellen? Das ist mein Kommilitone Richard von Lohenstein, der unbedingt kurz mitkommen wollte, um dich kennenzulernen.«

Er trat hinter Sophie hervor, verbeugte sich artig und begrüßte Rahel mit einem formvollendeten Handkuss. »Sehr erfreut! Wie ich höre, haben Sie einen exquisiten Literaturgeschmack, Fräulein Silberstein«, sagte er höflich. »Zumindest ist meine liebe Freundin Sophie äußerst angetan von Ihrer Buchempfehlung.«

»Oh, das freut mich. Bitte nennen Sie mich doch einfach Rahel«, erwiderte sie lächelnd. »Setzen wir uns, dann können wir in Ruhe darüber plaudern. Bücher sind mein Lieblingsthema.«

»Nein, nein, ich will den literarischen Austausch der Damen keinesfalls stören. Ich wollte Sophie wirklich nur hierher geleiten und bin schon wieder verschwunden.« Er trat zögerlich einen Schritt zurück: eine halbherzige Andeutung, dass er sich von ihnen trennen wollte.

»Aber warum denn?«, widersprach Rahel mit einem Lächeln. »Bleiben Sie nur. Auch die Meinung eines jungen Mannes zu zeitgenössischer Literatur kann schließlich durchaus amüsant, möglicherweise sogar erhellend sein. Und außerdem sind die Torten hier formidabel!«

Er musste angesichts dieser elegant verpackten Frotzelei schmunzeln.

»Zu gütig von Ihnen, einen Angehörigen des diesbezüglich bekanntermaßen völlig unwissenden Geschlechts nach seiner unmaßgeblichen Meinung zu fragen«, erwiderte er bewusst gestelzt und grinste dabei unverschämt, was Rahel zu amüsieren schien.

Sophie blickte belustigt zwischen den beiden hin und her. Deren verbales Geplänkel erinnerte sie sehr an den Stil des Buches, das sie gerade las.

»Die überragende Qualität des hiesigen Backwerks ist mir wohlbekannt, denn wenn schon nicht mit hoher Literatur, dann doch immerhin mit den Erzeugnissen der Konditorenkunst kenne ich mich bestens aus«, fuhr er fort und zwinkerte Rahel zu. »Allerdings habe ich die Köstlichkeiten von *Vetter* bisher nur vorne am Tresen gekauft und dann zu Hause verspeist. Ich wohne in der Nähe.«

»Was für ein Glück für Sie! Das ich im Übrigen teile, denn auch ich habe es nicht weit zu dieser Konditorei.« Rahel sah ihn schmunzelnd an und deutete auf die beiden Stühle ihr gegenüber. »Nun setzt euch doch bitte. Es wirkt langsam albern, wie wir uns hier im Stehen unterhalten.«

Ohne zu zögern, rückte Richard Sophie den Stuhl zurecht, nahm neben ihr Platz und machte einem der Kellner Zeichen. Sie bemerkte den interessierten Ausdruck in Rahels braunen Augen, als sie ihn dabei musterte. Augenscheinlich hatte ihre neue Bekannte keinerlei Probleme damit, dass sie ihn mitgebracht hatte. Ganz im Gegenteil. Die beiden schienen sich auf Anhieb gut zu verstehen. Erleichtert holte Sophie das Buch aus ihrer Ledermappe. Zahlreiche Zettelchen markierten die Stellen, über die sie mit Rahel sprechen wollte.

»Ist es Ihnen recht, Herr von Lohenstein, wenn auch wir uns auf das studentische Du einigen?«, fragte Rahel unvermittelt. »Das macht die Unterhaltung doch sehr viel unbeschwerter.«

»Das ist mir sehr recht, Rahel.« Er deutete im Sitzen eine kurze Verbeugung an. »Richard.«

Rahel klatschte zufrieden in die Hände und wandte sich Sophie zu. »Was hältst du von meiner neuen Brille? Wirke ich dadurch wie eine Oberlehrerin?« Sie verzog ihr Gesicht zu einer strengen Grimasse.

Sophie musste lachen. »Keineswegs. Sie verleiht dir eher etwas Intellektuelles. Damit siehst du aus wie eine echte Schriftstellerin.«

»Wunderbar!« Zufrieden schob Rahel die halbrunde Goldrandbrille ein Stückchen höher. »Seit ich sie habe, bin ich auch noch in keine weitere Person hineingestolpert«, sagte sie lachend. »Allerdings trage ich sie auch erst seit gestern. Was nicht ist, kann also noch werden.« Sie taxierte Richard durch die Gläser. »Und wenn ich meinem Herrn Nachbarn demnächst einmal in der Stadt begegne, werde ich ihn hoffentlich wiedererkennen.«

»Das würde mich sehr freuen.«

»Wo würde ich denn gegebenenfalls in dich hineinstolpern?«, fragte sie ihn direkt.

»Ich bewohne zwei bescheidene Zimmer in der *Pension Harmonie*, nur wenige Schritte von hier. Meine Wirtin ist allerdings äußerst streng und erlaubt keinerlei Damenbesuch.« Seine Augen blitzten sie schelmisch an. »Nicht mal welche mit Brille.«

»Wie bedauerlich …«, erwiderte Rahel mit gespieltem Mitleid. »Da genieße ich in meiner Studentenbude glücklicherweise größere Freiheiten. Nicht, dass ich diese auch nur im Ansatz ausnutzen würde!« Sie schüttelte vehement den Kopf. »Der Nachteil, ohne eine fürsorgliche Pensionswirtin meine Mahlzeiten selbst zubereiten zu müssen, wiegt dennoch die Annehmlichkeit auf, ohne Wachhund leben zu dürfen.«

»Ich beneide euch beide«, seufzte Sophie leise. »Ich würde mich nur zu gerne mit irgendeinem winzigen Zimmer begnügen, wenn ich dafür zu Hause ausziehen könnte.« Sie beugte den Oberkörper und warf einen verstohlenen Blick auf ihre Taschenuhr. Sie durfte ihren Zug um sieben Uhr nicht verpassen, wenn sie heute noch nach Frankfurt zurückkommen wollte. Und das musste sie.

»Es ist wirklich ungerecht, dass du als Studentin noch dermaßen unter der Beaufsichtigung deiner Familie stehst«, stimmte Richard ihr zu.

»Vielleicht kannst du wenigstens mal über Nacht oder sogar ein ganzes Wochenende hierbleiben«, schlug Rahel sofort vor. »Mein Bett ist groß genug für zwei!« Als sie Richards überraschten Blick auffing, huschte unwillkürlich ein Hauch von Röte über ihr Gesicht, und sie ergänzte schnell: »Du kannst gerne bei mir übernachten, Sophie. Ich habe auch noch ein bequemes Sofa.« Sie lächelte ihr aufmunternd zu.

»Danke für das Angebot, doch ich fürchte, meine Eltern werden das nicht erlauben.« Sophie setzte sich wieder aufrecht hin. »Aber nun lasst uns meine kostbare Zeit in Gesellschaft von Kommilitonen nicht durch Trübseligkeiten vergeuden und lieber entscheiden, welche Torte wir essen wollen.«

Nachdem der Kellner ihre Bestellungen aufgenommen hatte, lächelte Sophie ihre neue Freundin an. »Wirklich eine wundervolle Empfehlung! Ich liebe *A Room with a View*! Bei den vielen Dialogen und genauen Schilderungen des Geschehens und der handelnden Personen habe ich das Gefühl, selbst ganz nah dabei zu sein und alles zu beobachten. Ich bin schon halb durch und habe einige meiner Lieblingsstellen markiert …«

Sie schlug das Buch beim ersten ihrer zahlreichen Lesezeichen auf, und augenblicklich entspann sich eine lebhafte Unterhaltung über Sprache, Figuren und die bildhafte Beschreibung der Handlungsorte in Italien und England. Da Sophie einige kurze Passagen vorlas, konnte sich auch Richard an dem Gespräch beteiligen, was er ebenso wie die beiden Frauen sichtlich genoss.

Viel zu schnell vergingen die zwei Stunden bei Kaffee und Kuchen mit launigen Plaudereien und witzigen Disputen über die Vorzüge der völlig unterschiedlichen Charaktere Cecil und George, den beiden Männern, die um die Gunst von Lucy Honeychurch buhlten. Rahel verkniff es sich, zu viel vom Fortgang der Geschichte zu verraten, und so konnten Sophie und Richard nur spekulieren, für welchen der konkurrierenden Lebensentwürfe die Protagonistin sich am Ende entscheiden würde – ob die Liebe oder gesellschaftliche Konventionen siegen würden.

Als es Zeit wurde aufzubrechen, bestand Richard von Lohenstein darauf, die Rechnung zu zahlen und Sophie noch hinunter zum Bahnhof zu begleiten. In der Wettergasse verabschiedeten sie sich von Rahel vor einem hübschen Fachwerkhaus, in dem sich ihre Wohnung befand.

Wie so oft fiel Sophie der Abschied von Marburg schwer. Heute noch schwerer als sonst, weil es ein so herzerfrischend lustiger und geistreicher Nachmittag gewesen war. Außerdem war Richard so ausgesprochen charmant gewesen. Seine Begeisterung für Literatur und romantische Geschichten hatte ihr eine weitere Seite seines liebenswerten Wesens offenbart.

Als sie am offenen Abteilfenster stand und er ihr noch lange nachwinkte, während sich der Zug Richtung Frankfurt in Bewegung setzte, spürte sie einen Kloß im Magen. Sie schloss das Fenster und ließ sich auf ihrem Platz nieder. Draußen zogen die letzten Häuser der Stadt vorüber, bis sie von endlosen Feldern und Wäldern abgelöst wurden, die in der aufziehenden Dämmerung langsam verschwammen. Sie seufzte leise. Nach diesem herrlichen Nachmittag lag das lange öde Wochenende in ihrem Elternhaus wie ein dichter grauer Nebel vor ihr. Immerhin tröstete sie die Gewissheit, schon sehr bald Rahel und bereits am Montag Richard an der Universität wiederzusehen.

Sie schlug das Buch auf, das sie zuverlässig ablenken und in eine andere Welt entführen würde. Das gleichmäßige Rattern und Rumpeln der Eisenräder auf den Schienen formte sich in ihrem Kopf zu Worten, zu einem unaufhörlichen Wechsel zwischen »Cecil« und »George«. *Ratter, »Cecil«, ratter, »George«* – und wandelte sich unmerklich zu *»Paul«* und *»Richard«*, *»Paul«*, *»Richard«*.

Paul oder Richard …?

Frankfurt, Juni 1909

Der strahlende Sonnenschein passte so gar nicht zu der Stimmung, die an diesem Sonntagvormittag im Senckenberg-Museum herrschte. Als Sophie und ihre jüngere Schwester an der Seite ihres Vaters den großen Festsaal betraten, fiel ihr Blick zuerst auf das neue, mit frischem Grün geschmückte Gemälde, das Fritz Römer zeigte. Sie traten näher an das Porträt des im März verstorbenen Museumsdirektors, das auf einem Stativ neben dem Rednerpult auf der niedrigen Bühne stand und von dort aus die Vorgänge in diesem Raum zu überblicken schien. Nach einem fachmännischen Blick auf die Signatur erklärte Charlotte, dass dieses lebensnahe Bildnis von der Frankfurter Malerin Becky Sondheim geschaffen worden war. Sophie kam sogleich der Gedanke, dass die Künstlerin eine Verwandte von Maria Sondheim aus der Anatomie- und Skelettsektion sein musste.

Während Charlotte den feinen Pinselstrich der Kollegin bewunderte, schaute Sophie sich auf der Suche nach Paul Klüver und Doktor Drevermann um, doch in der uniformen Menge aus Herren in schwarzen Fräcken konnte sie die beiden nicht ausmachen. Aufgrund des starken Sonnenscheins, der durch die hohen Fenster hereinfiel und den Saal aufheizte, war es trotz der immensen Größe des Raumes recht stickig. Sophie fächelte sich mit der Einladungskarte frische Luft zu und reckte den Hals. In der Menge meinte sie unter einem auffälligen Hut Alicia Pérez zu erkennen, konnte in ihrer Nähe jedoch keinen der beiden Männer entdecken, die sie unbedingt finden wollte.

Dass Paul Klüver bei der heutigen Gedenkfeier anwesend sein würde, war selbstverständlich. Doch wo steckte er? Hoffentlich würde sich eine Gelegenheit ergeben, ihn zu sprechen. Schließlich war er der Hauptgrund, weshalb sie darauf gedrängt hatte, ihren Vater zu dieser Feierlichkeit begleiten zu dürfen. Charlotte wiederum freute sich über die Chance, Christian Kopp wiederzusehen, und hatte sich bereitwillig angeschlossen.

Sophie und ihre Schwester folgten dem Vater, der nun auf eine Sitzreihe in der Mitte des Saals zuging. Auf dem Weg dorthin nickte er beständig nach links und rechts und lüpfte dabei seinen glänzenden Zylinder, um andere Mitglieder seiner *Senckenbergischen Naturforschenden Gesellschaft* zu grüßen.

Nachdem alle Gäste Platz genommen hatten, trat der Festredner an das Pult. Stabsarzt Professor Dr. Ernst Marx, einer der drei Direktoren des Vereins, begann seine Gedächtnisrede auf den verstorbenen Museumsdirektor, indem er dessen zahlreiche Verdienste um das Museum zusammenfasste. Danach kam er mit hörbar bewegter Stimme auf die Persönlichkeit Fritz Römers zu sprechen.

»Der Mensch vor allem war es, der ihm die Herzen aller im Sturme eroberte und der ihn auch das vollenden ließ, was einer vielleicht ebenso tüchtigen, aber nicht so herzensguten Persönlichkeit nicht gelungen sein würde. Fürwahr, er war eine glückliche Natur, wie sie nicht oft zu finden ist. Tiefes Wissen, rastloser Fleiß, größte Aufopferungsfähigkeit, höchstes Pflichtgefühl verbanden sich in harmonischster Weise mit einem kindlich frohen Gemüt, einem stets heiteren Sinn, dem selbst das Schwerste leicht wurde, und mit einer unerschöpflichen Liebenswürdigkeit. Eine jede dieser Herzens- und Charaktereigenschaften, die ihm allüberall Freunde gewonnen haben, sie trug wiederum ihre Früchte für sein Wirken, für unser Museum.«

Sophie hatte Direktor Römer zwar nicht besonders gut gekannt und war ihm nur wenige Male persönlich begegnet, doch sein moderner Geist war überall im Museum zu spüren, hatte zu vielen Neuerungen geführt, wie das faszinierende Ostafrika-Diorama, und würde noch lange die Erinnerung an ihn wachhalten. Es dürfte sicher noch eine Weile dauern, bis ein würdiger Nachfolger gefunden war. Robert von Mayden hatte ihr erzählt, dass Otto zur Strassen, ein recht junger Zoologe von der Universität in Leipzig, in der engeren Wahl war, jedoch erst Anfang 1910 sein Amt würde antreten können. Bis dahin würden sich Fritz Drevermann und seine Kollegen weiterhin kommissarisch um die Leitung des Museums kümmern müssen. Woraus Sophie schloss, dass Paul Klüver auf absehbare Zeit ebenfalls sehr beschäftigt war.

Ernst Marx war kein sonderlich mitreißender Redner, und sein schier endloser, detailverliebter Vortrag langweilte sie. Während sie sich weiterhin Luft zufächelte, schweiften ihre Gedanken ab – hin zu Paul. Ob es heute noch eine Möglichkeit geben würde, ihn endlich wiederzutreffen? Zu gerne wollte sie ihm von ihrem Studium berichten und erfahren, wie seine Forschungsarbeit voranging. Sie vermisste die Gespräche mit ihm. Ob es Paul ebenso erging? Dachte er manchmal an sie? In Gedanken versunken, schrak sie zusammen, als es plötzlich laut um sie herum wurde und ihr Vater sich mit den anderen Gästen erhob, um enthusiastisch Beifall zu spenden. Sophie sprang eilig von ihrem Platz auf und applaudierte ebenfalls.

»Lasst uns noch eine Erfrischung zu uns nehmen«, schlug Robert von Mayden vor. »Ich möchte noch einige der anwesenden Herren sprechen, bevor wir nach Hause gehen.«

»Es tut mir leid, aber ich habe noch anderweitig zu tun«, verkündete Charlotte vage und verabschiedete sich eilig.

Sicher wollte ihre Schwester sich auf die Suche nach Christian Kopp machen, was Sophie nur recht war, denn sie selbst hatte ebenfalls einen Plan.

»Gerne, Papa. Ich schaue mich dann noch ein bisschen um. Vielleicht treffe ich ja einige meiner früheren Kollegen.« Sie lächelte ihrem Vater zu.

»Eine gute Idee, mein Kind.« Er nickte zustimmend, nahm zwei Gläser Sekt von einem der bereitstehenden Tabletts und reichte ihr eines. »Wir sehen uns später.«

Im nächsten Moment schritt er auf Professor Ziegler und Doktor Pfefferkorn zu, die ihn schon freudig erwarteten. In ihrer Nähe stand Kommerzienrat Oehler, dessen Kaiser-Wilhelm-Bart mit den buschigen Koteletten noch imposanter geworden war. Er winkte Sophie freundlich zu, als sein Blick auf sie fiel. Sie war erleichtert, seinen Sohn Wilhelm nicht an seiner Seite zu entdecken.

Entspannt wanderte sie durch den Saal, umrundete viele kleine Gesprächsgruppen und erblickte nach einer Weile Professor Kinkelin, der ihr von Weitem zulächelte und anschließend zur Tür hinaus verschwand. Hoffentlich hatte Paul es nicht ebenso eilig. Angestrengt ließ sie den Blick schweifen, bis ihr etwas Vertrautes ins Auge fiel – die athletische Rückenansicht eines Mannes mehrere Meter vor ihr. Der Anblick der schwarzen Locken, die sich unter dem ungewohnt eleganten Zylinder an seinem Kragenansatz kringelten, löste ein wohlbekanntes Ziehen in ihrem Bauch aus. Wie magisch angezogen steuerte sie auf den Mann zu, und als sie einen Hauch des unverwechselbaren Dufts seines Rasierwassers wahrnahm, war sie sicher: Das war Paul.

Er unterhielt sich angeregt mit einigen ihr unbekannten Herren und hatte sie noch nicht wahrgenommen. Um nicht plump die Unterhaltung zu stören, schlug sie einen Bogen, um von vorne auf ihn zuzukommen, damit er sie wie zufällig von selbst entdeckte. Dummerweise lief sie dabei ausgerechnet Alicia Pérez in die Arme, die etwas abseits allein herumstand.

»Sophie!«, rief die Spanierin erfreut und machte einen Schritt auf sie zu.

»Guten Tag … Alicia«, stieß Sophie überrumpelt aus, nickte ihr zu und wollte schnell weitergehen, doch die andere gab ihr keine Chance zu entkommen, sondern umarmte sie und gab ihr zwei Luftküsschen neben die Wangen.

»Was für eine Überraschung, dich hier zu treffen. Hast du Sehnsucht nach deiner alten Wirkungsstätte?«

»Ich habe meinen Vater zur Gedenkfeier begleitet. Er ist Mitglied der *Senckenbergischen Naturforschenden Gesellschaft*. Und ja, es tut gut, mal wieder Museumsluft zu atmen«, antwortete Sophie förmlich. Dabei beobachtete sie heimlich Paul aus den Augenwinkeln, der sie leider immer noch nicht bemerkt hatte. Und nun hielt ausgerechnet diese Frau sie auf. Sie überlegte, wie sie sich möglichst schnell wieder loseisen konnte. »War schön, dich zu sehen, aber nun …«

»Wie gefällt es dir denn an der Universität?«, unterbrach Alicia Pérez sie. Sie schien froh über die unverhoffte Gesprächspartnerin zu sein. »Du musst mir alles darüber berichten.«

»Da gibt es gar nicht so viel zu erzählen; ich bin ja erst seit relativ kurzer Zeit dort. Aber das Studium ist sehr interessant«, antwortete Sophie kurzangebunden. Sie wusste, dass sie nicht sonderlich höflich war, aber sie hatte keine Lust, ihre kostbare Zeit mit ihr zu vergeuden, wenn Paul Klüver nur ein paar Meter entfernt stand. So nah wie schon lange nicht mehr.

»Konntest du deine Vorkenntnisse, die du bei uns erworben hast, denn bereits anwenden?«, fragte die Geologin hartnäckig weiter.

»Ein wenig …«

»Aha – und sonst?«

Sophie erkannte, dass Alicia sich nicht so schnell von ihr trennen wollte. Es blieb ihr nichts anderes übrig, als auf die Fragen etwas ausführlicher einzugehen. Also riss sie sich zusammen und wandte dieser anstrengenden Frau ihre volle Aufmerksamkeit zu.

»Nun, bisher beschäftigen wir uns in den Vorlesungen nur mit der Theorie, den groben Zusammenhängen. Aber Professor Kayser hat avisiert, dass wir bald auch selbst nach Mineralien suchen werden. Darauf freue ich mich schon«, erklärte sie betont freundlich.

»Das kann ich gut verstehen«, sagte Alicia lächelnd. »Ich bin auch am liebsten draußen und grabe mich durchs Gestein in Andalusien.« Sie lachte laut auf, so wie sie es oft tat. »Leider wird mich meine Arbeit für Doktor Drevermann wohl noch eine ganze Weile davon abhalten.« Sie seufzte theatralisch auf.

»Ich muss mich auch noch eine Zeit lang gedulden – bis zum nächsten Semester. Und dann geht's wohl nur in die Umgebung von Marburg …«

»Vielleicht kann ich die junge Studentin für eine kleine geologische Exkursion begeistern, die wir Ende des Monats veranstalten?«, erklang plötzlich eine tiefe Stimme direkt hinter Sophie.

Sie hielt die Luft an und drehte sich mit klopfendem Herzen um. Da stand er! Paul!

Sophie starrte fasziniert auf die wohlbekannten Grübchen, die sich in seinem lächelnden Gesicht zeigten. Für einen Moment verschlug es ihr die Sprache.

»Oh … äh, ja … Guten Tag … Paul …«, brachte sie schließlich hervor und ärgerte sich über ihr nervöses Gestammel.

»Was für eine Überraschung, dich hier zu treffen.« Paul Klüver klang ehrlich begeistert. »Schönen guten Tag, Sophie.« Er deutete eine Verbeugung an und gab ihr die Hand. »Ich hätte nicht gedacht, dass du an einem so herrlichen Sonntag ausgerechnet ins Museum gehst.«

»Der Gedanke ist mir auch schon gekommen«, warf Alicia ein.

Doch Paul ignorierte ihre Bemerkung und sah weiterhin Sophie erwartungsvoll an.

»Nun, ich wollte Direktor Römer gerne die letzte Ehre erweisen und habe daher meinen Vater hierher begleitet«, antwortete sie in einem halbwegs normalen Tonfall.

»Ach so …«, sagte er mit einem verschmitzten Lächeln. »Und ich hatte gehofft, dass du vor allem deine alten Kollegen mal wieder besuchen wolltest, nachdem du uns so lange vernachlässigt hast.«

»Das natürlich auch«, bestätigte sie amüsiert.

»Da bin ich aber sehr erleichtert. Auf unser Wiedersehen sollten wir anstoßen.« Er hob sein Glas und stellte dabei fest, dass es fast leer war. »Na, da brauche ich wohl Nachschub.«

»Ich ebenfalls; mein Sekt ist bei dieser Hitze ganz schal geworden«, pflichtete Sophie ihm bei, als er ihr galant seinen Arm anbot.

Er nickte Alicia höflich zu. »Du entschuldigst uns? Wir sehen uns morgen im Labor. Ich muss Sophie unbedingt von der Exkursion erzählen. Das scheint mir genau das Richtige für sie zu sein.«

Die roten Lippen der Spanierin kräuselten sich zu einem gezwungenen Lächeln. »Natürlich … Ich wollte sowieso gerade …«, murmelte sie unbestimmt.

Paul schien schon gar nicht mehr hinzuhören, sondern deutete Richtung Tür. »Ich glaube, dort drüben gibt es frischen Sekt.«

Sophie hakte sich lächelnd bei ihm unter, verabschiedete sich von Alicia und ließ sich bereitwillig ins weitläufige Treppenhaus führen. Hier fiel ihr sogleich auf, dass die hohen Seitenfenster ein Stück weit geöffnet worden waren, wodurch ein leichter, erfrischender Luftzug entstand. Sie genoss die sanfte Brise, die ihren verschwitzten Nacken kühlte, und nahm einen kräftigen Schluck, nachdem sie sich neue gefüllte Gläser besorgt und miteinander angestoßen hatten.

»Oh, das tut gut nach der stickigen Luft dort drinnen«, seufzte Sophie erleichtert und lächelte Paul an, der sie aufmerksam betrachtete.

Sein unergründlicher Blick, der auf ihr ruhte, machte sie wie immer etwas nervös. Zumal er wie so oft ihre Konversation nicht fortführte, sondern plötzlich schwieg.

»Was hat es mit dieser Exkursion auf sich?«, fragte sie nach zwei, drei Momenten, um die Stille zu beenden. »Oder war das nur ein Scherz, mit dem man eine Erstsemesterin auf den Arm nimmt?«

»Keineswegs!«, widersprach er sofort. »Die *Senckenbergische Naturforschende Gesellschaft* veranstaltet einen Ausflug in den Taunus für an Geologie interessierte Laien. Man hat mich gebeten, diese Reise zu leiten. Keine Ahnung, wie ich zu dieser Ehre komme. Vermutlich spiele ich nur den Lückenbüßer für den vielbeschäftigten Doktor Drevermann.« Er lachte auf. »Aber wie dem auch sei, ich freue mich schon sehr darauf rauszukommen, mal etwas anderes zu sehen als immer nur das Museum und meine Pension. Und wenn du mitkommen würdest, wäre es sicher noch angenehmer, über Berg und Tal zu wandern.« Er sah sie erwartungsvoll an.

Sie war überrascht über den für ihn untypischen Enthusiasmus. »Den Taunus kenne ich recht gut«, sagte sie zögernd. »Dorthin hat mein Vater uns früher gerne mitgenommen, um bei mir und meinen

Schwestern die Begeisterung für die Geologie zu wecken – allerdings mit mäßigem Erfolg.« Ein amüsiertes Lächeln huschte über ihr Gesicht. »Doch das hat sich inzwischen ja zumindest bei mir geändert. Ich wäre froh, endlich selbst Feldforschung betreiben zu können.«

»Leider wird es keine Ausgrabungen geben, aber gewiss viel zu entdecken. Und es werden ein paar interessante Vorträge zu den Gesteinen vor Ort gehalten.«

»Wann findet dieser Ausflug denn statt?«

»In knapp drei Wochen, am 26. und 27. Juni. Das ist ein Wochenende. Du würdest also keine Vorlesung in Marburg verpassen.«

»Gleich zwei Tage? Wo geht es denn genau hin?«

»Wir fahren von Frankfurt aus mit dem Zug knapp zwei Stunden nach Niederselters. Von dort geht es zu Fuß weiter nach Villmar, wo wir uns am Weg die Devon-Schichten und *Diabasen* ansehen werden. Außerdem findet eine Besichtigung des Marmorwerks statt, und übernachtet wird in …«

»Es wird übernachtet?«, unterbrach Sophie ihn erstaunt. »Im Taunus? Alle gemeinsam in einer Unterkunft?« Sie sah ihn ungläubig an.

»Ja, weil wir am Sonntag noch eine Dampferfahrt auf dem Rhein nach Bingen unternehmen wollen. Klingt das nicht herrlich?« Seine Augen leuchteten voller Vorfreude auf diese Reise. »Eigentlich sind keine Plätze mehr frei, aber für dich würde ich natürlich eine Ausnahme machen. Schließlich bin ich der Leiter und wäre froh, eine Kollegin dabeizuhaben – zwischen all den Laien.« Er zwinkerte ihr zu.

Verwirrt über seinen unüblichen Überschwang, sah Sophie ihn unsicher an und fragte sich, ob seine Begeisterung ausschließlich den geologischen Entdeckungen galt oder ob mehr dahintersteckte. Sie spürte, wie ihr Herz schneller schlug.

»Das klingt wirklich interessant«, erwiderte sie zögernd, »doch ich bezweifle, dass meine Eltern mir diesen Ausflug gestatten werden …«

»Aber warum denn nicht? Das ist doch eine perfekte Ergänzung zu deinem Studium. Ich bin sicher, dass dein Vater das auch so sieht.«

»Er vielleicht … Aber meine Mutter … Sie wird mich nie mit einer Gruppe Fremder irgendwo herumziehen und auch noch übernachten lassen.«

»Hm …«, brummte er nachdenklich. Er wirkte einen Moment lang enttäuscht, doch dann blitzten seine Augen auf. »Hast du nicht im Juni Geburtstag?«

Sein plötzlicher Themenwechsel und die Tatsache, dass er den Monat ihres Wiegenfestes überhaupt wusste, verwirrten sie. Aber sie fing sich sogleich wieder und antwortete: »Ja, am 19. Weshalb?«

»Nun, dann bist du volljährig, wenn Ende Juni die Exkursion stattfindet.« Er lächelte sie an. »Mit einundzwanzig kannst du doch selbst entscheiden, ob du mit uns reisen möchtest oder nicht.« Paul ließ offensichtlich nicht locker, sie davon zu überzeugen, an diesem Ausflug teilzunehmen. »Deine Eltern müssen sich wirklich keine Sorgen machen, denn unsere Reisegefährten sind durchweg ordentliche, wissensdurstige Zeitgenossen.«

Ihm schien tatsächlich viel daran gelegen zu sein, dass sie diese Reise mit ihm unternahm. Wie aufregend! Dennoch blieb sie skeptisch.

»Ich bezweifle nicht, dass die Teilnehmer alle ehrbare Leute sind, aber eine gemeinsame Übernachtung ist doch recht ungewöhnlich …«, gab sie zu bedenken.

»Ich kann dir versichern, dass du in der hübschen Straußwirtschaft am Rhein, in der wir übernachten, selbstverständlich ein Fremdenzimmer ganz für dich allein hättest.« Nach diesen Worten verfiel Paul wieder in sein Schweigen; womöglich wollte er Sophie ein wenig Zeit geben, um über das Angebot nachzudenken.

Sie musste sich eingestehen, dass er auf jeden ihrer Einwände eine Antwort zu haben schien. Und natürlich stellte diese Exkursion eine großartige Chance dar, ihre geologischen Kenntnisse zu erweitern und zu vertiefen. Das Kribbeln in ihrem Körper, das sie bei der

Vorstellung spürte, ein ganzes Wochenende in der Nähe dieses ausgesprochen charmanten jungen Mannes zu verbringen, hatte allerdings herzlich wenig mit wissenschaftlichem Wissensdurst zu tun, wie sie sich eingestehen musste. Obendrein schien diese Empfindung sie weitaus stärker zu motivieren, an der Exkursion teilzunehmen, als jedes rationale Argument. Sie ahnte, dass eben diese merkwürdigen Gefühle, die sie für Paul hegte und nicht recht einordnen konnte, genau der Grund waren, weshalb ihre Eltern so eine Reise nicht gutheißen würden.

Sophie war hin und her gerissen. Seit sie denken konnte, hatten ihre Eltern stets darauf geachtet, dass sie sich entsprechend den bürgerlichen Vorstellungen von Anstand und Sitte verhielt; und dafür gab es sicherlich gute Gründe. Doch nun war sie fast erwachsen. Konnte sie da nicht selbst auf sich achten? Mit dem Beginn ihrer Volljährigkeit übernahm sie vor dem Gesetz die Verantwortung für ihr Leben und durfte ab diesem Zeitpunkt selbstständig handeln und entscheiden. So lautete zumindest die Theorie. Die Wirklichkeit sah für eine junge Frau im Kaiserreich allerdings ganz anders aus. Solange sie im elterlichen Zuhause wohnte, würden Vater und Mutter über ihr Leben bestimmen.

An der Richtigkeit dieser gesellschaftlichen Realität hatte Sophie bisher auch nie ernstlich gezweifelt. Doch in diesem Moment fühlte sie Unmut in sich aufsteigen. Wie lange würde sie sich diese Bevormundung noch bieten lassen müssen? Sie dachte an ihre jüngere Schwester, die inzwischen sehr viel selbstbewusster als sie selbst agierte. Charlotte war längst nicht mehr der belächelte Trotzkopf von früher. Seit sie ernsthaft Malerei studierte und regelmäßig die Salons von Anna Edinger und den Frauenrechtlerinnen besuchte, wagte sie es mit ihren siebzehn Jahren immer öfter, ihren Eltern zu widersprechen. Sophie bewunderte sie für ihr Selbstbewusstsein und fragte sich, warum sie nicht ebenso mutig war wie Charlotte. Wie lange wollte sie selbst sich noch zähneknirschend in die ihr zugedachte Rolle der Vernünftigen, Zurückhaltenden drängen lassen?

Bisher hatte sie beinahe klaglos die scheinbar naturgegebenen Grenzen akzeptiert, in denen sich das komfortable Leben einer höheren Tochter abspielte. Die harte Konfrontation hatte sie stets vermieden und von klein auf immer nach einem Weg gesucht, sich mit den unumstößlichen Realitäten zu arrangieren, die von ihrem großbürgerlichen Umfeld festgelegt worden waren. Sie war einfach nicht der Typ Frau, der offen rebellierte und gegen die in Stein gemeißelten Konventionen ankämpfte. Für sie hatte es nur kleine Abweichungen von dem für eine junge Dame aus bester Gesellschaft vorgesehenen Pfad gegeben. Dass sie es geschafft hatte, studieren zu dürfen, war für sie der größte Sieg ihres Lebens gewesen. Darauf war sie sehr stolz. Doch sollte das wirklich schon das Maximalziel für sie sein? War sie immer noch bereit, alle Entscheidungen ihrer Eltern ohne Widerspruch hinzunehmen?

Mit seiner beinahe scherzhaften Bemerkung zu ihrer kurz bevorstehenden Volljährigkeit hatte Paul eine ganze Kaskade verwirrender Gedanken in ihr ausgelöst. Plötzlich stellte sie ihr bisheriges Denken und Handeln grundlegend infrage. Wurde es nicht langsam Zeit, endlich alles daranzusetzen, ihre persönlichen Wünsche konsequenter auszuleben? Ohne ständig Rücksicht auf ihre Eltern zu nehmen und genauestens darauf zu achten, dass sie nach außen hin immer den gesellschaftlichen Vorstellungen von einer ehrbaren Tochter aus gutem Hause entsprach? Wollte sie sich wirklich verbieten lassen, diese kleine Reise zu unternehmen, die noch dazu eine Art Fortbildung für ihr Studium war?

»Nein!«, stieß sie leidenschaftlich aus.

»Wie bitte?« Paul sah sie erschrocken an. »Du willst nicht mitkommen?«

Erst jetzt wurde Sophie bewusst, dass sie ihr vehementes »Nein« laut ausgesprochen hatte. Angesichts seines verwirrten Gesichtsausdrucks prustete sie plötzlich unkontrolliert los.

»Nein, nein«, brachte sie unter Kichern hervor. »So war das nicht gemeint. Ich wollte vielmehr sagen: Ja! Ich werde sehr gerne dabei sein!«

»Wie schön!« Augenblicklich breitete sich ein erleichtertes Lächeln auf seinem zuvor verständnislos dreinblickenden Gesicht aus.

Sie merkte ihm an, dass er nicht recht verstand, was gerade in ihr vor sich ging. Doch er freute sich augenscheinlich über ihre Zusage. Und ihr ging es ebenso. Sophie verspürte eine neue, ungekannte Leichtigkeit in sich. Das unsichere Magengrummeln war verschwunden. In diesem Moment war sie sich sicher, sämtliche Hindernisse, die sich ihr zukünftig in den Weg stellen würden, überwinden zu können. Ein herrliches Gefühl.

Noch auf dem Weg nach Hause hatte sie ihren Vater, der dank einiger Gläser Sekt ebenfalls ausgesprochen gut aufgelegt war, davon überzeugt, dass es eine hervorragende Idee war, an der geologischen Exkursion der *Senckenbergischen Naturforschenden Gesellschaft* teilzunehmen. Robert von Mayden versprach, ihren Wunsch gegenüber ihrer Mutter zu unterstützen, und Sophie hatte sich fest vorgenommen, dies eine Mal standhaft zu bleiben und sich durchzusetzen.

Kaum hatten die beiden die Villa am Kettenhofweg wieder betreten, hörten sie Anna von Mayden aus dem Wohnbereich im Erdgeschoss rufen: »Da seid ihr ja endlich.«

Ihre Stimme klang eigenartig, und das Stubenmädchen schlug beklommen die Lider nieder, als sie im Flur wortlos Mäntel und Hüte entgegennahm. Irgendetwas musste passiert sein.

Sophie lief in den Salon und sah ihre Mutter zusammengesunken und mit rot verweinten Augen im Sessel sitzen.

Nur einen Augenblick später eilte der Vater an ihr vorbei und fragte besorgt: »Meine Liebe, was ist mit dir?«

Ihre Mutter schluchzte laut auf und hob den Blick. »Es ist Marianne …«, stieß sie hervor. Sie hatte Mühe zu sprechen.

Sophie hockte sich zu Füßen ihrer Mutter auf den Boden und nahm deren Hand. »Was ist mit Marianne?«

»Sie hat …« Anna von Mayden schluchzte wieder auf.

»Nun beruhige dich doch bitte, und sag uns, was geschehen ist«, forderte der Vater ungeduldig. Er hatte Mühe, seine Stimme zu zügeln.

»Die Treppe … Sie ist die Treppe hinuntergefallen. In ihrem Zustand … Es ist alles so schrecklich …« Anna von Mayden schlug die Hände vors Gesicht und brach in Tränen aus.

Sophie sprang auf, holte eine Stoffserviette von der Anrichte und reichte sie ihrer Mutter, die sich damit zunächst die Augen trocknete und anschließend wenig damenhaft recht laut die Nase schnäuzte.

Robert von Mayden strich ihr sanft über den Rücken, warf Sophie einen äußerst besorgten Blick zu und fragte: »Was ist mit Mariannes Kind?«

»Ich weiß es nicht … Aber nach so einem Sturz …«

Die streichelnde Hand des Vaters erstarrte, und er holte erschrocken Luft.

»Oh nein!«, stöhnte Sophie entsetzt auf. Ihre ältere Schwester stand kurz vor der Geburt, im Juli hätte es so weit sein sollen. »Wo ist Marianne jetzt?«

»Im Hospital … Der Hausarzt des Kommerzienrats … hat sie eingewiesen«, antwortete ihre Mutter stockend und schnäuzte sich wieder. »Franz-Josef war vorhin hier und hat es mir berichtet. Er ist am Boden zerstört.«

Als Sophie den Namen ihres Schwagers hörte, musste sie sofort an die heftige Ohrfeige denken, die er ihrer Schwester einst verpasst hatte, als sie dem Alkohol verfallen war. Hatte er womöglich Schuld daran, dass Marianne gestürzt war? Was für ein schrecklicher Gedanke. Aber der Kommerzienrat würde doch bestimmt nichts tun, was das Leben seines ungeborenen Kindes gefährden könnte – oder vielleicht doch?

»Ist er bei ihr?«, fragte sie vorsichtig.

»Nein, Franz-Josef meinte, sie braucht jetzt Ruhe.« Anna von Mayden blickte aus glasigen Augen auf. »Und im Hospital hat sie ja die beste Pflege.«

»Aber was ist, wenn sie das Kind verliert? Wie kann er sie in dieser Situation allein lassen?«, brauste Sophie auf. »Sie wird sich schrecklich fühlen und braucht sicher Trost. Ich gehe jetzt zu ihr! Wo liegt sie?«

»Aber jetzt ist doch gar keine Besuchszeit«, widersprach ihre Mutter zaghaft.

»Das ist mir egal. Ich muss zu ihr!«

»Warte, Kind! Vielleicht sollten wir zuerst mit Franz-Josef reden«, wandte ihr Vater ein, aber Sophie war schon aus dem Zimmer gerannt.

»In welchem Krankenhaus liegt sie?«, rief sie aus dem Flur, während sie sich Hut und Mantel griff, und befahl dann Fritzi, Ferdinand anzuweisen, dass sie umgehend seine Dienste benötigte.

»Im Bürgerhospital an der Nibelungenallee«, antwortete ihre Mutter matt.

»Ich warte vor der Tür auf das Automobil«, rief Sophie dem Dienstmädchen nach, das schon auf dem Weg ins Souterrain war. »Er soll sich um Himmels willen beeilen!«

Als Sophie die Frauenstation betreten wollte, stellte sich ihr eine drahtige Oberschwester mit angriffslustig in die Hüften gestemmten Fäusten in den Weg. Mit strengem Blick und gut einstudierten Worten versuchte die Frau, ihr den Zutritt zu verwehren, doch sie ließ sich nicht so leicht abweisen. Die Sorge um ihre Schwester und ihre aufgestaute Wut über deren grausames Schicksal hatten den Widerspruchsgeist in Sophie geweckt.

Mit hochgerecktem Kinn und arrogantem Blick schleuderte sie dem Zerberus zornig entgegen: »Das Bürgerhospital ist eine Senckenbergische Stiftung! Mein Vater, Professor Robert von Mayden, ist Mitglied der *Senckenbergischen Naturforschenden Gesellschaft*! Ich selbst habe im Senckenberg-Museum gearbeitet! Und nun sagen Sie mir die Zimmernummer! Ich muss sofort zu meiner Schwester!«

»Kommen Sie später wieder!«, lautete die kalte Antwort. »Jetzt ist Mittagsruhe. Besuchszeit ist von vier bis fünf.«

Angesichts des herablassenden, selbstgefälligen Tons dieser Frau in ihrer blütenweißen Schürze schnaubte Sophie entrüstet. So eine herzlose Unverschämtheit! Das würde sie sich nicht bieten lassen. Sie war schließlich eine *von Mayden*!

»Sie haben mir gar nichts zu sagen!«, widersprach sie in einem Befehlston, den sie sich bei ihrer Mutter abgehört hatte, wenn diese die Dienstboten zurechtwies. »Ich will den Oberarzt sprechen, aber vorher zu meiner Schwester. Und zwar jetzt! In welchem Zimmer finde ich Frau Kommerzienrat Merzenich?«

Die gestärkte weiße Haube auf dem streng zum Dutt zurückgekämmten grauen Haar der Oberschwester vibrierte über ihrem rot angelaufenen Gesicht, als sie aufgebracht nach Luft schnappte. So einen Ton war sie von Besuchern offenkundig nicht gewohnt. Doch da Sophie wie eine erzürnte junge Dame aus einem hochherrschaftlichen Hause auftrat und Autorität ausstrahlte, gab ihr Gegenüber schließlich klein bei.

»Sie liegt auf der dreiundzwanzig«, murmelte die Frau zwischen zusammengepressten Zähnen und wies mit dem Finger den Korridor entlang.

Grußlos machte Sophie auf dem Absatz kehrt und stürmte den langen Flur hinunter, bis sie vor dem gesuchten Zimmer stand. Sie atmete tief durch und versuchte, sich zu beruhigen. Weitere Aufregung konnte ihre Schwester jetzt sicher nicht vertragen. Dann klopfte sie zaghaft und öffnete die Tür.

Ein unangenehmer Geruch – eine Mischung aus Desinfektionsmitteln, Bohnerwachs, abgestandener Luft und etwas Undefinierbarem – schlug ihr entgegen, als sie eintrat. Im Dämmerlicht hinter geschlossenen Vorhängen erkannte sie ein vertrautes Gesicht, das ihr verstört entgegenblickte.

»Marianne!« Mit drei schnellen Schritten war Sophie an dem hohen Bett, in dem ihre totenblasse Schwester lag.

Die rundherum festgesteckte Decke reichte ihr bis zum Hals, nur der Kopf, umgeben vom Gewirr ihres offenen dunklen Haares, schaute heraus. Auf der Stirn klebte ein großes Pflaster und ein kleineres am Kinn. Sie hatte dunkle Ringe unter den Augen und sah mitleiderregend aus.

»Sophie«, flüsterte sie kaum hörbar. »Wie kommst du denn hierher?«

»Ferdinand hat mich gefahren. Ich musste doch sehen, wie es dir geht.«

»Danke …«, murmelte Marianne.

Sophie sah sich um. »Darf ich das Fenster öffnen? Die Luft hier drinnen ist furchtbar, und in der Dunkelheit wird man ja ganz schwermütig.«

Ihre Schwester nickte schwach, und Sophie zog den Vorhang zur Seite. Die grelle Sonne erhellte das Krankenzimmer, und Marianne stöhnte auf und schloss rasch die Augen. Sophie ließ sich jedoch nicht beirren und öffnete das Fenster einen Spalt breit.

»Du brauchst ein bisschen frische Luft und Licht; dann wirst du dich bestimmt bald viel besser fühlen«, versuchte sie, ihre Schwester aufzumuntern.

»Mich kann nichts mehr aufheitern«, widersprach Marianne, drehte den Kopf zur Seite und stieß einen lauten Seufzer aus.

Sophie trat wieder zu ihr und strich ihr zärtlich über die Wange. »Was ist denn bloß passiert?«

»Ich bin die Kellertreppe hinuntergestürzt …«

»Aber was wolltest du denn in deinem Zustand im Keller?«, fragte Sophie verständnislos.

»Nichts …« Marianne schloss wieder die Augen.

»Und wer hat dich gefunden?«

»Franz-Josef … Er war ja gleich hinter mir …«

Sofort schossen Sophie wieder schreckliche Bilder durch den Kopf. »Hat er dich geschubst?«

Marianne riss schockiert die Augen auf. »Aber nein! Natürlich nicht! Wie kommst du denn auf so etwas?«

»Entschuldige … Ich dachte nur …«

Marianne schwieg und starrte an die hohe Zimmerdecke. Sophie ließ ihr Zeit, stellte einen Sessel neben das Bett und nahm darauf Platz. Dann zog sie behutsam an der Bettdecke, von der die Kranke wie ein weißer Kokon umschlossen wurde, bis sie darunter Mariannes Hand zu fassen bekam. Die Finger ihrer Schwester schlossen sich fest um die ihren.

»Es ist so schrecklich …«, schluchzte sie auf.

»Bitte erzähl mir doch, was eigentlich geschehen ist«, bat Sophie vorsichtig und streichelte beruhigend Mariannes Hand.

Die Kranke brauchte noch einen Moment, dann holte sie tief Luft. »Franz-Josef und ich wollten im Keller nach der Wiege suchen, in der einst er gelegen hatte …« Sie schluchzte wieder auf. »Darin sollte unser Stammhalter schlafen …«

Tränen liefen ihr übers Gesicht, und Sophie zog eilig ihr Taschentuch aus dem Handtäschchen auf ihrem Schoß. Mühsam zerrte Marianne ihre Hände unter dem einengenden Deckenkokon hervor und trocknete ihre rotverweinten Augen.

Stockend erzählte sie weiter. »Als ich … die ausgetretenen Stufen hinabstieg, verhakte sich meine Schuhspitze im Saum des Kleids … Ich verlor das Gleichgewicht, und dann bin ich mit dem Kopf voran runtergefallen … auf den Bauch gestürzt …« Sophie atmete geräuschvoll ein, als sie sich die Szene vorstellte. »Franz-Josef war sofort bei mir, rief nach dem Personal und einem Arzt. Ich hatte wahnsinnige Schmerzen. Und dann wurde ich wohl ohnmächtig.«

»Du Arme!«

»Als ich wieder zu mir kam, lag ich in einem Operationssaal. Alle redeten aufgeregt durcheinander, und ich verstand gar nicht, was vor sich ging. Ich hörte nur das Wort ›Kaiserschnitt‹, dann wurde mir wieder schwarz vor Augen.« Sie holte tief Luft. »Als ich schließlich in diesem Zimmer aufwachte, ganz allein, wusste ich nicht, was geschehen war. Ich habe laut gerufen, bis die Oberschwester endlich kam und den Arzt mitbrachte. Er … Er sagte mir …« Marianne brach ab und schluchzte in das Taschentuch.

Sophie fühlte sich völlig hilflos. Wie sollte sie ihre Schwester angesichts dieses Dramas bloß trösten?

Sie streichelte wieder ihr Gesicht und murmelte beruhigend: »Ist ja gut … Du musst nicht weitersprechen, wenn dich das zu sehr anstrengt.«

Marianne blickte sich mit glasigen Augen im Zimmer um, als könnte jener Arzt erneut auftauchen und ihr eine weitere Hiobsbotschaft verkünden. Sie wirkte verstört, und Sophie war nicht sicher, ob sie gehört hatte, was sie gesagt hatte. Dann sah ihre Schwester sie plötzlich direkt an, mit zornig zusammengezogenen Augenbrauen.

»Ein Mädchen!«, stieß sie fassungslos aus. »Kein Stammhalter!« Ihre Stimme klang wütend und vorwurfsvoll.

Sophie wusste nicht, wie sie reagieren sollte. Verwirrt fragte sie: »Wo ist denn das Kind jetzt?«

»Tot«, murmelte Marianne tonlos. »Es hat nur kurz gelebt. Sie … Sie war zu schwach …«

»Oh, Marianne. Das tut mir so leid.« Hilflos griff Sophie wieder nach der Hand ihrer Schwester. »Aber ich bin so froh, dass es wenigstens dir gutgeht. Das tut es doch, nicht wahr?«

»Wie enttäuscht muss Franz-Josef von mir sein …«

»Aber du bist doch nicht schuld! Es war ein Unfall!«

»Ja, natürlich …«, seufzte Marianne. »Wie viel schlimmer wäre es erst gewesen, wenn ich seinen Sohn verloren hätte.«

Sie klang beinahe erleichtert, stellte Sophie erschüttert fest.

Der Blick der Kranken verschwamm wieder. Sie schluchzte auf, blickte zur Decke und schien nach passenden Worten zu suchen.

»Ich werde nie wieder Kinder bekommen können, hat der Arzt gesagt«, krächzte sie schließlich.

Sophie sog scharf den Atem ein. »O Gott … Das tut mir schrecklich leid.«

»Franz-Josef wird mich verlassen … Jetzt, wo ich zu nichts mehr nütze bin …«

Ihre Aussage und tonlose Stimme, in der nicht Trauer, sondern vielmehr pure Resignation zu hören war, erschreckten Sophie so sehr, dass sie ihre Fassung verlor.

»Hör auf, dir solchen Unsinn einzubilden!«, widersprach sie heftig.

»Du kennst ihn nicht …«

»Aber er liebt dich doch.«

»Er braucht einen Stammhalter …«

»Vielleicht hat der Arzt sich ja geirrt! Oder ihr nehmt ein Waisenkind an. Oder …« Sophie gingen die Ideen aus, und sie ahnte, dass sie ihre Schwester damit nicht aufrichten konnte.

Marianne hatte immer fest an ihre Bestimmung als Mutter geglaubt, sich viele Kinder gewünscht. Und ein einziger falscher Schritt hatte diese Zukunft nun von einem Moment auf den anderen zunichtegemacht. Wie würde sie mit diesem Schicksalsschlag fertigwerden? Und ihr Mann? Sophie hatte zu keinem Zeitpunkt geglaubt, dass irgendeine Art von Liebe und Leidenschaft diese Eheleute miteinander verband. Niemals hatte sie eine zärtliche Geste des steifen Kommerzienrats gegenüber seiner Gattin beobachtet. Es war eine reine Vernunftehe, mit deren Bedingungen sich beide im Laufe der Zeit arrangiert hatten. Doch dieser Beziehung war durch den Schicksalsschlag nun die Grundlage entzogen worden, wie Sophie erkennen musste. Daher hielt sie es jetzt nicht für ausgeschlossen, dass Marianne mit ihrer niederschmetternden Schlussfolgerung recht hatte und Franz-Josef Merzenich sich schon bald nach einer anderen, gebärfähigen Frau umsehen könnte. Mitleidig sah sie ihre Schwester an, die stumm nach oben starrte.

»Das Wichtigste ist, dass du jetzt erst mal wieder zu Kräften kommst. Ein paar Tage Ruhe, dann sieht die Welt schon wieder ganz anders aus.« Sophie bemühte sich, aufmunternd zu klingen, obwohl ihr keineswegs danach war. »Mutter, Vater und Charlotte werden dich heute Nachmittag besuchen kommen. Und ich suche nachher einen schönen Roman heraus, der dich ablenken wird. Den bringe ich mit, wenn ich wiederkomme. Und du wirst sehen, schon ganz bald wird es dir bessergehen.«

Marianne riss ihren Blick von der Decke los und sah Sophie aus glanzlosen Augen an. »Danke, Sophie. Ich danke dir sehr für deinen Zuspruch …« Sie schien sich zu bemühen, ein wenig Zuversicht in ihre Worte zu legen. »Aber jetzt bin ich doch sehr müde.«

»Natürlich!« Sophie sprang von ihrem Sessel auf. »Du brauchst Ruhe, um schnell wieder gesund zu werden.« Sie beugte sich über das geschundene Gesicht ihrer Schwester und gab ihr einen zärtlichen Kuss auf die Wange. »Bis morgen.«

Kurz bevor sie die Tür hinter sich schloss, winkte sie Marianne noch einmal zu. Als sie nach draußen kam, wo Ferdinand mit dem Automobil auf sie gewartet hatte, schossen ihr die Tränen in die Augen.

In den nächsten Tagen herrschte eine äußerst gedrückte Atmosphäre in der Villa am Kettenhofweg. Alle schlichen meist schweigend umeinander herum. Abwechselnd besuchten sie Marianne im Bürgerhospital und versuchten, sie mit Obst, Pralinen und Magazinen von ihren trüben Gedanken abzulenken. Der Kommerzienrat schickte täglich einen opulenten Blumenstrauß, ließ sich selbst aber nicht blicken, sondern unter fadenscheinigen Ausflüchten entschuldigen. Die Familie machte sich große Sorgen, welche Folgen dies für den Genesungsprozess haben könnte. Doch Marianne selbst schien ihren Gemahl nicht zu vermissen, solange ihre Eltern und Schwestern sich um sie kümmerten.

Sophie war froh, wenigstens tagsüber für eine längere Zeit der düsteren Stimmung entkommen zu können, wenn sie nach Marburg zur Universität fuhr. Nachdem sie sich Professor Kayser anvertraut hatte, erlaubte er ihr, einige Nachmittagsvorlesungen ausfallen zu lassen, um ihre kranke Schwester besuchen zu können. Den verpassten Lernstoff arbeitete sie bis tief in die Nacht zu Hause nach.

Ihr lang herbeigesehnter einundzwanzigster Geburtstag am 19. Juni stand ganz unter dem Eindruck der schrecklichen Ereignisse und wurde nur im engsten Familienkreis mit Mutter, Vater, Charlotte und den Großeltern aus Mainz gefeiert. Marianne war nicht dabei, obwohl sie bereits aus dem Krankenhaus hatte entlassen werden können. Ihr ging es zwar körperlich wieder gut, doch die Genesung ihrer Seele würde länger brauchen. Daher hatten die Ärzte ihr direkt im Anschluss zu einer Kur in Karlsbad geraten, zu der sie, sehr zur Erleichterung der Familie, in Begleitung ihres Gatten gereist war. In ihrem Brief zu Sophies Geburtstag hatte Marianne nichts zu den Fortschritten ihrer Gesundung geschrieben, sondern sich stattdessen gewohnt weitschweifig und blumig über die luxuriöse Kurklinik, den endlosen rhythmischen Puls des Sprudels, das Gurgeln der Thermalquellen, den süßen Duft von Oblaten und die melodischen Töne des Kurorchesters ausgelassen. Über ihren Gemütszustand schwieg sie sich aus, und Franz-Josef erwähnte sie mit keinem Wort.

Die Eltern boten Sophie an, den ursprünglich zur Feier der Volljährigkeit geplanten großen Empfang später nachzuholen. Doch da sie sowieso keinen Wert auf ein aufwendiges Fest legte, würde sie nicht böse sein, falls dies, wie sie vermutete, ganz ausfallen sollte. Stattdessen durfte sie sich über eine Entscheidung freuen, die ihr Vater an der Kaffeetafel verkündete, auf der ein Frankfurter Kranz mit einundzwanzig kleinen Kerzen stand: Ihre Eltern waren beide einverstanden, dass Sophie an der geologischen Exkursion Ende Juni teilnahm. Da sie in Anbetracht der Aufregung um Marianne nicht mehr damit gerechnet hatte, dass sie die Erlaubnis dafür bekommen würde, war ihre Freude umso größer, und diese überstrahlte all die hübschen Geschenke, die sie bekam.

Darüber hinaus erhielt sie nette Gratulationskarten von Maria Sondheim, Doktor Drevermann und Professor Kinkelin sowie einen herzlichen Brief von Paul Klüver. Darin äußerte er nochmals seine Hoffnung, mit ihr durch die geologischen Formationen des Taunus wandern zu können. In dem mitgeschickten Päckchen fand sie eine silberne Kette mit einem feinziselierten Medaillon, das sie mit klopfendem Herzen öffnete: Es enthielt ein winziges Fotoporträt vom Kopf des *Diplodocus longus*, worüber sie herzhaft lachen musste. Paul hatte wirklich Humor. Bestimmt würden sie auf ihrer Reise viel Spaß miteinander haben.

Frankfurt und Taunus, Juni 1909

Sophie schnaufte erschöpft, als sie ihren schweren Rucksack frühmorgens vom Automobil in den Bahnhof schleppte. Sie hatte es abgelehnt, sich von Ferdinand dabei helfen zu lassen. Ihre erste eigenständige Reise wollte sie allein bewältigen, und zwar von Anfang an. Endlich oben auf dem Bahnsteig angelangt, blieb sie kurz stehen, um wieder zu Atem zu kommen und sich den Schweiß von der Stirn zu wischen. Warum hatte Fritzi ihr nur so viel eingepackt – für eine einzige Nacht?, fragte sie sich verärgert. Aber der Unmut darüber war wenige Augenblicke später vergessen, als sie Paul zwischen den zahlreichen Wartenden entdeckte. Mit raschen Schritten ging sie auf ihn zu. Er war umringt von einigen Herren, die jetzt neugierig in ihre Richtung blickten, hielt seinen Strohhut in der Hand und winkte ihr mit hocherhobenem Arm zu. War sie die Letzte? Es war doch erst halb sieben, eine Viertelstunde vor der planmäßigen Abfahrt ihres Zuges.

»Guten Morgen«, grüßte sie lächelnd in die Runde, als sie die Reisegruppe erreichte.

»Guten Morgen, Sophie«, antwortete Paul. »Wie schön, dass du es noch rechtzeitig geschafft hast. Unser Zug nach Niederselters sollte jeden Augenblick einfahren.« Seine Worte klangen freundlich, aber sein mürrischer Gesichtsausdruck irritierte sie. »Darf ich dir unsere Reisegruppe vorstellen?«, sagte er förmlich und wies auf die Personen, die im Halbkreis um ihn herumstanden. »Dies ist das Ehepaar Sonneberg mit Sohn Maximilian, Herr Sanitätsrat Gerber, Kommerzienrat Merx und Gattin, Herr Bellinger, Herr und Frau Oberstudienrat Fürste …« Er hielt abrupt inne, nachdem er zuvor viel zu schnell gesprochen hatte, als dass sie sich all die Namen hätte merken können.

Die meisten Herren lächelten ihr freundlich zu, die drei Frauen schienen dagegen eher skeptisch auf das Erscheinen von Sophie zu reagieren. Die mittelalte Gattin des Oberstudienrats musterte sie kritisch unter ihrem tief in die Stirn gezogenen Filzhut mit Gamsbart und sah dann wieder demonstrativ zum Gleis, in die Richtung, aus der der Zug kommen musste.

Als Sophie ihrem Blick folgte, entdeckte sie, halb verdeckt hinter Paul, ein bekanntes Gesicht. Sie traute ihren Augen nicht. Dort stand der angehende Professor mit der Stirnglatze und der runden schwarzen Brille, den ihr Vater zu Weihnachten eingeladen hatte und dem sie danach in Marburg bewusst ausgewichen war. Ein paar Mal hatte sie den großtuerischen jungen Mann in der Oberstadt und in der Nähe des *Deutschen Hauses* gesehen, es jedoch jedes Mal gerade noch rechtzeitig geschafft, einer Begegnung mit ihm auszuweichen. Und just hier tauchte er plötzlich wieder auf. Ausgerechnet hier, wo sie ihm nicht aus dem Weg gehen konnte. Bei der ersten Reise, die sie ohne Aufsicht unternahm – einem Ausflug mit Paul …

War dieser unsympathische Mensch Teil der Exkursionsgruppe? Sie starrte ihn ungläubig an. Das breite Lächeln, mit dem er sie ansah, und sein begeisterter Ausruf: »Fräulein von Mayden!«, deuteten dummerweise darauf hin, dass er im Gegensatz zu ihr höchst erfreut über dieses Wiedersehen war. Seinen Namen hatte Sophie bereits vergessen, doch nun wurde er von Paul Klüver erwähnt, der seine Stimme wiedergefunden hatte.

»Den Kollegen Alfred Rühl kennst du ja bereits.« Er räusperte sich. »Dein Vater war ja so freundlich, Doktor Rühl zu bitten, mich bei dieser Exkursion mit seinem Fachwissen als Geologe und Geograph zu unterstützen.«

Der verdrießliche Blick, den Paul ihr bei seinen letzten Worten zuwarf, verriet ihr, dass es ihm ebenso wenig wie ihr gefiel, diesen Herrn dabeizuhaben. Hoffentlich glaubte er nicht, sie selbst hätte dafür gesorgt, dass dieser unangenehme Zeitgenosse an der Exkursion teilnahm. Sie nickte irritiert und zwang sich zu einem kurzen Lächeln.

»Guten Morgen, Doktor Rühl«, grüßte sie förmlich. »Nett, dass Sie es einrichten konnten.«

Sie machte gute Miene zum bösen Spiel, wie sie es gelernt hatte, ärgerte sich jedoch maßlos darüber, dass ihr Vater sich so stark in ihr Leben einmischte: Offenbar glaubte er, dass sie eine Art Aufpasser benötigte, wenn sie auf Reisen war, und hatte sie noch nicht einmal von seinem Vorhaben in Kenntnis gesetzt. Wobei es wahrscheinlicher war, dass diese Idee von ihrer Mutter stammte. Hatte sie doch diesen unerträglichen Herrn während der Weihnachtsfeier geradezu angehimmelt und deutlich gemacht, dass sie in ihm einen geeigneten Heiratskandidaten sah. Vermutlich hatte Anna von Mayden so lange auf ihren Mann eingeredet, bis er bereit gewesen war, Alfred Rühl an diesem Wochenende in die Nähe ihrer Tochter zu lotsen. Sophie schnaubte innerlich vor Wut, bewahrte jedoch Contenance, als Alfred Rühl lächelnd einen Schritt auf sie zu machte.

Glücklicherweise fuhr in diesem Moment der Zug ein, was ihr die Gelegenheit bot, sich nach unten zu beugen und eilig ihren langen Wanderstock aufzuheben, der auf den Boden gefallen war. Noch ehe sie ihr schweres Gepäck schultern konnte, war Paul bei ihr, nahm es an sich und drückte ihr wortlos seinen wesentlich kleineren Rucksack in die Hand. Bedächtig stieg die Reisegruppe in den Zug und betrat die zwei für sie reservierten Abteile. Paul hievte das unförmige Gepäckstück aus gewachstem olivgrünen Leinenstoff stöhnend in die Kofferablage über ihren Köpfen. Sophie sah ihm an, dass er sich stirnrunzelnd fragte, was sie da alles mitschleppte, und war dankbar, dass er keine dumme Bemerkung darüber machte.

Sie setzte sich auf den für sie reservierten Fensterplatz, direkt gegenüber von Paul. Ob Zufall oder Absicht, Alfred Rühl musste mit einem Sitz im Abteil nebenan vorliebnehmen, wie Sophie zufrieden feststellte. Bei den Exkursionsteilnehmern, die es sich im Zug gemütlich machten, herrschte eine aufgekratzte, erwartungsvolle Stimmung. Bereits wenige Minuten nach der Abfahrt holten sie ihren Proviant hervor. Der Geruch von geräucherter Mettwurst und gekochten Eiern erfüllte das Abteil. Sophie nahm höflich ein dick mit Butter bestrichenes Käsebrot entgegen und revanchierte sich mit Schinkenbroten und Äpfeln, welche die Köchin ihr vorsorglich in die lederne Provianttasche gepackt hatte.

»Wenn du jetzt schon alles aufisst, Herrmann, bleibt dir ja nichts mehr für die anstrengende Wanderung«, tadelte Frau Fürste ihren dickbäuchigen Gatten in strengem Tonfall, um ihn vom Essen abzuhalten; doch er ignorierte ihren missfälligen Blick und biss herzhaft ab.

»Alles, was ich jetzt esse, müssen wir später nicht mehr tragen«, erwiderte er kauend, was bei seinen Mitreisenden ein amüsiertes Gelächter auslöste, und nahm sich noch ein mit Gelbwurst belegtes Butterbrot.

»Machen Sie sich keine Sorgen, Frau Oberstudienrat Fürste, heute Mittag erwartet uns ein sicherlich reichhaltiger Imbiss in der Kantine der Grube Friedrichssegen, zu dem uns die dortige Direktion eingeladen hat«, unterstützte Paul ihn freundlich.

»Siehst du, Else, Herr Klüver wird uns schon nicht verhungern lassen.« Der Oberstudienrat grinste zufrieden. »Diese Senckenberg-Ausflüge sind immer bestens organisiert.« Dann wandte er sich Sophie zu und streckte ihr seine Brotbüchse entgegen. »Greifen Sie ruhig zu, und stärken Sie sich. Sie sehen aus, als ob Sie es vertragen könnten. Nicht, dass Sie uns zwischen der Wanderung und den Vorträgen über die vielen Steine unterwegs zusammenklappen, junges Fräulein.« Er lachte dröhnend.

Sie lehnte mit einem Lächeln dankend ab und biss in ihren Apfel. Dieser Herr machte wohl nicht zum ersten Mal so eine Reise, dachte Sophie. Dasselbe schien auch für einen Großteil der anderen Gäste zu gelten, die jetzt begannen, ein paar Geschichten von früheren Exkursionen zum Besten zu geben. Dabei handelte es sich weniger um die gewonnenen wissenschaftlichen Erkenntnisse als vielmehr um amüsante Anekdoten.

Angesichts der fröhlich durcheinander plaudernden Gruppe verging die einstündige Fahrt nach Niederselters wie im Fluge. Nur eines fand Sophie bedauerlich – dass es hier keinen Raum für einen persönlichen Austausch mit Paul gab. Immerhin hatte sie sich für das Silbermedaillon, das sie um den Hals trug, bedanken können, dabei ein paar weitere Worte mit ihm gewechselt und ihm mit einem Apfel kurzzeitig ein kleines Lächeln in sein ernstes Gesicht zaubern können. Ansonsten war er vorwiegend schweigsam und blickte meist aus dem Fenster auf die vorbeiziehende Landschaft. Sie hatte das Gefühl, dass er bewusst auf einen gewissen Abstand zu ihr achtete, ja, sie sogar regelrecht kühl behandelte. War das nur wegen seiner Rolle als Reiseführer, der die Verantwortung für die gesamte Reisegruppe trug und sich um alle gleichermaßen kümmern musste? Oder glaubte er womöglich, dass sie etwas mit dem Auftauchen dieses Geographen zu tun hatte, und war deshalb so reserviert? Sie hoffte, dass sie während der Wanderung Gelegenheit haben würde, dieses mögliche Missverständnis aufzuklären und mit ihm über privatere Themen zu sprechen.

Als sie am Zielbahnhof ausstiegen, war die Luft schon recht schwül, und Sophie ahnte, dass ihr schlichtes hellbraunes Wanderkleid aus leichter Baumwolle, das ihr bis zu den Waden reichte, ihr bald zu warm sein würde. Zum Glück hatte sie auf ein enges Mieder verzichtet und trug nur ein dünnes Leibchen darunter. Dennoch beneidete sie ihre männlichen Begleiter in ihren sehr viel luftigeren Leinenanzügen oder ledernen Kniebundhosen. Die Männer rollten ihre Jacken zusammen und schnallten sie an den Rucksäcken fest. Mit ihren Hosenträgern über den weißen Hemden, deren Ärmel einige hochkrempelten, und den langen Wanderstöcken wirkten sie recht sportlich. Nur Paul Klüver und Alfred Rühl trugen, entsprechend ihrer Rolle als wissenschaftliche Leiter dieser Exkursion und Repräsentanten der *Senckenbergischen Naturforschenden Gesellschaft*, recht förmlich wirkende, dunkle Anzüge, die allerdings von recht unterschiedlicher Qualität waren. Sophie vermutete, dass Paul keine allzu große Auswahl an passender Kleidung für einen solchen Ausflug besaß. Im Gegensatz zu ihm trug Alfred Rühl einen perfekt sitzenden, maßgeschneiderten Anzug mit Weste, an der eine goldene Uhrkette glänzte. Und während Paul einen flotten Strohhut mitgenommen hatte, den er sich jetzt ein wenig schräg auf den Kopf setzte, benutzte Alfred Rühl einen steifen Homburger als Sonnenschutz. Die beiden Herren konnten auf den ersten Blick kaum unterschiedlicher sein und schienen sich gegenseitig möglichst aus dem Weg zu gehen.

Obwohl Sophie, zugegebenermaßen recht halbherzig, widersprochen hatte, war Paul ihr beim Gepäcktragen erneut behilflich gewesen, als sie ausstiegen. Für die anstehende Wanderung nach Villmar, zu der die Gruppe sich nun in Marsch setzte, überließ er ihr mit einem Lächeln seinen deutlich handlicheren Ranzen und wuchtete sich ihren schweren Rucksack auf den Rücken, wofür sie ihm sehr dankbar war.

Angesichts des holprigen Pfads, den sie bald einschlugen, war Sophie glücklich über ihre stabilen Wanderschuhe, die sie zuletzt vor ein paar Jahren bei den Ausflügen mit ihrem Vater getragen hatte. Dennoch hatte sie Mühe, Schritt zu halten. Sie behielt Paul im Auge, der mit konzentriertem Blick auf die Wanderkarte forsch voranging, während sich hinter ihm nach und nach kleine Gruppen bildeten. Sophie versuchte, sich mit den anderen Frauen zu unterhalten. Doch leider erwies sich Frau Kommerzienrat Merx als wenig gesprächig, Frau Fürste ignorierte sie geflissentlich, und die Gesprächsthemen von Familie Sonneberg langweilten Sophie, sodass sie sich schließlich ein Stück zurückfallen ließ und getrennt von den anderen wanderte. So konnte sie ihren Gedanken nachhängen und die schöne Natur bewundern. Nach dem ersten, ein wenig steilen Anstieg blieb sie auf einer Hügelkuppe kurz stehen, um den Ausblick zu genießen, was Alfred Rühl, der die Nachhut bildete, sogleich nutzte, um sich zu ihr zu gesellen.

Mit großer Geste wies er über die weite Landschaft. »Ist das nicht ein herrlicher Ausblick auf Gottes wunderbare Schöpfung, Fräulein von Mayden?«

»Ja, sehr hübsch«, stimmte sie höflich zu.

Sofort setzte er mit lauter Stimme zu einem Vortrag an. »Der Taunus ist Teil des Rheinischen Schiefergebirges. Dessen höchste Erhebung ist der Große Feldberg mit immerhin achthundertachtzig Metern Höhe. Ungefähr in dieser Richtung.« Er deutete in die Ferne; allerdings war dort, wohin sein Zeigefinger wies, keine entsprechend hohe Bergspitze oder -kuppe zu sehen. »Wie der Name es bereits nahelegt, zählen in diesem Gebirge schiefrige Gesteine, wie Tonschiefer, Quarzite, Sandsteine, Kalksteine, vulkanische Gesteine sowie tertiäre und quartäre Lockergesteine, zu den dominierenden Gesteinen.«

»Ja, für Geologen und auch Paläontologen ist dies eine durchaus lohnende Gegend«, erwiderte Sophie kühl. »Ich war mit meinem Vater und meinen Schwestern früher ein paar Mal im Taunus unterwegs. Damals haben wir fossile Korallen, Muscheln, Brachiopoden und Schnecken im Riffkalkstein gesucht.«

»Ach, wirklich …«, entfuhr es ihm; offenkundig war er über ihre Fachkenntnisse sehr erstaunt.

»Ja, in den mitteldevonischen Riffkalken bei Köppern, Rosbach vor der Höhe und Bad Nauheim haben wir einige fossile Überreste dieser Tiere gefunden, die in dem urzeitlichen Meer gelebt haben, das sich einst hier erstreckte«, sagte sie so beiläufig wie möglich.

Daraufhin schaute er sie mit leicht geöffnetem Mund und weit aufgerissenen Augen an.

Heimlich grinsend, dass es ihm scheinbar kurzzeitig die Sprache verschlagen hatte, drehte sie sich um und marschierte weiter. Wenig später hatte sie die anderen wieder erreicht. Die Reisegesellschaft war stehen geblieben, weil Paul sie auf die direkt vor ihnen steil aufgerichteten, hellen Felswände hinwies.

»Neben diesem wunderbaren Beispiel von Devon-Schichten«, erklärte er gerade, »sehen wir hier auch ein Gestein namens *Diabas*. Sehen Sie die grünlichen Verfärbungen dort? Die Bezeichnung *Diabas* stammt aus dem Altgriechischen und bedeutet so viel wie ›hindurchgegangen‹. Damit ist die Metamorphose gemeint, durch die sich solche basischen Gesteine im Laufe der Zeit grünlich gefärbt haben. Deshalb wird *Diabas* auch Grünstein genannt.«

Als alle interessiert direkt an die Felswand traten, um sich dieses besondere Gestein aus der Nähe anzuschauen, nutzte Sophie die Gelegenheit, sich von Alfred Rühl zu entfernen, der ihr gefolgt war und sich nun dicht hinter ihr aufhielt. Sie schritt zu dem ein wenig abseits stehenden Maximilian Sonneberg, verwickelte den gelangweilt wirkenden jungen Mann in ein Gespräch und schaffte es so, den lästigen Verfolger auf Distanz zu halten. Den Rest der Etappe sprach sie mal mit diesem, mal mit jenem, lauschte Pauls Erklärungen zu den Gesteinsformationen entlang der Strecke und genoss die Ausblicke über das Lahntal, die der Wanderweg bot.

Nach zwei Stunden erreichten sie ihr erstes Ziel: das große Marmorwerk in Villmar, in dem mächtige Blöcke uralten Riffkalkes aus den Felsen herausgesägt und als Marmor verarbeitet wurden. Zu der eingehenden Besichtigung des gesamten Werks hatte Sophie allerdings keine rechte Lust, zumal sie völlig verschwitzt war. Daher teilte sie den anderen mit, dass sie vor den Toren rasten wollte und in der Zwischenzeit auf das Gepäck aufpassen würde. Sofort bot Alfred Rühl an, ihr dabei Gesellschaft zu leisten, doch sie konnte ihn davon überzeugen, dass seine Expertise bei der Begehung sicherlich benötigt würde. Erleichtert, endlich eine ganze Weile für sich allein zu sein, setzte sie sich im Schatten eines Baumes auf eine Holzbank, nahm ihren Strohhut ab und fächelte sich damit Luft zu. Einer der Mitarbeiter des Werks bemerkte, dass sie eine Erfrischung nötig hatte, und brachte ihr dankenswerterweise einen Krug mit kühlem Wasser.

Nach der Besichtigung wartete für die folgende Etappe zum Glück ein Büssing-Bus auf die Gruppe, den die Bergbau-AG organisiert hatte, um sie zur Grube Friedrichssegen zu bringen. Nachdem alle Rucksäcke auf dem Dachgepäckträger über der Fahrerkabine festgezurrt waren, stieg die Reisegruppe ein. Obwohl der eierschalenfarbene Omnibus Platz für alle zwölf Passagiere bot, durfte sich Maximilian Sonneberg vorne direkt neben den Fahrer setzen, was zum ersten Mal an diesem Tag ein wenig Begeisterung im Gesicht des jungen Mannes auslöste. Sophie war froh, auf dem freigewordenen Sitzplatz ihre Beine ausstrecken zu können. Sie freute sich auf die rasante Busfahrt mit sagenhaften dreißig Stundenkilometern Höchstgeschwindigkeit – worauf der Chauffeur seine Fahrgäste beim Einsteigen stolz hingewiesen hatte.

Die meisten Exkursionsteilnehmer nutzten die dreistündige Fahrt für ein Nickerchen, und so wurde es, bis auf das Rumpeln der Räder und das beruhigende Brummen des Motors, bald still im Inneren des Busses. Die unbarmherzig scheinende Sonne sorgte auch hier drinnen für eine unangenehme Hitze. Doch wie viel heißer musste es jetzt da draußen sein, dachte Sophie. Sie blickte aus dem einen Spalt breit geöffneten Fenster auf die Landschaft, beobachtete den Wechsel von Licht und Schatten, den ein paar Schäfchenwolken auf Täler und Berge warfen, und spielte dabei gedankenverloren mit der Silberkette zwischen ihren Fingern.

»Es gefällt dir also?«, hörte sie plötzlich Paul leise fragen; und seine Stimme erklang ganz nah an ihrem Ohr. Ohne dass es ihr aufgefallen war, musste er den Platz mit Sanitätsrat Gerber getauscht haben, der nach dem Einsteigen hinter ihr Platz genommen hatte.

Sie drehte sich überrascht zu ihm um. Zum ersten Mal seit ihrer Abfahrt heute Morgen lächelte er sie liebevoll an und deutete auf das Medaillon. Sophie wurde beim Blick in seine blauen Augen ganz warm ums Herz.

»Ja, es ist wirklich wunderschön – und viel zu wertvoll«, antwortete sie. »Auch wenn ich mich sehr darüber gefreut habe, besonders über das Foto von Dodo darin, solltest du dein hart verdientes Geld nicht für solche Geschenke ausgeben.«

»Ach, es war doch dein einundzwanzigster Geburtstag, und es ist nur ein altes Erbstück …«

»Wie bitte? Ein Familienerbstück?«, fiel sie ihm erschrocken ins Wort. »Das geht doch nicht.« Sophie dachte an die kostbaren Schmuckstücke, die in der Juweliersfamilie ihrer Mutter seit Generationen vererbt wurden und die man niemals an Außenstehende verkaufen oder verschenken durfte. »So etwas gibt man doch nicht einfach so weg, Paul. Das kann ich nicht annehmen.« Sie griff sich reflexartig in den Nacken und sah ihn tadelnd an.

Augenblicklich legte sich seine warme Hand auf ihre Finger, die versuchten, den Verschluss der Kette zu öffnen. Ein wohliger Schauder lief ihr bei der sanften Berührung über den Rücken, und sie bedauerte, dass er seine Hand sofort wieder zurückzog.

»Nicht doch! Sei nicht albern, Sophie. Es ist nur eine dünne Silberkette mit einem kleinen Anhänger, der irgendeiner Tante gehört hat, die ich nicht mal kannte. Die Kette ist wirklich nicht besonders wertvoll. Und schon gar kein kostbarer Familienschatz.« Er lachte leise auf. »So etwas besitze ich nicht.«

Sophie sah bei diesen Worten einen dunklen Schatten über sein Gesicht huschen. Zu gern hätte sie ihn näher dazu befragt, doch er ließ ihr keine Gelegenheit.

»Das Aufwendigste an diesem kleinen Geschenk war es, den riesigen Dinosaurier in das winzige Medaillon zu bekommen«, ergänzte er schnell und lächelte sie wieder an.

»Genau diese Idee finde ich ja so überaus originell«, sprudelte es begeistert aus ihr heraus. »Auf so etwas kommt wohl nur ein Paläontologe. Ach was, auf so eine Idee kommst nur du, Paul.« Sie strahlte ihn an. »Ich hab mich wirklich wahnsinnig darüber gefreut. Wie hast du das gemacht?«

»Nun, ich hab mir die Kamera eines Kollegen geliehen, bin auf eine Leiter geklettert und habe ein paar Aufnahmen vom Kopf des *Diplodocus longus* im Lichthof gemacht. Im Fotoatelier hat es dann eine ganze Weile gebraucht, bis eine so winzige Wiedergabe des Dinosaurierkopfes zustande gekommen ist. Schließlich hat es funktioniert, und nun kannst du deinen geliebten Dodo immer an deinem Herzen tragen …«

Paul sah sie mit einem unergründlichen Blick an, und beim seltsamen Klang seiner letzten Worte wurde Sophie bewusst, dass es in dem Medaillon Platz für zwei Fotos gab. Auf einer Seite grinste schon das Knochengesicht, doch auf der anderen war noch Platz.

Platz für ein Foto von Paul? Ihr Herz schlug schneller. Hatte er an ein Bild von sich selbst gedacht, als ihm der Gedanke gekommen war, ihr dieses Medaillon zu schenken?

Bevor sie die Unterhaltung behutsam in eine Richtung lenken konnte, bei der sie möglicherweise eine Antwort auf ihre unausgesprochene Frage bekommen würde, rief jemand laut: »Schauen Sie nur, wir sind gleich da!«

Es war Alfred Rühl, der hinten im Omnibus saß. Er deutete nach draußen auf ein großes Schild, an dem sie gerade vorbeifuhren und auf dem das Bergbau-Symbol aus gekreuztem Hammer und Schlägel zu sehen war. Augenblicklich kam Leben in die schläfrige Reisegesellschaft. Alle suchten eilig ihre Wanderstöcke und Hüte zusammen, und Paul verabschiedete sich von Sophie mit einem Nicken, um seinen Sitzplatz wieder mit dem Sanitätsrat zu tauschen.

Als der Bus schließlich vor einem großen Gebäude anhielt, wurde die Gruppe von Direktor Leusebner, der ihnen die Treppen hinunter entgegengeeilt war, willkommen geheißen und sofort hereingebeten, um sie in den gastlichen Räumen des Kasinos zu bewirten. Um das Gepäck kümmerten sich seine Mitarbeiter.

Nach der anstrengenden Wanderung durch das Lahntal und der ruckeligen Busfahrt hatten alle einen gesunden Appetit und ließen sich den zünftigen Imbiss schmecken. Sophie bedauerte, nicht neben Paul sitzen zu können, doch er wurde von den beiden Direktoren der Bergbau-AG in Beschlag genommen, die sich angeregt mit ihm unterhielten. Immerhin hatten Oberstudienrat Fürste und seine Frau inzwischen scheinbar einen Narren an Alfred Rühl gefressen und ihn am anderen Ende des Tisches in ein Gespräch verwickelt. Sophie entspannte sich und ließ sich insbesondere die Hühnersuppe schmecken.

Nach dem Essen erhob sich Direktor Glockemeier, der zweite Unternehmenschef der Bergbau-AG, und fing an, den Gästen aus Frankfurt die Historie der Grube Friedrichssegen zu erzählen. Deren Geschichte versprach lang zu werden, denn er begann bei den alten Römern, die in dieser Gegend bereits Bergbau betrieben hatten. Bald kam er zur ersten urkundlichen Erwähnung: Im Jahre 1220 hatte König Friedrich II. die damalige Silbergrube an den Mainzer Erzbischof Sigfried verschenkt. Sophie hörte nur mit halbem Ohr zu, während der Direktor in seinem Referat ausführlich über das Auf und Ab des hiesigen Bergbaus im Laufe der Jahrhunderte informierte – eine Entwicklung, die von anfangs stetig steigender Erzgewinnung in der auch »Köllnisches Loch« genannten Grube geprägt war. Dann jedoch gab es immer geringere Erträge, was letzten Endes zur Schließung vor acht Jahren geführt hatte, wie Glockemeier mit Bedauern in der Stimme berichtete.

Aufgrund der langatmigen Ausführungen waren Sophie zwischenzeitlich beinahe die Augen zugefallen, und so schreckte sie ein wenig verwirrt auf, als der Direktor plötzlich die Stimme erhob und mit stolzgeschwellter Brust erklärte: »Doch das alles ist Schnee von gestern! Seit unserem Neubeginn als Bergbau-AG im Jahre 1903, mit dem neuen Wasserkraftwerk, geht es jetzt wieder … bergauf …«

Er machte eine Pause und schaute in die Runde, bis die Gruppe pflichtschuldig über sein kleines Wortspiel gelacht hatte. Als er endlich zum Schluss seines Vortrags kam, spendeten alle höflich Applaus. Danach erhob sich die Reisegruppe eilig, um schnellstens aus dem stickigen Kasino hinaus an die zwar warme, aber frische Luft zu kommen. Nach einer anschließenden Fahrt mit der rumpeligen, schmalspurigen Werksbahn wurden die Rucksäcke wieder geschultert.

Es war bereits später Nachmittag – die Hitze hatte etwas nachgelassen –, als die Exkursionsteilnehmer zur letzten, eineinhalbstündigen Etappe nach Braubach aufbrachen, wo sie übernachten würden. Sophie warf dem bequemen Büssing-Bus, der sie hergebracht hatte, einen sehnsüchtigen Blick zu, als sie das Gelände der Grube verließen, und hoffte, dass ihre Route nicht mehr so oft bergan führen würde.

Sie marschierten Richtung Südwesten und auf den Rhein zu, als die Sonne sich langsam dem Horizont zuneigte. Die warmen, leuchtenden Farben, in welche die Abendsonne die Landschaft tauchte, waren atemberaubend schön und erinnerten Sophie an die bunten, kunstvollen Aquarelle ihrer Schwester Charlotte. Versonnen blieb sie stehen und schaute in die Ferne.

»Hübsch, aber auch ziemlich kitschig«, sagte plötzlich eine wohlbekannte Stimme dicht neben ihr.

»Was?« Sophie drehte den Kopf und blickte Alfred Rühl verständnislos an.

»Na, so ein Sonnenuntergang.«

»Die Natur kann in meinen Augen gar nicht kitschig sein, sondern ist faszinierend und beeindruckend, wenn sie sich uns in ihrer ganzen Schönheit zeigt«, erwiderte sie kühl, ließ ihn stehen und ging weiter.

Er schien zu merken, dass seine unbedachte Äußerung nicht zu dem lockeren Gesprächsbeginn geführt hatte, den er sich wohl erhofft hatte, und schloss eilig zu ihr auf. »Da haben Sie natürlich recht«, bemühte er sich, ihr zuzustimmen. »Es hat viel Schönes, sich auf Schusters Rappen durch Mutter Natur zu bewegen.«

Sophie verdrehte heimlich die Augen bei seiner absonderlichen Ausdrucksweise und schwieg.

Nach einer Weile versuchte er aufs Neue, mit ihr ins Gespräch zu kommen, indem er diesmal eine unverfängliche Frage stellte. »Wie gefällt Ihnen unsere Exkursion denn bisher?«

»Es ist eine recht schöne Wanderung. Allerdings hatte ich mir doch ein bisschen mehr davon versprochen. Mehr geologische Erkenntnisse über die Landschaft zum Beispiel – statt der Besuche eines Marmorwerks und einer Bergbaugrube.« Sie zuckte mit den Schultern.

»Sie fühlen sich als angehende Geologin unterfordert?«

»Ein wenig …«

»Nun, soweit ich es verstanden habe, richten sich diese organisierten Ausflüge vornehmlich an Laien«, sagte er abschätzig und deutete auf die fröhlich miteinander schwatzende Gruppe vor ihnen. Dann beugte er sich unvermittelt zu ihr und senkte die Stimme.

»Aber ich kann Ihnen heute Abend nach dem Essen gerne noch ein paar nähere Details zu Entstehung und Aufbau des Schiefergebirges erklären …«

Sophie spürte seinen Atem an ihrem Ohr und bekam sofort eine unangenehme Gänsehaut. Sie machte unwillkürlich einen Schritt zur Seite und überlegte, ob er seinen Vorschlag so formuliert hatte, dass man seine Worte auch als ein zweideutiges Angebot auffassen konnte. Doch gleichzeitig ärgerte sie sich über ihr starkes Misstrauen, das wahrscheinlich nur ihren tiefsitzenden Vorbehalten geschuldet war, die sie diesem jungen Mann seit dem Weihnachtsfest entgegenbrachte. Dabei hatte er ihr doch gar nichts getan. Es war vielmehr ihre Mutter gewesen, deren anbiederndes Verhalten die Abscheu gegen ihn erst geweckt hatte. Sie wollte nicht ungerecht sein und riss sich zusammen.

»Das ist sehr freundlich von Ihnen, Doktor Rühl«, antwortete sie mit einem bemühten Lächeln. »Natürlich würde ich es begrüßen, wenn Sie mich ein wenig an Ihrem umfangreichen Wissen teilhaben ließen.«

»Das mache ich sehr gerne, Fräulein von Mayden, später in der Pension. Ich habe einige interessante Unterlagen zur Entstehung des Taunus dabei.« Er streckte seine Hand nach hinten und klopfte gegen seinen Rucksack. »Ich denke, ich weiß genau, was eine wissbegierige Erstsemesterin sich von so einer Reise erhofft … Und nennen Sie mich doch bitte Alfred.«

Seine Stimme und Wortwahl irritierten Sophie erneut. Aber vielleicht war das einfach seine ungelenke Art, freundlich zu sein. Immerhin bot er, ein angehender Professor, ihr großzügig an, ihr vergleichsweise geringes Wissen über die Geologie zu erweitern. Genau das hatte sie sich von dieser Exkursion schließlich erwartet – allerdings von Paul, der aber augenscheinlich vollauf mit dem Rest der Reisegruppe beschäftigt war und sie seit einiger Zeit kaum beachtete. Dann würde sie sich eben an den zweiten Fachmann halten müssen, dachte sie ein wenig trotzig und schenkte ihm jetzt ein charmantes Lächeln.

»Sehr gerne, Alfred. Nennen Sie mich Sophie.« Sie reichte ihm liebenswürdig die Hand, die er einen Moment länger als nötig festhielt. Um ihre Irritation darüber zu überspielen, lächelte sie ihn weiter freundlich an und ergänzte: »Dann freue ich mich darauf, später von Ihren umfangreichen Fachkenntnissen zu profitieren.« Sie nahm seinen höflich dargebotenen Arm an, und so folgten sie von nun an der Gruppe ins Tal. In der Ferne glitzerte der Rhein in der Abendsonne.

Es dämmerte bereits, als sie das hübsche Fachwerkhaus erreichten, in dem sie die Nacht verbringen würden. »Zum weißen Schwanen« stand auf dem Schild über dem Eingang. Im Innern der Straußwirtschaft empfing sie ein uriger Gastraum mit grobbehauenen Deckenbalken und Holztischen. Einige der Herren ließen sich sogleich nieder und verlangten lautstark nach der Schankmagd, um ihren Durst schnellstmöglich mit einem Bier löschen zu können. Sophie wollte sich vor dem Essen lieber noch ein wenig frisch machen. Sie schaute sich in dem Gewühl nach Paul um, der mit dem Wirt sprach, und trat zu ihnen.

»Danke, dass du meinen schweren Rucksack die ganze Zeit getragen hast.« Sie lächelte ihn dankbar an.

»Das habe ich gern getan«, antwortete er freundlich. »Soll ich ihn dir hoch in dein Zimmer tragen?«

»Nein, nicht nötig, das schaffe ich schon allein.« Sie sah den Pensionswirt an. »Wo ist denn mein Zimmer?«

Der Mann schien mit den vielen Gästen aus der Großstadt, die da alle auf einmal in seine bescheidene Herberge eingefallen waren, ein wenig überfordert zu sein. Als er die attraktive Frau ihm gegenüber nur stumm anglotzte, sprang Paul ihr zur Seite.

»Das ist Fräulein von Mayden«, erklärte er dem Gaststättenbesitzer. »Das Einzelzimmer.«

Der Wirt kramte in einem Haufen Schlüssel, auf deren hölzernen Anhängern Nummern standen, und reichte ihr einen. »Die Stube im ersten Stock.«

»Vielen Dank.«

»Mit eigenem Waschbecken«, ergänzte er stolz.

»Und Bad?«

»Zum Klo gelangt man über den Flur.«

»Nur eins für mehrere Gäste?«, fragte sie beklommen.

»Mit Wasserspülung!«

»Oh … Ah, ja …«

Für eine Nacht musste sie also wohl oder übel ohne eigenes Bad auskommen, dachte sie innerlich seufzend und hoffte, dass man ihr nicht ansah, wie unangenehm ihr die Aussicht auf eine Toilette war, die sie sich mit anderen Leuten würde teilen müssen. Schnell nahm sie Pauls Rucksack von der Schulter, griff sich ihren und wuchtete ihn stöhnend auf den Rücken.

»Damit hätte ich höchstens die Hälfte der heutigen Strecke geschafft«, sagte sie lächelnd. »Nochmals danke. Beim nächsten Mal packe ich weniger unnützes Zeug ein.«

Als sie die schmale Stiege erklomm, rief Paul ihr nach: »In einer Stunde gibt es Abendessen.«

Oben in ihrem Zimmer angekommen, packte sie als Erstes den Rucksack aus. Nachdem sie das arg zerknautschte, frische Kleid auf einen Bügel gehängt und ihren verschwitzten Körper notdürftig gewaschen hatte, fühlte Sophie sich besser. Da es erst in einer halben Stunde Abendessen geben würde, beschloss sie, sich für ein paar Minuten hinzulegen und ein Nickerchen zu machen.

Es war finstere Nacht, als sie von einem leisen Klopfen geweckt wurde. Sie blinzelte verwirrt in die Dunkelheit, wusste im ersten Moment nicht, wo sie war.

»Ja?«, brachte sie krächzend hervor, räusperte sich und rief etwas lauter: »Wer ist denn da?«

Sogleich wurde ihre Zimmertür geöffnet, und sie erblickte im schwachen Gegenlicht aus dem Flur die schwarze Silhouette eines Mannes. Er trat ein und schloss die Tür schnell wieder hinter sich zu, ohne das Licht einzuschalten.

Erschrocken richtete Sophie sich in ihrem Bett auf. »Wer ist da? Was wollen Sie?«

»Ganz ruhig. Ich wollte Sie nicht erschrecken«, hörte sie eine bekannte Stimme antworten. »Bleiben Sie nur liegen. Es ist alles in Ordnung. Ich bin's doch nur, Alfred …« Er sprach mit ihr wie mit einem wilden Tier, das man nicht aufscheuchen will.

»Was wollen *Sie* denn hier?«, fragte sie entrüstet und zog sich die Bettdecke bis zum Hals.

»Mein Versprechen einlösen … Sie hatten doch darum gebeten, dass ich Ihnen am Abend noch ein bisschen Nachhilfe gebe …«, sagte er mit einem spöttischen Unterton, bei dem sich Sophies Nackenhaare aufstellten und ihr Körper sich versteifte.

Ehe sie reagieren konnte, saß er schon auf ihrer Bettkante. Die Balken, die den hölzernen Baldachin über ihrem schmalen Bett stützten, schwankten leicht und knarrten unter dem zusätzlichen Gewicht. Sophie wich zurück, als Alfred Rühls Gesicht sich dem ihren näherte. Er sah verändert aus, trug keine Brille. Seine Stirnglatze schimmerte seltsam hell in dem schwachen Mondlicht, das durchs Fenster hereinfiel.

»Was erlauben Sie sich?«, stieß sie entrüstet aus. »Hier einfach in mein Zimmer einzudringen.«

»Na, na, beruhigen Sie sich. Da Sie das Abendessen verpasst haben, habe ich mir erlaubt, Ihnen eine Kleinigkeit vorbeizubringen.«

Ohne den Blick von ihr abzuwenden, stellte er einen Teller auf dem Nachttisch ab. In der Dunkelheit sah sie das Weiße in seinen Augen aufblitzen. Wie hypnotisiert starrte sie ihn abweisend an.

»Ein bisschen Brot und Käse, damit Sie bei Kräften bleiben. Sie haben doch sicher Hunger, Sophie?« Er rückte ein Stückchen näher.

»Nein, ich habe keinen Hunger!«, erwiderte sie energisch und lehnte sich weiter zurück.

»Vielleicht gelüstet es Sie nicht nach Brot und Käse …« Er lächelte. »Wahrscheinlich ist es eher Wissbegierde, die eine junge Frau wie Sie umtreibt. Hab ich recht? Die erste Reise allein … Die Sehnsucht nach einem aufregenden Abenteuer … Der Hunger nach neuen, unbekannten Erfahrungen, die eine solche Situation in einem unerfahrenen Mädchen weckt …«, säuselte seine tiefe Stimme ganz nah. »Ich weiß genau, wonach Sie suchen … Was Sie sich ersehnen …« Sein anzügliches Lächeln ließ sie erschaudern. »Na, kommen Sie, Sophie, seien Sie mutig. Vor mir brauchen Sie sich doch nicht zu zieren.« Unvermittelt griff er nach der Bettdecke, die sie krampfhaft vor sich hielt, und zog sie mit einem Ruck herunter.

»Lassen Sie das!«, entgegnete sie erschrocken. »Und verlassen Sie sofort mein Zimmer!« Sie versuchte vergeblich, die Decke wieder hochzuziehen, als er auf das dünne Leibchen starrte, das mehr von ihrem Busen enthüllte, als es schicklich war.

»Wie schön du bist … So rein und unschuldig …«, hauchte seine Stimme, und unvermittelt griff er nach ihrer Brust.

Sophie schrie bei der Berührung schockiert auf und versuchte, ihn abzuwehren, doch schon war er über ihr, erstickte ihren Schrei mit seinem Mund und schob gierig seine Zunge zwischen ihre Lippen. Sie spürte sein massiges Gewicht auf ihrem Körper, wusste überhaupt nicht, wie ihr geschah. Da er ihre zu Fäusten geballten Hände festhielt, trat sie mit den Beinen wild um sich, doch das führte nur dazu, dass es ihm gelang, seine untere Körperhälfte zwischen ihre Schenkel zu schieben. Keuchend hob er kurz den Kopf, und auch Sophie rang nach Luft.

»Ich mag es, wenn du so wild bist«, schnaufte er und sah sie mit einem diabolischen Grinsen an. »Vielleicht brauchst du gar keine Nachhilfe, sondern bist ein Naturtalent?« Er stieß seinen Unterkörper zwischen ihren Lenden kräftig gegen sie.

Sophie brüllte ihn wütend an: »Nein!« Sie wehrte sich nach Leibeskräften, versuchte, ihn zu beißen, als er sie wieder küssen wollte.

»Meine kleine Wildkatze«, stöhnte er erregt.

Mit einem lauten Schrei trat Sophie erneut mit den Beinen um sich und erwischte mit dem rechten Fuß einen der leichten Balken des Baldachins. Mit einem lauten Krachen brach das Gestell in sich zusammen und fiel polternd auf Bett und Boden.

Alfred Rühl brüllte schmerzvoll auf – getroffen von einem der langen Holzbalken –, und Sophie gelang es, ihn von sich wegzustoßen. Mit einem lauten Rumms landete er wie ein Käfer auf dem Rücken auf dem Boden. Im nächsten Augenblick wurde die Tür aufgerissen, und die elektrische Lampe an der Zimmerdecke flammte auf.

»Was ist denn hier los?«, rief Paul Klüver erschrocken und stürzte zu ihr. »Sophie! Ich hab dich schreien gehört. Was ist passiert?«

Sie sprang aus dem Bett, warf sich in seine Arme und klammerte sich an ihn. »Er … Er …«, stammelte sie. »Er hat mir Gewalt angetan.« Sie zeigte anklagend auf den Mann am Boden, der sich mit schmerzverzerrtem Gesicht mühsam in eine sitzende Position aufrappelte und ungelenk mit einer Hand über den Rücken strich.

»Doktor Rühl!«, donnerte die Stimme von Paul Klüver. »Was haben Sie getan?« Schützend legte er den Arm um Sophie und funkelte den Sittenstrolch an.

»Ich?«, stieß der ertappte Geograph aus und warf Sophie einen wütenden Blick zu. »Ich habe gar nichts getan. Ich wollte Fräulein von Mayden nur einen kleinen Imbiss bringen, weil sie das Abendessen verschlafen hatte. Und da geht sie ohne jeden Anlass wie eine Furie auf mich los und zerlegt obendrein noch das Mobiliar.« Er deutete auf den zerborstenen Baldachin.

»Lügner!«, schleuderte sie ihm entgegen, löste sich von Paul und machte einen Schritt auf den am Boden hockenden Alfred Rühl zu. »Sie haben sich mir aufgedrängt, mich geküsst und betatscht! Sie Unhold!«

»O Gott, Sophie!«, stieß Paul fassungslos aus. »Das darf doch nicht wahr sein.«

»Ist es aber!«, fauchte sie wütend. Sie bemerkte erst jetzt, dass sie nur in Leibchen und Unterrock dastand, mit zwei Männern in einem Raum. Doch das war ihr in diesem Moment völlig gleich.

Paul schien ihren Aufzug nicht wahrzunehmen; er konzentrierte sich auf den Mann am Boden. Voller Zorn ballte er die Fäuste, und sie sah die Adern an seinem Hals anschwellen, als er sich mit aller Kraft bemühte, sich zu beherrschen. Am liebsten hätte er den Mistkerl wohl auf der Stelle grün und blau geschlagen. Doch er atmete schließlich tief durch und bedachte die klägliche Kreatur zu seinen Füßen mit einem vernichtenden Blick.

»Verschwinden Sie, Rühl!«, fauchte er durch die zusammengepressten Zähne. »Packen Sie Ihre Sachen, und verlassen Sie die Pension! Sofort!« Mit kühler Stimme setzte er hinzu: »Für den Schaden an dem Bett kommen Sie selbstverständlich auf! Und welche weiteren Konsequenzen dieser Vorfall für Sie haben wird – das werden wir noch sehen.«

»Aber ich …« Alfred Rühls Blick zuckte ungläubig zwischen Sophie und Paul hin und her. »Das können Sie doch nicht …«

»Oh, doch! Das kann ich! Ein solcher Lüstling wie Sie wird nie wieder für die *Senckenbergische Naturforschende Gesellschaft* arbeiten. Dafür werde ich sorgen!«, blaffte Paul. »Und jetzt raus hier!«

Geschlagen rappelte Rühl sich mühsam auf und schlich mit gesenktem Blick zur Tür.

Bevor er das Zimmer verließ, zischte Sophie: »Und lassen Sie sich nie wieder in meiner Nähe oder in der meiner Familie sehen!«

Paul überließ ihr sein Zimmer für den Rest der Nacht und schlief in dem ramponierten Bett ihrer Stube. Aufgewühlt von dem beängstigenden Vorfall, wälzte sich Sophie noch lange auf der Matratze hin und her. Sie verspürte heiße Scham, dass ihr so etwas hatte passieren können. Hatten ihre Eltern sie nicht vor genau diesen Gefahren bewahren und deshalb davon abhalten wollen, mit einer Gruppe Fremder irgendwo in der Ferne zu übernachten? Doch es war kein Fremder gewesen, der ihr das angetan hatte, sondern ausgerechnet der von ihrer Mutter auserkorene Bräutigam! Der ach so seriöse, angehende Professor hatte sich als rücksichtsloser Lüstling entpuppt! Als ihr das klar wurde, überwog die Wut auf den unmöglichen Kerl ihre Scham.

Am nächsten Morgen schüttete sie sich beherzt ein paar Hände eiskalten Wassers ins Gesicht, zog ihr frisches Kleid an und erschien mit einem strahlenden, selbstsicheren Lächeln zum Frühstück.

Außer Paul und ihr wusste niemand, weshalb der zweite Reiseleiter über Nacht verschwunden war. Und das sollte auch so bleiben, hatte Sophie beschlossen. Sie wollte auf keinen Fall einen Skandal. Paul erklärte der Reisegruppe Rühls plötzliche Abreise mit dringenden Angelegenheiten in Marburg, und bis auf Oberstudienrat Fürste und seine Gattin schien dieser Umstand allen egal zu sein.

Am Vormittag brach die Gruppe zu ihrer letzten Wanderung auf, hinauf auf die Höhe von Bornich, die sich direkt oberhalb der Loreley-Stadt Sankt Goarshausen befand. Der weite Blick, der sich von dort auf die Terrassen des Rheintals bot, war atemberaubend und tat Sophie gut.

Pauls beruhigende, sanftmütige Art sowie die Gewissheit, dass er ohne jegliches Zögern bereit gewesen war, sie zu verteidigen, hatten ihr geholfen, das Erlebte zu verarbeiten. Er hatte ihr angeboten, sie sofort zurück nach Frankfurt zu begleiten, doch Sophie hatte darauf bestanden, die Wanderung wie geplant fortzusetzen. Sie war nicht gewillt, sich durch diesen Zwischenfall die ganze Reise verderben zu lassen.

Beim Aufstieg war Paul die meiste Zeit an ihrer Seite geblieben. Sie hatten nicht viel miteinander gesprochen, doch Sophie hatte deutlich gespürt, dass er sich bemühte, ihre gedrückte Stimmung zu heben. Er hatte ihr versprochen, dass sich die anstrengende Kraxelei lohnen würde. Als sie nun die Anhöhe erreichten, war sie tatsächlich froh, dieses majestätische Panorama, hoch über dem mächtigen Strom, genießen zu dürfen.

Paul Klüver sammelte die Gruppe um sich und deutete mit einer ausholenden Geste über das breite Plateau mit seinen imposanten Steilwänden, zu deren Füßen der Fluss eine scharfe Kehre machte.

»Von hier oben erkennt man deutlich, wie der Rhein sich allmählich das enge Bett gegraben hat, in dem er heute tief unterhalb der Loreley dahinfließt«, erläuterte er. »Dieser Schieferfelsen, der hier direkt zu unseren Füßen liegt, ist nach der romantischen Sagengestalt benannt, die mit ihrem langen blonden Haar und betörenden Gesang unachtsame Schiffer in den Tod gerissen haben soll. Aber vermutlich waren die liebestollen Männer selbst verantwortlich für ihr Unglück …« – er warf Sophie einen verschwörerischen Blick zu – »… und gaben der schönen Frau auf dem Felsen nur die Schuld an ihrem Untergang …«

Sophie nickte stumm, trat einen Schritt näher an den Rand und schauderte leicht beim Blick in die Tiefe, während Paul unter dem amüsierten Gelächter der Gruppe weitererzählte.

»Die meisten von Ihnen werden *Das Lied von der Loreley* sicher kennen, mit dem der Dichter Heinrich Heine der Sagengestalt vor über achtzig Jahren ein Denkmal gesetzt und zu dem Friedrich Silcher so eine wunderschöne Melodie komponiert hat.«

Ganz in Gedanken versunken, stimmte Sophie leise die ersten Zeilen des Liedes an.

»Ich weiß nicht, was soll es bedeuten, dass ich so traurig bin; ein Märchen aus alten Zeiten, das kommt mir nicht aus dem Sinn …«

Sie blickte überrascht auf, als einige ihrer Mitreisenden in ihren Gesang einfielen.

»Die Luft ist kühl und es dunkelt, und ruhig fließt der Rhein; der Gipfel des Berges funkelt im Abendsonnenschein. Die schönste Jungfrau sitzet dort oben wunderbar; ihr goldnes Geschmeide blitzet, sie kämmt ihr goldenes Haar …«

Und auch die nächsten drei Strophen wurden mit hörbarer Ergriffenheit von dem spontan zustande gekommenen Chor gesungen.

Der melodische Klang und der traurige Text gingen Sophie unerwartet nahe. Sie spürte, wie ihre Augen zu brennen anfingen. Bei dem harmonischen Gesang und dem Blick über die erhabene Landschaft brachen sich die Gefühle Bahn, die sie seit gestern Nacht unterdrückt hatte. Sie musste schlucken, konnte das Lied nicht bis zum Ende mitsingen, sondern drehte sich weg und wischte verstohlen eine Träne aus dem Augenwinkel.

Paul schien zu bemerken, wie es um sie stand. Sobald der letzte Ton verklungen war, drängte er betont gut gelaunt zum Aufbruch. Sophie war ihm dankbar, dass er sich bemühte, die melancholische Stimmung zu überwinden, die auch die anderen ergriffen hatte.

»Wenn wir unser Dampfschiff für die Fahrt nach Bingen nicht verpassen wollen, sollten wir uns nun zügig auf den Weg machen.« Er schwenkte seinen Hut und schritt schwungvoll voran.

Frankfurt, Juli 1909

Charlotte hatte nach Sophies Rückkehr von der Exkursion sofort bemerkt, dass sie oftmals bedrückt wirkte, verschlossener war als zuvor. Mehrere Tage lang hatte sie ihre ältere Schwester gedrängt, sich ihr anzuvertrauen – bis diese schließlich eines Abends in der Lage war, ihr von der schrecklichen Nacht in der Pension zu erzählen. Sie war zutiefst empört und forderte vehement, dass Sophie diesen entsetzlichen Kerl anzeigte. Doch ihre Schwester wollte davon nichts wissen.

»Die Polizeibeamten würden mich bestimmt nur auslachen. Und falls nicht … Es steht Aussage gegen Aussage. Und was meinst du, wem man wohl am Ende glauben würde? Einem angehenden Professor oder einer offenbar überdrehten Studentin, die womöglich ein paar Gesten oder Worte falsch gedeutet hat? Du siehst also: Es wäre ein hoffnungsloses Unterfangen, diesen Mistkerl anzuzeigen.« Sophie zuckte resigniert mit den Schultern, und Charlotte nickte widerwillig.

Doch ihre ältere Schwester wies noch auf ein weiteres Problem hin. »Überleg doch mal, wie unsere Eltern reagieren würden, sollten sie von dieser Sache erfahren«, fuhr sie mit eindringlicher Stimme fort. »Wir würden uns nie wieder frei bewegen können. Mama und Papa würden uns, aus Sorge, was uns ohne ihre Aufsicht alles zustoßen könnte, zukünftig jede eigenständige Tätigkeit verbieten. Dann wäre es vorbei mit meinem Studium in Marburg und deinen Treffen mit den Frauenrechtlerinnen.«

Charlotte stimmte ihr zähneknirschend zu und rang sich zu dem Versprechen durch, den Eltern nichts zu erzählen. »Aber dieser fürchterliche Mensch muss doch irgendwie bestraft werden!«, fügte sie hinzu. »Wer weiß, welches Mädchen sonst die Nächste ist, die er bedrängt.«

»Ich denke, er hat seine Lektion gelernt«, erwiderte Sophie. »Paul hat ihm sehr deutlich gemacht, dass ihm möglicherweise weitere Konsequenzen drohen. Er hat ihm bei seiner Abreise in der Nacht noch ordentlich Angst gemacht, wie er mir erzählt hat. Die Welt der Wissenschaft ist schließlich recht überschaubar, und ihre Mitglieder sind gut miteinander vernetzt. Jeder kennt jeden über drei Ecken. Und wenn sich so ein Fehlverhalten herumspricht, ist es schnell vorbei mit der Karriere. Dieser Alfred Rühl wird unsere Familie nicht mehr mit seiner Anwesenheit belästigen, und in der *Senckenbergischen Naturforschenden Gesellschaft* wird er auch niemals Mitglied werden können. Mit etwas Glück verschwindet er nach seiner Habilitation ganz aus Hessen und forscht irgendwo im Ausland weiter. Mir wird er in Marburg jedenfalls garantiert aus dem Weg gehen, sonst …«

Charlotte sah sie zunächst erwartungsvoll an und rief dann, als der Satz nicht zu Ende geführt wurde: »Sonst schlägst du ihn grün und blau?!« Um ihren Worten Nachdruck zu verleihen, streckte sie ihre Faust kämpferisch nach oben.

Sophie musste angesichts dieser Geste schmunzeln. »Wenn ich gerade einen Schirm in der Hand halte, vielleicht … Oder ich hetze Richard von Lohenstein auf ihn. Der hat mehr Muskeln als ich.«

Die Schwestern grinsten sich verschwörerisch an. Dann fragte Charlotte mit einem Augenzwinkern: »Und Paul hat dich tatsächlich heldenhaft gerettet?«

»Ja, er kam gerade noch rechtzeitig, bevor Schlimmeres hätte passieren können.«

»Da scheint doch mehr in deinem Doktoranden zu stecken, als ich bisher dachte. Vielleicht solltest du ihn heiraten«, überlegte die Jüngere laut.

»Langsam, Charlotte!«, bremste Sophie sie sogleich. »Paul ist wirklich ein famoser Kerl und längst nicht so langweilig, wie du in der Vergangenheit gedacht hast. Und ich mag ihn wirklich sehr.

Aber bis ich übers Heiraten nachdenken muss, habe ich ja zum Glück noch ein paar Jahre Zeit – bis zum Ende meines Studiums. Und das ist es, was ich in erster Linie will: zuerst studieren und dann als Paläontologin irgendwo in fremden Ländern neue Dinosaurierskelette finden, ausgraben und …« Sie überlegte kurz. »Einfach leben! Ich will mehr als nur die studierte Gattin eines Gelehrten sein. Ich will selbst neue Entdeckungen machen!«

»Und eine berühmte Forscherin wie diese Mary Anning in England werden!«, ergänzte Charlotte mit einem begeisterten Aufblitzen in ihren grünen Augen.

»Genau! Und du wirst eine berühmte Malerin!« Sophie zwinkerte ihr zu. »Oder eine gefürchtete Suffragette …«

»Oder beides!« Lachend umarmte Charlotte ihre große Schwester. »Man wird noch viel von den zwei Von-Mayden-Schwestern hören!«

»Ganz bestimmt!«

Charlotte strahlte angesichts dieser ungewohnt kämpferischen und selbstbewussten Töne ihrer sonst so vernünftigen, zurückhaltenden Schwester. »Ich bin so froh, dass auch du nun immer mutiger wirst.«

»Dazu hast du mich inspiriert, meine Süße.« Sophie gab ihr einen liebevollen Kuss. »Aber jetzt muss ich zurück an meinen Schreibtisch, sonst wird nichts aus meiner großen Karriere.« Lachend verließ sie Charlottes Zimmer im zweiten Stock und ging hinunter in die Bibliothek.

* * *

Die dramatischen Erlebnisse während der Exkursion, die ihr Geheimnis bleiben sollten, hatten Sophie und Paul einander nähergebracht, und so hatten sie beim Abschied am Bahnhof verabredet, sich zukünftig öfter zu sehen – außerhalb des Museums.

Als er sich dann tatsächlich kurz darauf gemeldet und sie am Sonntag auf ein Glas ins *Eichkatzerl* eingeladen hatte, war Sophie sehr aufgeregt gewesen. Es war das erste Mal, dass sie sich mit einem Mann allein traf – noch dazu in einer Äppelwoi-Kneipe auf der anderen, nicht sonderlich gut beleumundeten Seite des Mains. Dort, in den Wirtschaften in Sachsenhausen, verkehrten viele junge Leute, hatte Paul ihr erklärt und anschließend versichert, dass es durchaus schicklich sei, am frühen Abend in einem der lauschigen Wirtshausgärten zu sitzen und gemeinsam ein Glas Apfelwein zu trinken.

Charlotte, die das Lokal kannte, weil sie schon öfter mit ihren Malerfreunden nach dem Unterricht an der *Städelschen Kunstschule* dort eingekehrt war, hatte Sophie zugeredet, nicht so schüchtern zu sein und sich mit ihrem Helden zu treffen. Und so hatte sie Paul zugesagt.

Da sie nicht wusste, wie sie sich für einen Sonntagabend im Sommergarten einer Äppelwoi-Wirtschaft angemessen anziehen sollte, hatte sie bei der Auswahl ihrer Kleidung Charlotte um Rat gebeten. Sophie wollte weder zu förmlich noch zu verführerisch wirken. Dennoch sollte Paul Klüver gerne ein wenig bezaubert von ihr sein, wenn er sie, statt in Wanderkluft und plumpen Stiefeln, in schmeichelhafterer Garderobe wiedertraf.

Auf Anraten ihrer Schwester hatte sie sich schließlich für eine zartgelbe Bluse mit Spitzenbordüren, gesmokten Ärmeln und kleinem Stehkragen entschieden, die Charlotte ihr für den heutigen Abend überließ. Passend dazu hatte sie einen hellgrauen Bahnenrock angezogen, der in Kombination mit den leichten Riemchenschuhen ihre schlanken Waden betonte. Um den Hals trug sie, deutlich sichtbar, das feinziselierte Silbermedaillon und auf dem Kopf einen neuen Hut, der mit hübschen pastellfarbenen Seidenblumen und einer Schleife aus gelbem Satin verziert war, die perfekt mit der Bluse harmonierte.

Natürlich ließ sie sich vom Chauffeur zum Treffen fahren, der sie pünktlich um halb sieben vor dem Gartenlokal absetzte. Dort bat sie Ferdinand, sie in zwei Stunden wieder abzuholen. Das schien ihr ausreichend Zeit für ein nettes Gespräch bei Apfelwein.

Wenige Momente später trat sie zu Paul, der bereits an einem Tisch saß. Er sah ausgesprochen gut aus in seinem sandfarbenen Gehrock, zu dem er eine hellbraune Hose und eine farblich passende Fliege trug. Der flache Strohhut mit dem breiten, dunklen Ripsband saß wie immer schräg auf seinem Kopf und verlieh ihm etwas Verwegenes. Sophie gefiel es, wie er den Hut galant lüpfte und höflich aufsprang, um sie mit einem formvollendeten Handkuss zu begrüßen. Er rückte für sie einen schmalen Holzstuhl auf dem feinen Kies nach hinten und machte ein charmantes Kompliment zu ihrem neuen Hut, als er sich ihr gegenübersetzte.

Selbstbewusst winkte er nach einem der Kellner und bestellte für sie beide Äppelwoi. Nachdem sie mit den dicken, geriffelten Gläsern angestoßen und den erfrischend säuerlichen Apfelwein gekostet hatten, entspannte Sophie sich langsam und sah sich neugierig um. Die ausgelassene Atmosphäre, die an diesem herrlichen Sommerabend an den vollbesetzten Tischen herrschte, passte zu ihrer Vorfreude auf diesen Abend mit Paul – außerhalb der massiven Museumsmauern. In den Schatten spendenden Apfelbäumen über ihnen zwitscherten die Spatzen, und nach einer Weile erblickte Sophie etwas Rotbraunes in dem dichten Blätterdach.

Sie zeigte mit dem Finger dorthin. »Ich glaube, da sitzt ein Eichhörnchen.«

Paul schaute in die gewiesene Richtung. »Ja, ich sehe es auch. Und dort drüben ist noch eines. Diesen putzigen Tieren verdankt das Lokal seinen Namen *Eichkatzerl*.«

»Bei uns im Garten füttere ich sie im Winter immer mit Nüssen. Ich liebe es, wenn sie so aufgeregt keckern und wild hin und her springen, obwohl es gar keinen Anlass gibt, so hektisch zu sein.« Sie lächelte bei der Erinnerung an die possierlichen Tierchen, die sich mit den Vögeln am Futterhäuschen um die leckersten Happen stritten.

»Bei uns auf dem Hof wurden Eichhörnchen nicht gefüttert. Das Futter war den Nutztieren vorbehalten. Aber ich habe sie als Kind auch gerne beobachtet, vor allem wenn sie die Hunde und Katzen zum Narren hielten. Sie waren immer schneller als ihre Jäger – zum Glück.« Er lachte auf.

»Auf dem Hof?«, hakte Sophie automatisch nach. An seinem Schweigen und dem plötzlich verschlossenen Gesicht erkannte sie, dass ihm die Frage ganz und gar nicht gefiel. Doch diesmal ließ sie sich von seiner abweisenden Reaktion auf dieses Thema nicht dazu bewegen, es nicht weiter anzusprechen. Sie wollte endlich wissen, weshalb seine Familie und die Jugend in Bremen allem Anschein nach tabu für ihn waren. »War das ein richtiger Bauernhof, auf dem du aufgewachsen bist?«, fragte sie vorsichtig.

Doch er schwieg beharrlich.

»Möchtest du mir nicht wenigstens ein bisschen von damals erzählen?«, bat sie ihn schließlich.

Sie spürte, wie er mit sich rang. Er trank einen Schluck und sah wieder hoch zu der Stelle, wo das inzwischen verschwundene Eichhörnchen gewesen war. Doch er schien nicht wirklich in die Baumkrone zu schauen. Sein Blick ging viel weiter, in eine Ferne hinein, die offenbar endlos weit weg war. Das bedrückende Schweigen währte schlussendlich so lange, dass Sophie entschied, nun doch das Thema zu wechseln, um die bis eben noch so fröhliche Stimmung nicht vollends zu zerstören. Aber bevor sie zu sprechen begann, gab Paul plötzlich ein Räuspern von sich und wandte ihr wieder sein Gesicht zu.

»Ich habe seit Jahren nicht darüber geredet …«, sagte er leise. »Wen sollte es schon interessieren, woher ich stamme? Wichtig ist doch nur, wer ich heute bin.« Er seufzte fast unhörbar auf.

Sophie spürte, wie unglaublich schwer es ihm fiel, über seine Vergangenheit zu sprechen, auch wenn sie nicht wusste, warum. Was konnte so schrecklich gewesen sein, dass er ihr jedes Mal auswich und das Thema wechselte, sobald es um die Zeit ging, bevor er ihr als Doktorand im Museum begegnet war? Hatte er noch immer nicht genügend Vertrauen zu ihr, jetzt, wo sie ein Geheimnis miteinander teilten und er sie so heldenhaft gerettet hatte? Sie wünschte sich inständig, dass er sie etwas näher an sich heranließ, sich ihr ein wenig mehr öffnete.

Paul sah sie direkt an, und sie hatte das Gefühl, dass seine wunderschönen, unfassbar blauen Augen tief in sie hineinblickten, um zu prüfen, ob er ihr wirklich vertrauen konnte. Sie hielt seinem zweifelnden Blick stand.

»Mich interessiert es«, erwiderte sie entschlossen. »Ich möchte so gerne wissen, wo du herkommst. Was dich zu dem Menschen gemacht hat, der du heute bist. Ich bin für dich ein offenes Buch – du weißt, woher ich stamme, kennst meine Familie. Doch ich weiß so wenig über dich, Paul. Schenk mir doch ein wenig Vertrauen, und erzähl mir etwas über dich, deine Familie, deine Kindheit. Ich möchte dich wirklich besser kennenlernen.«

Er sah sie zweifelnd an, nickte dann zögernd und blickte sich kurz um, wie um sich zu vergewissern, dass es keine unerwünschten Zuhörer in ihrer Nähe gab. Niemand beachtete sie. Die anderen Gäste des Sommergartens waren augenscheinlich mit launigen Plaudereien an ihren eigenen Tischen beschäftigt. Und so lehnte Paul sich schließlich zurück, atmete tief durch und schaute Sophie wieder in die Augen.

»Meine Eltern waren einfache, gute Leute. Sie nahmen mich auf, als kein anderer mich haben wollte …« Er brach ab, wollte offensichtlich zunächst sehen, ob sie auf diese Eröffnung schockiert reagieren würde.

Mit einem solch dramatischen Anfang hatte Sophie nicht gerechnet, und etliche Vermutungen und Fragen rasten ihr durch den Kopf. Doch sie zwang sich zu schweigen, um ihm keinen Grund zu geben, seine Enthüllungen abzubrechen. Sie blickte ihn nur mitfühlend an, und ihre Ruhe und Zurückhaltung schienen ihm Mut zu machen, sich ihr weiterhin anzuvertrauen.

»Ich wurde als Baby ausgesetzt. In einem Wäschekorb auf den Stufen des Bremer Doms …« Er schluckte. »Der Küster fand mich, als er frühmorgens das Kirchenportal aufschließen wollte …« Sophie hielt den Atem an und lauschte gebannt seinen Worten, während er fortfuhr: »Anstatt in ein Waisenhaus brachte mich der gute Mann heimlich zu seiner Schwester und deren Mann, die außerhalb der Stadt einen Bauernhof bewirtschafteten und selbst keine Kinder hatten. Diese schlichten, ehrlichen Leute nahmen mich bei sich auf, als wenn es das Selbstverständlichste der Welt wäre. Ein Kind, das man ausgesetzt hatte, weil seine leiblichen Eltern es nicht wollten, und ein Ehepaar, dessen sehnlicher Kinderwunsch sich nie erfüllt hatte: Sie dachten, das passt doch gut zusammen, und scherten sich nicht um Behörden und Papiere, sondern handelten einfach, ohne die Konsequenzen im Blick zu haben. Offiziell adoptiert wurde ich nie, und niemand sollte erfahren, dass ich ein Findelkind war. Der Hof lag sehr abgelegen, und man sah die Nachbarschaft nur selten, sodass die Bauern in der Umgebung das überraschende, späte Elternglück der Klüvers nicht infrage stellten und mich tatsächlich für ihren leiblichen Sohn hielten. Erst als ich größer wurde, gab es zunehmend Zweifel an dieser Darstellung. Wenn wir die Nachbarn bei einem sonntäglichen Gottesdienst oder auf dem Markt trafen, fielen meine schwarzen, lockigen Haare auf, denn sie passten so gar nicht zu meinen blonden Eltern …« Er holte tief Luft. »Es kam immer mehr Gerede auf, und in der Dorfschule wurde ich von den anderen Jungen gehänselt. Lehrer Meyerdirks nannte mich ›Zigeunerkind‹ …« Bei der Erinnerung gab Paul ein verärgertes Räuspern von sich.

Sophie sog schockiert den Atem ein. »Das ist ja unfassbar«, stieß sie entrüstet aus.

Paul sah sie schulterzuckend an. »Kinder können grausam sein – und Erwachsene auch …«

»Und was haben deine Eltern dagegen unternommen?«

»Nichts. Sie hatten genug damit zu tun, uns mit dem bescheidenen Hof durchzubringen. Sich gegen eine Autoritätsperson, wie den Lehrer, aufzulehnen wäre ihnen nie in den Sinn gekommen. Vielleicht hatten sie auch Angst, dass jemand ihr Geheimnis herausfinden könnte und mich ihnen wegnehmen würde. Sie wollten mich sicher nur beschützen. Ich selbst verstand natürlich überhaupt nicht, warum sie mich nicht gegen die Gemeinheiten verteidigten, und war ihnen böse. Ich wusste ja nichts von ihren Sorgen um mögliche

Konsequenzen, weil sie mich ohne behördliche Genehmigung großzogen …«

»Und wann hast du es herausgefunden?«, fragte Sophie atemlos.

»Das war erst sehr viel später. Nach ihrem Tod …« Er schluckte wieder bei der Erinnerung daran, riss sich dann jedoch zusammen und holte tief Luft.

Sophie hatte das Gefühl, dass sie gerade erlebte, wie ein harter Eispanzer, der Paul seit vielen Jahren eingeschlossen hatte, zerbarst und er sich endlich alles von der Seele reden wollte. Am liebsten hätte sie ihn in den Arm genommen und ihm gesagt, dass alles gut war. Aber das war natürlich völlig unmöglich. Immerhin konnte sie eine aufmerksame Zuhörerin sein, wenn er ihr jetzt sein Herz öffnete. Dass sie diejenige war, der er sein Geheimnis anvertraute, machte sie stolz.

»Trotz der Gemeinheiten meiner Mitschüler – und obwohl Herr Meyerdirks mich in seinem Unterricht kaum beachtete – war ich einer der besten Schüler und wollte nach der Dorfschule aufs Gymnasium in der Stadt gehen«, fuhr er fort. »Die Aufnahme von Wissen fiel mir leicht, und ich wollte unbedingt noch mehr lernen als das, was mir beim Deutsch-, Rechen- und Religionsunterricht in den ersten Klassen beigebracht worden war. Viel mehr!« Sein Blick wurde härter, und seine Stimme klang bitter, als er sagte: »Mein Volksschullehrer hat mich nur ausgelacht, als er von meinen Absichten erfuhr. Für so einen Bauernlümmel wie mich käme eine höhere Bildung nicht infrage, erklärte er kurz danach meinen Eltern. Was ich für mein weiteres Leben wissen müsse, könne ich nicht auf dem Gymnasium, sondern auf dem Hof lernen …«

»Das darf doch wohl nicht wahr sein!«, empörte sich Sophie, während ihr gleichzeitig klar wurde, dass es auch für Mädchen bis vor Kurzem grundsätzlich keine Möglichkeit gegeben hatte, aufs Gymnasium zu gehen. Egal, ob sie vom Bauernhof oder aus großbürgerlichen Verhältnissen stammten. Und diese Ungerechtigkeit hatte lange niemand angezweifelt, denn es ging ja nur um junge Frauen, die sowieso früh heiraten würden.

Ohne ihre aufgeschlossenen Eltern – und insbesondere ohne ihren fortschrittlich denkenden Vater – hätte sie selbst keine Chance gehabt, eine bessere Ausbildung zu bekommen als die, die eigentlich für eine höhere Tochter vorgesehen war. Und nur den Beziehungen ihres Vaters hatte sie es zu verdanken, dass sie ohne reguläres Abitur ihr Studium hatte beginnen können. Bisher hatte sie ganz allgemein die Jungen darum beneidet, dass ihnen keine solchen Steine in den Weg gelegt wurden, wenn sie an die Universität gehen wollten. Dabei hatte sie allerdings nur an die Jungen ihrer eigenen sozialen Schicht gedacht. Es war ihr nie in den Sinn gekommen, sich auch einmal die Bildungschancen anderer Menschen zu vergegenwärtigen, die nicht das Glück hatten, in eine großbürgerliche Familie hineingeboren worden zu sein. In ihren Kreisen war es selbstverständlich, dass sich die Welt in Herrschende und Dienende teilte und dass sich daran nie etwas ändern würde. Nun erfuhr sie zum ersten Mal, wie es jemandem ergangen war, dem das Schicksal einen sehr viel schwierigeren Start ins Leben aufgebürdet hatte.

»Es war mein Onkel, der Küster, dem ich damals mein Herz ausschüttete. Dem ich anvertraute, dass ich auf keinen Fall mein Leben als Bauer verbringen wollte. Er versprach mir zu helfen, der dörflichen Enge zu entkommen. In der Stadt hätte ich sicher bessere Chancen auf einen ordentlichen Beruf, meinte er.«

Sophie beugte sich ein wenig vor und hörte weiter gespannt zu, während Paul schilderte, wie es ihm gelungen war, trotz seiner Herkunft eine akademische Karriere einzuschlagen.

»Der Weg aufs Gymnasium blieb mir ohne die Empfehlung meines Lehrers leider verschlossen, doch mein Onkel kümmerte sich darum, dass ich als Lehrjunge bei einem renommierten Tabakhändler unterkam«, erzählte er weiter. »Johann Schörling, der ein großes Handelskontor führte, kam persönlich auf unseren Hof und überzeugte meine zweifelnden Eltern, dass er sich von nun an um meine weitere Ausbildung kümmern würde. Schließlich stimmten sie schweren Herzens zu und ließen mich mit ihm nach Bremen gehen. Dort brachte er mich in einer Dachkammer über dem Kontor an der Martinistraße unter – direkt an der Weser und nur einen Steinwurf vom Dom entfernt …« Paul räusperte sich. »Dort oben, umgeben vom süßlichen Duft der getrockneten und fermentierten Tabakblätter, von Sumatra, Havanna und Brasil, und mit Blick auf den großen Fluss, der zur Nordsee führt, träumte ich mich fort in fremde Länder. Doch für einen Jungen wie mich war es damals natürlich undenkbar, nach Amerika zu reisen. Stattdessen lernte ich das Handelsgeschäft mit Tabak und Zigarren von der Pike auf. Anfangs schleppte ich die Säcke mit dem Rohtabak, später durfte ich im Kontor den Angestellten zur Hand gehen und Buchführung lernen. Herr Schörling gab mir die alten Schulbücher seines Sohnes Johann Heinrich, der einige Jahre älter war als ich. Er lebte inzwischen in Südamerika, um dort auf der Tabakplantage eines Handelspartners der Schörlings alles über das Geschäft zu erlernen. Abends nach der Arbeit studierte ich in meinem Zimmerchen auf dem Dachboden eifrig den Lehrstoff des Gymnasiums. Es waren schöne Jahre, denn Herr Schörling behandelte mich im Kontor fast wie einen Sohn und lud mich ab und zu zum Sonntagsessen oder zu Weihnachten in seine prachtvolle Villa an der Contrescarpe ein. Das schien seiner Frau Gerda allerdings überhaupt nicht zu gefallen. Sie ließ mich deutlich spüren, dass ich in dieser für mich fremden, vornehmen Welt nicht willkommen, sondern nur ab und an geduldet war. Die Ablehnung der Hausherrin und die gleichzeitige Freundlichkeit und Herzlichkeit ihres Mannes sorgten dafür, dass ich mich in dem schönen Haus auf eine seltsame Weise gleichzeitig heimisch und völlig fehl am Platze fühlte.« Paul hielt inne und schien über jenen Abschnitt seines Lebens nachzudenken, während er einen großen Schluck trank. »Ich weiß nicht, warum Gerda Schörling mich nicht mochte, vielleicht, weil ich in ihren Augen der ewige Bauernlümmel blieb oder weil sie befürchtete, dass ich ihrem Sohn seinen Platz in der väterlichen Firma streitig machen könnte. Jedenfalls endete meine Lehre im Kontor eines Tages abrupt. Mit der Begründung, ich müsse noch mehr lernen, brachte Johann Schörling mich am anderen Ende der Stadt in einer Pension unter und schickte mich aufs dortige Gymnasium. Ich war anfangs sehr unglücklich, dann jedoch vor allem dankbar, dass ich in jener Schule schließlich mein Abitur ablegen konnte. Dass ich danach wieder im Kontor arbeiten würde, stand für mich felsenfest. Hatte doch Herr Schörling stets davon gesprochen, dass aus mir mal ein Tabakhändler werden sollte und ich dann eines Tages all die fernen Länder bereisen würde, deren Namen ich auf den Jutesäcken mit den Tabakblättern gelesen hatte. Doch es kam anders …« Paul verstummte. Unvermittelt schien er in Gedanken ganz weit weg zu sein.

Fasziniert hatte Sophie ihm gelauscht. Die Sonne stand schon ziemlich tief, und sie hatten ihre Gläser inzwischen längst geleert. Nervös warf sie einen heimlichen Blick auf ihre Taschenuhr. Zum Glück würde es noch eine kleine Weile dauern, bis Ferdinand kam, um sie abzuholen. Genug Zeit für Paul, um noch einiges aus seinem bewegten Leben zu erzählen, sofern er nicht für den Rest ihres Beisammenseins in Schweigen verfiel. Doch sie wollte nicht aufbrechen, ohne das Ende seiner Geschichte erfahren zu haben.

»Und was ist aus deinen Eltern, also den Klüvers, geworden?«, fragte sie behutsam, um ihn zum Weiterreden zu bewegen.

Beim leisen Klang ihrer Stimme tauchte Paul aus seiner Gedankenwelt wieder auf und sah sie an, als ob er sich nicht erinnern könne, wo er war und mit wem er sprach. Dann klärte sich sein Blick, und er räusperte sich.

»Die harte Arbeit auf dem Bauernhof hatte die Lebenskräfte der beiden aufgezehrt, und als sie vor zwei Jahren schwer erkrankten, sind sie kurz nacheinander gestorben.« Er seufzte leise. »Ich hatte sie da leider schon länger nicht mehr gesehen. Nach meinem Umzug nach Marburg wohnten wir leider sehr weit voneinander entfernt, und mir fehlten als Student auch die finanziellen Mittel, um zu ihnen zu reisen.« Er zuckte bedauernd mit den Schultern. »Immerhin haben sie noch erlebt, dass ich studieren konnte, und waren darauf sehr stolz. Meine Eltern selbst konnten weder lesen noch schreiben, und so erfuhr ich nur indirekt hin und wieder etwas von ihnen, wenn der Bruder meiner Mutter, der Küster, mir einen Brief schrieb. Er berichtete mir dann schließlich von ihrem Tod: Innerhalb einer Woche waren zuerst meine Mutter und dann mein Vater gestorben, der offenbar nicht ohne seine geliebte Frau weiterleben konnte oder wollte. Daraufhin reiste ich nach Bremen, um mich um ihre Beerdigung und alles andere zu kümmern. In einem Schrank in der Schlafstube fand ich das Familienstammbuch. Aber zu meiner Überraschung fand ich darin keine Spur von der Geburt eines Sohnes … Das Stammbuch lag allerdings neben einer sorgfältig in Papier eingeschlagenen, wollenen Babydecke, liebevoll bestickt mit hellblauen Blümchen. Als ich die Decke auseinanderfaltete, entdeckte ich einen Zettel. Darauf stand in sauberer Mädchenhandschrift: *Das ist Paul. Bitte sorgen Sie gut für ihn. Ich kann es leider nicht. Magdalena.*«

»Deine leibliche Mutter …«, stieß Sophie fassungslos aus.

»Ja. Sie hieß wohl Magdalena …«, murmelte er. »Als ich meinen Onkel fragte, was es mit der Wolldecke und dem Zettel auf sich hatte, rückte er schließlich mit der Wahrheit heraus und offenbarte mir, dass ich ein Findelkind war. Das war ein ziemlicher Schock für mich.«

»Das glaube ich. Was für ein Albtraum!« Sophie sah ihn mitfühlend an.

»Ich habe nur diesen Namen – Magdalena …« Er sprach ihn voller Zärtlichkeit aus. »Sie muss sehr jung und sehr verzweifelt gewesen sein, als sie mich vor der Kirche in einem Korb zurückließ. Wahrscheinlich irgendein Dienstmädchen, dass von seinem Herrn geschwängert und dann mit den Folgen alleingelassen worden war.« Er seufzte. »Ich kann sie dafür nicht verurteilen. Wahrscheinlich wusste sie einfach nicht weiter. Ohne einen Mann an ihrer Seite war es ihr unmöglich, zu arbeiten und gleichzeitig ein Kind großzuziehen.«

»Sie muss dich sehr geliebt haben«, sagte Sophie voller Wärme. »Jedenfalls klingen ihre wenigen Zeilen so. Und die hübsche Decke, in die sie ihr Baby gewickelt hat …«

»Meine schwarzen Haare habe ich vermutlich von ihr geerbt.«

»Und bestimmt auch die Grübchen«, fügte Sophie lächelnd hinzu. »Deine Mutter war sicher eine gute Frau. Schade, dass du sie nie kennenlernen wirst. Und auch deinen leiblichen Vater nicht …«

»Von dem will ich nichts wissen!«, unterbrach Paul sie barsch. »Was muss das für ein roher Mensch sein, der nur sein Vergnügen sucht und für die Konsequenzen nicht einsteht!« Er schnaubte wütend. »Ich hoffe sehr, dass ich von ihm rein gar nichts geerbt habe!«

Sophie strich ihm beruhigend über die Hand, die er auf dem Tisch zur Faust geballt hatte, und spürte, wie seine Wut wieder verrauchte.

»Du bist ein ganz wunderbarer Mensch, Paul. Und das hast du allein dir selbst zu verdanken. Du bist kein solch verantwortungsloser, brutaler Kerl wie …« Sie verstummte, denn anstatt zu versuchen, sich seinen unbekannten Vater vorzustellen, musste sie an den Mann denken, der vor Kurzem versucht hatte, sich an ihr zu vergehen. Der Ausdruck in Pauls Augen verriet, dass auch er gerade an Alfred Rühl gedacht hatte.

»Danke für deinen Zuspruch, Sophie. Ich habe nie geglaubt, dass es so guttun würde, mit jemandem über all diese Dinge zu sprechen. Bis heute dachte ich, dass ich dieses Geheimnis mein Leben lang nur ganz allein mit mir herumtragen müsste.« Er sah ihr tief in die Augen. »Jetzt teilen wir beide ein weiteres Geheimnis miteinander. Ich danke dir von Herzen, dass du mir zugehört hast.« Die Finger seiner rechten Hand verschränkten sich mit ihren, und er sah sie zärtlich an. »Ich mag dich wirklich sehr …«

Sophie wurde bei diesem Blick, diesen Worten und seiner Berührung plötzlich ganz heiß. Sie spürte, wie ihr Herz wild schlug und das Blut ihr in den Kopf stieg. In ihren Ohren rauschte es, und sie meinte fast, jeden Moment ohnmächtig zu werden. Was war das nur für ein seltsames Gefühl? Unbewusst hatten sich ihre Finger fest mit den seinen verbunden. Sie starrte ihn stumm an, wusste nicht, wie sie reagieren, was sie ihm antworten sollte. Dass sie ihn ebenso sehr mochte, ahnte er doch sicher. Es so deutlich auszusprechen, wie er es vermocht hatte, kostete sie allerdings eine Menge Überwindung.

»Ich …«, setzte sie an, als ein lautes Kreischen diesen innigen Moment zerstörte.

Sophie und Paul drehten sich erschrocken zu dem Nebentisch um.

Dort war eine junge Frau panisch aufgesprungen und zeigte nun auf etwas, das blitzschnell zwischen den Tischen herumhuschte und auf den nächsten Baum hüpfte.

»Das Vieh war unter meinem Rock!«, schrie sie empört.

Sophie und Paul – wie die meisten anderen Gäste, denen die Szene nicht entgangen war – lachten laut auf, als das Eichhörnchen oben im Blätterdach verschwand. Die Frau beruhigte sich rasch wieder und musste einen Moment später selbst lachen.

»Das war bestimmt ein Männchen«, rief jemand frech aus der Menge, und erneut prusteten alle los.

»Dann hat es einen wirklich guten Geschmack«, befand ein anderer.

Etliche Wirtshausgäste bekräftigten das Kompliment mit einem beifälligen Klatschen, und die junge Frau bedankte sich geschmeichelt mit einem lächelnden Nicken in die Runde. Dann kehrte wieder Ruhe ein.

Sophie und Paul schauten sich etwas ratlos an. Die Intimität, die bis eben noch zwischen ihnen geherrscht hatte, war jählings verschwunden.

Sophie bedauerte, dass sie den Moment verpasst hatte, ihm zu sagen, wie sie für ihn empfand. Jetzt war es dafür wohl zu spät, denn auch Paul schien sich erneut in sein Schneckenhaus zurückgezogen zu haben. Er starrte auf den Tisch, wo ihre Hände sich längst wieder getrennt hatten, dann räusperte er sich und sah sie wie üblich mit seinem ernsten Blick an.

»Was ich eigentlich heute mit dir besprechen wollte …« Er hielt kurz inne und straffte seinen Oberkörper, bevor er fortfuhr: »Wir könnten im Museum deine Hilfe gebrauchen.«

Der plötzliche Stimmungs- und Themenwechsel verwirrte Sophie. Sie schaute ihn fragend an. »Ja?«

»Du hast doch sicher von der bevorstehenden Internationalen Luftschifffahrt-Ausstellung gehört, die in einigen Tagen in Frankfurt stattfindet.«

»Ja, natürlich, die ILA. Das soll ein großes Spektakel werden, und auch ich will es mir nicht entgehen lassen.«

»Nun, wir bereiten dazu eine besondere Ausstellungsabteilung im Museum vor. Es geht um die Entwicklung des Flugvermögens im Pflanzen- und Tierreich sowie um die verschiedenen Flugarten, wie Gleitflug, Segelflug und so weiter. Wir wollen den Besuchern eine Einführung in die Probleme des Fliegens und die Aeronautik geben.«

»Das klingt ja spannend«, sagte Sophie ehrlich interessiert. »Und wie kann ich da helfen? Von diesen Themen habe ich doch keine Ahnung.«

»Uns läuft die Zeit davon. Es muss noch so viel organisiert und aufgebaut werden. Die zahlreichen Modelle, Karten mit Erklärungen und Tafeln müssen korrekt platziert werden. Und einige der präparierten rezenten und fossilen flugfähigen Tiere, anhand derer man die Phänomene des Fliegens plastisch erklären kann, müssen aus den Lagern oder anderen Teilen unserer Ausstellungsräume zusammengetragen und sinnvoll aufgestellt werden. Das schaffen wir einfach nicht schnell genug mit den vorhandenen Mitarbeitern im Museum. Daher haben wir schon einige Mitglieder der *Senckenbergischen Naturforschenden Gesellschaft* um tätige Mithilfe gebeten. Und ich habe überlegt, ob du nicht vielleicht auch Zeit und Lust hättest, daran mitzuwirken. Doktor Hugo Mertons, der die Sonderausstellung konzipiert hat und leitet, fand diese Idee ganz großartig, und so wollte ich dich heute fragen, ob du uns vielleicht helfen magst.«

»Aber natürlich!«, stimmte Sophie zu, ohne lange nachzudenken. Die Aussicht, wieder mal in *ihrem* Museum arbeiten zu dürfen – und dann noch an der Seite von Paul –, klang sehr verlockend. Ihre Augen leuchteten, als sie voller Tatendrang fragte: »Wann soll es losgehen?«

Auf Pauls Wangen zeigten sich die wohlbekannten Grübchen. »Ich wusste, dass du uns nicht hängen lassen wirst.«

»Ganz im Gegenteil, es ist mir eine große Freude, an so einem spannenden Projekt mitzuarbeiten. Endlich kann ich wieder etwas Praktisches tun, statt nur in Vorlesungen herumzusitzen und mir anzuhören, was andere schlaue Menschen schon erforscht haben. Bestimmt wird uns auch mein Kommilitone Richard von Lohenstein helfen. Ich werde ihn gleich morgen fragen, ob er mitmachen möchte. Wann sollen wir denn anfangen?«

Als sie ihren Studentenfreund erwähnte, runzelte Paul für einen kurzen Moment die Stirn, doch dann antwortete er: »Falls es euch möglich wäre, abends nach der Universität ins Museum zu kommen … Also, das wäre großartig. Wir können an der Ausstellung ja nur arbeiten, wenn das Museum für Besucher geschlossen ist.«

»Wunderbar! Ich bin auf jeden Fall dabei, und Richard lässt sich bestimmt von mir becircen.« Sie zwinkerte Paul zu.

Und wieder legte sich seine Stirn argwöhnisch in Falten.

* * *

Sophie fröstelte in ihrer sommerlichen Garderobe, als sie das Festgelände betraten. Zu einer weißen Bluse aus zartem, seidigem Musselin, vor der Brust mit einem Spitzen-*Jabot* verziert, trug sie einen dunkelgrauen, knöchellangen Glockenrock. Sie hatte für dieses einmalige Ereignis besonders gut aussehen wollen, doch jetzt bereute sie es, auf die passende, hüftlange Jacke ihres *Costume Trotteur* verzichtet zu haben. Das *Gilet*, eine dünne Weste, betonte trotz seiner Schlichtheit ihren schlanken Körper, wärmte jedoch kaum. Ausgerechnet heute herrschte trübes Wetter. Eine frische Brise blies eine Wolke nach der anderen über den milchig-weißen Himmel, als sie am Arm von Richard von Lohenstein aus der Eingangshalle hinaustrat. Der Wind zerrte an der breiten Krempe ihres Hutes, und ihre kastanienbraunen Locken, die sie darunter zu einem dicken, weichen Knoten im Nacken aufgesteckt hatte, liefen Gefahr, ihren Halt zu verlieren.

Es war Samstagnachmittag, der 31. Juli, und seit drei Wochen sorgte die erste Internationale Luftschifffahrt-Ausstellung, kurz ILA genannt, in Frankfurt für allgemeine Aufregung. Für Sophie war es bereits der zweite Besuch hier. Nachdem sie an der Sonderausstellung im Senckenberg-Museum mitgewirkt hatte, war sie fasziniert von der Aeronautik und all den fliegenden Maschinen, die es hier zu bestaunen gab. Das Ausstellungsgelände war so groß, dass sie beim ersten Mal nur einen Bruchteil hatte erkunden können, zumal sie zu der feierlichen Eröffnung in Begleitung ihrer ganzen Familie hier gewesen war, die den vielen technischen Ausstellungsobjekten keine allzu große Beachtung geschenkt hatte. Vater, Mutter, Charlotte, Marianne und deren Gatte waren mehr an dem eleganten Empfang, der Eröffnungsrede des ILA-Präsidenten Paul von Gans und dem anschließenden Umtrunk interessiert gewesen.

Bei ihrem zweiten Besuch sollte hingegen das Augenmerk auf technischen Neuerungen liegen, hatte Sophie sich fest vorgenommen. Ein ganz besonderer Höhepunkt war die heute zur erwartende Landung des Zeppelins, zu der sie am liebsten mit Paul Klüver gegangen wäre, der jedoch aufgrund der Ausstellung im Museum leider unabkömmlich war. Als sie ihrem Kommilitonen Richard vorgeschlagen hatte, sie zu diesem Spektakel zu begleiten, war dieser sogleich Feuer und Flamme gewesen.

Dieses aufregende Ereignis wollte auch er sich nicht entgehen lassen. Das schien ihn mehr zu interessieren, als beim Aufbau der Sonderausstellung im Museum mitzuhelfen, wozu sie ihn nicht hatte überreden können. Als Grund für seine Absage hatte Richard angegeben, er müsse für die anstehenden Prüfungen kurz vor dem baldigen Ende des Semesters noch intensiv lernen. Doch Sophie vermutete, dass er schlicht zu faul gewesen war, in Frankfurt jede Menge ausgestopfte Vögel und Skelette von Flugsauriern treppauf, treppab an ihren vorgesehenen Platz in der Ausstellung zu tragen. So war Richard eben: ein adliger Bohemien, der nicht dafür geschaffen war, mit den Händen zu arbeiten. Doch um auf der ILA umherzuziehen und später dem Grafen Zeppelin zuzujubeln, war er der perfekte Begleiter – ein amüsanter Gesprächspartner, der voller Wissbegierde all die neuartigen Flugmaschinen aus der Nähe bestaunte. Zu Sophies Überraschung hatte er sich sogar ein wenig Fachwissen angeeignet, das er ihr bereits offenbarte, als er zu ihr in das Automobil gestiegen war. Sie hatte Ferdinand angewiesen, zunächst mit ihr zum Hauptbahnhof zu fahren, um ihren Kommilitonen abzuholen, und danach sie beide zum Ausstellungsgelände zu chauffieren.

Großspurig referierte Richard unterwegs: »Wusstest du schon, dass Zeppeline Starrluftschiffe sind? Ihr Auftriebskörper besteht aus einem fachwerkartigen Metallgerüst, das mit Tuch bespannt ist. In ihrem Innern sorgt Wasserstoff dafür, dass sie fliegen können, weil der leichter ist als Luft.«

»Tatsächlich?«, sagte sie in einem Tonfall, als wäre sie tief beeindruckt, während sie sich heimlich über ihn amüsierte.

»Ja, wirklich!«, bekräftigte er mit ernster Stimme. »Und fortbewegen tun sie sich mittels eines Leitwerks mit Höhen- und Seitenrudern und Triebwerken mit Luftschrauben, die in Triebwerksgondeln angebracht sind.«

»Du klingst wie Graf Zeppelin persönlich.« Sophie konnte sich nicht länger zurückhalten und musste lachen. »Das hast du fein auswendig gelernt. Wenn dir das doch bloß auch mit dem Lehrstoff in Geologie und Paläontologie gelingen würde«, fügte sie schmunzelnd hinzu.

Er schien ein bisschen beleidigt zu sein, dass seine Freundin sein Wissen nicht zu würdigen wusste. »Totes Gestein ist eben längst nicht so aufregend wie die moderne Aeronautik!«

»Vielleicht hättest du lieber Physik studieren sollen«, neckte Sophie ihn weiter. »Oder dich zumindest mit den paläontologischen Ausstellungsstücken im Senckenberg-Museum beschäftigen sollen. Dabei habe ich nämlich viel über die Kunst des Fliegens gelernt.«

Nun musste auch er lachen. »Ich verstehe: Du nimmst es mir immer noch übel, dass ich mich davor gedrückt habe, so wie du zu schuften. Bitte verzeih mir.« Er sah sie mit einem gespielt untröstlichen Gesichtsausdruck an, und Sophie knuffte ihn spielerisch in den Oberarm.

»Du Faulpelz!«

»Na, Hauptsache, wir sind heute beide bestens auf die Wunder vorbereitet, die uns hier erwarten – du dank deiner ehrlichen Arbeit im Museum und ich, weil ich vorhin im Zug einen Artikel über den Zeppelin in der Zeitung gelesen habe.« Er kicherte noch immer, als der Chauffeur das Automobil vor dem Eingang zur Festhalle anhielt und ihnen die Tür öffnete.

Als Sophie ausstieg, reckte sie den Hals und sah an dem imposanten Gebäude mit seiner leuchtend roten Fassade aus Sandstein hoch, das nach nur zwei Jahren Bauzeit erst im Mai eröffnet worden war. Die Stadt hatte dieses Bauwerk dem Kaiser höchstpersönlich zu verdanken. Als Wilhelm II. zu verstehen gegeben hatte, dass er Frankfurt zum dauerhaften Austragungsort des alle vier Jahre stattfindenden Wettstreits Deutscher Männergesangvereine ernennen würde, hatte Oberbürgermeister Franz Adickes sich mächtig ins Zeug gelegt, um das von Seiner Majestät gewünschte Festhallenprojekt gegen alle Widerstände der politischen Gremien umzusetzen. In Rekordzeit war so der größte Kuppelbau Europas entstanden. Mit seiner vierzig Meter hohen Rotunde im Zentrum des Komplexes und den drei Türmen wirkte die Festhalle wie eine gigantische, eingefasste Brosche. Aus unerfindlichen Gründen fehlte ein vierter Eckturm, doch das hatte der Vorfreude auf die feierliche Einweihung keinen Abbruch getan.

Sophie war voller lebhafter Erinnerungen an jenen Eröffnungsabend im Mai, als Charlotte und sie mit Hunderten anderen Schaulustigen jubelnd Spalier gestanden hatten, um mitzuerleben, wie das stattliche hellgelbe Automobil mit den Majestäten aus Berlin an ihnen vorbeisauste. Alles verlief so schnell, dass die Bläser auf der Balustrade der mit bunten Fahnen und Girlanden geschmückten Festhalle beinahe ihren Einsatz verpasst hätten. Gerade noch rechtzeitig hatten sie ihre Fanfaren erklingen lassen, als die Limousine mit Kaiser Wilhelm II. und seiner Gemahlin Auguste Victoria vorgefahren war.

Als Sophie diesmal an Richards Arm die riesige Festhalle betrat, ging es nicht um Männergesangsvereine oder kaiserliche Hoheiten, sondern um ein aufregendes, neues Kapitel in der Geschichte der Luftschifffahrt. Anstelle geladener Festgäste füllten heute imposante Ausstellungsstücke die Halle. Sophie und Richard bewunderten einen der bunten Ballone der berühmten Luftfahrerin Käthchen Paulus. Deren sonntägliche Ballonaufstiege am Frankfurter Zoo waren legendär, und Sophie hatte ihre spektakulären Fallschirmabsprünge aus der Gondel schon mehrmals leibhaftig erlebt. Auf der ILA war die geschäftstüchtige Luftakrobatin, die ihre Ballone und Fallschirme selbst herstellte, mit einem eigenen Verkaufsstand vertreten. Ein kleines Stück weiter gab es einen Doppeldecker-Flugapparat der amerikanischen Flugpionier-Brüder Wright zu bestaunen, und daneben befand sich ein imposantes Flügelpaar mit fast zehn Metern Spannweite. Der Rahmen bestand aus Weidenholz, der mit gewachstem Baumwollstoff bezogen war. Eine Tafel wies darauf hin, dass der deutsche Luftfahrtpionier Otto Lilienthal damit Anfang der 1890er Jahre als erster Mensch erfolgreich Gleitflüge durchgeführt hatte. Sophie und Richard bewunderten seinen Mut und Pioniergeist und schlenderten weiter.

Direkt unter der hohen Kuppel der Festhalle gab es eine der spektakulärsten Attraktionen zu bestaunen: den Ballon »Preussen«. Der hatte einen Durchmesser von mehr als fünfundzwanzig Metern und war sogar für das Publikum begehbar. Seine gelbe, auf dem Boden liegende Hülle blähte sich riesig vor ihnen auf. Damit die Messebesucher den Ballon betreten konnten, wurde durch Überdruck ständig frische Luft hineingepumpt. Obwohl der Andrang immens war, wollte Sophie unbedingt das Innere mit eigenen Augen sehen. Seufzend reihte Richard sich mit ihr in die Schlange der Wartenden ein. Während sie anstanden, betrachtete er die ausgestellten Originalaufzeichnungen der Messgeräte, die 1901 bei der Rekordfahrt in Berlin benutzt worden waren. Sein Blick fiel auf eine Tafel mit Erklärungen, und die Informationen, die er dort las, gab er sogleich an Sophie weiter.

»Der Ballon ›Preussen‹ war als Wettermessstation eingesetzt und auf über zehntausend Meter Höhe aufgestiegen … Aber hör dir das an!« Er hatte plötzlich einen misstrauischen Gesichtsausdruck. »›Die wissenschaftlichen Ballonfahrer sind bei dem Aufstieg kurz vor Erreichen der Maximalhöhe in Ohnmacht gefallen.‹ Willst du da wirklich reingehen?«

Sie lachte angesichts seines skeptischen Blicks. »Natürlich! Der Ballon ist doch hier auf ebener Erde. Nun komm!« Sie zog ihn mit sich. Durch eine Schleuse ging es hinein in die Hülle aus gummiertem Stoff, in der ein gespenstisches gelbliches Licht herrschte. »Ist das nicht aufregend?«

Richard sah sich um und kräuselte die Nase. »Nun ja, der Geruch hier drinnen ist nicht gerade angenehm – Kautschuk und Schweiß …«

»Stell dich nicht so an! Im Dienste der Wissenschaft muss man ein paar Unannehmlichkeiten aushalten«, erwiderte Sophie, schnupperte dann aber auch und hielt sich die Nase zu. »Du hast recht.« Sie zwinkerte ihm zu und flüsterte: »Es stinkt hier drinnen! Lass uns lieber rausgehen aufs Flugfeld und nach dem Zeppelin Ausschau halten.«

Lachend verließen sie den Ballon.

Der kühle Wind ließ sie frösteln, als Richard und sie einen Moment später auf die weite Fläche hinaustraten, doch der Anblick des bunten Treibens in dem Vergnügungspark am Eingang zum weitläufigen Ausstellungsgelände lenkte Sophie schnell von dem wenig sommerlichen Wetter ab. Sie zog ihre kleine goldene Taschenuhr aus dem *Gilet*, schaute kurz darauf und sah sich dann suchend nach einem Hinweisschild um. Als sie eines erblickte, schritt sie dorthin, und ihr Begleiter folgte ihr.

»Wir müssen in diese Richtung, zum Rebstock. Da ist das Fluggelände mit der Zeppelinhalle.« Sie deutete auf das Wäldchen in der

Ferne. »Dort soll der Zeppelin landen, und da treffen wir meinen Vater und seine Freunde von der *Senckenbergischen Naturforschenden Gesellschaft*. Aber wir haben keine Eile.«

Spitze und begeisterte Schreie der Fahrgäste des Aeroplan-Karussells, dessen Gondeln sich in luftiger Höhe bewegten, fesselten Richards Aufmerksamkeit. »In Ordnung«, murmelte er abgelenkt.

»Möchtest du darin vielleicht auch mal hoch in die Lüfte steigen?«, fragte Sophie verschmitzt, nachdem sie seinem Blick gefolgt war.

»Auf keinen Fall!«, entgegnete er vehement.

»Zu gefährlich?« Sie grinste ihn frech an. »Dann vielleicht eine Limonade? In der Äppelwoi-Kneipe dort drüben? Oder lieber etwas Wärmendes? Es soll hier auch irgendwo ein echtes japanisches Teehaus geben.«

»Unsinn!« Er räusperte sich. »Wir sind schließlich hier, um uns die Fluggeräte anzusehen.« Vage deutete er auf die vier großen Ausstellungshallen, die ein ganzes Stück entfernt standen.

»Das müssen wir auf später verschieben. So viel Zeit haben wir nun auch nicht mehr. Es ist schon nach zwei. Der Kassierer am Eingang sagte doch, dass Graf Zeppelin letzte Nacht um drei in Friedrichshafen am Bodensee gestartet ist und somit gegen drei Uhr in Frankfurt erwartet wird. Wenn wir nicht hetzen wollen, sollten wir uns jetzt auf den Weg zum Landeplatz machen, sonst verpassen wir womöglich den großen Augenblick. Es ist schließlich noch ein ganzes Stück zu laufen.«

»In Ordnung«, stimmte er ihr zu, warf einen letzten faszinierten Blick zurück auf die riesige Zeichnung eines Luftschiff-Panoramas und hakte sich freundschaftlich bei ihr unter.

Nachdem sie an zahlreichen Souvenirständen und ein paar Freiluftgaststätten vorbeigeschlendert waren, entdeckte Sophie eine Ansammlung kleiner Hütten aus Lehm und Stroh, die hinter einer niedrigen Absperrung im Kreis aufgereiht standen.

»Was ist denn das?«

Richards Miene verdüsterte sich. »Das ist das sogenannte ›Senegal Dorf‹.«

Sophie sah ihn fragend an, während sie sich der dubiosen Attraktion näherten.

»Ich habe in der Zeitung gelesen, dass dort hundert sogenannte echte Wilde ausgestellt werden. Sogar ein Baby wurde hier schon geboren: ein Junge, den sie bei einer feierlichen Zeremonie auf den Namen ILA getauft haben …« Richard schnaubte wütend. »Die wahren Barbaren sind Leute, die schwarze Menschen aus Afrika hier bei uns ausstellen wie wilde Tiere.«

»Das ist wirklich schrecklich«, pflichtete Sophie ihm empört bei. »Ich wusste nicht, dass es hier so etwas gibt. Solche Völkerschauen präsentiert ja auch der Frankfurter Zoo seit ein paar Jahren, wie ich gehört habe, aber selbst habe ich so etwas noch nie gesehen.«

»Es gibt sie auch bei Hagenbeck in Hamburg und im Treptower Park in Berlin, wo Hottentotten und Herero aus Deutsch-Südwest vorgeführt werden. Da treten sie sogar in Schaukämpfen mit Speeren an«, berichtete Richard angewidert.

»Unfassbar! Es ist mir unbegreiflich, wie man Menschen einem staunenden Publikum wie Tiere vorführen kann. Scheußlich!«

»Da gebe ich dir völlig recht. Erst lockt man diese sogenannten Wilden mit Verträgen her, die sie zumeist gar nicht lesen können, und dann zwingt man sie in solche Ausstellungen.« Er spie seine Worte förmlich aus, während sie dem befremdlichen Dorf langsam näher kamen.

Drei Frauen saßen um ein Lagerfeuer herum, mehrere Männer hantierten mit langen Speeren, andere trugen gruselige Masken und bemalten sich gegenseitig: Mit weißer Farbe zeichneten sie fremdartige Ornamente auf die dunklen Körper. Vor dem niedrigen Zaun standen die herausgeputzten Messebesucher, Gruppen von distinguierten Herren, junge Paare und Familien mit Kindern. Sie unterhielten sich gutgelaunt und zeigten lachend mit den Fingern auf die Menschen in der künstlichen Dorfkulisse.

Sophie fing den Blick eines nur mit einem Lendenschurz bekleideten Mädchens auf, das mit verschränkten Armen vor ihren nackten Brüsten auf dem staubigen Boden hockte und seinen schmalen

Rücken gegen eine der Hütten lehnte. Der Ausdruck in ihren großen braunen Augen war so traurig und hoffnungslos, dass sich Sophies Kehle zuschnürte. Sie empfand unendliches Mitleid mit dieser jungen Frau, die vermutlich im selben Alter wie Charlotte war. Sophie stellte sich vor, wie es wäre, wenn ihre Schwester irgendwo in Afrika in ähnlicher Weise als exotisches, halbnacktes Tier präsentiert würde, und schämte sich in Grund und Boden für ihre weißen Mitmenschen: Sie gaben sich allzu gerne fortschrittlich, insbesondere hier auf dieser Messe über die Zukunft der Technik, und begafften dabei derart gefühl- und schamlos die sogenannten Wilden. Der verlorene Blick des Mädchens ließ Sophie nicht los, und ihre Augen begannen zu brennen.

»Das sind doch Menschen wie wir«, murmelte sie kaum hörbar und musste sich eine Träne aus dem Augenwinkel wischen.

»Lass uns gehen! Es ist unerträglich.« Richard, der ihre Erschütterung und tiefe Traurigkeit über diese absonderliche Messe-»Attraktion« nachempfand, legte den Arm um sie und zog sie mit sich fort. Während sie schweigend zum Landeplatz am Rebstöcker Wald spazierten, hingen beide ihren bedrückten Gedanken nach.

Schon von Weitem winkten ihnen von dort vier Herren in dunklen Anzügen zu und lüfteten dann die Hüte zur Begrüßung, als sie beide näher traten. Robert von Mayden umarmte seine Tochter und nickte dem jungen Mann an ihrer Seite freundlich zu.

»Meine Herren, Sie kennen ja meine Tochter Sophie, eine an der Aeronautik überaus interessierte und gebildete junge Dame – und mittlerweile Studentin der Geologie!« Er blickte stolz in die Runde.

»Guten Tag«, grüßte sie höflich und stellte ihren Begleiter vor. »Mein Kommilitone Richard von Lohenstein, der wie ich in Marburg bei Professor Kayser Paläontologie und Geologie studiert.« Dann drehte sie sich kurz zu ihrem Studiengenossen um. »Und das ist mein Vater, Professor von Mayden, von dem ich dir schon einige Male erzählt habe.«

Die Herren lächelten die Ankömmlinge neugierig an, während Sophies Vater den jungen Mann an ihrer Seite eingehend musterte.

Sie hatte schon ein paar Mal ihren Studienkollegen erwähnt, doch heute sah ihr Vater ihn zum ersten Mal leibhaftig. Wie sie es geahnt hatte, betrachtete er recht kritisch dessen Garderobe, die wie immer sehr auffällig war. Zwischen den gleichförmigen Anzügen in gedeckten Farben, die der Professor und seine Freunde trugen, stach Richard in seinem vornehmen Gehrock und der bunten Weste heraus. Sein leuchtend roter Seidenbinder war ebenfalls nicht zu übersehen. Sophie hatte sich inzwischen an seinen stets extravaganten Aufzug gewöhnt, doch auf diese Herrenrunde musste ihr Kommilitone sehr exotisch wirken. Sie amüsierte sich heimlich über die verwirrten Blicke, als ihr Vater ihm die drei anderen Herren vorstellte.

»Professor Ziegler, Doktor Pfefferkorn und Kommerzienrat Oehler – alle ehrenwerte Mitglieder unserer *Senckenbergischen Naturforschenden Gesellschaft*.«

»Sehr erfreut«, grüßte Richard höflich.

Die gesetzte Herrenrunde nickte ihm zu, schien aber nicht weiter interessiert an diesem jungen Mann zu sein und setzte ihre Fachgespräche fort.

»Nun, verehrter Mayden, was sagen Sie zu den kleinen, geheimnisvollen Krafterzeugern, welche die gewaltigen Luftschiffe durch die Lüfte treiben und den Kampf mit dem Wehen der Winde und Stürme aufnehmen?«, fragte Doktor Pfefferkorn.

»Sie sprechen von den Motoren? Wirklich bemerkenswert!«, erwiderte Robert von Mayden.

»Und dann die Propeller, die an den Luftschiffen in rasender Drehung zu schimmernden Scheiben werden«, schwärmte Kommerzienrat Oehler und strich sich über seinen imposanten Kaiser-Wilhelm-Bart. »Ich konnte das vorhin in der Halle dort drüben aus der Nähe betrachten.«

»Ja, bei der Technik der Luftschiffe macht uns keiner was vor. Da sind wir Deutschen ganz weit oben. Zeppelin, Parseval – das sind Namen von Weltruf«, verkündete Professor Ziegler mit stolzgeschwellter Brust. Er beschrieb einen weit ausholenden Bogen mit seinem Spazierstock, um so auf das gesamte Ausstellungsgelände hinzuweisen. »Das hier sind Zukunftsbilder!«

»Ja, wirklich beeindruckend, wie es den Messeverantwortlichen gelungen ist, den Zusammenhang zwischen Mensch, Maschine und Natur so plastisch zu demonstrieren«, bekräftigte Robert von Mayden und hielt seinen Homburg fest, damit ihm der plötzlich auffrischende Wind den Hut nicht vom Kopf wehte.

Sophie stand mit Richard etwas abseits, lauschte den Ausführungen nur mit halbem Ohr und sah sich dabei die anderen Schaulustigen an. Immer mehr Menschen strebten dem Landeplatz zu. Man konnte die stetig steigende Anspannung und Aufregung deutlich spüren. Wann würde der Zeppelin über dem Messegelände einschweben? Sophie blickte wieder auf ihre Uhr und legte dann den Kopf in den Nacken, um den trüben Himmel mit den Augen abzusuchen. Plötzlich wurde sie unsanft beiseite geschoben, als sich ein junger Mann an ihr vorbeidrängte, der mit einer fuchtelnden Armbewegung die Aufmerksamkeit auf sich zu lenken versuchte.

»Herr Kommerzienrat!«, rief er. »Ich habe neue Nachrichten! Um zwei Uhr wurde der Zeppelin über Sachsenhausen gesichtet! Jetzt muss er jeden Moment hier ankommen.« Atemlos blieb er vor den vier Herren stehen.

»Hoff, da sind Sie ja endlich!«, antwortete Oehler und wandte sich wieder seinen drei Begleitern zu. »Darf ich vorstellen? Eberhard Hoff, der Sohn eines Kollegen.«

»Was hat er da gerade gesagt?«, nuschelte Doktor Pfefferkorn zerstreut. »Der Zeppelin ist schon über Sachsenhausen? Woher weiß er das?«

»Der Freiherr von Rothschild, bei dem ich eine Anstellung als Privatlehrer habe, wurde mittels seines Fernsprechapparats darüber informiert«, berichtete der junge Mann stolz. »Ich hatte dem Herrn Kommerzienrat zugesagt, ihm umgehend mitzuteilen, wenn Graf Zeppelins Landung kurz bevorsteht. Und da bin ich.«

»Fein, fein, Hoff.« Oehler nickte ihm zu. »Wir danken Ihnen für diese Nachricht.« Noch während er den jungen Mann auch Sophie und Richard vorstellte, ertönte plötzlich von weiter hinten ein lauter Ruf.

»Da! Er kommt!«

Augenblicklich richteten sämtliche Besucher den Blick gen Himmel. Sophie hielt den Atem an, als sie das zigarrenförmige Luftschiff langsam über dem Wald auftauchen sah.

»Oh«, stieß sie staunend aus.

Ein Raunen ging durch die Menge, als das Ungetüm langsam näher kam und schließlich direkt über ihnen schwebte. Sekundenlang verharrte der Zeppelin auf der Stelle, und Sophie zog unwillkürlich den Kopf ein. Ergriffen stimmte jemand das Deutschlandlied an, verstummte jedoch gleich wieder, als allgemeiner Jubel ausbrach. Der Beifallssturm galt dem Mann, der sich soeben hoch oben aus der Gondel beugte und mit seiner weißen Schirmmütze den Schaulustigen zuwinkte.

Das musste Graf von Zeppelin persönlich sein, dachte Sophie fasziniert und drängte sich, Richard an der Hand hinter sich herziehend, ein Stück weiter nach vorn, um den Landeplatz besser einsehen zu können. Doch damit hätte sie sich Zeit lassen können, denn das imposante, mehr als hundert Meter lange Luftschiff kreiste nach seiner Ankunft zunächst in großen Bögen hoch über dem Ausstellungsgelände. Offenbar sollte jeder Besucher der ILA die Möglichkeit haben, sich mit eigenen Augen davon zu überzeugen, dass es tatsächlich schweben und manövrieren konnte. Der Graf und seine Mannschaft schienen ihren Triumph in luftiger Höhe vollends auskosten zu wollen.

Schließlich wurde es Sophie zu anstrengend, den Kopf in den Nacken zu legen und das immer gleiche Schauspiel zu bestaunen, wenn der Jubel im Gleichklang mit dem schwebenden Zeppelin wie eine an- und abschwellende Welle über das riesige ILA-Gelände wogte.

»Wann landet er denn jetzt endlich?«, murrte sie.

»Vielleicht fliegt er direkt zurück zum Bodensee«, meinte Richard grinsend.

»Wenn er mich mitnimmt, habe ich nichts dagegen.« Sie erwiderte sein Grinsen.

»Dazu müsste er aber dann doch erst mal landen«, stellte er fest.

»Dann soll er das doch bitte endlich tun!«, schrie sie gegen das begeisterte Geschrei der Menge an.

Wie eine Antwort auf ihre Forderung ertönte hinter ihr ein lautes Hupen, das die Schaulustigen auseinanderscheuchte. Sophie und Richard wurden unsanft zur Seite geschoben, als sich ein bekränztes Automobil mit Oberbürgermeister Adickes und dem Empfangskomitee eilig seinen Weg zum abgesperrten Landeplatz bahnte. Gerade noch rechtzeitig – denn in diesem Moment setzte Graf Zeppelin nach einer halben Stunde endlich tatsächlich zur Landung an. Unter vielen »Oh«- und »Ah«-Rufen wurden die Ankerseile ausgeworfen, und das Luftschiff schwebte mühelos und elegant am Rebstöcker Wald zur Erde.

»Um genau drei Uhr siebenundzwanzig gelandet«, stellte Richard fest und hielt Sophie seine Taschenuhr zum Beweis vor die Augen.

Mit einer unwirschen Geste schob sie seine Hand beiseite, um keinen Moment dieses historischen Ereignisses zu verpassen. »Und wir sind Zeugen!«, flüsterte sie mehr zu sich selbst in einem ergriffenen Ton.

Die Menge jubelte, als der Bürgermeister den Grafen begrüßte und ihn zu seinem Erfolg beglückwünschte. Die Herren stiegen unter dem Applaus der Zuschauer in die Limousine und machten sich auf zur triumphalen Autofahrt in die Stadt, wo sicherlich zahlreiche Schaulustige den Grafen als den Nationalhelden des Tages ebenfalls stürmisch feiern würden.

Dann wurde es langsam ruhiger, das Spektakel war vorbei, und die aufgeregt miteinander plaudernden Menschen strebten dem Ausgang zu. Der Trubel legte sich, und Sophie atmete erschöpft auf. Ihre Stimme war vom lauten Jubeln ganz heiser.

»Lass uns gehen«, krächzte sie, hakte sich bei Richard unter und sah sich suchend um. »Mein Vater und seine Begleiter scheinen auch schon weg zu sein. Vielleicht treffen wir sie in einer der Wirtschaften dort drüben. Ich brauche jetzt dringend einen Äppelwoi oder Tee. Irgendetwas, das meine trockene Kehle wieder befeuchtet.«

»Da bin ich dabei«, stimmte er sofort zu. »Ein kühles Bier wäre genau das Richtige, um auf Graf Zeppelin anzustoßen.«

Kurz bevor sie den Vergnügungspark mit seinen Lokalen erreichten, hörte Sophie hinter sich die Stimme Robert von Maydens, der laut nach ihr rief. Sie ließ Richards Arm los, drehte sich um und ging lächelnd auf ihren Vater zu, der sie erleichtert in die Arme schloss.

»Mein armes Kind!«, stieß er atemlos hervor.

Lachend befreite sie sich aus seiner Umarmung. »Aber Papa, was ist denn? Es war fantastisch!«

»Ist dir auch nichts passiert in dem Gedränge? Es tut mir leid, dass ich nicht besser auf dich achtgegeben habe. Aber meine Begleiter und ich wurden irgendwann einfach weiter nach vorne gedrängt und befanden uns plötzlich innerhalb der Absperrung …« Er hielt inne und lächelte sie verschmitzt an. »Um die Wahrheit zu sagen: Ich selbst habe mich dorthin bewegt, mit den drei anderen im Schlepptau. Ich konnte nicht anders. So ein aufregender Moment! Und dann diese perfekte Landung! Eine sogenannte Damenlandung, die der Zeppelin da hingelegt hat.« Als Sophie ihn fragend ansah, erklärte er stolz: »So nennt man das im Luftschifferjargon, wie ich gehört habe. Ich war ja ganz nah dran, konnte fast dem Grafen die Hand schütteln.« Seine Augen leuchteten. »Hast du auch alles gut sehen können?«

»Ja, Papa. Es war großartig! Das werde ich mein Lebtag nicht vergessen.« Sophie drückte ihrem Vater ein schmatzendes Küsschen auf die Wange.

»Es war wirklich ein einmaliges Erlebnis«, stimmte Richard zu, der inzwischen zu ihnen getreten war. »Ich bin sehr dankbar, dass Sophie mich mitgenommen hat.«

An dem irritierten Blick, den ihr Vater ihm zuwarf, erkannte sie, dass er den jungen Mann in der allgemeinen Aufregung scheinbar völlig vergessen hatte, und musste heimlich schmunzeln, als er sich räusperte und dann in einem recht förmlichen Tonfall eine Antwort gab.

»Das freut mich, Herr von Lohenstein. Und mein aufrichtiger Dank, dass Sie auf meine Tochter achtgegeben haben.«

»Das habe ich sehr gerne getan, Herr Professor. Wir wollten gerade noch etwas trinken gehen, um auf das große Ereignis und den Grafen Zeppelin anzustoßen. Möchten Sie uns nicht begleiten? Ich würde Sie gerne auf ein Bier oder einen Apfelwein einladen.«

Sophie merkte ihrem Vater an, dass ihn die forsche Art dieses jungen Mannes irritierte. Normalerweise wäre Robert von Mayden derjenige gewesen, der sein Kind beschützte und auf eine Limonade einlud. Doch diese Zeiten waren vorbei, was ihm sichtlich nicht behagte. Nun war da dieser selbstbewusste junge Herr, ihr Kommilitone, der ganz selbstverständlich an ihrer Seite ging. Sophie kannte ihren Vater genau und konnte sein befangenes Mienenspiel bestens deuten.

»Oh, nun ja … Sehr freundlich, aber ich will euch jungen Leuten nicht den Spaß verderben.« Er lächelte Sophie unsicher an. »Genießt ruhig den Nachmittag. Wir sehen uns dann zu Hause, mein Schatz. Pünktlich zum Abendessen.«

»Natürlich. Ich werde mir eine Mietdroschke nehmen und Richard auf dem Heimweg wieder am Bahnhof absetzen.« Sie gab ihrem Vater einen liebevollen Abschiedskuss. Anschließend beobachtete sie amüsiert, wie er mit einem immer noch sehr skeptischen Blick Richard die Hand gab, sich von ihnen abwandte und mit schnellen Schritten Richtung Ausgang davoneilte.

»So viele neue Erfahrungen für meinen armen alten Vater: erst die Landung des Zeppelins, und dann geht seine Tochter auch noch mit einem jungen Mann, den er gerade erst kennengelernt hat, allein etwas trinken.« Sophie prustete los, und Richard fiel in ihr Lachen mit ein.

Marburg, August 1909

Bis zum Ende des ersten Semesters waren es nur noch zwei Wochen, und vor den langen Sommerferien standen den jungen Studenten schwierige Prüfungen bevor. Sophie verbrachte jetzt die meisten Abende lernend an ihrem Schreibtisch in der heimischen Bibliothek, und auch Richard von Lohenstein kam in letzter Zeit ständig müde und mit dunklen Augenringen morgens in die Universität. Was war nur mit ihm los? Büffelte er wirklich noch eifriger als sie selbst?, fragte sie sich ungläubig. Das erschien ihr mehr als unwahrscheinlich. Doch was trieb er dann? Wenn sie ihn darauf ansprach, wich er aus und behauptete tatsächlich, bis spät in die Nacht den Stoff für die Klausuren zu lernen. Dass das höchstens die halbe Wahrheit war, musste er schließlich eine Woche vor Prüfungsbeginn eingestehen, als er Sophie verzweifelt um Hilfe bat.

»Ich weiß nicht, wie ich das schaffen soll«, jammerte er. »Gestern Abend habe ich angefangen, meine spärlichen Notizen durchzusehen, und festgestellt, dass ich eigentlich überhaupt nichts mehr von den ganzen Geologie-Vorlesungen weiß … Diese verflixten Steine machen mich verrückt!«

»Gestern Abend …?« Sie sah ihn entsetzt an und ließ die Hand sinken, in der sie eine Zimtwaffel hielt, die sie gerade essen wollte.

In ihrem kleinen Versteck im Grünen hinter dem *Deutschen Haus* saßen sie nebeneinander im Gras. Richard starrte aufs Wasser, das im schmalen Nebenarm der Lahn leise plätschernd dahinfloss, und raufte sich die Haare.

»Wohl ein bisschen spät …« Er zuckte entschuldigend mit den Schultern.

Sophie seufzte. »Aber wenn dir das erst gestern aufgefallen ist – was hast du dann zuvor die ganze Zeit gemacht? Ich dachte, du sitzt abends am Schreibtisch und lernst.«

»Das habe ich ja! Auch … Mit Siegfried … Eine Weile …« Er verstummte.

»Siegfried? Du meinst diesen Gasthörer aus dem Paläontologie-Seminar? Dieser große Kerl, der nur selten da ist und mit niemandem spricht?«

»Ja, der.«

»Und ausgerechnet mit dem hast du dich zum Lernen getroffen?« Sie sah ihn mit skeptisch zusammengezogenen Augenbrauen an.

»Ja …«

»Aber warum hast du mich denn nicht gefragt? Ich hätte dir doch geholfen.«

»Tja …«

»Meine Güte, Richard!«, brauste sie auf. »Nun lass dir doch nicht jeden Satz einzeln aus der Nase ziehen. Du hast mit ihm gelernt … Aber eigentlich doch nicht, oder? Was habt ihr denn sonst gemacht?«

Richard lief rot an und hüstelte ertappt. »Wir haben uns unterhalten …« Er stockte, atmete tief durch und sagte beiläufig: »Also, in Paläontologie bin ich dank Siegfried ganz gut vorbereitet, aber bei Geologie musst du mir bitte helfen. Sonst schaffe ich die Prüfung nicht.«

Sophies Blick blieb skeptisch. Sie wurde nicht recht schlau aus dem, was er ihr da erzählte. Doch sie würde ihn natürlich nicht hängen lassen. Und das wusste er ganz genau.

»In Ordnung, ich helfe dir, auch wenn es schwierig wird, das Pensum eines ganzen Semesters in wenigen Stunden aufzuarbeiten.« Sie verdrehte die Augen.

Richard umarmte sie spontan. »Danke, Sophie!« Er gab ihr einen schmatzenden Kuss auf die Wange, und sie wehrte ihn lachend ab.

»Du bist ein unmöglicher Kerl, Richard von Lohenstein!«

»Aber gutaussehend und charmant«, stellte er, nun ebenfalls lachend, mit wiedergewonnener Selbstsicherheit fest und ließ sie los.

»Das wird dir vor dem Prüfungskomitee leider nicht viel nützen ... Also, dann lass uns gleich heute Nachmittag nach der Vorlesung damit anfangen«, schlug Sophie tatendurstig vor.

»Heute ist es schlecht.« Er wich ihrem Blick aus. »Da bin ich schon mit Siegfried verabredet ... Für Paläontologie ... Aber vielleicht kannst du einfach übers Wochenende in Marburg bleiben. Dann hätten wir genügend Zeit zum Lernen.«

Mit einem solchen Vorschlag hatte sie nicht gerechnet. Anstatt sofort eine Erwiderung zu geben, sah sie ihn nur ungläubig an.

»Das wäre doch herrlich«, fuhr er enthusiastisch fort. »Du könntest bei mir in der Pension wohnen. Ich spreche mit meiner Wirtin und zahle das Zimmer! Was meinst du?« Er sah sie erwartungsvoll an.

»Auf keinen Fall!«, widersprach sie energisch. »Das erlauben meine Eltern niemals! Zu einem fremden Mann in die Pension! Über Nacht! Wo denkst du hin? Nein, das geht nicht.«

»Aber dein Vater hat mich doch schon kennengelernt. Habe ich einen derart schlechten Eindruck hinterlassen?«

»Nein, natürlich nicht. Aber das ändert nichts an der Tatsache, dass ich nicht unter einem Dach mit irgendeinem Mann übernachten kann.« Sie musste bei diesem Vorschlag unwillkürlich an die schreckliche Szene mit Alfred Rühl in der Straußwirtschaft im Taunus denken, und ihr lief ein eiskalter Schauer über den Rücken.

»Ist ja gut. Nun reg dich doch nicht so auf«, beschwichtigte er sie und schlug nach kurzer Überlegung vor: »Und was wäre, wenn du bei Rahel übernachtest? Sie würde sich sicher freuen.«

»Jetzt spannst du auch noch Rahel ein, um aus deiner selbst verursachten Misere herauszukommen?«

Sie schüttelte den Kopf, doch insgeheim gefiel Sophie der Gedanke, über Nacht in Marburg zu bleiben. Davon hatte sie schon so oft geträumt, insbesondere an so manch langweiligem Wochenende, das sie in Frankfurt bei ihrer Familie verbracht hatte. Wie schön müsste es sein, stundenlang mit Rahel zu plaudern, die zu einer lieben Freundin geworden war. Es wäre doch aufregend, einen winzigen Zipfel des viel gerühmten, freien Studentenlebens zu erhaschen. Vielleicht könnte man sogar einmal gemeinsam in eine dieser Studentenkneipen gehen, die sie bisher nur aus den Erzählungen ihrer beiden Freunde kannte. Eine verlockende Vorstellung. Doch wie sollte sie das ihren Eltern beibringen? Sie blickte aufs Wasser und seufzte sehnsuchtsvoll.

Richard spürte offenkundig, dass seine Idee Sophies geheimen Wünschen durchaus entgegenkam, und bemühte sich deshalb weiter, sie von seinem Vorschlag zu überzeugen. »Noch vor ein paar Tagen habe ich mit Rahel in einem Wirtshaus gesessen, und wir haben es mal wieder bedauert, dass du nicht dabei sein konntest. Sie wird begeistert sein, wenn du kommst. Und deinen Eltern erzählst du eben nichts von mir, sondern nur von deiner Freundin Rahel. Du kannst ja behaupten, dass sie dringend deine Hilfe braucht, weil …« Er überlegte. »Weil … Wie wäre es mit einem Trauerfall in ihrer Familie? Und nur du kannst sie trösten, weil sie hier mutterseelenallein in Marburg ist. Da müssen deine Eltern zustimmen!« Er nickte triumphierend, und seiner Miene war zu entnehmen, dass er seinen Einfall für überaus brillant hielt.

»Aber das wäre eine Lüge …« Sophie sah ihn entrüstet an.

»Nur eine kleine Notlüge. Eine kleine Abweichung von dem, was du wirklich vorhast, denn immerhin hilfst du ja tatsächlich – allerdings mir. Also ist es schon ganz nah dran an der Wahrheit. Auf jeden Fall ist es für einen guten Zweck – nämlich, dass wir auch im nächsten Semester zusammen studieren können.« Er sah sie mit treuherzigem Blick an und flehte: »Bitte, Sophie!«

»Ich weiß nicht …«

»Bitte versuche es! Frag du heute Abend deine Eltern, und ich überzeuge inzwischen Rahel.«

»Du musst sie erst überzeugen? Ich dachte, sie …«

»Ja, ja! Sie wird sich freuen! Ganz bestimmt!«

Sein beschwörender Blick unter seinen langen Wimpern war herzzerreißend. Wie machte er das bloß, dass sie ihm seine Verrücktheiten immer wieder verzieh und sich von ihm überreden ließ?, fragte sich Sophie und stimmte schließlich seufzend zu.

»In Ordnung, ich werde versuchen, meine Eltern dazu zu bewegen, mich ausnahmsweise in Marburg übernachten zu lassen. Bei Rahel. Aber ich kann dir nichts versprechen«, antwortete sie mit zaghafter Stimme, hin- und hergerissen zwischen schlechtem Gewissen und Vorfreude auf ein heimliches Abenteuer.

* * *

Sophie hatte ihre ganze Überredungskunst aufwenden und das hochheilige Versprechen geben müssen, keine gefährlichen Dummheiten zu machen und sich ausschließlich um die trauernde Rahel Silberstein zu kümmern. Erst nachdem sie das dritte Mal versichert hatte, genau das zu tun, gestatteten ihr die Eltern schließlich, am nächsten Wochenende bis Sonntagmittag in Marburg zu bleiben. Das war das Maximum dessen gewesen, was sie ihnen hatte abringen können.

Und so kam es, dass Sophie am Freitagmorgen mit einer großen Reisetasche, vollgepackt mit Studienunterlagen und ein bisschen Wechselwäsche, den Zug bestieg.

Richard strahlte über das ganze Gesicht, als er sie mit ihrem Gepäck in den Hörsaal kommen sah.

»Na, freust du dich? Rahel erwartet dich auch schon sehnsüchtig. Ein ganzes Wochenende gemeinsam in Marburg – das wird herrlich.«

Sie nickte ihm verschwörerisch zu, als sie sich neben ihn setzte. »Um mit dir zu lernen, du Faulpelz«, flüsterte sie ihm mit gespielt strengem Blick zu. »Ich habe meine sämtlichen Geologie-Aufzeichnungen dabei. Es wird kein Zuckerschlecken sein, mein Lieber, sondern harte Arbeit, sich all das Wissen einzuprägen!«

»Sehr wohl, Frau Professor«, antwortete er grinsend und stupste sie in die Seite. »Aber heute Abend gehen wir erst mal alle ein Bier trinken – oder zwei.«

Sophie holte Luft, doch ehe sie widersprechen konnte, legte Richard beschwörend seinen Zeigefinger an die Lippen und deutete nach vorn, wo Emanuel Kayser seine Vorlesung begann.

Am frühen Abend klopfte Sophie an die Tür der kleinen Wohnung im ersten Stock des hübschen Fachwerkhauses an der Wettergasse.

»Hereinspaziert in die gute Stube«, grüßte Rahel Silberstein gutgelaunt, als sie mit einer einladenden Geste ihrer Freundin öffnete. »Wie schön, dass es tatsächlich geklappt hat.«

»Es hat mich wirklich einiges an Überredungskunst gekostet«, gestand Sophie. Sie seufzte erleichtert, schritt über die Schwelle und fiel ihrer Freundin um den Hals. »Danke, dass du mir für zwei Nächte bei dir Obdach gibst.« Sie strahlte. »Unser Freund Richard ist noch schnell in seine Pension gegangen, um sich umzuziehen. Wir treffen uns dann in einer der Studentenwirtschaften. Er meinte, du wüsstest schon, in welcher.«

»Oh, ja! Das wird bestimmt lustig!« Rahel klatschte in die Hände. »Komm rein, und fühl dich wie zu Hause«, forderte sie Sophie auf, schloss die Tür und ging voraus in einen Wohnraum mit großer Kochnische. »Es ist hier zwar viel bescheidener als in eurer Familienvilla in Frankfurt, aber immerhin habe ich ein Schlafzimmer mit einem großen Bett für uns zwei.«

»Wunderbar!« Sophie stellte ihre schwere Tasche ab und sah sich in der geräumigen Wohnküche um. Im Spülstein stapelte sich schmutziges Geschirr, aber der Rest des hellen Raumes machte einen einladenden, aufgeräumten Eindruck. Direkt am Fenster befand sich ein runder Esstisch, auf dem eine Vase mit einem kleinen, bunten Blumenstrauß stand.

Auf einem der beiden Stühle dort saß eine Frau, die dem Besuch neugierig entgegenblickte.

Rahel stellte sie vor. »Das ist Agnes«, sagte sie, dann ergriff sie Sophies Tasche und verschwand damit durch eine Tür, die vermutlich ins Schlafzimmer führte. Von dort rief sie: »Macht euch doch bitte einfach selbst miteinander bekannt.«

»Guten Tag, mein Name ist Agnes Günther.« Die Frau mit der hochgeschlossenen weißen Leinenbluse, die einen auffallenden Kontrast zu ihren kunstvoll aufgesteckten, fast schwarzen Haaren bildete, streckte Sophie die Hand entgegen und lächelte sie freundlich an.

»Sehr erfreut, Frau Günther. Sophie von Mayden.« Sie deutete einen Knicks vor der Älteren an, die sie auf Mitte vierzig schätzte. »Ich bin eine Freundin von Rahel, studiere Paläontologie und Geologie und wohne in Frankfurt, darf aber heute ausnahmsweise hier übernachten.« Sie schüttelte der Fremden die Hand und warf dabei einen interessierten Blick auf einen Stapel mit engbeschriebenen Seiten, der auf dem Tisch lag.

Agnes Günther bemerkte Sophies Neugier, strich zärtlich über die oberste Seite und erklärte lächelnd: »Rahel hat mich gebeten, ihren Roman zu lesen und meine unmaßgebliche Meinung dazu abzugeben.« Mit ihren warmen, dunklen Augen und den vielen Lachfältchen wirkte sie auf Sophie ausgesprochen sympathisch.

»Rahels Roman?«, fragte sie verblüfft und verspürte einen Anflug von Eifersucht, dass ihre Freundin ihr bisher nichts von ihrem Geheimnis verraten, aber dieser Frau das Manuskript sogar zum Lesen überlassen hatte.

»Ach, das ist nur eine kleine Fingerübung«, merkte Rahel lachend an, als sie zu den beiden trat, und umarmte Sophie liebevoll von hinten. »Schön, dass du tatsächlich da bist.«

»Ich freue mich auch sehr darüber. Aber nun erzähl mir endlich, was es damit auf sich hat.« Sophie deutete auf den Papierstapel.

»Na ja, daran schreibe ich schon seit geraumer Zeit – allerdings immer nur sporadisch. Keine Ahnung, ob die Geschichte jemals fertig wird. Das hängt auch von der Expertise dieser Fachfrau hier ab. Agnes Günther ist nämlich eine echte Schriftstellerin!«

»Das bin ich ganz und gar nicht! Du schmeichelst mir«, widersprach die Frau bescheiden. »Was ich bislang geschrieben habe, sind im Prinzip nur zahlreiche Notizen zu einem Roman. Er ist noch längst nicht fertig, geschweige denn veröffentlicht.«

Rahel ignorierte ihren Einwand und erklärte Sophie mit leuchtenden Augen: »Agnes schreibt an einem wunderbaren Werk der Dichtkunst. Das erste Kapitel ist bereits letztes Jahr unter dem Titel *Waldweihnacht* als eigenes Büchlein erschienen! Der fertige Roman wird dann *Die Heilige und ihr Narr* heißen. Eine herrlich romantische Liebesgeschichte zwischen der Fürstentochter Rosemarie und dem Fürsten Harro. Ich durfte schon die ersten hundert Seiten lesen.« Vor Begeisterung hatte Rahel ganz rosige Wangen bekommen. »Was mich neben der herzzerreißenden Romanze vor allem fasziniert, das sind die detailreichen Landschaftsbeschreibungen. Man hat beim Lesen den Eindruck, mitten im schwäbischen Langenburg zu sein, dem Stammsitz der Fürsten zu Hohenlohe-Langenburg, die übrigens auch eng mit dem englischen Königshaus verwandt sind. Ist das nicht erstaunlich?« Sie seufzte auf. »Agnes kennt das alles hautnah, weil sie mit ihrem Mann, einem Theologen, dort in der Nähe gelebt hat, bevor die beiden nach Marburg, drüben ans Barfüßertor, gezogen sind. Er ist jetzt Professor der kirchlichen Kunst, und Agnes findet hier endlich die Zeit, ihren Roman zu Ende zu schreiben.«

»Aha …« Sophie war ein wenig verwirrt. Sie konnte sich schlichtweg nicht vorstellen, wie diese beiden Frauen, die verschiedenen Generationen angehörten und deren Lebensgeschichten so unterschiedlich waren, sich kennengelernt hatten.

Doch Rahel schien ihre Gedanken erraten zu haben, denn sie erzählte: »Stell dir vor, wir sind uns in der kleinen Buchhandlung begegnet, in die ich dich auch schon mitgenommen habe. Der perfekte Ort für literaturbegeisterte Frauen.« Sie strahlte Sophie an.

»Ja, ein wahrer Glücksfall«, bestätigte Agnes Günther lächelnd. »Aber nun muss ich mich mal wieder auf den Weg nach Hause machen. Meine beiden Jungen warten sicher schon. Deinen Roman nehme ich mit und sage dir in ein paar Tagen, was ich davon halte.« Sie schob den Papierstapel sorgfältig zusammen, legte ihn in eine Mappe und stand auf. Dann reichte sie Sophie zum Abschied förmlich die Hand und umarmte Rahel herzlich.

»Bitte sei ehrlich – und gnadenlos, falls das erforderlich sein sollte!«, sagte diese, als sie Agnes Günther die Wohnungstür öffnete. Ihre Worte klangen ungezwungen, doch ihrer Stimme war zu entnehmen, dass sie dem Urteil der Schriftstellerin mit einer gewissen Anspannung entgegensah.

»Du schreibst einen Roman und erzählst mir nichts davon?«, fragte Sophie etwas beleidigt, als die beiden jungen Frauen sich anschließend bei einer Tasse Tee am Tisch gegenübersaßen.

»Bitte entschuldige, aber ich habe mich nicht getraut«, bekannte Rahel schulterzuckend und rückte ihre Brille zurecht. »Mein Geschreibsel ist mir ein wenig peinlich. Eine kitschige Liebesgeschichte …«

»Das klingt doch gar nicht mal so schlecht! Aber ich muss gestehen: Damit hätte ich bei einer Frau, die ernsthafte Literatur studiert, tatsächlich nicht gerechnet«, meinte Sophie schmunzelnd. »Dann steckt also doch eine echte Romantikerin in dir …«

Rahels Wangen färbten sich rötlich. »Nun ja … Romane und das wahre Leben sind eben zweierlei …«

»Da hast du wohl recht. Nun erzähl! Worum geht es in deinem Buch?«

Rahel sah auf ihre ineinander verknoteten Finger hinab und murmelte unsicher: »Die Geschichte spielt vor gut hundert Jahren in Idar-Oberstein.« Sie räusperte sich und fuhr etwas lauter fort: »Meine Heldin heißt Sarah, und sie ist die Tochter eines verarmten jüdischen Kaufmanns. Eines Tages lernt sie den Sohn einer adligen Familie kennen, und sie verlieben sich ineinander. Seine Eltern tun jedoch alles, um diese Liaison zu unterbinden, denn eine mittellose Jüdin passt nicht zu ihrer schwerreichen, erzkatholischen Grafen-Mischpoke auf Schloss Oberstein. Der gutaussehende, charmante Richard, der sich auf keinen Fall von Sarah trennen will, weil er sie von Herzen liebt und heiß begehrt, wird schließlich gegen seinen Willen zu einem Onkel nach England geschickt, während sie …«

»Moment mal – *Richard*?«, unterbrach Sophie sie überrascht.

Rahels Gesicht färbte sich noch eine Spur röter. Sie hob abwehrend die Hände und erklärte schnell: »Den Namen des Helden habe ich in den letzten Jahren schon zigmal geändert. Er könnte auch Friedrich oder Otto heißen! Das hat nichts zu sagen …«

»Aber er heißt jetzt Richard …«, erwiderte Sophie vielsagend. »So wie unser Richard von Lohenstein, Spross einer alten Adels-Dynastie, die vermutlich erzkatholisch ist …« Sie schaute ihre Freundin gespannt an.

»Na ja, ich habe halt irgendeinen Namen genommen, den ich gut kannte …«

»Rahel!«, fiel Sophie ihr ungläubig ins Wort. »Bist du etwa verliebt in unseren Richard?«

Ein wenig verschämt blickte Rahel auf den Tisch herab. »Ich … also … nun ja … Er ist sehr charmant … und sieht ausgesprochen gut aus«, murmelte sie. »Und er ist so ganz anders als die anderen jungen Männer hier in Marburg.« Sie hob wieder ihren Kopf. »Wenn diese Verbindungsstudenten abends grölend durch die Gassen ziehen, könnte man den Glauben an die akademische Zukunft Deutschlands verlieren. Diese jungen Herren sind so gar nicht nach meinem Geschmack. Richard dagegen …« Sie hielt kurz inne und zupfte träumerisch an dem Blumenstrauß vor sich herum. »Richard ist irgendwie einfühlsamer, sensibler … Mit ihm kann man sich wunderbar unterhalten – auf Augenhöhe. Sogar über Literatur. Er gibt uns Frauen nicht ständig das Gefühl, weniger wert zu sein als die sogenannte Krone der Schöpfung. Von ihm fühle ich mich akzeptiert und für voll genommen. Er behandelt mich nicht von oben herab, sondern wie seinesgleichen – obwohl er adlig ist und ich nur ein jüdisches Mädchen aus einer Kaufmannsfamilie bin. Ja, er gefällt mir …« Sie zuckte wieder mit den Schultern und suchte unsicher Sophies Blick.

Diese nickte verständnisvoll. »Du hast schon recht. Richard ist irgendwie anders als meine anderen männlichen Kommilitonen. Nicht nur wegen seines extravaganten Kleidungsstils …«, sagte sie nachdenklich. »Er ist auch höchst amüsant, nimmt sich selbst nicht so ernst und ist immer für eine verrückte Idee zu haben. Eigentlich ist er mit seiner direkten Art ein offenes Buch, doch manchmal denke ich, er verbirgt irgendein Geheimnis vor mir.« Sie legte grüblerisch die Stirn in Falten, lächelte dann jedoch wieder und resümierte mit zärtlichem Unterton: »Ach ja … Richard ist wirklich ein charmanter Kerl. Er ist nicht nur eine gute Partie, sondern sieht tatsächlich auch noch außerordentlich gut aus. Beinahe ein Traummann …«

Rahel sah sie verblüfft an und fragte erschrocken: »Bist du etwa selbst in ihn verliebt?«

»Was?! Verliebt? Ich? In Richard?!« Sophie lachte amüsiert auf. »Nein, nein, keine Sorge. Er ist nur ein lieber Freund – und obendrein ein sehr fauler Student, dem ich am Wochenende unbedingt Nachhilfeunterricht in Geologie geben muss, damit er nicht durch die Prüfung rasselt.« Sie rollte theatralisch mit den Augen. »Aber verliebt? Nein! Das bin ich definitiv nicht.« Leise setzte sie hinzu: »Ich weiß gar nicht, wie das geht …«

»Was soll das denn heißen? Warst du denn noch nie verliebt?« Rahel schaute sie fassungslos an. »Was ist mit diesem Doktoranden, von dem du dauernd erzählst?«

Sophie zuckte mit den Schultern, schien einen Moment lang nachzudenken und bekannte dann: »Also so, wie es in Romanen wie *A Room with a View* oder gar in den Geschichten von Hedwig Courths-Mahler beschrieben wird, war es bei mir noch nie.« Sie breitete die Arme aus, und wie eine Schauspielerin auf einer Theaterbühne fuhr sie mit dramatischer Stimme fort: »Die Stürme der Leidenschaft … Die Sinne, die schwinden … Die heißen und kalten Schauer, die den Helden dieser Geschichten über den Körper laufen …« Sie ließ die Arme abrupt sinken und schüttelte den Kopf. »Nein, so was kenne ich nicht.«

Ihre Freundin musste bei dieser kleinen Vorstellung herzlich lachen. »Ich verstehe! Du glaubst also, nur wenn dich irgendein Kerl dazu bringt, ohnmächtig zu werden, ist es wahre, leidenschaftliche Liebe.« Rahel zog belustigt eine ihrer schmalen Augenbrauen hoch.

»Ich denke, da bist du auf dem Holzweg. Mit der wahren Liebe hat das wenig zu tun.«

»Aha! Und wie ist sie in Wirklichkeit?«, fragte Sophie interessiert.

»Wenn du dich verliebst, fängt es mit Herzklopfen und Bauchkribbeln an …«, begann Rahel sachlich zu erklären, als würde sie ein Referat halten.

Sophie horchte kurz in sich hinein. Als vor ihrem inneren Auge abwechselnd die Gesichter von ihrem Mentor Fritz Drevermann, Wilhelm Oehler und Paul Klüver auftauchten, nickte sie nachdenklich. Zwei dieser Männer hatten tatsächlich schon solche körperlichen Phänomene in ihr ausgelöst.

»Wenn du in einen Mann verliebt bist, musst du dauernd an ihn denken, kannst kaum etwas essen und liegst nächtelang wach …«, fuhr Rahel fort.

Derartiges kannte Sophie immerhin ansatzweise – vor Ewigkeiten bei Drevermann und vor gar nicht allzu langer Zeit bei Paul. Aber bei Wilhelm? Nein! Für den blässlichen Beamten aus Berlin hegte sie scheinbar – rein wissenschaftlich betrachtet – keinerlei romantische Gefühle. Das war beruhigend. Irritierend war allerdings, dass Fritz Drevermann und Paul Klüver ähnliche Reaktionen in ihr ausgelöst hatten. Es sollte doch eigentlich unmöglich sein, dass sie in zwei derart verschiedene Männer verliebt war, ging es ihr durch den Kopf. Es konnte für eine Frau schließlich nur den einen Richtigen geben.

Rahel beobachtete, wie es in Sophie arbeitete. Sie sah der konzentriert gerunzelten Stirn ihrer Freundin an, dass diese ernsthaft überlegte, was es mit der Liebe und den eigenen Empfindungen auf sich hatte. Scheinbar brauchte sie noch ein paar weitere Anhaltspunkte, um zu erkennen, ob sie schon mal verliebt gewesen war.

»Dir wird heiß und kalt in seiner Nähe, du stammelst Unsinn vor dich hin, obwohl du eigentlich im besten Lichte vor ihm erscheinen willst …«, erklärte sie weiter.

Peinlich berührt dachte Sophie an die Momente, in denen sie sich beiden Männern gegenüber verhaspelt und dummes Zeug geredet hatte. Es war grässlich gewesen. Entschlossen schüttelte sie den Kopf. »Also, wenn das ein Zeichen für Verliebtheit sein soll, dann will ich mit der Liebe nichts zu tun haben!«

Rahel lachte wieder auf. »Keine Sorge – den Männern geht's ja ganz genauso.«

Sophie schaute sie überrascht an. »Tatsächlich?« Sie konnte sich nicht erinnern, dass Fritz Drevermann in ihrer Nähe jemals die Contenance verloren oder nervös vor sich hin gestottert hätte. Paul dagegen …

»Und dann ist da natürlich noch das körperliche Begehren …«

»Aber das ist doch für eine Frau nicht schicklich«, warf Sophie halbherzig ein.

»Wie kommst du denn darauf?«

»Meine Mutter meint …«

»Ach, deine Mutter!«, schnitt Rahel ihr das Wort ab. »Die stammt doch aus einer ganz anderen Generation! Wir jungen, modernen Frauen sollten uns von unseren Eltern nicht einreden lassen, dass die körperliche Anziehungskraft keinerlei Rolle bei der Wahl eines zukünftigen Lebensgefährten spielt. Denn natürlich tut sie das!«, verkündete Rahel vehement. »Eine gute Reputation, Wohlstand und ein hübsches Gesicht allein genügen mir nicht. Der Mann meiner Träume sollte auch einen ansehnlichen Körper haben, an den ich mich anschmiegen möchte, den ich berühren will, der mir …«

»Rahel!«, unterbrach Sophie sie schockiert, griff instinktiv nach dem kleinen Medaillon an ihrem Hals, das Paul Klüver ihr geschenkt hatte und das sie seitdem ständig trug. Als ihre Finger das feinziselierte Schmuckstück streichelten, überlegte sie, wie es sich wohl anfühlte, Pauls Haut zu berühren. Vor ihrem inneren Auge tauchte sein athletischer Oberkörper auf, seine kräftigen, muskulösen Oberarme … Sie erinnerte sich daran, wie er sie in der Straußwirtschaft im Taunus vor dem übergriffigen Geographen gerettet hatte. Wie er schützend seinen starken Arm um sie gelegt hatte … Das hatte sich so gut angefühlt. Wie musste es erst sein, von ihm leidenschaftlich umarmt zu werden? Bei dem Gedanken verspürte sie ein angenehmes Kribbeln im Bauch.

Ihre Freundin war über ihren Tonfall so überrascht, dass sie einen Moment lang schwieg, dann aber führte sie ihren Gedankengang weiter aus: »Auch Frauen haben ein Recht darauf, einen Mann nach seiner äußeren Erscheinung zu beurteilen. Männer machen das schließlich seit Jahrhunderten mit uns. Es wird Zeit, dass wir da aufschließen!«

Jetzt klang sie fast wie Charlotte, wenn diese von den selbstbewussten Suffragetten und deren revolutionären Ansichten sprach, dachte Sophie amüsiert und ahnte, dass Rahel recht hatte mit dem, was sie sagte.

»Aber neben all den Äußerlichkeiten«, fuhr ihre Freundin derweil enthusiastisch fort, »ist das Allerwichtigste natürlich das Vertrauen. Wenn du das Gefühl hast, dass du diesem Mann vertrauen kannst, dass du ihm alles sagen könntest und er dir, dann spricht viel dafür, dass es wahre Liebe ist. Und wenn er dich dann noch so akzeptiert, wie du bist, wenn er aus dir kein Hausmütterchen machen will, sondern deine Zukunftspläne unterstützt, dann hast du dich in den perfekten Mann verliebt!« Sie nickte energisch, um das Gesagte zu bekräftigen.

Kurz fragte sich Sophie, ob Paul Klüver etwas dagegen haben würde, sollte seine Ehefrau als Wissenschaftlerin arbeiten wollen, doch dann lenkte sie das Gespräch wieder auf ihre kurz zuvor geäußerte Mutmaßung zurück. »Und dieser Mann ist für dich Richard?«

Rahel lächelte ertappt. »Ich weiß es nicht … Obwohl eigentlich alle Voraussetzungen, die ich dir eben genannt habe, bei ihm erfüllt sind, ist da irgendetwas … So ein *je ne sais quoi* … Ich kann es dir leider nicht genauer beschreiben … Es ist nur ein Gefühl.« Sie seufzte. »Bei all seiner Nettigkeit und Zugewandtheit – und insbesondere der Vertrautheit zwischen uns – scheint es da irgendeine unsichtbare Grenze, eine Barriere zu geben. Wenn er mich manchmal nach einem lustigen Abend nach Hause begleitet und mir ein liebevolles Abschiedsküsschen gegeben hat, habe ich seine Zuneigung gespürt … Aber von leidenschaftlichem Feuer war da bisher leider nichts zu bemerken. Und das hat nicht an mir gelegen … Ach, ich fürchte, er sieht in mir bisher nur eine gute Freundin …« Sie ließ entmutigt den Kopf hängen.

»Vielleicht sollten wir ihm mal auf die Sprünge helfen«, schlug Sophie vor. »Ich könnte doch gleich heute Abend …«

»Nein! Auf gar keinen Fall!«, widersprach Rahel vehement. »Entweder merkt er von selbst, dass auch er mich liebt, oder er empfindet nicht das Gleiche wie ich!«

»Wenn du meinst …«

»Ja, das meine ich. Ich brauche keine Kupplerin!«, entgegnete sie leidenschaftlich und sprang auf. »Jetzt komm, es wird Zeit, dass du dich für unsere lustige Sause durch die Stadt umziehst.« Rahel reichte Sophie lächelnd die Hand und zog sie mit sich.

Sophie tauchte in eine beißende Wolke aus schier undurchdringlichem Tabakrauch ein, als sie hinter Rahel eine enge Stiege hinunterging und ein uriges Kellergewölbe betrat, das nur schummrig beleuchtet war. Auch wenn ihr die Augen zunächst stark brannten, gewöhnten sie sich doch schnell an den Qualm, sodass sie sich die unbekannte Umgebung genauer ansehen konnte. An zwei sehr langen Tischen unter einer ziemlich niedrigen, halbrunden Decke aus unverputzten Ziegelsteinen saßen hier dicht gedrängt jede Menge junge Männer. Viele von ihnen trugen schmale, buntgestreifte Schärpen über den Westen ihrer Anzüge und hatten farbige Mützen mit kurzen Schirmen aus schwarzem Leder auf dem Kopf, was sie als Mitglieder einer Studentenverbindung auswies.

Unter Sophies Kommilitonen gab es viele, die in einer der mehr als zwanzig verschiedenen Marburger Burschenschaften organisiert waren, von denen jede ihre eigenen Farben und Rituale hatte. Die meisten waren sogenannte schlagende Verbindungen. Die Vorstellung, sich bei einem ritualisierten Fechtkampf von einem anderen Studenten gezielt einen hässlichen, schmerzhaften Schmiss ins Gesicht schneiden zu lassen, erschien Sophie völlig absurd. Doch in den alteingesessenen Männerbünden trug man diese Narben wie Orden stolz zur Schau.

Sie sah sich staunend in dem aus roten Ziegelsteinen gemauerten Gewölbe um. Dies war also eines der legendären Wirtshäuser, von denen sie schon viel gehört hatte, in denen sie aber nie zuvor gewesen war. Die von Bierdunst und Tabakqualm geschwängerte Luft raubte ihr beinahe den Atem, und der Lärm der ausgelassenen Gespräche, die das Gewölbe erfüllten, klang in ihren Ohren wie eine wahre Kakophonie. Hier eröffnete sich ihr eine völlig fremde Welt, und sie war sich plötzlich überhaupt nicht mehr sicher, ob sie diese wirklich näher kennenlernen wollte.

Während Rahel und sie Seite an Seite zwischen den vollbesetzten Tischen hindurchgingen, wurden den beiden attraktiven jungen Frauen ein paar freche Bemerkungen von den Burschenschaftlern zugerufen. Sicherheitshalber hakte Sophie sich bei Rahel ein, die zielstrebig voranschritt und nicht auf das Gejohle und die zweifelhaften Komplimente reagierte. Im Gegensatz zu ihr selbst schien ihre Freundin nichts daran zu finden, dass ihnen sogar hinterhergepfiffen wurde. Lächelnd und mit geradem Rücken strebte sie selbstbewusst in den hinteren Teil, wo es in einem offenen, zweiten Raum etwas ruhiger und gesitteter zuging. Hier standen eine ganze Reihe kleinerer, runder Holztische, an denen nicht nur junge Männer, sondern auch einige wenige Studentinnen saßen.

Sophie erblickte im nächsten Moment Richard, der zusammen mit einem anderen Mann an einem Tisch für vier Personen Platz genommen hatte. Er war von seinem Stuhl aufgesprungen und winkte ihnen zu. Erleichtert, ihren Freund ohne albernes Verbindungskäppchen, sondern in seinem gewohnt eleganten Anzug mit buntem Seidentuch am Hals zu sehen, ließ Sophie Rahels Arm los und eilte zu ihm hinüber.

»Da seid ihr ja endlich!«, rief Richard und empfing die beiden mit einer herzlichen Umarmung. »Es war gar nicht so leicht, die Plätze für euch freizuhalten. Setzt euch zu uns.« Er deutete auf die zwei leeren Stühle und stellte dann den attraktiven Mann, der ebenfalls mit am Tisch saß, mit einem strahlenden Lächeln vor: »Das ist Siegfried Hoffmann aus Berlin! Siegfried, das sind meine lieben Freundinnen Rahel und Sophie.«

Der hochgewachsene Herr, der dem Aussehen nach ein paar Jahre älter als alle anderen Anwesenden zu sein schien, erhob sich höflich, schlug die Hacken zusammen, deutete eine Verbeugung an und gab beiden jungen Frauen einen formvollendeten Handkuss.

»Wir haben uns ja bereits in den Vorlesungen von Professor Kayser gesehen, gnädiges Fräulein«, sagte er zu Sophie. »Auch wenn ich nur selten dort war.« Er grinste verschmitzt.

»Sehr erfreut, Sie nun endlich persönlich kennenzulernen, Herr Hoffmann«, erwiderte Sophie steif. »Richard hat mir erzählt, dass Sie ihn beim Pauken unterstützen ...« Sie ließ den Satz wie eine Frage klingen.

»Bitte nicht so förmlich, Sophie«, mischte Richard sich eilig ein. »Wir sind doch unter unseresgleichen.«

»So ist es! Wäre es Ihnen recht, wenn wir uns auch duzen, wie es unter Studenten üblich ist?«, fragte Siegfried und lächelte dabei die jungen Frauen an.

»Natürlich«, antwortete Rahel in einem leicht schroffen Tonfall und setzte sich.

»Ja, ähm, sicher ...«, erwiderte Sophie stockend und nahm ebenfalls Platz.

Sie spürte, dass ihre Freundin nicht sonderlich begeistert von Richards unangekündigter Begleitung war. Auch sie selbst hatte nicht damit gerechnet, dass er einen Kommilitonen mitbringen würde, und wusste nicht recht, was sie davon und von dem fremden Herrn halten sollte.

Während Siegfried laut nach dem Kellner rief und für alle eine Runde Bier orderte, betrachtete Sophie ihn genauer. Er machte einen schneidigen Eindruck, wirkte sehr selbstsicher und sah mit seinen kurzen, hellblonden, pomadisierten Haaren, die von einem strengen Seitenscheitel geteilt wurden, recht ansehnlich aus. Der elegante dunkle Dreiteiler saß perfekt an seinem schlanken, beinahe dünnen Körper. Ihr Blick blieb an der kleinen gold-weiß-goldenen Schärpe an seiner Weste hängen.

»Du bist in einer Burschenschaft?«, fragte sie neugierig.

»Ja, im Wingolf, der ältesten Korporation in Marburg«, erwiderte er stolz.

»Aha …«

»Wir sind eine nichtschlagende Verbindung«, ergänzte er, als er bemerkte, wie sie skeptisch sein Gesicht musterte. »Ich habe kein Interesse daran, mir meine hübschen Wangen aufschlitzen zu lassen.« Er warf dabei Richard einen kurzen Blick zu, der zustimmend nickte.

»Das wäre wirklich eine Sünde!«, merkte Sophies Freund mit einem Schmunzeln an.

Daraufhin grinsten die beiden jungen Männer sich verschwörerisch an und schienen einen Moment lang vergessen zu haben, dass sie nicht allein am Tisch saßen.

Da Rahel eisern schwieg, fühlte sich Sophie dazu gedrängt, das Gespräch mit Siegfried fortzusetzen. »Und du bist also gelegentlicher Gasthörer in der Paläontologie?«, fragte sie ihn.

»Ja, nachdem Richard mir von den Dinosauriern erzählt hatte, wollte ich dort auch mal reinhören. Die Urzeitforschung scheint mir eine so herrlich praktische Wissenschaft zu sein – im Gegensatz zu dem, womit ich mich seit Jahren beschäftige.«

»Und was ist das?«, erkundigte sich Sophie.

»Ich studiere Philosophie bei Professor Hermann Cohen, dem Begründer der sogenannten Marburger Schule.« Siegfried sah sie erwartungsvoll an, doch da sie auf seine Antwort nicht reagierte, fuhr er fort: »Professor Cohen ist ein begnadeter Vermittler schwieriger philosophischer Inhalte und besitzt einen unbestechlichen Gerechtigkeitssinn. Er ist einer der maßgeblichen Begründer des Neukantianismus. Dieser versucht, die wesentlichen Elemente der Philosophie Immanuel Kants zu bewahren und gleichzeitig eine Modernisierung seiner Philosophie der Vernunft durchzuführen. Und zwar in einer Weise, dass Kants Denken mit den modernen

Wissenschaften kompatibel ist und zugleich seine Stärke als Philosophie der Gerechtigkeit und säkularer Vernunft ausspielen kann. Damit soll das auf religiösen Grundlagen beruhende Denken überwunden und die Kantische Philosophie zur Leitphilosophie einer aufgeklärten und den Wissenschaften zugewandten Gesellschaft werden. Cohen interpretiert sie vor allem aus der Perspektive eines an Platon orientierten Idealismus, was somit natürlich in einer Logik der reinen Erkenntnis gipfelt.«

Rahel und Sophie schauten ihr Gegenüber mit großen Augen und gerunzelter Stirn ratlos an, während der Ober schwungvoll vier Bierkrüge vor ihnen auf dem Tisch abstellte.

»Versucht gar nicht erst, sein Gefasel zu durchdringen.« Richard lachte angesichts der verständnislosen Gesichter seiner Freundinnen laut auf. »Falls es euch beruhigt: Ich verstehe auch kein Wort, wenn Siegfried vor sich hin philosophiert. Aber es klingt so schön … Und abgesehen davon ist er wirklich ein ganz lustiger Kerl, mit dem man viel Spaß haben kann.« Er knuffte seinen Nebenmann mit dem Ellenbogen in die Seite und wies ihn mit gespieltem Tadel zurecht: »Du hattest mir versprochen, die jungen Damen nicht mit deinen geschwollenen Vorträgen zu langweilen.«

Siegfried grinste. »Aber ich wollte doch nur kurz erklären …«

»Schon gut. Jetzt lasst uns endlich etwas trinken und uns amüsieren. Deshalb ist Sophie schließlich hier! Nicht wahr?«, rief Richard und erhob sein Glas. Daraufhin stießen sie alle miteinander an und tranken einen kräftigen Schluck Bier.

Zum Glück erwies sich Siegfried Hoffmann schon bald tatsächlich als ausgesprochen geistreicher Unterhalter. Er und Richard gaben eine lustige Geschichte nach der anderen zum Besten, woraus Sophie schloss, dass die beiden jungen Männer sich außerordentlich gut kannten und blendend verstanden.

Warum hatte Richard ihr bisher so wenig von diesem Freund erzählt? Ein Gefühl von Eifersucht stieg in ihr auf und verstärkte sich noch, als auch Rahel, die endlich ihre gewohnt heitere Stimmung wiedergefunden hatte, von gemeinsamen Kuchenorgien mit

Richard im *Café Vetter* und ihren feuchtfröhlichen Abenden zu zweit plauderte, die sie in verschiedenen Studentenwirtshäusern verbracht hatten. Während sie den anderen zuhörte und selbst kaum etwas zum Gespräch beitragen konnte, wurde Sophie bewusst, wie viel sie tatsächlich vom viel gepriesenen Studentenleben außerhalb der Universität verpasste, weil sie nicht in Marburg, sondern immer noch unter dem Dach ihrer Eltern lebte. Ob sich daran jemals etwas ändern würde?

Mithilfe von ein paar Gläsern Bier taute schließlich auch Sophie auf, begrub ihre Vorbehalte gegenüber dem merkwürdigen Treiben um sie herum und ließ sich auf die feuchtfröhlichen Albernheiten ein. Sie war überrascht über sich selbst, dass sie die anschließende ausschweifende Runde durch andere Wirtshäuser, die ihr Rahel und Richard unbedingt zeigen wollten, tatsächlich genoss und mit ihren Freunden jede Menge Spaß hatte. Dabei fühlte sie sich endlich wie eine richtige Studentin. Und das war wirklich herrlich.

Zu später Stunde wurden Rahel und sie von ihren beiden Freunden zurück in die Wettergasse begleitet. Sophie war schon recht angetrunken und brachte daher nur einige halbherzige Einwände vor, als Richard sie dazu überredete, sich erst am nächsten Nachmittag zum Lernen bei ihm in der Pension zu treffen. Vorher müsse er dringend seinen Rausch ausschlafen und wäre nicht in der Lage, ihren Ausführungen zur Geologie zu folgen, hob er bedauernd hervor und mutmaßte, dass auch seine Nachhilfelehrerin sicher ein paar zusätzliche Stunden Ruhe brauchen würde. Was Sophie, leicht schwankend an Rahels Arm geklammert, schließlich lachend zugeben musste. Nach einer herzlichen Verabschiedung von ihren Begleitern gingen die beiden Frauen todmüde ins Bett und fielen innerhalb kürzester Zeit in einen tiefen Schlaf, aus dem sie erst am nächsten Vormittag um zehn Uhr erwachten.

Sophie war heilfroh, sich erst für den Nachmittag verabredet zu haben, als sie mit einem üblen Kater aus den Federn kroch. Eine neue Erfahrung, auf die sie gern verzichtet hätte. Im Gegensatz zu Rahel, die das viele Bier offensichtlich besser vertrug als sie selbst, bekam sie keinen Bissen herunter; stattdessen nahm sie drei Tassen starken Kaffee zu sich. Schließlich schlug ihre Freundin vor, einen kleinen Ausflug zu machen.

»Kennst du den Spiegelslustturm? Von dort hat man einen herrlichen Blick übers Lahntal.«

»Nein, bisher war ich eigentlich nur im *Deutschen Haus* und in der Oberstadt unterwegs«, seufzte Sophie, nur mäßig interessiert.

»Dann wird es Zeit, dass du ein bisschen von der Umgebung entdeckst. Es ist wirklich wunderschön dort. Na, komm!«

Eigentlich war Sophie mehr danach, sich mit ihrem Katzenjammer einfach nur aufs Sofa zu setzen und sich möglichst nicht zu bewegen, bis die Kopfschmerzen nachließen. Doch ihre Freundin versicherte ihr, dass ein bisschen frische Luft viel besser geeignet sei, um die Auswirkungen einer durchzechten Nacht zu lindern.

»Zur Belohnung kehren wir dann in der Schankwirtschaft dort ein«, regte sie an. »Das Beste gegen einen Kater ist ein Bier!«

Schon allein der Gedanke an Alkohol verursachte Sophie Übelkeit.

Rahel musste über den gequälten Gesichtsausdruck, mit dem ihre Freundin sie ungläubig anschaute, unwillkürlich lachen. »Es gibt dort sicher auch einen starken Kaffee, wenn dir das lieber ist«, versicherte sie. »Nun los! Die Sonne scheint! Hast du feste Schuhe dabei?«

Nachdem sie eine knappe Stunde lang marschiert waren – zunächst hinaus aus der Stadt und dann bergauf und bergab durch die bewaldeten Lahnberge –, erreichten sie ihr Ziel. Sophie hatte während der Wanderung noch mit den Auswirkungen des gestrigen Abends zu kämpfen und unterwegs immer mal kurz innehalten müssen, um auf dem hügeligen Weg wieder zu Atem zu kommen.

Rahel wirkte deutlich munterer, als sie am Turm ankamen. »Die Karten für die Besteigung kauft man dort drinnen. Warte du am besten solange hier«, entschied sie und deutete auf die Tische und

Stühle, die auf einer großzügigen Panoramaplattform vor dem Bauwerk standen. »Setz dich doch dort drüben irgendwohin, genieß die Aussicht und sammle deine Kräfte.« Voller Tatendrang verschwand sie in der Gaststätte am Fuße des Turms.

Sophie legte den Kopf in den Nacken, schirmte ihre Augen gegen die Sonne ab und blickte hinauf zu dem imposanten Kaiser-Wilhelm-Turm. Rahel hatte ihr unterwegs erzählt, wie er zu seinem seltsamen Spitznamen »Spiegelslustturm« gekommen war: Einst hatte hier ein Student namens Werner Freiherr von Spiegel zum Desenberg einen Musikpavillon und einen Getränkekeller eingerichtet, was dazu führte, dass im Laufe der Zeit dieser idyllische Ort, an dem früher zu Mittsommer Feuer entzündet worden waren, die Bezeichnung »Spiegelslust« erhielt. Der Turm selbst war erst viel später erbaut worden. Beim ersten Versuch, ihn zu errichten, war er betrüblicherweise kurz vor seiner Fertigstellung während eines Sturms eingestürzt, aber im zweiten Anlauf hatte es geklappt. Das imposante Bauwerk erinnerte aufgrund seiner Fenster, die Schießscharten ähnelten, an einen mittelalterlichen Wehrturm. Die Fassade aus grauem Sandstein zierte ein spitzes Türmchen, und hoch oben krönte eine von Zinnen begrenzte Aussichtsplattform den Spiegelslustturm.

Das massive Gebäude sah trotz seiner Wuchtigkeit von hier unten recht hübsch aus, wie Sophie sich eingestand, allerdings ahnte sie, dass sie gleich dort drinnen eine sehr große Zahl von Stufen würde erklimmen müssen. Besser, sie suchte sich ein Plätzchen im Schatten, um Kraft für den Aufstieg zu sammeln.

Es waren viele Menschen an diesem sommerlichen Samstag unterwegs, die das schöne Wetter auskosteten und sich auf der herrlichen Terrasse unter hohen Bäumen zur Mittagsrast niedergelassen hatten. Sophie schlängelte sich zwischen den vollbesetzten Tischen hindurch bis zur Brüstung. Von hier aus hatte man eine fantastische Aussicht auf Marburg. In der Ferne erkannte sie das Schloss und auch die Spitze der Elisabethkirche, neben der sich das *Deutsche Haus* mit seinen Hörsälen befand.

Sie hockte sich auf einen schmalen Mauervorsprung und lehnte ihren Rücken an das eiserne Gitter direkt am Abgrund, um dort auf Rahel zu warten. Bei dem Andrang der vielen Ausflügler würde es sicher eine Weile dauern, bis ihre Freundin mit den Karten zurückkam.

Sophie beobachtete die Familien mit ihren fröhlich schwatzenden und herumtollenden Kindern, entdeckte einige Pärchen, die augenscheinlich ihre Zweisamkeit genossen, und registrierte auch die zahlreichen Studenten, die an zusammengeschobenen Tischen lautstark miteinander diskutierten und lachten. Jählings wurde ihr der Blick auf das bunte Treiben von einem älteren, recht dicken Mann versperrt, der direkt neben ihr an die Brüstung trat. Offenbar schien er Sophie, die zu seinen Füßen hockte, überhaupt nicht wahrzunehmen, sondern blickte, angestrengt schnaufend, hinunter auf Marburg. Er trug einen vollbepackten Rucksack, an dem eine Wasserflasche und auf Höhe von Sophies Nase eine köstlich duftende Dauerwurst als Proviant baumelten. Unter einem Arm klemmte ein Schirm, und in der hinter seinem Rücken ruhenden, linken Hand hielt er seinen Hut fest, während er sich mit der rechten den Schweiß von der Stirn wischte.

Es war Sophie unangenehm, dass dieser verschwitzte Kerl ihr so nahe kam. Angewidert wandte sie den Blick von ihm ab und entdeckte ein paar Meter weiter einen jungen Mann, der ebenfalls auf der niedrigen Steinmauer hockte und ein aufgeschlagenes Skizzenbuch auf seinen Knien balancierte. Er sah immer wieder in ihre Richtung, dabei schien er aber nur den älteren Wanderer im Auge zu haben, der weiterhin schwer atmend in die Ferne schaute.

Sophie beobachtete, wie der schlaksige Jüngling beim Betrachten des korpulenten Herrn seinen Kopf ein wenig schräg legte, wie sie es von ihrer Schwester kannte, wenn diese konzentriert an einem Bild malte. Im nächsten Moment beugte sich der junge Mann wieder über sein Heft und fuhr mit einem Bleistift rasch über eine der beiden aufgeschlagenen Seiten. Augenscheinlich zeichnete er mit schnellem Strich den dickbäuchigen Zeitgenossen, der mit dem Rücken zu ihm stand.

Sie schätzte den Maler auf höchstens sechzehn, siebzehn Jahre. Er trug eine große, runde Brille mit schwarzem Gestell und hatte lockiges, dunkles Haar, das sie ein wenig an Paul Klüver erinnerte. Sein Tun weckte Sophies Neugier. Wieso malte er heimlich diesen unattraktiven, fast kahlköpfigen Mann neben ihr – und dann noch von hinten? Interessiert beobachtete sie den Künstler und sein Modell, bis der dicke Ausflügler nach einer Weile Richtung Schankwirtschaft abzog. Ihre Augen hefteten sich jetzt auf den jungen Mann, der konzentriert vor sich hin zeichnete. Als er wieder aufschaute und erkannte, dass sein Modell inzwischen verschwunden war, trafen sich ihre Blicke. Er lächelte ertappt und schlug sein Skizzenbuch zu.

»Darf ich es sehen?«, fragte sie neugierig und deutete auf das Heft. Sie wollte unbedingt wissen, was er da gezeichnet hatte.

»Oh, no«, wehrte er grinsend ab. »It's nothing. Nur ein kleine practise. Gar nickt schön.«

Sophie gefiel augenblicklich sein lustiges deutsch-englisches Kauderwelsch. Sie stand auf und nahm neben ihm Platz. »Please!«, bat sie mit einem flehenden Lächeln.

»Well …« Er gab sich geschlagen und schlug zögernd die Seite auf.

Sophie musste über die recht grobe Karikatur, die er da auf die Schnelle gezeichnet hatte, herzhaft lachen. »Very funny!«, urteilte sie amüsiert. »Are you an artist? A painter?«

»Oh, no. Das ist nur eine kleine Hobby. Aus die Skizze mache ick später noch ein watercolor. Aquarell …« Er hatte Mühe, das schwierige Wort auszusprechen.

»Ich mag schon die Skizze sehr«, lobte Sophie. »Meine Schwester ist auch Malerin, aber sie zeichnet eher abstrakt. Do you understand?«

»Aber ja! Mein Deutsch ist noch nickt so gut, aber ick lerne.« Er deutete im Sitzen eine kleine Verbeugung an und reichte ihr die Hand. »Mein Name ist Aldous. Aldous Huxley.«

»Sehr erfreut. Ich bin Sophie von Mayden. Aldous? Ist das ein englischer Name?«

»Ja, er bedeutet so viel wie ›altes Haus‹«, erklärte er lachend.

Sophie musste kichern. »In meinen Ohren klingt ›Aldous‹ sehr schön.«

»Nun ja … Ick weiß nickt, warum ick ein altes Haus geworden bin.« Er grinste. »Meine Brüder haben normal names – Julian and Andrew.«

»Und woher kommen Sie?«

»Ick stamme ursprünglich aus Surrey.«

»Und was hat Sie nach Marburg verschlagen? Studieren Sie hier?«

»Nein, ick war vorher am *Eton College* in Berkshire, aber dann bekam ick ein very bad eye disease, ein Augenkrankheit. I got nearly blind. Jetzt geht es schon viel besser – nach ein paar operations and mit meine neue Brille.« Er deutete auf die dicken Gläser, die zusammen mit ihrer runden Fassung sein schmales Gesicht dominierten.

»Oh.« Sophie war aufrichtig betroffen.

»Ick hoffe, dass ick kann im nächsten Jahr in Oxford studieren. Bis dahin will ick noch ein bisschen reisen und etwas von die Welt sehen – literally. Im Herbst geh ick nach France. But this summer bin ick hier in Marburg, um ein bisschen Deutsch zu lernen.« Er lächelte entschuldigend. »Dabei hilft mir mein Gastgeber. I live in Deutschhausstraße at Professor Kaysers house – near the university, where he …«

»Wie bitte?!«, fiel Sophie ihm verblüfft ins Wort. »Bei *dem* Emanuel Kayser?«

»Do you know him?«

»Und ob! Er ist mein Professor für Paläontologie und Geologie!«, erklärte sie begeistert. »Das ist ja ein unglaublicher Zufall!«

Aldous Huxley schaute überrascht. »Really? *You* study paleontology?«

»Ja, warum nicht?«, fragte Sophie argwöhnisch zurück, weil sie befürchtete, dass auch er die üblichen Vorbehalte gegenüber dieser für eine Frau angeblich unpassenden Studienwahl hatte.

»Ick liebe die Naturwissenschaften«, erwiderte er. »Eigentlich wollte ick Arzt werden, but … My eyes are too bad now. So, I'll try literature in Oxford. Literatur. I'd love to be a writer one day.« Die letzten Worte sprach er mit Inbrunst und lachte dann herzlich.

»Schriftsteller wollen Sie werden? Das finde ich großartig!«, antwortete Sophie enthusiastisch. »Wie meine Freundin Rahel! Das ist ein wunderbarer Beruf. Ich liebe Bücher! Do you know the novel *A Room with a View*?«

»Leider nein …«

»Das müssen Sie lesen! Wie dieser E. M. Forster schreiben kann …« Sie seufzte ergriffen. »Aber vielleicht werden Sie ja auch ein berühmter Maler.« Sie deutete lächelnd auf die Skizze.

Er lachte. »I think, ick schreibe besser, than ick zeichne. But who knows … And perhaps you will discover … Also Sie werden bestimmt bald ancient dinosaurs entdecken and a famous researcher of paleontology!«, sagte er mit jugendlichem Übermut.

»I hope so …« Sie seufzte wehmütig. »Aber damit wird es wohl noch lange dauern. Ich komme ja erst ins zweite Semester …«

»Wait and see.« Er lächelte ihr aufmunternd zu. »Ick bin sicher: We'll both be famous in the future!«

Sophie fiel in sein ansteckendes Lachen mit ein.

Plötzlich rief eine vertraute Stimme hinter ihr: »Da versteckst du dich also! Ich hab schon gedacht, du wärst weggegangen!«

Erschrocken drehte sie sich um.

Rahels dunkle Augenbrauen hatten sich zusammengezogen, als sie mit energischen Schritten auf Sophie zutrat und mit den Eintrittskarten vor ihrem Gesicht herumwedelte. »Komm, die Warteschlange wird immer länger.«

»Oh, entschuldige!«, bat Sophie und rappelte sich von ihrem unbequemen Sitzplatz auf. »Ich hab völlig die Zeit vergessen.« Sie drehte sich zu dem jungen Mann um, der ebenfalls aufgesprungen war. »Rahel, darf ich dir Aldous vorstellen? Er wird einmal ein berühmter Maler …«

»… or a writer«, warf er augenzwinkernd ein.

»Genau!« Lächelnd wandte sich Sophie wieder ihrer Freundin zu. »So wie du. Er will in Oxford Literatur studieren. Ist das nicht interessant?«

»Eine gute Idee.« Rahel war hörbar nicht sonderlich daran interessiert, diesen schmächtigen Jüngling näher kennenzulernen, und nickte ihm nur kurz zu. »Hat mich gefreut. Viel Erfolg, aber wir müssen dann leider …« Sie hakte sich bei Sophie unter, die Aldous Huxley zum Abschied die Hand gab.

»Es war mir eine große Freude! Grüßen Sie den Professor von mir. Und vielleicht sehen wir uns ja noch mal wieder, bevor Sie Marburg verlassen.«

»I would be delighted, Miss …? Sorry …«

»My name is Sophie!«, rief sie, während ihre Freundin sie ungeduldig mit sich zog.

»Wer war denn das?«, fragte Rahel, als sie am Einlass anstanden. Sie reichte Sophie das Eintrittsbillett für zehn Pfennige, auf dem ein Foto vom Kaiser-Wilhelm-Turm abgedruckt war.

»Ein junger Engländer, der eine sehr lustige Karikatur von einem Ausflügler gezeichnet hat. Darüber kamen wir ins Gespräch«, antwortete Sophie. »Und dann stellte sich heraus, dass er im Haus von meinem Professor wohnt. Das ist doch ein unglaublicher Zufall!«

»Na ja. Marburg ist eine kleine Stadt.« Damit war das Thema für Rahel beendet.

Nachdem sie jede Menge Treppenstufen hinaufgestiegen waren, umwehte die Freundinnen auf der breiten Plattform in sechsunddreißig Metern Höhe ein angenehm erfrischender Wind.

Rahel deutete mit ausgestrecktem Arm in die Ferne und erklärte: »Ganz da hinten kannst du den Feldberg im Taunus, den Kahlen Asten im Sauerland und die Wasserkuppe der Rhön sehen.«

Sophie kniff die Augen blinzelnd zusammen. Sie versuchte, die Berge zu erkennen, auf die ihre Freundin hinwies, und genoss den fantastischen Ausblick auf das überwältigende Panorama.

»Es ist wunderschön hier«, seufzte sie, ergriffen von der Majestät der Weite und der bergigen Landschaft. »Danke, dass du mich überredet hast, hier hinaufzusteigen.«

»Ich wusste, dass es dir ebenso gefallen würde wie mir. Wie klein unser schönes Marburg von hier oben wirkt.«

»Hier auf dem Turm habe ich das Gefühl, als wenn alle irdischen Sorgen ganz weit weg wären … Sogar meine Angst wegen der bevorstehenden Prüfungen.« Sie stieß abermals einen Seufzer aus.

»Wenn du dem albernen Aberglauben keine Beachtung schenkst, wird es schon gut gehen«, meinte Rahel grinsend.

»Von welchem Aberglauben sprichst du?«, fragte Sophie mit misstrauisch zusammengezogenen Augenbrauen.

»Kennst du den etwa nicht? Unter den Marburger Studenten diverser Fakultäten geht die Mär um, dass derjenige, der den Turm vor Bestehen irgendwelcher Prüfungen besteigt, diese niemals erfolgreich absolvieren wird.«

»Warum sagst du mir das erst jetzt? Ich hätte doch niemals …«

Rahel kicherte, als sie den empörten Gesichtsausdruck von Sophie sah, die jedoch gleich darauf in ihr Lachen einfiel – und dann plötzlich stutzte.

»O Gott! Wie spät ist es eigentlich? Ich muss doch noch mit Richard Geologie pauken, sonst schafft er das niemals – selbst ohne Turmbesteigung.« Sie zog ihre kleine, goldene Taschenuhr aus dem *Gilet*. »Schon zwei!«, stieß sie erschrocken aus, steckte die Uhr zurück in die schmale Westentasche und forderte Rahel hektisch auf: »Wir müssen los, sonst komme ich zu spät!«

»Ach, wahrscheinlich ist Richard noch gar nicht richtig wach oder mit seinem Siegfried unterwegs«, wandte Rahel schulterzuckend ein. Sophie nahm den leicht gekränkten Unterton deutlich wahr, als ihre Freundin den Namen »Siegfried« auf eine etwas merkwürdige Weise aussprach.

»Meinst du?«

»Der Herr von Lohenstein kann ruhig noch ein bisschen warten. Ihr seid doch erst am Nachmittag verabredet.« Rahel winkte ab.

»Für ein Glas in der Schankwirtschaft haben wir auf jeden Fall noch Zeit, bevor wir zurückmarschieren. Lass uns unseren Ausflug genießen.«

Sophie zögerte nur kurz. »Du hast recht!«, stimmte sie zu. »Es ist einfach herrlich hier!« Sie lehnte sich vor, schaute zwischen zwei Zinnen hindurch nach unten und erblickte den noch immer zeichnenden Aldous Huxley auf dem Mäuerchen. Dann schaute sie in die Ferne, breitete ihre Arme weit aus und rief, so laut sie konnte: »Was für eine wunderschöne Welt!«

* * *

Das viele Lernen hatte sich gelohnt: Sophie bestand die Prüfungen in Paläontologie mit Bestnote, und auch in Geologie war Professor Kayser recht zufrieden mit ihren Leistungen. Richard von Lohenstein schaffte es dank ihrer Unterstützung mit Ach und Krach, was ihm allerdings zu genügen schien. Um sich für ihre Hilfe zu revanchieren, lud er Sophie und Rahel am Freitag zu einer letzten Kuchenschlacht ins *Café Vetter* ein, bevor sich die drei bis Oktober in die langen Semesterferien voneinander verabschieden würden.

Richard erzählte, dass er keine Lust darauf hatte, zu seinen Eltern nach Schwaben zu fahren. »Ich reise lieber für einige Wochen an die Ostsee nach Usedom. Dort besitzen Siegfrieds Eltern eine hübsche Sommervilla in Heringsdorf. Er hat mich eingeladen, die berühmt-berüchtigte Sommerfrische in der ›Badewanne der Berliner‹ kennenzulernen. Da soll es hoch hergehen, hat Siegfried erzählt.« Er rieb sich voller Vorfreude die Hände.

»Das klingt ja recht verlockend …«, meinte Rahel und sah ihn mit einem spöttischen Gesichtsausdruck über den Goldrand ihrer Brille an. »Für derlei Vergnügungen habe ich leider keine Zeit. Ich werde mich den Sommer über in Idar-Oberstein an den Schreibtisch ketten und arbeiten.« Sie seufzte theatralisch, wischte sich mit dem Handrücken imaginären Schweiß von der Stirn und grinste ihre Freunde an. »Stellt euch vor, Agnes Günther hat mein Manuskript inzwischen gelesen und mir versichert, dass die Geschichte großes Potenzial hat! Ist das nicht wunderbar?« In ihrer Stimme klang aufrichtiger Stolz mit. »Jetzt muss ich nur noch ein paar Änderungen und Verbesserungen an den Protagonisten und einigen Szenen vornehmen, und dann kann ich mein erstes Werk endlich vollenden.«

Richard gratulierte ihr aus vollem Herzen. »Ich bin ja schon so gespannt! Schade, dass es noch nicht gedruckt ist, sonst hätte ich es im Strandkorb am Meer verschlungen.« Er nickte ihr aufmunternd zu. »Ich hoffe doch, dass ich es dann im nächsten Semester endlich auch lesen darf, nachdem du es so spannend gemacht und gleichzeitig mir fast nichts vom Inhalt verraten hast. Was ich übrigens überaus ungerecht finde, wo doch Sophie scheinbar schon einiges mehr über deine Geschichte weiß …«

Rahel lachte auf und warf Sophie einen verschwörerischen Blick zu, als sie erwiderte: »Geduld, mein Lieber! Inzwischen hat sich da sowieso noch mal sehr viel geändert. Ich brauchte ein bisschen, bis ich wirklich wusste, wer meine Romanhelden sind und wo die Handlung angesiedelt sein soll. Eine Liebesgeschichte mit einem französischen Adeligen, der in einem Schloss an der Loire wohnt, ist doch viel romantischer als, wie ursprünglich geplant, eine Liaison in Idar-Oberstein!«

Richard nickte verständnislos, was Sophie amüsierte. Im Gegensatz zu ihm verstand sie genau, wovon ihre Freundin sprach.

Deren Schwärmerei für ihren gemeinsamen Freund hatte sich direkt nach dem Wirtshausabend mit Siegfried Hoffmann in Luft aufgelöst. Rahel hatte noch am nächsten Tag erklärt, sie spüre nun, dass da eine besondere Art der Freundschaft zwischen den beiden Männern bestehe, bei der sie nur stören würde. Sie war nicht ins Detail gegangen, und Sophie war einfach nur froh gewesen, dass sie scheinbar keinen Liebeskummer hatte. Die Entscheidung, ab sofort nicht mehr in Richard verliebt zu sein, hatte ihre Freundin so rational getroffen, wie es ihrer meist vernunftgeprägten Art entsprach.

Als Rahel Silberstein ihr von einem hübschen französischen Touristen berichtete, den sie nur ein paar Tage später kennengelernt hatte, war Sophie über ihre enthusiastische Beschreibung seiner grünen Augen und der wilden, kastanienroten Haare überrascht gewesen. Offensichtlich schwer verliebt in den charmanten Patrice aus Paris, hatte Rahel den Namen ihres Romanhelden erneut geändert und entschieden, die gesamte dramatische Handlung an die Loire zu verlegen. Zu ihrem größten Bedauern war der schmucke Franzose schon bald wieder nach Paris abgereist. Doch beide hatten einander versprochen, sich regelmäßig zu schreiben. Rahel schwebte, völlig untypisch für sie, auf Wolke sieben und freute sich darauf, in den zweimonatigen Semesterferien wenigstens in ihrer Fantasie nach Frankreich reisen zu können.

»Und du willst wirklich die ganzen Ferien in Frankfurt verbringen?«, erkundigte Richard sich mit bedauerndem Unterton bei Sophie.

»Unbedingt! Während du die Seeluft genießt und Rahel in Gedanken Ferien in Frankreich macht, werde ich meinen geliebten Dodo wiedersehen und endlich mal wieder praktisch arbeiten!« Tatsächlich freute sie sich nicht nur der Arbeit wegen sehr darauf, ab Montag ins Museum zurückkehren zu dürfen. Mit einem verträumten Lächeln fügte sie hinzu: »Paul Klüver hat mir vor ein paar Wochen geschrieben und mich gebeten, ihn in den Semesterferien bei seiner Doktorarbeit zu unterstützen.«

»Aha! Dodo ist also doch nicht der einzige Kerl in deinem Leben«, stellte Richard augenzwinkernd fest.

Mit einem Lächeln ging Sophie über seine Anspielung hinweg und erklärte so sachlich wie möglich: »Jetzt, wo die Mineralien aus der Sierra Morena endlich alle sortiert und katalogisiert sind, muss Paul nicht mehr jeden Tag für Doktor Drevermann arbeiten und hat endlich wieder Zeit für seine eigene Forschung. Dabei braucht er natürlich die Hilfe einer qualifizierten Assistentin.«

Pauls Brief, der zu ihrem Bedauern recht förmlich ausgefallen war, hatte sie entnommen, dass Drevermanns Kollegin Alicia Pérez inzwischen nach Madrid zurückgekehrt war. Mit einer gewissen Genugtuung hatte sie registriert, dass Paul für die Arbeit an seinem Forschungsprojekt nun wieder ihre Hilfe brauchen würde.

Rahel lächelte wissend. »Das wird bestimmt aufregend, wenn du in den kommenden Wochen tagtäglich in der Nähe von deinem Paul sein wirst …«

»Das ist nicht *mein* Paul!«, widersprach Sophie reflexartig, konnte ihre Vorfreude auf das Wiedersehen jedoch nicht wirklich verbergen, als sie hörbar begeistert fortfuhr: »Wir forschen endlich wieder gemeinsam – am *Diplodocus longus*. Ich hoffe, dass er von meinen Fortschritten, die ich im letzten Semester gemacht habe, gebührend beeindruckt sein wird.«

Ihren Freunden entging die leichte Röte auf ihren Wangen nicht, und sie bemerkten auch, dass Sophie gedankenverloren mit der silbernen Kette und dem Medaillon daran spielte, das Paul ihr geschenkt hatte.

Richard grinste sie breit an. »Natürlich … Ausgestorbene Dinosaurier sind die einzigen Lebewesen, die dir wirklich wichtig sind …«

Sophie reckte die Faust, um ihm spielerisch zu drohen, bevor sie lachend erwiderte: »So ein Unsinn! Du und Rahel, ihr seid mir sehr wichtig! Und ich gebe es zu: Ich freue mich sehr darauf, Paul endlich wiederzusehen …« Zufrieden bugsierte sie einen weiteren Happen Sahnetorte auf ihre Kuchengabel, schob ihn in den Mund und genoss die cremige Süße auf ihrer Zunge.

Frankfurt, August 1909

»Mach schön Platz, Zeus!«, versuchte Marianne den Welpen zu beruhigen, der wild an seiner Leine zerrte.

»Oh, ist der süß!«, stieß Sophie verzückt aus und ging noch an der Haustür sofort in die Hocke, um das flauschige Fellknäuel zu streicheln. Der Hund sprang mit wedelndem Schwanz an ihren Knien hoch und kläffte einige Male aufgeregt. Dann leckte er ihre Hände und fuhr mit seiner rauen rosigen Zunge einmal quer durch ihr Gesicht, was sie laut auflachen ließ.

»Igitt! Zeus! Lass das!«, befahl Marianne und zog kräftig an der Leine, sodass der kleine Hund nach hinten gerissen wurde. »Steh sofort auf, Sophie!«, forderte sie ungehalten.

Immer noch lachend, erhob sich die Jüngere und wollte nun ihre Schwester mit einem Wangenküsschen begrüßen, aber die wehrte die Umarmung mit angewidertem Gesichtsausdruck ab.

»Nicht doch! Wasch dir bitte zuerst Gesicht und Hände! Das ist doch unhygienisch.« Kopfschüttelnd schritt Marianne durch die prunkvolle Eingangshalle ihrer Villa voraus und zog den sich sträubenden Welpen über den schwarz-weißen Marmorboden hinter sich her.

Ein Hausmädchen mit Spitzenschürze und gestärktem Häubchen nahm Sophie Hut und Mantel ab und wies ihr mit einem Knicks den Weg zum nächstgelegenen Bad. »Dort können Sie sich frischmachen, Fräulein von Mayden.«

»Ich weiß, danke.« Das junge Mädchen war Sophie unbekannt, obwohl sie schon öfter bei Marianne und ihrem Mann Franz-Josef zu Gast gewesen war.

Ihre nur wenige Jahre ältere Schwester hatte einen immensen Verschleiß an Hauspersonal. Lediglich der persönliche Butler ihres Gatten hielt sich wacker auf seinem Posten und möglichst fern von der Hausherrin. Die meisten Dienstboten, Köche und Gärtner verließen nach wenigen Monaten wieder ihre Stellung oder wurden von Marianne an die Luft gesetzt, weil sie deren hohen Ansprüchen nicht genügt hatten. Es war schwer, ihr etwas recht zu machen. Die Unzufriedenheit mit allem und jedem schien zu ihrer zweiten Natur geworden zu sein.

Zwar hatte sie sich nach der erlittenen Fehlgeburt mittlerweile gut erholt und war wieder in der Lage, in Gesellschaft als charmante, elegante Dame von Welt aufzutreten. Doch eine tiefe Melancholie schien weiter in ihr zu schlummern. Auch äußerlich hatte sie sich verändert. Ihre einstmals schlanke Wespentaille, für die sie früher ständig Hungerkuren auf sich genommen hatte, war verschwunden. Und wenn sie sich unbeobachtet fühlte, legte sich ein dunkler Schleier über ihr Antlitz. Die Zornesfalten zwischen den Augenbrauen und die Falten um ihre Mundwinkel gruben sich immer deutlicher in ihr leicht aufgedunsenes Gesicht.

Die beiden Schwestern hatten sich in den vergangenen Monaten nur selten gesehen, wenn Marianne im Hause ihrer Eltern zu Besuch war, und Sophie machte sich große Sorgen um sie. Bevor sie ab morgen wieder im Museum eingespannt war, wollte sie diesen Sonntagnachmittag nutzen, um sich selbst ein Bild zu machen, wie es ihrer Schwester inzwischen ging. Als Vorwand für den heutigen Besuch hatte sie den neuen Hund genommen, der erst vor Kurzem in die mondäne Stadtvilla am Palmengarten eingezogen war, und behauptet, dass sie ihn unbedingt sehen wollte. Da ihr Schwager sonntags stets seinen Herrenclub aufsuchte und dort lange verweilte, würde sie mit ihrer Schwester bei einer Tasse Tee hoffentlich ungezwungen plaudern können.

Nachdem sie sich im Bad die Hände gewaschen hatte, ging sie in den Salon und setzte sich zu ihrer Schwester. Doch aufgrund des quirligen Vierbeiners war es zunächst kaum möglich, sich zu unterhalten. Immer wieder lief Zeus fröhlich kläffend kreuz und quer durch den großen Raum und wollte spielen.

»Der ist wirklich bezaubernd«, schwärmte Sophie und kraulte ihn zwischen den Ohren.

»Ja, noch …«, seufzte Marianne. »Ich weiß nicht, was Franz-Josef sich dabei gedacht hat, ausgerechnet einen Bernhardiner anzuschaffen.«

»Man sieht schon jetzt an den großen Pfoten, dass das mal ein richtiger Prachtkerl wird.«

»Ich weiß nicht, ob ich ihn dann noch bändigen kann.«

»Ach, Bernhardiner sind doch sehr liebevolle, ruhige Hunde.«

»Hoffentlich …«, seufzte Marianne. »Zumindest besitzt er einen hervorragenden Stammbaum, wie der Züchter uns versichert hat. Seine Eltern stammen aus der ältesten Schweizer Bernhardiner-Zucht. Er hat zehntausend Mark gekostet und heißt mit vollständigem Namen *Zeus du Grand St. Bernhard*«, erklärte sie stolz.

»So viel Geld …«, staunte Sophie. »Habt ihr den direkt aus der Schweiz?«

»Nein, nein, der Züchter wohnt in Niederhöchstadt. Allerdings gibt er die Zucht bald auf. Zeus war einer der letzten Hunde, die er verkauft hat. Ach, das wird dich interessieren: Herr Hopf hat Franz-Josef erzählt, dass er vor einer Weile dem Senckenberg-Museum seine außergewöhnliche Sammlung von Hundeschädeln gestiftet hat.«

Sophie sah sie erschrocken an. »O Gott … Von dem Kerl habt ihr das Tier?«

»Was soll das heißen?«

»Na, ich habe damals im Lager einen Karton mit lauter Hundeknochen gefunden und in die Skelettabteilung gebracht. Die dortige Leiterin erzählte mir, was für ein schrecklicher, unangenehmer und zwielichtiger Mann das war, der die Knochen dem Museum regelrecht aufgedrängt hatte.«

Marianne sah sie schockiert an. »Und die waren von *unserem* Züchter? Dem Herrn Hopf?«

»Ja, genau! Das war der Name – Karl Hopf«, bestätigte Sophie und tätschelte wie zum Trost den Welpen, der eifrig mit seinem Schwanz wedelte. »Da hast du kleiner Schatz ja Glück gehabt, dass du nicht in der Schädelsammlung dieses Herrn gelandet bist«, sagte sie zu dem Hund, der mit seinen treuen braunen Augen zu ihr aufschaute.

»Das ist ja wirklich gruselig!« Marianne warf einen Blick auf den niedlichen Zeus und verzog angewidert ihre Mundwinkel.

»Ja, aber dafür kann das Hündchen ja nichts.«

»Wollen wir es hoffen …«

»Sei nicht albern, Marianne«, erwiderte Sophie, schüttelte verständnislos den Kopf und wechselte umgehend das Thema. »Erzähl mir lieber, wie es dir so geht.«

»Ach, nicht allzu schlecht. Franz-Josef ist nach wie vor recht freigiebig, allerdings treibt er sich inzwischen wieder dauernd in diesem langweiligen Herrenclub herum. Und mit seinen diversen Zipperlein wird es immer schlimmer.« Sie schnaubte missmutig. »Er ist eben ein alter Mann …«

»Aber er begleitet dich weiterhin in die Oper?«

»Na ja … Ich bin selbst nicht mehr so erpicht auf dieses ständige Ausgehen. Und in Gesellschaft zu sein finde ich oftmals ziemlich anstrengend. Vor allem Gäste im Haus sorgen für zu viel Unruhe. Eigentlich bin ich hier lieber allein und lese. Aber nun hat er mir diesen Köter geschenkt …« Sie lehnte sich seufzend zurück und versuchte, mit den Händen ihren deutlich sichtbaren Bauchansatz zu verbergen.

»Wahrscheinlich meint es dein Mann nur gut … Mit einem Hund bist du beschäftigt und kommst öfter mal raus. Du darfst dich nicht ständig hier im Haus vergraben. Ein bisschen Bewegung an der frischen Luft wird dir sicher guttun, und dann wirst du dich auch gleich besser fühlen«, bemühte Sophie sich, sie aufzumuntern. Da Marianne nur gelangweilt mit den Schultern zuckte und schwieg, schlug sie vor: »Was ist denn mit deinen Freundinnen? Könntest du dich nicht öfter mit denen treffen?«

»Ach, die haben doch alle ständig nur ein Thema: ihre Kinder!«, stieß ihre ältere Schwester gereizt aus und äffte dann mit verstellter Stimme die Damen der Gesellschaft nach: »Mein Fritzchen kann schon laufen. Unsere kleine Hilde kommt bald in die Schule. Elisabeth hat Schnupfen, und der arme Wilhelm hat sich das Knie aufgeschlagen. Anna lernt gerade sticken, sie ist so geschickt darin. Ach, unser Gustav ist ja so begabt …« Sie schnaubte. »Ich kann es einfach nicht ertragen, wenn die ständig nur über ihre Brut reden. Als wenn es nichts anderes auf der Welt gäbe. Da lese ich lieber ein gutes Buch!« Sie bewegte den Kopf ein Stück weit zur Seite, sodass sie nicht mehr Sophie anschaute, sondern durch die geschlossene Terrassentür in den gepflegten, weitläufigen Garten blickte. Und in dieser Haltung verharrte sie, so als würde sie plötzlich zu Stein erstarren. In Gedanken schien sie ganz woanders zu sein und völlig vergessen zu haben, dass sie Besuch hatte.

Auch Sophie schwieg nach diesen deprimierenden Worten betroffen. Sie wusste, dass die ungewollte Kinderlosigkeit ein großes Problem für Marianne darstellte. Ob ein Hund da wirklich ein adäquater Ersatz war? Angesichts ihrer sichtlich frustrierten Schwester bezweifelte sie das, hatte aber auch keine andere Lösung parat.

Wieder einmal war sie froh, dass sie etwas gefunden hatte, das ihr Leben so vollkommen ausfüllte und bereicherte. Ihr naturwissenschaftliches Interesse und das Studium gaben ihrem Dasein Sinn – sehr viel mehr, als Heirat und Familie es ihr je würden bescheren können. Davon war sie mittlerweile fest überzeugt. Das traurige Schicksal ihrer älteren Schwester war eine weitere Bestätigung dafür, dass sie selbst den richtigen Weg eingeschlagen hatte.

Doch würde ihre Leidenschaft fürs Lernen und Forschen tatsächlich auch in Zukunft ihr Leben bestimmen? Vielleicht war dieses glückhafte, von Sinn erfüllte Dasein ja nur eine kurze Lebensphase – lediglich ein zeitlicher Aufschub, bevor auch sie sich den gesellschaftlichen Konventionen würde beugen müssen? Schließlich hatte sie ihr Wort gegeben, spätestens nach dem Studium zu heiraten. Womöglich würde dies bedeuten, ein Leben an der Seite eines

Langweilers wie Wilhelm Oehler zu verbringen, den ihre Eltern weiterhin ständig einluden, wann immer er in Frankfurt war …

Sophie verzog angewidert das Gesicht bei dem Gedanken an ihn, an die belanglosen Gespräche bei seinen Visiten. Dabei versuchte ihre Mutter jedes Mal, sie davon zu überzeugen, dass der Ministerialbeamte aus Berlin doch nun wirklich eine formidable Partie für sie wäre. Und Wilhelm bemühte sich redlich, ihr das Leben in der Reichshauptstadt schmackhaft zu machen, indem er es in schillernden Farben beschrieb. Aber Sophie war sich von Mal zu Mal sicherer, dass sie mit so einem Gatten in genau derselben Falle sitzen würde wie Marianne.

Eine standesgemäße Heirat ohne Liebe blieb für sie ein Schreckgespenst, dem sie jedoch, so wie es derzeit aussah, nicht würde entkommen können. Es schien keinen Ausweg aus diesem Dilemma zu geben, in dem sie sich gefangen sah. Denn wo sollte sie bloß einen Mann finden, der den unbändigen Forschungsdrang mit ihr teilte, gleichzeitig ihre Leidenschaft weckte – und der obendrein den Normen der gutbürgerlichen Gesellschaft entsprach?

Immerhin kannte sie ein Beispiel, wo all das scheinbar der Fall war: Doktor Drevermann und seine Frau Ria. Doch ein gemeinsam forschendes Ehepaar wie diese beiden bildete eine rühmliche Ausnahme. So einen modernen, aufgeklärten Gatten wie ihn würde es bestimmt kein zweites Mal geben. Und das bedeutete leider, dass sie sich mit ihrem Schicksal abfinden musste, irgendwann in eine unglückliche Zweckehe gezwungen zu werden …

Sophie registrierte plötzlich, dass sie sich von Mariannes Melancholie hatte anstecken lassen. Ihre ältere Schwester starrte noch immer schweigend aus dem Fenster und streichelte mechanisch den kleinen Hund, der inzwischen auf ihren Schoß gesprungen war und sich dort zusammengerollt hatte.

Nein, so wie sie würde sie nicht enden!, schwor Sophie sich. Sie riss sich zusammen und lenkte ihre Gedanken auf erfreulichere Dinge: Morgen würde sie Paul Klüver wiedersehen. Den Mann, der seit Monaten ihr Herz schneller schlagen ließ. Ob er den perfekten

Lebenspartner für sie abgeben würde?, fragte sie sich zum wiederholten Mal. Leider hatte es nur einige wenige zaghafte Anzeichen gegeben, dass auch er möglicherweise etwas für sie empfand. Da war eigentlich nur dieses innige, vertrauliche Gespräch an jenem Abend im Gartenlokal gewesen. Seitdem hatten sie keine Gelegenheit mehr gehabt, einander näherzukommen. Beide waren nach dem Treffen im Juli viel zu beschäftigt gewesen – er im Museum und sie mit ihrem Studium.

Als sie sich jetzt sein lächelndes Gesicht mit den hübschen Grübchen vor ihrem inneren Auge ins Gedächtnis rief, verspürte Sophie das vertraute, angenehme Kribbeln im Bauch, das sie jedes Mal genoss, wenn sie an ihn dachte. In Anbetracht dessen, was ihre Freundin Rahel über die eindeutigen Signale des Verliebtseins gesagt hatte, gestand Sophie sich mittlerweile ein, dass sie tatsächlich in Paul verliebt war. Immer häufiger musste sie an seine äußerlichen Vorzüge denken, wie etwa seine widerspenstigen schwarzen Locken, die ausdrucksstarken Augen und diese Grübchen, die man nur sah, wenn er lachte. Was recht selten der Fall war. Bei ihrer Zusammenarbeit im Museum war er ja bislang eher ernsthaft gewesen. Aber auch das gefiel Sophie – diese Mischung aus engagiertem Wissenschaftler und kernigem Mann, der mit beiden Beinen im Leben stand. Eine ausgesprochen rare Kombination, wie sie sowohl im Museum als auch an der Universität hatte feststellen können. Und keiner ihrer Kommilitonen hatte einen so kräftigen Oberkörper und derart muskulöse Oberarme wie Paul …

Während sie an ihn dachte, überkam sie wieder die große Vorfreude auf ihr Wiedersehen. Ab morgen würden sie zwei volle Monate zusammenarbeiten. Seite an Seite. Genügend Zeit, um sich näherzukommen und auszuloten, ob er ihre Gefühle erwiderte. Was für grandiose Aussichten, dachte sie innerlich lächelnd.

Aber was, wenn nicht …?, meldete sich sogleich wieder der bohrende Zweifel, der sie leider auch jedes Mal überkam, wenn sie davon träumte, wie ein aufregendes Forscher- und Eheleben an der Seite von Paul aussehen würde.

Entmutigt ließ sie den Kopf hängen und seufzte leise. Was, wenn es nur Luftschlösser und Wunschträume waren, die sie sich zusammenfantasierte? Allerdings, wenn man es recht bedachte, gab es durchaus Anzeichen dafür, dass sie Paul keineswegs gleichgültig war. Meistens verhielt er sich ihr gegenüber ausgesprochen liebenswürdig, hatte sie sogar bei ihrem Wunsch, zu studieren, tatkräftig unterstützt. Auch hatte er sich ihr anvertraut und ihr seine leidvolle Lebensgeschichte erzählt, als sie sich in der Äppelwoi-Wirtschaft getroffen hatten. Und zu ihrem einundzwanzigsten Geburtstag hatte er ihr das silberne Medaillon geschenkt – allerdings nicht mit einem Foto von ihm, was seine Absichten eindeutig bewiesen hätte. Stattdessen trug sie nur das Bild eines Dinosauriers an ihrem Hals, was es ihr schwermachte, dieses Geschenk als sicheres Zeichen einer sehr starken persönlichen Zuneigung zu interpretieren.

Vermutlich war es nur als symbolische Ermutigung für ihren geplanten akademischen Weg zu verstehen. Oder bestenfalls als Zeichen einer freundschaftlichen Verbundenheit auf Grundlage gemeinsamer wissenschaftlicher Interessen. Schließlich hatte Paul ihr bislang keinerlei Anlass gegeben, zu glauben, dass er mehr in ihr sah als eine zukünftige Kollegin. Es war blauäugig, in ihm die Inkarnation des Ritters auf einem weißen Pferd zu sehen, der eine so große Liebe zu ihr empfand, dass er die Ketten der Konventionen sprengen und sie daraus befreien würde. Denn selbst wenn er ernsthaftere Absichten hegen sollte … Was würden ihre Eltern von einem nahezu mittellosen Bräutigam ohne vorzeigbaren Stammbaum halten?

Sie wusste es nur zu gut …

Wieder seufzte Sophie frustriert auf. Sie beobachtete Marianne, die mit gelangweiltem Blick und heruntergezogenen Mundwinkeln kurz auf ihren Welpen sah, als er von ihrem Schoß sprang, und dann erneut geistesabwesend aus dem Fenster schaute.

Der Anblick ihrer bedauernswerten Schwester reichte Sophie jetzt. Sie zwang sich energisch, die trüben Gedanken abzuschütteln. Sie durfte sich nicht von Mariannes Schicksal entmutigen lassen, sondern musste weiter ihren eigenen Weg gehen. Immerhin blieben ihr ja noch ein paar Jahre Gnadenfrist, in denen sich viel ändern konnte. In der verbleibenden Zeit wollte sie jede sich bietende Gelegenheit nutzen, um nicht eines Tages ebenso resigniert in einer riesigen Villa herumzusitzen und nicht zu wissen, was sie mit sich anfangen sollte. Sophie schwor sich, optimistisch in die Zukunft zu blicken. Schon morgen war sie schließlich wieder in ihrem geliebten Museum und würde dort den wunderbaren Paul wiedertreffen. Alles Weitere würde sich bestimmt ganz von selbst finden.

Entschlossen sprang sie auf. »Komm, Zeus, lass uns ein bisschen raus in den Garten gehen!« Der flauschige Welpe schien sie sofort zu verstehen und setzte zu freudigen Luftsprüngen Richtung Terrassentür an. Selbst Marianne musste angesichts der puren Lebensfreude, die der kleine Bernhardiner versprühte, endlich auch ein wenig lächeln. Sophie nutzte die Gelegenheit und forderte sie auf: »Los, Schwesterherz! Die Sonne scheint! Lass uns spazieren gehen. An der frischen Luft kommst du sicher auf andere Gedanken.«

* * *

»Guten Morgen, Fräulein von Mayden! Das ist ja eine schöne Überraschung, Sie mal wieder hier zu sehen!«, begrüßte die Kassiererin sie, als sie am Montag das Museum durch den Haupteingang betrat.

»Guten Morgen, Frau Haffner!« Sophie freute sich ebenfalls über das Wiedersehen mit der sympathischen Dame am Empfang. »Wie geht es Ihnen?«

»Ganz wunderbar … bis auf die Kreuzschmerzen. Die plagen mich immer wieder mal, aber dagegen hilft der Franzbranntwein, den mir unser reizender Herr Diegel gegeben hat.« Ihre Augen strahlten, als sie vom Hausmeister sprach. »Solange ich hier am Tresen Eintrittskarten verkaufen kann, geht es mir gut«, fuhr sie mit ihrem freundlichen Lächeln fort. »Der Mensch braucht ja eine Aufgabe.«

»Da haben Sie recht«, stimmte Sophie ihr zu. »Und ab heute habe ich wieder eine in unserem schönen Museum.« Sie straffte stolz die Schultern. »Ich darf Herrn Klüver in den kommenden Monaten bei seiner *Diplodocus*-Forschung zur Hand gehen.«

»Ach, auch während er in Afrika ist?«, fragte Frau Haffner überrascht.

»Afrika?« Sophie krauste verständnislos die Stirn.

»Ja, er reist doch im Auftrag des Senckenberg-Museums zu dieser Berliner Expedition nach Deutsch-Ostafrika. Da hat man wohl gerade ein paar spektakuläre Dinosaurierfunde gemacht.«

»Ich verstehe nicht ...« Völlig konsterniert starrte sie die Kassiererin an.

»Oh, dann wissen Sie noch gar nichts davon? Ach so, richtig, mir hat Herr Diegel auch erst am Freitag davon erzählt. Aber vielleicht habe ich da ja etwas falsch verstanden. Das wird der Herr Klüver Ihnen sicher viel besser erklären können.«

»Ja ... Am besten gehe ich dann mal gleich zu ihm ...« Reichlich durcheinander verabschiedete sie sich von Frau Haffner.

Sophie verzichtete auf den geplanten Besuch bei ihrem Dodo im Lichthof und stürmte stattdessen auf direktem Wege durch die Ausstellungsräume, dann den langen Korridor mit den Büros hinunter, bis sie, etwas außer Atem, vor dem Doktorandenzimmer ankam.

Bevor sie eintrat, versuchte sie, ihre Gedanken zu ordnen. Was hatte das zu bedeuten, was ihr die Kassiererin gerade gesagt hatte? Wenn Paul vom Museum tatsächlich nach Afrika zu einer paläontologischen Ausgrabung geschickt wurde, sollte sie ihn dann begleiten? Womöglich ja! Aber weshalb hatte er ihr diese großartige Neuigkeit bisher verschwiegen? In dem kurzen Briefwechsel vor ein paar Wochen, in dem sie ihm freudig ihre Hilfe bei seiner Forschung zugesagt hatte, war die bevorstehende Expedition mit keinem einzigen Wort erwähnt worden. War es seine Absicht gewesen, ihr beim angedachten Vorgespräch in Frankfurt davon zu berichten? Sie hatte diese von ihm vorgeschlagene Unterredung leider ablehnen müssen, weil sie noch so viel für ihre letzte Prüfung hatte lernen müssen. Wie auch immer, gleich würde er sie sicher mit der wunderbaren Nachricht überraschen, dass sich ihnen die Gelegenheit bot, schon bald gemeinsam nach Afrika zu reisen! Ihr Herz schlug bei dieser Vorstellung bis zum Hals. Was für aufregende Aussichten!

Sophie richtete mit einer fahrigen Geste Hut und Garderobe und klopfte an. Da sie kein »Herein!« vernahm, klopfte sie noch einmal etwas nachdrücklicher und legte das Ohr an die Tür. Drinnen herrschte Stille. Vielleicht war er im Laboratorium und hörte sie deshalb nicht? Entschlossen drückte sie die Klinke herunter und stellte zur ihrer Verblüffung fest, dass die Tür verschlossen war.

Wo steckte Paul Klüver? War er womöglich bereits abgereist?, dachte sie entsetzt und hämmerte mit geballter Faust erbost gegen die schwere Holztür.

»In diesem Museum wird nicht randaliert, junges Fräulein!«, rief eine tiefe Stimme vom anderen Ende des Flurs ihr streng zu.

Sophie drehte sich ertappt um … und erkannte in der nächsten Sekunde Paul, der den grimmigen Tonfall des Hausmeisters nachgeahmt hatte und jetzt grinsend auf sie zukam.

»Wo bleibst du denn? Wir waren doch um neun verabredet!«, hielt sie ihm vor. Sie war verärgert darüber, dass er sie, wie an ihrem ersten gemeinsamen Arbeitstag, erneut in einer peinlichen Situation erwischt hatte.

Ihn schien ihre barsche Reaktion nicht zu stören. Ohne auf ihren Vorwurf einzugehen, strahlte er sie gutgelaunt an. »Guten Morgen, Sophie! Wie schön, dich zu sehen!«

Sie riss sich zusammen und antwortete in einem etwas freundlicheren Ton: »Guten Morgen, Paul.«

»Du kannst es ja scheinbar gar nicht abwarten, wieder hier zu arbeiten«, meinte er mit einem amüsierten Nicken Richtung Tür, gegen die sie gerade so vehement getrommelt hatte. »War es so langweilig in Marburg an der Universität?«

»Ganz und gar nicht!« Angesichts seines fröhlichen Gesichts entspannte Sophie sich und erwiderte selbstbewusst: »Ich habe im letzten Semester sehr viel gelernt. Du wirst staunen. Mit meinem neuen Wissen kann ich dich bei sämtlichen anstehenden Aufgaben jetzt viel besser unterstützen als im letzten Jahr.« Sie lächelte ihn erwartungsvoll an. Wann würde er endlich die große Überraschung verkünden?

»Gut zu hören!«, sagte er anerkennend. »Und es tut mir leid, dass ich mich verspätet habe. Ich hatte noch eine kleine Besprechung mit Professor Kinkelin.« Er zog seinen Schlüssel aus dem Jackett, öffnete die Tür und bat sie dann mit einer einladenden Geste, mit ihm einzutreten. »Willkommen zu Hause!«

Im Vergleich zum letzten Mal, als sie in diesem Gelehrtenzimmer gewesen war, hatte sich viel verändert. Auf Pauls Schreibtisch stapelten sich noch mehr Bücher und Unterlagen; und die hölzernen Wandregale waren mit Dinosaurierfragmenten, versteinerten Trilobiten in verschiedenen Größen, die wie riesige Kellerasseln aussahen, Sachbüchern aus der Bibliothek und allerlei Krimskrams gefüllt. Sogar der Besprechungstisch in der Ecke neben der Tür war mit Papieren beladen. Nur auf dem sauber glänzenden Schreibtisch, an dem früher sie gesessen hatte, lag absolut nichts.

Als Paul ihren überraschten Blick darauf sah, erklärte er mit einem gewissen Stolz: »Ich habe am Freitag wenigstens noch schnell deinen Arbeitsplatz freigeräumt und putzen lassen. So, wie es dort vorher aussah, wärst du wahrscheinlich gleich wieder gegangen. Das wollte ich nicht riskieren.« Er zwinkerte ihr zu. »Ich hatte in den letzten Monaten einfach keine Zeit, hier etwas System hineinzubringen«, seufzte er. »Eigentlich habe ich ausschließlich im Labor geschuftet und in meinem Büro zwischendurch nur schnell abgelegt, was ich vielleicht später wieder brauchen könnte«, entschuldigte er sich für das Durcheinander. »Aber ein bisschen werde ich das noch sortieren«, versicherte er und ergänzte in verschwörerischem Tonfall: »Damit du alles findest, was du für die Arbeit benötigst, wenn du hier das Zepter übernimmst …«

Sophie schaute ihn verständnislos an. »Welches Zepter?«

»Ich vergaß! Die grandiosen Neuigkeiten kennst du ja noch gar nicht!« Er lächelte ihr zu, trat an den runden Besprechungstisch und legte eilig einige der verstreut herumliegenden Blätter zu einem Stapel zusammen. »Setz dich doch.« Er beförderte den Stoß Papier auf einen der Ledersessel und schob das restliche Chaos achtlos an die äußerste Tischkante.

Sie beobachtete ihn abwartend, als er ihr gegenüber Platz nahm.

Paul griff spontan nach ihren beiden Händen, was Sophie so sehr überraschte, dass sie leicht zurückzuckte. Doch er schien das nicht zu bemerken, sondern hielt weiter ihre Finger fest und sah ihr mit einem gewissen Ernst in die Augen.

Mit klopfendem Herzen lauschte sie, als er ihr mit vor Aufregung bebender Stimme eröffnete: »Stell dir vor – die Museumsleitung schickt mich zum Tendaguru! Dort, rund um den Berg, haben die Berliner gerade damit begonnen, in einem riesigen Umfang Dinosaurierfragmente auszugraben. Und ich soll einige davon für unser Museum sichern. Ist das nicht absolut großartig?« Seine dunkelblauen Augen leuchteten auf.

»Tendaguru? Ist das in Afrika?«, fragte sie aufgeregt.

»Ja, genau! Hast du von den Ausgrabungen dort noch nichts gehört? Im Juni gab es hierzu einen Artikel im *Berliner Tageblatt*. Die Ausgabe hat mir ein Kollege zugeschickt. Warte!« Voller Elan sprang er auf, war mit drei schnellen Schritten an seinem Schreibtisch und zog die reichlich zerknitterte Zeitung aus einer Schublade. Die Seite mit dem Artikel breitete er vor Sophie auf dem Tisch aus und deutete auf die Schlagzeile. »Da steht es: ›Neue Funde von Riesensauriern!‹«

»Das ist ja fantastisch«, murmelte sie beeindruckt und begann, den Text zu überfliegen. Doch zum Lesen blieb ihr keine Zeit, denn schon setzte Paul sich wieder und berichtete begeistert weiter.

»Der Expeditionsleiter heißt Werner Janensch. Er und sein Assistent Edwin Hennig graben seit Anfang des Jahres an diesem Berg in Afrika. Ihre ersten, ausgesprochen vielversprechenden Berichte von den Ausgrabungsstätten wurden im April in den *Sitzungsberichten der Gesellschaft Naturforschender Freunde zu Berlin* abgedruckt. Da las ich zum ersten Mal von den neuen Funden in Ost-Afrika – und dass darunter möglicherweise auch *Diplodocus*-Knochen sein sollen.

Deshalb war ich natürlich sofort elektrisiert und wollte dort unbedingt selbst nach Fragmenten suchen!«

Seine Stimme klang so euphorisch, wie Sophie es bei diesem sonst so beherrschten Mann selten erlebt hatte. Die Leidenschaft, die aus seinen Worten, Blicken und Gesten sprach, stand Paul ausgesprochen gut.

Wie großartig musste es sein, mit diesem Mann nach Afrika zu reisen und dort gemeinsam bahnbrechende, neue Entdeckungen zu machen, überlegte sie aufgeregt und konnte kaum noch an sich halten. Doch sie zwang sich, ihn jetzt nicht bei seinen mitreißenden Ausführungen zu unterbrechen. Fasziniert lauschte sie seinen Worten, während er weitersprach.

»Leider hatte ich in den letzten Monaten keine Zeit, mich näher mit der Tendaguru-Expedition zu beschäftigen, weil Doktor Drevermann meine volle Tatkraft brauchte. Aber nachdem wir hier mit der Auswertung der Funde aus Spanien ... Du musst dir unbedingt die außergewöhnlich schönen Trilobiten und anderen Petrefakte ansehen, die er und seine Frau in der Nähe von Almadén gefunden haben. Es sind Hunderte ... Wahre Prachtexemplare! Jedenfalls, nachdem wir damit endlich fertig waren, habe ich mit ihm über Tendaguru gesprochen und vorgeschlagen, dass wir uns doch an den Ausgrabungen der Kollegen vom Museum für Naturkunde beteiligen sollten. Er und Professor Kinkelin haben daraufhin in Berlin angefragt ...«

»Und?«, fragte sie aufgeregt, als er kurz innehielt, um Atem zu schöpfen.

»Sie bekamen eine Absage.« Paul stöhnte auf. »Doch so schnell wollte ich nicht aufgeben und habe darauf gedrängt, es erneut zu versuchen.« Er sah sie mit einem triumphierenden Lächeln an. »Ich hatte die Hoffnung, dass sie gegen einen stillen Beobachter aus Frankfurt keine Einwände erheben würden.«

Sophie klebte an seinen Lippen und rutschte ungeduldig nach vorn, sodass sie nur noch auf der Stuhlkante hockte.

»Es hat dann noch einiger Korrespondenz mit höchsten Stellen und der Intervention eines Frankfurter Finanziers der Expedition bedurft, bis letzte Woche die Zusage eintraf, dass ein Mitarbeiter der Paläontologie vom Senckenberg-Museum sich eine Zeit lang vor Ort aufhalten kann. Darüber hinaus versicherte man uns, dass einige der Fragmente später nach Frankfurt kommen werden. Wobei das sicher noch dauern wird, denn sie fangen ja gerade erst an. Die Ausgrabungen werden sich vermutlich über die nächsten Jahre erstrecken – so umfangreich wie das Suchgebiet und so vielversprechend die bisherige Ausbeute bereits ist.« Er holte tief Luft und verkündete dann mit stolzgeschwellter Brust: »Und nun darf ich, als ausgewiesener Experte, nach Afrika reisen, um mir ein eigenes Bild von den Fundstellen zu machen. Im Auftrag von Kinkelin und Drevermann soll ich persönliche Kontakte zwischen den Berliner Wissenschaftlern und unserem Museum knüpfen. Ist das nicht fantastisch?!« Er lehnte sich mit einem zufriedenen Lächeln und vor der Brust verschränkten Armen auf seinem Stuhl zurück und sah sie erwartungsvoll an.

»Das ist wirklich unglaublich! Ich freue mich sehr für dich. Dein Einsatz für diese Sache hat sich wirklich gelohnt.«

»Das haben wir vor allem Drevermann und Kinkelin zu verdanken, die da so hartnäckig waren«, erwiderte er bescheiden, doch sie merkte Paul Klüver an, wie stolz er auf sich selbst war. Schließlich war er es gewesen, der nicht lockergelassen hatte. »Ich bin vor allem froh, dass mir die Reise völlig neue Möglichkeiten für meine Dissertation erschließen wird. Meine Forschung in Afrika wird unsere Erkenntnisse, die wir hier im Labor an den amerikanischen Fundstücken gewonnen haben, um ein wichtiges Kapitel erweitern.« Er machte eine bedeutungsvolle Pause und lächelte ihr aufmunternd zu. »Und hier kommst du ins Spiel …«

Sophie stockte der Atem. Jetzt würde er sie endlich darum bitten, ihn nach Afrika zu begleiten! Als seine Assistentin würde sie an diesen spektakulären Ausgrabungen teilnehmen und damit ihren größten Traum, eigenhändig nach Dinosaurierfragmenten zu suchen, Wirklichkeit werden lassen! Ihre Wangen glühten förmlich vor lauter Aufregung, und die Finger ihrer rechten Hand umklammerten fest die Kette mit dem silbernen Medaillon. Mit leuchtenden

Augen nickte sie ihm zu. Sie wollte jetzt endlich die Erfüllung ihres sehnlichsten Wunsches aus seinem Mund vernehmen!

»Liebe Sophie«, setzte er feierlich an, und sie vergaß zu atmen. »Ich brauche deine Hilfe und Expertise, um unsere gemeinsame Forschung am hiesigen *Diplodocus* und die Erkenntnisse über die Knochenfragmente, die wir zusammen untersucht haben, für meine Doktorarbeit endlich in eine lesbare Form zu bringen. Die Dissertation besteht bisher ja mehr oder weniger aus unsortierten Aufsätzen und Notizen. Es fehlt ihr noch an einer schlüssigen Struktur und an geschliffenen Formulierungen. Und ich weiß, dass du so etwas perfekt beherrschst. Deshalb bitte ich dich, diese Arbeiten für mich zu übernehmen, während ich in Afrika bin.«

Sophies Lächeln erstarrte, und sie schaute ihn verständnislos an. Ihr Magen zog sich krampfhaft zusammen, und ihr wurde übel. Doch ihren plötzlich veränderten Gesichtsausdruck schien Paul in seiner Begeisterung über die geplante Reise nicht zu bemerken. Stattdessen hatte er offenkundig das Gefühl, mit seinem Angebot Sophie einen großen Gefallen zu tun.

»Ich habe das Direktorium davon überzeugt«, fuhr er fort, »dass du in meiner Abwesenheit hier im Museum das Zepter in Sachen Paläontologie schwingen und meine Aufgaben bei Doktor Drevermann übernehmen darfst, während ich in der afrikanischen Hitze am Tendaguru nur im Dreck herumwühlen werde.« Er lachte über seinen eigenen Scherz.

Doch Sophie war nicht zum Lachen zumute. Ganz und gar nicht. Während er gesprochen hatte, war die Röte von ihren Wangen verschwunden und ihr Gesicht immer bleicher geworden. Sie ließ das Medaillon los, das Paul Klüver ihr geschenkt hatte. Ihre Finger fühlten sich taub an, und in ihren Ohren rauschte das Blut. Sie hatte das Gefühl, einer Ohnmacht nahe zu sein.

Als sie nicht sofort auf seine Ausführungen reagierte, redete Paul, hörbar begeistert von seiner Idee, einfach weiter. »Du musst dir keine Sorgen machen, dass dich das überfordern könnte. Ich vertraue dir da vollkommen und bin mir sehr sicher, dass du inzwischen alle

Voraussetzungen mitbringst, um so eine verantwortungsvolle Aufgabe zu meistern. Zumindest während deiner Semesterferien. Und wenn möglich, auch später. Vielleicht an den vorlesungsfreien Tagen oder den Wochenenden. Außerdem konnte ich Doktor Drevermann überreden, dass das Museum dich dafür auch anständig entlohnt. Inzwischen bist du schließlich weit mehr als nur eine ungelernte Hilfskraft.« Erwartungsvoll sah er sie an. Er hatte allem Anschein nach mit einem Freudenschrei gerechnet – oder zumindest mit Worten tiefer Dankbarkeit für die großartige Chance, die er ihr bot. Doch das entgeisterte Gesicht, das sie machte, ließ ihn verwirrt nachfragen: »Was ist denn, Sophie? Freust du dich denn gar nicht?«

Sie brauchte einen Moment, um sich zu sammeln und nicht sofort in Tränen auszubrechen. Diese Blöße würde sie sich auf keinen Fall geben. Dennoch klang ihre Stimme belegt, als sie schließlich zögernd antwortete: »Nun … Das ist wirklich eine große Ehre … Ich hätte nicht damit gerechnet, dass du … und Doktor Drevermann … also das Museum …« Sie ärgerte sich über ihr Gestammel, riss sich zusammen und sagte tonlos: »Für eine Studentin, die gerade ihr erstes Semester bestanden hat, ist das wirklich eine große Verantwortung … Ich bin nicht sicher, ob ich dieses Angebot tatsächlich annehmen kann …« Sie atmete tief durch.

»Aber natürlich kannst du das!«, widersprach Paul umgehend, griff ein weiteres Mal nach ihren Händen und suchte ihren Blick. »Du bist doch ein paläontologisches Naturtalent, Sophie. Du wusstest schon vor deinem Studium mehr als die meisten angehenden Wissenschaftler. Und dazu kommt nun noch all das Wissen, das du dir inzwischen in Marburg angeeignet hast. Ich bin fest davon überzeugt, dass du das kannst.«

»Das mag sein, aber eigentlich …« Sie senkte den Blick und entzog ihm behutsam ihre Hände.

»Was?«, fragte er perplex.

Sie schaute wieder auf, sah ihm direkt in die Augen, und dann platzte es aus ihr heraus: »Kann ich nicht lieber mit nach Afrika kommen?«

Paul starrte sie sprachlos an. Seine Lippen zuckten, dann prustete er leise und lachte einen Moment später schallend los. »Du bist wirklich herrlich, Sophie!«, japste er. »Nach Afrika …« Sein Lachen ging in ein Kichern über, und er konnte sich kaum beruhigen.

Ihr Blick verdüsterte sich angesichts seiner anhaltenden Heiterkeit. Ihre Augenbrauen zogen sich grimmig zusammen, bis die Zornesfalten auf ihrer Stirn steil aufragten. Ihre dunklen Augen blitzten ihn wütend an. Pauls amüsiertes Gekicher erstarb und wich einem verunsicherten Gesichtsausdruck.

»Ich meine das ernst«, presste sie zwischen den Zähnen hervor.

Bass erstaunt sah er sie an. Ihr zorniger Blick schien ihn ehrlich zu erschrecken. »Aber wovon sprichst du denn? Meinst du etwa, du könntest auch zu der Expedition zum Tendaguru reisen? Das ist doch absurd: als Frau … zum Schwarzen Kontinent, in die Kolonien … nach Ost-Afrika zu fahren? Das kann doch nicht dein Ernst sein!« Er schüttelte fassungslos den Kopf. »Eine Frau wie du … die kann doch nicht …«

»Was soll das heißen – ›eine Frau wie du‹?«, unterbrach sie ihn ungehalten. »Ein verweichlichtes Bürgertöchterlein? Ja, genau das ist es, was du meinst … und wofür du mich schon die ganze Zeit gehalten hast! Gut genug, um in Schönschrift deine Dissertation zu schreiben, aber viel zu zart besaitet, um tatsächlich als Paläontologin an Ausgrabungen teilzunehmen und sich die Finger schmutzig zu machen!«, schleuderte sie ihm entgegen und holte tief Luft. »Dass eine Alicia Pérez mitten in der Sierra Morena monatelang im Gestein herumwühlt, findest du in Ordnung. Aber wenn ich nach Afrika will, um nach Dinosaurierknochen zu graben, erscheint dir das absurd, ja?« Ihre Augen schossen Giftpfeile auf ihn ab. »Ich bin tief enttäuscht, denn ich hatte dich anders eingeschätzt, Paul Klüver!« Entschlossen schob sie den schweren Stuhl mit einem Ruck zurück. Es machte ein hässlich quietschendes Geräusch, als die Stuhlbeine über das Parkett schrappten. Mit hochgerecktem Kinn stand Sophie auf und strich sich energisch die Sitzfalten aus ihrem Rock.

»Bitte warte!«, rief er und sprang ebenfalls auf. »Du siehst das völlig falsch, Sophie! Lass mich dir erklären …« Paul wirkte sehr aufgewühlt, denn so aufbrausend hatte er sie noch nie erlebt. Als sie sich zur Tür wandte, griff er nach ihrer Hand und ließ sie nicht los, als sie sie zurückziehen wollte. »Bitte setz dich wieder, und lass uns wie zwei erwachsene Menschen darüber reden!« Er sah sie flehend an. »Bitte …«

Am liebsten wäre sie aus dem Zimmer gestürmt, aber es erschien ihr albern, wie ein trotziges Kind einfach so davonzulaufen. Sie atmete tief durch und setzte sich widerstrebend wieder hin, auch wenn nach dieser maßlosen Enttäuschung alles in ihr danach drängte, augenblicklich von hier zu verschwinden. Mühsam riss sie sich zusammen und presste die Lippen aufeinander.

Paul nahm ebenfalls wieder Platz, und sein Blick wurde ganz weich, als er vorsichtig zu erklären begann: »Ich verstehe ja, dass es in deinen Ohren verlockend klingt, auf eine abenteuerliche Reise zu gehen und nach den Skeletten von Sauropoden zu suchen. Aber weißt du, was dich bei dieser Unternehmung in Wahrheit erwartet?« Er sah sie fragend an, doch sie schwieg störrisch. »Da ist zunächst die strapaziöse wochenlange Schiffspassage von Hamburg nach Ost-Afrika, und anschließend muss man von der Küste aus mehrere beschwerliche Tagesreisen durch die Wildnis bis zum Tendaguru bewältigen – durch ein Gebiet, wo im Übrigen bis vor zwei Jahren noch der blutige Maji-Maji-Krieg gegen die aufständischen Eingeborenen getobt hat. An der Ausgrabungsstätte selbst gibt es keine Stadt, sondern nur ein provisorisches Lager für die zahllosen einheimischen Arbeiter und Zelte für die Paläontologen. So gern ich dich dabeihätte, Sophie – es geht nicht! Es ist einfach zu gefährlich. Überleg doch mal, es sind ausschließlich Männer, die dort forschen und schuften. Und dann die unerträgliche afrikanische Hitze. Obendrein wird man tagtäglich von unzähligen blutsaugenden Moskitos gepeinigt, und überall lauern gefährliche Löwen, Hyänen und Nashörner. Nein, das ist wirklich kein adäquater Aufenthaltsort für eine junge Dame wie dich.«

»Woher willst *du* wissen, was *ich* ertragen kann?«, fauchte sie und ergänzte abfällig: »Vielleicht bist du ja derjenige, der unter diesen Umständen schwächelt.«

»Wie bitte? Ich bin auf einem Bauernhof groß geworden, wo ich schon als Kind mit anpacken musste!«, stieß er impulsiv aus. »Später habe ich Abertausende von schweren Tabaksäcken geschleppt!« Er ballte die rechte Faust, spannte seinen kräftigen Bizeps an und deutete mit dem Zeigefinger der linken Hand darauf. »Diese Muskeln habe ich nicht vom Herumsitzen am Schreibtisch oder von beschaulichen Kaffeekränzchen in einer Frankfurter Stadtvilla ...«

Sophie schnappte nach Luft. »Ich habe in meinem Leben auch nicht nur in bequemen Sesseln herumgesessen!«, gab sie wütend zurück. »Ich bin mit meinem Vater bei Wind und Wetter durch Eifel und Taunus marschiert und habe nach Fossilien gegraben! Wie kannst du mich nur für so verweichlicht halten und annehmen, dass ich nicht imstande wäre, ebenfalls durch Afrika zu marschieren und dort im Dreck nach Saurierknochen zu graben?«

Anstatt darauf zu antworten, führte er ein weiteres gewichtiges Argument ins Feld. »Ich glaube dir ja, dass du dir nicht zu fein bist, dir deine Finger schmutzig zu machen. Aber die Expedition wird vermutlich monatelang dauern, doch deine Semesterferien enden Mitte Oktober. Du hättest also gar keine Zeit, so lange zu verreisen.«

»Für eine solch einmalige Gelegenheit wird mich Professor Kayser bestimmt beurlauben!«, hielt sie dagegen.

Ganz so sicher, wie sie gerade klang, war Sophie sich allerdings nicht. Würde sie mit diesem Abenteuer womöglich ihr Studium, das sie sich so mühsam erkämpft hatte, aufs Spiel setzen?, fragte sie sich verunsichert. Aber sogleich wischte sie den Gedanken beiseite. Eine derartige Chance, wie diese Reise nach Afrika, würde sich ihr vermutlich nie wieder bieten. Die durfte sie einfach nicht verstreichen lassen. Doch Paul Klüver schien sie nicht überzeugt zu haben, wie seiner Miene zu entnehmen war.

»So modern und aufgeschlossen Professor Kayser auch in manchen Dingen sein mag ...« Er schüttelte den Kopf. »Ich kenne ihn gut genug, um zu wissen, dass auch er nichts davon halten wird, wenn eine seiner jungen Studentinnen derart unvernünftig alle Warnungen in den Wind schlägt, aus einer Laune heraus nach Afrika reist und dafür ihr Studium aufgibt.«

»Ich will es ja nicht aufgeben, sondern nur unterbrechen!«

Er schüttelte wieder den Kopf. »Du weißt ja nicht, wie schwierig es war, überhaupt die Genehmigung für meine Reise zur Ausgrabung zu bekommen. Und ich bin ein gestandener Paläontologe! Was, denkst du, werden die Berliner dazu sagen, wenn nun plötzlich auch noch eine unerfahrene Studentin mitkommen will? Die verantwortlichen Herren werden die Hände über dem Kopf zusammenschlagen!«

»Gerade hast du noch erklärt, ich sei ein Naturtalent und habe schon mehr Wissen als andere Erstsemester! Gib's doch zu: Es geht hier nur darum, dass ich eine Frau bin!« Sie schlug mit der Faust so heftig auf den Tisch, dass Paul zusammenzuckte. »Das ist so ungerecht!«, schluchzte sie verzweifelt.

Als Paul bemerkte, wie aufgewühlt sie war, sah man ihm an, dass er es ehrlich bedauerte, ihr diesen Wunsch abschlagen zu müssen.

»Bitte versteh mich doch, Sophie. Es entspricht nun mal den Tatsachen: Du *bist* eine Frau. Eine sehr junge und ausgesprochen attraktive noch dazu …« Angesichts des irritierten Aufblitzens in ihren Augen, mit denen sie auf dieses Kompliment reagierte, das ihm offensichtlich unabsichtlich herausgerutscht war, räusperte Paul sich verlegen. »Was ich damit sagen will … Du bist bisher äußerst behütet aufgewachsen. Mit Personal und allen Bequemlichkeiten, die das Leben in einer großbürgerlichen Familie zu bieten hat. Du hast noch nie woanders als unter dem Dach deiner Eltern gelebt und noch nie das Kaiserreich verlassen. Warst nicht mal in Frankreich, Spanien oder England. Und nun willst du gleich nach Afrika?« Er sah sie ernst an. »Es tut mir leid, Sophie, aber deine Idee ist und bleibt absurd. Schlag dir diesen Wunsch aus dem Kopf und freu dich, dass du hier im Museum eine ausgesprochen verantwortungsvolle Aufgabe übernehmen darfst. Das wird dich für dein Studium sicher sehr viel weiter voranbringen als eine gefährliche Reise ins Ungewisse.« Er versuchte, wieder ihre Hände zu ergreifen, doch sie verschränkte sie rasch vor ihrer Brust. »Hab doch bitte ein wenig Geduld«, flehte er. »Diese Ausgrabung wird sich ganz bestimmt noch einige Jahre hinziehen. Vielleicht kannst du nach Beendigung deines Studiums zum Tendaguru reisen. Oder später an den dort gefundenen Knochen für deine eigene Doktorarbeit forschen. Das sind doch großartige Aussichten. Denkst du nicht auch?« Sein Gesichtsausdruck war eine eindringliche Bitte um Verständnis, aber Sophie starrte nur trotzig schweigend an ihm vorbei Richtung Fenster.

Ihr Blick ging ins Leere, während die Gedanken in ihrem Kopf kreisten. Natürlich hatte er recht damit, dass ihr Wunsch reichlich absurd klang. Doch sie musste unwillkürlich an den Zeitungsartikel denken, den Charlotte ihr vor einem Jahr gezeigt hatte. Über die Frau, die von Deutsch-Ostafrika dreitausend Kilometer quer durch den Kontinent bis an die Westküste gewandert war. Sie hatte es geschafft, obwohl sämtliche Umstände gegen sie gesprochen hatten. Es war demnach auch für eine Frau möglich, trotz aller Widrigkeiten und Gefahren durch die afrikanische Wildnis zu reisen.

Warum also sollte ihr das nicht ebenso gelingen? Sie wäre dort ja nicht mutterseelenallein, sondern hätte Paul an ihrer Seite. Was konnte ihr da schon passieren? Schließlich hatte er bei dem schrecklichen Zwischenfall in der Straußwirtschaft am Rhein bereits bewiesen, dass er sie in einer gefährlichen Situation beschützen konnte. Und ausgerechnet er versuchte nun, sie mit tausend Argumenten davon abzuhalten, sich in dieses großartige Abenteuer zu stürzen. War es nur, weil er sie für die Fertigstellung seiner Dissertation hier im Museum brauchte? Oder glaubte er wirklich, dass sie zu schwach für die Strapazen einer solchen Expedition wäre?

Was auch immer der wahre Grund für seine Ablehnung war, aus den Auseinandersetzungen mit ihrem Vater wusste Sophie, wann eine verbale Schlacht verloren war: Sie würde es hier und heute nicht schaffen, ihn davon zu überzeugen, sie mitzunehmen.

Es war aus, erkannte sie frustriert. Sie war an ihre Grenzen gestoßen. Und ausgerechnet Paul Klüver war schuld daran. Sophie war maßlos enttäuscht von ihm und verärgert über sich selbst. Wie hatte sie nur so dumm sein können, in ihm mehr zu sehen als einen typischen Vertreter seiner Zunft: Auch er war einer dieser Wissenschaftler, der Frauen gegenüber die gleichen Vorurteile und Vorbehalte hatte wie die meisten seiner Geschlechtsgenossen. Ihr wurde nun bewusst, dass sie sich in den letzten Monaten ein Wunschbild von ihm erschaffen und lediglich für dieses Ideal von einem Mann zärtliche Gefühle entwickelt hatte.

Wie hatte sie nur glauben können, dass Paul Klüver womöglich der ideale Lebenspartner für sie sein würde? Was war sie nur für eine Närrin gewesen! Das wurde ihr jetzt schmerzhaft klar, nachdem er gerade sein wahres Gesicht gezeigt hatte. Dass er ihren innigsten Wunsch rigoros abgelehnt und ihre Bitte schlichtweg lächerlich gefunden hatte – das traf sie im tiefsten Inneren und verletzte sie sehr. Es tat schrecklich weh, erkennen zu müssen, dass sie sich in diesem Mann, dem sie wie keinem anderen zugetan war, dermaßen getäuscht hatte.

Doch damit war jetzt Schluss! An diesen Kerl würde sie ab sofort keinerlei Gefühle mehr verschwenden!, schwor sie sich. Von diesem albernen Verliebtsein hatte sie endgültig die Nase voll. Ihr zukünftiges Leben würde ausschließlich der Arbeit und Forschung gewidmet sein! Ein Mann, der sie daran hindern wollte, hatte darin keinen Platz.

Von nun an würde Paul Klüver für sie nur noch Mittel zum Zweck sein, um ihr eigentliches Ziel zu erreichen: sich so viel Wissen wie möglich anzueignen, um eine herausragende Paläontologin zu werden. Und genau darauf würde sie sich ab sofort konzentrieren. Ohne jegliche alberne Gefühlsduselei!

Während sie weiterhin zum Fenster hinausblickte, fragte sie tonlos: »Wann reist du ab?«

Als er antwortete, hörte sie deutlich das Bedauern in seiner Stimme, doch von solchen Gefühlsbekundungen ließ sie sich nicht mehr täuschen.

»In ein paar Wochen. Vorher muss ich noch nach Berlin, um dort alle Details mit Wilhelm von Branca, dem Leiter des Naturkundemuseums und Initiator der Expedition, zu besprechen. Aber bis dahin kümmere ich mich hier um alles. Um dich …« Er war hörbar um Versöhnung bemüht.

Ohne ihn anzusehen, stand Sophie auf, zog energisch an der langen Nadel, mit der sie den großen Hut in ihrem aufgesteckten Haar befestigt hatte, nahm ihren Kopfputz ab und warf ihn achtlos auf den leeren Schreibtisch.

»Dann lass uns keine Zeit verlieren …«, beschied sie ihm mit kalter Stimme.

Frankfurt, September 1909

»Sieh nur, wie diese Farben leuchten! Die freie Pinselführung und der leichte Strich …« Überwältigt verharrte Charlotte vor dem lebensgroßen Porträt, das über dem hohen, marmornen Kaminsims hing. Es zeigte einen jüngeren Mann in einem sommerlich warmen Licht. Er trug einen hellen Leinenanzug und hatte ein ernstes Gesicht, das den Betrachtern zugewandt war. In der einen Hand, die er etwas ungelenk in die Hüfte stützte, hielt er einen Pinsel, in der anderen eine große Farbpalette.

»Wer ist das?«, wisperte Sophie und sah sich dabei unsicher um. Sie wollte angesichts all der gebildeten Frauen, die sich hier an diesem Sonntagabend Mitte September in den riesigen Räumen einer prachtvollen Stadtvilla versammelt hatten, keine Blöße wegen ihrer Unwissenheit geben.

»Den muss man nicht kennen«, antwortete ihre jüngere Schwester. »Das ist auch ein Maler, ein Bekannter von meiner Lehrerin. Da unten links siehst du ihre Signatur: ›OWR‹ – Ottilie Wilhelmine Roederstein. Ist es nicht großartig, wie sie es geschafft hat, dass das Sonnenlicht das Gesicht des Mannes von der Seite erhellt? Das hat sie im Sommer gemalt, nicht im Atelier, sondern draußen bei natürlichem Licht.« Sie warf Sophie einen gespielt selbstgefälligen Blick zu. »Obwohl ich ja schon seit Jahren am liebsten draußen male, hängt leider noch keins meiner Werke in dieser Villa. Aber was nicht ist, kann ja noch werden!« Sie nickte selbstbewusst und erklärte: »Mit diesem Bild hat Ottilie, die ja bisher nur klassische, eher flächige Porträts gemalt hat, nun immerhin den französischen Impressionismus für sich entdeckt.«

»Hast du sie etwa dazu verführt?«, fragte Sophie schmunzelnd.

Charlotte lachte. »Nein, wohl eher nicht. Sie ist neuerdings im *Frankfurt-Cronberger Künstlerbund* aktiv, wo dieser Stil gerade *en vogue* ist. Oh, da drüben ist sie ja.« Als Sophie in dieselbe Richtung wie sie blickte, erklärte sie: »Das neben ihr ist ihre Freundin Elisabeth. Eine bekannte Ärztin für Frauenheilkunde und streitbare Kämpferin für Frauenbildung. Komm, ich muss euch unbedingt einander vorstellen.«

Ihre jüngere Schwester hakte sich unternehmungslustig bei ihr unter, und Sophie sah sich beim gemeinsamen Gang durch den Salon neugierig um. Es waren bestimmt fünfundzwanzig oder dreißig Frauen, die sich zu dem heutigen Salongespräch in den großzügigen Räumlichkeiten getroffen hatten, auf dicken, edlen Teppichen in kleinen Gruppen zusammenstanden, angeregt miteinander plauderten und an ihren Gläsern nippten. Die Gastgeberin war Anna Edinger, Vorstandsmitglied des *Bunds deutscher Frauenvereine* und engagierte Streiterin für Frauenrechte. In ihrem Salon, zu dem sie regelmäßig einlud, trafen sich seit Jahren namhafte Persönlichkeiten, um sich über Gott und die Welt auszutauschen. Heute waren ausschließlich Frauen anwesend, denn der Abend war der Diskussion über die immer noch unzureichenden Bildungschancen junger Frauen im Kaiserreich gewidmet. Das Thema hatte Sophies Interesse geweckt, und so hatte sie sich erstmals entschlossen, Charlotte, die schon lange regelmäßiger Gast solcher Veranstaltungen war, hierhin zu begleiten.

Während ihre Schwester sich ganz selbstverständlich zwischen den Frauen bewegte, nach links und rechts Bekannte grüßte, fühlte Sophie sich in dieser Umgebung seltsam fremd und unsicher. Zwar war ihr das luxuriöse Ambiente der Stadtvillen im Frankfurter Westend bestens vertraut. Sämtliche Freunde ihrer Eltern lebten ebenfalls in solch mondänen Häusern. Doch die heute hier versammelten Damen passten nicht recht hierher – in diese opulenten Räumlichkeiten, die mit kostbaren, glitzernden Kronleuchtern und exquisitem Mobiliar aus feinen Stoffen und edlen Hölzern ausgestattet waren.

Die weiblichen Gäste, die heute Abend hier auf den Sesseln und Chaiselonguen zusammensaßen oder plaudernd herumstanden, waren zumeist eher schlicht gekleidet, auch wenn ihre Garderobe alles andere als ärmlich wirkte. Jedoch nach aufwendigen bunten Hüten mit Federn und brokatverzierten Kleidern, wie sie Sophies Mutter und deren Freundinnen zu ihren Damenkränzchen trugen, suchte man in dieser Gesellschaft vergeblich. Diese Frauen hier wirkten nüchterner, ernsthafter und ausgesprochen kämpferisch: Sophie war überrascht, wie lautstark und engagiert sie miteinander diskutierten. So etwas kannte sie nicht, weder von zu Hause noch von den gesitteten gesellschaftlichen Ereignissen, die sie selbst bisher besucht hatte.

Lag hier nicht ein Hauch von Revolution in der Luft? Waren das etwa alles Suffragetten?, fragte sie sich in gespannter Erwartung auf diese außergewöhnliche Veranstaltung.

»Guten Abend, meine Lieben. Darf ich euch meine Schwester Sophie vorstellen? Sie studiert in Marburg«, sagte Charlotte stolz und dann an Sophie gewandt: »Das sind Ottilie Roederstein und Frau Doktor Elisabeth Winterhalter.«

Sophie deutete vor den beiden schätzungsweise fünfzig Jahre alten Frauen einen Knicks an und reichte ihnen höflich die Hand. »Frau Roederstein, Frau Doktor Winterhalter – erfreut, Ihre Bekanntschaft zu machen.«

»Aber Kindchen, nicht so förmlich. Hier duzen wir uns doch alle«, erwiderte Ottilie Roederstein mit einem aufmunternden Lächeln.

»Du studierst also in Marburg? An welcher Fakultät?«, erkundigte sich die Ärztin an ihrer Seite interessiert.

Sophie fühlte sich ein wenig eingeschüchtert von diesen beiden sehr dominant wirkenden Damen. Beide waren von recht kräftiger Statur und hatten scharf geschnittene, kantige Gesichter mit intelligenten, wachen Augen, aus denen sie sie ernst musterten. Beide waren fast ganz in Schwarz gekleidet. Die Malerin trug ein weitgeschnittenes Kostüm mit auffallend großen Knöpfen und die Ärztin ein bodenlanges Kleid mit einem hochgestellten weißen Kragen, der am Hals so eng saß, dass er sie das Kinn forsch emporrecken ließ.

»Ich habe gerade mein erstes Semester erfolgreich beendet«, antwortete Sophie etwas steif. »Ich studiere Paläontologie und Geologie bei Emanuel Kayser. Und derzeit arbeite ich im Senckenberg-Museum.«

»Oh, wie interessant! Nicht Philosophie oder Fremdsprachen, sondern Naturwissenschaften!« Elisabeth Winterhalter nickte ihr bewundernd zu. »Wo hast du dein Abitur gemacht?«

Sophie spürte, wie ihre Wangen sich rötlich färbten, als sie leise erwiderte: »Auf der Elisabethenschule, die meine Schwester und ich besucht haben, war das leider nicht möglich. Doch aufgrund meiner Vorkenntnisse, die ich mir im Museum erworben hatte, und dank einer Ausnahmegenehmigung durfte ich trotzdem studieren. Mein Professor ist da glücklicherweise sehr aufgeschlossen und hat sich für mich eingesetzt.«

»Na, immerhin gibt es einige Herren, die unser legitimes Recht auf Bildung anerkennen und unterstützen. Sehr lobenswert«, urteilte Ottilie gnädig.

»Ja, aber es wäre schöner, wenn es dieses Umwegs erst gar nicht bedurft hätte«, entgegnete Sophie. »Ich hoffe, dass die nachfolgenden Generationen es da leichter haben und auch in Hessen jedes Mädchen ein Gymnasium besuchen kann. Mir wird es vermutlich bis an mein Lebensende nachhängen, dass ich keinen vollwertigen Schulabschluss vorweisen kann, obwohl ich dreizehn Jahre lang die Schulbank gedrückt und das Lehrerinnenseminar mit Auszeichnung abgeschlossen habe.«

»Da hast du absolut recht, meine Liebe. Ich habe in München damals Ähnliches erlebt, aber dann in der Schweiz meine Matura nachgeholt und wurde schließlich approbierte Ärztin. Und trotzdem musste ich später in Deutschland noch mal eine gesonderte Prüfung ablegen, weil man mein Schweizer Staatsexamen und die Promotion nicht anerkennen wollte. Eine Unverschämtheit!«, echauffierte sich

Elisabeth und seufzte. »Deshalb habe ich hier in Sachsenhausen 1901 ein Mädchengymnasium gegründet, das seit letztem Jahr der neuen Schillerschule als Städtische Höhere Mädchenschule angegliedert ist. Dort können in ein paar Jahren die ersten Mädchen ein ganz reguläres Abitur ablegen«, erklärte sie stolz.

»Das finde ich großartig!«, sagte Sophie voller Begeisterung.

»Ja, ein erster kleiner Schritt. Aber ich fürchte, wir Frauen werden dennoch wohl auch in Zukunft immer ein bisschen mehr tun und immer ein bisschen besser sein müssen als die Männer.« Elisabeth schüttelte missmutig den Kopf und erklärte dann kämpferisch: »Na, irgendwann werden die hochmütigen Herren schon einsehen, dass wir ihnen auf allen Gebieten ebenbürtig sind. Egal ob in der Kunst oder den Naturwissenschaften!«

»Da hast du wie immer recht, meine Liebe. Noch schlimmer ist es übrigens, wenn man den Herren der Schöpfung überlegen ist ...«, mischte sich direkt hinter Sophie eine ihr bekannte Stimme in das Gespräch ein und lachte laut auf, bevor sie ergänzte: »Das erlebe ich ja tagtäglich mit diesem schrecklich verbohrten und bornierten Zoologen, mit dem ich das Büro teile.«

»Guten Abend, Maria!«, begrüßten Ottilie und Elisabeth freudig die hochgewachsene Dame, die jetzt hinzutrat und in die Runde nickte. Und die Malerin fügte hinzu: »Wie schön, dass du endlich auch mal wieder bei unserem Salon vorbeischaust.«

»Frau Sondheim?«, stieß Sophie verblüfft aus.

Maria Sondheim war augenscheinlich ebenfalls erstaunt, sie hier anzutreffen. »Fräulein von Mayden! Das ist ja eine schöne Überraschung, Sie hier zu sehen!« Die Leiterin der Skelettabteilung des Museums schien sich ehrlich zu freuen. »Sie kennen meine Freundinnen Ottilie und Elisabeth?«

»Ich wurde ihnen gerade erst vorgestellt. Von meiner Schwester Charlotte ...« Sie deutete neben sich. »Sie studiert Malerei an der *Städelschen Kunstschule* und kennt daher Frau ...« Sie hielt abrupt inne, lächelte entschuldigend und korrigierte sich. »Also, Ottilie ist eine ihrer Lehrerinnen.«

»Na, wenn ihr euch alle schon duzt, dann sollten wir zwei das nun wohl auch tun, Fräulein von Mayden. Ich bin Maria!« Freundlich streckte sie ihre Hand aus.

»Sehr gerne, ich bin Sophie.«

Die beiden Frauen lächelten sich kurz an, bevor Maria erklärte: »Elisabeth und ich kennen uns übrigens aus der Schweiz, wo wir beide die Matura gemacht haben. Ich war danach ja länger in Berlin, und vor ein paar Jahren haben wir uns hier in Frankfurt wiedergetroffen. Doch nun wollen sie und Ottilie mich ja schon bald allein hier sitzen lassen und in den Taunus ziehen. In ihr neues Landhaus.« Sie drohte ihren Freundinnen scherzhaft mit dem Zeigefinger. »Glaubt ja nicht, dass ihr mir in Hofheim entkommen könnt. Ich werde euch ständig besuchen.«

»Herzlich gerne«, antwortete Ottilie. »Wir pflegen ja ein offenes Haus. Und natürlich werden wir auch in Zukunft immer mal Annas Salons aufsuchen.« Sie machte einen Schritt zur Seite und öffnete lächelnd den Kreis für eine weitere Frau, die in diesem Moment zu ihnen trat. »Du kommst aufs Stichwort, meine Liebe. Kennst du schon die Schwester meiner Schülerin Charlotte? Das ist Sophie von Mayden, die sicher viel zu unserer heutigen Diskussion beitragen kann, denn sie studiert in Marburg Naturwissenschaften.«

»Ach, das ist ja großartig! Ich bin Anna Edinger«, stellte die Frau sich vor.

Die Gastgeberin war etwas jünger als die anderen Damen und ein wenig kleiner. Sie hatte dunkles Haar, das in der Mitte streng gescheitelt war und im Nacken von einem Knoten straff zusammengehalten wurde. Anna Edinger betrachtete Sophie eingehend. Angesichts dieser kritischen Musterung fragte diese sich sogleich, ob sie in ihrem schicken Kostüm aus dunkelgrünem Samt vielleicht unpassend gekleidet war. Dem Gesichtsausdruck der resolut wirkenden Frau konnte sie nicht entnehmen, ob sie bestanden hatte.

»Welches Fach studierst du denn, Sophie?«, wollte die Gastgeberin wissen.

»Paläontologie und Geologie. Ich komme jetzt ins zweite Semester.«

»Wie interessant!« Ein kleines Lächeln kräuselte sich um Anna Edingers Mund.

Sie legte zärtlich den Arm um die schmalen Schultern eines jungen Mädchens mit braunen Locken und einer spitzen Nase, das schüchtern ein Stückchen hinter ihr stand, und zog sie nach vorn. Die Kleine machte einen zögerlichen Schritt in den Kreis der Frauen und betrachtete Sophie mit wachem Blick durch die Gläser ihrer großen, runden Brille.

An sie gewandt, sagte Anna: »Hörst du das, Tilly? Diese junge Dame hier beweist einmal mehr, dass sich auch Frauen für die Naturwissenschaften begeistern können. Genau wie du.«

Tilly nickte ernst und fragte mit klarer Stimme: »Was ist das: Palännogie?«

Bevor Sophie antworten konnte, stellte Anna das Mädchen vor: »Das ist meine Tochter Johanna Gabriele Ottilie ...« Sie zwinkerte Ottilie Roederstein zu. »Aber alle nennen sie nur Tilly. Sie wird im November zwölf und geht auf die Schillerschule. Dort wird sie ihr Abitur machen und dann studieren.« Sie lächelte dem Mädchen aufmunternd zu.

»Guten Tag, Tilly.« Sophie reichte der schüchternen Kleinen, der die allgemeine Aufmerksamkeit der Gruppe sichtlich unangenehm war, mit einem Lächeln die Hand. »Die Paläontologie ist die Erforschung der Urzeit. Wir suchen nach Fossilien – insbesondere nach Dinosaurierknochen –, um herauszufinden, wie diese Riesenechsen ausgesehen und gelebt haben, als sie vor unvorstellbar langer Zeit die Erde bevölkerten.«

Tillys Augen leuchteten. »Solche, wie im Senckenberg-Museum zu besichtigen sind?«

»Ja, genau. Du warst schon mal da?«

»Natürlich! Ich war auch damals schon mal in dem alten Museum am Eschenheimer Turm«, erwiderte Tilly selbstbewusst. »Und wo finden Sie diese riesigen Dinosaurier?«

»Nun, kleinere versteinerte Fossilien ausgestorbener Lebensformen findet man praktisch überall – auch im Taunus oder in der Eifel. Unser *Diplodocus longus* im Museum stammt allerdings aus Amerika. Und gerade wurden in Afrika riesige Saurierknochen entdeckt.«

Tilly sah sie staunend an und schien einen Moment lang zu überlegen, bevor sie gespannt fragte: »Und dort fahren Sie dann hin und graben die aus?«

Ein Schatten huschte über Sophies Gesicht. »Ich selbst leider nicht …« Sie schluckte. »Die aktuelle Afrika-Expedition zum Tendaguru – das ist ein Berg in Deutsch-Ostafrika – wird vom Naturkundemuseum in Berlin geleitet. Für unser Frankfurter Museum gibt es nur die Möglichkeit, einen Wissenschaftler als Beobachter zu schicken. Ich würde nur zu gern dabei sein, aber darf leider nicht dort hinreisen …« Trotzig fügte sie etwas leiser hinzu: »Man traut einer Frau nicht zu, die Strapazen einer solchen Expedition zu ertragen …«

»Wie bitte?«, rief Maria Sondheim irritiert. »Davon habe ich ja noch gar nichts mitbekommen. Wer von uns reist denn nach Afrika? Drevermann? Kinkelin?«

»Nein, Paul Klüver, der Doktorand, für den ich derzeit wieder als Assistentin arbeite«, antwortete Sophie und seufzte auf.

»Ach ja, dieser reizende junge Mann, der an unserem *Diplodocus* forscht!« Maria lächelte. »Ein wirklich sehr sympathischer Kollege, soweit ich das beurteilen kann. Aber wieso nimmt der dich denn nicht einfach mit? Als seine Assistentin.«

»Er scheint nichts davon zu halten, Frauen wie mich mit durch Ost-Afrika zu schleppen«, stieß sie empört aus.

»Wie bitte? Was soll das denn heißen? Du bist doch angehende Paläontologin!« Maria zog ärgerlich die Brauen zusammen. »Das wäre doch eine großartige Chance für dich.«

»Ja, aber dummerweise bin ich nur eine kleine Studentin. Paul meinte, es sei unmöglich, die zuständigen Herren in Berlin davon zu überzeugen, auch noch mich an die Ausgrabungsstelle zu lassen. Die sind da wohl sehr strikt und wollen sich nicht in die Karten schauen lassen. Es hat einiger Bitten bedurft, bis überhaupt jemand aus Frankfurt die Erlaubnis erhielt, dorthin zu reisen. Und außerdem meint Paul, dass eine Frau zwischen all den männlichen Arbeitern und Forschen sowieso nichts zu suchen hätte. Dazu kommen dann ja auch noch die Hitze, die Moskitos und die Löwen …« Sophie verstummte.

»Löwen?«, fragte Tilly Edinger mit weit aufgerissenen Augen.

»Na ja, es ist halt Afrika … Da lauern andere Gefahren als hier in Frankfurt«, merkte Sophie mit einem schwachen Lächeln an.

»Also mal abgesehen von Löwen und Moskitos …«, sagte Maria Sondheim und schaute Sophie mit skeptisch zusammengezogenen Augenbrauen an. »Verstehe ich dich richtig, dass du eigentlich gerne dorthin möchtest und das nur deshalb nicht kannst, weil dieser Herr Klüver keine Frau bei seiner Expedition dabeihaben will?«

»So ungefähr … Natürlich würde ich sofort dort hinreisen, wenn das möglich wäre. Schließlich handelt es sich um den größten Dinosaurierfund, der je in Afrika – und womöglich sogar weltweit – gemacht wurde. Ich würde alles dafür geben, mit eigenen Augen zu sehen, wie die Erde die versteinerten Knochen freigibt …« Sophie hielt kurz inne und schaute die Tochter der Gastgeberin freundlich an; denn ihr war nicht entgangen, dass die kleine Tilly förmlich an ihren Lippen hing, während ihre Stimme immer leidenschaftlicher wurde. »Ich würde mich am liebsten mit meinen eigenen Händen durch diesen Berg graben und nach Dinosaurierfragmenten suchen, die dort seit unvorstellbar langer Zeit liegen und die noch nie ein Mensch zuvor gesehen und angefasst hat. Dafür studiere ich doch! Deshalb will ich Paläontologin werden! Um selbst vor Ort zu forschen, statt nur in Hörsälen und sterilen Laboratorien herumzusitzen und Knochen zu untersuchen, die andere entdeckt haben. Oh ja, dies wäre eine einmalige Gelegenheit! Da schrecken mich weder Moskitos noch Löwen und Hyänen!« Etwas außer Atem von ihren leidenschaftlichen Ausführungen hielt sie inne und bemerkte im nächsten Moment, dass die Frauenrunde, die ihr aufmerksam gelauscht hatte, sie voller Anerkennung anlächelte.

Anna Edinger war die Erste, die leise zu klatschen begann. Und einem Moment später stimmten Ottilie, Elisabeth, Maria Sondheim, Charlotte und vor allem die kleine Tilly in den Applaus ein. Sophie war es etwas peinlich, als sie entdeckte, dass sich einige der anderen Frauen im Salon neugierig nach ihnen umdrehten.

»Was für ein leidenschaftliches Plädoyer!« Spontan umarmte Maria sie, löste sich gleich wieder und packte Sophie mit ausgestreckten Armen recht unsanft an den Schultern. Mit eindringlichem Blick schaute sie ihr in die Augen, schüttelte sie leicht und erklärte energisch: »Du darfst deinen Traum nicht aufgeben. Verliere nie dein Ziel aus den Augen, Sophie! Und kämpfe dafür! Wenn du unbedingt nach Afrika willst, dann musst du alle Hebel in Bewegung setzen und nicht so schnell klein beigeben. Wo ein Wille ist, ist auch ein Weg!«

Sophie sah sie ratlos an. »Aber wie? Die Entscheidung hängt ja nicht allein von Paul ab, sondern wird in Berlin gefällt …« Sie seufzte.

Maria Sondheim überlegte kurz. »Lass mich nur machen!«, erwiderte sie mit einem Lächeln. »Ich habe noch hervorragende Kontakte zur Friedrich-Wilhelms-Universität in Berlin. Wollen wir doch mal sehen, ob wir dir deinen Wunsch nicht erfüllen können! Egal, was Herr Klüver davon hält. Wann reist er denn ab?«

»Schon in zwei Wochen.«

»So bald …?« Maria seufzte, fragte dann aber entschlossen: »Und wer leitet in Berlin diese Expedition?«

»Museumsdirektor Wilhelm von Branca hat die Spendensammlungen zur Finanzierung der Grabungen organisiert. Er hält alle Fäden in der Hand und entscheidet, sagte mir Paul«, antwortete Sophie zaghaft.

»Ach, der gute alte Wilhelm Branco!« Maria lachte auf. »So hieß er nämlich früher. Mit ihm haben Emanuel Kayser und ich ja damals in Berlin nächtelang …« Sie brach ab und kicherte leise. »Das tut nichts zur Sache.« Nach einem amüsierten Räuspern versprach sie: »Ich werde ihn gleich morgen anrufen. Er schuldet mir sowieso noch einen Gefallen …«

* * *

Die Tage bis zu Pauls Abreise vergingen nach Sophies Gefühl viel zu schnell und gleichzeitig kriechend langsam. Während sie sich zähneknirschend in ihre neue, verantwortungsvolle Aufgabe einarbeitete, wartete sie auf eine Nachricht von Maria Sondheim. Als sie nach zwei Tagen ungeduldig nachfragte, antwortete ihre Mentorin, dass sie bedauerlicherweise noch keine Rückmeldung aus Berlin erhalten hatte. Wilhelm von Branca war auf Reisen und scheinbar nicht erreichbar.

Dafür hatte Maria Sondheim inzwischen mit Emanuel Kayser gesprochen und ihn davon überzeugen können, Sophie für die Dauer dieser Expedition zu beurlauben. Er war sogar begeistert von der Idee, dass sich ausgerechnet für seine einzige weibliche Studentin womöglich die Chance eröffnete, in Ost-Afrika aufregende neue Entdeckungen zu machen, hatte Maria ihr erzählt – und dass er sie am liebsten selbst dorthin begleitet hätte. Sophie war ihrem Dozenten äußerst dankbar für seine Unterstützung, doch solange es keine Genehmigung aus Berlin gab, nützte dieser kleine Etappensieg ihr leider herzlich wenig.

Ebenso wie ihren Eltern hatte sie auch Paul Klüver wohlweislich verschwiegen, dass sie hinter seinem Rücken und trotz all seiner Bedenken versuchte, ebenfalls zum Tendaguru reisen zu dürfen. Bis sie nicht wusste, ob sie die Erlaubnis von höherer Stelle bekommen würde, brauchte er nichts davon zu wissen. Sie gönnte ihm nicht die Genugtuung, ihr am Ende womöglich sagen zu können, er habe recht behalten mit seiner Behauptung, dass die verantwortlichen Herren in Berlin die Hände über den Köpfen zusammenschlagen würden, wenn sie hörten, eine junge Frau wolle in Afrika nach Dinosaurierknochen graben.

Je mehr Zeit verging, desto stiller wurde Sophie. Sowohl sie als auch Paul mieden das Thema Tendaguru, obwohl es ständig, wie der sprichwörtliche Elefant im Raum, bei ihnen im Büro gegenwärtig war. Der Doktorand bemühte sich um eine einigermaßen angenehme Arbeitsatmosphäre, doch die Leichtigkeit, die einmal zwischen ihnen beiden geherrscht hatte, war verschwunden. Paul suchte die Papiere zusammen, die überall im Gelehrtenzimmer verstreut herumlagen, erklärte ihr seine Notizen und bemühte sich mehrfach, Sophie ein Lächeln zu entlocken – erfolglos. Sie sortierte stoisch die Unterlagen, die sie für die Arbeit an seiner Dissertation brauchen würde, schwieg dabei die meiste Zeit und stellte nur sehr selten, in einem reservierten Tonfall, ein paar fachliche Fragen. Ansonsten zeigte sie ihm die kalte Schulter.

Schließlich schien er es nicht mehr auszuhalten. Nachdem sie am späten Nachmittag wieder mal schweigend ihren Schreibtisch aufgeräumt hatte, um sich in den Feierabend zu verabschieden, hielt er sie auf.

»Bitte mach es mir doch nicht so schwer, Sophie …«, sagte er beinahe flehentlich.

Sie stand mit dem Rücken zu ihm vor dem kleinen Spiegel am Garderobenschrank und hatte gerade die Arme hochgehoben, um mit einer langen Nadel den Hut an ihrer Frisur festzustecken. Sie verharrte einen Moment lang in dieser Haltung, als sie seine Worte vernahm. Im Spiegel betrachtete sie das Abbild von Paul, der sie mit zerknirschtem Gesichtsausdruck bittend anschaute. Dann drehte sie sich langsam zu ihm um und ließ die Arme sinken.

»Hast du das Gefühl, dass *ich* es bin, die es *dir* schwer macht …?« Sie sah ihn mit hochgezogenen Augenbrauen und gerunzelter Stirn an.

Er breitete hilflos die Arme aus. »Ich weiß ja, dass du mir die Schuld daran gibst, dass du nicht mit nach Afrika darfst, aber so ist es nicht …«

»Ach, dann habe ich all die Einwände, die du dagegen ins Feld geführt hast, wohl missverstanden?«, unterbrach sie ihn schneidend.

»Nein! Ja! Ich habe doch nur das wiedergegeben, was jeder denkt: Eine Frau gehört nicht in den Dschungel.« Er zuckte mit den Schultern.

»In Afrika leben also nur Männer …«, erwiderte sie trocken.

»Du weißt, wie ich das meine«, widersprach er ungehalten. »Eine weiße Frau, die bisher nur in einer Großstadt gelebt hat, ist den Strapazen einer solchen Expedition einfach nicht gewachsen.«

»Woher willst du das wissen? Inzwischen gibt es viele weiße Frauen in den Kolonien – in Deutsch-Südwest und Ost-Afrika. Die Damen sind da nicht nur zu Besuch, sondern sie leben sogar dort!«

»Allerdings in – zumindest für dortige Verhältnisse – anständigen Ortschaften, nicht im Zelt mitten in der Wildnis«, entgegnete er.

Sophie schnaubte unwillig, doch ihr fiel nicht sofort ein Gegenargument ein.

Paul nutzte die Pause ihres Wortgefechts, um ihr leise mitzuteilen: »Ich habe es doch versucht …«

»Was hast du versucht?«, fragte sie verständnislos.

Er räusperte sich. »Ich habe mit Drevermann und Kinkelin über deinen Wunsch gesprochen …«

Sophie sah ihn völlig überrascht an.

»Sie sind beide nicht grundsätzlich dagegen, haben jedoch Sorge, dass eine erneute Anfrage auch meine Reise gefährden könnte. Die ganze Sache ist eine äußerst heikle Angelegenheit. Der Expeditionsleiter Wilhelm von Branca scheint sämtliche Versuche, andere Kollegen an die Ausgrabungsstelle zu lassen, vehement abzuwehren. Drevermann will ihn um keinen Preis mit weitergehenden Wünschen und Forderungen verärgern. Es hängt schließlich sehr viel daran … Nur mit den wissenschaftlichen Kontakten, die ich vor Ort knüpfen soll, können wir dafür sorgen, dass unser Museum später auch von den Tendaguru-Funden profitiert. Deshalb muss ich nach Afrika reisen – leider ohne dich …«

Das ehrliche Bedauern in seiner Stimme bewirkte, dass der Eispanzer, der Sophies Herz seit Beginn ihres Streits umschloss, ein wenig auftaute.

»Ich verstehe … Da kann man dann wohl nichts machen …«, murmelte sie geschlagen.

Obwohl es nichts an ihrer aussichtslosen Lage änderte, war sie gerührt, dass Paul trotz all seiner Bedenken dennoch versucht hatte, ihr diesen großen Wunsch zu erfüllen. Anscheinend war er doch nicht so verknöchert in seinen Ansichten, wie sie zwischenzeitlich geglaubt hatte, sondern machte sich einfach nur ernsthaft Sorgen um den Erfolg seiner Mission, die von enormer Bedeutung für das Museum und die hiesige Forschungsarbeit war. Wären die äußeren Umstände anders gewesen, hätte er sie vielleicht doch mit auf diese Reise genommen.

Im selben Augenblick überkamen sie fürchterliche Gewissensbisse. Sie realisierte, dass ihr eigenmächtiger Versuch, über Maria Sondheim doch noch eine Genehmigung aus Berlin zu bekommen, womöglich Pauls Reise in Gefahr brachte – und damit die Hoffnung auf neue außergewöhnliche Exponate für ihr geliebtes Museum. Schließlich kannte sie die forsche Art der Anatomin, die sicher alles daransetzen würde, Wilhelm von Branca zu überzeugen, auch noch Sophie an die Ausgrabungsstelle zu lassen. Doch was, wenn dieser Museumsdirektor sich fürchterlich darüber aufregen und in seiner Verärgerung den Frankfurter Kollegen seine Zustimmung zu Pauls Besuch wieder entziehen würde?

Sophie wurde abwechselnd heiß und kalt, als ihr die möglichen Konsequenzen ihres Handelns vollends bewusst wurden.

Doch vielleicht war es noch nicht zu spät, um das Unglück aufzuhalten. Sie musste dringend mit Maria sprechen, ihr erklären, dass sie nicht weiter insistieren durfte – zum Wohle des Senckenberg-Museums.

Sophie bemühte sich um ein versöhnliches Lächeln, als sie sich schließlich verabschiedete. »Es war wirklich sehr nett von dir, diesen Versuch zu wagen«, bedankte sie sich bei dem sichtlich erleichterten Paul. »Schade, dass wohl nichts daraus wird …«

Sie zuckte mit den Schultern, wünschte ihm einen schönen Feierabend und schloss die Bürotür hinter sich. Dann raffte sie ihre Röcke, hetzte über den Korridor und lief eilig die Treppe hinauf zur Skelettabteilung. Hoffentlich traf sie die Leiterin noch an.

Das Zimmer der Sekretärin war schon verwaist, aber nach dem Klopfen an der Tür des Gelehrtenzimmers gegenüber vernahm

Sophie erleichtert die Stimme von Maria Sondheim, die laut »Herein!« rief.

»Sophie! Wie schön, dass du vorbeischaust. Komm und setz dich zu mir.« Offensichtlich gut gelaunt, deutete sie auf den Stuhl vor ihrem schmalen Schreibtisch.

»Guten Abend, Maria …«, grüßte Sophie, froh darüber, dass Professor Reichenbach nicht anwesend war. Noch während sie Platz nahm, sagte sie zerknirscht: »Ich muss dich dringend um etwas bitten …«

»Ein weiterer Wunsch?«, fragte die Anatomin. »Jetzt wirst du aber übermütig …« Ihre Augen blitzten amüsiert.

»Nein, nein! Ich muss dich bitten, deine Bemühungen für mich einzustellen …«

»Wie bitte?« Maria sah sie überrascht an. »Willst du etwa nicht mehr nach Afrika?«

»Doch, aber es geht nicht. Womöglich gefährdet deine Anfrage die Reise von Paul …«

»Ach, Unsinn!«, fiel Maria ihr ins Wort. »Weshalb das denn? Mein alter Freund Wilhelm war ganz Ohr, als ich ihn heute Mittag endlich erreicht habe …«

»O Gott, du hast schon mit ihm gesprochen …?« Sophie sah sie mit einer Mischung aus Sorge und Hoffnung an.

»Das habe ich!«, verkündete Maria triumphierend. »Und er ist begeistert von der Idee, eine Studentin zum Tendaguru reisen zu lassen!«

»Nein …« Sophie starrte sie mit offenem Mund ungläubig an. Ihr fehlten die Worte.

»Doch, natürlich! Nachdem ich ihm alles genauestens erläutert habe, konnte er gar nicht anders, als all die Vorteile zu erkennen. Die Öffentlichkeit wird diese kleine Sensation von der jungen Paläontologin in Afrika sicher begeistert aufnehmen und damit die Bereitschaft für weitere, dringend benötigte Spenden zur Finanzierung der Ausgrabungen wecken.« Sie grinste zufrieden.

»Wobei ich ja noch weit davon entfernt bin, mich eine Paläontologin nennen zu dürfen«, wandte Sophie zaghaft ein.

»Papperlapapp! Nach dieser Expedition wirst du dein Studium und die anschließende Doktorarbeit über Tendaguru sicher mit *summa cum laude* abschließen! Und damit kann sich dann auch Wilhelm schmücken. Und das Senckenberg-Museum. Damit zeigen wir der Welt, wie fortschrittlich die Wissenschaft in Deutschland ist.« Maria Sondheim klang so euphorisch, als ob es um sie selbst ginge.

Sophie ließ sich von ihrer Begeisterung anstecken. »Das klingt wirklich wunderbar, wie du das Wilhelm von Branca schmackhaft gemacht hast. Ich danke dir sehr für deinen Einsatz. Hoffentlich kann ich all die hochgesteckten Erwartungen auch tatsächlich erfüllen.« Sie schluckte und versprach mit feierlicher Stimme: »Wenn ich Paul nach Afrika begleiten darf, werde ich auf jeden Fall mein Bestes geben!«

Anstatt darauf zu antworten, presste Maria Sondheim plötzlich nachdenklich die Lippen zusammen und nickte unbestimmt, während ihre Finger fahrig ein paar Unterlagen vor sich auf dem Schreibtisch hin und her schoben.

Sophies euphorische Stimmung bekam einen Dämpfer, als sie die Veränderung in Marias Gesichtsausdruck wahrnahm. Deren überraschendes Schweigen und die gerunzelte Stirn irritierten sie.

Vorsichtig fragte sie: »Was ist denn …?«

»Nun, da gibt es noch einen kleinen Haken …« Maria zögerte.

Sophie rutschte auf ihrem Stuhl ein Stück weit nach vorn. Sie griff nervös nach dem glatten Holz des Schreibtisches, als wollte sie sich daran festhalten, und fragte angespannt: »Welchen Haken?«

»Ehrlich gesagt, sind es gleich mehrere … Aber das wird sich schon alles finden …« Die Wissenschaftlerin bemühte sich um ein aufmunterndes Lächeln und erläuterte dann sachlich: »Es ist so, dass du aus Berlin zwar die offizielle Erlaubnis erhältst, dich am Tendaguru, ebenso wie Paul Klüver, als Beobachterin der Ausgrabungen ein paar Wochen lang aufzuhalten. Die Frage ist nur, wie du dort hinkommst …« Sie hielt kurz inne und sah, dass Sophie sie mit offenem Mund anstarrte. »Als ich Fritz Drevermann vorhin informierte und danach fragte, ob das Museum oder die *Senckenbergische*

Naturforschende Gesellschaft die Kosten für deine Reise übernehmen würde, erklärte er, dass leider keine finanziellen Mittel für eine weitere Person zur Verfügung ständen.« Sie zuckte mit den Schultern und seufzte kurz auf. »Aber immerhin ist auch Drevermann sehr angetan von der Idee, dich zum Tendaguru reisen zu lassen.« Maria Sondheim lächelte tröstend. »Ich habe mir gedacht, dass doch sicher deine Familie … Das Finanzielle dürfte für deine Eltern doch kein Problem sein, nicht wahr?«

Sophie sah sie ungläubig an. »Meine Eltern wissen noch gar nichts davon …«, gestand sie.

»Oh …«, entfuhr es der Anatomin überrascht, und sie zog kritisch eine Augenbraue hoch. »Dann wird es aber höchste Zeit, sie darüber zu informieren, meine Liebe, meinst du nicht auch?«

Sophie murmelte: »Ja, natürlich …«, und spürte, wie die Röte ihren Hals hinaufkroch. Sie kam sich vor wie eine Betrügerin. Hatte sie doch Maria Sondheim sämtliche Hebel in Bewegung setzen lassen, ohne selbst den Mut aufzubringen, die alles entscheidende Erlaubnis ihrer Eltern einzuholen, um diese Expedition überhaupt antreten zu dürfen. Und nun musste sie Mutter und Vater nicht nur dazu überreden, ihre Tochter wochenlang nach Afrika ziehen zu lassen, sondern diese Reise auch noch zu bezahlen … Das erschien ihr völlig aussichtslos. Dennoch nickte sie stumm, während Maria weitersprach.

»Dummerweise ist der Dampfer der Ostafrika-Linie von Hamburg nach Daressalam, auf dem sich Paul Klüver nächste Woche mit seinen Berliner Kollegen einschiffen wird, laut Drevermann bereits restlos ausgebucht …«

Sophies Augen bekamen einen feuchten Glanz. Die Enttäuschung über diese niederschmetternden Nachrichten war ihr mehr als deutlich anzusehen. Sie war dem Ziel so nah gewesen …

Ihre Mentorin griff nach Sophies verkrampft ineinander verschlungenen Händen. »Noch ist nicht aller Tage Abend, meine Liebe! So schnell geben wir nicht auf!«, versuchte sie, ihren Schützling aufzumuntern. »Drevermann sagte, dass es da noch eine andere

Möglichkeit gäbe – via Neapel. Von dort fährt regelmäßig ein Postschiff durch den Suezkanal nach Ost-Afrika. Auf diesem Weg wärst du sogar schneller als Paul Klüver, dessen Schiff den ganzen afrikanischen Kontinent umrunden muss. Selbst wenn du später von hier abreist, könntet ihr euch noch in Daressalam treffen und dann gemeinsam zum Tendaguru reisen!« Sie drückte aufmunternd Sophies Hände.

»Aber ich kann doch nicht ganz allein nach Afrika reisen …«

»Warum nicht? Auf dem Schiff sind sicher noch andere Europäer«, versuchte Maria sie zu beruhigen. »Es sind doch nur zwei Wochen. Das schaffst du schon. Du bist doch eine starke Frau!«

Sophie seufzte laut auf und schüttelte entmutigt den Kopf. »Nein … Damit ist mein Traum geplatzt. Das erlauben mir meine Eltern niemals!«

»Soll ich vielleicht mit ihnen …?«

»Nein«, entgegnete Sophie entschieden und erklärte frustriert: »Möglicherweise hätte ich sie von dieser Reise überzeugen können, wenn es eine ganz offizielle Expedition des Museums gewesen und ich in Begleitung eines männlichen Wissenschaftlers gereist wäre, der für meine Sicherheit hätte garantieren können … Aber so …? Nein, allein lassen sie mich niemals nach Afrika.« Resigniert entzog Sophie ihrer Mentorin die Hände und stand langsam auf. »Vielen Dank für deine Bemühungen …«

»Das Angebot bleibt noch eine Weile bestehen. Schlaf erst einmal ein paar Nächte darüber, und überlege in aller Ruhe, ob du es nicht doch versuchen willst«, empfahl Maria Sondheim, als sie Sophie zur Tür begleitete. Am Zimmereingang hielt sie sie an den Schultern fest, blickte ihr eindringlich in die Augen und riet ihr: »Gib nicht so schnell auf …!«

* * *

Doch die Tage bis zu Pauls Abreise vergingen, ohne dass Sophie auch nur einen einzigen Versuch wagte, ihre Eltern um deren Einverständnis zu bitten. Sie überlegte ein ums andere Mal, wie sie ihnen diese verrückte Idee möglicherweise schmackhaft machen könnte. Aber sobald sie darüber nachdachte, wurde ihr stets aufs Neue bewusst, welche Nachteile, Gefahren und immensen Kosten mit einer solchen Afrika-Reise einhergingen, was zur Folge hatte, dass sie von einer Unterredung mit den Eltern absah. Sie hoffte, dass ihr irgendwann etwas Geniales einfallen würde, das die beiden überzeugen könnte. Doch das passierte nie.

Und wenn sie tief in sich hineinhorchte, musste Sophie sich ehrlicherweise eingestehen, dass es nicht nur die absehbaren Vorbehalte ihrer Eltern waren, die sie hinderten. Nein, es war vor allem ihre eigene mangelnde Courage, die sie davon abhielt, eine Entscheidung herbeizuführen. Diese lange Reise, die sie über Meere und durch die afrikanische Wildnis führen würde, tatsächlich ganz allein zu bewältigen – das erschien ihr viel zu gefährlich. Für ein solches Abenteuer fehlte ihr einfach der Mut. Sie war eben doch nur eine schwache Frau. Genau wie Paul es gesagt hatte, dachte sie resigniert.

Nach und nach fand sie sich mit dem Gedanken ab, dass sie wohl niemals als Paläontologin irgendwo anders als in ihrer unmittelbaren Umgebung würde forschen können. Wo auch immer in der Welt es zukünftig neue Knochenfunde von Dinosauriern geben sollte – überall würde sie vor dem ewig gleichen Problem stehen, dass an der Ausgrabungsstelle ausschließlich Männer arbeiteten. Da hatte Paul leider recht, dass es verrückt war, zu glauben, dass sie als einzige Frau dort einfach mitarbeiten könnte. Frustriert musste sie einsehen, dass sich ihre berufliche Zukunft – sofern es die nach einer Heirat überhaupt geben sollte – in irgendeinem Forschungslaboratorium abspielen würde. Vielleicht sogar hier im Museum, wo sie aufgrund ihrer Fähigkeiten wenigstens von den zuständigen Herren um sie herum akzeptiert wurde.

Sophie versuchte, sich damit zu trösten, dass sie die kommenden paar Jahre noch als Studentin würde genießen dürfen. Sie würde ein bisschen Spaß mit ihren Freunden Rahel und Richard haben und mit etwas Glück ihren Wissensdurst weiterhin hier im Museum stillen – bei den wissenschaftlichen Untersuchungen an Objekten, die andere gefunden hatten. Zumindest war das immer noch mehr, als die meisten Frauen in ihrem Leben erreichten, sagte sie sich im Stillen, um nicht nur negativ über ihre Situation zu denken, sondern auch positiv nach vorne zu blicken.

Als Paul sich schließlich endgültig zu seiner Expedition verabschieden musste, war die Stimmung im Gelehrtenzimmer den ganzen Tag über sehr gedrückt, obwohl sich beide Mühe gaben, es dem anderen nicht unnötig schwer zu machen. Es hatte beinahe den Anschein, als ob ihm der Abschied mehr ausmachte als ihr. Sophie merkte ihm an, dass es ihm wirklich leidtat, ohne sie abreisen zu müssen – so sehr bemühte er sich, seine sicher auch vorhandene Vorfreude nicht zu zeigen. Er versprach, mit seiner Kamera viele Aufnahmen von den Tendaguru-Funden zu machen, um sie hinterher mit ihr gemeinsam anzusehen und auszuwerten.

Sophie wiederum versuchte, es ihm leicht zu machen, indem sie versicherte, dass sie ihm dankbar dafür war, ihr diese verantwortungsvolle Aufgabe im Museum verschafft zu haben. Und dass sie sich wirklich gerne mit der Bearbeitung seiner Doktorarbeit befassen würde.

Am späten Nachmittag war der Moment des Abschieds gekommen.

»Es sind ja nur sechs, vielleicht acht Wochen …« Paul stand direkt vor ihr, mit dem Rücken zur geöffneten Bürotür, und hielt sachte ihre Fingerspitzen. Er hatte schon Hut und Mantel an, die Aktentasche lag zu seinen Füßen.

»Die Zeit vergeht sicher schnell …« Sophie nickte ihm aufmunternd zu und drückte zärtlich seine Hände. Sie spürte, wie sich ein Kloß in ihrem Hals bildete und ihre Augen zu brennen anfingen. Um nicht vor ihm in Tränen auszubrechen, beeilte sie sich, leichthin zu sagen: »Vergiss nicht, dir ein paar Äpfel mitzunehmen. Die gibt es in Afrika sicher nicht.« Sie ließ seine Hände los und versuchte ein Lächeln. »Du musst jetzt wirklich gehen, sonst verpasst du noch dein Schiff.« Im selben Moment merkte sie, dass das natürlich Unsinn war, denn er würde ja erst am nächsten Morgen mit dem Zug nach Hamburg fahren.

Doch er nahm diesen Ball gerne auf. »Ja, ich sollte nicht länger herumtrödeln. Schließlich gibt es noch einiges zu packen …«

Trotzdem bewegte sich keiner von beiden. Unschlüssig standen sie einander gegenüber, bis Sophie es nicht mehr aushielt. Ohne nachzudenken, machte sie einen Schritt auf ihn zu, schlang ihre Arme um seinen Hals und presste sich eng an ihn.

»Ich wünsche dir eine gute Reise«, murmelte sie, das Gesicht an seine Schulter gelehnt.

Ihr kamen nun doch die Tränen, als sie spürte, wie er seine Arme ebenso fest um sie schlang und ihren Druck erwiderte. Sein Kinn lag auf ihrem Kopf, und dann meinte sie, seine Lippen zu spüren, die ihr einen sanften Kuss aufs Haar drückten. Sie atmete tief ein, um seinen Duft in sich aufzunehmen – diese verführerische Mischung aus Rasierwasser und dem Geruch dieses Mannes, dessen Umarmung sie so sehr genoss und in der nächsten Zeit schrecklich vermissen würde. Hoffentlich würde sie sich wenigstens an seinen Duft erinnern können, während er so weit weg war.

Schweigend standen sie einen langen Moment so zusammen, bis Sophie schließlich schweren Herzens die Arme sinken ließ und auch Paul zögernd einen Schritt zurücktrat. Sie blickten beide zu Boden, vermieden es, einander anzusehen, um die aufsteigenden Tränen zu verbergen.

Während er sich langsam umwandte, hielt er noch einen Moment länger ihre rechte Hand in seiner und murmelte: »Pass gut auf dich auf, Sophie. Ich werde dich sehr vermissen und freue mich schon auf unser Wiedersehen.« Dann ließ er sie los und verließ den Raum.

Sophie stand wie betäubt da und lauschte seinen Schritten auf dem schier endlos langen Korridor nach – selbst dann noch, als sie längst verklungen waren.

* * *

Nachdem Charlotte, die schon länger ihren eigenen Weg ging, sich gleich nach dem gemeinsamen Abendessen zu einem Besuch bei ihren Künstlerfreundinnen verabschiedet hatte, saß Sophie in der Villa am Kettenhofweg mit Mutter und Vater zusammen am lodernden Kamin. Die sonst so behaglichen Abendstunden im Wohnzimmer fühlten sich seit Pauls Abreise vor ein paar Tagen anders an, auch wenn äußerlich alles wie immer zu sein schien.

Robert von Mayden hatte es sich in seinem breiten Ledersessel hinter seiner Abendzeitung, über der in regelmäßigen Abständen die Rauchwolken seiner Zigarre aufstiegen, gemütlich gemacht. Ab und zu griff er nach dem Cognacschwenker und vertiefte sich dann wieder in seine Lektüre. Derweil stach seine Frau, die ihre Lesebrille mit dem feinen Goldgestell aufgesetzt hatte, zarte Blütengirlanden in ihren Stickrahmen und trank hin und wieder einen Schluck Kräutertee. Das offene Feuer verbreitete eine wohlige Wärme.

Sophie bemühte sich vergeblich, sich mit einem Roman von ihren kreisenden Gedanken abzulenken, doch es gelang ihr nicht. Das Knistern und Knacken der brennenden Holzscheite ließ in ihrem Kopf wieder die sehnsüchtigen Bilder von einem offenen Lagerfeuer mitten in der endlos weiten, einsamen Savanne Afrikas entstehen. Wie gerne würde sie jetzt dort sitzen – unter einem unendlichen, sternenglitzernden Firmament, Seite an Seite mit Paul, und mit ihm über die aufregenden Knochenfunde des vergangenen Grabungstages sinnieren.

Aber diese schönen Vorstellungen würde es immer nur in ihrer Fantasie geben, weil sie nicht den Mut aufgebracht hatte, Vater und Mutter in ihre heimlichen Wünsche einzuweihen, wie sie sich zu ihrem eigenen Verdruss eingestand. Sie musste sich doch bloß endlich trauen!, sagte sie sich mal wieder. Es wenigstens versuchen, wie Maria Sondheim es zu Recht von ihr gefordert hatte.

Ein kurzes Klopfen und das beinahe gleichzeitige Öffnen der hohen Flügeltür unterbrachen ihre Gedanken.

»Verzeihen Sie die Störung. Da ist ein Telefongespräch für Sie, Fräulein von Mayden«, meldete Fritzi mit einem kleinen Knicks.

Sophie schaute überrascht auf. »Für mich?«

Ihre Mutter ließ die Stickerei sinken und hob den Kopf mit einem Stirnrunzeln. »Wer kann denn das sein?«

»Ein Herr von Lohenstein wünscht das junge Fräulein zu sprechen«, antwortete das Dienstmädchen.

»Richard von Lohenstein? Das ist ja eine Überraschung!«, rief Sophie. Er war genau der Richtige, um sie jetzt ein wenig aufzuheitern. Erfreut klappte sie ihr Buch zu.

Robert von Mayden ließ die Zeitung sinken, legte seinen Zigarrenstumpen in den Aschenbecher und griff nach seinem Glas. »Lohenstein? Ist das nicht dieser junge Mann, mit dem du auf der Luftschifffahrt-Ausstellung warst?«, fragte er interessiert.

»Ja, genau. Mein Kommilitone aus Marburg.«

»Ein bisschen extravagant, aber ausgesprochen höflich und angenehm im Umgang, wenn ich mich recht erinnere«, sinnierte ihr Vater und trank einen Schluck. »Ich habe dir doch von ihm erzählt, nicht wahr, Anna?«

»Nicht, dass ich wüsste«, erwiderte seine Frau pikiert und fixierte dann ihre Tochter. »Weshalb hast du uns diesen Herrn von Lohenstein bisher noch nicht offiziell vorgestellt?« Sie blickte forschend über den Rand ihrer schmalen Brille.

Sophie kannte diesen taxierenden Blick, den ihre Mutter immer dann aufsetzte, wenn es um junge Männer ging, die sich möglicherweise für ihre heiratsfähigen Töchter interessierten.

»Dazu gab es bisher ja keine Gelegenheit, weil Richard nicht in Frankfurt, sondern Marburg wohnt.«

»Was kann der Herr von Lohenstein denn mitten in den Ferien von dir wollen? Noch dazu um diese Zeit? Es ist doch schon nach neun.« Anna von Mayden hob fragend eine Augenbraue.

Ihrem Ton hörte Sophie an, dass sie ungehalten darüber war, dass ihr Mann ihr einen möglicherweise passenden Heiratskandidaten vorenthalten hatte, der immerhin ein »von« im Namen trug und ihrer wählerischen Tochter scheinbar so nahe stand, dass er sie auch in den Semesterferien anrief – noch dazu am Abend. Sophie ahnte, was in ihrer Mutter vor sich ging, und war bereits an der Tür, bevor sie weitere Fragen würde beantworten müssen.

»Bestimmt geht's nur ums Studium«, meinte sie ausweichend und stürmte aus dem Zimmer. Dann eilte sie hinauf in Vaters Bibliothek, wo der Fernsprechapparat stand.

»Richard?«, rief sie ein wenig außer Atem in den Hörer. »Was für eine schöne Überraschung!«

»Hallo, Sophie!«, begrüßte er sie gutgelaunt. »Rate, wo ich bin!«

»Na, vermutlich an der Ostsee.«

»Falsch geraten! Ich bin ganz in deiner Nähe …«

»Was soll das heißen? Bist du denn nicht mehr auf Usedom?«

»Leider nein …«, seufzte er theatralisch. »Gänzlich unerwartet sind Siegfrieds Eltern früher als geplant dort aufgetaucht und haben unserem lustigen Studenten-Lotterleben ein jähes Ende bereitet.« Er kicherte.

»Na, so etwas …« Sophie schmunzelte bei der Vorstellung, was in der Sommervilla auf der Ostseeinsel vor sich gegangen sein musste. »Und wohin seid ihr geflüchtet?«

»Der arme Siegfried wurde gezwungen zu bleiben, während mir die Abreise nahegelegt wurde … Und da ich nicht recht wusste, wohin, habe ich mich kurzentschlossen heute im *Frankfurter Hof* am Kaiserplatz einquartiert.«

»Was?! Du bist hier in der Stadt?«

»Ja, ich dachte, vielleicht könntest du mich ab jetzt ein bisschen unterhalten.« Er klang sehr unternehmungslustig.

»Du verrückter Kerl!« Sophie lachte auf. Genau diese Spontanität und der Übermut waren es, die sie an ihrem Freund besonders schätzte. Leider war sie selbst nicht ganz so impulsiv. »Nun ja …«, sagte sie zögernd. »Vielleicht magst du morgen Abend zu uns zum Essen kommen? Ich könnte meine Eltern fragen, ob …«

»Bloß nicht! Von Eltern im Allgemeinen und Speziellen habe ich seit Usedom die Nase voll …« Er lachte auf. »Eigentlich dachte ich eher, dass nur wir zwei beiden …«

»Ach so … Wie lange gedenkst du denn zu bleiben?«

»Das weiß ich noch nicht. Die Suite, die ich gemietet habe, ist recht komfortabel. Im Zweifelsfall bleibe ich einfach bis zum Ende der Semesterferien und mache die Äppelwoi-Schenken in Sachsenhausen unsicher. Denn nach Schwaben, auf die Burg meiner Eltern, will ich auf keinen Fall. Da kriegen mich keine zehn Pferde hin! Viel zu langweilig!« Er stöhnte auf. »Ich möchte lieber etwas Aufregendes erleben – am liebsten mit dir! Komm doch vorbei. Ich habe gerade eine Flasche Champagner geöffnet …« Er klang sehr ausgelassen, und Sophie fragte sich, wie viel davon er wohl schon getrunken hatte.

»Daraus wird leider nichts«, bedauerte sie. »Ich muss ja morgen Früh wieder ins Museum … Aber was hältst du davon, mich in der Mittagspause dort zu besuchen? Dann kann ich dir zeigen, woran ich arbeite, und wir überlegen, was wir in nächster Zeit gemeinsam unternehmen können.«

»Du meinst, dass du also heute Abend nicht mehr …?« Er klang enttäuscht.

»Leider nein. Aber ich freue mich darauf, dich morgen zu sehen. Melde dich um zwölf Uhr am Haupteingang. Dann hole entweder ich dich ab, oder ein Museumsbote bringt dich in mein Büro.«

»Hui! Hast du schon ein eigenes Büro dort?« Richard schien beeindruckt zu sein.

»Sozusagen …« Sie räusperte sich. »Das erkläre ich dir alles morgen. Ich freue mich auf dich!«

»Und ich erst!« Er klang ehrlich begeistert. »Aber vor allem bin ich ja schon so gespannt auf deinen Paul …«

»Der ist zurzeit leider nicht da …«, murmelte sie.

»Ach, wie schade! Aber schön, dass ich dich dann ganz für mich habe!«

»Natürlich«, bestätigte sie amüsiert. »Wir sehen uns morgen Mittag. Und trink nicht mehr so viel«, ermahnte sie ihn lachend zum Abschied.

»Ja, ja, schlaf gut, mein süßes Sophiechen«, säuselte er mit schwerer Zunge.

Nach Richards unerwartetem Anruf hellte sich Sophies Stimmung auf. Wenn sie schon nicht mit Paul nach Afrika hatte reisen können, dann würde sie wenigstens mit ihrem besten Freund ein paar unterhaltsame Tage in Frankfurt verbringen.

Voller Vorfreude lag sie wenig später in ihrem Bett und machte Pläne, was sie alles gemeinsam unternehmen könnten. Doch kurz bevor der Schlaf sie schließlich übermannte, bildeten sich vor ihrem inneren Auge wieder sehnsüchtige Bilder von einem Lagerfeuer in der Savanne – und von Paul …

* * *

Als Sophie ihren Studienfreund am nächsten Tag mit einer liebevollen Umarmung im Museum begrüßte, bestand sie darauf, ihm zuallererst den imposanten *Diplodocus longus* im Lichthof zu zeigen.

Richard von Lohenstein machte wie immer eine ausgesprochen gute Figur. Seine Haare waren länger geworden, hatten durch den Aufenthalt an der See einige sonnig-blonde Strähnen bekommen und waren nur locker gescheitelt. Zu seinem Besuch im Museum hatte er sich beinahe pünktlich in einem offenbar neuen, sehr eleganten Gehrock eingefunden, der durch seinen schimmernden Braunton besonders auffiel. Das bunt gemusterte Seidentuch an seinem Hals, das die leichte Sommerbräune seines Gesichts unterstrich, passte perfekt zur Weste.

Die Kassiererin Frau Haffner war von seiner äußeren Erscheinung und seinem Charme offensichtlich derart verzaubert, dass sie es augenscheinlich sehr bedauerte, als Sophie ihn am Eingang abholte.

»Darf ich vorstellen: Das ist Dodo!«, erklärte sie kurz darauf mit einer Art Besitzerstolz. »Dodo, dies ist Richard, der zwar auch fasziniert von Dinosauriern ist, aber zu faul, um alles zu lernen, was für deren Erforschung nötig wäre.« Sie zwinkerte ihrem Kommilitonen schelmisch zu.

»Glaub ihr kein Wort, Dodo!«, widersprach er, während er den Blick auf den Kopf des gigantischen Skeletts richtete. »Du bist wirklich ein ziemlich großer Bursche, und ich würde gerne wissen, wie du ausgesehen und gelebt hast, als du noch in voller Pracht und Schönheit auf der Erde herumgestampft bist. Aber die zahlreichen lateinischen Namen für deine Knochen sind mir einfach zu kompliziert.« Er lachte. »Trotzdem würde ich nur zu gerne ein berühmter Paläontologe werden!«

Sophie seufzte bei seinen Worten laut auf. »Ich auch …«

»Zu ärgerlich, dass wir für dieses Ziel gezwungen sind, schon bald wieder in einem muffigen Hörsaal herumzusitzen, anstatt einfach irgendwo selbst nach Knochen zu buddeln.« Er machte ein gequältes Gesicht.

»Hast du eigentlich schon von den spektakulären Funden in Deutsch-Ostafrika gehört?«, fragte sie verhalten.

Er sah sie mit gerunzelter Stirn fragend an. »Afrika? Welche Funde? Ich habe in den letzten Wochen nur nach Bernsteinen am Ostseestrand gesucht«, bekannte er lächelnd.

Da sich einige Museumsbesucher offensichtlich von ihrer launigen Unterhaltung gestört fühlten und sich demonstrativ mit gerunzelter Stirn zu ihnen umdrehten, schlug Sophie flüsternd vor: »Komm, wir gehen in mein Büro. Da kann ich dir alles in Ruhe erzählen.«

Sie hakte sich bei Richard unter, lotste ihn durch die Ausstellungsräume, zeigte ihm hier und da ein paar interessante Exponate und öffnete schließlich die Tür, die in den Korridor mit den Gelehrtenzimmern führte. Schon auf dem Weg dorthin begann sie, ihm von den Tendaguru-Funden zu erzählen.

Nach einer kurzen Besichtigung des Laboratoriums setzten sie sich an den Besprechungstisch, und Sophie offenbarte ihm, was sie derzeit mehr als alles andere beschäftigte. Übersprudelnd sprach sie von ihrer einmaligen Chance, zu dieser exotischen Ausgrabungsstelle am Berg Tendaguru zu reisen – und davon, wie aussichtslos es war, diesen Traum zu verwirklichen.

Richard lauschte gespannt und fragte hier und da interessiert nach. Je besser er verstand und je detaillierter er erfuhr, welche Möglichkeiten sich dort in Afrika auftaten, desto ernsthafter wurde sein Gesicht. Er alberte nicht mehr herum, sondern hörte Sophie konzentriert zu. Und als sie mit traurigen Worten und resignierter Miene ihre Ausführungen beendete, schaute er sie schließlich mit leuchtenden Augen an.

»Das klingt genau nach der abenteuerlichen Unternehmung, von der ich immer geträumt habe!«, stieß er enthusiastisch aus.

»Faszinierend, oder?«

»Absolut!« Er klatschte tatendurstig in die Hände. »Los, lass uns nach Afrika reisen!«

»Als wenn das so einfach wäre …« Sie schüttelte den Kopf und ließ seufzend die Schultern hängen. »Ich habe dir doch gerade erklärt, warum es nicht geht.«

»Ach, Unsinn! Das ist doch alles ganz einfach: Wir setzen uns morgen in den Zug nach Neapel, nehmen dieses Postschiff nach Daressalam und marschieren dann zu dieser Ausgrabungsstelle mit dem unaussprechlichen Namen.«

»Tendaguru …«

»Ja, genau. Das klingt nach einem echten Abenteuer! Los, wir reisen dahin!«, rief er hingerissen.

»Du bist verrückt«, entgegnete Sophie kopfschüttelnd. »Mal abgesehen davon, dass ich weder die Mittel noch die Erlaubnis meiner Eltern für so eine Reise habe und obendrein hier im Museum eine verantwortungsvolle Aufgabe wahrnehmen muss … Wir können doch nicht einfach so am Tendaguru auftauchen. Ohne Genehmigung aus Berlin lassen sie uns doch gar nicht an die Fundstelle.«

»Ach, das findet sich. Bisher habe ich noch alles geschafft, was ich mir vorgenommen habe«, erwiderte Richard selbstbewusst und überlegte einen Moment lang. Dann trat erneut ein Leuchten in seine Augen, und er verkündete: »Da du schon die Genehmigung aus Berlin hast, brauche jetzt nur noch ich eine. Und ich habe bereits eine Idee, wie ich diesen albernen Wisch auch kriege.« Er zwinkerte ihr zu. »Dieser Branca braucht doch ständig neues Geld für seine Expedition.«

»Ja, und …?«

»Nun, eine fürstliche Spende würde ihm doch da sehr gelegen kommen. Ich bin sicher, dass mein Vater es sich gerne etwas kosten lässt, wenn er mich dadurch loswird …«

Sophie wusste zwar um das problematische Verhältnis zu seinen konservativen Eltern, doch solche harschen Töne hatte sie von ihm bisher nicht gehört. »Wie meinst du das? Loswerden …«, hakte sie irritiert nach.

Mit Verachtung in der Stimme erklärte er: »Wenn meine von mir ach so enttäuschten Erzeuger hören, dass ihr missratener Sohn nun endlich ernsthaft etwas im Leben anpacken und unter die seriösen Forscher gehen will, dann sind sie gewiss bereit, den Preis dafür zu bezahlen, selbst wenn er äußerst hoch ist. Was sie nicht an Liebe für mich übrig haben, ersetzen sie nur allzu bereitwillig durch Geld. Womit dann übrigens nicht nur meine, sondern auch deine Reisespesen finanziert wären.« Er bemühte sich um ein Lächeln, doch Sophie merkte, wie verletzt Richard in seinem tiefsten Innern war.

»Meinst du wirklich, dass sie einfach so diese teure Reise finanzieren werden?«

»Ich bin mir sicher! Und dieser Branca wird bestimmt auch einen zweiten Studenten da hinlassen – wenn der seine zukünftigen Ausgrabungen finanziert. Schließlich sind wir nur stille Beobachter, mit denen er seinen Ruhm nicht teilen muss. Und mehr noch: Im Prinzip bräuchte kein Außenstehender davon zu erfahren, dass wir an der Expedition überhaupt beteiligt sind. Was mir übrigens ziemlich egal wäre. Mir geht's nur um das Abenteuer Afrika!«

»Und was wird aus deinem Studium?«, fragte Sophie beklommen. »Mich hat der Professor ja beurlaubt, weil er es spannend findet, wenn seine einzige weibliche Studentin nach Afrika reist. Was, wenn er dir das nicht gestattet?«

»Ach, ich schätze, dass der alte Kayser bestimmt nicht böse ist, mich ein paar Wochen lang nicht sehen und prüfen zu müssen.«

Richard lachte auf. »Und wenn man mich trotzdem exmatrikuliert, mache ich eben etwas anderes. Vielleicht studiere ich dann einfach Philosophie, so wie Siegfried.« Mit zuversichtlicher Miene griff er nach Sophies Händen und schaute ihr lächelnd in die Augen. »Na, was hältst du von meiner genialen Idee?«

»So, wie du es sagst, klingt das alles so einfach …«, erwiderte sie zweifelnd.

»Das ist es auch! Geld und Adel regieren die Welt! Das zumindest habe ich von meinen Eltern gelernt, die auf ihren uralten Grafentitel so stolz sind.« Er verdrehte die Augen. »Komm, lass uns mit deiner Freundin, dieser Maria, sprechen«, forderte er Sophie voller Elan auf. »Sie soll diesem Expeditionsleiter gleich mal von der zu erwartenden großzügigen Spende des Grafen von Lohenstein berichten und mich für den Besuch in Tendadudu anmelden …«

»Tendaguru«, korrigierte Sophie ihn lächelnd. »Aber musst du nicht erst mal mit deinen Eltern klären, ob sie tatsächlich …«

»Darüber mach dir mal keine Sorgen. Die sind wirklich das geringste Problem.« Er machte eine wegwerfende Handbewegung. »Ich werde ihnen später telefonisch die frohe Kunde überbringen, dass ihr missratener Sohn schon sehr bald auf Expedition gehen will. Sie werden vielleicht nicht begeistert sein, aber wahrscheinlich ist es ihnen schlicht egal …« Er schnaubte abfällig. »Zahlen werden sie trotzdem – um das beruhigende Gefühl zu haben, alles Notwendige für die glorreiche Zukunft ihres Erbens und somit ihres edlen Namens getan zu haben.«

Sophie konnte nicht fassen, was er ihr da erzählte. Richards adlige Familie schien ihrem Sohn tatsächlich – ohne auch nur einmal kritisch nachzufragen – seinen kostspieligen Lebensstil und sämtliche Flausen, die er sich in den Kopf setzte, zu ermöglichen und sich nicht weiter in seine Pläne einzumischen. Das war bei ihr selbst nicht so einfach. Ihre Eltern unterstützten zwar ihren Wunsch nach Bildung, allerdings nur so lange, wie alles im schicklichen Rahmen blieb. Eine Expedition mit einem wildfremden Mann ins wilde Afrika entsprach höchstwahrscheinlich nicht solchen gutbürgerlichen Konventionen.

»Aber was ist mit mir?«, fragte sie deshalb skeptisch und sah ihn voller Zweifel an. »Was, wenn meine Eltern mich nicht ziehen lassen?«

»Immer noch das brave Mädchen …« Er lachte amüsiert auf. »Sophie, du bist einundzwanzig! Sie können es dir gar nicht verbieten!«, erwiderte er entschieden. »Und mit mir an deiner Seite werden sie sogar freudig zustimmen.«

»Du meinst, mit einem völlig Fremden würden sie ihre Tochter nach Afrika reisen lassen?« Sie schüttelte den Kopf. »Ich fürchte, das verkompliziert die Situation eher …«

»Ach, Sophiechen … Du machst dir wie immer viel zu viele Gedanken. Du weißt doch …« Er zwinkerte ihr zu. »Meinem Charme kann niemand widerstehen … Dein Herr Vater hat mich schon als einen anständigen Begleiter seiner Tochter auf der ILA kennengelernt, und deine Mutter werde ich garantiert auch um den Finger wickeln.«

»Du kennst meine Mutter nicht …«, gab sie in einem leicht amüsierten Tonfall zu bedenken.

»Dann sollten wir das schleunigst ändern! Steht dein Angebot noch, mich heute Abend zum Essen *en famille* einzuladen?« Er griff sich theatralisch ans Herz, breitete die Arme aus und verkündete mit einem frechen Grinsen: »Für dich, meine Liebe – und für ein einzigartiges Abenteuer –, bin ich bereit, jedes Opfer zu bringen. Dafür werfe ich mich sogar deiner Familie für einen Abend zum Fraß vor.« Er wischte sich mit großer Geste imaginären Schweiß von der Stirn.

»Ich weiß nicht, ob ich mit einem so albernen Kerl nach Afrika reisen kann«, erwiderte sie lachend. »Aber versuchen sollten wir es … Bevor wir die arme Maria Sondheim womöglich schon wieder unnötig um Hilfe bitten, melde ich erst mal noch schnell einen Gast zum heutigen Diner an. Dann werden wir sehen, was meine Eltern zu all dem sagen …«

»Mach das! Und ich suche mir jetzt sofort einen exquisiten Herrenschneider auf der Zeil, der mir die passende Expeditionsgarderobe für Afrika anfertigt! Ich brauche unbedingt etwas in Khaki! Und so einen schicken Tropenhelm natürlich auch!« Er rieb sich unternehmungslustig die Hände und stand auf. »Hinterlass mir beim Concierge im *Frankfurter Hof*, wann und wo ich heute Abend zu erscheinen habe, um deine reizende Frau Mama mit meinem Charme zu verzaubern.« Lachend verabschiedete er sich.

Sophie ließ ihn kopfschüttelnd ziehen und fragte sich, ob Richards überbordender Optimismus berechtigt war. Und ob es tatsächlich eine gute Idee war, ausgerechnet mit ihm nach Afrika zu reisen … Er wirkte nicht wirklich wie der zuverlässige Begleiter, den sie für diese gefährliche Unternehmung an ihrer Seite brauchte, sondern eher wie ein Bruder Leichtfuß, der kein rechtes Bewusstsein für Risiken und bedrohliche Situationen besaß. Mit Paul hätte sie sich sehr viel sicherer gefühlt. Aber da ihr Kommilitone nun mal ihre einzige Option war, sich ihren Traum zu erfüllen, war sie trotz aller Bedenken bereit, sich auf ihn als männlichen Beschützer einzulassen.

Doch was würden Mutter und Vater bloß von dieser verrückten Idee halten …? Sophie war sich bewusst, dass sie – Volljährigkeit hin oder her – diese Reise auf keinen Fall gegen deren strikten Willen würde antreten können.

* * *

»Verehrte, gnädige Frau von Mayden! Was für eine Freude, Sie endlich kennenzulernen. Ihr Fräulein Tochter hat ja schon so viel von Ihnen erzählt!«, flötete Richard von Lohenstein mit einem breiten Lächeln, als er am Abend mit einem riesigen Blumenbouquet die Eingangshalle der Villa am Kettenhofweg betrat. Er trug einen feinen dunkelgrauen Gehrock und hatte für diesen förmlichen Besuch ausnahmsweise auf seine geliebten bunten Seidentücher verzichtet. Stattdessen wirkte er ausgesprochen seriös – mit seiner eleganten

Fliege und dem strahlend weißen Hemd mit steifem Kragen. Mit einer tiefen Verbeugung ergriff er die dargereichte Hand der Hausherrin, die von seinen überaus höflichen Worten und dem formvollendeten Handkuss sehr entzückt zu sein schien, und überreichte ihr den Strauß.

»Herzlich willkommen in unserem bescheidenen Heim, verehrter Herr von Lohenstein. Oder sollte ich Sie Herr Graf nennen?«, fragte sie mit bebender Stimme.

Um die nötige Wirkung zu erzielen, hatte Sophie ihrer Mutter vorhin noch eilig vom uralten Stammbaum der von Lohensteins erzählt und dabei auch die beeindruckende Burg erwähnt, auf der die adlige Familie ihres Studienfreundes seit Generationen residierte. Es hatte Anna von Mayden schwer beeindruckt und – wie Sophie mit heimlicher Freude jetzt feststellte – sogar ein bisschen verunsichert, derart hohen Besuch zu empfangen.

»Aber nicht doch«, entgegnete Richard charmant. »In diesem privaten Rahmen tut das doch nichts zur Sache. Der Graf und die Gräfin sind meine Eltern, die auf Burg Lohenstein leben. Ich selbst lege keinen großen Wert auf meinen Titel. Nennen Sie mich doch einfach Richard, gnädige Frau. Schließlich bin ich ein Freund ihrer reizenden Tochter, die so liebenswürdig war, meine Einsamkeit in dieser mir fremden Stadt durch diese Einladung in den Schoß ihrer liebevollen Familie ein wenig zu lindern.«

»Fühlen Sie sich bitte wie zu Hause … Richard«, murmelte sie verzückt und nickte ihm lächelnd zu.

Sophie verdrehte hinter dem Rücken ihrer Mutter heimlich die Augen und hoffte, dass Richard es mit seiner schamlosen Schmeichelei nicht noch weiter treiben würde. Allerdings musste sie zugeben, dass seine gestelzten Worte bei Anna von Mayden augenscheinlich die gewünschte Wirkung entfalteten. Ihre Mutter blickte geradezu beglückt und schien jede seiner Galanterien förmlich in sich aufzusaugen.

»Guten Abend, Richard«, begrüßte Sophie ihn schließlich mit einer kleinen Umarmung. »Leg ab und komm mit uns in den Salon.«

Anna von Mayden stand etwas unschlüssig mit dem großen Blumenstrauß herum, der einen betörenden Duft verströmte, bis Fritzi sich um die Garderobe des Gastes gekümmert hatte. »Bitte stell den Strauß in eine besonders schöne Vase«, wies sie dann das Dienstmädchen an und hakte sich vorsichtig bei Richard unter. »Darf ich Sie hineinbegleiten und Ihnen meinen Gatten vorstellen?«

Doch Robert von Mayden kam bereits auf sie zu und breitete herzlich die Arme aus. »Herr von Lohenstein, wie schön, Sie wiederzusehen.«

»Herr Professor! Es ist mir ebenfalls eine Freude!« Die Herren reichten sich zur Begrüßung die Hände.

»Wo steckt denn Charlotte?«, fragte Sophie und sah sich um.

»Ich komme!«, rief es aus dem Kaminzimmer. Sophie sah durch die offene Tür, dass ihre jüngere Schwester noch schnell ihre Zigarette im Aschenbecher ausdrückte, bevor sie in einem gewagten, violett glänzenden Seidenkleid auf Richard zuschritt und ihm lächelnd die Hand reichte. »Herr von Lohenstein! Endlich lernen wir uns kennen. Sophie hat ja schon so oft und in den höchsten Tönen von Ihnen gesprochen«, zwitscherte sie fröhlich.

»Gnädiges Fräulein! Dann hoffe ich, dass ich keine Enttäuschung für Sie darstelle.«

»Aber keineswegs. Ganz im Gegenteil!«

»Da geht es Ihnen wie mir, denn Ihre strahlende Schönheit übertrifft bei Weitem die liebevollen Beschreibungen ihres Fräulein Schwesters.« Mit einem kaum wahrnehmbaren Augenzwinkern beugte Richard den Oberkörper zu einem leichten Handkuss.

Dank der Nachricht, die Sophie im Hotel für ihn hinterlassen hatte, wusste er, dass Charlotte in ihre Pläne eingeweiht war und voller Begeisterung versprochen hatte, bei ihrer kleinen Scharade mitzuspielen.

Sophie beobachtete mit einem heimlichen Schmunzeln ihre Eltern, die scheinbar nicht recht wussten, wie ihnen geschah. Zwar trugen auch die von Maydens einen adligen Namen, aber mit einem derart imposanten Stammbaum oder gar einer mittelalterlichen

Burg konnten sie nicht aufwarten. Sophie war bewusst, dass Richard das Getue um seine feudalen Vorfahren unangenehm war. Allerdings war er sehr wohl bereit, seine hohe Geburt gezielt in den Vordergrund zu rücken und ein geziertes Auftreten an den Tag zu legen, wenn es seinen Interessen diente. Und genau so ein Anlass war der heutige Abend, bei dem es darum ging, Sophies Eltern davon zu überzeugen, dass es eine gute Idee war, ihre Tochter mit diesem Mann auf eine wochenlange Reise nach Afrika gehen zu lassen.

Nachdem Richard auch ihrem Vater und ihrer Schwester angeboten hatte, ihn beim Vornamen zu nennen, hatten sich die Eltern langsam entspannt, und so plätscherte die leichte Plauderei bei Tisch angenehm dahin. Wieder mal erwies sich ihr Kommilitone als ausgezeichneter Unterhalter, stellte Sophie zufrieden fest. Zwischen der Bouillon von Steinpilzen und dem köstlichen Rinderbraten lenkte er geschickt das Gespräch auf das eigentliche Thema, indem er von den aufsehenerregenden Tendaguru-Funden berichtete, als wäre es seine eigene Entdeckung gewesen.

Während ihr Vater gleich wusste, wovon er sprach, und ebenso begeistert von dem erzählte, was er bisher darüber gehört hatte, gab Sophie sich betont zurückhaltend. Als Richard behauptete, dass er das Angebot habe, im Auftrag des Senckenberg-Museums nach Ost-Afrika zu reisen, um sich vor Ort ein Bild von den Ausgrabungen zu machen, musste sie ein Schmunzeln unterdrücken. Und als ihr Freund schließlich laut überlegte, dass es doch eine einmalige Chance für die Tochter des Hauses sei, ihn im Rahmen ihres Studiums dorthin zu begleiten, hielt sie den Atem an. Wie würden ihre Eltern darauf reagieren?

Wie erwartet, schüttelte ihre Mutter entsetzt den Kopf. »Aber das geht doch nicht. Nach Schwarzafrika! Also wirklich … nein …«

Ihr Mann zeigte sich etwas zugänglicher. »Das klingt wirklich aufregend, Richard. Am liebsten würde ich selber dorthin reisen. Aber für eine junge Frau, wie meine Tochter, ist das doch sicher viel zu gefährlich …«

»Aber nein!«, widersprach er. »Ich würde natürlich keinen Augenblick von Sophies Seite weichen und sie in jeder Situation beschützen. Wir würden mit dem Zug bis Neapel fahren und dort direkt an Bord eines Postschiffs gehen. Selbstverständlich reisen wir in getrennten Einzelkabinen Erster Klasse nach Daressalam. Zudem stehen wir ja unter der Obhut der offiziellen deutschen Expedition. Was sollte da schon passieren?«

Sophies Mutter blickte ihn zweifelnd an. »Ich weiß nicht ... Wie lange würde so eine *Expedition* denn dauern?« Sie sprach das Wort wie eine gefährliche, exotische Krankheit aus.

»Nur sechs bis acht Wochen. So genau weiß man es ja nie, denn das hängt natürlich auch immer von den aufregenden wissenschaftlichen Entdeckungen ab, die dort gemacht werden.« Er klang, als hätte er schon zig derartige Exkursionen unternommen, als er hinzufügte: »Die Schiffe in die Kolonien fahren ja inzwischen regelmäßig und sind sehr pünktlich.«

»Sind Sie sich da auch ganz sicher?«

»Natürlich. Das habe ich bereits alles eruiert, verehrte Frau von Mayden.«

»Und was ist mit Sophies Studium?«, fragte ihr Vater skeptisch. »Das neue Semester beginnt doch Mitte Oktober!« Er klang besorgt.

»Mit Erlaubnis unseres ehrenwerten Dozenten, Professor Kayser, werden wir selbstverständlich das Verpasste später nacharbeiten. Er legt uns da sicher keine Steine in den Weg, denn auch er weiß, dass diese Expedition eine einmalige Chance für seine Studenten darstellt«, versicherte Richard ernst.

Sophie beobachtete, wie ihre Mutter kurz zu überlegen schien und sich dann mit einem verständnisvollen Lächeln zu ihr drehte.

»Gut möglich, dass du nach dieser Erfahrung in Hitze und Staub endlich einsiehst, dass dieser Beruf tatsächlich nichts für eine junge Dame wie dich ist ...«

Sophie lag eine heftige Erwiderung auf der Zunge, doch sie besann sich gerade noch rechtzeitig darauf, dass sie am heutigen Abend nicht ihre wahren Gedanken und Gefühle preisgeben durfte, sondern eine Rolle spielen musste.

»Das mag sein …«, murmelte sie stattdessen ein wenig unsicher und ließ ihrer Mutter die Hoffnung, dass sich durch diese Reise das leidige Thema mit dem unpassenden Studium ihrer Tochter in ein paar Wochen ganz von selbst erledigen könnte.

Mit einem halbherzigen Versuch, dieses verrückte Unterfangen vielleicht doch noch abzuwenden, erkundigte Anna von Mayden sich zweifelnd: »Und Sie meinen wirklich, dass es ein guter Einfall ist, Sophie auf so eine anstrengende und gefährliche Exkursion mitzunehmen, Herr von Lohenstein … ähm, Richard? Das ist doch sicher auch für Sie sehr belastend, ständig auf ein junges Mädchen achtgeben zu müssen …«

Er nickte der Dame des Hauses mit einem vertraulichen Lächeln zu. »Wenn Ihre Tochter nur halb so couragiert ist wie ihre verehrte Frau Mutter, dann bewältigt sie diese Reise mit Leichtigkeit …«

Sophie sah, dass ihre Mutter geschmeichelt lachte, und nutzte die Gelegenheit, um ihren Eltern zu versichern: »Ich verspreche euch, dass ich äußerst vorsichtig und umsichtig sein werde und keine Alleingänge unternehme. Ihr wisst, wie vernünftig ich bin.«

»Natürlich, mein Kind«, stimmte ihr Vater zu. »Und es ist sicher eine einmalige Chance für einen wissenschaftlich interessierten Menschen, aber …«

»Eine Gelegenheit, die ihr Sophie nicht vorenthalten dürft«, schaltete sich Charlotte jetzt ein. »Immerhin reist sie an der Seite eines Mannes, der sie beschützt und der ihre Leidenschaft teilt … Wer weiß schon, ob sich nach einer späteren Heirat …« – sie räusperte sich bedeutungsvoll – »… überhaupt noch mal eine derartige Chance für sie bieten wird?«

Mit diesem geschickt eingeflochtenen Hinweis hatte Charlotte genau das Thema angesprochen, auf das auch die Mutter allzu gerne anspielen wollte, die sich daraufhin sofort an Richard wandte.

»Ihnen scheint ja viel an meiner Tochter … also an der Begleitung meiner Tochter, gelegen zu sein, junger Mann? Ich gehe davon aus, dass Ihre Absichten diesbezüglich ehrenhaft sind …? Mein unschuldiges Kind ist ja erst einundzwanzig und noch nie so weit gereist – und schon gar nicht ohne die Obhut ihrer Eltern …«

Richard nahm zum ersten Mal den durchdringenden Blick von Sophies Mutter wahr und wusste, weshalb seine Freundin ihn vor ihr gewarnt hatte. Sofort erstrahlte das einnehmende Lächeln auf seinem Gesicht, das einen großen Teil seines Charmes ausmachte.

»Sophie liegt mir wirklich sehr am Herzen«, erklärte er mit aufrichtigem Blick. »Ich wäre äußerst entzückt, sie auf dieser Reise etwas besser kennenlernen zu dürfen, als es mir bisher in unseren gemeinsamen Vorlesungen möglich war …« Er ließ zwischen seinen wohlgesetzten Worten deutlich seine scheinbar weitergehenden Absichten durchklingen und beobachtete, wie sich die zuvor kritische Miene seiner Gastgeberin aufhellte.

Anna von Mayden lächelte ihn verständnisvoll an und blickte dann hinüber zu ihrer Tochter. »Wäre es dir wirklich recht, dein Schicksal in die Hände dieses Mannes zu legen?«, fragte sie in feierlichem Ton.

Und Sophie verstand genau, was hinter dieser Frage steckte. Sie zögerte nur kurz, während sie daran dachte, dass sie in Richard nie etwas anderes gesehen hatte als einen lieben Freund und keinesfalls einen zukünftigen Ehemann. Doch um ihr Ziel zu erreichen, musste sie wohl oder übel mitspielen, indem sie ihrer Mutter das Gefühl gab, dass diese hier gerade ihre Tochter unter die gräflichen Fittiche von Richard von Lohenstein brachte.

Mit fester Stimme antwortete sie: »Ich kann mir keinen besseren Reisebegleiter vorstellen. Richard war ja bereits im vergangenen Semester eine große Stütze für mich … Ich konnte mich immer auf seinen scharfen Verstand und seine Hilfsbereitschaft verlassen.« Sie lächelte ihm harmlos zu und sah, dass er nur mühsam ein Grinsen über diese schamlose Lüge unterdrücken konnte. »Und er hat in seinem Leben ja schon viel mehr von der Welt gesehen als ich. Sicher wird er gut auf mich aufpassen.«

Ihr Vater war mit seinen Gedanken bisher eindeutig mehr bei der aufregenden Expedition gewesen als bei irgendwelchen Heiratsaussichten. Nach einem beschwörenden Blick seiner Gattin schien er sich in seiner Rolle als Hausherr nun genötigt zu sehen, das letzte Wort bei dieser Entscheidung zu haben.

Robert von Mayden schaute besorgt zu Sophie hinüber, sah dann Richard fest in die Augen und fragte noch mal eindringlich: »Sie sind sich also wirklich absolut sicher, dass es eine gute Idee ist, meine Tochter auf dieser Reise zum Tendaguru mitzunehmen, und dass Sie während dieser Unternehmung die volle Verantwortung für ihr Wohlergehen übernehmen können?«

»Natürlich!«, stießen Richard und Sophie gleichzeitig aus und sahen sich, selbst überrascht über diesen Gleichklang, amüsiert an.

Das Strahlen in Sophies Augen schien für ihre Mutter der letzte Beweis zu sein, dass sich hier und heute endlich der ersehnte Bräutigam für ihre störrische Tochter gefunden hatte. Erleichtert erhob sie ihr Weinglas.

»Dann lasst uns darauf anstoßen, Kinder«, sagte sie in vertraulichem Ton. Sie lächelte glücklich in die Runde – augenscheinlich befreit von einer schweren Bürde, die schon lange auf ihrem Herzen gelastet hatte.

Als Richard sich später am Abend gutgelaunt von der Familie von Mayden verabschiedete, konnte Sophie ihr Glück kaum fassen. Es schien wirklich so, als sei die für sie wichtigste Hürde tatsächlich genommen. Gleich morgen würde sie mit Maria Sondheim sprechen und sie um ihre nochmalige Hilfe für ihren Begleiter bitten. Sollte es Richard, wovon er fest überzeugt war, wirklich gelingen, sich die Genehmigung für die Exkursion zum Tendaguru zu erkaufen, würden sie beide schon sehr bald auf die größte Reise ihres Lebens gehen. Es war wie ein Traum.

Sophie war an diesem Abend so aufgeregt, dass sie noch lange wach im Bett lag. Doch während sie an ihr Afrika-Abenteuer dachte und sich die Reise in den schönsten Farben ausmalte, machte sich allmählich ein gewisses Unbehagen in ihr breit. Ganz leise in ihrem Hinterkopf regte sich ein nagender Zweifel, den sie vor lauter Begeisterung für Richards Plan bisher erfolgreich unterdrückt hatte. In der Stille ihres Zimmers kroch dieser nun wieder hervor: Würde es womöglich unerfreuliche Reaktionen bei Paul Klüver auslösen, wenn er Sophie demnächst unerwartet in Daressalam wiedertreffen würde – mit Richard an ihrer Seite? Sie ahnte, dass die Situation wahrscheinlich nicht ganz einfach sein würde …

Deutsch-Ostafrika, November 1909

Im beginnenden Sommer auf der Südhalbkugel brannte die Sonne seit Tagen unbarmherzig vom wolkenlosen Himmel herab. Sophie hatte wieder einmal das Gefühl, gegen eine heiße Wand zu prallen, als sie jetzt auf das Promenadendeck hinaustrat. Auch wenn sie wusste, welche Hitze hier draußen herrschte, hatte sie es in ihrer stickigen Kabine nicht mehr ausgehalten. Immerhin ging hier an Deck ein leichtes, salziges Lüftchen, das vom Meer herüberwehte. Obwohl es erst Vormittag war, hatte sie sich, wie an jedem Tag seit ihrer Fahrt durch den Suez-Kanal, schon zweimal umziehen müssen, um ihre verschwitzten Kleider gegen trockene zu tauschen.

Ihr hübsches moosgrünes Reisekostüm mit dem eleganten, bodenlangen Rock und der figurbetonten Kostümjacke, deren schmaler Kragen und Manschetten mit braunem Samt abgesetzt waren, hatte sie zu ihrem Bedauern praktisch nur auf der Zugfahrt vom kühlen Frankfurt nach Neapel tragen können. Schon als sie und Richard sich vor zwei Wochen, Mitte Oktober, in Süditalien auf dem Postdampfer der *Deutschen Ost-Afrika-Linie* eingeschifft hatten, war diese Garderobe ihr zu warm geworden.

Sie war froh, im Schneideratelier von Johanna Wertheimer vor Reiseantritt einige leichtere, helle Leinenkleider gefunden zu haben, die nach Art der Reformkleidung lockerer den Körper umspielten und sie nicht zum Tragen eines unbequemen Korsetts zwangen. Da im Oktober in Frankfurt eigentlich schon die Wintermode angeboten wurde, hatte man im Ladengeschäft auf der Zeil erst nach passenden Sommerkleidern aus der letzten Saison suchen müssen, die für eine derart außergewöhnliche Reise geeignet waren.

Johanna Wertheimer war begeistert gewesen, als ihre junge Kundin ihr berichtet hatte, welches Abenteuer vor ihr lag. Daraufhin hatte die geschäftstüchtige Schneiderin ihr gleich auch noch zu einem der neuen Hosenkostüme vom Couturier Paul Poiret geraten – mit den extra weiten, wadenlangen Beinen, wie sie vor allem sportliche Radlerinnen seit einer Weile trugen. Charlotte, die Sophie zum Einkauf begleitet hatte, war entzückt gewesen. Ihre jüngere Schwester hatte für sich selbst sofort eins dieser praktischen Kostüme erstanden und Sophie schließlich zum Kauf gleich mehrerer Hosen aus unterschiedlichen Stoffen überredet, die sowohl leicht als auch strapazierfähig waren.

Doch die gewöhnungsbedürftigen Kleidungsstücke lagen noch gut verpackt in Sophies großem Überseekoffer. Obwohl die Modemacherin ihr versichert hatte, dass ein solch modernes Kostüm keineswegs anstößig für eine junge Dame von Welt sei, sondern sicher ausgesprochen praktisch für eine Expedition durch Afrika, konnte Sophie sich nicht recht vorstellen, diese Hosen in der Öffentlichkeit zu tragen. Den Tropenhelm, den Richard ihr geschenkt hatte, setzte sie hingegen tagtäglich auf. Sie liebte diesen Sonnenschutz, der es ihr ermöglich hatte, ihre zarte Blässe zu bewahren. Und da die meisten europäischen Passagiere auf dem Weg nach Afrika mit einer solchen Kopfbedeckung herumliefen, trug auch sie seit dem ersten Tag an Bord den weißen Helm mit einem gewissen Stolz. Sie war jetzt eine Abenteurerin, und das sollte ruhig jeder sehen.

Als die polierte Mahagonitür mit den glänzenden Messingbeschlägen hinter ihr ins Schloss fiel, sah sie sich an Deck um. Etwa zwanzig Meter von ihr entfernt entdeckte sie Richard, der wie an jedem Vormittag auf einem gemieteten Deckstuhl ruhte und im Schatten des hohen Schornsteins in seinem Reiseführer blätterte. Auf dem Weg zu ihm musste Sophie sich an der hölzernen Reling festhalten, um nicht das Gleichgewicht zu verlieren, denn der schwere Dampfer schaukelte sanft auf den Wellen. Ihre anfängliche Seekrankheit hatte sich zwar glücklicherweise schnell gelegt, aber auch nach gut zwei

Wochen auf See war es immer noch ein komisches Gefühl, sich auf schwankendem Untergrund zu bewegen.

Richard schaute auf, als sie ihn begrüßte, und bot ihr die Liege neben sich an. Sophie ließ sich nieder, lehnte sich behaglich auf dem bequem gepolsterten Deckstuhl zurück und streckte die Beine aus. Mit einer ausholenden Armbewegung deutete sie auf das dunkelblaue Meer direkt vor ihnen, auf dem unzählige weiße Schaumkronen in einem wilden Tanz herumhüpften.

»Ist es nicht herrlich?«, seufzte sie hingerissen.

»Ja«, antwortete er säuerlich. »So wie gestern und vorgestern und vorvorgestern …«

Sophie lachte. »Es sieht doch jeden Tag anders aus, du alter Miesepeter!«

»Für dich vielleicht. Ich habe langsam die Nase voll vom endlosen Meer.«

»Aber wir haben doch schon ein paar Mal angelegt und zumindest für einige Stunden festen Boden unter den Füßen gehabt. Ich fand es herrlich in Aden und Mombasa … Und wie grün es in Tanga war! Dazu diese exotischen, blühenden Bäume; überall diese leuchtenden Farben, die schönen Menschen …«

»Also diese aufdringlichen Händler in Port Said waren unerträglich. Und dann dieses Jammernest Aden – nur Hitze, Staub und Bettelei«, unterbrach er ihre Schwärmerei. »Ich will endlich in Daressalam ankommen, damit das wirkliche Abenteuer beginnt.«

»Laut dem Kapitän soll es heute Abend so weit sein.«

»Hoffentlich.« Damit war die Unterhaltung für ihn beendet, und er vertiefte sich wieder demonstrativ in sein Buch.

Sophie schlug daraufhin ihren Roman auf, den sie mit an Deck gebracht hatte. Für die Reise hatte sie sich mit gleich drei Werken der Schriftstellerin Frieda von Bülow eingedeckt, die herrliche Kolonialromane mit jeder Menge Lokalkolorit geschrieben hatte. Nach den *Deutsch-Ostafrikanischen Novellen* war Sophie nun gespannt auf den Roman mit dem vielversprechenden Titel *Tropenkoller*, dessen erste Seiten nur so von zarten Mägdelein, schneidigen Offizieren sowie von Mangroven, Baobab- und Affenbrotbäumen und anderen exotischen Zutaten strotzten.

Doch lange hielt Sophie es trotzdem nicht auf ihrer Liege aus. Je näher sie ihrem Ziel kamen, desto nervöser wurde sie. Ob Paul wohl schon in Ostafrika angekommen war?, fragte sie sich wieder und wieder. Würden sie sich in Daressalam treffen? Oder war sein Schiff womöglich doch schneller gewesen, und sie würden sich verpassen? Wie sollten sie sich dort überhaupt finden? Und falls er nicht auf sie wartete – wie konnte sie dann zur Grabungsstätte am Tendaguru gelangen?

Wie so oft zweifelte sie wieder, ob es wirklich eine so gute Idee gewesen war, sich derart überstürzt auf den Weg ins Unbekannte zu machen. Aber es war keine Zeit zu verlieren gewesen. Nachdem Richard den Museumsdirektor Wilhelm von Branca dank der mehr als großzügigen Spende seiner Eltern hatte überreden können, ihn zusammen mit Sophie zum Tendaguru reisen zu lassen, mussten sie so schnell wie möglich aufbrechen, wenn sie noch rechtzeitig in Daressalam mit Paul und den Berliner Wissenschaftlern, die er begleitete, zusammentreffen wollten. Der Leiter der Expedition hatte freundlicherweise zugesagt, ein Telegramm an seine Mitarbeiter zu senden, in dem er das Eintreffen von zwei Studenten avisierte und den Zeitpunkt ihrer Ankunft in Daressalam mitteilte.

Hoffentlich hatte die Nachricht sie erreicht, betete Sophie inständig. Die vielen Ungewissheiten steigerten ihre allgemeine Unruhe. Immer wieder malte sie sich aus, wie Paul Klüver wohl reagieren würde, wenn er sie in Afrika antraf. Wäre er erfreut über das Wiedersehen oder böse, dass sie entgegen seiner Bedenken das Risiko dieser Reise auf sich genommen hatte – und noch dazu mit einem anderen Mann?

Sie klappte ihr Buch zu und stand wieder auf, um sich ein wenig Bewegung zu verschaffen. Behutsam ging sie ein paar Schritte auf dem schwankenden Promenadendeck, wo sich nur wenige andere, ausschließlich männliche Passagiere aufhielten. Der Großteil der Reisenden waren deutsche Kolonisten und Militärs, doch es gab auch einige Engländer und Portugiesen an Bord. Sogar zwei französischsprachige Missionare waren auf dem Schiff gewesen, hatten es jedoch in der Hafenstadt Mombasa verlassen, die zu Britisch-Ostafrika gehörte.

Sophie war aufgefallen, dass die wenigen anderen weiblichen Gäste die pralle Sonne im Freien mieden und lieber in den Speisesälen auf dem Oberdeck dinierten, wo es sogar Frankfurter Würstchen gab. Oder sie vergnügten sich in den einigermaßen kühlen Gesellschaftsräumen auf dem Promenadendeck. Dort saßen die Passagiere beim Kartenspiel, sangen deutsches Liedgut, lauschten den Konzerten der Schiffskapelle oder besuchten den angebotenen Unterricht in Swahili, der in Ostafrika gesprochenen Bantusprache der Ureinwohner. Auch Sophie hatte in den langen Tagen auf See einige Lektionen erlernt und beherrschte nun ein paar Brocken dieser wohlklingenden Sprache. Vielleicht würde sie ja im großen Lager an der Ausgrabungsstätte des Öfteren die Gelegenheit haben, diese Wörter bei Gesprächen mit den afrikanischen Arbeitern anzuwenden und ihren Sprachschatz dort ein wenig zu erweitern; zumindest hoffte sie das. Denn viel mehr als *Jambo* – gleichermaßen für »Guten Tag« und »Guten Abend« anwendbar – und Begriffe wie *Pole Pole*, was »langsam« hieß, hatte sie sich nicht merken können. Am besten gefiel ihr der Ausdruck *Hakuna Matata*, der so viel bedeutete wie: »Es gibt keine Probleme.«

Vorsichtig stellte sie sich an die Reling, wandte dem Wasser den Rücken zu und beugte den Oberkörper leicht nach hinten. Dann hob sie mit der rechten Hand ihren dicken Haarknoten im Nacken eine Handbreit an und genoss den Wind, der ihre Haut am Hals kühlte. Sie sah blinzelnd hinauf zu dem hohen Schornstein, der in den Farben der *D.O.A.L* – der *Deutschen Ost-Afrika-Linie* – unten gelb und darüber mit einem roten sowie mehreren weißen und schwarzen Streifen bemalt war. Aus dem Schlot qualmte permanent eine Rauchfahne, erzeugt von unzähligen Tonnen Kohle, die tief unter Deck verfeuert wurden. Hoch über dem fast hundertdreißig Meter langen Rumpf des schmucken, schneeweißen Reichspostdampfers namens *Admiral* flatterten an Bug und Heck bunte Wimpel an zwei Metallmasten.

Das stolze Schiff gehörte zur Flotte der sieben Doppelschraubendampfer, die im »Rund um Afrika«-Dienst der Reederei fuhren. Neben den fast zweihundert Passagieren und der Post für die Kolonisten war jede Menge Fracht an Bord, vor allem Material für die neuen Eisenbahnlinien, die in den Kolonien, die erst seit gut zwanzig Jahren Teil des Kaiserreichs waren, gebaut wurden. Inzwischen legten die Postdampfer regelmäßig alle drei Wochen in Hamburg ab, um auf ihrer Rundfahrt – abwechselnd auf der westlichen und der östlichen Route – bis zu dreißig verschiedene Häfen anzulaufen und nach drei Monaten wieder in Hamburg anzulanden.

Paul Klüver und die beiden Berliner Museumsmitarbeiter waren zwar früher abgereist, jedoch auf der wesentlich längeren Route unterwegs. Sie führte über Antwerpen, Southampton und Lissabon – dann vorbei an den Kanarischen Inseln – zunächst nach Lüderitzbucht in Deutsch-Südwestafrika. Anschließend ging es von dort um das südafrikanische Kap der Guten Hoffnung herum und an der Ostküste hinauf: über Mosambik nach Daressalam in Deutsch-Ostafrika.

Richard und Sophie hatten ein paar Wochen später die *Admiral* auf ihrer kürzeren, östlichen Route erreicht. Die lange Seereise von der Nordsee bis ins Mittelmeer hatten sie sich erspart, indem sie mit dem Zug nach Neapel, am südlichen Zipfel Italiens, gefahren und dort an Bord gegangen waren.

Während Sophie an die erste Etappe ihrer Reise zurückdachte, schweiften ihre Gedanken zu Vater und Mutter ab, die, um sicherzugehen, dass bei dieser Reise der Anstand gewahrt wurde, darauf bestanden hatten, selbst für die Zugfahrt ihrer Tochter und deren Einzelkabine auf dem Hauptdeck des Schiffes zu zahlen. Außerdem hatten sie Sophie ein großzügiges Taschengeld mitgegeben und sie nochmals eindringlich ermahnt, in jeder Hinsicht vorsichtig zu sein.

Bevor die beiden Reisenden sich in Neapel eingeschifft hatten, war ihnen noch genügend Zeit geblieben, um ein paar Zeilen nach

Hause zu schicken – Sophie an ihre Familie und Richard an seinen Freund Siegfried. Ihrer gemeinsamen Freundin Rahel Silberstein ließen sie auf einer hübschen Postkarte einen netten Gruß zukommen. Rahel hatte begeistert reagiert, als Sophie ihr Anfang Oktober am Telefon von ihren Plänen berichtet hatte, es aber auch bedauert, die zwei Abenteurer nun nicht so bald in Marburg wiedersehen zu können. Die angehende Schriftstellerin erwartete im Gegenzug, dass die zwei nach ihrer Rückkehr sehr viel zu erzählen hätten und sie das bestimmt zu einem neuen Roman inspirieren würde.

Sophie verließ ihren Platz an der Reling, und ihre Gedanken wandten sich dem zu, was sie als Nächstes erwartete. Dank der Abkürzung durch den Suezkanal würde die *Admiral* voraussichtlich beinahe zeitgleich mit Paul und den anderen Expeditionsteilnehmern in Daressalam eintreffen, von wo aus man anschließend gemeinsam per Küstenschiff in die kleine Stadt Lindi weiterreisen wollte. Sollten sie die kleine Forschergruppe tatsächlich treffen – und sofern Paul Klüver keinen Einwand gegen die Teilnahme der eigenmächtigen Studenten an der wissenschaftlichen Expedition geltend machen würde –, wäre Sophie in naher Zukunft endlich am Ziel ihrer Träume: am Tendaguru.

Doch bis dahin konnte noch viel Ungemach passieren. Insbesondere dem Wiedersehen mit Paul sah sie mit bangem Herzen entgegen.

* * *

Der Duft von Vanille, Nelken und Muskatnuss, versetzt mit einer Prise scharfen Pfeffers, stieg von einer der viel kleineren Dhauen aus Sansibar auf, die direkt neben der *Admiral* ankerten, als Sophie sich die wacklige, steile Gangway hinuntertastete. Aber noch bevor sie einen Fuß auf den staubigen Hafenkai gesetzt hatte, wurden die angenehmen Gerüche, die der hölzerne Gewürzsegler verströmte, von einem unappetitlichen Gemisch aus Schweiß, Kohlenstaub und verfaultem Fisch überlagert. Sie bemühte sich, durch den Mund anstatt durch die Nase zu atmen, als sie am Ende der Gangway einen Schritt zur Seite machte und dort zunächst einmal stehen blieb, weil Richard ihr nicht umgehend gefolgt war.

Sie hatte es nicht erwarten können, endlich im Hafen von Daressalam anzukommen. Ihre heimliche Hoffnung war, gleich hier bei ihrer Ankunft von Paul mit einem erfreuten Lächeln in die Arme geschlossen zu werden. Und so hatte sie nicht auf ihren trödelnden Reisebegleiter gewartet, sondern sich eilig mit den ersten Passagieren von Bord begeben. Doch nun stand sie unschlüssig neben der Gangway und hatte nach der langen Seefahrt das merkwürdige Empfinden, dass der Boden unter ihr immer noch schwankte. Sie hielt sich unsicher mit einer Hand an dem dicken, rauen Tau fest, das den Handlauf bildete und ihr als letzte Verbindung zu dem riesigen Schiff ein Gefühl von Sicherheit gab. Neugierig schaute sie in alle Richtungen, um sich einen ersten Eindruck von dem fremdartigen, nur schummrig beleuchteten Treiben an der Mole zu verschaffen.

Die afrikanische Nacht war wie immer verlässlich und beinahe übergangslos um sechs Uhr abends hereingebrochen, und jetzt, zwei Stunden danach, war es bereits stockfinster. Statt abendlicher Kühle herrschte jedoch weiterhin eine schwüle Hitze, und von nächtlicher Ruhe konnte hier im geschäftigen Hafen keine Rede sein. Ganz im Gegenteil …

Unter dem trüben gelblichen Licht der Gaslaternen beobachtete sie die zahlreichen Arbeiter, die auf Rücken, Schultern und Köpfen schwere Lasten von den Frachtern entluden oder auf die demnächst auslaufenden Schiffe schleppten. Ihre dunklen Gesichter glänzten vor Schweiß.

Sie erblickte auch ein paar wenige europäisch aussehende Menschen, die sich im Hintergrund hielten. Es waren vor allem Männer in Uniform oder weißen Anzügen, die meisten mit Tropenhelmen auf den Köpfen. Paul konnte sie zwischen ihnen nicht entdecken. Sie sah auch einige wenige Frauen in langen, eleganten Kleidern und mit aufwendigen Hüten. So ausstaffiert hätten sie auch in Frankfurt über die Zeil flanieren können, doch in dieser Umgebung wirkte die herausgeputzte Garderobe völlig deplatziert. Sie hielten sich in der Nähe der Gebäude weiter hinten auf und reckten die Köpfe; offenbar warteten sie auf einige der Schiffsgäste, die sich jetzt nach und nach von Bord der *Admiral* begaben.

Auf Sophie wirkte das Durcheinander der hin und her wuselnden Menschen sehr chaotisch, aber bei näherem Hinsehen erkannte sie, dass scheinbar jeder zielstrebig seinen Weg fand. Die Träger schlängelten sich geschmeidig aneinander vorbei, ohne sich anzurempeln – wie in einem perfekt choreografierten Tanz. Die Musik dazu war allerdings alles andere als melodiös, sondern eine wahre Kakophonie: lautes Rufen in verschiedenen Sprachen; schrilles Kreischen von hohen Kränen, die schwere Lasten aus den Bäuchen der Schiffe hievten; das Schleifen, Rumpeln und Krachen von Frachtkisten in allen Größen, Gepäckstücken und Fässern, die herumgeschoben, gerollt und wieder abgestellt wurden. Das betriebsame Bild, das sich ihr bot, war schier überwältigend.

»Da bist du ja!«, hörte sie plötzlich Richard erleichtert rufen.

Sie drehte sich um und sah ihn leichtfüßig die Gangway heruntertänzeln. Ihr Gepäck wurde von zwei Trägern nach unten befördert, die ihm langsam folgten.

»Wo sollte ich sonst sein?«, erwiderte sie schulterzuckend.

»Entweder in Pauls Armen oder schon auf halber Strecke zum Tendaguru«, antwortete er lachend. »Hast du ihn denn schon irgendwo hier entdeckt?«

»Nein, leider nicht. In diesem Durcheinander ist es allerdings auch sehr unwahrscheinlich, dass wir ihn finden …«

Richard merkte ihr an, dass sie enttäuscht war. »Na, er wird schon noch auftauchen«, sagte er betont munter. »Spätestens, wenn wir das nächste Küstenschiff nach Lindi nehmen.«

»Aber was, wenn er noch gar nicht in Daressalam eingetroffen ist? Oder womöglich war er schon längst hier und hat seine Reise inzwischen fortgesetzt … Und wann fährt dieses Schiff überhaupt?« Sie sah ihn unsicher an und wurde sich bewusst, dass noch jede Menge wichtige Fragen unbeantwortet waren.

»Ach, das findet sich schon. Irgendwer wird das Telegramm von Wilhelm von Branca schon bekommen haben und somit wissen, wann wir ankommen«, beruhigte er sie. »Jetzt suchen wir uns erst mal eine Bleibe, wo wir uns frischmachen können. Außerdem habe ich schrecklichen Hunger!«

Sein Optimismus übertrug sich auf Sophie, und sie musste schmunzeln. »Ständig hast du Hunger. Wenn ich so viel essen würde wie du, hättest du mich die Gangway herunterrollen können. Wie bleibst du bloß so schlank?«

Richard feixte. »Das liegt bei uns in der Familie. Wenigstens etwas Gutes, das ich geerbt habe. Nun komm!«

Er wies die Träger mit ihrem Gepäck an, ihnen zu folgen, und warf sich voller Elan ins Getümmel. Sophie eilte ihm nach und hakte sich schnell bei ihm unter, um in dem Gewusel nicht verloren zu gehen. Sie hoffte inständig, dass Richard wusste, was er tat, und es hier irgendwo jemanden gab, der ihnen ein Hotel für die Nacht empfehlen konnte.

»Sophie!«, rief plötzlich jemand laut hinter ihr.

Sie blieb abrupt stehen und drehte sich schwungvoll um. Beinahe hätte sie dabei Richard zu Boden gerissen, denn beim Klang dieser wohlbekannten Stimme hatte sie völlig vergessen, sich rechtzeitig von seinem Arm zu lösen.

Aus der dunklen Menschenmasse vor ihr löste sich ein Mann und eilte ihr entgegen. Seine Stimme hatte zwar vertraut geklungen, doch sie erkannte ihn im ersten Moment kaum wieder. Der oberste Knopf seines khakifarbenen Hemds war geöffnet; weder ein steifer Kragen noch ein enger Binder engten seinen Hals ein; und die schwarzen Locken, die nicht von Pomade geglättet waren, rahmten sein inzwischen gebräuntes Gesicht ein. Er sah regelrecht verwegen aus. Staunend blickte sie in seine blauen Augen, die in der schummrigen Beleuchtung die Farbe des Nachthimmels angenommen hatten. Doch er war es eindeutig!

»Paul!«, rief sie erleichtert, als sie die Grübchen sah, die sich in seine Wangen gruben.

»Was für ein Glück, dass ich dich in dem Durcheinander hier doch noch gefunden habe!« Er klang, als würde ihm ein großer Stein vom Herzen fallen.

Sie machte ein paar zaghafte Schritte auf ihn zu, überglücklich, ihn wiederzusehen, aber unsicher, wie sie ihn begrüßen sollte.

Paul nahm ihr diese Entscheidung ab und schloss sie einfach in seine Arme. »Gott sei Dank!«, seufzte er leise, als sie sich eng an ihn schmiegte.

Den Kopf an seine Schulter gelehnt, sog Sophie seinen vertrauten Duft ein, der intensiver war, als sie ihn in Erinnerung hatte. Sein Rasierwasser war nur schwach wahrzunehmen, dafür umso deutlicher sein natürlicher Geruch. Sie fühlte, wie die Anspannung der letzten Wochen plötzlich von ihr abfiel und ihre Knie weich wurden. Endlich konnte sie sich in der Gewissheit fallenlassen, dass er sie auffangen würde. Er schien zu spüren, dass sie seine Kraft dringend brauchte, und verstärkte den Druck seiner muskulösen Arme, die sie fest umschlossen, als wolle er sie nie wieder loslassen. Sophie stöhnte an seiner Brust unhörbar auf, als er sein Gesicht in ihrem Haar vergrub und sie seine Lippen auf ihrer Haut spürte.

»Sie müssen Paul Klüver sein«, riss eine tiefe Stimme die beiden aus ihrer Versunkenheit.

Wie bei etwas Verbotenem ertappt, trennten sie sich hastig voneinander. Paul warf Sophie einen fragenden Blick zu. Sie drehte sich um, strich mit einer nervösen Geste ihr Kleid glatt und beeilte sich, Richard vorzustellen, der zu ihnen getreten war.

»Das ist Richard von Lohenstein, mein Kommilitone, der so freundlich war, mich hierher zu begleiten.« Sie bemerkte, dass Paul den blonden Mann vor ihnen misstrauisch beäugte, und fügte daher in einem entschuldigenden Tonfall schnell hinzu: »Allein hätte ich mich nicht auf diese weite Reise gewagt.«

»Herr von Lohenstein«, sagte er höflich, aber kühl, und streckte ihm mit einer angedeuteten Verbeugung die Hand entgegen.

»Herr Klüver«, erwiderte Richard die Begrüßung ebenso reserviert.

Die beiden Männer taxierten sich und schwiegen.

»Ich denke, es wäre eine gute Idee, wenn ihr zwei euch auch duzen würdet«, schlug Sophie vor, da sie hoffte, dass sich dadurch die Stimmung auflockern würde.

»Sehr gerne«, antworteten beide ohne große Begeisterung und nickten einander zu.

Sophie wandte sich Paul zu. »Seit wann bist du in Daressalam?«

»Schon seit letzter Woche. Zum Glück hat das Telegramm uns noch rechtzeitig auf See erreicht, bevor einer der Herren aus Berlin an einem Gallenleiden erkrankte und daher beide schon in Lüderitzbucht von Bord gehen mussten. In Deutsch-Südwest haben sie hoffentlich die nötige medizinische Hilfe gefunden.«

»Oh, das ist ja schrecklich«, stieß Sophie bestürzt aus. »Dann bist du hier ganz allein? Wie finden wir denn ohne die anderen den Weg zum Tendaguru?« Sie schaute ihn erschrocken an.

Paul machte einen Schritt zur Seite und deutete auf einen großen, schlaksigen Jungen, der ungefähr sechzehn Jahre alt sein musste und sich zu ihnen gesellt hatte. »Das ist Kito«, stellte er ihn vor. »Sein Stamm lebt am Tendaguru, und sein Vater ist einer der Vorarbeiter an der Fundstelle. Er wurde uns aus dem Camp gesandt, nachdem man dort die Nachricht von der Erkrankung des Berliner Kollegen erhalten hatte. Kito wird uns begleiten und dort hinführen.«

»Das ist ja wunderbar!« Sophie streckte dem Jungen dankbar die Hand entgegen.

Kito schaute Paul Klüver fragend an. Als dieser leicht nickte, ergriff er mit einer höflichen Verbeugung Sophies Finger und deutete einen Handkuss an. »Es freut mich, Sie kennenzulernen, gnädige Frau«, begrüßte er sie akzentfrei auf Deutsch.

Überrascht blickte sie ihm in seine schwarzen Augen. Mit einem Lächeln erwiderte sie zaghaft: »*Jambo*, Kito.«

Seine weißen Zähne leuchteten in der Dunkelheit, als er sie anstrahlte. »*Jambo, Mama*!«, stieß er erfreut aus. Als Sophie ihn irritiert ansah, ergänzte er schnell: »So begrüßen wir eine Frau … Oder auch:

Jambo, Bibi – also Herrin …« Er lächelte entschuldigend und grüßte dann Richard: »*Jambo, Bwana*.«

»Kito spricht nicht nur perfekt Deutsch und Swahili, sondern er ist auch sonst ein ausgesprochen aufgeweckter Junge. Ohne ihn hätte ich euch in diesem Durcheinander wohl nicht gefunden«, gestand Paul lächelnd und legte ihm freundschaftlich den Arm um die schmalen Schultern. »Bringst du uns jetzt zum Kolonial-Klub zurück?«

»Natürlich, bitte folgen Sie mir.« Mit einem leichten Nicken drehte sich Kito um und schritt voraus.

Paul bot Sophie höflich den Arm an und berichtete mit einem gewissen Stolz: »Im Klub erwartet uns Seine Exzellenz, der Gouverneur Freiherr von Rechenberg, höchstpersönlich zum Abendessen.«

»Ist das dein Ernst?«, fragte sie erstaunt. »Der Zivilgouverneur von Deutsch-Ostafrika?«

»Eben der!« Paul lächelte. »Allerdings erwartet er nicht nur uns. Zufällig hat er gerade heute ein paar wichtige Persönlichkeiten der Kolonie zu einer Besprechung nach Daressalam eingeladen, und als er von meiner Expedition zum Tendaguru erfuhr, hat er mich auch dazugebeten – samt meiner Gäste, also euch –, um die Herren später bei Cognac und Zigarren mit unseren Forschungserkenntnissen über die Dinosaurier zu unterhalten.«

»Das ist ja großartig!«, rief Richard erfreut. »Dann nichts wie hin! Ich habe Hunger!«

Paul warf ihm einen skeptischen Blick zu. »Wahrscheinlich bekommen wir nur noch Dessert – so spät, wie euer Dampfer angelegt hat.«

»Besser als nichts! Und wo können wir übernachten?«, erkundigte Richard sich sogleich.

»Die Zimmer im Klub sind leider alle ausgebucht, aber ihr könnt euch in meinem frischmachen. Viel Zeit bleibt uns sowieso nicht. Das nächste Küstenschiff nach Lindi legt schon morgen Früh um fünf ab.«

* * *

Sophie, die im Gegensatz zu Paul und Richard mit dem Reiten nicht vertraut war, schaute immer noch ein wenig ängstlich auf ihr Pferd herab, obwohl sie schon vor etwa einer Stunde aufgebrochen waren. Hoch zu Ross hatten sie frühmorgens die kleine, weit südlich von Daressalam gelegene Hafenstadt Lindi verlassen. Begleitet wurden sie von Kito sowie vier weiteren Einheimischen, die sich um die schwer beladenen Packmulis kümmerten und die nächtlichen Lager aufschlagen sollten.

Für Sophie war es sehr mühsam, auf dem staubigen, recht steil bergan ins Landesinnere führenden Weg zu reiten. So kam ihr die kleine Unterbrechung gerade recht, als sie einer Gruppe von mehr als einem Dutzend Trägern mit schweren Lasten begegneten. Kito begrüßte den Anführer des Trupps, unterhielt sich kurz mit ihm und berichtete dann seinen Mitreisenden, dass dies ein Transport von Tendaguru-Fundstücken nach Lindi war. In der Hafenstadt würden die versteinerten Knochen nach Hamburg verschifft und von dort per Zug nach Berlin befördert.

An einfachen, hölzernen Tragegestellen hatten die kräftigen Männer die in Bambusrollen und umfunktionierten Trommeln sicher verpackten Petrefakte geschultert und marschierten in einer Zweierreihe auf dem ausgetretenen Pfad, auf den die heiße afrikanische Sonne erbarmungslos herabschien. Sophie wunderte sich über die hellen Tücher, die sich die meisten dieser Männer kunstvoll um die Hüften geschlungenen hatten und die wie wadenlange Röcke aussahen. Als sie Kito darauf ansprach, erklärte er, dass diese traditionelle Kleidung *Kanzu* hieß und die Frauen sehr viel buntere Tücher trugen, die *Kangas* genannt wurden.

Als die Träger weitermarschierten, sah Sophie ihnen nach und warf dabei einen letzten, sehnsüchtigen Blick hinunter auf die malerische Bucht von Lindi. Die kleine Stadt mit ihren schmucken Europäerhäusern hatte ihr gut gefallen – ebenso die Fülle an blanken, feingeschnittenen Palmwedeln, durch die der Seewind wehte und unter denen Rinder und Ziegen fast direkt am Meer weideten.

Während sich Paul sogleich nach ihrer gestrigen Ankunft mit notwendigen Vorbereitungen für die Safari zum Tendaguru entschuldigt hatte, waren Richard und sie noch durch die Gassen des Inderviertels geschlendert und hatten die Menschen in ihren fremdartigen, bunten Trachten bewundert. Anschließend hatten sich beide in der ganz von violetten und rosafarbenen Bougainvillea-Blüten umgebenen Markthalle umgesehen und waren auf den breiten, geraden und sehr gepflegten Straßen durch die kleine Hafenstadt flaniert. Erst zum gemeinsamen Abendessen waren sie zu ihrer Unterkunft im *Usagara-Haus*, einer kleinen Pension, die nach einer Stadt im Norden der Kolonie benannt war, zurückgekehrt. Dort hatte jeder von ihnen zwei luftige, geräumige Zimmer bezogen – mit herrlichem Blick auf die von Palmen gesäumte Bucht, in der zahlreiche kleine Fischerboote auf dem schneeweißen Strand lagen.

Sophie hatte es genossen, dort zu schlafen: Nach der unbequemen Nacht im Kolonial-Club in Daressalam, wo sie die Stunden bis zur Abfahrt des Küstenschiffes in der Bar verbracht hatten, war sie am folgenden Abend todmüde gewesen. Ohne das ewige Schaukeln eines Schiffs und dank der erfrischenden Kühle, die der Seewind durch ihr Fenster hereingeweht hatte, hatte sie im *Usagara-Haus* seit Langem endlich mal wieder durchgeschlafen. Erholt von den Strapazen der vergangenen Tage und Wochen, war sie am nächsten Morgen mit ihren Begleitern zur letzten Etappe ihrer Reise aufgebrochen.

Während sie nach der Begegnung mit den Trägern weiterzogen, hatte Sophie abermals den Eindruck, dass sie mehr schlecht als recht auf ihrem Pferd hockte. Sie war nie zuvor geritten, und als man ihr eröffnet hatte, dass es von Lindi hoch zu Ross weiterging, war sie regelrecht erschrocken gewesen. Aber dann hatte sie eingesehen, dass eine Reise zu Fuß noch anstrengender gewesen wäre. Immerhin waren es bis zur Ausgrabungsstelle sechzig Kilometer, und der schmale Weg dorthin führte durch eine sehr bergige Landschaft, was bedeutete, dass sie selbst mit den Pferden für die Strecke vier Tage brauchen würden.

Sophie war dankbar, dass ihre ruhige graue Stute keine große Lust zu haben schien, sich bei der Hitze schneller als im Schritt zu bewegen. Der weiße Tropenhelm schützte ihren Kopf vor der bereits jetzt in der Früh sengenden Sonne, und sie war froh darüber, dass sie die praktischen Hosenkostüme und Lederstiefel mit hohen Schäften und fester Sohle dabeihatte. In Lindi, wo Kito die Pferde und Packmulis organisiert hatte, war kein Damensattel aufzutreiben gewesen, und so musste Sophie wie ein Mann auf dem Reittier sitzen. In den weiten, wadenlangen Beinkleidern war es auf dem Pferd immerhin etwas bequemer und luftiger, als es in langen Kleidern der Fall gewesen wäre.

Während sie sich ängstlich am Sattelknauf festhielt, um bei dem ungewohnten Geschaukel nicht herunterzurutschen, saß Richard neben ihr völlig sicher auf seinem recht klapprigen Rappen. Seine aufrechte Haltung bewies, dass der Grafensohn seit frühester Jugend mit Pferden vertraut war. Paul, der ein Stück vor ihr an der Seite von Kito ritt, machte ebenfalls eine gute Figur auf seinem karamellbraunen Hengst. Er saß nicht mit durchgestrecktem Rücken, sondern eher lässig im Sattel.

Ob er als Kind auf dem elterlichen Bauernhof auch schon geritten war und es deshalb so gut konnte?, fragte Sophie sich.

Und das war nicht die einzige Frage, die sie im Zusammenhang mit Paul beschäftigte, doch angesichts der vielen Dinge, um die er sich seit den kurzen Aufenthalten in Daressalam und Lindi hatte kümmern müssen, war wenig Zeit zum Plaudern geblieben. Auch hatte Paul sich nach der Wiedersehensfreude am Hafen ihr gegenüber wieder recht zugeknöpft verhalten und keine weiteren Vertraulichkeiten gesucht oder zugelassen. Immerhin hatte er ihr keine Vorhaltungen wegen ihres eigenmächtigen Handelns gemacht, worüber sie sehr erleichtert war. Dass er sich freute, sie in seiner Nähe zu haben, war offensichtlich. Aber sie konnte nicht einschätzen, ob er auch mit ihrem Vorhaben einverstanden war, am Ziel der Reise selbst die Dinosaurierknochen näher in Augenschein zu nehmen. Sein ambivalentes Verhalten ihr gegenüber – der Wechsel zwischen höflicher Hilfsbereitschaft und gleichzeitiger Distanzwahrung einerseits sowie vertrauten Gesprächen andererseits – irritierte sie jedoch sehr. Auch seine Berührungen, etwa als er ihr aufs Pferd geholfen hatte, vermochte sie nicht richtig einzuordnen: Geschahen sie absichtlich oder nur rein zufällig? Sie konnte einfach nicht entschlüsseln, wie er über sie dachte und welche Gefühle er für sie hegte.

Am vierten Tag ihrer Reise zu Pferde hatte Sophie sich ans Reiten recht gut gewöhnt, und ihre Gedanken kreisten nicht mehr ständig um Paul. Vielmehr richtete sie ihre Aufmerksamkeit auch auf Richard, der immer noch so nonchalant und unbeschwert war, wie sie ihn in Marburg und auf ihrer gemeinsamen Schiffsreise kennengelernt hatte. Obendrein wirkte er noch fröhlicher, seit sie die letzten Ausläufer der europäischen Zivilisation hinter sich gelassen hatten. Trotz der sehr unbequemen Übernachtungen in ihren improvisierten, nächtlichen Lagern und des frühen Aufstehens – damit sie möglichst weite Strecken in den kühleren Morgenstunden zurücklegen konnten – war er bester Laune, während sie sich im Schritttempo durch die unfassbar fruchtbare, grüne Landschaft vorwärtsbewegten.

Nachdem sie ein weiteres Bergplateau erklommen hatten, hielt er sein Pferd plötzlich an, was Sophies Stute zum Anlass nahm, ebenfalls stehen zu bleiben. Richard machte eine ausholende Armbewegung und zeigte auf den Matarawe-Fluss unter ihnen, dessen Ufer von niedrigen Palmen gesäumt waren und über dem gerade ein Schwarm Perlhühner aufstieg.

»Ist es nicht herrlich hier?«, fragte er Sophie – wie jeden Tag mit dem immer gleichen, leicht gekünstelten Überschwang in der Stimme.

»So herrlich wie gestern, vorgestern und vorvorgestern …«, antwortete sie auf diesen kleinen Scherz und lachte. »Nein, es ist wirklich schön. Ich hätte nicht gedacht, dass die Landschaft hier in Afrika so grün ist. All die baumbewachsenen Berge – statt Wüste und

Savanne. Wirklich sehr malerisch. Aber dennoch hoffe ich, dass wir bald da sind.«

»Natürlich!« Er deutete in die Ferne. »Wir kommen den Hügeln von Namwiranye doch schon näher.«

Als sie aufstöhnte, weil die Bergkette am Horizont noch immer endlos weit entfernt zu sein schien, lehnte Richard sich plötzlich zu ihr hinüber und griff ungestüm nach ihrer rechten Hand, was ihr einen überraschten Ausruf entlockte. Die Stute schüttelte unwillig den Kopf, da ihre Reiterin vor Schreck unbeabsichtigt an den Zügeln riss. Mit einem breiten Grinsen zog Richard Sophies Finger zu sich heran und gab ihr einen schmatzenden Handkuss.

»Halt durch!«, forderte er sie lachend auf. »Gemeinsam schaffen wir alles, meine Liebe!«

Ihr Ausruf und seine überschwänglichen Worte waren sehr laut und somit auch etliche Pferdelängen voraus nicht zu überhören gewesen, was Paul dazu veranlasst hatte, sich auf dem Rücken seines Pferdes zu ihnen umzudrehen. Sophie bemerkte den missbilligenden Blick, den er ihr und ihrem Kommilitonen zuwarf, bevor er sich kopfschüttelnd wieder umdrehte. Augenscheinlich ärgerten ihn derartige Albernheiten. Oder war es die offensichtliche Nähe zwischen ihr und ihrem Freund Richard, die ihm missfiel?

Während sie weiterritten, dachte Sophie über die beiden Männer nach. Die zwei schienen nicht viel miteinander anfangen zu können. Richard war fast immer gutgelaunt und oft zu Späßen aufgelegt, wohingegen Paul meist ausgesprochen ernst und etwas angespannt wirkte. Letzteres zeigte sich vor allem dann, wenn er jeden Abend pflichtbewusst dafür sorgte, dass die Einheimischen aus Lindi das Lager an einem geeigneten Ort aufschlugen – immer in der Nähe von kleinen Dörfern. Und nach dem gemeinsamen Abendessen am offenen Feuer saß er stets noch mit Kito zusammen, um mit ihm über die Verhältnisse auf der Wegstrecke am nächsten Tag zu sprechen.

Sophie amüsierte sich unterdessen über die lustigen Geschichten, mit denen Richard sie unterhielt. Meist verabschiedete Paul sich zeitig, um in seinem Zelt noch ein paar wissenschaftliche Aufzeichnungen zu studieren oder die Geschehnisse des Tages in seinem Reisetagebuch zu notieren. Für launige Plaudereien schien er keine Muße zu haben; womöglich glaubte er sogar, so etwas sei reine Zeitverschwendung. Da Sophie immer noch ein schlechtes Gewissen hatte, weil sie ohne seine Zustimmung einfach hier aufgetaucht war, und ihn auf keinen Fall bei seiner Arbeit stören wollte, sprach sie ihn nicht auf sein Verhalten an, sondern ließ ihn lieber in Ruhe.

Stattdessen hielt sie sich an Richard. Aber vielleicht ärgerte Paul gerade dies …

Tendaguru, November 1909

Am Ende des vierten Reisetages tauchte die untergehende Sonne die Hügel vom Namwiranye in ein unwirkliches Violett. Ihr letzter Schein glitt wie ein rötlicher Schleier über die Ebene der Mbemkuru-Niederung und den Tendaguru, der sich als Inselberg vor ihnen erhob. Langsam verblassten die Farben, und die Dämmerungstöne färbten die Landschaft aschfahl, bevor auch dieses Grau der finsteren afrikanischen Nacht wich. Sophie war dankbar für die mitgeführten Gaslaternen, deren trübes Licht sie benötigten, um sich nicht zu verirren. Auch der Gesang der Vögel verstummte nach und nach. In der einsetzenden Stille, nur unterbrochen vom leisen Hufschlag der Reittiere, hörte man das erste Fiepen der jagenden Fledermäuse, während der Grillenchor sein lautes, nächtliches Lied anstimmte. Von Zeit zu Zeit erklangen fremdartige Laute von Tieren, die Sophie nicht kannte, oder ein plötzliches Rascheln im Gebüsch am Wegesrand, das sie nicht recht zuordnen konnte. War das schmeichlerische Säuseln in der Ferne vielleicht das hämische Lachen einer Hyäne?

Zu ihrem eigenen Erstaunen hatte sie sich an den drei vergangenen Abenden in der undurchdringlichen Schwärze jenseits der Zivilisation nicht gefürchtet – wahrscheinlich, weil Paul in ihrer Nähe gewesen war und das allabendliche Lagerfeuer für eine anheimelnde Atmosphäre gesorgt hatte. Die vielen fremdartigen Eindrücke hatten ihre Neugier geweckt, und von den andersartigen Klängen der Natur war sie regelrecht verzaubert gewesen. Sie liebte inzwischen den Geschmack des über offener Flamme gebratenen Kudu-Antilopenfleisches, die verlockenden Gerüche und die köstlichen Gewürze, die sie nie zuvor geschmeckt hatte – all das faszinierte sie. Bevor sie abends in ihr kleines Reisezelt gekrochen war, hatte sie stets hinauf in den schwarzen Himmel geschaut, an dem unzählige Sterne funkelten, und das Kreuz des Südens gesucht. Dann hatte sie liebevolle, dankbare Gedanken an all die Menschen gesendet, die es ihr ermöglicht hatten, dieses Abenteuer zu erleben: an ihre Familie und ihre Mentoren Maria Sondheim, Fritz Drevermann und Professor Kinkelin im fernen Frankfurt und an Professor Kayser in Marburg.

Jetzt, wo sich die kleine Reisegruppe zum ersten Mal auch bei Dunkelheit vorwärtsbewegte, war Sophie die fremde Umgebung doch ein bisschen unheimlich. Es war mittlerweile neun Uhr abends und schon stockfinster. Die schmale Sichel des Mondes ging gerade erst am Horizont auf und spendete kaum Licht. Da auch die trüben Gaslaternen, die Kito vorne und die einheimischen Helfer hinter ihr trugen, den Pfad nur dürftig erhellten, bewegten sich die Pferde sehr langsam. In der Ferne meinte Sophie das dumpf dröhnende Brüllen eines Löwen zu hören und hoffte, dass sie bald im sicheren Camp der Ausgrabungsstätte ankommen würden.

Kito hatte am Nachmittag versichert, dass das Ziel nahe war … Und tatsächlich – plötzlich tauchten nicht allzu weit entfernt vereinzelte Feuer in der Schwärze auf. Leise Rufe und helles Lachen klangen durch die reine Luft zu ihnen herüber, während sie sich dem Ausgräberlager näherten. Ein rhythmischer Gesang von melodischen Frauenstimmen empfing sie, als sie schließlich am großen, zentralen Feuer ankamen, um das sich einige Frauen, gehüllt in farbenfrohe Tücher, in einem hüpfenden Tanz bewegten. Aus der Dunkelheit am Rand des flackernden Lichtscheins blickten den Neuankömmlingen zahllose Augenpaare neugierig entgegen.

Kito rief einem jungen Mann etwas zu und wandte sich dann zu Sophie und Richard um, die sich staunend umschauten.

»Dies ist das Dorf der Arbeiter«, erklärte er. »Wir müssen da drüben auf den Wohnhügel hinauf. Dort leben die Forscher.« Er deutete ein Stück weiter hoch, wo in der Dunkelheit ein paar Safarilampen oben in der Luft zu schweben schienen.

Sophie staunte angesichts der Größe des Camps, an dem sie entlangritten. Überall liefen Männer, Frauen und einige Kinder geschäftig zwischen grasbedeckten Lehmhütten herum. Obwohl sie wusste, dass im Tendaguru-Dorf inzwischen fast zweihundert Arbeiter mit ihren Familien lebten, erschien ihr eine derart große Ansammlung von Menschen unwirklich, nachdem sie in den vergangenen Tagen nur winzige Dörfer gesehen hatten.

Der junge Mann, den Kito angesprochen hatte, musste vorgelaufen sein, um ihre Ankunft anzukündigen. Denn als sie auf dem Hügel ankamen, traten ihnen zwei Männer, beide mit auffällig dicken Schnauzbärten im Gesicht und Gaslaternen in der Hand, auf einem runden Vorplatz entgegen. Hinter ihnen erkannte Sophie hohe, schmutzig-weiße Safarizelte, die unter dichten Bäumen nebeneinanderstanden.

»Herzlich willkommen!«, begrüßte sie einer der beiden freundlich. »Mein Name ist Werner Janensch.«

»Guten Abend«, sagte der andere und klang dabei etwas zurückhaltender. »Und ich bin Edwin Hennig.«

Auch Sophie, Paul und Richard stellten sich kurz vor, und anschließend stiegen sie von ihren Pferden. Während sie ihren Gastgebern die Hände reichten und dann die verspannten Glieder nach dem langen Ritt reckten, wurde damit begonnen, ihr umfangreiches Gepäck von den Mulis abzuladen. Kito kümmerte sich um die erschöpften Tiere und wies die mit ihnen gereisten einheimischen Helfer an, die drei mitgebrachten, großen Wohnzelte aufzubauen. Paul überreichte die Post, die in Lindi für die Paläontologen eingetroffen war, und eine lederne Aktenmappe mit Unterlagen aus Berlin, die ihm die beiden Kollegen anvertraut hatten, die aufgrund der Erkrankung in Deutsch-Südwestafrika von Bord gegangen waren.

Dann bat Werner Janensch, der Leiter der Expedition, die Besucher in sein Zelt. »Treten Sie ein! Sie haben sicher Hunger und

Durst. Unser Diener wird sich um Sie kümmern.« Mit einer einladenden Handbewegung hob er die Eingangsplane an.

Sophie war erstaunt, wie geräumig und gemütlich es in der Unterkunft des Paläontologen war. Seine Behausung aus dicken weißen Stoffbahnen sah innen aus wie eine kleine Wohnung, die aus nur einem Raum bestand. Auf dem Schreibtisch stapelte sich ein Wirrwarr von Papieren, Zeitungen und Büchern. Im hinteren Bereich entdeckte sie ein schmales Bett mit Moskitonetz, und in der Mitte stand ein runder, gedeckter Tisch mit vier bequemen Sesseln, zu denen ein Hocker dazugestellt worden war. Ein Mann in einem hellen Kaftan schenkte gerade Weißwein in die bereitstehenden Gläser.

»Das ist Sefu«, stellte Janensch ihn vor. »Er ist nicht nur ein begnadeter Präparator und Aufseher, sondern auch so freundlich, sich ein wenig um unsere persönlichen Belange zu kümmern. Danke, den Rest schaffen wir allein«, verabschiedete er den Präparator und Diener Sefu Abdallaha und bat seine Gäste an den Tisch, auf dem etliche bunte Schüsseln und Schälchen standen, aus denen es köstlich duftete.

Als Sophie sich bescheiden auf den kleinen Schemel setzen wollte, hielt Edwin Hennig sie mit einer kleinen Geste zurück. Der Paläontologe musste ungefähr im gleichen Alter wie Paul sein, also Ende zwanzig, schätzte sie. Seine hohe Stirn ließ ihn allerdings älter wirken. Ihr fiel sofort sein melancholischer Gesichtsausdruck auf, der noch durch die nach unten deutenden Bartspitzen seines Schnauzers verstärkt wurde, als er sie aus seinen dunklen Augen anschaute und ihr höflich einen der Sessel ein kleines Stück weit vom Tisch abrückte, damit sie sich setzen konnte.

»Bitte nehmen Sie doch hier Platz, Fräulein von Mayden. Ich bleibe sowieso nicht mehr lange, weil ich drüben in meinem Zelt noch ein paar Dinge für den morgigen Tag vorbereiten muss. Und ich will noch den Brief von meiner Mutter aus Berlin lesen, den Sie dankenswerterweise mitgebracht haben. Gegessen habe ich ohnehin schon. Wir wussten ja nicht, wann Sie heute Abend ankommen würden.«

»Bitte verzeihen Sie die Mühe, die wir Ihnen machen, verehrte Kollegen«, entschuldigte Paul sich. »Eines der Mulis lahmte, weil es sich in einem Warzenschweinloch vertreten hatte. Das hat uns ein paar Stunden gekostet.«

»Kein Problem, wir freuen uns hier in der Einsamkeit doch immer über Abwechslung«, entgegnete Janensch freundlich und setzte sich, nachdem die anderen alle Platz genommen hatten. »Wobei ich selbst erst vor vier Tagen aus Lindi zurückgekehrt bin. Dorthin hatte ich die erste Karawane mit achtzig Trägern begleitet, da ich mich mit eigenen Augen überzeugen wollte, dass unsere kostbaren Fundstücke unversehrt zum Hafen gebracht wurden. Und weil ich vor Ort alles für die vielen noch folgenden Transporte per Schiff organisieren musste.«

»Oh, wir sind einigen Trägern begegnet, kurz nachdem wir von dort aufbrachen«, berichtete Sophie. »Auch diese Knochenfunde dürften also wohlbehalten in Lindi angekommen sein.«

»Gut zu wissen. Nachdem beim ersten Versuch alles gut gegangen war, hatte ich gleich den nächsten kleinen Trupp losgeschickt. Es ist ja so unglaublich viel, was wir hier tagtäglich finden«, betonte Edwin Hennig voller Stolz. »Ich habe bereits nach Berlin geschrieben, dass man am besten gleich ein neues Museum bauen sollte, um all das unterzubringen, was wir hier innerhalb der nächsten Jahre sicher noch ausgraben werden.« Den letzten Satz sagte er ohne jeden Anflug von Scherz.

»Das klingt ja sehr vielversprechend. Wo ist denn die Ausgrabungsstelle?«, fragte Richard und nahm einen Schluck Weißwein. »Können wir da gleich morgen hingehen und uns die Knochen ansehen?«

»Aber sicher. Wobei es hier natürlich nicht nur eine einzelne Ausgrabungsstätte gibt. Man findet dauernd weitere. Fragen Sie also lieber, wo hier keine Fossilien herumliegen«, antwortete Hennig. »Wir haben bereits mehrere tiefe Gräben angelegt, wo wir Schicht für Schicht die Saurierfragmente freilegen. Soweit wir das bisher erkennen können, liegen sie zumeist in drei harten *Trigonien*-Schichten übereinander im Sandstein.«

Sophie schmunzelte in sich hinein, da sie ahnte, dass Richard, obwohl er wissend nickte, vermutlich keine Ahnung hatte, was *Trigonien* waren. Sie erinnerte sich an eine Vorlesung von Emanuel Kayser, in der er erklärt hatte, dass die Anwesenheit dieser urtümlichen Herzmuscheln und anderer versteinerter Meerestiere darauf hindeutete, dass es an der Stelle einmal viel Wasser gegeben hatte. Vielleicht war das Gebiet hier früher einmal Teil eines Meeres gewesen. Oder waren die hier massenhaft gefundenen Dinosaurier ganz woanders gestorben, ihre Körper dann in einem Riesenstrom der Vorzeit hier angeschwemmt worden und auf dem Grund des Flussdeltas im Sediment versunken?, überlegte Sophie und lauschte gespannt den weiteren Ausführungen von Edwin Hennig.

»Rund um den Tendaguru-Berg haben wir schon jede Menge einzelne Dinosaurier-Fragmente lokalisiert und angefangen, sie auszugraben. Darunter sind sogar einige fast vollständige Skelette. Nachdem unser Kollege Eberhard Fraas hier letztes Jahr das erste entdeckte und damit den Anstoß zu dieser Expedition gab, sind wir, obwohl wir ja erst im April hier ankamen, inzwischen schon bei ›S‹.« Er reckte stolz das Kinn. Als er den fragenden Blick der Neuankömmlinge sah, erläuterte er: »Wir haben die großen Skelette in der Reihenfolge ihres Auffindens alphabetisch sortiert, um leichter den Überblick zu behalten.«

»Das sind dann ja … neunzehn Skelette?!«, stieß Paul begeistert aus. »Unglaublich! Auf welche Arten von Sauriern sind Sie denn bisher gestoßen? War da auch ein *Diplodocus* dabei?«

»Nach erstem Augenschein noch nicht, aber die genaue Bestimmung wird ja erst später in Berlin vorgenommen. Es sind zumeist Sauropoden, aber auch ein paar Raubsaurier, soweit wir das beurteilen können. Der Einfachheit halber benennen wir sie erst mal nach ihren Entdeckern«, erklärte Hennig aufgekratzt. »So hat der Wangoni Seliman Nyororo im September einen uns bisher unbekannten Pflanzenfresser mit sehr massigem Körper entdeckt, den wir derzeit noch *Nyororosaurus* nennen.«

»Ein besonders schönes Exemplar«, hob Werner Janensch hervor. »Ich werde diese Art wohl *Dicraeosaurus* nennen, abgeleitet vom griechischen *dikreios*, also ›gespalten‹ oder ›zweispaltig‹ – wegen seiner gegabelten Dornfortsätze an Hals- und Rückenwirbeln. Der erstaunlich gut erhaltene Schädel ähnelt übrigens dem von *Diplodocus*. Er ist ebenso langgestreckt, und seine Nasenöffnungen sind hoch oben am Kopf.«

Paul nickte begeistert und wollte von dem Grabungsleiter offensichtlich mehr über diesen Fund erfahren, doch im selben Moment räusperte Edwin Hennig sich ungehalten und fuhr mit seinen Ausführungen fort.

»Sefu Abdallah, den Sie eben kennengelernt haben, hat im Oktober mit der Freilegung von Skelett ›R‹ begonnen, das wir deshalb *Abdallahsaurus* nennen. Und unser Oberaufseher und Präparator Boheti bin Amrani, der übrigens der Vater des jungen Kito ist, hat am 11. Oktober am Kitukituki-Bachbett mit der Ausgrabung von Skelett ›S‹ begonnen. Das hat er *Blancocerosaurus* getauft – fragen Sie mich nicht warum.« Er lachte und hob entschuldigend die Arme. »Es ist jedenfalls eindeutig das Skelett eines *Brachiosaurus*, von dem wir bisher allerdings nur einen Bruchteil entdeckt haben. Aber ich bin zuversichtlich, dass wir noch genügend Fragmente finden werden, aus denen dann irgendwann ein ganzes Gerippe zusammengefügt und aufgestellt werden kann.«

Sophie sah das Leuchten in den Augen des Paläontologen, das allerdings sofort verschwand, als sein Vorgesetzter wieder das Wort ergriff.

»Ich bin sicher, dass es gelingt, weitere Knochen dieses Giganten auszugraben. Dann könnte daraus dereinst in der Reichshauptstadt der krönende Mittelpunkt einer Ausstellung meiner hier gefundenen Schätze werden!« Werner Janensch reckte nun ebenfalls stolz das Kinn.

Edwin Hennig seufzte leise auf. »Aber bis dahin werden sicher noch etliche Jahre, wenn nicht gar Jahrzehnte vergehen. Doch eines Tages wird unser Skelett von einem dieser vermutlich größten Lebewesen, die jemals die Erde bewohnt haben, hoffentlich für alle Ewigkeiten von der Bedeutung unserer Arbeit hier künden. Sicher werden noch unsere Kinder und Kindeskinder und deren Kinder zukünftig staunend die Hälse recken, um die gigantischen Überreste dieser urzeitlichen Geschöpfe im Berliner Naturkundemuseum zu bewundern.«

Völlig fasziniert von Edwin Hennigs leidenschaftlichen Ausführungen, erinnerte Sophie sich an ihre erste Begegnung mit dem *Diplodocus longus* im Senckenberg-Museum und ihre Begeisterung beim Anblick dieses Kolosses. Ihr geliebter Dodo, dessen Knochengerippe ewig lange Zeit verborgen in der Erde gelegen hatte, bis es entdeckt, ausgegraben, von Paläontologen untersucht und in mühevoller Kleinarbeit von Präparatoren zusammengesetzt worden war. Dodo hatte ihre Leidenschaft für die Paläontologie entfacht. Und nun war sie tatsächlich an einer der Stellen, wo einst das Leben all dieser faszinierenden Tiere geendet hatte. Hier in Afrika, wo deren versteinerte Überreste nun wieder das Licht der Welt erblickten – um der Wissenschaft hoffentlich etwas über ihr Dasein auf Erden vor unvorstellbar langer Zeit preiszugeben. Es war ein geradezu erhabenes Gefühl, jetzt selbst an dieser Forschungsarbeit teilhaben zu dürfen.

Sophie wurde bewusst, dass die beiden Paläontologen, die erst im Frühjahr damit begonnen hatten, dieses riesige Areal zu untersuchen, gar nicht so viel älter als sie selbst waren. Sie hoffte, eines Tages in ihre Fußstapfen treten zu können, da es dort draußen scheinbar noch jede Menge mehr aufzuspüren gab, und konnte es kaum erwarten, die Fundstellen mit eigenen Augen zu sehen. Ihr Herz schlug schneller, als sie sich deutlicher denn je bewusst wurde, dass sie hier nun tatsächlich die einmalige Chance hatte, ihre Leidenschaft auszuleben und womöglich etwas zur Erforschung der Dinosaurier beizutragen. Leider nur für ein paar Wochen … Aber wer konnte wissen, wie lange die Grabungen andauern würden? Nach dem, was Edwin Hennig gerade berichtet hatte, könnten es noch viele Jahre sein. Was würde man hier im Laufe der Zeit wohl noch alles entdecken? Vielleicht könnte sie ja nach Abschluss ihres Studiums zurückkommen, um als ausgebildete Paläontologin ganz offiziell nach weiteren Dinosaurierfragmenten zu suchen. Diese Vorstellung war elektrisierend.

Sophie war so sehr in ihre Gedanken versunken, dass sie es zunächst gar nicht bemerkte, dass Werner Janensch sie angesprochen hatte. Sie lächelte ihn entschuldigend an. »Bitte verzeihen Sie; ich war kurzzeitig mit meinen Gedanken woanders. Was haben Sie gerade gesagt?«

»Ich würde gerne wissen, was eine junge Dame wie Sie veranlasst hat, sich auf die mühevolle Reise hierher zu begeben? Ich muss gestehen, dass wir einigermaßen erstaunt waren, dass unser verehrter Kollege Klüver hier mit zwei Studenten anreisen würde. Als wir dann noch erfuhren, dass einer davon eine junge Frau ist, konnten wir es kaum glauben ...« Er sah sie mit kritisch zusammengezogenen Augenbrauen fragend an.

Sophie wechselte einen kurzen Blick mit Paul, der ihr aufmunternd zunickte. Sie atmete tief ein und antwortete mit fester Stimme: »Ich habe mit Herrn Klüver bereits vor meinem Studium im Senckenberg-Museum zusammengearbeitet und ihn bei seinen Forschungen am *Diplodocus longus* unterstützt.« Sie klang sehr selbstbewusst. »Als ich von seiner geplanten Reise hierher zum Tendaguru erfuhr, erkannte ich sofort, dass dies für mich als angehende Paläontologin eine einmalige Chance wäre, um wertvolle Erkenntnisse zu sammeln, wenn ich meine zukünftigen Forschungsobjekte am Ort ihrer Ausgrabung mit eigenen Augen sehen könnte. Mein Dozent, Professor Kayser, sah das zum Glück genauso und hat meinen Kommilitonen und mich daher freundlicherweise für die dafür nötige Zeit vom Studium beurlaubt. Er meinte, dass die Feldforschung wichtiger sei als die Anwesenheit in seinem Hörsaal in Marburg.«

»So, so«, murmelte Janensch. »Na, mal sehen, wie Sie sich bei der Hitze im Feld schlagen, junges Fräulein. Von Branca scheinen Sie ja ebenfalls von Ihren Fähigkeiten überzeugt zu haben. Er hat uns gebeten, Ihnen vollumfänglichen Zugang zu unseren Ausgrabungen zu ermöglichen. Doch ich bitte Sie, unsere Arbeiter und Präparatoren in keiner Weise zu stören. Ich möchte nicht, dass sie durch die Anwesenheit einer weiblichen Person von ihren wichtigen Aufgaben abgelenkt werden.«

»Ich werde mich zurückhalten und mir größte Mühe geben, die in mich gesetzten Erwartungen zu erfüllen, Herr Janensch«, entgegnete sie mit Nachdruck und ärgerte sich ein wenig, dass der Grabungsleiter nur ihr auf den Zahn fühlte und nicht auch Richard, der schließlich ebenso ein Student war wie sie. Aber derartige Skepsis gegenüber wissenschaftlich interessierten Frauen war sie ja gewohnt, sodass sie sich davon nicht abschrecken ließ.

Sie würde den skeptischen Herren schon zeigen, was in ihr steckte.

* * *

Am nächsten Morgen schreckte sie von ihrer schmalen Pritsche hoch, als eine Safarilampe das Zelt erhellte. Draußen herrschte noch finstere Nacht. Sie zog ihre Bettdecke bis zum Hals und starrte den Mann, der schweigend eingetreten war, durch das Moskitonetz an. Erst als er näher trat, um einen dampfenden Becher auf ihrem Nachttisch abzustellen, erkannte sie den Eindringling: Es war Sefu Abdallah in seinem hellen Kaftan.

»Guten Morgen, gnädiges Fräulein«, sagte er leise. »Es ist fünf Uhr, und wir haben den 11. November. Hier sind Ihr Tee und ein paar Kekse. Das Frühstück wird in einer halben Stunde draußen auf der *Baraza* serviert.« Er ließ die Laterne auf dem Tisch stehen und verabschiedete sich mit einem höflichen Nicken.

»Danke schön …« Das war alles, was Sophie, noch reichlich schläfrig, krächzen konnte. Wieder allein, reckte sie sich gähnend und stellte fest, dass sie auf dem harten Feldbett gut geschlafen hatte. Sie trank einen Schluck Tee und aß einen Keks, bevor sie zu der bereitstehenden Schüssel mit Wasser ging und sich wusch. Als sie eines ihrer Hosenkostüme anzog, schickte sie in Gedanken einen dankbaren Gruß an ihre jüngere Schwester, die sie glücklicherweise zu diesem praktischen Kleidungsstück überredet hatte. Dann schnürte sie ihre robusten Lederstiefel zu und verließ voller Tatendrang ihr Zelt.

Das gemeinsame Frühstück, das an einem großen Tisch draußen auf dem runden, festgestampften Platz vor den Safarizelten eingenommen wurde, war nicht sonderlich opulent. Aber der Ausblick vom Wohnhügel auf die Felder, das Camp und die sich sanft wellenden Berge ringsum war schlichtweg unglaublich. Vor wenigen Minuten war das erste zarte, rötliche Glühen der Sonne am östlichen Horizont aufgetaucht, sodass es nun immer heller wurde. Einen derart beeindruckenden Sonnenaufgang hatte Sophie bisher noch nicht erlebt. Während Richard ihr gegenüber hungrig seine Spiegeleier aß und sich dabei mit Edwin Hennig unterhielt, saß sie mit einer Tasse starken Kaffees in der Hand zwischen Werner Janensch und Paul und bestaunte schweigend das Schauspiel der erwachenden Natur. Sie genoss die kühle, klare Morgenluft, in die sich der köstliche Kaffeeduft mischte, und das stetig anschwellende, vielstimmige Konzert exotischer Vögel, das wie ein Willkommensgruß an die Sonne anmutete.

»Gefällt Ihnen die Aussicht von unserer *Baraza*, Fräulein von Mayden?«, fragte Werner Janensch.

»Es ist wunderschön … Aber was bedeutet eigentlich *Baraza*?«

»So nennt man hier einen kleinen Platz vor den Zelten.«

»Ach so, ja, es klingt fast wie ›Terrasse‹. Der Ausblick von hier oben ist wirklich atemberaubend.« Sophie deutete auf den sich aus der Landschaft erhebenden Inselberg vor ihr. »Und das ist der Tendaguru?«

»Ja, die Einheimischen nennen ihn ›steiler Berg‹, aber besonders hoch oder steil ist er nicht, wie Sie sehen. Wir steigen manchmal abends aufs Plateau, um von dort den Sonnenuntergang zu genießen.«

»Oh, das würde ich gerne mal miterleben.«

»Da haben Sie Glück, junges Fräulein. Ich hatte das sowieso für heute Abend geplant«, antwortete Janensch mit einem selbstgefälligen Unterton. »Sefu wurde von mir bereits angewiesen, für heute Abend ein Picknick für uns vorzubereiten.«

»Wie wunderbar!« Sophie lächelte ihm dankbar zu. Dann ließ sie ihren Blick wieder über die beeindruckende Landschaft aus flachen Tälern und grünen Hügeln schweifen und fragte: »Haben Sie diese anderen Berge auch schon untersuchen können?«

»Zum Teil. Wir konzentrieren uns natürlich zunächst auf die Schichten direkt am Tendaguru, die teils über hundert Meter dickes Sediment aufweisen. Sie zeigen eine Abfolge vom Oberjura bis zur Unterkreide«, führte er in dozierendem Tonfall aus. »Die Sedimente bilden auch die Gipfel der Hochebenen um den Tendaguru – im Mandawa-Becken – Likondo-Kitale, Noto, Rondo und Namunda –, wie wir nach ersten Untersuchungen feststellen konnten.«

»Aha …«, murmelte Sophie, verwirrt von den vielen unbekannten Namen.

»Am Fuße des Tendaguru, in den ausgetrockneten Flussläufen um ihn herum, aber auch an seinen bewaldeten Hängen haben wir bisher schon äußerst vielversprechende Funde gemacht. Doch wir erkunden natürlich auch die weitere Umgebung. Das heißt, Hennig ist hier der Unternehmungslustige, der ständig mit einigen Wangoni und einer Büchse durch die Schamben zieht, um frisches Antilopenfleisch und irgendwelche Vögel zu schießen, die die Köche uns dann zubereiten. Doch er ist leider kein allzu guter Schütze …« Janensch unterstrich sein despektierliches Urteil mit einem abfälligen Lachen. »Zum Glück bekommen wir aus Lindi regelmäßig neue Vorräte.«

»Vergeben Sie mir mein Unwissen, Herr Janensch, aber was sind ›Wangoni‹ und was ›Schamben‹?«, erkundigte sich Paul.

»Oh, Sie müssen mir verzeihen, Herr Kollege«, erwiderte er mit einer nachsichtigen Geste und wandte sich ganz Paul zu. »Wir haben uns schon so an die hiesigen Begrifflichkeiten gewöhnt. Die Wangoni sind ein Stamm, der schon lange in der Nähe des Tendaguru lebt. Sie stellen die meisten unserer Arbeiter. Ein sehr lernfähiges und fleißiges Völkchen. Genau wie die Wandonde, Wayao,

Wamakuza und wie sie alle heißen, die von weiter her kommen. Und Schamben nennt man die landwirtschaftlich genutzten Felder dort unten in der Ebene.«

»Danke. Ich merke, es gibt noch viel zu lernen«, meinte Paul und lächelte entschuldigend.

»Ach, das ergibt sich ganz von selbst mit der Zeit. Viel wichtiger ist Ihr Fachwissen.« Janensch beugte sich an Sophie vorbei, die sich automatisch höflich zurücklehnte, zu Paul Klüver hinüber und sagte in vertraulichem Ton: »Ich überlege nämlich schon seit einer Weile, im kommenden Jahr einen dritten Europäer hier fest anzustellen, der Hennig und mich unterstützen soll. Ich hatte ursprünglich an einen Topographen gedacht – wie der eine ihrer Reisegefährten aus Berlin. Aber nun, wo Sie hier aufgetaucht sind …« Er sah seinen Kollegen aus Frankfurt bedeutungsvoll an. »Wäre das nicht etwas für Sie, Herr Klüver?«, fragte er mit beschwörendem Unterton. »Ihre Expertise wäre sicher ausgesprochen hilfreich.«

Sophie erstarrte und beobachtete Paul. Offensichtlich war er über dieses unverhoffte Angebot ebenso überrascht wie sie. Die Hand mit seiner Kaffeetasse verharrte reglos in der Luft, als habe er vergessen zu trinken. Auf seinem Gesicht spiegelten sich Schreck, Verwirrung, Stolz und Entzücken. Alles zugleich.

Ihr war sofort klar, dass dies eine einmalige Chance für ihn wäre, die er sich nicht entgehen lassen durfte und die sie ihm von Herzen gönnte. Doch gleichzeitig verspürte sie einen schmerzhaften Stich in der Brust.

Was, wenn er tatsächlich zusagte und für Monate oder gar Jahre hierher in das Camp am Tendaguru zog, während sie weiter in Marburg studierte? Dann würde sie Paul wohl nie wieder sehen, schoss es ihr durch den Kopf. Er würde danach sicher nicht ins Senckenberg-Museum zurückkehren, sondern direkt nach Berlin gehen, um dort weiter an den zahllosen Fundstücken zu forschen. Diese Vorstellung, ihn zu verlieren, war so grauenhaft, dass ihr augenblicklich schlecht wurde. Sie klammerte sich an ihrer Tasse fest und wartete bang auf seine Reaktion.

Paul hatte inzwischen schweigend die Stirn in Falten gelegt, einen Schluck Kaffee getrunken und nur leicht genickt. Er schien sehr gründlich über das Angebot nachzudenken. So kannte sie ihn. Es entsprach seinem Naturell, Argumente sorgfältig gegeneinander abzuwägen, bevor er eine Entscheidung traf. Sophie, die unwillkürlich die Luft angehalten hatte, hielt die Spannung kaum aus. Ihre Gedanken rasten. Würde er zusagen? Welche Konsequenzen würde das haben – für ihn und für sie? Blitzartig wurde ihr bewusst, dass von dem Ergebnis seiner momentanen Überlegungen nicht nur sein, sondern auch ihr eigenes Schicksal, ja ihr ganzes weiteres Leben abhängen würde.

Ehe Paul sich zu einer Antwort durchringen konnte, mischte sich plötzlich Edwin Hennig ein, der ihm gegenübersaß. »Lassen Sie sich bloß nicht so schnell dazu überreden, lieber Herr Klüver. Es ist hier nicht ganz so idyllisch, wie es Ihnen vielleicht auf den ersten Blick erscheinen mag – mit weit über dreißig Grad Hitze im Sommer, einer langen Regenzeit im Winter, den Massen von Stechmücken und der Fremdartigkeit von Land und Leuten. Außerdem bezweifle ich, dass Berlin überhaupt eine weitere Stelle bewilligen wird. Ich war lange genug der persönliche Assistent von Wilhelm von Branca, um zu wissen, dass er sehr zurückhaltend ist, wenn es um höhere Kosten für diese Expedition geht.«

Er lächelte Paul entschuldigend zu, warf einen kurzen grimmigen Blick zu seinem Kollegen hinüber und strich sich mit zwei Fingern nachdenklich über seinen Schnauzer. Sophie war sofort klar, dass er keinerlei Interesse daran hatte, mit noch einem Paläontologen hier zusammenzuarbeiten: Augenscheinlich wollte er keine weitere Konkurrenz dulden. Paul ließ nicht erkennen, was er von den Einwänden hielt, sondern blickte mit unergründlicher Miene hoch zum Tendaguru. Doch Sophie konnte in seinem Gesicht ablesen, dass ihn die vorgetragenen Argumente wenig beeindruckten.

Statt Edwin Hennig recht zu geben oder zu widersprechen, nickte er ihm und Janensch freundlich zu und sagte unbestimmt: »Wir sind ja gerade erst angekommen. Ich bin Ihnen sehr dankbar, dass ich mich in den kommenden Wochen hier erst mal ein wenig umsehen darf.«

Scheinbar nahm Hennig das als Zustimmung zu seinen Vorbehalten und fühlte sich bestärkt, seine ablehnende Haltung zu unterstreichen. Diesmal jedoch richtete er seine Worte an den Expeditionsleiter. »Mit dem jetzt geschulten Menschenmaterial und unseren vielen trefflichen Aufsehern hier sind wir doch bestens ausgestattet«, stellte er in leicht gereiztem Tonfall fest. »Und in den achtzehn Tagen, die Sie in Lindi waren, bin ich doch auch allein bestens mit allem fertiggeworden, oder? Ich weiß, dass Sie mein kritischer Widerspruchsgeist manchmal stört, verehrter Kollege, aber darf ich es trotzdem wagen einzuwenden, dass ein dritter Weißer hier durchaus auch einfach durch gelegentliches Auslassen der vormittäglichen Zeitungslektüre und, wenn möglich, des Vor- und Nachmittagsschlafes zu ersetzen wäre?«

Sophie schluckte bei diesen harschen Vorwürfen und beobachtete, wie sich die Miene von Janensch zunehmend verfinsterte.

Doch Hennig schien die Kritik an der Arbeitsmoral seines Vorgesetzten schon länger auf der Seele zu brennen. Einmal in Fahrt, schob er erregt nach: »Natürlich ist mir bewusst, dass Sie hier als Leiter derjenige sind, der über alles bestimmt, aber für diese Expedition scheint mir die Ausgabe, die ein Dritter verursachen würde, schlicht überflüssig zu sein.« Er atmete tief durch.

Auf Sophie wirkte Edwin Hennig in gewisser Weise erleichtert, auch wenn er seinen Chef jetzt unsicher anschaute.

»So ist das also …«, knurrte Janensch nach einer unangenehmen Pause gefährlich leise. »Ich verstehe. Sie meinen demnach, ich brächte mich hier nicht genügend ein?« Sein Unterton war aggressiv. »Halten Sie mich für arbeitsscheu?«

»Nein, nein, bitte missverstehen Sie mich nicht. Ich meinte doch nur …«

»Ich habe Sie sehr gut verstanden, Herr Hennig!«, schnitt Janensch ihm kalt das Wort ab, stand auf und setzte einen großen Strohhut mit besonders breiter Krempe auf, in dessen Schatten seine wütend blitzenden Augen verschwanden. Er deutete auf Richard, der entspannt seinen Kaffee trank, als ginge ihn das Ganze nichts an, und blaffte: »Kümmern Sie sich heute um den jungen Mann, Hennig!« Dann nickte er Paul zu. »Kommen Sie, bitte. Es ist schon spät. Gehen wir zu Skelett ›S‹!«

Sophie stellte sofort ihre Tasse ab und erhob sich gleichzeitig mit Paul. Obwohl man sie nicht angesprochen hatte, war sie fest entschlossen, ihn und Janensch zur Fundstätte des *Brachiosaurus* zu begleiten.

Der Expeditionsleiter beachtete sie nicht weiter, als er seinem Kollegen noch einen abschätzigen Blick zuwarf und schmallippig zischte: »Auf meine Zeitungslektüre muss ich an meinem heutigen Wiegenfest wohl verzichten. Wir sehen uns später, Herr Hennig.«

Es war ein denkbar schlechter Start in den Tag gewesen. Eilig hatten Paul und Sophie Werner Janensch noch herzlich zum Geburtstag gratuliert, bevor sie, mit Tropenhelmen und ihren Arbeitstaschen ausgestattet, endgültig aufgebrochen waren. Im Gänsemarsch marschierten sie auf einem ausgetretenen Trampelpfad: Janensch und Paul gingen voran, und ihnen folgten Sophie und mehrere Männer aus dem Camp, die Ausrüstung und Proviant trugen. Unterwegs überlegte sie besorgt, ob der Streit zwischen ihren Gastgebern Auswirkungen auf ihren Aufenthalt hier haben würde. Doch Janensch ließ sich seinen Ärger nicht anmerken und schritt betont gutgelaunt voraus, als wenn es das Gespräch beim Frühstück gar nicht gegeben hätte. Von Zeit zu Zeit deutete er auf eine der Ausgrabungsstellen, die sie passierten, schwenkte seinen Hut, um die grabenden und hämmernden Arbeiter zu grüßen, und erklärte, was dort jeweils gefunden worden war.

Sophie lauschte angestrengt, worüber er und Paul sich unterhielten, und war vorerst beruhigt, dass die zwei nur über die Ausgrabungen redeten und nicht das Angebot für die Anstellung hier ansprachen.

Schon bald gewann Sophie den Eindruck, dass Janensch ihre Anwesenheit inzwischen völlig vergessen hatte oder sie vielleicht auch absichtlich ignorierte. In langatmigen Monologen redete der Expeditionsleiter auf Paul ein, der sich, im Gegensatz zu Janensch, von Zeit zu Zeit zu ihr umdrehte und sich vergewisserte, dass sie trotz des strammen Marschtempos nicht den Anschluss verloren hatte. Dank ihres Hosenrocks und ihrer robusten Stiefel hatte sie keine Mühe, auf dem unebenen Trampelpfad durch den Urwald mit den Männern mitzuhalten.

Sie freute sich über das einvernehmliche Augenzwinkern und komplizenhafte Lächeln, das Paul ihr nach einer der großspurigen Bemerkungen von Janensch über die Schulter zuwarf, und spürte deutlich, dass sich seine Laune mit jedem Schritt aufhellte, der sie der *Brachiosaurus*-Fundstelle näher brachte. Hier war er augenscheinlich in seinem Element: praktische Forschung in der Natur statt im Laboratorium. Und wahrscheinlich hatte ihm auch die Anerkennung seiner Expertise geschmeichelt – das Angebot, hier womöglich als dritter Paläontologe arbeiten zu dürfen. Die Angespanntheit, die Sophie seit ihrer Abreise aus Daressalam ständig an ihm wahrgenommen hatte, war beinahe völlig von ihm abgefallen. Seine lächelnden Blicke, die er ihr unterwegs immer wieder zuwarf, zeigten ihr, dass er mit ihrem unerwarteten Erscheinen in Deutsch-Ostafrika seinen Frieden gemacht hatte. Mittlerweile war sie sich sogar sicher, dass er sich freute, sie hier an seiner Seite zu haben und dieses unglaubliche Erlebnis mit ihr teilen zu können.

Nach einer guten Stunde strammen Marsches, der am Ende den Hang des Tendaguru ein Stück weit hinaufführte, hatten sie ihr Ziel erreicht – die aus dem Boden herausragenden, teils bereits freigelegten Überreste eines gigantischen Dinosauriers, von dem Janensch überzeugt war, dass es sich um einen *Brachiosaurus* handelte. Sie stiegen in den relativ flachen, sehr breiten Graben, wo ein vielleicht vierzigjähriger, recht dünner Mann mit Hammer und Meißel mitten im losen Geröll auf dem Boden hockte. Er hatte eine flache rote Kappe auf dem kahlen Schädel und trug eine Art Uniformjacke, deren verblichene Farbe unter dem vielen Steinstaub nicht mehr auszumachen war. Janensch stellte ihn als den verantwortlichen Vorarbeiter Boheti bin Amrani vor und erklärte, dass dieser gerade dabei war, eine Rippe zu präparieren. Das Fundstück vor ihm war zweieinhalb Meter lang und an den Enden noch fest mit dem harten Sediment verbacken. In der Mitte dagegen war bereits alles störende Gestein darunter entfernt worden, sodass der schneeweiße Knochen von vielleicht dreißig Zentimetern Durchmesser wie eine schmale, leicht gewölbte Brücke vor dem Präparator aus dem Boden ragte.

Boheti bin Amrani stand auf, begrüßte Werner Janensch und warf Sophie einen überraschten Blick zu. Eine junge, weiße Frau hatte er hier wohl nicht erwartet. Dann erklärte er den Neuankömmlingen in fast perfektem Deutsch die Besonderheiten dieser *Brachiosaurus*-Rippe und bot an, den Besuchern zu zeigen, woran seine Männer und er hier arbeiteten.

»Ja, mach das, Boheti«, stimmte Janensch mit einem kurzen Nicken zu, sah sich um und grüßte die anderen Arbeiter, indem er seinen Hut schwenkte. Dann wischte er sich mit einem großen Taschentuch den Schweiß von der Stirn und verkündete: »Ich setze mich solange in den Schatten.« Er stieg aus dem breiten Graben und ging zielstrebig zu einer Gruppe von Bäumen, die am Berghang wuchsen. Unter dem dichten Blätterdach stand ein Safariklappstuhl aus rötlich-braunem Mahagoni, auf dessen stabilem Stoffsitz er sich niederließ. Anschließend fächelte er sich mit seinem Strohhut Luft zu, während sein Blick über die Ausgrabungsstelle glitt.

Das war sicher sein Stammplatz, wenn er hierherkam, vermutete Sophie und folgte Paul Klüver und Boheti bin Amrani weiter hinein in die sehr weitläufige Grube, in der zehn Männer, die alle neugierig aufsahen, an verschiedenen Stellen arbeiteten. Interessiert blickte Sophie sich auf dem großen Areal voller Geröll um und trat ans hintere Ende, um ihre linke Handfläche verstohlen über den rauen Sandstein der steilen Felswand gleiten zu lassen, die den Grabungsplatz zum Berg hin begrenzte. Es sah hier so aus, als hätte ein Riese ein großes Stück aus dem Hang des Tendaguru herausgebissen.

Schon beim ersten Hinsehen erkannte sie die *Trigonien*, von denen Edwin Hennig gestern Abend gesprochen hatte. Die Reste versteinerter Muschelschalen und anderer Fossilien ragten spitz aus der gut fünf Meter hohen, leicht nach vorn gewölbten, fast weißen Wand, die man ins Sediment geschlagen hatte. Sophie blieb stehen, um die unterschiedlichen Schichten aus Sandstein und anderen Gesteinsarten dazwischen genauer in Augenschein zu nehmen, während Paul und der Präparator, ins Gespräch vertieft, sich langsam von ihr entfernten.

Das Interesse an den Besuchern hatte sich schnell gelegt, und die Arbeiter nahmen wieder ihre Tätigkeiten auf. Sie schippten Geröll beiseite oder widmeten sich mit Hammer und Meißel dem vorsichtigen Freilegen einzelner Knochen am Boden der flachen Grube.

Sophie trat einen Schritt zurück und ließ ihren Blick Zentimeter für Zentimeter über die von zahlreichen Spitzhacken zerfurchte Felswand vor ihr schweifen, bis eine Anomalie ihre Neugier weckte. Was war denn das rundliche Etwas, das sich dort oben kaum wahrnehmbar aus der Wand wölbte? Neugierig trat sie näher, legte den Kopf in den Nacken, doch das Objekt war von hier unten nicht genau zu erkennen.

Sie sah sich suchend in dem Durcheinander aus Steinen und Geröll, Hacken und Schaufeln nach etwas Brauchbarem um, das ihr helfen könnte, näher dort oben heranzukommen. Etwa zehn Meter entfernt entdeckte sie eine Art hölzernen Tritt mit fünf Stufen. Der wäre praktisch, überlegte sie und schaute sich um. Paul und Boheti hatten am anderen Ende des Grabens die Köpfe über einem Fundstück zusammengesteckt. Werner Janensch saß reglos unter den Bäumen, hatte seinen Hut tief ins Gesicht gezogen und wirkte ganz so, als sei er mittlerweile auf seinem Stuhl eingenickt. Die Arbeiter schienen alle sehr beschäftigt zu sein und beachteten Sophie nicht weiter. Da sie, wie versprochen, den Arbeitsablauf hier nicht stören wollte, entschloss sie sich, die Leiter selbst zu holen.

Das Holzgestell erwies sich als ziemlich schwer, dennoch zerrte sie es über das Geröll zu der Stelle unterhalb der sich vorwölbenden

Anomalie und platzierte es so stabil wie möglich auf dem unebenen Boden am Fuße der Felswand. Aus ihrem ledernen Arbeitsbeutel holte sie dann Hammer und Meißel hervor und stieg entschlossen die wackligen Stufen hinauf.

Als sie auf Augenhöhe mit dem rätselhaften Objekt war, hielt sie den Atem an. Das, was sie da sah, ähnelte frappierend einigen der *Diplodocus*-Fragmente, die sie für Paul im Museum wochenlang freipräpariert hatte – allerdings war es deutlich größer.

Konnte das wirklich wahr sein? War das Ding, das direkt vor ihrer Nase in der Felswand steckte, tatsächlich ein Stück eines außergewöhnlich großen Dinosaurierknochens? Sie holte tief Luft und überlegte kurz, was sie jetzt tun sollte. Irgendwem Bescheid geben oder der Sache selbst auf den Grund gehen?

Der Wunsch, dies Geheimnis allein, ohne fremde Hilfe zu lüften, und der starke Drang, etwas zu entdecken, das kein anderer Mensch zuvor erblickt hatte, waren übermächtig. Verstohlen sah sie sich um, doch niemand schenkte ihr Beachtung. Sophie setzte vorsichtig den Meißel an und klopfte zaghaft mit dem Hammer darauf. Das Geräusch ging im allgemeinen Hämmern der Arbeiter unter, die das Gleiche taten wie sie. Also schlug sie erneut auf das Ende des Meißels – diesmal etwas kräftiger. Erste kleine Felsstücke splitterten aus der Wand und fielen zu Boden. Angespornt davon, hämmerte Sophie behutsam weiter, mit genügend Abstand um den Knochen herum, um ihn nicht zu beschädigen – so wie sie es gelernt hatte. Das Gestein war nicht sonderlich hart, und so konnte sie mit wenigen Hammerschlägen mehrere Zentimeter freilegen. Stück für Stück schälte sich die Form des Objekts heraus … und ihre Vermutung schien sich zu bestätigen. Dies hier war offenbar tatsächlich der Arm- oder Beinknochen eines riesigen Dinosauriers! Und sie allein hatte ihn gefunden! Gepackt vom Jagdfieber, vergaß sie alles um sich herum und schlug immer weiter auf den Meißel – im gleichen schnellen Takt, den ihr das eigene aufgeregt klopfende Herz vorgab.

Plötzlich schrak sie zusammen, als sie die wütende Stimme von Werner Janensch von seinem Rastplatz herüberbrüllen hörte: »Halt!

Was machen Sie denn da?! Holt die Verrückte da weg! Hören Sie sofort auf! Die Wand …«

Sophie drehte sich ertappt herum, doch es war schon zu spät … Ein unheimliches, dumpfes Grollen ertönte über ihr. Der Tendaguru-Berg schien zu erbeben, als wenn eine Herde Saurier darauf herumstampfte. Ein herabfallender Stein traf sie an der rechten Schulter und brachte sie aus dem Gleichgewicht. Mit einem lauten Schrei stürzte sie von ihrer Leiter. Sie stöhnte schmerzhaft, als sie mit dem Gesäß auf dem spitzen Geröll aufprallte, und musste gleich darauf die Augen zusammenkneifen und fürchterlich husten, als Unmengen feinen Sandsteinstaubs herabrieselten und sie in eine dichte weiße Wolke hüllten.

»Sophie!«, hörte sie Paul erschrocken rufen, und einen Moment später zogen sie kräftige Arme unsanft hoch und weg von der Felswand, aus der jetzt weitere Gesteinsbrocken herausbrachen und in einem gewaltigen Staubnebel herunterkrachten.

Am Rand der Grube setzte Paul sie sanft auf dem vertrockneten Steppengras ab. Sophie war völlig durcheinander und blieb auf dem Boden sitzen. Sie hörte vielstimmiges, aufgeregtes Geschrei um sich herum, konnte jedoch nichts erkennen, da ihre Augen tränten. Dann spürte sie, wie jemand über ihr Gesicht wischte, um es vom feinen Staub zu befreien. Blinzelnd erkannte sie schließlich das von zerzausten schwarzen Locken umgebene, gebräunte Antlitz von Paul, der mit einem Taschentuch in der Hand direkt vor ihr hockte und sie erschrocken ansah.

»Bist du verletzt?«, fragte er besorgt und strich ihr zärtlich eine Strähne ihres aufgelösten, staubbedeckten Haars aus dem Gesicht.

»Ich glaube nicht …« Sie bewegte vorsichtig Arme und Beine, horchte in sich hinein und verspürte lediglich einen dumpfen Schmerz in ihrem Gesäß, auf dem sie bei ihrem Sturz so unsanft gelandet war. »Es ist alles in Ordnung mit mir. Ich hab mich nur fürchterlich erschrocken.«

»Ich auch …« Paul schüttelte mit einem erleichterten Lächeln den Kopf. »Was hast du dir nur dabei gedacht?«

»Es tut mir schrecklich leid«, murmelte sie beschämt.

»Ich hab ja gleich gewusst, dass es eine völlig verrückte Idee war, eine leichtsinnige junge Frau mit zu dieser Expedition zu nehmen«, schimpfte Werner Janensch, der nun hinter ihr stand.

Ihr Nacken schmerzte, als sie sich umdrehte und zu ihm aufsah. »Bitte ... verzeihen Sie ... Ich wollte nicht ...«, stammelte sie schuldbewusst.

»Sehen Sie sich bloß an, was Sie hier angerichtet haben!«, unterbrach er sie wütend und wies mit ausgestrecktem Arm auf die Felswand vor ihnen.

»Ist etwas kaputtgegangen?«, fragte Sophie kleinlaut.

»Sie meinen, außer unserer ehemals stabilen Wand, die die Ausgrabungsstelle begrenzte?«, gab er bissig zurück. »Soweit ich das im Moment überblicke, sind die einzelnen Fragmente, an denen wir arbeiten, weit genug weg von der Einsturzstelle und hoffentlich nicht gravierend beschädigt worden. Aber nun müssen wir hier noch mehr wertlosen Schutt und Geröll wegschaffen«, redete er sich in Rage. »Das dauert Tage, bis hier alles wieder so ordentlich aussieht wie vor ihrer unüberlegten, eigenmächtigen Unternehmung!« Er schaute sie grimmig an. »Was um Himmels willen wollten sie denn da an der Wand? Da ist doch nichts von Interesse für uns! Alles, was wir gesucht haben, liegt am Boden, in der untersten Sedimentschicht. Und nicht irgendwo da oben!« Er fuchtelte mit der Hand vor ihrem Gesicht herum.

»Aber ich habe da oben etwas entdeckt ...«, versuchte sie sich zu rechtfertigen.

»Reden Sie doch keinen Unsinn, Fräulein von Mayden!«, polterte Janensch. »Da haben wir schon alles inspiziert. Da gibt es keine Fossilien!«

»Doch, ich habe ...«

»Sie wagen es, *mir* zu widersprechen?« Seine Stimme überschlug sich, als er sie wütend unterbrach.

»Bitte lassen Sie Sophie doch wenigstens erklären, was sie dort gefunden hat«, ging Paul Klüver energisch dazwischen. »Sie wird nicht aus Jux und Tollerei dort herumgehämmert haben.« Er schaute sie fragend an. »Also, was hast du da gesehen?«

Sie lächelte ihn dankbar an und räusperte sich. »Ich vermute, es ist der Knochen eines sehr großen Sauropoden«, antwortete sie verhalten.

»Wie bitte?« Janensch lachte höhnisch auf. »So ein hanebüchener Unsinn! Ich habe Ihnen doch gerade erklärt, dass wir bei den Grabungen auch dort oben alles abgesucht haben. Dort ist nichts von Interesse! Der *Brachiosaurus* liegt da unten!« Er wies mit dem ausgestreckten Zeigefinger auf die Stelle, wo die präparierte Rippe lag.

»Aber vielleicht gibt es hier noch einen?«, wagte Sophie einzuwenden.

»Jetzt reicht's aber! Meine Geduld mit Ihnen ist erschöpft, mein Fräulein«, schimpfte Janensch. Mit einem überheblichen Blick sah er Paul an. »Sorgen Sie bitte dafür, dass diese junge Dame zukünftig das Camp nicht mehr verlässt, damit sie bei den Ausgrabungen nicht noch mehr Unheil anrichten kann!« An Sophie gerichtet, die schockiert schwieg, schob er gehässig hinterher: »Vielleicht machen Sie sich besser in der Küche nützlich und überlassen zukünftig den Männern die wichtige Forschungsarbeit.«

Er setzte seinen Hut wieder auf, machte grußlos auf dem Absatz kehrt und marschierte los, als der laute Ruf von Boheti bin Amrani ihn aufhielt, der inmitten des herabgestürzten Gerölls stand.

»*Bwana* Janensch! Bitte kommen Sie! Schnell!« Er klang sehr aufgewühlt und schwenkte aufgeregt sein rotes Käppi.

»Also ist doch etwas zerstört worden!«, brauste Werner Janensch erneut auf und stampfte wütend zu dem Vorarbeiter hinüber.

Sophie stöhnte erschüttert auf, vergrub ihr Gesicht in beiden Händen und fragte sich beschämt, was sie mit ihrer eigenmächtigen Aktion bloß angerichtet hatte.

»Ich gehe nachsehen, was passiert ist«, sagte Paul ruhig und strich ihr tröstend über die Schulter. »Du bleibst besser erst mal hier. Setz dich da vorne auf den Stuhl.«

* * *

»Ein Prosit auf unsere heutige Entdeckung und auf unser Fräulein von Mayden!« Werner Janensch erhob sein Sektglas mit großer Geste.

»Auf Ihren Spürsinn!«, stimmte Edwin Hennig ein und nickte ihr wohlwollend zu.

Sophie fühlte sich äußerst geschmeichelt von dem Lob der beiden Paläontologen.

»Du hast nicht nur ein hübsches, sondern auch ein ausgesprochen ausgeprägtes Dinosaurier-Näschen«, meinte Richard grinsend.

Sophie fasste sich mit gespielter Empörung an ihre Nase und fragte entrüstet: »Du findest sie zu groß?«

Richard widersprach lachend. »Keinesfalls! Zum Aufspüren von alten Knochen kann sie gar nicht groß genug sein!« Alle fielen in sein Lachen ein, während er über den Tisch griff und ihr einen charmanten Handkuss gab. Dann erhob er sein Glas und rief laut: »Auf Sophie, die Königin der Ausgräber!«

Janensch und Hennig warfen sich einen irritierten Blick zu.

»Ich bin wirklich sehr stolz auf dich«, sagte Paul leise. Er saß neben Sophie und schaute ihr tief in die Augen, als sie sich zuprosteten. Ihr wurde bei seinen Worten und diesem Blick aus seinen dunkelblauen Augen ganz warm ums Herz.

Nach dem fürchterlichen Schreck am Mittag hatte sie immer noch Mühe zu glauben, dass sie jetzt hier oben auf dem Plateau des Tendaguru an einem reich gedeckten Tisch saß, von diesen vier Männern in den höchsten Tönen gelobt worden war und mit einem Glas Sekt in der Hand auf den Sonnenuntergang wartete.

Sie erhob sich zögernd von ihrem Safaristuhl und räusperte sich, um auf die Komplimente zu antworten. »Ich danke Ihnen sehr für Ihre warmen Worte und das Lob, meine Herren.« Sie lächelte in die Runde. In ihr kämpften immer noch Reue und Scham mit Stolz und unbändiger Freude. Mit einem Anflug von Röte im Gesicht sagte sie: »Verehrter Herr Janensch, ich bin mir sehr bewusst, dass mein Leichtsinn eigentlich unverzeihlich ist …« Der Expeditionsleiter nickte ihr generös zu, doch sein versöhnliches Lächeln fiel recht schmallippig aus. Ehe er etwas darauf erwidern konnte, fuhr Sophie mit erhobenem Kopf fort: »Aber ich freue mich auch sehr, dass der kleine Erdrutsch, den ich durch meine unbedachte Handlung ausgelöst habe, immerhin zu einer erfreulichen Entdeckung geführt hat.«

Nach dem teilweisen Einsturz der Felswand hatte Boheti bin Amrani das heruntergestürzte Geröll eilig durchsucht und dabei festgestellt, dass nicht nur Felsstücke heruntergefallen waren. Zwischen den Steinen und dem ganzen Staub fand er verstreut herumliegende Knochenfragmente, bei denen es sich um die beinahe vollständige vordere Extremität eines veritablen Dinosauriers handelte. Es war ein spektakulärer Fund, wie auch Janensch zähneknirschend zugeben musste, nachdem er sich selbst ein Bild von dem Unglück gemacht hatte, das in Wirklichkeit ein Glücksfall war.

Doch davon bekam Sophie nichts mit. Sie saß völlig aufgelöst, mit schmerzendem Gesäß und einer Schramme am Ellbogen, auf dem Klappstuhl von Janensch und traute sich nach den wütenden Vorwürfen des Expeditionsleiters nicht, sich von ihrem Platz wegzubewegen. Während die Männer das Geröll absuchten, beobachtete sie durch einen Tränenschleier das Geschehen von Weitem. Sowohl die Arbeiter als auch Janensch und sogar Paul schienen Sophie inzwischen ganz vergessen zu haben. Aus der Ferne versuchte sie zu verstehen, was da drüben vor sich ging. Es gab kein Geschrei und Geschimpfe, woraus sie schloss, dass bei dem Einsturz nichts wirklich Wertvolles zerstört worden war. Sie hoffte inständig, dass die Männer den großen Knochen entdeckten, der in der Felswand gesteckt hatte. Dann wäre sie zumindest teilweise rehabilitiert.

Voller Unruhe sah sie nach einer halben Stunde bangen Wartens endlich Paul im Laufschritt auf sich zukommen. Erleichtert erkannte sie die Grübchen, die sich auf seinen Wangen abzeichneten, als er ihr schon von Weitem zurief: »Du hattest recht!«

Sophie stand eilig auf und schirmte mit der flachen Hand ihre Augen gegen die hochstehende Mittagssonne ab, als sie aus dem Schatten trat. »Ihr habt den Knochen also gefunden?«, fragte sie laut.

»Mehr als das!«

Er klang ausgesprochen euphorisch, als er mit großen Schritten auf sie zustürmte, sie statt weiterer Erklärungen einfach ungestüm um die Taille packte, sie ein paar Zentimeter hochhob und sich mit ihr ausgelassen im Kreis herumdrehte. Sophie schrie laut auf, überrascht über diesen für Paul völlig untypischen Übermut, und musste lachen, als er sie noch ein letztes Mal herumschleuderte, bevor er sie wieder absetzte und in die Arme schloss.

»Glückwunsch, Sophie!«, flüsterte er; seine Lippen waren jetzt ganz dicht an ihrem Ohr. »Es ist ein wirklich großer Fund!«

Als er gleich darauf von ihr abließ, versuchte sie mit einer fahrigen Geste, ihre völlig derangierte Frisur ein wenig zurechtzuzupfen, während sie ihn aufgeregt fragte: »Ist es ein interessanter Knochen?«

»Nicht nur einer …«, sagte er augenzwinkernd und ließ sie noch einen Moment lang im Ungewissen.

Sophie konnte ihre Ungeduld nicht mehr zügeln und trommelte mit den Fäusten lachend gegen seine Brust, damit er sie endlich erlöste. »Raus mit der Sprache, Herr Klüver!«, forderte sie energisch.

Er strahlte sie stolz an. »Es ist wirklich fantastisch! Aus der Sedimentschicht, an der du herumgehämmert hast, haben sich durch den Einsturz nicht nur ein Ober- und ein Unterarmknochen, sondern auch das riesige Schulterblatt und die Fußknochen eines gigantischen Dinosauriers gelöst. Die Armknochen allein sind je zwei Meter lang! Sehr wahrscheinlich gehören sie zu einem weiteren *Brachiosaurus*!«

»Nein!« Sophie starrte ihn fassungslos an. »Ist das wirklich wahr?«

»Absolut! Sogar Werner Janensch ist überwältigt.« Er zwinkerte ihr zu. »Ich schätze, er sucht gerade nach den passenden Worten, um sich gebührend bei dir zu entschuldigen …« Breit grinsend fügte er hinzu: »Und vermutlich musst du nun doch nicht in die Küche.«

Sophie spürte, wie ihr ein Stein – oder eher ein Felsbrocken, so schwer wie der ganze Tendaguru – vom Herzen fiel. Sie schlang die Arme um Pauls Hals, drückte ihn kurz an sich und murmelte erleichtert: »Gott sei Dank!«

Und nun saß sie hier oben auf dem Plateau ihres Schicksalsbergs, genoss das angenehm kühle Lüftchen, das dort wehte, und bestaunte die wechselnden bunten Farben, in die die Landschaft von der untergehenden Sonne getaucht wurde. Es erschien ihr völlig unwirklich, hier in Afrika zusammen mit Paul und Richard und diesen beiden Paläontologen zu sitzen, in der Hand ein Sektglas, in dem kalter *Kupferberg Gold* perlte, den der neue Diener ihr gerade nachgeschenkt hatte.

Als sie am Nachmittag zurückgekommen waren, hatte Sophie zu ihrer Überraschung festgestellt, dass Sefu Abdallah verschwunden und durch einen Jungen namens Wilhelm ersetzt worden war.

Als sie Edwin Hennig nach dem Grund gefragt hatte, war seine Antwort gewesen: »Meinem *Boy* Sefu hatte ich schon vor ein paar Tagen zum Ende des Monats gekündigt, da er immer mal wieder allerlei kleine, aber tägliche Ungeschicklichkeiten und Unterlassungssünden beging. Heute nun wollte er plötzlich sofort gehen. So sind sie …« Er hatte mit den Schultern gezuckt. »Mir war das ganz recht, denn so konnte ich diesen niedlichen, in der französischen Mission vortrefflich erzogenen Wangoni-Jungen anstellen.«

Der kleine Wilhelm war wirklich niedlich, aber höchstens vierzehn Jahre alt. Er versuchte, sein jugendliches Alter zu überspielen, und war äußerst bemüht, alles richtig zu machen. Gleich heute Nachmittag hatte er sich darum kümmern müssen, dass die gekühlten Getränke und das köstliche Picknick, das der Koch zubereitet hatte, rechtzeitig bereitstanden. Sophie und die vier Männer hatten sich herausgeputzt und am frühen Abend den Berg erklommen, um hier bei Sekt, Weißwein, Kaviar und anderen Leckereien den einunddreißigsten Geburtstag von Werner Janensch zu feiern – und natürlich auch den Fund der Dinosaurierknochen.

Angesichts der allgemeinen Aufregung um Sophies Entdeckung, die sich natürlich der Expeditionsleiter auf die Fahne schrieb, war der Streit am Frühstückstisch kein Thema mehr. Dennoch hatte Sophie das Gefühl, dass Edwin Hennig sich nicht genügend beachtet und ein wenig in den Hintergrund gedrängt fühlte. Deshalb erkundigte sie sich jetzt betont interessiert danach, was er und Richard denn am heutigen Tag erlebt und gesehen hatten.

»Wir waren bei dem *Ligomasaurus* …«, begann Hennig, wurde jedoch sofort unterbrochen.

»Eindeutig auch ein *Dicraeosaurus*«, behauptete Janensch. »Da bin ich mir sicher.«

»Gut möglich … Wie es den Anschein hat, besitzt er die typischen Dornen am Hals«, bestätigte Hennig zähneknirschend. »Allerdings kann man das noch längst nicht abschließend sagen, denn er wurde ja erst vorgestern südlich des Weges zur Ortschaft Kerani Ligoma gefunden. Da ihn unser Aufseher Issa bin Salim entdeckt hat, werden wir ihn zukünftig *Issasaurus* nennen.« Er warf seinem Vorgesetzten einen langen Blick zu. »Noch ist der Befund recht mangelhaft, doch immerhin haben wir in der Nähe bereits ein *Femur* in einem höheren Horizont gefunden …«

»Genau, ein ansehnlicher Oberschenkelknochen«, übersetzte Richard souverän. »Herr Hennig hat ihn mir gezeigt und genau erklärt. Wenn ein derart begnadeter Lehrer praktischen Unterricht gibt …« – er zwinkerte Edwin Hennig komplizenhaft zu –, »… dann kann sogar ich mir die lateinischen Namen der Knochen merken.«

»Ich bin beeindruckt«, behauptete Sophie amüsiert.

»Warte, ich bin noch nicht fertig!« Ihr Kommilitone setzte sich aufrecht hin, räusperte sich und erklärte dann gewichtig: »Bei der heutigen Besichtigung durfte ich hautnah dabei sein, als in einer tieferen Schicht auch noch ein fantastischer *Humerus*, also ein Oberarmknochen, entdeckt wurde.« Er grinste Sophie breit an. »Du bist also nicht die Einzige, die heute große Dinosaurierextremitäten gefunden hat!«

»Ich bin wirklich sehr stolz auf dich, Richard«, lobte sie ihn aus vollem Herzen. »Ich wusste ja schon immer, dass dich die Paläontologie noch zu begeistern weiß, sobald du erst miterlebst, wie es in der Praxis zugeht, wenn unsere Forschungsobjekte aufgespürt und fachmännisch ausgegraben werden!«

»Ja, das ist wirklich etwas anderes als die trockene Theorie im Hörsaal und in den Büchern«, bestätigte er strahlend, breitete die Arme aus und seufzte: »Ist es nicht herrlich hier?! Ich glaube, ich bleibe für immer in Afrika.« Er drehte sich überschwänglich zu Werner Janensch um. »Wollen Sie nicht lieber mich als dritten Weißen hier anstellen? Ich koste Sie fast nichts. Ach, was sage ich! Meine Eltern werden Ihnen sogar noch etwas extra zahlen, wenn Sie mich dafür hierbehalten.« Er lachte auf. »Und ich brauche nicht viel – nur ausreichend Verpflegung … und ab und zu so ein köstliches Glas Sekt.« Mit strahlendem Gesicht hob er sein Glas und entlockte mit seiner guten Laune sogar dem sonst so ernsten Expeditionsleiter ein amüsiertes Lachen.

Es war ein schöner Abend gewesen, und sie hatten noch lange unter dem Sternenhimmel auf dem Berg gesessen. Trotzdem waren alle am nächsten Morgen früh aufgestanden. Paul und Sophie waren gleich nach dem Frühstück ohne Werner Janensch, der behauptete, sich in seinem Zelt zunächst mit wichtiger Post beschäftigen zu müssen, wieder zur Fundstelle der neuen Knochen aufgebrochen. Sophie konnte es kaum abwarten, alles akribisch in Augenschein zu nehmen und den Fund zu dokumentieren – *ihre* Dinosaurierfragmente!

Richard hingegen zog es vor, mit Edwin Hennig und einigen Wangoni durch die Schamben zu streifen, um in der Ebene sein Jagdglück zu versuchen. Am Abend schleppten die Träger ein von ihm erlegtes, stattliches Warzenschwein zum Lager hoch, aus dem die Köche ein wahres Festmahl zubereiteten. Edwin Hennig murrte, dass seine Büchse mal wieder blockiert habe, sodass ihm mehrere Antilopen durch die Lappen gegangen wären.

In den nachfolgenden Tagen inspizierten Sophie, Paul und Richard jeder auf eigene Faust nacheinander die zahlreichen anderen Fundorte, die sich in unterschiedlichen Phasen der Ausgrabung befanden. Sophie machte sich eifrig Notizen, lieh sich Richards Fotoapparat, dokumentierte damit die Lage der Knochen und machte

Bilder von den Menschen, die sie gefunden hatten und nun daran arbeiteten.

Dann gab es Ärger im Camp, weil für einen geplanten Knochentransport nach Lindi nur acht der kurzfristig bestellten fünfzig Träger aus den Dörfern in der Nähe hergekommen waren. Zähneknirschend hatte Edwin Hennig die fünfundsiebzig verpackten Objekte mit einem Tag Verspätung und eigenen Arbeitern aus dem Tendaguru-Dorf losgeschickt, was wiederum den geplanten Fortgang der Ausgrabungen um mehrere Tage verzögerte. Damit sich der Zeitverlust in Grenzen hielt, boten Sophie, Richard und Paul umgehend an, sich an der Präparation zu beteiligen. Janensch und Hennig waren dankbar für ihr Hilfsangebot, und den dreien machte es trotz der extremen Hitze Spaß, von morgens bis abends in den Gräben zu hocken und gemeinsam mit den Arbeitern die Fundstücke millimeterweise freizulegen. Das war doch etwas völlig anderes, als nur, wie ursprünglich geplant, bei den Ausgrabungen zuzuschauen und die entdeckten Knochen in Augenschein zu nehmen.

Eines Abends – die drei hatten inzwischen fast zwei Wochen bei den Ausgrabungen verbracht und stets voller Elan ihre täglich wechselnden Aufgaben erledigt – trafen sie bei ihrer Rückkehr ins Lager einen Fremden an: ein kräftiger weißer Mann, schätzungsweise Mitte dreißig, der sich als Herr Bötzow vorstellte. Er verstand sich auf Anhieb blendend mit Werner Janensch, der scheinbar froh über die Gesellschaft eines weiteren Deutschen war. Obwohl der Besucher kein Wissenschaftler, sondern ein reicher Kautschuk-Pflanzer aus der Provinz West-Usambara war, zeigte er großes Interesse an den Grabungen. Er hatte in der *Deutschen Kolonialzeitung* von den spektakulären Tendaguru-Funden gelesen und sich mit ein paar Trägern einfach auf den weiten Weg aus dem Norden gemacht, um das Wunder mit eigenen Augen zu bestaunen.

Er war höchst begeistert und bestürmte den Expeditionsleiter mit jeder Menge Fragen. Janensch führte ihn persönlich zu diversen Gräben, wo Bötzow eifrig alles fotografierte und sich Notizen machte. Am dritten Tag seines Besuchs verabschiedete er sich frühmorgens, wobei er sich überschwänglich für die Einblicke in die Forschungen bedankte und die beiden gestandenen Paläontologen einlud, während der nächsten Regenzeit ein derzeit leerstehendes Farmhaus auf seiner Plantage zu bewohnen. Er bedauerte es sehr, dass er sich nun wieder um seinen Kautschuk kümmern musste, anstatt sich mit den Relikten von Urzeitwesen beschäftigen zu dürfen, und bat die Herren inständig, sein Angebot anzunehmen. Dann würde man sich in ein paar Monaten in Usambara wiedersehen und an langen Regentagen ausgiebig über die neuesten Erkenntnisse ihrer Forschung an den faszinierenden Schreckensechsen, wie Bötzow die Dinosaurier weiterhin nannte, sprechen können.

Sophie hatte sich über die Offenheit von Werner Janensch gewundert, mit der er dem unangemeldeten Besucher und wissenschaftlichen Laien begegnet war. Wo es doch beinahe einem Staatsakt gleichgekommen war, für Paul, Richard und sie selbst die Erlaubnis zu bekommen, als reine Beobachter hierher reisen zu dürfen. Wie war es zu erklären, dass Janensch und Hennig diesem Herrn Bötzow gegenüber derart aufgeschlossen und gastfreundlich gewesen waren und ihm ohne irgendwelche Bedenken detaillierte Einblicke in ihre Funde gegeben hatten? War es nur die Aussicht auf eine feste, trockene Unterkunft während der Regenzeit?

Vielleicht kannte Richard die Antwort darauf. Immerhin war ihr Freund seit ihrer Ankunft ständig an der Seite von Edwin Hennig unterwegs. Er begleitete ihn nicht nur zu den Ausgrabungsstätten und spielte abends oft mit ihm Schach, sondern die beiden Männer gingen auch häufig bei nächtlichem Mondschein gemeinsam auf die Jagd. Die außergewöhnliche Nähe zwischen ihrem Kommilitonen und dem Wissenschaftler war Sophie nicht entgangen und hatte sie neugierig gemacht. Sie musste sich eingestehen, dass dieser Umstand sie in Wahrheit weit mehr interessierte als die ungewöhnliche Offenheit gegenüber diesem Herrn Bötzow.

Doch einfach danach fragen wollte sie Richard nicht, denn auf ihrem Wohnhügel mit den eng beieinanderstehenden Safarizelten gab es keine Gelegenheit, ungestört miteinander zu sprechen. Deshalb schlug sie ihrem Freund gleich nach der Abreise des Besuchers vor, einen abendlichen Ausflug auf den Tendaguru zu machen. »Einfach mal nur wir zwei, ohne Personal oder andere Begleiter. Wie klingt das?«

»Schöne Idee, aber Herr Hennig und ich sind nach dem Abendessen verabredet, um die Partie von gestern fertigzuspielen …«, erwiderte Richard ausweichend.

»Du hast inzwischen fast jeden Abend mit ihm verbracht. Heute bin ich mal dran.« Sophie stupste ihn auffordernd an die Schulter. »Nun, komm! Ich bitte den kleinen Wilhelm, uns einen Picknickkorb zu packen. Damit setzen wir uns oben auf den Tendaguru, machen ein gemütliches Feuer und gucken uns den Sonnenuntergang an.«

»Hm, nur du und ich?«, fragte er skeptisch. »Und was ist mit Paul …?«

»Ach, der scheint in seinem Kopf nur noch Platz für Saurierknochen zu haben«, antwortete sie leichthin. »Heute Abend ist er mal wieder mit Werner Janensch zum Fachgespräch verabredet – zu dem ich natürlich ausdrücklich nicht gebeten wurde.« Sie verdrehte die Augen. »Ich glaube, Janensch hat immer noch nicht akzeptiert, dass ich eine angehende Kollegin bin … Aber sei's drum. So kann ich endlich mal wieder einen ungestörten Abend mit meinem alten Freund verbringen.« Sie sah ihn bittend an. »Ich vermisse unsere lustige Tratscherei in dem lauschigen Versteck hinterm *Deutschen Haus* an der plätschernden Lahn! Ein knisterndes Feuer auf einem einsamen Berg ist da doch die perfekte Alternative.« Sie legte beschwörend die Finger wie zum Gebet aneinander. »Bitte!«

»Ist ja gut. Schon überredet«, willigte er ein, klatschte unternehmungslustig in die Hände und verkündete: »Ich sorge dafür, dass auch eine Flasche *Kupferberg Gold* in unserem Picknickkorb landet!«

Kurz vor Sonnenuntergang gelang es den beiden mit einiger Mühe, oben auf dem Tendaguru ein kleines Feuer zu entfachen. Richard und Sophie hatten darauf verzichtet, sich extra Tisch und Stühle hinauf aufs Plateau bringen zu lassen, und stattdessen zwei Wolldecken, Safarilampen und den Korb mit ihrem Abendbrot allein hinaufgetragen. Nachdem sie es sich auf dem Boden halbwegs bequem gemacht hatten, verspeisten sie die Leckereien, die der Koch ihnen eingepackt hatte, und anschließend beantwortete Richard bei einem Glas Sekt ihre Frage zu dem mysteriösen Herrn Bötzow.

»Edwin Hennig war anfangs nicht gerade begeistert, dass der hier unangemeldet auftauchte«, berichtete er. »Doch das änderte sich, als er erfuhr, dass dieser Pflanzer bei seiner Ankunft Janensch eine äußerst großzügige Geldspende zugesteckt und weitere finanzielle Zuwendungen in Aussicht gestellt hatte. Deshalb war unser allmächtiger Expeditionsleiter auch nur zu gerne bereit, diesem Herrn für zwei Tage das Gefühl zu geben, eine Art Paläontologe zu sein.« Richard grinste. »Und die Aussicht auf ein festes Dach über dem Kopf während der Regenzeit scheint auch ein wenig geholfen zu haben.«

Etwas enttäuscht, dass die Erklärung derart profan war, zuckte Sophie mit den Schultern. »Mit genügend Geld kann man sich scheinbar alles kaufen …«

Richard stupste sie mit dem Ellbogen an und sagte ironisch: »Vorsicht! Auch ich bin nur hier, weil meine Eltern großzügig für die Expedition gespendet haben …«

»Aber du bist immerhin tatsächlich ein angehender Paläontologe!«, widersprach sie. »Und außerdem bist du mein bester Freund. Meine Eltern glauben ja sogar, dass du viel mehr für mich bist …«

Beide kicherten sie bei der Erinnerung an das Schauspiel, das sie vor einigen Wochen in der Villa am Kettenhofweg aufgeführt hatten.

Während sie fröhlich plaudernd auf dem Berg saßen und die untergehende Sonne betrachteten, überlegte Sophie einmal mehr, wie Richard es mit seiner besonderen Art – dieser Mischung aus Luftikus und Mann von Welt – immer wieder schaffte, die unterschiedlichsten Menschen für sich einzunehmen. Damit hatte er sogar ihre gestrenge Mutter um den Finger wickeln können.

Irgendwann, als die afrikanische Nacht längst angebrochen war, verstummten die beiden. In Gedanken versunken, blickten sie eine Weile schweigend in den inzwischen sternenübersäten Himmel, der sich klar und unendlich über ihnen wölbte. Die Grillen zirpten ihr lautes, nächtliches Lied, und das Feuer prasselte munter vor sich hin.

»Hier heraufzukommen war wirklich eine gute Idee«, seufzte Richard schließlich zufrieden. »Ich hab's vermisst, mal wieder ein bisschen Zeit nur mit dir zu verbringen und Studentenunfug zu reden.« Er zwinkerte ihr zu. »Ständig den braven, gelehrten Studenten zu spielen – das ermüdet mich auf die Dauer.«

»Ja, ich finde es auch recht anstrengend, mich immer ordentlich benehmen zu müssen«, stimmte sie zu, sprang plötzlich auf und vollführte einen wilden Tanz ums Lagerfeuer. Sie hüpfte, warf ausgelassen die Arme in die Luft und drehte sich im Kreis.

Richard applaudierte begeistert, als sie sich zu guter Letzt wie eine Bühnentänzerin oder Schauspielerin mit ausladender Geste verbeugte und lachend wieder neben ihm auf der Decke Platz nahm.

»Ach, das tat gut!«, seufzte sie. »Wie gerne würde ich mal mit den Einheimischen unten im Dorf zusammen feiern. Ich muss immer wieder an die tanzenden Frauen denken, die so schön gesungen haben, als wir hier angekommen sind. Das hat mir sehr gefallen.«

»Mir auch.« Er hielt kurz inne. »Musstest du eigentlich auch an dieses schreckliche ›Senegal Dorf‹ auf der ILA in Frankfurt denken, als du hier die Lehmhütten gesehen hast?«

»Ja, sofort«, bestätigte sie mit belegter Stimme. »Ich habe vor ein paar Tagen Kito davon erzählt, und er konnte es kaum glauben, dass Afrikaner in Deutschland wie Tiere ausgestellt werden. Es ist ja auch wirklich beschämend und absurd, wenn man sieht, wie die Wangoni und all die anderen Stämme tatsächlich leben.« Sie schüttelte nachdenklich den Kopf. »Wobei es den Einheimischen hier in unseren Kolonien ja auch nicht immer gut geht …« Sie stockte und murmelte bedrückt: »Kito hat mir von dem blutigen *Maji-Maji*-Krieg erzählt, der bis vor zwei Jahren auch hier in der Gegend wütete und unglaublich viele Opfer gefordert hat. Davon war auch seine Familie betroffen. Das ist alles noch gar nicht allzu lange her …«

»Ja, schrecklich«, stimmte Richard zu. »Immerhin hat sich seitdem etwas getan. Davon hat uns doch Freiherr von Rechenberg an jenem Abend im Kolonial-Klub von Daressalam erzählt. Er benutzte dafür ein bestimmtes Wort. Was war es noch gleich?«

»Rekonstruktionspolitik«, antwortete Sophie. »Ich erinnere mich deutlich an die Worte des Gouverneurs, mit denen er den ›Fleiß und die Geschicklichkeit‹ der lokalen Arbeiter in den höchsten Tönen lobte und betonte, dass es seit dem Ende der Aufstände mehr Gerechtigkeit und weniger harte Züchtigungen gäbe … Ein bisschen weniger Grausamkeit …«

Richard verzog angewidert das Gesicht. »Was für eine Einstellung! Auch in unserem Dorf müssen Einheimische manchmal körperliche Strafen erdulden …«

Sophie schämte sich für ihre Landsleute. Auf dem abgelegenen Wohnhügel hatte sie selbst von derartigen Strafmaßnahmen bislang zwar nichts mitbekommen, doch Kito hatte ihr erzählt, dass Janensch und Hennig im Tendaguru-Dorf regelmäßig eine Art Gerichtsverhandlung abhielten, bei der sie Streitigkeiten unter den Arbeitern schlichteten und vermeintliche Übeltäter bestraften, und zwar auch mit Schlägen. Nicht brutal mit der furchtbaren Nilpferdpeitsche, wie es die ersten Kolonisten in dieser Gegend einst getan hatten, aber immer noch recht schmerzhaft für die Betroffenen, wie Kito berichtet hatte. Es war Sophie ein Rätsel, weshalb Hunderte von kräftigen afrikanischen Männern – die Angehörige von vielen unterschiedlichen Stämmen waren, wie den Wangoni, Wandonde, Wayao, Wamakuza und Wanyamwezi, und auch innerhalb des Camps in ihren jeweiligen Gemeinschaften zusammenlebten – die alleinige Autorität von zwei weißen Europäern akzeptierten.

»Wenn wir ehrlich sind, ist das Tendaguru-Dorf kein echtes Dorf, verglichen mit den kleinen Siedlungen, die wir auf der Reise hierher gesehen haben«, überlegte sie laut. »Es ist eigentlich nur ein großes Arbeitscamp mit Frauen und Kindern. Fast schon eine kleine Stadt.«

»Immerhin haben die Einheimischen dank der Ausgrabungen hier eine feste Arbeit gefunden und werden dafür regelmäßig und anständig entlohnt, hat Herr Hennig mir versichert. Die meisten Träger werden von der *Deutsch-Ostafrikanischen Gesellschaft* angeworben und bezahlt. Die Gesellschaft schickt die geforderte Anzahl Männer mit Vorräten, Werkzeugen und der Post in Lindi los, und auf dem Rückweg transportieren sie die hier gefundenen Knochen. Dafür bekommen sie dann immerhin bis zu zwei Rupien, also fast drei Mark. Nicht gerade viel, verglichen mit Arbeiterlöhnen im Kaiserreich, aber hier sind wir ja auch in Afrika.« Er zuckte mit den Schultern. »Unsere Ausgräber werden monatlich von Edwin Hennig direkt bezahlt – in Mark und zusätzlich mit *Poscho*.«

»Was ist das denn?«

»Das ist Swahili und bedeutet ›Maismehl‹. Man kocht das *Poscho* mit Wasser zu einem Getreidebrei, der sich *Ugali* nennt – das übliche Grundnahrungsmittel in Ostafrika, wie für uns Brot«, erklärte er, hörbar stolz über sein frisch erworbenes Wissen. »Dazu essen sie Gemüse und manchmal auch Fleisch von Tieren, die sie jagen, wenn sie mit Edwin auf die Pirsch gehen.«

Sophie horchte auf. »Edwin?«, hakte sie neugierig nach. »Ihr nennt euch beim Vornamen?« Sie sah Richard mit einer fragend erhobenen Augenbraue an und meinte trotz der Dunkelheit einen Anflug von Röte auf seinem Gesicht wahrzunehmen.

»Wir duzen uns seit einer Weile«, antwortete er zögernd. »Aber nur, wenn wir unter uns sind. Edwin und ich verstehen uns recht gut … Er ist ja erst siebenundzwanzig – also nur fünf Jahre älter als ich. Und er hat so schöne traurige Augen …« Er seufzte leise.

»Du meinst diesen melancholischen Blick, bei dem man immer den Eindruck hat, als würde er sich missverstanden fühlen?«

»Das hast du gut erkannt. Er fühlt sich von Janensch ständig gegängelt und nicht genügend anerkannt. Aber er liebt seine Arbeit hier, und deshalb erträgt er die Launen seines Vorgesetzten. Was nicht immer leicht ist …« Seine Stimme klang mitfühlend.

»Und deshalb ist er froh, jetzt Zeit mit dir verbringen zu können? Weil du zu schätzen weißt, was er hier leistet?«

»Ich hab das Gefühl, wir sind Seelenverwandte …«, murmelte Richard.

Sophie sah ihn verwundert an. »So wie du und Siegfried?«, fragte sie vorsichtig.

Der Blick, mit dem er ihr daraufhin fest in die Augen schaute, war ungewöhnlich ernst. Sie hatte das Gefühl, als würde er ihre Seele erforschen und überlegen, ob er ihr wirklich vertrauen konnte.

Schließlich atmete er tief durch und flüsterte: »Du weißt es, oder?«

Sophie war sich nicht sicher, was genau er meinte, doch sie hatte eine ungefähre Ahnung. Sie überlegte, wie sie so taktvoll wie möglich das aussprechen sollte, was sie schon lange dachte. »Das mit Siegfried und dir … Eure enge Freundschaft … Und jetzt das mit Edwin Hennig … Ist es da so ähnlich? Also – mehr als nur gute Freunde …?«, fragte sie zögerlich.

Er schaute in die Flammen vor sich und murmelte: »Das zwischen Siegfried und mir, das ist *viel* mehr …« Er stockte. »Es ist … oder vielmehr war … Liebe … Wir haben uns sehr geliebt – mit allem, was dazugehört …«

»Wieso *war*?«, platzte sie überrascht heraus. »Ist es denn jetzt keine Liebe mehr? Etwa wegen Edwin?«

Richard sah vom Feuer auf und schien über ihre Antwort völlig verblüfft zu sein. Seine verwunderte Miene verwandelte sich in ein breites Lächeln, als er Sophie in die Augen schaute und voller Wärme bekannte: »Genau dafür liebe ich dich, mein Sophiechen!« Er griff nach ihrer Hand und drückte ihr einen sanften Kuss auf die Innenfläche.

»Wieso denn jetzt *mich*?« Sie sah ihn verständnislos an.

»Weil du wirklich einmalig bist, Sophie! Jede andere Frau wäre schockiert gewesen, wenn ihr ein Mann seine Liebe zu einem anderen Mann gestanden hätte. Aber du bist nur besorgt, ob diese Liebe vielleicht schon wieder zu Ende sein könnte.«

Sie lächelte ihn an. »Richard, du bist mein bester Freund, und ich wünsche mir für dich alles Glück der Welt. Und wenn du mit einem Mann glücklich bist, dann ist das doch ganz allein deine Sache. Was irgendwer anders davon hält, ist doch völlig gleichgültig!«

»Ach, wenn doch bloß alle Menschen so verständnisvoll und einsichtig wären«, seufzte Richard. »Als Siegfrieds Eltern in der Villa auf Usedom aufgetaucht sind, haben sie uns in flagranti erwischt. Es war schrecklich! Ein Drama!«

»O Gott …«, stöhnte Sophie, als sie sich die Szene vorstellte.

»Es gab ein fürchterliches Geschrei. Seine Mutter ist buchstäblich in Ohnmacht gefallen, und sein Vater hat mir Prügel angedroht, wenn ich nicht sofort meine Sachen packen und auf der Stelle von der Insel verschwinden würde. Na, da bin ich lieber freiwillig gegangen …« Trotz der schlimmen Erinnerung an die Geschehnisse konnte er inzwischen wehmütig darüber lächeln. »Tja, und als ich nicht wusste, was ich tun und wohin ich gehen sollte, bist als Erstes du mir eingefallen. Deshalb bin ich kurzentschlossen nach Frankfurt gefahren und habe mich dir an den Hals geworfen.« Er lachte und sie mit ihm. »Und nun sitze ich hier in Afrika, muss dauernd an Siegfried denken und überlege, was er jetzt macht. Wahrscheinlich hat er mich nach meiner feigen Flucht längst abgeschrieben. Seit dem Zwischenfall habe ich jedenfalls nichts mehr von ihm gehört, obwohl ich versucht habe, ihn anzurufen.« Er ballte die Fäuste. »Aber seine Eltern haben ihn scheinbar regelrecht eingesperrt und nicht mal ans Telefon gelassen.« Er schnaubte wütend. »Damit er wenigstens weiß, wo ich abgeblieben und warum ich nicht wieder an der Universität aufgetaucht bin, habe ich ihm in Neapel neben der unverfänglichen Postkarte auch noch einen langen Brief geschrieben und nach Marburg geschickt. Im Stillen habe ich gehofft, dass er mir hierhin schreibt, aber bisher ist keine Post für mich angekommen.

Wahrscheinlich hat er die Nase voll von mir …« Richard ließ enttäuscht den Kopf hängen.

»So ein Unsinn!«, widersprach Sophie energisch. »Bestimmt wartet er schon sehnsüchtig auf dich in Marburg, wo wir ja bald wieder sind. Ich habe Professor Kayser versprochen, auf jeden Fall vor Weihnachten zurück in seinem Hörsaal zu sein.«

»Hat Paul schon gesagt, wann er zurückkehren will? Und ob überhaupt? Steht das Angebot von Janensch, ihn hierzubehalten, eigentlich noch?«

Seine Frage versetzte Sophie einen Stich, denn dieses Damoklesschwert schwebte die ganze Zeit über ihr. »Ich weiß es nicht. Er spricht darüber nicht mit mir, und ich traue mich nicht, ihn danach zu fragen. Heute kam Post für ihn an. Vielleicht die Zusage aus Berlin, dass die Finanzierung der Stelle für ihn sichergestellt ist.« Sie zuckte seufzend die Schultern. »Ich hoffe sehr, dass er mit uns zurückkehrt, wenn die nächste Träger-Karawane für die Knochenfunde kommt und wir mit ihr nach Lindi reisen. Kito meinte gestern, dass wir in ein paar Tagen von hier aufbrechen müssen.« In ihrem Tonfall schwang Bedauern mit.

»Schon?« Richard klang ebenfalls enttäuscht und seufzte schwer. »Vielleicht sollte ich tatsächlich einfach ganz hierbleiben.«

»Und was ist dann mit Siegfried?«

»Natürlich will ich ihn unbedingt wiedersehen, aber ich habe auch Angst, dass er mich nicht mehr will – nach allem, was vorgefallen ist.«

»Würde Edwin denn wollen … dass du hierbleibst?«

»Ach was! Der spricht ständig von irgendeiner Johanna, die er heiraten will, wenn er nach Berlin zurückkehrt. Ich glaube, er ist nur deshalb so gern mit mir zusammen, weil sein älterer Bruder auch Richard heißt – oder weil er mich unterhaltsamer findet als seinen Chef«, seufzte er. »Edwin ist ein wirklich attraktiver Mann, aber er ist leider nicht Siegfried …« Richard zwinkerte ihr zu. »Es geht um die verflixte Liebe! Du weißt, was ich meine … Für dich gibt's schließlich auch nur Paul …«, fügte er mit vielsagendem Unterton hinzu.

»Was soll das denn heißen?« Sie versuchte, entrüstet zu klingen, doch ihr Einwurf war halbherzig.

»Das weißt du ganz genau! Du bist doch schon seit Langem bis über beide Ohren in den attraktiven Herrn Klüver verliebt.« Als sie den Mund öffnete, um einen Einwand zu erheben, hob er sogleich abwehrend die Hand. »Jetzt seid ihr sogar zusammen in Afrika und weit weg von deiner Mutter, die dich daheim mit Argusaugen beobachtet. Aber statt hier romantische Sonnenuntergänge zu genießen, umschleicht ihr euch wie zwei Wildkatzen. Ständig seid ihr bei den Ausgrabungen zusammen und streitet euch dabei dauernd über irgendwelche Knochen, aber eigentlich versteht ihr euch doch blendend. Warum bloß traut sich keiner von euch, dem anderen zu sagen, was er wirklich fühlt? Ihr seid doch auf den ersten Blick ein Traumpaar!«

»Findest du?« Ihre Frage klang, als bitte sie um einen weiteren Anstoß, den nächsten Schritt zu wagen.

»Aber sicher! Obwohl mein hübscher, blonder Siegfried natürlich um Längen attraktiver ist als dein kerniger, schwarz gelockter und meist staubbedeckter Abenteurer!« Er grinste sie frech an. »Wobei … Wenn ich es mir recht überlege … Also, wenn du ihn nicht bald nimmst, nehme ich ihn!«

»Untersteh dich!«, widersprach sie lachend und boxte ihm spielerisch gegen den Oberarm. »Der gehört mir!«

Er wehrte sie kichernd ab. »Na, wenn das so ist, dann solltest du ihm das vielleicht endlich mal sagen.«

»Ich ihm?« Sie sah Richard empört an. »Als Frau kann doch nicht *ich* den ersten Schritt …«

»Was soll das heißen – als Frau?«, unterbrach er sie ungehalten. »Das ist doch dummes Gerede! Du studierst, obwohl du *nur* eine Frau bist; du bist nach Afrika gereist, obwohl du *nur* eine Frau bist; du willst Paläontologin werden, obwohl diesen Beruf ausschließlich Männer ausüben«, redete er sich in Rage. »Da wirst du ja wohl auch Manns genug sein, dem Kerl, den du liebst, reinen Wein einzuschenken! Lass diese alberne, bürgerliche Zurückhaltung hinter dir, und sag Paul endlich, was du für ihn empfindest!«

Sophie sah ihn mit großen Augen an. »Meinst du, ich soll das wirklich tun?«

Er nickte heftig.

»Aber was, wenn er mich auslacht?«, fuhr sie in verzagtem Ton fort. »Ich bin mir doch gar nicht sicher, ob er mich wirklich mag …«

»Aber ich!«, erwiderte Richard. »Ich beobachte euch beiden nun schon eine Weile, und so, wie er dich ansieht, wenn du es nicht bemerkst … Also, wenn ich je einen Mann gesehen habe, der verliebt ist, dann ist es Paul Klüver! Weshalb er sich nicht traut, es dir zu gestehen, weiß ich auch nicht, aber dass er es eigentlich gerne tun würde, das sieht ein Blinder mit ’nem Krückstock!«

»Ganz sicher?«, fragte sie zweifelnd.

»Absolut! Warte nicht so lange, bis er sich aus lauter Verzweiflung doch noch entschließt hierzubleiben!«

»Vielleicht hast du recht …«

Sophie blickte grübelnd ins Lagerfeuer, das inzwischen fast vollständig heruntergebrannt war. Nur noch die rote Glut verbreitete ein wenig Wärme in der kälter werdenden Nacht. Doch statt zu frösteln, wurde ihr innerlich ganz heiß bei der Vorstellung, dass sie sich tatsächlich überwinden sollte, Paul zu gestehen, was sie für ihn empfand. Richard hatte ja recht, dass es Zeit wurde, sich endlich Klarheit zu verschaffen. Aber wie sollte sie das bloß angehen?

Als könne er ihre Gedanken lesen, schlug Richard vor: »Am besten lädst du ihn auch zu einem abendlichen Picknick hier auf dem Berg ein. Ein bisschen romantisches Lagerfeuer und Sonnenuntergang, die Sterne, der Mond – und ein paar Gläser Sekt. Das lockert die Zunge, wie wir beiden ja heute Abend erlebt haben.« Er lächelte sie voller Wärme an, legte kameradschaftlich den Arm um ihre Schultern und drückte sie aufmunternd an sich. »Das schaffst du schon. Du bist doch eine mutige Frau, Sophie!«

* * *

Als Sophie und Paul sich am nächsten Morgen aufmachten, war sie recht müde, weil sie in der vergangenen Nacht noch lange über Richards Rat nachgegrübelt hatte. Während sie jetzt auf dem schmalen Trampelpfad hinter Paul hermarschierte, spielten ihre Finger mit dem Silbermedaillon, das er ihr im Sommer zum Geburtstag geschenkt hatte – als könne das darin verborgene Foto von ihrem Dodo dabei helfen, endlich den Mut zu finden, ihre Gefühle auszusprechen. Ob sie Paul vielleicht um ein passendes Porträtfoto von ihm selbst bitten sollte? Ein so intimer Wunsch müsste ihm doch zeigen, dass er die Initiative für weitere Schritte ergreifen durfte.

Kaum war ihr dieser Gedanke gekommen, wurde ihr bewusst, dass ein solches Vorgehen die Sache nur verkomplizieren und womöglich nicht den erhofften Erfolg haben würde. Nein, Richard hatte recht: Sie war eine erwachsene Frau und in der Lage, sich klar zur artikulieren und ihre Wünsche unmissverständlich zu äußern. Damit hatte sie doch sonst keine Probleme. Aber wenn es um die Liebe ging, fehlten ihr plötzlich die Worte. Und Pauls übliche Schweigsamkeit war bei ihrem Vorhaben, ihm endlich zu gestehen, was sie für ihn empfand, auch nicht gerade hilfreich.

War er heute nicht noch stiller und in sich gekehrter als sonst? Ob das mit der Post zusammenhing, die er gestern erhalten hatte? Es hatte sich ihr bisher keine Gelegenheit geboten, ihn nach dem Inhalt der Nachricht zu fragen. Womöglich war der Brief tatsächlich von Wilhelm von Branca aus Berlin. Vielleicht hatte der Museumsdirektor eine weitere Paläontologenstelle hier bewilligt. Oder eben gerade nicht?

Sie betrachtete grübelnd den Mann, der mit sicheren Schritten vor ihr herlief. Seine schwarzen Haare waren seit ihrer Ankunft noch um einiges länger geworden und bedeckten den Kragen seines olivgrünen Safarihemdes im Nacken. Es gefiel Sophie, dass er seine widerspenstigen Locken nicht mehr mit Pomade glättete, sondern mithilfe seines Tropenhelms bei der Arbeit bändigte. Seine breiten Schultern zeichneten sich deutlich unter dem Stoff seiner Oberbekleidung ab, während er die muskulösen Arme im Takt seiner ausladenden Schritte schwang. Die praktische Safarikleidung, die er sich in Daressalam zugelegt hatte, stand ihm ausgesprochen gut, obwohl er auch im Anzug eine blendende Figur machte, wie sie fand. Seine leichte Jacke wippte oben auf dem Rucksack, an dem er sie festgeschnallt hatte und den er locker über einer Schulter trug. Darin war sein Werkzeug, das er an der Ausgrabungsstelle brauchen würde. Sophie senkte den Kopf ein wenig und schaute auf seine Taille, die ein breiter Ledergürtel umschloss, und betrachtete dann seine athletischen Beine, die in engen khakifarbenen Baumwollhosen und hohen braunen Lederstiefeln steckten, die ihm fast bis zu den Knien reichten.

Sehr viel länger, als es schicklich war, verharrte ihr Blick schließlich auf seinem wohlgeformten Gesäß, das sie sich noch nie so bewusst wie in diesem Moment angeschaut hatte. Dabei verspürte sie ein angenehmes Ziehen im Unterleib. Es irritierte sie, dass ausgerechnet seine Kehrseite derart ihre Aufmerksamkeit erregte. Was war nur mit ihr los?

Eilig rief sie sich Pauls markante Gesichtszüge ins Gedächtnis: das energische Kinn, die gerade Nase, die gebräunte Haut. Es gefiel ihr, dass er seinen Schnurrbart inzwischen abrasiert hatte. Seiner Behauptung, dass der Bart ihm hier in Afrika zu warm sei und ständig der Steinstaub darin hängen bliebe, schenkte sie keinen Glauben, denn das schien die beiden anderen Paläontologen mit ihren dicken Schnauzbärten nicht zu stören. Ob der Grund für die Rasur womöglich der war, dass sie Paul hin und wieder scherzhaft vorgehalten hatte, sein schmaler Gigolo-Schnauzer würde nicht zu einem seriösen Doktortitel passen?

Jedenfalls stand ihm die glattrasierte Bräune ausgesprochen gut, fand Sophie. Vor allem, wenn er lachte und seine weißen Zähne zwischen den vollen Lippen aufblitzten. Doch am liebsten mochte sie die beiden Grübchen in seinen Wangen und die winzigen Lachfältchen um seine Augen, die diese außergewöhnliche Farbe hatten – dieses tiefe Dunkelblau, in dem sie jedes Mal zu versinken drohte, wenn er sie länger ansah.

Sie seufzte innerlich auf, als ihr Blick wieder an seinem hübschen Gesäß hängen blieb. Im diesem Moment drehte er sich unvermittelt zu ihr um. Augenblicklich fühlte sie sich ertappt und riss den Kopf hoch.

»Lass uns einen Abstecher zur Quelle machen, bevor wir uns in die Arbeit stürzen«, schlug er vor. »Ich muss noch meine Trinkflasche auffüllen.«

Sophie war überrascht, dass er nicht, wie üblich, zielstrebig auf direktem Wege zur Ausgrabungsstelle gehen wollte. Doch ihr war es nur recht, denn sie mochte die Wasserquelle am Fuß des Tendaguru. Erst vor Kurzem war sie mit Kito dort gewesen, der ihr gezeigt hatte, wo genau das klare Wasser zwischen den Felsen entsprang. Hier holten die Frauen aus dem Tendaguru-Dorf, das Personal der Forscher und die Einwohner der umliegenden Siedlungen ihr Trinkwasser, doch am Morgen war man dort meist alleine.

Angeblich war hier in der Nähe vor ein paar Tagen ein Löwe gesichtet worden, hatte Kito erzählt, was bei den Dorfbewohnern für große Aufregung gesorgt hatte. Aber das war am Abend gewesen. Jetzt, am frühen Vormittag, schliefen die Wildkatzen für gewöhnlich lieber unter irgendeinem schattigen Baum draußen in der Savanne, bevor sie in der Dämmerung auf Jagd gingen. Außerdem scheuten sie die Menschen, hatte Kito behauptet und zu ihrer Beruhigung hinzugefügt: »*Hakuna Matata* – es gibt keine Probleme.«

Sophie hätte zu gerne mal eine solche Raubkatze gesehen, doch bisher hatte sie nur das Brüllen eines Löwen aus der Ferne gehört, als sie auf dem Weg zum Tendaguru gewesen waren. Vielleicht bekam sie ja auf der Rückreise in ein paar Tagen die Gelegenheit, eines dieser Ehrfurcht gebietenden Raubtiere aus der Distanz beobachten zu können, überlegte sie, während sie Paul folgte, der nun den felsigen Weg hinunter zum Wasser einschlug und seine Schritte beschleunigte.

Zwischen den Bäumen hörte man es schon leise plätschern, während sie der Wasserstelle näher kamen. Als sie zwischen den letzten hohen Büschen hindurchtraten, erblickten sie die Quelle: Aus einem schmalen Spalt im Felsgestein ergoss sich das gurgelnde Frischwasser in ein nicht besonders tiefes, beinahe kreisrundes Becken. Das klare, türkisgrüne Wasser wirkte verlockend. Am liebsten wäre Sophie, verschwitzt wie sie war, samt ihrer Kleidung ins kühle Nass getaucht. Stattdessen füllten Paul und sie ihre Wasserflaschen direkt an der Quelle auf, bevor sie sich zu einer kleinen Rast nebeneinander auf die flachen Felsen am Rand des Beckens niederließen. Ohne lange zu überlegen, schnürte Sophie ihre Stiefel auf, um wenigstens die Füße in das kalte Wasser zu stecken.

»Oh, tut das gut«, seufzte sie. »Das solltest du auch probieren.«

Paul nickte, zog sein Schuhwerk aus und krempelte die Hose bis zu den Knien hoch. Dann ließ auch er seine nackten Füße bis zu den Waden ins Wasser gleiten. Er holte zwei mit geräuchertem Schinken belegte Brote aus seinem Rucksack und gab ihr eins. Schweigend saßen sie eine Weile da, blickten auf den felsigen Grund des Beckens, lauschten dem munteren Gluckern und Plätschern und aßen ihren Imbiss. Sophie spürte, dass Paul etwas auf dem Herzen hatte, doch er schwieg. Also versuchte sie schließlich, ein harmloses Gespräch in Gang zu bringen.

»Ich hoffe, dass die Arbeiter heute das Schulterblatt in Gips eingießen und transportfähig verpacken, damit es zusammen mit den beiden Armknochen mit der nächsten Karawane nach Lindi gebracht werden kann«, sagte sie.

»Davon gehe ich aus. Zumindest ist es ja so geplant.«

»Dann reisen die Knochen, die ich gefunden habe, schon bald mit uns auf demselben Dampfer nach Deutschland – sofern auch wir mit dem Transport abreisen ...« Als er nur stumm nickte, schob sie nach: »Am liebsten würde ich sie direkt ins Senckenberg-Museum bringen. Drevermann und Kinkelin würden Augen machen.«

»Ja, das wäre was«, stimmte er lächelnd zu. »Aber das ist ja leider unmöglich. Alles, was wir hier finden, muss erst mal in Berlin untersucht und katalogisiert werden. Das wird bei der Vielzahl von Objekten sicher sehr lange dauern. Welche Tendaguru-Fragmente vielleicht tatsächlich mal in Frankfurt landen werden, entscheidet sich erst danach. Allerdings habe ich Janensch schon mal vorsorglich darauf angesprochen, dass es doch eine schöne Geste wäre, deine Fundstücke später dem Senckenberg-Museum zu geben.«

Sophie sah ihn überrascht an.

»Er war nicht grundsätzlich dagegen – vielleicht, weil diese Knochen ihn immer daran erinnern, dass er sie eigentlich übersehen hatte …«, fuhr Paul schmunzelnd fort. »Er meinte, dass eine derartige Entscheidung davon abhängig sei, ob sich hier noch weitere, fast gleichartige Knochen finden würden, die dann gewissermaßen doppelt vorhanden wären. So wie der andere Oberarmknochen, den er vorgestern entdeckt hat. Er träumt ja davon, eines Tages aus den verschiedenen Fundstücken das vollständige Gerippe eines *Brachiosaurus* fürs Berliner Naturkundemuseum zusammensetzen zu können.«

»Dann drücke ich ihm ganz fest die Daumen, dass er noch viele weitere Skelettteile eines *Brachiosaurus* findet. Vielleicht dürfen meine Knochen dann tatsächlich irgendwann nach Frankfurt ziehen …«, seufzte sie inbrünstig.

»Ich fände das nur fair. Immerhin hätte man sie ohne dich vielleicht gar nicht entdeckt.«

»Wir müssen ja niemandem verraten, wie es dazu kam …« Sie lachte auf. »Dass sie dank meiner Wenigkeit gefunden wurden, wird Janensch sowieso niemals zugeben. Umso mehr hoffe ich, dass eines Tages diese Extremität eines Tendaguru-Dinosauriers in unserem schönen Lichthof zu bewundern sein wird.« Sie lächelte ihm zu und überlegte kurz. »Hoffentlich werden die verpackten Stücke so markiert, dass man sie genau voneinander unterscheiden kann, damit auch die richtigen Knochen in Frankfurt landen. Stell dir vor, sie bringen in Berlin irgendetwas durcheinander, sodass am Ende irgendein linker Oberarm- und ein rechter Unterarmknochen bei uns ankommen.« Sie lachte bei diesem Gedanken amüsiert auf. »Ich möchte schließlich, dass meine Nachfahren eines Tages in meiner Heimatstadt genau die Knochen bewundern können, die ich gefunden habe.«

»Wir sollten vielleicht Drevermann um Hilfe bitten. Bestimmt kann er bei von Branca etwas bewirken, denn ein bisschen was müssen die Berliner am Ende abgeben. Dafür sorgen schon die zahlreichen Frankfurter Finanziers, ohne die die Expedition schließlich gar nicht möglich gewesen wäre. Ich habe dir doch von dem Großspender erzählt, der mit seinem Einfluss dafür sorgte, dass ich als Beobachter hierher reisen durfte. Geheimrat Richard von Passavant-Gontard, der bekannte Kunstmäzen, ist der *Senckenbergischen Naturforschenden Gesellschaft* seit Langem sehr zugetan. Wenn er davon erfährt, dass eine Frankfurterin mehrere große Knochen eines *Brachiosaurus* gefunden hat, wird er sicher alles daransetzen, dass diese in unserem Museum ausgestellt werden.«

»Das wäre großartig«, seufzte sie hoffnungsfroh.

Dann schwiegen beide abermals für eine Weile, lauschten dem plätschernden Wasser und hingen jeweils ihren Gedanken nach.

Sophie deutete es als gutes Zeichen, dass Paul sich so leidenschaftlich dafür aussprach, die von ihr entdeckten Fundstücke nach Frankfurt bringen zu lassen. Er schien sich demnach weiterhin dem Senckenberg-Museum zugehörig zu fühlen – und nicht im Stillen schon den Berliner Paläontologen. Andererseits hatte er gestern Abend diesen Brief erhalten … Womöglich mit der Zusage, dass er als dritter Forscher hier bei den Tendaguru-Ausgrabungen arbeiten durfte. Zumindest wirkte Paul seitdem verändert; er war sehr nachdenklich und in sich gekehrt.

Traute er sich nicht, ihr zu sagen, dass sie sich schon sehr bald voneinander würden verabschieden müssen? Sie warf ihm einen verstohlenen Seitenblick zu. Dachte er darüber nach, das Angebot anzunehmen, oder waren es vielleicht doch schlechte Nachrichten gewesen, die ihn erreicht hatten?

Sie wusste, dass das ganze Spekulieren sinnlos war und sie sich endlich Klarheit verschaffen sollte – über seine beruflichen und privaten Zukunftspläne. Trug er sich, wie Richard meinte, tatsächlich mit ernsteren Absichten, was sie anbelangte, wagte es jedoch nicht, diese auszusprechen? Oder war es nur ihre eigene fixe Idee, dass sie und er eine gemeinsame Zukunft haben könnten? Aber wie konnte es eine solche überhaupt geben? Ihre Eltern wären sicherlich schockiert, wenn sie sich für einen mehr oder weniger mittellosen Emporkömmling ohne respektablen Stammbaum entscheiden würde – und nicht für einen achtbaren Bräutigam aus wohlhabendem Hause, wie den adligen Richard von Lohenstein oder Wilhelm Oehler, den Ministerialbeamten und Sohn eines Kommerzienrats. Mit Paul als Schwiegersohn wären sie sicher nicht einverstanden.

Zwar war er ein anerkannter Wissenschaftler und angehender Doktor, was ihren Vater vermutlich für ihn einnehmen würde. Doch ihre Mutter würde einwenden, dass er mit seinen Einkünften als Forscher einer Frau wie Sophie nicht den Lebensstil würde bieten können, den sie bisher gewohnt war. Wobei eigentlich gerade Anna von Mayden dafür Verständnis haben müsste. Schließlich hatte sie selbst aus Liebe geheiratet – obwohl ihr Bräutigam längst nicht so vermögend war, wie ihre Eltern gehofft hatten. Aber immerhin hatte sein adliger Name darüber hinweggetröstet, dass Robert von Mayden bei der Hochzeit nicht ganz über die benötigten Mittel verfügt hatte, um seiner Familie auf Dauer den von seinen Schwiegereltern gewünschten Lebensstil eigenständig zu finanzieren.

Sophie seufzte leise. Die Aussicht, eines Tages auf dauerhafte finanzielle Unterstützung durch ihre Eltern angewiesen zu sein, behagte ihr gar nicht. Und so wie sie Paul einschätzte, würde auch er jede Art von geldlicher Zuwendung von seinen Schwiegereltern sicher strikt ablehnen. Wenn es nach ihr ginge, war das auch gar nicht nötig. Schließlich zählten für Sophie inzwischen andere Werte als Luxus und gesellschaftlicher Status. Für einen Ehemann, der ihre Wünsche und vor allem beruflichen Ziele teilte und diese unterstützte, würde sie gerne auf eine Villa und Reichtum verzichten. Stattdessen träumte sie davon, fertig zu studieren, um später mit Paul in ferne Länder zu reisen und dort gemeinsam mit ihm als gleichberechtigte Paläontologen zu arbeiten.

Das einfache, bodenständige Leben, das sie hier im Forschercamp in Afrika kennengelernt hatte, gefiel ihr ausgesprochen gut.

Sie hatte festgestellt, wie wenig man brauchte, um glücklich zu sein – ein Zelt, einen Tropenhelm, feste Stiefel, Hammer und Meißel. Und einen Begleiter, auf den man sich verlassen konnte.

Doch sah Paul das genauso? War er bereit, sein Forscherleben mit ihr zu teilen? Hatte sie ihn hier vor Ort davon überzeugen können, dass sie nicht das verzärtelte Bürgertöchterlein war, für das er sie bisher gehalten hatte? Hatte er eingesehen, dass Frauen die gleichen Fähigkeiten besaßen wie Männer? War er tatsächlich der Mann, mit dem sie eine Chance auf eine Zukunft als Ehefrau und zugleich anerkannte Wissenschaftlerin hätte, oder endete ihre Liebesgeschichte hier in Afrika, bevor sie überhaupt begonnen hatte? Würde Paul sie auslachen, wenn sie ihm ihre Gefühle, Hoffnungen und Träume gestand? Würde er ohne sie hierbleiben, während sie zurück nach Deutschland musste?

So viele Fragen – und es gab nur einen Weg, die Antworten herauszufinden …

Sie starrte ins Wasser, wo ihre und seine Füße so dicht nebeneinander baumelten, dass sie sich fast berührten. Endlich fasste sie sich ein Herz. »Hast du eigentlich inzwischen über das Angebot von Janensch nachgedacht, mit ihm und Hennig hier zu arbeiten?«, fragte sie vorsichtig.

Er sah sie irritiert an, als sei er in Gedanken gerade ganz woanders gewesen, und antwortete dann unbestimmt: »Das kommt darauf an …«

»Worauf?«

»Nun, es gibt Verschiedenes zu bedenken … Einerseits wäre es eine einmalige Chance, mir hier einen Namen als Paläontologe zu machen. Andererseits wartet in Frankfurt meine halbfertige Doktorarbeit auf mich. Und dann ist inzwischen noch ein sehr privater Aspekt hinzugekommen …«

Er verstummte, und Sophie unterdrückte die Nachfrage, die ihr sofort auf der Zunge lag. Sprach er womöglich gerade von ihr? War *sie* die private Angelegenheit, die es bei seiner Entscheidung zu bedenken galt?

Paul seufzte leise auf. »Ich habe gestern Abend einen Brief aus Deutschland bekommen …« Er räusperte sich. »Aus Bremen …«

Sophie schaute überrascht auf. Damit hatte sie nun überhaupt nicht gerechnet.

»Mein Onkel, der ehemalige Dom-Küster, von dem ich dir erzählt hatte, hat mir geschrieben.«

»Gute oder schlechte Nachrichten?«

»Wie man's nimmt …«, sagte er vage und blickte auf. »Ich habe etwas erfahren, das mich ziemlich aus der Bahn geworfen hat.«

Sie sah ihn erschrocken an und griff instinktiv nach seiner Hand. »Was ist passiert?«

Paul blickte wieder ins Wasser und erwiderte ihren ermutigenden Händedruck. »Ich habe dir doch erzählt, dass der Tabakkaufmann Johann Schörling mich damals vom Bauernhof meiner Zieheltern nach Bremen in sein Kontor geholt hat …«

»Ja …?«

»Du erinnerst dich, dass seine Frau Gerda mich immer abgelehnt hat, während er sehr freundlich zu mir war und sich um meine Ausbildung gekümmert hat?«

»Ja, natürlich …«

»Nun, Johann Schörling ist im letzten Monat verstorben …«

»Oh, das tut mir sehr leid für dich!«

»Das braucht es nicht. Wir hatten seit Jahren praktisch keinen Kontakt mehr und standen uns nicht mehr so nah. Nach meinem Studium beschränkte sich unser Umgang größtenteils auf Weihnachts- und Geburtstagskarten. Gesehen haben wir uns zuletzt vor zwei Jahren bei der Beerdigung meiner Zieheltern.« Er musste bei der Erinnerung schlucken. »Immerhin ist das Band zwischen uns nie vollständig gerissen. Vor knapp einem Jahr schrieb er mir einen Brief, in dem er vom Tod seiner Gattin berichtete und erwähnte, dass sein Sohn inzwischen in Südamerika eine große Tabakplantage besitzt. Johann Schörling selbst leitete bis zum Schluss sein Handelskontor an der Martinistraße, direkt an der Weser …«

»Wie alt war er, als er starb?«

»Stolze zweiundachtzig. Er ist an seinem Schreibtisch entschlafen – so wie er es sich immer gewünscht hatte. Mitten aus der Arbeit gerissen, die ihm stets das Wichtigste war …« Paul räusperte sich, und Sophie merkte, dass ihm das Ableben dieses Mannes doch sehr naheging, obwohl er sich bemühte, gleichgültig zu klingen. »Zur Testamentseröffnung hatte sein Anwalt auch meinen Onkel gebeten.«

»Waren der Küster und er denn so eng befreundet?«

»Nein, mein Onkel war in Vertretung für mich dort anwesend, da ich zu der Zeit auf einem Schiff nach Afrika unterwegs war …« Wieder stockte Paul. »Bei der Testamentseröffnung gab es eine ziemliche Überraschung …« Ihm versagte die Stimme.

»Welche denn?«, fragte Sophie besorgt, als sie sah, dass alle Farbe aus Pauls Gesicht wich und seine gebräunte Haut plötzlich aschfahl wirkte. Sie drückte wieder seine Hand.

Schließlich stieß er aufgebracht hervor: »Er war mein leiblicher Vater!«

»O Gott …«

»Ja, so habe ich auch reagiert, als ich gestern den Brief meines Onkels bekam … Im Testament steht, dass der Kaufmann Johann Schörling am 15. Januar 1882 – meinem Geburtstag – Vater eines Sohnes geworden war. Die Mutter war seine damals siebzehnjährige Hausangestellte Magdalena Blum … Meine Mutter …«

Er schluckte, und seine Finger verkrampften sich um Sophies Hand. Sie unterdrückte einen Schmerzenslaut und zuckte nicht zurück. Sie wollte den seelischen Kummer nachempfinden, den diese unerwarteten Neuigkeiten in ihm ausgelöst haben mussten, und dachte an das Gartenlokal in Frankfurt, wo er ihr seine traurige Lebensgeschichte erzählt hatte. Lebhaft erinnerte sie sich an die Beschreibung der liebevoll bestickten Babydecke, in der er seinen Zieheltern auf dem Bauernhof übergeben worden war. Die wenigen Worte der beiliegenden Nachricht hatten sich ihr ins Gedächtnis gebrannt: *Das ist Paul. Bitte sorgen Sie gut für ihn. Ich kann es leider nicht …*

Die arme junge Mutter!, dachte Sophie erschüttert. Was für ein furchtbares Leid und was für eine himmelschreiende Ungerechtigkeit, dass sie sich von ihrem Säugling hatte trennen müssen! Dabei war der Vater des Kindes ein wohlhabender Kaufmann gewesen und hätte sich zumindest finanziell um sein Wohl kümmern können. Doch der Kerl hatte sich feige seiner Verantwortung entzogen und seinen illegitimen Sohn einfach seinem Schicksal überlassen …

Nach einer langen Pause, in der nur das Plätschern des Wassers die Stille erfüllte, schien Paul sich wieder gefangen zu haben. Er räusperte sich und fuhr fort: »Mein Onkel gestand mir in seinem Brief, dass er in die Geschehnisse damals eingeweiht war und dass ich keineswegs auf den Stufen des Bremer Doms in einem Körbchen ausgesetzt worden war. Stattdessen hatte Johann Schörling ihn erst nach einem Monat um Hilfe gebeten. So lange hatten Mutter und Kind im Diensttrakt der Villa gelebt, bevor seine Frau Gerda forderte, dass sie verschwinden müssten. Meinen Zieheltern wurde die Geschichte von dem unbekannten Findelkind erzählt, sodass kein anderer erfuhr, wer die leiblichen Eltern waren.« Er schüttelte den Kopf.

»Und was wurde aus deiner Mutter?«

»Im Testament, das er nach dem Tod seiner Gattin neu verfasst hatte und das einem späten Geständnis gleicht, steht, dass Magdalena Blum samt einer kleinen Mitgift, die wohl eher ein Schweigegeld war, mit dem Kutscher einer anderen Kaufmannsfamilie verheiratet wurde. Da sie bei meiner Geburt noch sehr jung war, ist es ziemlich wahrscheinlich, dass sie immer noch lebt …« Ihm versagte die Stimme.

»Das ist ja …« Sophie konnte das Gehörte kaum fassen. »Wirst du sie suchen?«

Er wiegte den Kopf. »Ich weiß nicht … Nach all den Jahren …«, meinte er zweifelnd. »Wozu sollte es gut sein, die ganzen schmerzlichen Erinnerungen wieder auszugraben?«

»Willst du denn gar nicht wissen, was für ein Mensch sie ist? Wie sie aussieht? Bestimmt fragt sie sich immer noch, was aus dir geworden ist. Sie wäre sicher wahnsinnig stolz, zu erfahren, was für einen erfolgreichen Weg du gegangen bist!«

»Ja, vielleicht ...«, meinte er zweifelnd. »Ich werde es mir überlegen, wenn ich in Bremen bin.«

»Du willst in deine alte Heimat?«, fragte sie überrascht.

»Ja, ich muss ja wegen des Erbes dort noch einige Dinge regeln.«

»Demnach wirst du im Testament also auch bedacht ...«

»Ja, Johann Schörling ... mein *Vater* ...« Er sprach das Wort aus, als ließe er sich einen eigenartigen, fremden Geschmack auf der Zunge zergehen. Ihm war deutlich anzumerken, dass er noch immer nicht recht glauben konnte, kein elternloses Findelkind, sondern der leibliche Sohn eines angesehenen Bremer Kaufmanns zu sein. »Also, mein Vater hat sein Vermögen zu gleichen Teilen seinem älteren Sohn Johann Heinrich und mir vererbt. Mein Stiefbruder ist neun Jahre älter und dank der Plantage, die unser Vater ihm einst gekauft hatte, aus eigener Kraft sehr wohlhabend geworden. Er erhebt keinen Widerspruch gegen diese Aufteilung, schrieb mein Onkel. Johann Heinrich bekommt das Kontor samt allem, was dazugehört, und ich erbe die Villa an der Contrescarpe. Das beträchtliche private Bar- und Aktienvermögen wird je zur Hälfte geteilt ...«

»Das hast du mehr als verdient!«, befand Sophie entschieden.

»Ich kann es noch nicht recht fassen, dass ich zukünftig kein armer Schlucker mehr bin, sondern ...« – er wagte ein leichtes Lächeln – »... sehr vermögend ...«

»Das steht dir mehr als zu – nach all den Jahren, die du als Kind in Armut gelebt hast!«

»Vielleicht ... Aber so etwas durch einen Brief zu erfahren, noch dazu hier in Afrika, weit weg von Deutschland ... Das macht alles noch unwirklicher, als es eh schon für mich ist. Ich glaube es erst, wenn ich die Papiere unterschreibe. Bisher habe ich ja nur die Abschrift des Testaments und den Brief meines Onkels.«

Sophie nickte zustimmend und dachte beklommen über die vielen möglichen Konsequenzen dieser Nachricht nach. Was würde Paul jetzt tun? Würde er nach Bremen in seine geerbte Villa ziehen?

Das konnte sie sich nicht vorstellen, denn wie sollte er dort an seinen geliebten Dinosauriern forschen? Oder würde er zum Tendaguru zurückkehren, sobald er seine Angelegenheiten in Deutschland geregelt und genügend Geld hätte, um hier auch ohne Finanzierung aus Berlin arbeiten zu können?

Doch die für sie wichtigste Frage war: Konnte sie ihm jetzt noch offenbaren, was sie für ihn fühlte? So unmittelbar nachdem er ihr eröffnet hatte, ab sofort ein vermögender Mann zu sein? Musste er dann nicht denken, dass sie ihn nur deshalb wollte, weil er nun vermutlich mindestens ebenso reich wie ihre Familie und somit standesgemäß war? Sie rang mit sich und zwang sich schließlich zu einer Entscheidung.

Während sie die kleinen, sich kreisförmig ausbreitenden Wellen beobachtete, die sie mit dem Baumeln ihrer Füße erzeugte, setzte sie zögernd an: »Es gibt da etwas, das ich dir schon lange sagen möchte … Und ich ärgere mich, es nicht längst getan zu haben … Jetzt wird es dich vielleicht überraschen …« Sie spürte deutlich den Blick, den er ihr von der Seite zuwarf.

»Was könnte mich jetzt noch überraschen?«, fragte er skeptisch.

»Ich weiß, es klingt albern … Aber Richard meinte, ich sollte dir endlich …«

»Richard?!«, stieß er scharf aus. »Der Mann, mit dem du gestern Abend stundenlang auf dem Tendaguru warst …? Was meint der denn?«

Sie blickte überrascht auf. War es möglich, dass da Eifersucht aus seiner harschen Entgegnung klang? Sie versuchte, ruhig zu bleiben.

»Also, Richard meinte, ich solle dir sagen …« Sie suchte noch immer nach den passenden Worten. »Die Sache ist die … Vielleicht wird es Zeit …«

»Raus mit der Sprache, Sophie!«, forderte er ungeduldig. »Will der feine Herr von Lohenstein sich hier meinen Posten einverleiben? So wie er sich den Aufenthalt hier erkauft hat? Oder hat er mit seinem Adel und dem ganzen Brimborium nun endlich auch dich genügend beeindruckt, dass du … und er …?« Er beließ es bei der vielsagenden Andeutung.

»Wie bitte?!«, blaffte sie entrüstet. »Was denkst du von mir? Und von ihm?«

»Von Richard?« Er lachte abfällig. »Ich halte ihn für jemanden, dessen reiche, adlige Herkunft – und die damit verbundenen Privilegien – dazu geführt haben, dass er unsere ganze Arbeit hier und das Leben als solches nicht wirklich ernst nimmt. Ein junger Mann, der hergekommen ist, weil er sich einen neuen Zeitvertreib gesucht hat, damit er sich nicht weiter an der Universität langweilen muss.« Pauls Augenbrauen zogen sich zornig zusammen. »Aber dass du so naiv bist, auf seine glänzende Fassade hereinzufallen … auf das alberne Getue! Und dich von ihm einwickeln lässt …« Er schüttelte sichtlich enttäuscht den Kopf. »Ich hatte dich anders eingeschätzt, Sophie.«

Sie starrte ihn schockiert an und erwiderte dann in betont sachlichem und kühlem Tonfall: »Der Einzige, der hier ausgesprochen albern ist, das bist du, Paul.« Dieser harte Vorwurf machte ihn sprachlos, und Sophie fuhr ungerührt fort: »Richard von Lohenstein hat in seinem Leben ganz andere Probleme als du oder ich. Aber die tun hier nichts zur Sache.« Sie sah ihn ernst an. »Richard ist ein liebenswerter Mensch, der niemandem etwas zuleide tut. Er ist mein Kommilitone und neben Rahel Silberstein mein einziger Freund in Marburg. Er war auch der Einzige unter all meinen männlichen Kommilitonen, der mir an der Universität statt mit Skepsis und Vorbehalten mit Offenheit und Freundschaft begegnet ist. Und gestern Abend hat er nicht mit mir herumgeturtelt, sondern mir den guten Rat gegeben, dir gegenüber endlich ehrlich über meine Gefühle zu sprechen.« Sie funkelte ihn an und ergänzte ungehalten: »Aber so, wie du dich hier gerade aufführst, weiß ich wirklich nicht …«

In Pauls Gesicht war deutlich abzulesen, wie sehr ihn Sophies Worte aus der Balance brachten. »Also …«, murmelte er hörbar beschämt. »Falls ich euer freundschaftliches Verhältnis falsch interpretiert haben sollte, tut es mir leid … Ich dachte …« – er räusperte sich unbehaglich –, »… du bist in ihn verliebt.«

»So ein Unsinn!«, erwiderte Sophie erregt und schleuderte ihm, ohne nachzudenken, wütend entgegen: »Ich liebe nicht ihn, sondern dich, du Dummkopf!«

Paul starrte sie mit offenem Mund an. Offensichtlich traute er seinen Ohren nicht, schien ihre Worte nicht glauben zu können. Und Sophie, die sich plötzlich bewusst wurde, was ihr da gerade über die Lippen gekommen war, blickte ihn ebenso verwirrt an.

»Meinst du das ernst?«, fragte Paul schließlich ungläubig.

Sie spürte ihren rasenden Herzschlag bis zum Hals, zuckte verlegen mit den Schultern und schlug die Lider nieder. Hatte sie das gerade wirklich gesagt?

Obwohl sie erleichtert war, es endlich ausgesprochen zu haben, fühlte sie sich gleichzeitig schrecklich verletzlich. Als Paul nichts weiter sagte und sie nur verwundert anschaute, wurde ihr bewusst, vermutlich einen riesigen Fehler gemacht zu haben. Er musste sie für ein unreifes, naives Mädchen halten, das seine Liebenswürdigkeit mit tiefer Zuneigung verwechselt hatte. Jetzt würde er ihr sicher auf seine vernünftige Art freundlich erklären, dass er mit ihrer Gefühlsduselei nichts anfangen und sie nicht erwidern konnte.

Wie hatte sie nur so dumm sein können? Mit ihrem albernen Geständnis hatte sie alles kaputtgemacht. Ihr Körper versteifte sich, als sie spürte, dass er neben ihr tief Luft holte.

»Ich mag dich doch auch, Sophie.« Seine Stimme klang sanft, jedoch immer noch ein wenig unsicher. »Ich mag dich sogar sehr …« Seine Hand suchte die ihre und drückte sie. »Aber wie hätte ich hoffen können, dass du … und ich …« Er verstummte wieder.

Nach diesen Worten schaute sie auf und blickte ihn ernst an. Sie sah das Erstaunen in seinen blauen Augen, das sie eine Nuance heller erscheinen ließ. Er schien zu verwirrt zu sein, sich eindeutiger auszudrücken. Also fasste Sophie neuen Mut, ihm endlich klar und deutlich zu sagen, was sie sich von ihm wünschte.

»Paul, was ich dich schon seit Langem fragen will … Kannst du dir vorstellen, dass wir beiden zusammen forschen – und leben … Was ich meine, ist … Wäre es für dich denkbar, dein Leben mit mir zu verbringen?« Nun war es heraus, und sie wartete angespannt auf seine Reaktion.

Er starrte sie an und schüttelte verständnislos den Kopf. »Mein Leben? Du meinst … Ist das …? Also, das klingt ja beinahe wie ein Heiratsantrag …« Er sah sie unsicher an.

Sophie schaute ihm eindringlich in die Augen und sagte mit fester Stimme: »Wenn du es so verstehen willst … Ja, ich wünsche mir, dass wir zusammenleben, durch die Welt reisen, beide als Paläontologen arbeiten, gemeinsam neue Entdeckungen machen und … miteinander glücklich sind … Und heiraten würde ich dich auch …«

Er sah sie einen langen Moment fassungslos an, und ihr Herz wummerte wie verrückt, während ihm offenbar keine Antwort einfiel. Womöglich hatte ihr Geständnis ihn überfordert. Ihre klaren, direkten Worte schienen ihn völlig durcheinandergebracht zu haben.

»Oh, Sophie …«, stieß er endlich überwältigt aus. »Du meinst das wirklich ernst …«

Sie nickte stumm.

»Meine liebe, wunderbare Sophie!« Er strahlte sie an und zog sie stürmisch an sich. »Natürlich will ich das!«

Zutiefst erleichtert seufzte sie auf, als sie seine Arme spürte, die sie fest umschlungen hielten – als plötzlich ein tiefes Grollen hinter ihnen erdröhnte.

Erschrocken fuhren beide auseinander und sahen sich suchend um.

»O Gott …«, flüsterte Sophie.

Halb verborgen zwischen den Bäumen, nur etwa zehn Meter entfernt, erblickte sie einen stattlichen Löwen, der sie aus seinen bernsteinfarbenen Augen intensiv musterte. Die große Katze schüttelte ihre dichte, rötlich-braune Mähne und starrte wieder auf die beiden Menschen, die dort an der Wasserstelle saßen, die das Raubtier offensichtlich aufsuchen wollte.

Sophie unterdrückte ebenso wie Paul den Impuls, in panischer Angst die Flucht zu ergreifen. In stummem Einverständnis zogen beide äußerst behutsam ihre Beine aus dem Becken. Sie hielten sich an der Hand und standen ganz langsam auf.

Unsicher machte der Löwe daraufhin einen Schritt zurück, schien es sich dann aber anders zu überlegen. Anstatt sich zu entfernen, ließ er sich, mit hechelnd geöffnetem Maul, in Lauerstellung auf dem trockenen Gras zwischen den dünnen Baumstämmen nieder und fixierte die beiden Menschen vor ihm. Das mächtige, ausgewachsene Löwenmännchen blinzelte nicht, sondern starrte die Störenfriede, die ihm den Weg zur Quelle versperrten, nur an. Seine unergründlichen, ausdrucksstarken Augen sahen aus, als wären sie mit einem Kohlestift schwarz ummalt, und die hellen Streifen direkt darunter ließen sie förmlich strahlen.

»Wir dürfen keine Angst zeigen und erst recht nicht in Panik verfallen«, flüsterte Paul fast unhörbar.

Das war leicht gesagt, dachte Sophie. Ihr Herz schlug so heftig, dass sie meinte, der Löwe müsse es hören. Prompt ertönte ein tiefes Brummen aus seinem geöffneten Maul. Die feinen Schnurrhaare an seiner gekrausten Schnauze vibrierten. Sophie starrte gebannt auf die spitzen Reißzähne, als er die Lefzen mit grimmiger Miene hochzog und dann wieder ein lautes, tiefes Grollen ausstieß, das den Boden erbeben ließ.

Sie versuchte angestrengt, sich zu erinnern, was Kito ihr neulich erklärt hatte. Wie konnte man einen ausgewachsenen Löwen vertreiben?

»Er darf uns nicht für leichte Beute halten. Wir müssen ihm Angst machen«, flüsterte sie. Paul warf ihr aus den Augenwinkeln einen zweifelnden Blick zu, als sie mit leiser Stimme fortfuhr: »Wir dürfen ihm nicht in die Augen starren. Dreh dich seitlich und heb die Arme, dann sehen wir größer aus.« Sie ließ seine Hand los und streckte die Arme hoch über den Kopf.

Der Löwe reagierte – jedoch anders als erhofft. Geschmeidig erhob er sich auf alle viere, brüllte wieder mit aufgerissenem Maul und machte zwei schnelle, drohende Schritte nach vorn. Sophie hatte schreckliche Angst, doch sie fasste all ihren Mut zusammen und unterdrückte den Fluchtreflex. Wohin auch? Hinter ihr war nur das Wasserloch und vor ihr der angriffslustige Löwe. Sie versuchte, dem Tier nicht direkt in seine bernsteinfarbenen Augen zu schauen, fuchtelte wild mit den Armen, klatschte dabei in die Hände und schrie, so laut sie konnte: »Hau ab, du Mistvieh!«

Paul tat es ihr gleich, brüllte und ruderte heftig mit den Armen – und einen kurzen Augenblick sah es so aus, als wenn die irritierte Raubkatze sich davon tatsächlich beeindrucken ließe. Doch dann schüttelte der Löwe nur unwillig seine Mähne, spannte seine massigen, muskulösen Hinterbeine an und setzte urplötzlich zu einem gewaltigen Sprung an.

Sophie und Paul schrien panisch auf, als das fast zwei Meter lange Tier vom Boden abhob und mit aufgerissenem Maul direkt auf sie zugeflogen kam. Im Bruchteil einer Sekunde stieß Sophie Paul kräftig zur Seite und hechtete mit ihm nach links. Sie landeten unsanft auf einem flachen Felsen, und Sophie spürte ein heißes Brennen am Bein. Eine der mächtigen Löwentatzen mit ihren scharfen Krallen hatte sie am Oberschenkel gestreift, doch das Adrenalin, das durch ihren Körper schoss, unterdrückte im nächsten Augenblick den Schmerz. Sie hörte das laute Platschen des Löwen, der im flachen Wasserbecken gelandet war. Ehe sie wirklich realisieren konnte, was geschah, wurde Sophie unsanft von Paul hochgerissen.

»Komm!«, schrie er und zog sie mit sich.

Sie klammerte sich an seine Hand und rannte mit ihm nach rechts zu den dünnen Baumstämmen. Barfuß schlugen sie sich in den lichten Wald, hetzten planlos bergan durchs Unterholz – bloß weg von hier, bevor das Raubtier die Verfolgung aufnehmen würde.

Völlig außer Atem stießen sie nach hundert Metern auf den Weg, der zur Ausgrabungsstelle führte. Sie rannten weiter, als sei der Teufel persönlich hinter ihnen her, und erreichten endlich den Graben, in dem die Präparatoren arbeiteten. Erschöpft keuchend sanken sie ins trockene Gras am Rande des Geröllfeldes. Die Arbeiter ließen ihre Werkzeuge fallen und kamen aufgeregt näher, deuteten auf den Blutfleck, der sich auf Sophies zerrissenem Hosenrock ausbreitete, und bestürmten sie mit Fragen.

Sie verstand nur das Wort *Simba*, von dem sie wusste, dass es in Swahili »Löwe« bedeutete, und nickte. »Ja, ein riesiger *Simba*. Unten am Wasserloch.«

Einer der Männer griff sofort nach seinem Gewehr und blickte angespannt in die Richtung, aus der sie beide gekommen waren.

Ohne sich darum zu scheren, dass er sie vor den Arbeitern unschicklich entblößte, beugte Paul sich über ihr Bein und schob den Stoff hoch. Auf der weißen Haut ihres Oberschenkels waren deutlich vier dünne Risswunden zu erkennen, aus denen Blut sickerte. Er griff nach der Wasserflasche an seinem Gürtel, zog sein Taschentuch aus der Hosentasche und machte sich daran, die Wunde oberflächlich zu reinigen. Sophie sog scharf die Luft ein.

»Tut es sehr weh?«, fragte er besorgt.

»Es brennt ein bisschen, ist aber nicht allzu schlimm«, antwortete sie tapfer.

Einen Moment später tauchte der Vorarbeiter Boheti bin Amrani auf. In der Hand hielt er einen kleinen Holzkasten, auf dem ein weißes Kreuz auf rotem Grund gemalt war. Er kniete sich neben Sophie auf den Boden, besah sich die Wunde und öffnete den Kasten. Daraus holte er ein braunes Fläschchen und Watte heraus.

»Das hilft«, sagte er, schüttete ein wenig von der orangefarbenen Flüssigkeit auf den Wattebausch und strich damit vorsichtig über die blutenden Kratzer.

Sophie keuchte durch ihre zusammengebissenen Zähne, als sie den brennenden Schmerz spürte.

»Ist gleich vorbei«, beruhigte Boheti sie. »Aber muss sein … weil sonst schlimme Entzündung.«

Paul, der Sophies Hand hielt, dankte dem Vorarbeiter und fügte hinzu: »Was für ein Glück, dass es hier Jod gibt.«

»Hat *Bwana* Janensch mitgebracht. Passieren immer mal kleine Unfälle. Muss schnell Jod drauf, damit keine Entzündung gibt.« Seine Aussage bekräftigte er mit einem Nicken. Anschließend entnahm er dem Erste-Hilfe-Kasten einen Streifen Mullbinde und Pflaster, um die Wunde zu verbinden.

Nach wenigen Minuten war er fertig, und Sophie verspürte kaum noch Schmerzen. Erst jetzt wurde ihr bewusst, dass sie hier mit einem entblößten Bein vor den umstehenden Arbeitern saß, die das Geschehen interessiert verfolgten. Eilig schob sie den zerfetzten Stoff darüber, stand stöhnend auf und reichte Boheti bin Amrani die Hand.

»Vielen Dank. Das war sehr nett von Ihnen.« Sie überlegte kurz und fragte: »Warum sind es eigentlich nur vier Kratzer? Hat ein Löwe nicht fünf Krallen?«

»Vorne fünf, hinten vier. Wie alle Katzen«, erklärte er lächelnd. »Sie haben sehr viel Glück gehabt. Wie ist das passiert?«

Sophie und Paul erzählten in den schillerndsten Farben von dem dramatischen Angriff an der Quelle, und die Arbeiter lauschten gebannt.

Als sie geendet hatten, sagte Boheti: »Dieser *Simba* ist gefährlich für Menschen. Ist Einzelgänger ohne Rudel. Wir werden ihn töten müssen.«

Sophie nickte beklommen. Sie musste an die wunderschönen bernsteinfarbenen Augen des stolzen Tieres denken. Dass dieser Löwe nun sterben sollte, tat ihr leid, obwohl er sie verwundet hatte. Vielleicht würde er nach dem unfreiwilligen Bad im Wasserloch jetzt von selbst das Weite suchen und sich nach einem anderen Jagdrevier umsehen. Sie wünschte es ihm.

Nach diesem lebensgefährlichen Abenteuer waren weder Paul noch sie selbst in der Lage, sich auf die Arbeit vor Ort zu konzentrieren. Nachdem der Mann mit dem Gewehr ihre Habseligkeiten von der Quelle geholt und berichtet hatte, dass der Löwe verschwunden war, schickte Boheti bin Amrani die beiden in Begleitung des Bewaffneten zurück ins Camp, wo sie sich von dem Schock erholen konnten.

Mit langsamen Schritten machten sie sich auf den Weg. Kaum waren sie außer Sicht der Ausgrabungsstelle, legte Paul beschützend den Arm um Sophies Schultern, und sie spürte, wie Anspannung und Angst von ihr abfielen.

»Danke«, flüsterte sie ihm zu.

Er schaute sie ernst an. »Danke, dass du mir heute das Leben gerettet hast. Ohne deine schnelle Reaktion hätte der Löwe uns wohl beide zum Mittagessen verspeist.« Er drückte sie an sich und gab ihr einen verstohlenen Kuss auf die Wange. »Ab jetzt werde ich mich zur Abwechslung mal darum bemühen, auf dich aufzupassen, mein Schatz.«

Sophie lächelte ihm zu. Einvernehmlich schweigend genossen sie die körperliche Nähe, während sie eng aneinandergeschmiegt, Arm in Arm, auf dem schmalen Pfad zurückgingen. Bevor sie schließlich den Wohnhügel erklommen, verabschiedeten sie ihren Bewacher. Als vor ihnen die Safarizelte unter den Bäumen auftauchten, überlegte Sophie, ob sie jetzt einfach getrennt voneinander dort drinnen verschwinden würden, jeder für sich. Der dramatische Zwischenfall an der Quelle hatte verhindert, dass sie weiter über ihre Zukunft hatten sprechen können. Zwar wusste sie nun, dass er genauso empfand wie sie. Doch bedeutete das auch, dass er bereit war, ihre Bedingungen für ein Zusammenleben zu akzeptieren? Würde er ihre beruflichen Pläne, ihre Freiheit respektieren?

Der festgestampfte Boden der *Baraza* glühte förmlich, als sie den in der Mittagshitze verwaisten Platz betraten. Sie waren ganz allein hier. Unvermittelt blieb Sophie stehen. Sie musste es jetzt und hier wissen.

»Was ist mit dir? Werden die Schmerzen jetzt schlimmer?«, erkundigte Paul sich besorgt und schaute sie fragend an.

Sie schüttelte den Kopf und sah ihm in die Augen. Sie brauchte Gewissheit, dass er ihren durch den Löwenangriff gestörten Antrag wirklich ernst nahm, und griff nach seinen Händen.

»Weißt du noch, was ich dich vorhin gefragt habe?« Obwohl sie sich bemühte, selbstbewusst zu klingen, hörten sich ihre Worte recht zaghaft an, wie sie sich selbst eingestehen musste. Sie spürte ihr Herz wieder heftig schlagen und schaute ihn unsicher an. »Du bist mir noch eine Antwort schuldig … auf die Frage, ob du akzeptierst, dass ich später auch als Paläontologin arbeite …«

Ein warmes Leuchten breitete sich auf seinem Gesicht aus. Er schaute sie mit einem glücklichen Lächeln an.

»Aber natürlich, Sophie! Gleichberechtigt! Seite an Seite! Ich möchte mein Leben, privat und beruflich, mit der klügsten, schönsten und verrücktesten Frau teilen, die ich kenne – mit dir!« Ehe Sophie begriff, was er tat, kniete Paul sich plötzlich vor ihr auf den heißen, staubigen Boden, ergriff ihre rechte Hand und räusperte sich. »Wenn Sie erlauben, verehrtes Fräulein von Mayden … Darf ich dich, liebste Sophie, aus tiefstem Herzen um deine Hand bitten?«

Sie schnappte nach Luft, zog ihn hoch auf die Beine und fiel ihm stürmisch um den Hals. »Ja!«, rief sie. »Ja, ich will deine Frau werden, Paul Klüver!«

Er packte sie ungestüm, hob sie hoch und drehte sich laut jubelnd mit ihr im Kreis. Sie quietschte überschwänglich vor Freude und Glück. Doch im nächsten Moment wurde ihr Gefühlsausbruch von einer lauten männlichen Stimme unterbrochen.

»Was ist denn hier los?« Es war Werner Janensch, der aus seinem Zelt getreten war. »Haben Sie schon wieder einen Knochen entdeckt, der uns entgangen ist?« Es sollte wohl wie ein Scherz klingen, doch der genervte Unterton war nicht zu überhören.

Lachend drehte Paul sich noch einmal mit Sophie im Kreis, setzte sie ab und sah sich zum Expeditionsleiter um. Während sich sein Arm fest um ihre Schulter legte, antwortete er grinsend: »Nein, wir haben etwas viel Wichtigeres als uralte Knochen gefunden!« Er strahlte Sophie an, die wie ein Honigkuchenpferd grinste.

Ohne weitere Erklärungen ließen sie den irritierten Werner Janensch einfach stehen und liefen Hand in Hand hinüber zum Safarizelt von Paul.

»Ich will dich endlich ungestört küssen«, flüsterte Sophie ihm mit einem unmissverständlichen Blick zu und verschwand mit ihm hinter der weißen Eingangsplane.

Frankfurt, Dezember 1909

Anna von Mayden beäugte ein wenig unsicher Paul Klüver. »Darf ich Ihnen ein Stück Frankfurter Kranz servieren lassen?«, fragte sie ihn höflich.

»Sehr gerne, gnädige Frau.«

»Nicht so förmlich, junger Mann. Nachdem Sie uns meine Enkelin wohlbehalten zurückgebracht haben, gehören Sie doch beinahe zur Familie«, warf Sophies Großmutter fröhlich ein und zwinkerte dem charmanten und ausgesprochen ansehnlichen Herrn an ihrer Seite verschwörerisch zu.

Nachdem Sophie aus Neapel telegrafiert hatte, wann sie wieder zurück in Frankfurt sein würde, hatte sich ihre Familie, statt bis Heiligabend zu warten, bereits am 4. Advent in der Villa am Kettenhofweg zur weihnachtlichen Kaffeetafel mit Plätzchen und Frankfurter Kranz getroffen. Auf die Anwesenheit der spröden Tante Agnes hatte man verzichtet, doch die Großeltern waren selbstverständlich aus Mainz angereist, um Sophies glückliche Heimkehr aus dem fernen Afrika zu feiern. Bei Kaffee und Kuchen lauschten nun alle gebannt den Erzählungen von dieser außergewöhnlichen Reise zu der inzwischen weltberühmten Ausgrabungsstätte von Dinosaurierfossilien.

Am 28. November waren Sophie, Paul und Richard mit einer Karawane von zweiundsechzig Trägern für die Knochen und siebzehn Männern, die sich um den Zeltaufbau und die Verpflegung der großen Reisegruppe kümmerten, vom Tendaguru Richtung Küste aufgebrochen. Nach einer Nacht in Lindi, im komfortablen *Usagara-*

Haus am Meer, hatten sie sich am 2. Dezember von Edwin Hennig verabschiedet, der mit ihnen zur Hafenstadt geritten war. Richard schien die Trennung von seinem ständigen Weggefährten der letzten Wochen weniger schwerzufallen, als Sophie vermutet hatte. Doch als er ihr überglücklich den Brief zeigte, den er hier in Lindi gerade noch rechtzeitig vor der Weiterreise erhalten hatte, verstand sie ihn gut.

Früher als gedacht, schifften sie sich mit den transportsicher in riesige Bambusrollen und umfunktionierte Trommeln verpackten Dinosaurierfragmenten – darunter auch die von Sophie gefundenen – auf einem unplanmäßigen Dampfer ein, der sie nach Daressalam brachte. Glücklicherweise konnten sie dort ohne längeren Aufenthalt an Bord eines Postschiffs gehen, mit dem sie endgültig Deutsch-Ostafrika verließen und schließlich in Neapel eintrafen. Am 18. Dezember kamen sie mit dem Zug wohlbehalten und erschöpft in Frankfurt an.

Richard verabschiedete sich dort von seinen beiden Reisegefährten, wissend, dass er Sophie schon bald in Emanuel Kaysers Hörsaal wiedersehen würde. Nachdem ihn in Lindi der Brief von Siegfried Hoffmann erreicht hatte, der sehnsüchtig auf seine Rückkehr wartete, hielt er es in Frankfurt nicht länger aus und bestieg den nächsten Zug nach Marburg.

Bevor Paul und Sophie das weihnachtlich geschmückte Bahnhofsgebäude verließen, stahlen sie sich einen letzten ungestörten Moment der Zweisamkeit. Während die Gepäckträger mit ihren Koffern vorauseilten, standen sie sich gegenüber, hielten sich an den Händen und sahen sich verliebt in die Augen. Ein Kuss kam hier in der Öffentlichkeit nicht infrage, nur eine kurze, innige Umarmung.

Als sie schließlich hinaus ins Freie traten, wehte ihnen ein eisig kalter Wind entgegen. Sophie begann sogleich zu frieren. Nach der langen Reise aus dem südlichen Italien im angenehm beheizten Zug spürte sie nun deutlich, dass in Frankfurt tiefster Winter herrschte. Auf dem Bahnhofsvorplatz warteten ihre Eltern ungeduldig neben dem dunkelgrünen Automobil, in das Ferdinand schon den schweren Überseekoffer verfrachtete.

Als sie Sophie inmitten der anderen Reisenden entdeckte, stürzte Anna von Mayden ihrer Tochter entgegen und umarmte sie erleichtert. Nach der für ihre Verhältnisse ungewöhnlich herzlichen Begrüßung trat sie einen Schritt zurück und hielt Sophie an den Schultern auf Armeslänge. Sie musterte mit gerümpfter Nase deren gebräuntes Gesicht und ihre für die Stadt völlig unpassende Garderobe.

Sophie war sich bewusst, dass weder ihre tagelang getragene Kleidung noch sie selbst nach der langen Reise sonderlich frisch dufteten, aber sie hatte keine Lust gehabt, in Neapel ihr Reisekleid aus dem Koffer hervorzukramen. Viel lieber trug sie noch immer eine ihrer khakifarbenen Safariblusen und eine für die hiesigen Temperaturen viel zu leichte Jacke zu dem praktischen Hosenrock. Sie war stolz auf ihre exotische Garderobe. Anna von Mayden schüttelte erwartungsgemäß verständnislos den Kopf, doch statt sie, wie von Sophie erwartet, mit harschen Worten für den unpassenden Aufzug zurechtzuweisen, nahm ihre Mutter das von Ferdinand zuvorkommend gereichte Plaid aus Schurwolle, hüllte ihre Tochter wortlos in die warme Decke und schob sie eilig in den Autofond. Sophie beobachtete von drinnen, wie Paul das Angebot ablehnte, sich von Ferdinand in seine Pension chauffieren zu lassen. Als ihr Vater einstieg, teilte er seiner Gattin und Sophie mit, dass deren Reisebegleiter die Einladung zum Adventskaffee am nächsten Nachmittag angenommen hatte.

Ein sehnsüchtiger Abschiedsblick durch die kleine Heckscheibe und ein letztes Winken – dann war Sophie zum ersten Mal seit ihrer mehr als dreiwöchigen Heimreise von Paul getrennt. Er fehlte ihr jetzt schon.

Nach einem ausgiebigen Bad hatte Sophie sich für die heutige Familienfeier festlich gekleidet, sich jedoch geweigert, ihre Haut heller zu pudern. Ihr gefiel die ihrer Ansicht nach gesunde braune Hautfarbe, die dank des dunkelroten, langen Seidentaftkleides mit feiner Perlenstickerei an Dekolleté und Puffärmeln besonders gut zur Geltung kam. Unter dem Vorwand, Sophie dabei helfen zu wollen, ihre kastanienbraunen Locken zu kämmen und zu einer eleganten Frisur aufzustecken, war ihre Schwester Charlotte gleich nach dem Mittagessen in ihr Zimmer gestürmt und hatte sie einem regelrechten Verhör unterzogen. Da Sophie seit ihrer Ankunft nichts über ihr Leben unter lauter Männern in dem Camp in Afrika erzählt und bei Tisch nur von ihrer Arbeit an den zahllosen versteinerten Knochen, die sie am Tendaguru gefunden hatte, berichtet hatte, wollte die Jüngere nichts mehr über Dinosaurier, sondern alles über Paul wissen.

Schließlich verriet ihr Sophie mit glänzenden Augen, dass sie mit ihm jetzt quasi verlobt war und er in jeder Beziehung der Richtige für sie sei. Charlotte war begeistert, dass dieser Mann tatsächlich kein Problem mit einer berufstätigen Frau zu haben schien. Trotz aller Euphorie über diese Neuigkeiten hatte die Jüngere versprechen müssen, dieses Geheimnis noch ein wenig für sich zu behalten, denn Sophie wollte selbst der Familie ihre Zukunftspläne mitteilen.

Pünktlich um vier Uhr nachmittags war Paul mit einem Blumenstrauß für die Gastgeberin erschienen. Kaum dass es geläutet hatte, war Sophie sogleich zur Tür geeilt, um ihm selbst zu öffnen. Die beiden hatten sich angestrahlt, und da kein neugieriges Hausmädchen bei ihnen stand, war Sophie mutig genug gewesen, ihn mit einem langen, zärtlichen Kuss zu begrüßen.

Sie hatten einander gemustert und dann schmunzeln müssen – über ihre äußerliche Verwandlung von zwei recht verwilderten Afrikareisenden zu respektablen Mitgliedern der Frankfurter Gesellschaft. Er trug einen perfekt sitzenden, dunklen Anzug mit blütenweißem Hemd. Doch anstelle einer Krawatte hatte er sich das bunte, seidene Halstuch umgebunden, das Richard ihm zum Abschied geschenkt hatte, wie Sophie erfreut feststellte. Es war offensichtlich, dass Paul Klüver sich seit seinem letzten Besuch im Hause ihrer Familie verändert hatte. Er wirkte längst nicht mehr so gehemmt wie beim Weihnachtsfest vor einem Jahr, sondern deutlich reifer und selbstbewusster. Sophie hoffte, dass diese Wandlung nicht nur der neuen Gewissheit zuzuschreiben war, der Sohn und wohlhabende Erbe eines reichen Bremer Tabakhändlers zu sein, sondern auch daran lag, die Frau seines Lebens gefunden zu haben.

Sophie neckte Paul, weil sein Haar inzwischen geschnitten und ordentlich pomadisiert war, und er machte ihr ein Kompliment zu ihrem langen Kleid, das ihr beinahe so gut stehen würde wie der gewohnte Hosenrock. Dann nickten sie sich verschwörerisch zu und betraten zur Überraschung der Familie Hand in Hand das Esszimmer.

Sophie hatte damit gerechnet, dass zumindest ihre Mutter eine Bemerkung dazu machen oder ihr einen ungnädigen Blick zuwerfen würde, doch Anna von Mayden riss sich augenscheinlich zusammen und musterte nur kurz kritisch das Seidentuch an Pauls Hals. Falls sie über die Abwesenheit von Richard von Lohenstein unglücklich war, so ließ sie es sich nicht anmerken. Statt des Grafensohns trat nun dieser braungebrannte Herr, über den sie für ihren Geschmack eindeutig zu wenig wusste, neben ihrer strahlenden Tochter an die festlich gedeckte Kaffeetafel.

Nach der Begrüßung nahmen alle am Tisch Platz. Während Sophie und Paul der staunenden Familie abwechselnd von den aufregenden Abenteuern in Afrika berichteten, warfen die beiden sich den einen oder anderen Blick zu, der ihre Mutter offensichtlich irritierte.

Ihr Vater wollte von Paul alles über die geologischen Gegebenheiten an den Fundorten der Dinosaurierfragmente wissen, während ihre Mutter mehrfach ungläubig aufstöhnte, wenn Sophie von den primitiven Lebensverhältnissen in den Safarizelten und dem Arbeitercamp erzählte. Charlotte bombardierte sie mit detaillierten Fragen zu der erstaunlich grünen Landschaft im südlichen Ostafrika, dem Aussehen des Tendaguru sowie den außergewöhnlichen Farben bei den Auf- und Untergängen der Sonne, um Motive und Inspirationen für ihre zukünftigen Gemälde zu erhalten. Sophie schwelgte in ihren Erinnerungen, während sie sich bemühte, alles so plastisch wie möglich zu beschreiben.

Ihre ältere Schwester erschien ihr verändert, sehr viel lebhafter als beim letzten Besuch in der Villa am Palmengarten. Marianne sah frischer aus, hatte ein bisschen abgenommen, und ihre melancholische Stimmung schien verschwunden zu sein. Sophie fragte sich, ob das an dem inzwischen deutlich gewachsenen Bernhardiner namens Zeus lag, der brav zu ihren Füßen schlief, oder daran, dass ihr Gatte nicht an ihrer Seite war. Er hatte sich mit einem schweren Gichtanfall entschuldigen lassen. Seine Abwesenheit schien Marianne nicht zu stören – ganz im Gegenteil. Sophie hatte den Eindruck, als würde sich ihre Schwester ohne ihn glücklicher fühlen.

Als sie Marianne darauf ansprach, beugte sich ihre sonst so verbissen auf Etikette achtende große Schwester ganz nah an ihr Ohr und flüsterte verschwörerisch: »Franz-Josef ist einfach ein alter Mann. Trotz all der Kuren kann er inzwischen kaum noch krauchen.«

Sophie glaubte, Mitgefühl heucheln zu müssen. »Das tut mir leid.«

»Ach, das ist mir ganz recht. So kann ich jetzt machen, was ich will.« Mit einem bedeutungsvollen Lächeln fügte sie hinzu: »Ich nehme jetzt privaten Tanzunterricht. Mein Lehrer ist Franzose und heißt Phillipe …« Sie hob vielsagend eine Augenbraue und zwinkerte komplizenhaft. »Er ist zweiundzwanzig, sieht fantastisch aus, ist sehr gelenkig und ausgesprochen ausdauernd …«, seufzte Marianne sehnsüchtig und schaute dabei äußerst zufrieden drein.

Obwohl Sophie sich nicht sicher war, ob diese Andeutung tatsächlich so gemeint war, wie sie sie verstanden hatte, kicherte sie leise mit ihrer Schwester.

»Wo ist denn eigentlich der Herr von Lohenstein?«, unterbrach Anna von Mayden das heimliche Getuschel der Schwestern. »Ist er bei seinen gräflichen Eltern … auf dem *Schloss*?« Sie betonte das letzte Wort überdeutlich.

Sophie seufzte innerlich über die Bemerkung ihrer Mutter, die scheinbar den Traum, dass die eigene Tochter eine Art Prinzessin werden könnte, noch nicht aufgegeben hatte. »Nein, Mama, Richard ist gleich nach Marburg gefahren. Vor den Weihnachtsferien müssen wir ja noch für ein paar Tage in die Universität«, erklärte sie lapidar.

»Ach, dann seht ihr euch ja schon morgen wieder«, folgerte ihre Mutter mit einer gewissen Genugtuung, schaute dann Paul an und fragte: »Und Sie müssen jetzt wieder zurück in die dunklen Räume des Museums, nicht wahr?« Ihr Tonfall war so herablassend, dass man meinen konnte, er würde in ein feuchtes Schlossverlies verbannt.

Ehe Sophie empört dazwischengehen konnte, erwiderte Paul liebenswürdig: »Leider noch nicht, obwohl der Abschluss meiner Doktorarbeit dort auf mich wartet. Aber zuerst werde ich nach Bremen fahren. In meine Heimatstadt. Dort ist kürzlich mein Vater gestorben, und ich muss vor Ort ein paar wichtige Dinge regeln.«

»Oh, mein herzliches Beileid«, stieß Anna von Mayden überrascht aus.

»Danke. Immerhin wurde er stolze zweiundachtzig. Um das Tabakkontor, das er bis zu seinem Tod führte, kümmert sich nun mein älterer Bruder, aber ich muss mir überlegen, was ich mit der Villa, die er mir vermacht hat, anfangen will …« Paul warf Sophies Mutter einen langen Blick zu und konnte es sich nicht verkneifen, in einem leicht selbstgefälligen Tonfall zu ergänzen: »Vor allem geht es jetzt natürlich um die Frage, wie ich das nicht unbeträchtliche Barvermögen, das mein Vater mir vererbt hat, sicher anlegen soll. Und was ich mit den Aktien mache, die er mir vermacht hat … Dazu werde ich mich nächste Woche von meinem Anwalt und dem Bankier meiner Familie beraten lassen.«

»Oh …«, murmelte Anna von Mayden. »Ja, sicher …« Sie war sichtlich konsterniert und versuchte, die überraschenden Informationen einzuordnen.

Sophie amüsierte sich köstlich. Sie konnte dem Gesicht ihrer Mutter deutlich ansehen, dass diese gerade Paul Klüver, der sie bisher nicht weiter interessiert hatte, mit den »Heiratskandidaten-Kriterien« in ihrem Kopf abglich. Als sich ihre konzentriert zusammengepressten Lippen schließlich entspannten und zu einem überaus liebenswürdigen Lächeln kräuselten, wusste Sophie, dass er den strengen Maßstäben genügte.

»Wie wäre es mit noch einem Stückchen Frankfurter Kranz oder einem Mandelplätzchen, lieber Herr Klüver?« Sie strahlte ihr Gegenüber an.

Sophie warf Paul, der dankend ablehnte, einen verschwörerischen Seitenblick zu. Er nickte ihr lächelnd zu, denn jetzt war es an ihr, das Bild, das sich ihre Mutter anscheinend gerade von ihm und seiner Rolle im zukünftigen Leben ihrer Tochter machte, ein wenig durcheinanderzubringen. Darauf war sie bestens vorbereitet.

Auf der langen Rückreise aus Afrika hatten Paul, Richard und sie intensiv darüber diskutiert, was in einer Situation wie dieser jetzt gesagt werden sollte. In den Wochen auf dem Postdampfer und später im Zug hatte Sophie viel Vergnügen dabei gehabt, sich zu überlegen, wie sie ihre Zukunftspläne, die sich in diversen Punkten gravierend von denen ihrer Mutter unterschieden, am besten vortragen sollte. Nun war es endlich so weit.

Sie nahm ihren kleinen goldenen Kaffeelöffel und klopfte damit leicht gegen die leere Tasse vor ihr. Das feine Porzellan klang wie ein leises Glöckchen. Als sie sich von ihrem Stuhl erhob, schauten alle mehr oder weniger überrascht zu ihr auf. Sophie nickte erst ihrem Vater, dann ihrer Mutter zu, lächelte ihre Großeltern und ihre beiden Schwestern an und schenkte zum Schluss Paul einen liebevollen Blick.

»Liebe Familie«, setzte sie dann feierlich an. »Ich habe euch etwas mitzuteilen.« Als alle sie erwartungsvoll ansahen, räusperte sie sich. »Die Erfahrungen, die ich in Afrika gemacht habe, waren einschneidend. Ich habe erkannt, dass ich meinem Leben eine neue Ausrichtung geben muss …«

»Hast du endlich erkannt, dass die Sache mit diesen alten Knochen doch nichts für dich ist?«, fragte Anna von Mayden hoffnungsfroh.

»Ganz im Gegenteil, liebe Mutter. Ich habe erkannt, dass es fast nichts Wichtigeres für mich gibt, als darauf hinzuarbeiten, eine anerkannte Paläontologin zu werden.« Sie bemerkte ein leises Lächeln auf dem Gesicht ihres Vaters. »Um mich zukünftig noch besser auf mein

Studium konzentrieren zu können – und um nicht weiterhin viele Stunden im Zug zwischen Frankfurt und Marburg zu verschwenden, die ich besser zum Lernen nutzen kann –, habe ich beschlossen, mir im neuen Jahr eine Studentenbude in Marburg zu suchen.«

»Wie bitte? *Studentenbude?* Das kommt überhaupt nicht infrage!«, widersprach ihre Mutter vehement.

»Ich bin jetzt einundzwanzig, und deshalb kann ich allein darüber entscheiden, ob ich in meinem Elternhaus oder irgendwo anders wohnen möchte«, verkündete sie mit fester Stimme. »Marburg ist ja nicht so weit weg wie Afrika, liebe Mama. Und an den Wochenenden werde ich häufig in Frankfurt sein …« Sie lächelte Paul zu.

»Ich weigere mich, solche Kindereien zu unterstützen«, stieß Anna von Mayden aus. »Derartige Flausen werden dein Vater und ich auf keinen Fall finanzieren.«

»Dann übernehmen wir deine Miete«, bot der Großvater großzügig an und lächelte Sophie zu.

»Vater!«, entrüstete sich Anna von Mayden und bedachte ihn mit einem empörten Blick.

»Anna, deine Tochter war gerade monatelang in der Weltgeschichte unterwegs und hat in einem Zelt im afrikanischen Busch gehaust. Was spricht da noch dagegen, dass sie sich jetzt eine ordentliche Wohnung in Marburg nehmen will? Dafür zahle ich gerne.«

»Danke, Großvater, aber das wird nicht nötig sein. In den Semesterferien werde ich mir mein eigenes Geld im Museum verdienen. Und bis dahin …« – sie ergriff Pauls Hand – »… wird mein Verlobter die Kosten übernehmen.«

»Dein was …?!«, schnaubte ihre Mutter. »Verlobter? Aber ihr habt doch noch gar nicht …« Sie sah ihre Tochter mit einer Mischung aus Unglauben, Ärger und Erleichterung an. Sophie musste bei diesem Gesichtsausdruck, den sie sich in ihrer Fantasie genau so vorgestellt hatte, heimlich schmunzeln.

»Ja, ihr habt richtig gehört: Ich habe Paul Klüver – kurz vor dem Löwenangriff – darum gebeten, sein Leben zukünftig mit mir zu verbringen.«

»Also, das ist ja … Was soll das überhaupt heißen: *Du* hast ihn gebeten? Wie könnt ihr … Aber … Ihr könnt doch nicht einfach … Kind!«, stammelte Anna von Mayden mit hilflos erhobenen Armen und verstummte schließlich.

Sophie schaute leicht verwundert, denn sie erlebte zum ersten Mal, dass ihrer Mutter die passenden Worte fehlten.

Paul nutzte die Gelegenheit, stand ebenfalls auf, ergriff die Hand von Sophie und lächelte ihr mit feierlicher Miene zu. Dann blickte er Robert von Mayden an und sagte mit klarer Stimme: »Verehrter Professor, darf ich Sie …« – er schaute lächelnd zu ihrer Mutter hinüber, die ihn sprachlos anstarrte – »… und Sie, gnädige Frau, um die Hand Ihrer Tochter Sophie bitten?«

Charlotte war die Erste, die sich aus der angespannten Starre löste, in die Hände klatschte und laut »Bravo!« rief. Gleich danach gratulierten Marianne und die Großeltern dem jungen Paar. Nur Robert und Anna von Mayden saßen immer noch völlig perplex auf ihren Stühlen an den Kopfenden der langen Tafel und starrten Paul und Sophie fassungslos an.

Schließlich fing sich ihr Vater. »Nun, lieber Herr Klüver …« Er räusperte sich. »Das erscheint mir zwar alles recht überstürzt und unkonventionell, aber ich vertraue der Menschenkenntnis meiner Tochter. Wenn sie sich entschieden hat, ihr Leben mit Ihnen zu teilen, bleibt mir wohl nichts anderes übrig, als ebenfalls zuzustimmen.« Er lächelte Paul Klüver aufmunternd an, trat zu ihm und klopfte ihm jovial auf die Schulter.

Nun fühlte sich auch Anna von Mayden gezwungen, auf die für sie unerwartete Wendung der Ereignisse zu reagieren. »Also … wenn das so ist …« Sie sprach zögernd, mit belegter Stimme, und nickte schlussendlich Paul zu. »Selbstverständlich stimme ich meinem Gatten zu.« Sie bedachte Sophie mit einem etwas verkrampften Lächeln. »Wie ich meiner Tochter immer wieder sage: Der Herr im Haus hat nun mal das letzte Wort …«

»Da muss ich Ihnen leider widersprechen, verehrte Frau von Mayden«, erwiderte Paul mit einem liebenswürdigen Lächeln. »Die

Zeiten ändern sich. Sophie und ich planen da einen etwas moderneren Lebensstil …«

Seine zukünftige Schwiegermutter schaute ihn schockiert an. »Wie meinen Sie denn das, bitte?«

»Paul hat versprochen, mir seinen Willen niemals aufzuzwingen, Mutter«, antwortete Sophie an seiner Stelle. »Wir sehen uns als gleichberechtigte Menschen. Mein Bräutigam wünscht sich, ebenso wie ich, dass wir alle Entscheidungen gemeinsam treffen und in Zukunft auch gemeinsam arbeiten. Bis es so weit ist, werde ich mein Studium bis zum Ende fortführen, während er seine Dissertation fertigschreibt. Paul wird dazu in den nächsten Jahren zwischen Frankfurt und Berlin pendeln müssen, weil seine neuen Forschungsobjekte – die Dinosaurierfragmente vom Tendaguru – sich im dortigen Naturkundemuseum befinden.«

»Aber was ist denn das für eine Ehe?«, fragte Anna von Mayden verständnislos. »Die Frau in Marburg, der Mann in Berlin …«

»Aber wir werden uns doch immer wieder in Frankfurt treffen – im Schoß unserer lieben Familie.« Paul lächelte in die Runde. »Und in ein paar Jahren werden wir auf Dauer vereint sein, denn nach Sophies Studium planen wir, wieder zum Tendaguru zurückzukehren und dort für längere Zeit zu bleiben. Es gibt da noch so viel zu entdecken!« Er strahlte Sophie glücklich an.

»So ist es!«, bestätigte sie lachend. »Keine Sorge, liebe Eltern. Alles wird gut. Oder, wie die Afrikaner zu sagen pflegen: *Hakuna Matata* – es gibt kein Problem.«

»Na, wenn das so ist …«, sagte Sophies Großmutter amüsiert. »Herzlichen Glückwunsch dem jungen Paar!«

Der Großvater wandte sich zum Dienstmädchen um, das gerade die Kaffeekanne vom Büffet nehmen wollte, und rief aufgekratzt: »Lass den Kaffee stehen, Fritzi. Wir brauchen jetzt Champagner!«

Nachwort

Mein Interesse für das Leben der Menschen in vergangenen Epochen begann mit den »alten Griechen«. Kaum konnte ich lesen, verschlang ich die spannenden, märchenhaften Sagen und Mythen über Götter, Halbgötter und Fabelwesen, über Helden und ihre Abenteuer. Als Zehnjährige stand ich zutiefst beeindruckt zwischen den Ruinen von Delphi und auf der Akropolis. Auch meine erste Begegnung mit dem Gerippe eines imposanten Dinosauriers im Bremer Überseemuseum hat sich tief in mir eingeprägt. Schon als Kind und Jugendliche habe ich Museen geliebt, weil ich fasziniert davon war, dass an diesen Orten Geschichte greifbar, erfahrbar wird.

Die komplizierten Namen griechischer Sagenhelden konnte ich damals genauso fehlerfrei aufsagen wie die Kinder später die der Pokémons oder Dinosaurier. Für mich stand früh fest: Ich würde Archäologin werden, um vergessene und verborgene Schätze aus längst vergangenen Zeiten auszugraben. Doch daraus wurde nichts – auch weil die für naturwissenschaftliche Fächer verantwortlichen Lehrer es nicht schafften, mein Interesse an ihren Arbeitsgebieten zu wecken, deren Kenntnisse für die Ausübung archäologischer Tätigkeiten notwendig sind. Stattdessen zeigte sich ein gewisses Talent fürs Schreiben, bei dem ich meiner Fantasie freien Lauf lassen und mit meinen Romanhelden in sämtliche Jahrhunderte, Berufe und Rollen eintauchen konnte, die mich interessierten. Als Journalistin lernte ich, professionell zu recherchieren, was mir hilft, ausführlicheres Wissen darüber zu gewinnen, wie Menschen in anderen Zeitaltern gelebt haben, um ihre Welt dann wirklichkeitsnah beschreiben zu können.

Bis heute werden die Naturwissenschaften von Männern dominiert, doch es gab schon immer Frauen, die das nicht akzeptierten und aus ihren traditionellen Rollenbildern ausbrachen. Sie wollten sich nicht mit ihrem von Familie und Gesellschaft vorgegebenen Schicksal abfinden, sondern ein eigenständiges Leben führen. Doch selbst wenn sie mit den nötigen finanziellen Mitteln einer großbürgerlichen Herkunft ausgestattet waren, stellte es für sie zu Anfang des 20. Jahrhunderts ein sehr großes Problem dar, ein naturwissenschaftliches Studium in Angriff zu nehmen.

Für die meisten jungen bürgerlichen Frauen des Preußischen Kaiserreichs war der Lebensweg vorgezeichnet: Nachdem sie eine rudimentäre Schulbildung erhalten hatten – im Idealfall auf einer Höheren Mädchenschule, in der man den Schülerinnen bis zum fünfzehnten Lebensjahr allerdings nicht einmal den Unterrichtsstoff einer Realschule für Jungen vermittelte –, wurden sie insbesondere von ihren Eltern dazu angehalten, sich möglichst standesgemäß zu verheiraten. Frauen aus den sogenannten besseren Kreisen arbeiteten nicht, sondern wurden von ihren Männern versorgt. Sie sollten sich auf Haushalt und Kinder konzentrieren, während ihre Ehemänner das Recht hatten, sämtliche relevanten Entscheidungen allein zu fällen. Nur wenige Frauen hatten das Glück, sich tatsächlich nach ihren ganz persönlichen Wünschen und Vorstellungen entwickeln zu können.

Ab 1900 wurden junge Frauen in den Ländern des Deutschen Reichs nach und nach zu Abitur und Studium zugelassen. Schlusslichter waren Preußen und Hessen, wo ihnen der Zugang zu weiterreichender Bildung am längsten verwehrt wurde. Dort gab es keine Gymnasien für Mädchen, an denen sie das Abitur hätten ablegen können, sondern lediglich die Möglichkeit, sich zur Lehrerin weiterbilden zu lassen. Erst der Erlass des *Ministeriums der geistlichen, Unterrichts- und Medicinal-Angelegenheiten* in Berlin vom 18. August 1908 eröffnete auch diesen jungen Frauen – ab dem Wintersemester 1908/09 – den regulären Zugang zu preußischen Universitäten.

Meist mussten sie sich dennoch irgendwann zwischen akademischer Karriere und bürgerlichem Familienleben entscheiden. Sobald sie heirateten, konnte der Ehemann ihnen verbieten, weiter zu studieren oder zu arbeiten. Die streitbaren Bewegungen, die sich für die Rechte von Frauen einsetzten und gegen diese Ungerechtigkeiten kämpften, steckten damals noch in den Kinderschuhen.

Als ich anfing, das Konzept für diesen Roman zu entwickeln, konnte ich mich auf eine spannende Idee meiner Lektorin Gerke Haffner stützen: die Geschichte einer jungen Frau, die sich Anfang des 20. Jahrhunderts ihren Platz in einer Männerdomäne erstreiten und Paläontologin werden will. Eingebettet in ein reales historisches Setting, sollte die fiktive Heldin mit zahlreichen Leuten interagieren, die damals tatsächlich lebten und denen sie im Laufe ihres Werdegangs womöglich begegnet wäre. Das Frankfurter Senckenberg-Museum mit seinen imposanten Dinosaurierfossilien, dessen Neubau Ende 1907 seine Pforten öffnete, erwies sich als der perfekte zentrale Schauplatz für die Handlung. Und schon bald kam ein anderer hessischer Ort als bedeutsamer Nebenschauplatz hinzu – die alte Hochschulstadt Marburg –, denn die Universität in Frankfurt wurde erst 1914 eröffnet.

Im Verlaufe meiner Recherchen kamen nach und nach interessante Verbindungen zwischen realen Personen jener Zeit ans Licht. So gab es nicht nur bemerkenswerte Freundschaften zwischen Wissenschaftlern im Museum und an der Universität, sondern auch zwischen den Frauenrechtlerinnen. Des Weiteren brachte ich in Erfahrung, dass man genau zu jener Zeit, in der meine Geschichte spielt, in Afrika einen der größten jemals gefundenen paläontologischen Schätze entdeckte und riesige Mengen von fossilisierten Dinosaurierknochen zutage förderte. Doch leider wurde damals die Tendaguru-Expedition in der Kolonie Deutsch-Ostafrika, dem heutigen Tansania, vom Berliner *Museum für Naturkunde* organisiert und durchgeführt. Weitere Recherchen ergaben allerdings, dass es zahlreiche Verbindungen nach Frankfurt und zum Senckenberg-Museum gab. Somit konnte ich meine Romanheldin guten Gewissens auf die abenteuerliche Reise nach Ostafrika schicken.

Als das Grundgerüst für meine Geschichte stand, nahm ich Kontakt zum Senckenberg-Museum auf, um vor Ort zu recherchieren. Ich hatte das große Glück, dort Prof. Dr. Dieter Uhl kennenzulernen, den Sektionsleiter für »Paläoklima- und Paläoumweltforschung« am Senckenberg Forschungsinstitut und Naturmuseum Frankfurt. Er führte mich nicht nur persönlich durchs Museum und zeigte mir die Fossilien von imposanten Dinosauriern, wie das riesige Skelett des *Diplodocus longus* und die Knochen vom Tendaguru, sondern gestattete mir auch exklusive Einblicke hinter die Kulissen. Es war ein erhebender Moment, als ich in einem Lagerraum in einem unscheinbaren Schrank die original beschrifteten Mineralien aus der persönlichen Sammlung von Prof. Emanuel Kayser, die man erst kurz zuvor von Marburg ins Senckenberg-Museum gebracht hatte, mit eigenen Augen sehen und sogar einige dieser Stücke selbst in Händen halten durfte. Prof. Uhl zeigte mir auch den Außenbereich des Museums, wo zu der Zeit dreißig Tonnen schwere Sediment-Blöcke aus Wyoming vor den Augen der Museumsbesucher bearbeitet wurden, um darin nach siebzig Millionen Jahre alten Dinosaurierfragmenten zu suchen und sie freizupräparieren. Hier bekam ich eine sehr gute Vorstellung von der aufwendigen Arbeit der Präparatoren und Ausgräber, was mir half, diese Tätigkeit später im Roman realistisch schildern zu können. Dankenswerterweise stand Prof. Uhl mir mit seiner Expertise auch während des Schreibprozesses bei fachlichen Fragen zur Seite.

Um mir einen fundierten Einblick in die Historie des Senckenberg-Museums zu geben, nahmen sich Dr. Joachim Scholz, zu diesem Zeitpunkt der Beauftragte für Archiv und Geschichte der *Senckenbergischen Naturforschenden Gesellschaft*, und seine Kollegin Semela Dukova vor Ort die Zeit, um meine vielen Fragen eingehend zu beantworten. Außerdem zeigten sie mir alte Fotos der damals im Museum tätigen Personen und verrieten mir auch die eine oder andere Anekdote über diese Wissenschaftler.

Dr. Jutta Zipfel, die Leiterin der Sektion »Meteoritenforschung« im Senckenberg-Forschungsinstitut und Senckenberg-Museum, versorgte mich mit spannenden fachlichen Informationen über den »Gibeon«-Meteoriten.

Während des langen Schreibprozesses gingen meine Recherchen kontinuierlich weiter. Eine unerschöpfliche Quelle stellten dabei die historischen Original-Berichte über Sitzungen der *Senckenbergischen Naturforschenden Gesellschaft* dar, in denen ich u. a. auch die Namen der damaligen Museumsmitarbeiter fand – sogar den des Hausmeisters. Meine Recherchen in diversen neuen und antiquarischen Büchern und zahlreichen Online-Quellen führten immer wieder zu erstaunlichen Verbindungen zwischen den unterschiedlichsten Personen, denen meine Heldin im Laufe der Geschichte begegnet.

Ich habe akribisch darauf geachtet, in diesem Roman sämtliche realen Daten und Fakten wahrheitsgetreu wiederzugeben – abgesehen von drei Ausnahmen. Dass ich mir in diesen Fällen gestattet habe, von meinem Recht auf künstlerische Freiheit Gebrauch zu machen, hat jedoch gute Gründe:

Der *Diplodocus longus*, der heute so aufrecht und zentral im Lichthof des Senckenberg-Museums steht, war zur damaligen Zeit in einer Art stützendem Holzkorsett eingeschlossen und stand weiter rechts an der Wand. Für den dramatischen Effekt, den er bei Sophie von Mayden auslöst, als sie ihrem »Dodo« zum ersten Mal gegenübersteht, musste ich den Dinosaurier freistehend mitten ins Zentrum rücken.

Den verblüffenden, tatsächlich belegten Aufenthalt des berühmten britischen Schriftstellers Aldous Huxley in Marburg – zumal im Hause des Dozenten meiner Hauptfigur – wollte ich unbedingt in meine Geschichte einbauen. Damit Huxley mit der fiktiven Sophie von Mayden zusammentreffen konnte, habe ich mir erlaubt, seinen Studienaufenthalt ein paar Jahre vorzuverlegen. Und schlussendlich fand die beeindruckende Afrika-Durchquerung von Anna Schloifer, geborene Freiin von Schrenck v. Notzing, erst ein Jahr später, zwischen dem 3. September und 12. Oktober 1909, statt. Doch als Ansporn für Sophie musste ich dieses Abenteuer auf 1908 vorverlegen.

Es war mir eine große Freude, so tief in das Leben und die Wissenschaft zwischen 1907 und 1909 einzudringen – zu erfahren, welche Entdeckungen damals gemacht wurden und wie die Menschen gelebt haben. Während des Schreibens fühlte ich mich dort sehr zu Hause. Daher wird dies vermutlich nicht die letzte Geschichte sein, die ich über diese faszinierende Welt erzähle.

Und zum Schluss noch eine kleine Anekdote:

Die von meiner Romanheldin Sophie von Mayden am Tendaguru auf höchst spektakuläre Weise entdeckten Dinosaurierknochen haben eine reale Vorlage.

Im Januar 1920 fuhr Fritz Drevermann, Leiter der paläontologischen Abteilung des Senckenberg-Museums, nach Berlin, um dort endlich die Auswahl »unseres Tendaguru-Materials« vorzunehmen, das dem Frankfurter Museum aufgrund der großzügigen Expeditionsspenden des Mäzens Richard von Passavant-Gontard zustand. Wenig später trafen tatsächlich eine vordere Extremität, ein Schulterblatt und die Rippe eines *Brachiosaurus brancai* in Frankfurt ein. Als man versuchte, die versteinerten Knochen im Lichthof zu montieren, stellte man »nach vergeblichen Versuchen […], den Ober- und Unterarm von *Brachiosaurus* in eine vernünftige Lage zu bringen« jedoch fest, dass die Berliner irrtümlicherweise einen linken Oberarmknochen und einen rechten Unterarmknochen geliefert hatten.

Übrigens: Obwohl sich die riesigen Sauropoden – wie *Diplodocus longus* und *Brachiosaurus* – auf vier stämmigen Beinen durch die Urzeit bewegten, bezeichneten die Wissenschaftler deren vordere Extremitäten als Ober- und Unter-»Arme«. Und so habe auch ich mich daran gehalten.

Wie die missliche Verwechslung der Knochen – von der der edle

Spender nichts erfahren sollte – geregelt wurde, hat man nicht überliefert. Aber noch im selben Jahr war die korrekte Anordnung der riesigen Vorderextremität eines *Brachiosaurus brancai* im Senckenberg-Museum zu besichtigen; man hatte sie damals seitlich an einem eisernen Stützpfeiler angebracht.

Noch heute sind eben diese Tendaguru-Knochen – inzwischen in realistischer Präsentation an der linken Wand – im Lichthof des Senckenberg-Museums zu bestaunen. Und die rund zweieinhalb Meter lange *Brachiosaurus*-Rippe darf von den Besuchern sogar angefasst werden.

Sollten Sie, liebe Leser, also demnächst das Senckenberg-Museum besuchen, denken Sie bei der Berührung dieses Millionen Jahre alten Knochens an seine »Entdeckerin« Sophie von Mayden.

Vielleicht schicken Sie mir sogar ein Selfie mit »Dodo« – via Facebook oder Instagram?

Ich würde mich sehr darüber freuen.

Ihre Birgit Borchert

www.facebook.com/biboloebnaubirgitborchertautorin
www.instagram.com/birgitborchert_biboloebnau/

Historische Ereignisse in den Jahren 1907 bis 1909

Oktober 1907

- Am 13. Oktober wird das neue Senckenberg-Museum an der Viktoria-Allee in Frankfurt am Main eröffnet. Finanziert und betrieben wird es von der *Senckenbergischen Naturforschenden Gesellschaft*.
- Der Paläontologe Eberhard Fraas untersucht am Berg Tendaguru in der Kolonie Deutsch-Ostafrika (heute Tansania) einige auffällig große Knochen, die ein Arbeiter der »Lindi-Schürfgesellschaft« entdeckt hat, und erkennt, dass es sich um die Überreste von gewaltigen Dinosauriern handelt. Es sei eine der wichtigsten geologischen Funde in Afrika, meldet der Paläontologe zurück ins Kaiserreich.

Mai 1908

- Am 24. Mai wird das neunzigjährige Bestehen der *Senckenbergischen Naturforschenden Gesellschaft* gefeiert.
- In Bad Gastein eröffnet am 29. Mai das *Grand Hotel de l'Europe*, das größte und modernste Hotel der österreich-ungarischen Monarchie.

Juni 1908

- In London wird am 4. Juni eine Bewegung gegen das Frauenstimmrecht, die »National Women's Anti-Suffrage Association«, gegründet.
- Am 5. Juni gibt der preußische Kultusminister in Berlin bekannt, dass er die Habilitation von Frauen als Privatdozentinnen an preußischen Universitäten aus grundsätzlichen Erwägungen ablehnt.

- Kaiserin Auguste Viktoria besichtigt am 26. Juni in Berlin den »Verein zur Förderung höherer Bildung und Erwerbsfähigkeit des weiblichen Geschlechts« im Lettehaus, das sie 1902 eröffnet hat, und ist überaus angetan von der Bildungseinrichtung.

Juli 1908

- Laut Statistischem Amt hat Frankfurt 354 000 Einwohner.
- Am 13. Juli gibt der Lebemann und später als Serienmörder überführte Karl Hopf aus Niederhöchstadt eine Sammlung von Hundeschädeln im Senckenberg-Museum ab, um sie in der Sektion »Vergleichende Anatomie und Skelette« ausstellen zu lassen.

August 1908

- Ein Erlass des preußischen Kultusministeriums vom 18. August erlaubt die Immatrikulation von Frauen an preußischen Universitäten. Damit können zum Wintersemester 1908/09 auch in Hessen erstmalig deutsche Studentinnen immatrikuliert werden – allerdings nur theoretisch, denn bisher gibt es keine Gymnasien für Mädchen, an denen sie ihr Abitur machen könnten.

September 1908

- Die Wochenzeitschrift *Daheim* führt die neue Rubrik »Frauenerwerb« ein. Alle zwei Wochen werden »neue Frauenberufe« vorgestellt, wie »die Fotografin« oder »die Lithographin«. Von der Eröffnung einer Fremdenpension wird dagegen dringend abgeraten.

Oktober 1908

- Am 7. Oktober wird an der Frankfurter Oper *Der Bajazzo* gegeben. Die Titelrolle des *Canio* singt Star-Tenor Enrico Caruso. Das Publikum ist begeistert.
- Am 13. Oktober – dem ersten Jahrestag der Eröffnung des neuen Senckenberg-Museums – findet die feierliche Einweihung des »Ostafrika-Dioramas« statt.
- Im Vestibül des Museums wird am 22. Oktober die Marmorbüste

Goethes aufgestellt. Es handelt sich um ein Geschenk Ihrer Majestät, der Deutschen Kaiserin.

November 1908

- Vor drei Hörern hält der 29-jährige Physiker Albert Einstein am 14. November seine erste Universitätsvorlesung über Strahlentheorie.
- Am 24. November werden an den Hochschulen des Großherzogtums Hessen Frauen unter den gleichen Bedingungen wie Männer zum Studium zugelassen.

Dezember 1908

- Der 6. deutsche Luftschiffertag mit etwa 70 Delegierten deutscher Luftschiffervereine findet am 5. Dezember im Hotel *Frankfurter Hof* statt.
- Am 9. Dezember genehmigt der Deutsche Reichstag in Berlin nach mehrtägiger Debatte eine Gewerberechtsnovelle, die die Frauenarbeit regelt: Frauen dürfen von 8 Uhr abends bis 6 Uhr früh nicht beschäftigt werden.

Januar 1909

- Laut Statistischem Amt hat Frankfurt 362 600 Einwohner.
- Am 15. Januar findet in Frankfurt die öffentliche Versammlung des Vereins »Frauenbildung – Frauenstudien« zum Thema »Mädchenschulreform« im kleinen Saal des Kaufmännischen Vereins statt.
- Am 27. Januar begeht Kaiser Wilhelm II. in Berlin unter großer Anteilnahme der Bevölkerung seinen 50. Geburtstag. In Frankfurt findet das Festessen zu seinen Ehren in Anwesenheit von rund 700 Gästen im Palmengarten statt.

Februar 1909

- Am 13. Februar veranstaltet die *Senckenbergische Naturforschende Gesellschaft* anlässlich des 100. Geburtstages des Evolutionstheoretikers Charles Darwin eine Feier im Festsaal ihres Museums.

- Vor dem Amtssitz des britischen Premierministers fordern Frauenrechtlerinnen am 18. Februar die Einführung des Stimmrechts für Frauen. Die Polizei verhaftet 20 Suffragetten. Sie werden zu Gefängnisstrafen zwischen zwei und vier Wochen verurteilt.
- Die Jahresversammlung des »Frankfurter Friedensvereins«, in dem auch die Frauenrechtlerin Anna Edinger Mitglied ist, findet am 22. Februar im Saal des *Kaiserhofs* am Goetheplatz statt.

März 1909

- Die öffentliche Straßenbeleuchtung in Frankfurt besteht inzwischen aus 8813 Gaslaternen und 288 Bogenlampen.
- Die Wissenschaftler Werner Janensch und Edwin Hennig brechen am Donnerstag, dem 11. März, morgens um 8 Uhr in Berlin vom Anhalter Bahnhof zur Tendaguru-Expedition auf. Per Zug geht es zunächst nach Marseille, dann weiter per Schiff nach Neapel, wo sie sich am 15. März auf einem Dampfer der *Deutschen Ost-Afrika-Linie* einschiffen.
- Am 20. März verstirbt überraschend Fritz Römer, der beliebte und hochgeschätzte Direktor des Senckenberg-Museums, mit nicht einmal 43 Jahren.

April 1909

- In Deutsch-Ostafrika (heute Tansania) bricht unter der schwarzen Bevölkerung eine Pestepidemie aus, der 60 Menschen zum Opfer fallen. Das Reichskolonialamt in Berlin beschuldigt die einheimische Bevölkerung, die Hygienevorschriften der Kolonialbehörden nicht eingehalten zu haben.
- Die Paläontologen Edwin Hennig und Werner Janensch erreichen am 2. April Daressalam und kommen am 6. April in der Hafenstadt Lindi an, von wo es zu Fuß weiter zur Dinosaurier-Fundstätte am Berg Tendaguru geht. Ihre Expedition dauert bis 1913.
- In Berlin werden zahlreiche Gedenkfeiern anlässlich des 25. Jahrestages deutscher Kolonialpolitik veranstaltet. Am 24. April 1884 hatte Reichskanzler Otto von Bismarck in einem Telegramm an

den Generalkonsul in Kapstadt die Lüderitzschen Besitzungen in Afrika unter den Schutz des Deutschen Reiches gestellt.

Mai 1909

- In Frankfurt stellt der Mediziner Paul Ehrlich am 2. Mai das gemeinsam mit dem Japaner Sahachiro Hata entwickelte Medikament »Salvarsan 606« vor, das eine Heilung der Geschlechtskrankheit Syphilis ermöglicht.
- Am 8. Mai sprechen sich Abgeordnete aller Fraktionen im preußischen Abgeordnetenhaus in Berlin gegen den gemeinsamen Unterricht für Knaben und Mädchen an höheren Schulen aus. Die Regierung kündigt an, im Zuge einer Schulreform künftig mehr höhere Mädchenschulen einzurichten.
- Das *Café Vetter* am Kornmarkt in Marburg öffnet seine Pforten.
- Im Rahmen des III. Wettstreits Deutscher Männer-Gesangvereine wird die Frankfurter Festhalle am 19. Mai, in Anwesenheit des Kaiserpaars, feierlich eröffnet.

Juni 1909

- Am 6. Juni widmet die *Senckenbergische Naturforschende Gesellschaft* ihre Jahresfeier im Museum der Erinnerung ihres verstorbenen Museumsdirektors Fritz Römer.
- In Berlin wird am 14. Juni eine statistische Erhebung veröffentlicht, nach der sich im Deutschen Reich im laufenden Sommersemester 1432 Frauen an Universitäten und Hochschulen eingeschrieben haben. Davon studieren 699 Frauen Philosophie, Fremdsprachen und Geschichte, 371 Medizin, 245 Naturwissenschaften, 44 Zahnmedizin und 42 Rechts- und Staatswissenschaften.
- Am 22. Juni treffen sich Delegierte aus Europa und Nordamerika in Toronto (Kanada) zu einem internationalen Kongress der Frauenrechtlerinnen. Die Teilnehmerinnen erarbeiten u. a. Reformvorschläge zum Frauenwahlrecht, zur rechtlichen Besserstellung von ledigen Müttern und zu den Ehegesetzen.

Juli 1909

- Die Internationale Luftschiffffahrt-Ausstellung (ILA), die bis dahin weltweit größte und bedeutendste Luftfahrtausstellung, die 100 Tage lang in Frankfurt stattfindet, wird am 10. Juli eröffnet.
- Am 31. Juli landet Graf Zeppelin persönlich mit seinem Luftschiff »LZ 5« auf dem Gelände der ILA in Frankfurt.

August 1909

- Am 3. August findet die Tagung des Verbandes der »Vereine studierender Frauen Deutschlands« in Frankfurt statt.
- Am 22. August gibt es einen »Ballon-Blumen-Korso« mit der Ballonfahrerin und Fallschirmspringerin Käthchen Paulus im Zoologischen Garten in Frankfurt.

September 1909

- Zwei britische Frauenrechtlerinnen, die mit Steinen einen Eisenbahnzug beworfen haben, in dem sich Premierminister Asquith befand, werden am 18. September in Birmingham zu einem Monat Gefängnis verurteilt.
- Anna Schloifer, geborene Freiin von Schrenck v. Notzing, bricht am 3. September von Udjidje in Deutsch-Ostafrika (heute Tansania) auf und kommt am 12. Oktober in Matadi an der Kongomündung an. Sie legt die 3000 Kilometer lange Strecke von der Ost- zur Westküste Afrikas in nur vierzig Tagen zurück.

Oktober 1909

- Laut Statistischem Amt hat Frankfurt 368 800 Einwohner.
- In Darmstadt tritt am 1. Oktober der »Allgemeine Deutsche Frauenverein« zu seiner 25. Generalversammlung zusammen. Eine Hauptforderung der Frauen ist die Zulassung zu verantwortlichen Ämtern in der Verwaltung.
- Am 5. Oktober wird mehreren britischen Frauenrechtlerinnen, die in einem Londoner Gefängnis in den Hungerstreik getreten sind, nach fünf Tagen gewaltsam Nahrung eingeflößt.

November 1909

- Am 16. November wird in Frankfurt am Main die »Deutsche Luftschiffahrt AG« (Delag) als erste Fluggesellschaft gegründet. Diese eröffnet 1912 in Frankfurt-Bockenheim westlich des ehemaligen ILA-Ausstellungsgeländes den Luftschiffhafen am Rebstock, den späteren Flughafen Frankfurt-Rebstock.
- Am 29. November dürfen sich weibliche Studenten an der Berliner Universität zum ersten Mal an Wahlen zum studentischen Direktorium beteiligen. Neben 500 weiblichen Studentinnen sind 5000 männliche Kommilitonen an der Universität immatrikuliert.

Dezember 1909

- Am 15. Dezember findet die Versammlung des Frankfurter »Vereins für Frauenstimmrecht« im Börsensaal statt – mit einem Vortrag der englischen Feministin Isabel Seymour über den Kampf der Londoner Suffragetten.
- Kaiser Wilhelm II. und seine Familie feiern den Heiligen Abend im Neuen Palais in Potsdam.
- Im Frankfurter Palmengarten findet am 31. Dezember ein Familienabend statt, der rund 1800 Personen bei Musik und Tanz zum Jahreswechsel vereint.

Historische Personen im Roman

Adickes, Franz (1846–1915), war von 1891 bis 1912 Oberbürgermeister der Stadt Frankfurt am Main. Er engagierte sich maßgeblich für den Neubau des Senckenberg-Museums und die 1914 in Frankfurt eröffnete Universität. Am 31. Juli 1909 begrüßte er Ferdinand Graf von Zeppelin, als dieser mit seinem Luftschiff auf dem Gelände der *Internationalen Luftschifffahrt-Ausstellung* in Frankfurt landete.

Anning, Mary (1799–1847), war eine der ersten professionellen Sammlerinnen von Fossilien. Die Britin wird daher als eine der ersten Paläontologinnen betrachtet.

Branca, Wilhelm von (1844–1928, bis 1895: Wilhelm Branco), war ein deutscher Geologe und Paläontologe. Er war ein Außenseiter unter den Hochschullehrern der deutschen Kaiserzeit: Zunächst versuchte er sich als Soldat und Künstler, wurde dann Landwirt und begann erst mit dreißig Jahren ein naturwissenschaftliches Studium. In Berlin war er von 1899 bis 1917 Direktor des *Geologisch-Paläontologischen Instituts* und des Museums der Friedrich-Wilhelm-Universität. Er war zuständig für die Organisation der Tendaguru-Expedition in der damaligen Kolonie Deutsch-Ostafrika, dem heutigen Tansania. Um die Ausgrabungen zu finanzieren, gründete von Branca das »Komitee zur Beschaffung der Gelder für eine wissenschaftliche Expedition nach dem Berge Tendaguru in Deutsch-Ostafrika«. Seinen wiederholten Spendenaufrufen folgten schließlich genug Menschen aus ganz Deutschland, sodass die Expedition 1909 beginnen und bis 1913 fortgesetzt werden konnte. Der im Lichthof des Berliner Museums für Naturkunde aufgestellte Riesensaurier *Brachiosaurus brancai* (heute korrekt: *Giraffatitan brancai*) vom Tendaguru hat seinen Namen ihm zu Ehren erhalten.

Bülow, Frieda von (1857–1909), war eine deutsche Schriftstellerin, Afrikareisende und Begründerin des deutschen Kolonialromans. Sie schrieb u. a. »Deutsch-Ostafrikanische Novellen« (1892) und den Roman »Tropenkoller. Episode aus dem deutschen Kolonialleben« (1896).

Caruso, Enrico (1873–1921), war Opernsänger. Der berühmteste Tenor seiner Zeit kam von 1907 bis 1911 jährlich zu einem mehrtägigen Gastspiel an die Frankfurter Oper. Am 7. Oktober 1908 trat er dort als *Canio* in »Der Bajazzo« auf.

Corinth, Lovis (1858–1925), war ein deutscher Maler, Zeichner und Grafiker. Er zählt zu den wichtigsten und einflussreichsten Vertretern des deutschen Impressionismus. Am 14. Oktober 1901 eröffnete Corinth eine Malschule in Berlin. 1908 erschien u. a. sein Buch »Das Erlernen der Malerei« – ein Lehrbuch, in dem er den Lesern die Kunst der Malerei näherbringen und mit deren Techniken vertraut machen wollte. Von ihm stammt auch das »skandalöse« Bild »Susanna im Bade«.

Diegel, Berthold, war bis 1913 der Hausmeister des Senckenberg-Museums.

Drevermann, Fritz (1875–1932), war ein deutscher Paläontologe und geschäftsführender Direktor des *Senckenberg Naturmuseums*. Er besuchte ab Oktober 1898 die Marburger Universität, wurde ein Jahr später Assistent von Emanuel Kayser und promovierte am 4. Mai 1901 zum Dr. phil. mit »Die Fauna der oberdevonischen Tuffbreccie von Langenaubach bei Haiger«. Ab 1903 war er Privatdozent für Mineralogie und Geologie an der *Philipps-Universität*. Auch nach den gemeinsamen Jahren in Marburg hielten sein Doktorvater Kayser und Drevermann Kontakt. Kayser besuchte Drevermann mehrmals im Senckenberg-Museum und forderte ihn »väterlich« auf, mehr zu publizieren. 1905 wurde Drevermann an das Senckenberg-Museum in Frankfurt am Main berufen und leitete dort gemeinsam mit Friedrich Kinkelin die Sektion »Geologie und Paläontologie«. Ab 1910 wurde Drevermann Kustos des Museums.

Drevermann, Ria, geborene Maria Steinbrück (1885–1967), war die Ehefrau von Fritz Drevermann. Sie betätigte sich u. a. als Schreibkraft im Museum und unternahm mit ihm 1909 eine Forschungsreise nach Spanien in die Sierra Morena. Gemeinsam gruben sie nach Mineralien, Trilobiten und Ammoniten. Im Bericht der *Senckenbergischen Naturforschenden Gesellschaft* ist dazu u. a. vermerkt: »Der spanischen Studienreise Dr. Drevermanns verdanken wir eine größere Anzahl von Mineralien und Gesteinen, darunter 16 Handstücke von Zinnobersorten nebst einem großen Zinnoberblock.« Über die recht einfachen Verhältnisse vor Ort beim Start der Expedition erzählte Fritz Drevermann u. a.: »Drei Esel und ein Maultier warteten vor der Türe, und ein Damensattel für meine Frau war schnell aus einem Kopfkissen und aus vier Stöcken hergestellt, deren zwei kreuzweise zusammengebunden wurden (allerdings musste ein Eselstreiber beständig dieses Kunstwerk festhalten).«

Edinger, Anna (1863–1929), war eine deutsche Sozialpolitikerin, Frauenrechtlerin, Stifterin und Friedensaktivistin. Sie engagierte sich für die jüdische Frauenbewegung Frankfurts und für überregionale Gremien, wie etwa den *Bund deutscher Frauenvereine*. Im Rahmen dieser Vereinigungen kämpfte sie für die Verbesserung der Rechte von Frauen, insbesondere für Maßnahmen gegen die weibliche Armut. Sie veranstaltete Salons in der Villa ihres Vaters im Frankfurter Westend, zu denen sie Gleichgesinnte und namhafte Zeitgenossen zum Dialog einlud. Edinger war befreundet mit der Ärztin Elisabeth H. Winterhalter und deren Lebensgefährtin, der

Malerin Ottilie W. Roederstein – Weggefährtinnen im Kampf für das Recht der Frauen, studieren zu dürfen, und für die Verbesserung sozialer Lebensbedingungen von Frauen.

Edinger, Johanna Gabriele Ottilie, genannt »Tilly« (1897–1967), war Paläontologin und die Begründerin der Paläoneurologie. Tilly war die jüngste Tochter von Anna und Ludwig Edinger, einem Hirnforscher und Professor für Neurologie. 1916 bestand sie an der Frankfurter *Schillerschule* das Abitur und studierte danach in Heidelberg, Frankfurt am Main sowie in München »Naturwissenschaften«: zunächst Geologie, danach Zoologie (insbesondere vergleichende Anatomie) und zusätzlich Paläontologie. Sie begründete die Paläoneurologie – die Erforschung der Gehirne ausgestorbener Wirbeltiere – und gilt als Wegbereiterin des modernen Verständnisses der Evolution. Edinger war von 1921 bis 1927 Assistentin am Paläontologischen Institut der Universität Frankfurt und von 1927 bis 1938 ehrenamtliche Kustodin am Senckenberg-Museum, wo sie auch über Fossilien von Wirbeltieren forschte. Mit ihrer Arbeit »Über Nothosaurus« promovierte Tilly Edinger 1921 als erste Frau in Deutschland im Fach Paläontologie und war jahrelang die einzige in jener Männerdomäne. Parallel dazu war sie von 1931 bis 1933 auch als Assistentin am Neurologischen Institut tätig und versuchte, sich auf eine Professur vorzubereiten. Dieses Vorhaben zerschlug sich jedoch infolge der nationalsozialistischen »Machtergreifung«. Nach den Novemberpogromen von 1938 durfte sie das Museum nicht mehr betreten. 1939 gelang es ihr, in die USA auszureisen, wo sie an der Harvard-Universität weiterarbeiten konnte.

Fraas, Eberhard (1862–1915), war ein deutscher Geologe und Paläontologe. Als erster Wissenschaftler besuchte er die Fundstelle am Tendaguru. Nachdem 1907 ein afrikanischer Arbeiter dem deutschen Betriebsleiter der »Lindi-Schürfgesellschaft« am Berg Tendaguru eine Stelle zeigte, an der gewaltige Knochen aus der Erde ragten, wurde die Kolonialverwaltung im Deutschen Reich informiert, die allerdings zurückhaltend reagierte. Man vermutete, dass es sich nur um Giraffen- oder Elefantenknochen handelte. Dennoch schickte die Behörde sicherheitshalber Fraas nach Deutsch-Ostafrika (heute Tansania), um die Fundstelle in Augenschein zu nehmen, die rund sechzig Kilometer von der Hafenstadt Lindi entfernt ist. Fraas blieb eine Woche, nachdem er festgestellt hatte, dass dort Überreste von gewaltigen Dinosauriern lagen. Er war mit Wilhelm von Branca gut bekannt, dem Direktor des *Geologisch-Paläontologischen Instituts* und Naturkundemuseums in Berlin, der die nachfolgende Expedition initiierte.

Günther, Agnes, geborene Breuning (1863–1911), war eine deutsche Schriftstellerin, die durch ihren einzigen, 1913 posthum veröffentlichten Roman »Die Heilige und ihr Narr« berühmt wurde. Von dem millionenfach verkauften Bestseller gibt es über einhundertvierzig Auflagen. 1906 zog sie mit ihrem Ehemann, der im Jahr danach zum Professor der kirchlichen Kunst ernannt wurde, nach Marburg, wo sie 1909 mit der Niederschrift ihres Sechshundert-Seiten-Werks um die Liebe zwischen der Fürstentochter Rosemarie und dem Fürsten Harro begann.

Hennig, Edwin (1882–1977), war ein deutscher Paläontologe, der während der Expedition von März 1909 bis 1913 gemeinsam mit Werner Janensch und über fünfhundert afrikanischen Präparatoren und Arbeitern mehr als zwanzig Dinosaurierskelette und zahlreiche weitere Fragmente am und rund um den Berg Tendaguru entdeckte und ausgrub. Zuvor war Hennig Assistent bei Wilhelm von Branca am *Geologisch-Paläontologischen Institut der Humboldt-Universität Berlin*, wo er sich 1913 habilitierte und Privatdozent wurde. Im Laufe der Ausgrabungsarbeiten in Deutsch-Ostafrika (heute Tansania) wurden insgesamt rund zweihundertfünfzig Tonnen Knochen in achthundert Transportkisten zur Hafenstadt Lindi geschleppt, von wo diese nach Deutschland verschifft wurden. Im Berliner *Museum für Naturkunde* lagern noch heute ungeöffnete

Kisten der Tendaguru-Expedition. Bis der erste Tendaguru-Dinosaurier in Berlin ausgestellt wurde, vergingen allerdings einige Jahre. Das imposante, im Lichthof des Berliner Museums für Naturkunde aufgestellte Glanzstück wurde sogar erst 1937 errichtet: ein aus mehreren Exemplaren derselben Gattung bestehendes Skelett eines *Giraffatitan brancai* (zuvor *Brachiosaurus brancai*). Das Dinosaurier-Gerippe hat eine Gesamtlänge von sechsundzwanzig Metern und ist 13,27 Meter hoch. Damit ist es das größte montierte Dinosaurierskelett der Welt und bis heute die Attraktion des Museums.

Hopf, Karl (1863–1914), war ein deutscher Serienmörder. Er führte ein bewegtes Leben, war u. a. Varietékünstler und Hundezüchter in Niederhöchstadt. 1908 vermachte er dem Senckenberg-Museum eine Sammlung skelettierter Hundeschädel, die mehr als hundert Jahre später (2015) als Kuriosität in der Sonderausstellung »Senckenbergs verborgene Schätze« erstmals präsentiert wurde. Er wurde am 19. Januar 1914 wegen Mordes an seinen Ehefrauen, Eltern und Kindern sowie des Mordversuchs an weiteren Personen vom Schwurgericht Frankfurt am Main zum Tode verurteilt und im März mit dem Fallbeil hingerichtet. Eine Hausdurchsuchung förderte einen ganzen Giftschrank zutage, der u. a. Arsen und Reinkulturen von Typhus-, Hautwurm- und Cholerabakterien enthielt.

Huxley, Aldous (1894–1963), war ein britischer Schriftsteller und Philosoph. Berühmt wurde Huxley vor allem durch seine Romane und zahlreichen Essays. Sein bekanntestes Werk ist der 1932 erschienene dystopische Roman »Schöne neue Welt« (»Brave New World«). 1911 erkrankte er an einem schweren Augenleiden und war danach eine Zeit lang fast blind. Von Mai bis Juli 1912 war der damals Siebzehnjährige persönlicher Gast von Prof. Emanuel Kayser in Marburg. Huxley verarbeitete seinen Besuch in einem heute in der *Stanford University* befindlichen Skizzenbuch, in dem er neben dem kulturellen Leben in Kaysers Familie auch einen korpulenten Touristen mit Wanderrucksack am Kaiser-Wilhelm-Turm (»Spiegelslustturm«) skizzierte.

Für den Roman »Spuren einer fernen Zeit« wurde sein Marburg-Aufenthalt auf den Sommer 1909 vorverlegt.

Janensch, Werner (1878–1969), war ein deutscher Paläontologe, Geologe und Forschungsreisender. Er leitete die von 1909 bis 1913 dauernde Tendaguru-Expedition, bei der hundertfünfzig Millionen Jahre alte Dinosaurierknochen in einer bis dahin nicht gekannten Qualität und Fülle entdeckt wurden. Viele dieser Funde, von denen einige sogar heute noch ungeöffnet in ihren Verpackungen liegen, befinden sich in namhaften Museen in Berlin, Frankfurt am Main, London, Los Angeles und New York.

Kayser, Emanuel (1845–1927), war ein deutscher Geologe und Paläontologe. 1871 wurde Kayser Privatdozent der Geologie an der *Friedrich-Wilhelms-Universität Berlin*, dann Privatdozent an der *Bergakademie Berlin*, der heutigen *Technischen Universität*. Ab 1885 hatte er den Lehrstuhl als ordentlicher Professor für Geologie und Paläontologie an der *Philipps-Universität* in Marburg inne (mit Sitz im *Deutschen Haus*), war später Rektor der Universität und wurde 1917 emeritiert. Kayser war der Doktorvater von Fritz Drevermann, und seinem internationalen Netzwerk akademischer Kontakte gehörte auch der Geologe und Paläontologe Wilhelm von Branca an. Im Sommer 1912 war der spätere britische Autor Aldous Huxley Kaysers persönlicher Gast, mit dem er Exkursionen in und um Marburg unternahm und den er in die deutsche Kultur einführte.

Kinkelin, Friedrich (1836–1913), war ein deutscher Geologe, Paläobotaniker und Paläontologe. 1873 wurde er Mitglied der *Senckenbergischen Naturforschenden Gesellschaft*. Von 1884 bis zu seinem Tod war er – später gemeinsam mit Fritz Drevermann – Leiter der Sektion »Geologie und Paläontologie« des Senckenberg-Museums, an das er Drevermann 1905 zunächst als Assistenten geholt hatte.

Knoblauch, August (1863–1919), war Geheimer Medizinalrat und seit 1899 I. Direktor der *Senckenbergischen Naturforschenden Gesellschaft*. Er engagierte sich für den Umzug aus dem alten, zu klein gewordenen Museumsgebäude am Eschenheimer Turm in den von ihm angestoßenen Neubau des am 13. Oktober 1907 eröffneten *Senckenberg Naturmuseums* an der damaligen Viktoria-Allee (heute Senckenberganlage).

Koch, Adam (1841–1913), war Präparator im Senckenberg-Museum und Vater von August Koch. Er arbeitete u. a. am 1908 eröffneten »Ostafrika-Diorama«, das durch die Bombenschäden im II. Weltkrieg so stark zerstört wurde, dass man es nicht wieder aufbaute.

Koch, August (1864–1944), war Präparator im Senckenberg-Museum und Sohn von Adam Koch. Auch er arbeitete am 1908 eröffneten »Ostafrika-Diorama«, das im II. Weltkrieg zerstört wurde.

Kopp, Christian (1893–1952), absolvierte ab 1906/1907 zunächst eine vierjährige Lehre im Senckenberg-Museum und arbeitete dort später als Präparator, u. a. am Diorama »Frankfurter Urlandschaft«. Er entwickelte sich zum Spezialisten für die dermoplastische Präparation von Reptilien und Fischen. Das noch heute zu besichtigende Exponat der »Anakonda mit Wasserschwein« wurde von ihm gestaltet.

Lotz, Heinrich (1873–1943), war ein deutscher Geologe. Er war um 1898 Assistent von Emanuel Kayser in Marburg. Ende 1903 trat er in die Dienste der Kolonialverwaltung ein und ging als erster Geologe nach Deutsch-Südwestafrika, dem heutigen Namibia. Er war Geschäftsführer der deutschen Diamanten-Gesellschaft in Lüderitzbucht. Dort erwarb er 1908 den »Gibeon«-Meteoriten aus Brauneisen und schenkte ihn dem Senckenberg-Museum. Der angeschliffene Meteorit ist noch heute im Museum zu besichtigen.

Marx, Ernst, war Stabsarzt und II. Direktor der *Senckenbergischen Naturforschenden Gesellschaft*, Begründer des Robert-Koch-Instituts und Ehrenpräsident der *Senckenbergischen Naturforschenden Gesellschaft*. Er hielt am 6. Juni 1909 die Gedächtnisrede zum Tod von Museumsdirektor Fritz Römer.

Merton, Hugo (1879–1940), war Mitglied der *Senckenbergischen Naturforschenden Gesellschaft* und leitete die Sonderausstellung anlässlich der *Internationalen Luftschifffahrt-Messe* von Juli bis Oktober 1909 im Senckenberg-Museum. Anhand einer großen Zahl präparierter rezenter und »vorweltlicher« Tiere sowie von Pflanzensamen, zahlreichen Modellen, Erklärungskarten und Tafeln wurden die Entwicklung des Flugvermögens im Pflanzen- und Tierreich sowie die verschiedenen Flugarten, wie Gleitflug, Segelflug usw., vorgeführt. Mit der Zusammenstellung sollten die Ausstellungsbesucher in die Probleme der Aeronautik eingeführt werden.

Möbius, Martin (1859–1946), war Botaniker, von 1893 bis 1914 Dozent für Botanik und Direktor des Botanischen Gartens der *Dr. Senckenbergischen Stiftung*. Er war darüber hinaus der Leiter der Sektion »Botanik« des Senckenberg-Museums.

Nebel, Carl (1865–1939), war Frankfurter Kunstmaler. Er erschuf die Szenerie der Hochebene »Massai mjika« mit Kilimandscharo – dem Hintergrund-Panorama des 1908 eröffneten »Ostafrika-Dioramas« im Senckenberg-Museum.

Paulus, Käthchen (1868–1935), war die erste deutsche Fallschirmspringerin und ist die Erfinderin des Paketfallschirms. In Frankfurt am Main war die gelernte Näherin, die aus ärmlichsten Verhältnissen stammte, ungemein populär. Ihre sonntäglichen Ballonaufstiege vom Zoo aus (ab 1894) waren eine vielbeachtete Attraktion. Sie wurde ihre eigene Managerin, Pressechefin, technische Leiterin und Hauptdarstellerin, die es hervorragend verstand, sich und ihre Auftritte europaweit zu vermarkten. Bis zum Ende ihrer aktiven »Luftkarriere« um 1912 unternahm Paulus, die sich international »Miss Polly« nannte, insgesamt fünfhundertsechzehn Ballonaufstiege und hundertsiebenundvierzig Fallschirmabsprünge. Die Luftschifferin stellte ihre Ballone und Fallschirme immer selbst her und war im Sommer 1909 auf der *Internationalen Luftschifffahrt-Ausstellung* in Frankfurt mit einem eigenen Verkaufsstand vertreten. Sie entwickelte den bis heute üblichen »Paketfallschirm«, der deutlich sicherer war als die früher offen gewickelten Fallschirme, wofür sie 1921 ein Schweizer Patent erhielt.

Pinner, Erna (1890–1987), war Künstlerin, Naturwissenschaftlerin und Weltreisende. Sie wuchs in einem großbürgerlichen und kunstsinnigen jüdischen Elternhaus an der Bockenheimer Landstraße in Frankfurt am Main auf. Ihr Vater besaß eine umfangreiche Sammlung moderner Kunst und förderte das künstlerische Talent der Tochter. Die begabte junge Zeichnerin bewegte sich früh in innovativen Künstlerkreisen und durfte als Sechzehnjährige ein Studium am *Städelschen Kunstinstitut* in Sachsenhausen aufnehmen. Von 1908 bis 1910 nahm sie in Berlin Unterricht an der privaten Kunstschule von Lovis Corinth.

Pixis, Maria, war die Bürovorsteherin des Senckenberg-Museums. Ab 1916 firmierte sie als Vorsteherin der Geschäftsstelle.

Poiret, Paul (1879–1944), war ein französischer Couturier, dessen Ideen die Modewelt revolutionierten. 1903 gründete er sein eigenes Modehaus und war bis zum Ende des I. Weltkriegs der einflussreichste Modeschöpfer der Welt. In Paris hatte er den Beinamen »Le Magnifique«, in Amerika nannte man ihn ehrfürchtig »King of Fashion«. Er war bekannt für seinen Wagemut: Seine Modelle waren auch ohne Korsett tragbar, und er propagierte Hosenröcke, die bis dahin nur bei Radfahrerinnen akzeptiert waren. 1908 erreichte er großes Aufsehen und nachhaltigen Erfolg mit der neuen Silhouette

»Le Vague« – gerade geschnittene Empire-Kleider, zuweilen mit Tuniken darüber getragen. Ihre leichten Baumwoll- und Seidenstoffe fielen durch grelle Farben wie Zitronengelb, Orange und Froschgrün auf, wodurch sie in starkem Kontrast zu den gewohnten Pastelltönen standen. Die expressiven Farben entsprachen ganz der modernen Malerei, besonders jener der Malergruppe »Les Fauves« (»Die Wilden«), die Poiret beeinflussten.

Reichenbach, Johann Heinrich (1848–1921), war Zoologe. Ab 1898 war er Professor für Zoologie und vergleichende Anatomie. Gemeinsam mit Maria Sondheim leitete er die Sektion »Vergleichende Anatomie und Skelette« des Senckenberg-Museums. Zur Feier von Goethes hundertfünfzigstem Geburtstag hatte er einen Vortrag über »Goethe und die Biologie« gehalten. (Im Vestibül des Museums wurde am 22. Oktober 1908 die Marmorbüste Goethes aufgestellt, ein Geschenk der Deutschen Kaiserin an die *Senckenbergische Naturforschende Gesellschaft*.)

Roederstein, Ottilie W. (1859–1937), war Malerin für Porträts, Stillleben und Landschaften. Als Kind deutscher Eltern in Zürich geboren, nahm sie 1876 gegen den Widerstand der Mutter ersten Malunterricht. 1891 ließ sie sich mit ihrer Lebensgefährtin, der Gynäkologin und Chirurgin Elisabeth H. Winterhalter, in Frankfurt am Main nieder. Sie konnte sich in Frankfurt schnell einen großen Kreis von Auftraggebern erschließen und richtete 1892 ein Atelier am *Städelschen Kunstinstitut* in Sachsenhausen ein. Dort gab sie jungen Künstlerinnen Malunterricht. 1909 zog sie mit ihrer Lebensgefährtin in ein nach ihren Entwürfen erbautes Landhaus in Hofheim am Taunus.

Römer, Fritz (1866–1909), war ein deutscher Zoologe. Er trat am 1. November 1900 die neu geschaffene Stelle als Kustos im *Senckenberg Naturmuseum* am Eschenheimer Turm in Frankfurt am Main an. Für die *Senckenbergische Naturforschende Gesellschaft*, die zwischen 1904 und 1907 auf einer freien Fläche außerhalb des Frankfurter

Stadtkerns nach Plänen des Architekten Ludwig Neher einen Neubau für das Museum errichten ließ, nahm Römer die damit verbundene vollständige Reorganisation der Museums-Sammlungen vor. Mit der Eröffnung des neuen Senckenberg-Museums am 13. Oktober 1907 wurde er dessen wissenschaftlicher Direktor. Eins seiner Lieblingsprojekte war das »Ostafrika-Diorama«. Kurz vor seinem 43. Geburtstag verstarb Fritz Römer am 20. März 1909 nach einer schweren Infektion.

Rühl, Alfred (1882–1935), war ein deutscher Geograph. Er studierte in Königsberg, Leipzig und Berlin Geographie, Geologie, Geschichte und Sozialwissenschaften, wurde 1905 in Berlin promoviert und habilitierte sich 1909 in Marburg. Die Eigenschaften und Handlungen seiner Person im vorliegenden Roman sind frei erfunden.

Schauf, Wilhelm, war seit 1881 arbeitendes Mitglied der *Senckenbergischen Naturforschenden Gesellschaft* und später jahrzehntelang der Leiter der Sektion »Mineralogie« des Senckenberg-Museums.

Schörling, Johann Heinrich (1873–1951), war Rohtabakkaufmann in Bremen. Er importierte den Rohtabak per Schiff, vor allem aus Südamerika, zog aus den im Hafen angelieferten Ballen Proben, die er dann in seinem Kontor an der Martinistraße, zwischen Bremer Dom und Weser, auf ihre Qualität prüfte und schließlich an verschiedene Tabakgeschäfte weiterverkaufte. Dort wurden aus den Tabakblättern Zigarren gedreht und verkauft. Johann Heinrich Schörling war der Urgroßvater der Autorin Birgit Borchert. Die Eigenschaften und Handlungen seiner Person im vorliegenden Roman sind frei erfunden; Gleiches gilt für die seines Vaters Johann Schörling.

Senckenberg, Johann Christian (1707–1772), war ein deutscher Arzt, Stifter, Naturforscher und Botaniker. Nach dem Tod seiner drei Ehefrauen und seiner Kinder entschloss er sich, mangels Erben, sein gesamtes Vermögen von einhunderttausend Gulden zu stiften.

1766 erwarb Senckenberg für dreiundzwanzigtausend Gulden ein drei Hektar großes Grundstück am Eschenheimer Turm. Das Gebäude wurde ab 1767 zum Stiftungssitz und Wohnhaus Senckenbergs. Am 9. Juli 1771 legte Senckenberg den Grundstein für das Frankfurter *Bürgerhospital*. Bei einer Inspektion des Baus stürzte er am 15. November 1772 vom Baugerüst der Kuppel des Hospitals und verstarb. Er ist der Namensgeber der am 22. November 1817 in Frankfurt am Main gegründeten *Senckenbergischen Naturforschenden Gesellschaft* (heute *Senckenberg Gesellschaft für Naturforschung*) und deren Instituten sowie des Senckenberg-Museums.

Sondheim, Becky, war eine Frankfurter Malerin, die das Porträt des verstorbenen Museumsdirektors Fritz Römer anlässlich der Gedenkfeier zu seinem Tod erstellte.

Sondheim, Maria, war ab 1908 »beitragendes Mitglied« der *Senckenbergischen Naturforschenden Gesellschaft* und leitete gemeinsam mit Johann Heinrich Reichenbach die Sektion für »Vergleichende Anatomie und Skelette« des Senckenberg-Museums. Ab 1920 wurde sie alleinige Leiterin der Sektion »Vergleichende Anatomie«.

Wertheimer, Johanna, geborene Tannenbaum, betrieb ein Schneideratelier auf der Zeil in Frankfurt am Main. Ihre Tochter Martha, eine spätere Pädagogin, Schriftstellerin und Journalistin, besuchte von 1904 bis 1908 die Elisabethenschule und anschließend das städtische Lehrerinnenseminar. Ab 1914 studierte sie an der Universität Frankfurt.

Winterhalter, Elisabeth H. (1856–1952), aus München, war Fachärztin für Gynäkologie und Geburtshilfe und Frauenrechtlerin. Nach dem Examen als Elementarlehrerin war sie ab 1874 als Hilfslehrerin in Schwabing tätig, legte später in der Schweiz ihre Matura ab, studierte Medizin und schloss mit einem Schweizer Staatsexamen ab, das in Deutschland jedoch nicht anerkannt wurde. Sie bildete sich in

Paris, München und Stockholm in den Fachgebieten Gynäkologie und Chirurgie fort. In der Schweiz lernte sie 1885 ihre Lebensgefährtin Ottilie W. Roederstein kennen, mit der sie 1891 nach Frankfurt am Main zog. Sie übernahm eine Praxis im neu gegründeten Krankenhaus des *Vaterländischen Frauenvereins* und engagierte sich in der Frankfurter Frauenbewegung für bessere Bildungsmöglichkeiten von Mädchen und jungen Frauen. Mit dem Arzt Ludwig Edinger, Ehemann von Anna Edinger, arbeitete sie am *Senckenbergischen Institut für Pathologie*. Sie initiierte 1901 Frankfurts erstes Mädchengymnasium, das 1908 der neu gegründeten *Schillerschule* als städtischer höherer Mädchenschule angegliedert wurde.

Nachbemerkung zu den historischen Personen aus Afrika

Es waren zeitweise bis zu fünfhundert afrikanische Männer und Frauen, die ab Frühjahr 1909 an den Fundstellen am Berg Tendaguru – in der damaligen Kolonie Deutsch-Ostafrika, dem heutigen Tansania – nach den zahlreichen Dinosaurierfragmenten suchten, sie ausgruben und insgesamt rund zweihundertfünfzig Tonnen versteinerte Knochen für den Transport ins Kaiserreich präparierten. Bedauerlicherweise sind bis auf wenige Ausnahmen noch nicht einmal ihre Namen überliefert worden, geschweige denn biographische Daten. Vier von ihnen tauchen im vorliegenden Roman auf:

Der Präparator **Seliman Nyororo** entdeckte das Skelett eines Dinosauriers, den man zunächst nach ihm *Nyororosaurus* nannte. Es waren die versteinerten Überreste eines *Dicraeosaurus*, wie im Nachhinein festgestellt wurde.

Der Aufseher **Issa bin Salim** fand Anfang November 1909 südlich des Wegs zur Ortschaft Kerani Ligoma den nach ihm benannten *Issasaurus*, der kurzzeitig auch entsprechend seinem Fundort *Ligomasaurus* hieß. Später stellte sich heraus, dass es sich um einen weiteren *Dicraeosaurus* handelte.

Der Präparator und Aufseher **Sefu Abdallah**, der eine Zeit lang auch als Bediensteter der Paläontologen Werner Janensch und Edwin Hennig arbeitete, entdeckte das Dinosaurier-Skelett »R«, das zunächst nach ihm *Abdallahsaurus* genannt wurde, und legte es frei.

Der Oberaufseher und Präparator **Boheti bin Amrani** begann am 11. Oktober 1909 am Kitukituki-Bachbett mit der Ausgrabung von Skelett »S«. Der spektakuläre Fund, den er zunächst *Blancocerosaurus* taufte, war das versteinerte Gerippe eines *Brachiosaurus* (heutiger Name: *Giraffatitan*). Die von dem Präparator gefundenen fossilisierten Knochen sind Teil des gigantischen Skeletts, das bis heute als Glanzstück der Dinosauriersammlung im Lichthof des Berliner Museums für Naturkunde zu bewundern ist.

Recherchen zu »Spuren einer fernen Zeit«

Recherche vor Ort

Senckenberg Naturmuseum, Frankfurt am Main
Deutsches Haus, Marburg
Museum für Naturkunde, Berlin
Geoportal Frankfurt, Stadtvermessungsamt
Institut für Stadtgeschichte, Stadt Frankfurt am Main

»Sitzungsbericht der Gesellschaft naturforschender Freunde zu Berlin«, 1912
Archiv »Frankfurter Allgemeine Zeitung«

Online-Recherche

www.200jahresenckenberg.de
www.archiv.ub.uni-marburg.de
www.bpb.de
www.buergerleben.com
www.chroniknet.de
www.deutsche-biografie.de
www.deutsche-digitale-bibliothek.de
www.deutsche-schutzgebiete.de
www.dhm.de
www.elisabethschule.de
www.fembio.org
www.festhalle.messefrankfurt.com
www.frankfurterfrauenzimmer.de

www.frankfurter-personenlexikon.de
www.galatea-ziss.de
www.gender.hu-berlin.de
www.goruma.de
www.gutenberg.org (The Project Gutenberg)
www.histories.uni-kiel.de
www.historisches-museum-frankfurt.de
www.leibniz-magazin.de
www.library.fes.de
www.lueersen.homedns.de
www.museumfuernaturkunde.berlin
www.namibiana.de
www.pedocs.de
www.pm20.zbw.eu
www.sammlungen.hu-berlin.de
www.sammlungen.ub.uni-frankfurt.de
www.sammlung.staedelmuseum.de
www.senckenberg.de
www.spektrum.de
www.stadtbild-deutschland.de
www.stadtgeschichte-ffm.de
www.tagebucharchiv.de
www.uni-marburg.de
www.unitedrepublicoftansania.com
www.wikipedia.de
Berichte der *Senckenbergischen Naturforschenden Gesellschaft* von 1907 bis 1910, Herausgeber: Senckenberg Gesellschaft für Naturforschung, Frankfurt am Main

Literaturverzeichnis

Amler, Michael R. W., Günther Kauffmann and Dieter Uhl: »Marburg: GeoArchive Marburg (Geological and Palaentological Collections of the Former Faculty of Geosciences, Philipps University of Marburg) Chapter 42«, Springer International Publishing AG, 2018

Ariès, Philippe und Georges Duby (Hrsg.): »Geschichte des privaten Lebens in 5 Bänden«, S. Fischer Verlag, Frankfurt am Main 1992

Bauer/Koken/Liebisch (Hrsg.): »Neues Jahrbuch für Mineralogie, Geologie und Paläontologie« (Jahrgang 1909 II. Band), Schweizerbart'sche Verlagshandlung (E. Nägele), Stuttgart 1909

Becker, Udo: »Senckenbergs historische Dioramen«, Senckenberg Gesellschaft für Naturforschung, Frankfurt am Main 2020

Brogiato, Heinz Peter und Matthias Röschner (Hrsg.): »Koloniale Spuren in den Archiven der Leibnitz Gemeinschaft«, Mitteldeutscher Verlag, Halle 2020

Heumann, Ina, Holger Stoecker und Mareike Vennen: »Dinosaurierfragmente. Zur Geschichte der Tendaguru-Expedition und ihrer Objekte, 1906–2018«, Wallstein Verlag GmbH, Göttingen 2018

Huerkamp, Claudia: »Bildungsbürgerinnen. Frauen im Studium und in akademischen Berufen 1900–1945«, Band 10, Vandenhoeck & Ruprecht, Göttingen 1996

Kayser, Emanuel: »Lehrbuch der Geologie«, Verlag von Ferdinand Enke, Stuttgart 1909 (Dritte Auflage)

Kretschmann, Carsten: »Räume öffnen sich: Naturhistorische Museen im Deutschland des 19. Jahrhunderts«, Akademie Verlag GmbH, Berlin 2006

Lehmstedt, Mark (Hrsg.): »Marburg an einem Tag«, Lehmstedt Verlag, Leipzig 2020

Mazón, Patricia: »Das akademische Bürgerrecht und die Zulassung von Frauen zu den deutschen Universitäten 1865–1914«, Akademisches Bürgerrecht und Frauenstudium, www.gender.hu-berlin.de

Methler, Walter (Hrsg.): »Praktisches Kochbuch für die gewöhnliche und feinere Küche«, Veröffentlichungen des Henriette Davidis Museums, Wetter (Ruhr) 1994 (Reprint der Erstausgabe)

Nugel, Bernfried und Jerome Meckier (Hrsg.): »Aldous Huxley Annual«, Volume 15, LIT 2015

Pesek, Michael: »Von Europa nach Afrika. Deutsche Passagiere auf der Dampferpassage in die Kolonie Deutsch-Ostafrika«, academia.edu

Scholz, Joachim: »Sol Invictus«, in: »Natur und Museum«, Forschungsinstitut und Naturmuseum Senckenberg, Frankfurt am Main 2007

Scholz, Joachim und Karin Afshar: »Briefe an die Lebenden. Geschichten aus dem Senckenberg-Museum«, Senckenberg Gesellschaft für Naturforschung, Frankfurt am Main 2017

Schulz, Günther (Hrsg.): »Frauen auf dem Weg zur Elite: Büdinger Forschungen zur Sozialgeschichte 1998«, Harald Boldt Verlag im R. Oldenbourg Verlag, München 2000

Senckenbergische Naturforschende Gesellschaft, 1817–1925: »Aus Natur und Museum«, 55. Bericht, Frankfurt am Main 1925

»Sonntags-Zeitung fürs Deutsche Haus«, Illustrierte Familien- und Frauenzeitung, Jahrgang 1910/1911, Heft 1–52, Verlag W. Vobach, Berlin 1911

»Sonntagszeitung für Deutschlands Frauen«, Jahrgang 1909/10, (Jahrgangsband), Verlag W. Vobach, Berlin 1910

Steinmann, Gustav: »Einführung in die Paläontologie«, Verlag von Wilhelm Engelmann, Leipzig 1903